L'héritage perdu

1
De l'ennui à la folie

Dès que le professeur ouvrit la bouche, Abigaïl sentit ses paupières se fermer et son énergie l'abandonner. Son esprit se mit à vagabonder entre rêve et réalité. Seuls ses muscles endoloris par l'inconfortable chaise de bois la maintenaient éveillée. Monsieur Firmin, l'être responsable de cette ambiance implacable et soporifique, était douillettement installé dans un large fauteuil rouge et or : privilège accordé aux enseignants ayant dépassé les quinze années d'ancienneté. Il possédait une épaisse moustache et une bedaine sur laquelle il croisait ses doigts potelés. Sur le sommet de son nez, une paire de lunettes rondes accentuait la générosité de ses joues et pinçait ses narines, rendant sa respiration légèrement sifflante.
— Nous allons entamer un nouveau chapitre, informa-t-il d'une voix placide. Celui-ci concerne les recommandations de la cour si vous êtes amenés à affronter un ennemi du royaume. Nous commencerons par les Asimeriens. Bien que leur progression soit stoppée depuis des années au gouffre d'Achas, les batailles qui y sont livrées sont nombreuses. Certains d'entre vous devront peut-être y participer.
Le professeur Firmin marqua une pause, balaya la classe du regard puis poursuivit avec sa nonchalance habituelle.
— Nous parlerons ensuite de la Résistance et des magiciens-traîtres qui les ont rejoints : les réfractaires. J'en profite pour vous rappeler que c'est la Résistance qui a tué le roi Irlof, il y a deux décennies. Rallier les régicides est assimilé à de la haute trahison. Gardez vos distances.
Sur son visage dansaient les ombres projetées par les réflecteurs émotionnels. Ceux-ci survolaient chaque élève, brillant d'une lumière qui changeait de couleur selon l'humeur de son propriétaire. Ils restaient tout à fait silencieux et, hormis le monologue du professeur, seuls les bâillements de ses apprentis venaient perturber le calme ambiant. Par moments, lui-même

succombait à cette inconvenance et essayait de le cacher par un toussotement qui ne trompait personne. Parmi tous les pouvoirs que monsieur Firmin possédait, plonger quiconque à portée de voix dans un demi-sommeil était, de loin, celui qu'il maitrisait le mieux. À plusieurs reprises, Abigaïl avait vu la tête du magicien pencher dangereusement en avant. Ses paroles, devenues murmures étouffés par ses moustaches, l'accompagnaient lentement dans l'abysse des rêves. Mais au grand désespoir de son auditoire, chaque fois que le sommeil semblait l'emporter, un bruyant battement d'ailes lui faisait reprendre consistance. Le coupable n'était autre qu'un corbeau, espion de la reine Maela, une nouveauté dans la plus prestigieuse école de magie de Penderoc. Le volatile gratifiait rarement la classe de sa présence angoissante. Une pression qui disparaissait tout aussi vite que l'attention des élèves de monsieur Firmin.

L'histoire et règle de vie était de loin la matière la plus ennuyeuse qu'Abigaïl devait suivre. La première fois qu'elle avait franchi la porte d'une salle de cours, elle s'était imaginé vivre d'intenses entrainements de lancers de sortilège, de périlleuses préparations de potions ou encore de magistrales démonstrations de pouvoir des maitres enchanteurs. Aujourd'hui, elle savait de quoi il en retournait : la magie était affaire de patience. Elle n'avait jeté son premier sort qu'à la fin de sa deuxième année et cela ne faisait que trois semaines qu'elle avait appris à en utiliser des plus conséquents. L'initiation, longue et contraignante, atteignait fortement le moral d'Abigaïl. L'excitation des premiers mois avait laissé place à une morosité croissante. Même la beauté des lieux, qui l'avait autrefois tant émerveillée, lui paraissait dorénavant terne et morne. Jamais elle n'aurait imaginé qu'étudier la magie consistait à écouter les professeurs en parler et non à la pratiquer. Malgré tout elle ne perdait pas espoir, car son prochain cours sur les êtres magiques devrait être bien plus passionnant qu'accoutumé. Après quatre ans de théorie à apprendre par cœur les incantations nécessaires, elle allait enfin effectuer la première invocation de sa vie. Convoquer une créature demandait une lourde préparation en glyphes et encens. De plus, la formule ne devait souffrir d'aucune inexactitude puisque le moindre bafouillage pouvait engendrer de graves conséquences. Abigaïl avait hâte.

Soudain, le corbeau déploya ses ailes et vint planter ses serres en haut de l'armoire, juste à côté d'Abigaïl. Ce mouvement imprévisible sortit la jeune femme de son demi-sommeil. Elle se redressa et regarda autour d'elle : la majorité de ses camarades étaient affalés sur leur table.

La porte s'ouvrit en grand et la clenche percuta le mur. Le claquement fit sursauter la moitié de la classe. Un homme, mince, les cheveux noirs et tenant un grimoire poussiéreux dans les mains fit son entrée. Abigaïl sentit son cœur s'accélérer. Elle lissa ses cheveux blonds qui lui arrivaient jusqu'aux épaules et repositionna son pendentif de façon à le mettre bien en évidence. Le nouvel arrivant accapara toute son attention. Le professeur Firmin, lui aussi, ne resta pas indifférent et bondit de son fauteuil comme s'il venait de se faire piquer le postérieur par une fourche acérée.

— Azénor ! tonna l'enseignant en réajustant les lunettes sur son nez. Le cours a déjà commencé et vous connaissez les règles…

— Le règlement de cet établissement concerne les élèves ordinaires. Auriez-vous l'audace de me traiter comme tel ?

— Et bien… fit le professeur en restant pantois.

Azénor désigna les réflecteurs d'un blanc laiteux, signe d'esprits embrumés.

— De plus, je constate sans grande surprise que dix petites minutes vous suffisent pour plonger la classe dans un état second, remarqua-t-il. Il me semble que tous aient perdu de leur temps en venant ici. Il est peut-être préférable que je m'abstienne de gâcher le mien en les rejoignant.

Le regard de l'enseignant s'attarda alors sur le grimoire que tenait son élève. Ses yeux s'écarquillèrent. D'un geste théâtral, il le pointa du doigt.

— Un manuscrit interdit ! dit-il, sidéré.

Un sourire se dessina sur le visage de l'historien.

— Cette fois, vous allez trop loin, reprit-il en bombant le torse. Même les professeurs ne sont pas habilités à les lire.

L'élève esquissa un petit mouvement de la main, comme s'il vou-

lait se débarrasser d'un insecte insignifiant.
— En effet, il vous est interdit de poser les yeux sur lui. Mais cette loi ne me concerne nullement. Hormis le directeur, je suis désormais le seul à pouvoir accéder à ce type de manuscrits. En voici la preuve.
Il mit sa main gauche dans l'une de ses poches et en sortit une missive cachetée. Au même moment, un petit livre tomba de l'intérieur de sa veste. Le jeune homme donna le parchemin au professeur et ramassa précipitamment l'ouvrage qu'il s'empressa de ranger.
— Qu'est-ce donc ? demanda Firmin tout en dépliant la lettre.
— Il s'agit d'une autorisation spéciale de la reine Maela, souveraine de Penderoc, rétorqua Azénor avec dédain. Ma mère souhaite que cet ouvrage rejoigne sa collection personnelle et m'a chargé de le lui garder.
Monsieur Firmin arriva à la fin du document, esquissa une légère grimace et le rendit à son propriétaire.
— Et qu'en est-il de ce... ?
— Il suffit ! s'écria Azénor en explosant de colère. J'en ai assez de cet interrogatoire inopportun. Il serait temps que vous vous rendiez compte qu'il n'est pas dans votre intérêt de me contrarier. Ma mansuétude a des limites et il déplairait fortement à ma mère d'apprendre de quelle manière vous traitez l'héritier du trône de Penderoc.
Le professeur prit une posture outrée, mais avant qu'il n'ouvre la bouche pour protester, Azénor enchaina :
— Je crois que votre fils a atteint l'âge requis pour rejoindre l'armée. Il serait regrettable qu'il soit enrôlé, n'est-ce pas ?
Firmin recula jusqu'à son fauteuil, le teint livide.
— Vous... vous n'oseriez pas ! balbutia-t-il.
— Je me dispense de votre cours et vous laisse réfléchir à mes paroles, reprit le prince en ouvrant la porte.
Avant qu'il ne la referme, le corbeau décolla de l'armoire et, en un battement d'ailes, rejoignit Azénor. Abigaïl n'avait pas perdu une miette de la scène. Elle avait toujours été fascinée par le prince. Elle ressentait pour lui un amour qu'elle ne pouvait ni ex-

pliquer ni rendre réciproque. Ce sentiment lui était tombé dessus du jour au lendemain, mais elle avait fini par l'assumer. Malgré le courage que cela lui coûta la première fois, pour dévoiler au grand jour son amour, elle n'obtint pas le retour souhaité. Bien au contraire, ses avances constamment repoussées lui valaient les railleries de ses camarades et l'exaspération du prince. Malgré tout, la magicienne venait de comprendre que quelque chose d'important avait eu lieu. Azénor se montrait souvent présomptueux et agressif, mais il n'avait jamais menacé un professeur de la sorte. Les mains de monsieur Firmin en tremblaient encore. Son visage était d'une pâleur inquiétante et seuls des bafouillages sortaient de sa bouche. Abigaïl ressentait de la peine pour lui, mais ce qui la tracassait, c'était que le prince pouvait avoir des ennuis. C'est donc préoccupée, et par conséquent parfaitement éveillée, qu'elle attendit la fin du cours. Après d'interminables minutes, le professeur quitta son fauteuil.
— Nous allons en rester là, parvint-il à articuler.
Abigaïl se leva, empoigna ses affaires et attrapa d'un geste rapide sa sphère lumineuse qui avait pris une teinte grisâtre. Au contact de sa peau, le réflecteur rétrécit jusqu'à devenir une petite bille qu'elle s'empressa de ranger dans sa poche. Elle quitta la salle de classe et descendit une vingtaine de marches qui lui permirent de rejoindre la cour intérieure du château. Un parc y avait été aménagé avec des fleurs, une fontaine, des sculptures et des bancs. Abigaïl se dirigea vers son coin favori : une grande pierre aplatie qui faisait face à la statue d'Anatole Verspoison. Elle aimait s'y assoir et regarder les traits figés du vieil homme et du loup couché à ses pieds. Examiner les courbes et les angles que l'artiste avait taillés la reposait et l'aider à se concentrer. La devise d'Anatole était gravée sur le socle de granit "le savoir est le plus puissant des pouvoirs". Abigaïl se répétait ces mots lorsqu'elle se sentait submergée de cours indigestes. À cause de cette magnifique journée d'été, toutes les places étaient prises. Abigaïl ne s'arrêta donc pas dans le jardin bondé et continua sa route jusqu'au pont-levis. Elle l'emprunta et sortit dans le parc extérieur.
Le château avait été construit dans la vallée d'Anthème, seul pas-

sage menant aux montagnes de Northester. Cet emplacement avait fait de la bâtisse plusieurs fois centenaire l'unique rempart contre les barbares du Nord, aujourd'hui disparus. En trois siècles et sous l'impulsion de son seigneur, Anatole Verspoison, elle était devenue la plus grande et prestigieuse école de magie de Penderoc. Anatole en fut le premier directeur jusqu'à sa mort. L'isolement du château le rendait calme, propice à l'apprentissage.
En suivant l'horizon, on apercevait de majestueux pics enneigés que de nombreux nuages venaient enlacer durant leurs passages. Abigaïl avait toujours aimé contempler cette couverture glaciale, mystérieuse et éternelle. Aussi loin que remontaient ses souvenirs, elle n'en avait jamais vu d'autres que celle-ci. Bien sûr, elle connaissait la neige, sa consistance, sa température, le mécanisme de sa formation... L'étude des éléments était une matière qu'elle suivait avec plaisir. Cependant, elle aimait imaginer les sensations qu'elle pouvait procurer : le craquement sous chacun des pas, les traces du passage d'animaux. Mais aussi les avalanches qui, telles de divines vagues purificatrices, déversaient leur effroyable puissance. Parfois, elle s'arrêtait au milieu de la cour pour observer cette neige inaccessible et laissait ses pensées s'envoler. Pourtant aujourd'hui elle détourna le regard. L'heure était à la concentration et non aux divagations. D'un pas décidé, elle rejoignit un grand arbre noir dépourvu de feuilles et à l'allure tortueuse. Du lierre semblait à la fois l'étouffer et le maintenir debout. Abigaïl se sentait à sa place, près de cette anomalie de la nature. Un être différent et emprisonné. Azénor représentait son lierre, sa simple présence suffisait à lui donner du courage, mais l'empêchait de se faire de véritables amis, de s'épanouir. Sans perdre de temps, Abigaïl s'adossa contre le tronc, chaque seconde avait son importance. Elle ferma les yeux et croisa ses jambes. Pour une fois, les enseignements de base sur la télépathie allaient lui servir. Avant de pouvoir influencer les pensées d'un homme, il était primordial de maitriser les siennes. Calmement, elle chassa tout stress de son esprit, sa respiration devint plus régulière, ses muscles se détendirent. Elle se focalisa sur les évènements du cours précédent : elle revit le professeur Firmin sursauter à cause des battements

d'ailes du corbeau. Puis l'envolée du volatile juste à côté d'elle et l'arrivée d'Azénor. La magicienne se concentra à l'extrême, les détails devinrent plus nets, l'égrènement du temps plus lent. Elle visualisa de nouveau le manuscrit que le prince transportait. Il était assez volumineux et propre. Abigaïl s'attarda ensuite sur l'objet tombé de l'intérieur de sa veste et s'aperçut qu'il s'agissait d'un petit ouvrage en piteux état. Azénor s'était hâté de le ramasser et avait perdu tout sang-froid au moment précis où le professeur le questionnait sur celui-ci. Il s'apprêtait à quitter la salle lorsque la jeune femme le vit jeter un étrange regard au corbeau. Abigaïl n'en revenait pas, elle y décela ce qui s'apparentait le plus à de la peur.
La magicienne sortit de sa transe, s'éloignant du passé pour retrouver l'instant présent. L'introspection lui avait apporté davantage de questions que de réponses. Pourquoi Azénor s'était-il emporté ? Pourquoi craignait-il la personne qui le protégeait ?
Tous savaient que les manuscrits interdits renfermaient d'innombrables et terribles secrets. Ils avaient été jugés trop dangereux pour laisser quiconque s'en servir. Les théories quant à leurs auteurs et les sujets qu'ils traitaient allaient bon train. Pour certains, il s'agissait de reliques du peuple elfe, une race éteinte dont l'existence même faisait débat chez les historiens. Mais ce n'était là que des spéculations qui entretenaient l'imagination de tous. Une seule certitude concernant ces écrits mettait tout le monde d'accord : ils provenaient tous d'un temps oublié.
Abigaïl prit une grande inspiration. Ressasser ne lui donnerait aucune réponse et elle devait attendre encore une heure avant son prochain cours. Elle décida d'utiliser ce temps à bon escient. La jeune femme sortit son réflecteur et le lâcha dans les airs. Il reprit sa taille normale et se stabilisa devant elle. La magicienne l'effleura du doigt et murmura "Devoir, demain". Le nuage gris foncé qui inondait la sphère se dissipa. Une à une, des lettres rouges apparurent, suspendues à l'intérieur du réflecteur : "Interrogation d'histoire. De la mort du roi Irlof à nos jours." Abigaïl bougonna et avec lassitude rangea le porteur de mauvaise nouvelle.
Le professeur Firmin n'avait pas fini de perturber sa journée. La

magicienne se blottit contre l'arbre et fouilla son sac en quête des cours à réviser. Elle ne dénicha que des pages emplies de gribouillages vaguement évocateurs. Des dessins et des enluminures extravagantes rendaient certains mots illisibles. Abigaïl soupira, elle ne trouvait pas le courage de déchiffrer ses notes maintenant. De plus, utiliser la télépathie pour revivre les cours lui était impossible : les souvenirs en question étaient trop anciens. Elle ne pouvait compter que sur sa mémoire brute. La magicienne se concentra pour y mettre de l'ordre et reconstituer les grandes lignes de ce que Firmin lui avait appris.

Il y a une vingtaine d'années, Penderoc se noyait dans la tourmente à cause de deux fléaux : la Résistance et le Céraste pourpre. Ce dernier, un groupuscule de marchands véreux et de nobles corrompus, étendait son influence néfaste sur tout le territoire. Ils profitaient de la faiblesse d'un souverain vieillissant pour gagner richesse et pouvoir. Le peuple était leur première victime et rapidement la Résistance naquit. Une ligue anti-noblesse aux méthodes contestables qui fit basculer le pays dans la terreur en assassinant le roi Irlof.

Pressés par le chaos qui tambourinait à leur porte, les ducs prirent une décision audacieuse. Pour la première fois dans l'histoire de Penderoc, ils désignèrent une femme pour régner. La princesse Maela, magicienne aux grands pouvoirs et fille du défunt roi, monta sur le trône. D'une main de fer, elle lança la Purge et détruisit ainsi le Céraste pourpre en exterminant les traîtres dans les rangs de la noblesse. Dans le même temps, la Résistance se radicalisa et multiplia les actes barbares. À cause de sa violence sans limites, elle perdit le soutien du peuple et implosa.

Le calme était enfin revenu à Penderoc. La reine Maela en profita pour réformer en profondeur les lois de son pays. Après des décennies de chaos et des mois pour se reconstruire, ce fut le temps de la grandeur. En trois ans, la puissance économique et militaire de Penderoc doubla. Cette expansion fulgurante avait attisé les craintes des pays voisins et lorsque Palmin, souverain d'Asimer, fut assassiné par un illuminé originaire de Penderoc, la guerre devint inévitable. C'est grâce à l'armée de la reine Maela et aux efforts fournis par le peuple que les Asimeriens sont stoppés au gouffre d'Achas depuis plus de quinze ans.

Malheureusement, une autre menace a refait surface. Encouragée par l'absence de soldats à l'intérieur des terres et le redressement de la noblesse, la Résistance renait de ses cendres. Chaque jour, elle recrute de nouveaux adeptes et mène des exactions de plus en plus pernicieuses. Ses membres sont des ennemis du royaume et de la liberté qu'ils prétendent défendre. Ils profitent de la guerre pour semer la terreur et s'enrichir.

Pour combattre ce mal qui ronge Penderoc de l'intérieur, de nombreuses lois ont été mises en place. Tout individu qui fournit un soutien à la Résistance est emprisonné sur l'île de Rostanor ou condamné à mort. Pour les mages, des mesures supplémentaires ont été prises. Leur puissance destructrice les rendant particulièrement intéressants pour les résistants, ils sont isolés du monde extérieur dès leur plus jeune âge. Ils apprennent à canaliser leurs pouvoirs et à ne pas se détourner de l'essentiel : la sécurité de Penderoc. Ainsi des règles, telles que le couvre-feu et l'interdiction de quitter le château avant la fin de leurs études, sont entrées en vigueur à Anthème. Des runes capables de lister l'ensemble des sorts jetés par son porteur, les visionneurs, sont gravées sur les os des nouveaux diplômés. Cet outil permet aux mages d'élite de la couronne, les magistors, de surveiller leurs activités. Malgré ces précautions, le nombre de réfractaires ne cesse d'augmenter. Ils sont débusqués et punis pour leur traîtrise.

Abigaïl se redressa avec satisfaction. Elle avait retenu plus d'informations que prévu, mais elle les assimilait avec circonspection. Bon nombre de mages se sentaient oppressés et voyaient la Résistance comme un moyen de lutter pour leur liberté. Même s'ils ne le proclamaient pas ouvertement, les rumeurs et les bruits de couloirs en disaient long : la reine n'obtenait pas le soutien de tous. Mais pensaient-ils à l'intérêt commun ? S'opposer au pouvoir alors que le pays livrait bataille ne renforçait-il pas les Asimeriens ? Le fossé qui séparait les réfractaires et les fidèles s'agrandissaient de jour en jour. C'était une guerre où les murmures de l'ombre combattaient les clameurs des royalistes.

Abigaïl comprenait les deux camps. Mais orpheline enfermée dans l'école depuis toujours, elle se trouvait trop éloignée du reste du monde pour prendre parti. À dire vrai, elle n'avait cure de ces histoires de politique. Mais si un jour elle devait choisir, elle suivrait son cœur, elle suivrait le prince.

Des voix sortirent Abigaïl de ses songes. Encore accroupie sur le sol, elle vit deux apprentis magiciens, qu'elle reconnut sans peine, s'arrêter devant elle. Le premier était petit et enveloppé. Il arborait fièrement une moustache naissante et ses yeux se croisaient parfois de façon imprévisible. Abigaïl ne se souvenait plus de son nom. Il suivait de près son acolyte : Gauvrian. Il le dépassait de deux têtes et possédait de puissants bras musclés. Abigaïl connaissait son tempérament bagarreur et sentit les ennuis arriver.

— Tiens, voilà la potiche d'Azénor, s'amusa Gauvrian alors que son camarade pouffait de rire. J'ai lu quelque part que la servitude s'héritait. Toi qui n'as jamais connu tes ancêtres, tu peux maintenant être certaine qu'ils étaient les ramasse-merde d'un noble ou même d'un simple marchand. Une carrière que tu auras beaucoup de mal à surpasser, j'en ai peur…

— Laisse-moi tranquille ! s'insurgea Abigaïl en se levant, les poings serrés.

La magicienne était habituée aux insultes et savait les ignorer sauf lorsqu'elles ternissaient l'image de ses parents. Devant la satisfaction appuyée de cette brute, Abigaïl perdit le contrôle et lui donna un grand coup de pied dans le tibia. Le sourire de Gauvrian s'évanouit et laissa place à un rictus de colère. Le magicien empoigna sa camarade et la plaqua contre l'arbre en la faisant décoller du sol. Abigaïl sentit l'écorce griffer son dos.

— C'est tout ? demanda Gauvrian. Tu vas regretter d'être née.

— Pourquoi ? protesta Abigaïl alors que des larmes lui montaient aux yeux.

— En aimant Azénor, tu soutiens la reine et en soutenant la reine, tu encourages la mort et la tyrannie. C'est à cause de minables comme toi que d'honnêtes gens se retrouvent dans les cachots ou massacrés au nom de la loi. Maela a fait exécuter mon père lors de la Purge parce qu'un imbécile dans ton genre l'a dénoncé.

Abigaïl se débattit et griffa la main de son tortionnaire. En retour, celui-ci la gifla vigoureusement. La magicienne se sentait ridicule, si frêle devant ce colosse. Puis d'un coup, la peur laissa place à la colère. La rage s'éleva jusque dans sa poitrine. Elle en avait assez.
— Gauvrian, doucement, temporisa le jeune homme grassouillet. Il faut faire gaffe.
Il dévisageait Abigaïl avec attention. Contrairement à son ami, il comprit qu'elle était sur le point de franchir la ligne.
— Imagine que l'un des piafs de la reine nous espionne, ajouta-t-il...
L'argument fit mouche. Gauvrian relâcha son étreinte, permettant à Abigaïl de retoucher le sol.
— Si tu parles de ça à qui que ce soit, ta vie deviendra un enfer, promit-il.
La magicienne s'évertua à retrouver son calme. Il n'en valait pas la peine, elle devait se maitriser. Tout à coup, des éclats de voix surgirent de la forêt environnante et se répercutèrent dans le parc. Abigaïl et ses camarades aperçurent alors les deux gardiens, responsables de l'ordre au sein de l'école, sortir du bois et se diriger vers le château. Ils encadraient une silhouette moins grande que la leur.
— Pas un mot, souffla Gauvrian alors qu'ils s'approchaient.
Abigaïl se concentra pour cacher ses émotions. Les gardiens ne se trouvaient plus qu'à quelques pas. L'homme qu'ils escortaient était de corpulence moyenne, possédait des cheveux blonds et de grands yeux verts. Il affichait un large sourire qui lui donnait un air ahuri. Il était fermement maintenu par les gardiens, ce qui ne l'empêcha pas de parler à toute vitesse :
— J'ai un p'tit creux. Vous avez du sanglier ?
— Crois-moi, quand tu verras le sort qu'on réserve aux étrangers, tu regretteras de ne pas être un sanglier !
Lorsqu'ils passèrent devant le groupe d'élèves, l'inconnu se stoppa net et fixa Abigaïl du regard. Cela mit la magicienne mal à l'aise. Lentement, il la pointa du doigt.
— Maman ! jubila-t-il en sautillant sur place.

15

Les gardiens esquissèrent un mouvement de recul.
— Il est complètement cinglé… pouffa l'étudiant grassouillet.
— Ce n'est pas son fils, s'amusa Gauvrian, mais au vu de ses capacités intellectuelles, il se pourrait qu'ils partagent le même sang.
Bien malgré elle, Abigaïl baissa la tête avec honte. Elle n'avait qu'une hâte : se retrouver seule. Le sourire de l'inconnu s'effaça lorsqu'il remarqua les joues écarlates et une larme tomber du menton de la magicienne.
— C'est votre faute ? demanda-t-il en fixant Gauvrian et son ami.
— Ça suffit, en avant ! ordonna l'un des gardes. Ils ne sont pas autorisés à vous parler. Le directeur décidera de votre sort.
Il posa sa main sur l'épaule du prisonnier pour le pousser. Soudain, un arc électrique se forma et propulsa le gardien en arrière. Son acolyte se précipita pour l'aider à se relever. Un champ bleu constitué d'une mince brume entourait la silhouette de l'inconnu. Il épousait les formes de son corps et laissait s'échapper des crépitements dans les airs.
— Un réfractaire ! alerta Gauvrian.
Comprenant ce qui venait d'arriver, les surveillants tendirent leurs mains vers l'étranger. D'une même voix, ils lancèrent :
— Figelas loïr !
Deux fins lierres se détachèrent du tronc et s'enroulèrent autour des poignets de leur cible. Ils se mêlèrent dans son dos, menottant ainsi le réfractaire avec fermeté. La brume électrique n'avait aucun effet sur eux. D'un mouvement ample et précis, un gardien désigna l'arbre. Un troisième lierre quitta son support et, tel un fouet, claqua dans les airs. Sous les ordres du magicien, il vint s'enrouler autour des chevilles du réfractaire. L'étranger perdit l'équilibre et tomba lourdement sur le sol. Les lierres resserrèrent leur emprise et traînèrent leur proie jusqu'au tronc d'arbre où ils l'immobilisèrent. Satisfaits de leur travail, les deux gardiens se congratulèrent d'un sourire triomphant. Le prisonnier tourna la tête vers la plante grimpante.
— Retourne d'où tu viens ! s'écria-t-il.
Après un court silence, de nombreux craquements secs se firent

entendre. Les deux gardiens reculèrent. Dans un grincement déchirant, les lierres s'arrachèrent du chêne en laissant de profondes entailles dans son écorce morcelée. Chahutées par les secousses, des feuilles chutèrent. Les liens qui retenaient l'inconnu tombèrent sous les yeux ébahis des autres magiciens. Telle une araignée maladroite, l'amas de lierre se redressa sur une dizaine de tentacules. Soudain, il explosa, se fractionnant en une multitude de lianes. Elles se mirent à entrer dans le sol et rampèrent à l'intérieur comme de monstrueux vers de terre. En un instant, elles disparurent. Le tronc de l'arbre était partiellement fendu et strié de blanc à l'endroit où les lierres s'étaient accrochés durant des siècles. Il était blessé, mais libre. L'étranger se redressa. La brume qui le protégeait gagna en intensité. Il s'approcha des apprentis magiciens puis désigna le garçon grassouillet.

— Toi, tu es un suiveur, comme les moutons, dit-il avec calme.

La peau de l'étudiant se mit alors à noircir, de grands poils blancs poussèrent sur tout son corps tandis que ses hurlements se transformaient en bêlements. Ses jambes rétrécirent et ses oreilles s'allongèrent. Abigaïl, Gauvrian et les deux gardiens, impuissants, ne purent qu'observer la scène. Une fois la mutation terminée, le jeune homme avait laissé place à un gros mouton qui s'extirpa de ses vêtements et détala sans attendre. Le regard de l'inconnu se braqua ensuite sur Gauvrian.

— N'y pense même pas, pauvre fou ! prévint celui-ci avec effroi avant de courir vers le château.

Le réfractaire pointa son doigt.

— Méchant et égoïste, comme la pie !

Une puissante détonation retentit. En un clin d'œil, le musculeux jeune homme devint un oiseau noir et blanc qui prit son envol, laissant ses habits retomber en tas.

Soudain, une masse sombre chuta du ciel et fondit sur la pie qui l'évita de justesse. Le grand aigle ouvrit ses serres et pourchassa sa cible. L'inconnu se mit alors à rire de bon cœur. Abigaïl n'en croyait pas ses yeux. Son cœur battait à tout rompre. Elle se tourna vers les gardiens pour trouver du soutien, mais elle ne vit que deux balourds tout aussi paniqués qu'elle.

— Le gros oiseau veut manger le petit ! exulta l'étranger en s'approchant d'Abigaïl, un sourire de nouveau accroché aux lèvres.
La magicienne recula. Elle continuait d'entendre les braillements du mouton qui, quelques secondes plus tôt, était l'un de ses camarades de classe. Le réfractaire tendit la main vers elle. Abigaïl trébucha. Elle tremblait de la tête aux pieds. La brume qui entourait l'étranger disparut.
— C'est fini, rassura-t-il. N'aie pas peur.
Derrière lui, Abigaïl vit l'un des gardiens brandir une pierre et l'abattre sur la tête de l'intrus. Celui-ci s'écroula, inconscient. Les deux surveillants le soulevèrent.
— Toi ! cria l'un d'eux en désignant Abigaïl. Suis-nous.

2
Cours improvisé

Abigaïl pénétrait dans le bureau du directeur Théodore pour la première fois. Les deux gardiens, qui portaient toujours le réfractaire inconscient, entrèrent à leur tour. Lorsqu'ils remarquèrent l'absence du directeur, ils laissèrent lourdement tomber leur fardeau.
— Nous devons trouver le chef au plus vite, s'exclama l'un d'eux en reprenant son souffle.
— Mais on fait quoi du cinglé ? demanda son collègue. Faut pas le laisser ici sans surveillance.
— Hé bien, va chercher le directeur. Moi je les garde.
— Bien sûr ! tempêta-t-il. Comme ça, c'est moi qu'il va enguirlander. J'en ai marre de me faire traiter d'imbécile. Vas-y toi, moi je reste ici.
— Non, non et non ! La dernière fois, quand j'ai renversé la marmite de potion nécrosante sur son pied, il s'est tellement énervé que j'ai cru qu'il allait me tuer.
— On fait comment du coup ? Il nous a interdit d'utiliser la magie à l'intérieur du château.
— On va le chercher tous les deux ! De toute façon, on ne sait même pas où il se trouve.
Le gardien se gratta le menton.
— À cette heure, il est soit au deuxième étage à faire causette avec Madame Dalite, soit à la bibliothèque.
— Je prends la prof et toi les bouquins, proposa l'autre. Celui qui le trouve lui annonce la nouvelle.
Son acolyte acquiesça puis croisa le regard anxieux d'Abigaïl.
— On laisse ces deux-là tous seuls ? Imagine que le gars se réveille, elle va se faire bouffer…
Pour toute réponse, l'interrogé saisit l'objet le plus proche, un chandelier, puis le jeta à la jeune femme qui l'attrapa in extremis.
— S'il bouge, tu l'assommes. Compris ?
Abigaïl ne dit rien, estomaquée par ce qu'elle venait d'entendre.

Les gardiens n'attendirent pas sa réaction et se contentèrent de faire volte-face en la laissant seule avec le mystérieux individu. Durant une poignée de minutes, qui lui parurent une éternité, elle serra le chandelier et fixa l'homme en léthargie.
De taille commune, il possédait un visage rond et jovial. Abigaïl estima qu'il devait avoir six ou sept ans de plus qu'elle, il approchait la trentaine donc. Même dans un état second, un sourire restait attaché à ses lèvres, comme s'il vivait un doux rêve. Il portait une simple tunique, semblable à celles qu'endossaient les paysans, et des sandales usées entouraient ses pieds d'une propreté contestable. Il n'avait aucun signe particulier, physique ou matériel. À dire vrai, il symbolisait à merveille l'image que la magicienne avait des campagnards.
Abigaïl fut donc assez déçue de ne voir qu'une tenue aussi basique pour sa première rencontre avec un étranger. Elle adorait contempler les bourgeoises parfaitement habillées et accessoiriser des romans illustrés. Certains croquis de robes la rendaient envieuse et elle s'amusait à imaginer les vêtements à la mode. Le seul modèle d'élégance en chair et en os qu'elle pouvait détailler de ses propres yeux était son enseignante d'invocation. Une femme d'une grande beauté toujours superbement apprêtée. Elles partageaient la même passion, mais Abigaïl ne pouvait l'assouvir puisqu'il lui était impossible de quitter Anthème : les étudiants ne sortaient jamais de l'école et de son parc. Abigaïl connaissait mieux le château que ses camarades, mais elle en savait bien moins qu'eux sur le monde qui s'étendait au-delà de la vallée. Aussi loin que remontaient ses souvenirs, elle avait toujours vécu à Anthème et ne savait de son passé que ce qu'on avait bien voulu lui dévoiler. C'est-à-dire : pas grand-chose.
L'intendante Enora l'avait retrouvée devant le pont-levis. Un nourrisson emmitouflé dans une couverture, un message expliquant qu'il était orphelin attaché autour du cou. Le précédent directeur de l'école, bien différent de l'actuel, avait accepté la demande de son personnel en leur laissant la responsabilité de son éducation. Quand les pouvoirs d'Abigaïl s'étaient manifestés, elle avait intégré l'une des classes de magie afin qu'elle apprenne à

canaliser la puissance qui bouillonnait en elle. Sans véritablement se démarquer, elle était une élève plutôt assidue (excepté en histoire) et elle s'était toujours arrangée pour ne pas se retrouver dans le bureau du directeur. Elle découvrit donc les lieux avec une certaine curiosité.

La pièce était divisée en deux parties. Une marche permettait d'accéder à celle du fond. Les murs y étaient courbés et cachés par des bibliothèques emplies de plusieurs centaines d'ouvrages. La plupart arboraient de luxueuses reliures de cuir. Comme enlacée par les murs, une solide table de chêne surchargée de plusieurs fioles et plantes multicolores comblait l'espace. Une dense moquette grise recouvrait la partie inférieure du bureau. De nombreux présentoirs mettaient en évidence des œuvres d'art et des décorations plus communes. Au centre de la pièce, juste devant Abigaïl, se trouvait un secrétaire sculpté dans un bois blanc où brillaient des veines argentées. Un volumineux et épais grimoire y reposait. Abigaïl contourna le meuble et remarqua que le livre répertoriait des noms, des dates de naissance et, dans certains cas, de mort. C'est avec peu d'intérêt que ses yeux survolèrent les pages de ce banal manuel d'histoire lorsqu'une inscription accrocha son regard.

— Alexander Firmin, s'étonna-t-elle.

Le livre se referma d'un coup sec. Surprise, la magicienne sursauta, buta sur le pied du fauteuil et tomba sur le tapis. Le bureau se mit à trembler et le manuscrit fut secoué dans tous les sens, renversant bibelots et parchemins au passage. Il décolla alors du secrétaire et tournoya sur lui-même, de plus en plus vite, jusqu'à devenir imperceptible. Il finit par disparaitre dans un dense nuage de fumée. Abigaïl se releva, abasourdie. Le voile se dissipa, laissant une silhouette se dessiner. La jeune femme se retrouva face au professeur Firmin.

— Je... bredouilla-t-elle.

Le magicien la fixait d'un regard vide et s'exclama d'une voix puissante :

— Je me nomme Alexander Firmin, né à Altherville il y a cinquante-deux ans. Mon père était ménestrel et ma mère servante.

Je suis un éminent historien et autrefois un barde réputé. Ma famille se compose d'une femme, d'un fils de seize ans et d'une enfant de sept ans. Peureux, j'accepte d'enseigner les préceptes historiques imposés par la reine Maela. Mon niveau de dangerosité est élevé. Ma principale source de pouvoir réside en mon savoir, mais je reste inoffensif si fidèle.

Une fois son monologue terminé, le professeur Firmin se figea. Abigaïl agrippa le chandelier et s'approcha de lui. Elle tendit sa main pour le toucher, mais ne tarda pas à la retirer. La peau du magicien était extrêmement froide.

— Qui êtes-vous ? demanda-t-elle, entre excitation et peur.
— Alexander Firmin.
— Je veux dire le livre. Qu'êtes-vous ?
— Je suis le registre. Ma fonction consiste à apporter des renseignements sur les personnes en lien avec Anthème. Avez-vous des questions supplémentaires à me poser ?
— Non, répondit Abigaïl.

Soudain, le magicien devint livide et ses yeux se voilèrent. Un léger craquèlement se fit entendre. La jeune femme remarqua que la peau de son professeur se fissurait, se morcelait. Elle s'approcha pour mieux observer le phénomène et tout à coup Monsieur Firmin explosa en millions de fines particules. Abigaïl sursauta. Elle vit les minuscules éclats suspendus se déplacer à l'unisson, avec délicatesse, comme emportés par une douce brise. Le nuage de particules se positionna au-dessus du bureau. Il se compacta, changea de couleur et reprit la consistance du volumineux et épais livre d'origine. Le cœur d'Abigaïl s'accéléra. Elle regarda l'inconnu afin de s'assurer de son inconscience puis elle se repositionna en face du registre. Elle parcourut la longue liste à la recherche de son nom, mais, avec grand étonnement, ne le trouva pas. Elle prit alors une profonde inspiration et s'exclama d'une voix rauque :

— Abigaïl Cridor.

De nouveau le livre s'éleva et tournoya, mais, cette fois-ci la magicienne se retrouva devant une grosse sphère translucide. Le registre retomba face à elle.

— Mon profil a été jugé confidentiel et son accès est limité. Veuillez faire couler une goutte de votre sang sur la page afin de déterminer si l'entrée vous est autorisée.

Abigaïl resta pantoise quelques instants puis remarqua, sur la table, un petit poignard. Elle l'attrapa et s'apprêta à s'entailler la main lorsqu'elle entendit des bruits résonner dans le couloir.

— Je n'ai plus de questions ! paniqua-t-elle.

La boule éclata et disparut juste avant que la porte du bureau ne s'ouvre avec force. Le directeur Théodore entra, suivi des deux gardiens. Il se stoppa net devant la magicienne.

— Qui est-elle ? demanda-t-il. Que fait-elle ici à brandir mon candélabre d'incinération et mon outil à décacheter ?

Abigaïl regarda alors le chandelier avec surprise et s'empressa de le poser avec ce qu'elle avait pris pour un poignard.

— Elle aurait pu faire flamber la moitié du château, tonna-t-il. J'attends des explications !

— C'est cette jeune fille que le fou a désignée comme sa mère. Nous lui avons demandé de veiller sur l'inconnu durant notre absence.

Le magicien se retourna vers les gardiens :

— Vous me faites une mauvaise blague ?

— Non, Monsieur le directeur.

— Bougre d'imbéciles ! Je pensais que vous parliez d'un professeur ou d'une servante, non d'une élève. Imaginez ce qu'il se serait passé s'il s'était réveillé ! Jamais vous n'auriez dû la laisser seule avec lui sans même prendre le soin de l'immobiliser.

— Toutes nos excuses, monsieur. Elle s'est montrée coopérative, nous ne pensions pas qu'il était nécessaire de la ficeler.

Le directeur leva les yeux au ciel puis joignit ses mains comme s'il priait. Il fixa alors l'inconnu, toujours inconscient, tout en essayant de ne pas se jeter sur les gardiens pour leur faire regretter leur idiotie. Exaspéré, il demanda :

— Où sont les apprentis magiciens transformés ?

— Celui qui a muté en mouton se promène dans la cour du château. Quant au deuxième, il a disparu, pourchassé par un rapace.

— Vous ne les avez pas récupérés ! hurla le directeur. Si je tolère votre présence, c'est pour garantir la sécurité des étudiants et des professeurs. Comment osez-vous laisser des élèves métamorphosés se promener dans la nature ? Partez immédiatement à leur recherche ! Les cours de la journée sont annulés, faites appel à tous les enseignants pour les retrouver le plus vite possible.

Les deux gardes s'inclinèrent et s'empressèrent de sortir du bureau. Le directeur se tourna vers la jeune femme.

— Présente-toi !

— Je me nomme Abigaïl Cridor, monsieur, élève en cinquième année.

— Connais-tu cet homme ? demanda Théodore en désignant le prisonnier.

— Avant aujourd'hui, je ne l'avais jamais vu. J'ignore pourquoi il m'a appelé maman…

— Certainement la divagation d'un esprit malade. Tu es donc en cinquième année. Avant de diriger cette école, j'enseignais à Morkore. Puisque tu es là, voyons si tu peux m'aider à en apprendre un peu plus sur notre criminel. Que proposes-tu ?

— Pardon ? interrogea une Abigaïl prise au dépourvu.

— Quels sortilèges ou autres mettrais-tu en œuvre pour sécuriser l'interrogatoire de cet individu ? Ton niveau d'étude devrait t'apporter les bases pour réagir devant une telle situation.

— Et bien, avant de lui faire reprendre connaissance, il faut s'assurer qu'il ne puisse pas faire usage de magie.

— Excellent. Et comment parvient-il à exercer son art ?

— Il doit y avoir, au minimum, la concentration et une formule ou un geste. Énoncer un sortilège en multiplie l'intensité et l'accompagner du signe adéquat en focalise les effets. Certains enchanteurs de haut rang réussissent à se passer d'incantation et de geste, mais cela reste compliqué. Certains mouvements particuliers permettent d'obtenir des variantes de sortilège, mais rien ne remplace la force de l'esprit et des émotions. Plus un magicien est calme et concentré, plus il peut manipuler la magie. L'idéal serait donc de lui bâillonner la bouche et de l'immobiliser avec, par exemple, un sort gelant. De cette façon, il ne pourra pas utiliser de puissants maléfices, du moins en théorie…

— Ne perds pas de vue l'objectif que nous nous sommes fixé ! Il sera difficile de l'interroger si nous l'empêchons de parler... Bien sûr nous pourrions scruter son esprit, mais étant donné sa force mentale présumée, cela deviendrait trop dangereux. Il y a également l'option de l'argent pur, celui-ci agit comme un poison pour les magiciens. Il les vide de leur énergie et de leur pouvoir, mais cela nous affecterait aussi. De plus, il vivrait le contact de l'argent comme une torture et nous n'en sommes pas encore là.

Le directeur s'approcha d'Abigaïl et plongea son regard dans le sien. La jeune femme se sentit encore plus mal à l'aise.

— Une projection astrale conviendrait, reprit-il, mais nous n'avons pas le temps de la mettre en place. D'ailleurs, plus nous discutons, plus le risque qu'il se réveille augmente, ce qui pourrait engendrer des évènements graves et imprévisibles. Maintenant, je vais te demander de ne pas bouger d'un pouce et de garder le silence.

À peine avait-il prononcé ces paroles qu'Abigaïl eut une étrange sensation, comme si l'on venait de lui verser un seau d'eau sur la tête. Brusquement, elle fut plongée dans le noir et un bourdonnement résonna dans ses oreilles. Elle se retrouva aveugle et sourde, mais se remémorant les ordres de Théodore, elle ne céda pas à la panique. Au bout d'un instant, l'envoûtement se dissipa. La vue d'Abigaïl était brouillée comme si elle sortait d'un long sommeil, celle-ci lui revint petit à petit et elle finit par distinguer, en face d'elle, la silhouette du directeur. Il était assis dans son fauteuil, les bras croisés, et des gouttes de sueur perlaient son front. Sur le tapis, l'individu était toujours inconscient.

— Désolé pour ce petit envoûtement, mais je préfère que vous ignoriez certaines choses. Installons notre homme sur la chaise, je ne souhaite pas utiliser de sort, cela pourrait le réveiller prématurément. Procédons avec prudence.

Abigaïl acquiesça et attrapa avec délicatesse le bras gauche de l'inconnu. Elle aida le directeur à hisser l'étranger et remarqua alors, sur l'annulaire de Théodore, un losange rouge sang. Elle était persuadée que celui-ci ne s'y trouvait pas quelques instants plus tôt. La magicienne observa le réfractaire et demanda :

— Qu'adviendra-t-il de lui ?

Le directeur claqua des doigts et les accoudoirs de la chaise s'enroulèrent autour des poignets du prisonnier.

— Au vu des crimes qui lui sont reprochés, il va être exécuté. Je préviendrai les magistors dès que cela sera nécessaire. En attendant, j'aimerais comprendre la raison de sa venue et les gardiens pensent que cela te concerne.

— Vous l'avez dit vous-même, monsieur, il est fou. Je ne le connais pas et de toute évidence je ne peux être sa mère.

— Je vais me montrer honnête. Dispenser mon savoir à de jeunes magiciens désireux d'apprendre me manque beaucoup. Cependant, je n'aurais pas pris le risque de discuter avec toi alors que cet homme pouvait se réveiller à chaque instant si cela n'avait pas servi d'autres desseins. Les questions que je t'ai posées ont détourné ton attention afin que je pénètre ton esprit sans rencontrer de résistance. J'ai remonté tes souvenirs jusqu'à l'incident et percé tes pensées. Je sais qu'il t'est inconnu, mais cela ne veut pas dire que lui ne te connait pas. De toute évidence, il a attaqué tes camarades parce qu'ils t'ont manqué de respect.

— Vous êtes entré dans ma tête ! s'indigna Abigaïl.

— J'en suis navré. Si j'avais pu agir différemment, je me serais passé de violer ainsi ton intimité. Tu dois comprendre que si je t'en avais parlé, tu aurais pu inconsciemment altérer tes souvenirs et cela aurait été fort regrettable. La situation est grave. Si tes camarades ne sont pas retrouvés, cela déclenchera de désastreuses répercussions pour cette école... Gauvrian est le neveu du duc Winchester, vois-tu ? Malgré tout, je peux te promettre que je n'ai scruté que la scène concernant notre visiteur et aucune autre. Voilà donc une leçon : tu ne peux avoir confiance qu'en toi-même et ne rechignes jamais à apprendre tes cours de télépathie. Sur ce, arrêtons de palabrer et voyons ce qu'il a à nous dire.

Abigaïl prit un court laps de temps pour assimiler ce qu'elle venait d'entendre puis acquiesça.

— Si vous le réveillez ainsi il pourra user de ses pouvoirs...

— Le problème est réglé, je te l'assure, répondit le magicien tout en attrapant un petit flacon rose sur la grande table derrière son

bureau.
Il s'approcha de l'inconnu, enleva le bouchon de la fiole et lui fit humer les vapeurs qui s'en échappaient. Aussitôt l'homme revint à lui. Le directeur fit un pas en arrière.
— Qui êtes-vous ? tonna-t-il avec autorité. Que faites-vous ici ?
L'étranger l'ignora superbement et braqua son regard sur Abigaïl, un large sourire illumina son visage.
— Maman !
— Ne me traitez pas avec indifférence, répondez à mes questions ou je ne pourrais rien pour vous aider.
Le réfractaire resta parfaitement immobile, les yeux fixés sur Abigaïl.
Théodore soupira.
— Soit il est doué, soit il est profondément atteint... Essayez de lui parler, il pourrait se montrer plus coopératif avec vous.
Abigaïl s'approcha et, intriguée, lui demanda :
— Comment t'appelles-tu ?
— Gregor. La chaise fait mal, aide-moi.
Théodore fit signe à Abigaïl de continuer.
— Pourquoi es-tu venu à Anthème, Gregor ?
— J'ai juste marché.
— Vous êtes arrivé au château par hasard ? s'agaça le directeur. Vous nous prenez vraiment pour des imbéciles !
Gregor se tourna vers lui et fit une étrange grimace.
— Toi, il va bientôt t'arriver malheur.
Il commença à s'agiter.
— Chaise, disparait ! vociféra-t-il en la faisant tanguer. Pourquoi ça ne fonctionne pas ! Maman, aide-moi !
— Calmez-vous ! martela Théodore. Dites-moi la vérité. Pourquoi appelez-vous cette jeune femme "maman" ? Pourquoi êtes-vous venu jusqu'ici ?
Pour toute réponse, Gregor cria et finit par basculer sur le sol. Toujours solidement attaché, il se mit à remuer dans tous les sens et, à force de hurler, sa tête vira au rouge. Le directeur tendit alors sa main vers lui.
— Silenstatum completia !

D'emblée le vacarme cessa. Gregor continuait à s'agiter et à s'époumoner, mais aucun son ne sortait de sa bouche. Seuls les chocs étouffés de la chaise sur le tapis rythmaient ses gesticulations endiablées.

— Je crois que nous n'obtiendrons rien de plus. Cet hystérique refuse de coopérer. Cela est regrettable, car mettre au point le contre-sort permettant à vos camarades de retrouver leur apparence n'en sera que plus difficile. Néanmoins, sa folie ne lui épargnera pas la sentence réservée aux réfractaires.

Abigaïl regarda Gregor avec pitié. Le voir se débattre ainsi la rendait triste.

— Le losange rouge sur votre annulaire, il l'empêche d'utiliser ses pouvoirs ? demanda-t-elle.

— Votre perspicacité m'impressionne, complimenta le directeur.

Il ouvrit la porte avec énergie.

— Je ne doute pas que vous deviendrez une magicienne hors pair. Ce cours improvisé est terminé, je vous invite à rejoindre vos camarades. En aucun cas vous ne devez ébruiter les derniers évènements, suis-je bien clair ?

Abigaïl se contenta d'acquiescer et sortit du bureau.

3
Premier contact

Abigaïl resta un instant devant le bureau du directeur. Elle venait de vivre la matinée la plus marquante de sa vie. À une goutte de sang de découvrir ses origines. Mais qui avait bien pu se donner la peine de verrouiller son entrée dans le registre ? La réponse lui apparut comme une évidence. Théodore ignorait son nom. Or, à part le directeur, personne ne devait accéder au registre, pas même les enseignants. Dans le cas contraire, Abigaïl ne doutait pas que le professeur Firmin aurait modifié les informations le concernant. Elle en conclut qu'il s'agissait du directeur précédent : Gérald Huford. Il avait donné sa bénédiction à l'intendante Enora pour l'adoption d'Abigaïl. Il en savait surement plus sur la jeune femme que ce qu'Enora avait bien voulu lui raconter. Abigaïl se souvenait peu de cet homme froid et distant. Il avait refusé tout contact avec l'enfant, faisant comprendre qu'il n'y voyait aucune utilité et même une perte de temps. Elle ignorait la raison du verrouillage de ses origines, mais elle rejetait une décision altruiste. Abigaïl n'avait confiance qu'en elle-même bien avant que Théodore ne le lui conseille.
Le nouveau directeur, en poste depuis deux ans, s'était montré bien surprenant. Dans un premier temps bienveillant et pédagogue, puis manipulateur et mystérieux. Mais si Abigaïl devait décerner une médaille à la personne la plus déroutante de cette journée, elle reviendrait de loin à Gregor. Celui-ci l'avait déconcerté... mais aussi intrigué. Le connaissait-elle vraiment ? Gauvrian avait-il raison en affirmant qu'ils partageaient le même sang ? Un tourbillon de questions envahit l'esprit d'Abigaïl, mais elle se rendit à l'évidence : elle n'obtiendrait aucune réponse en restant ainsi dans le couloir. Avec tout ce remue-ménage, Abigaïl n'avait pas eu le temps de manger, détail que son ventre lui rappela dans un gargouillis retentissant. Elle se dirigea donc vers le réfectoire et passa devant toute une collection d'armures anciennes. La magicienne les ignora et monta trois marches de pierres usées

par des siècles de passages incessants. Elle emprunta un large corridor et croisa plusieurs de ses camarades pressés de profiter du soleil. Elle tourna à gauche et se retrouva face au réfectoire. L'entrée était composée d'une immense porte sculptée à doubles battants. Deux têtes de dragons tenaient entre leurs mâchoires de grands anneaux utilisés pour l'ouverture. Au centre du battant gauche figuraient les armoiries de l'école, inspirées de l'emblème de la famille qui y vivait autrefois. Elles représentaient une tête de loup, gueule ouverte, crocs apparents et yeux rouges luminescents. Derrière l'animal, deux grosses haches se croisaient. Abigaïl évita d'observer le prédateur dont le regard perçant lui coupait souvent l'appétit. Elle passa donc par le battant béant. Le réfectoire restait accessible en permanence et l'on pouvait y manger à toute heure. À cet instant, seul un élève, installé tout au fond à droite, jouissait de cette grande pièce. Bien qu'il lui tournât le dos, Abigaïl le reconnut sans peine : Azénor. Comme à chaque fois qu'elle posait les yeux sur lui, elle sentit son cœur s'accélérer, la chaleur monter jusqu'à ses joues, et l'espoir renaître de ses cendres. Elle prit son courage à deux mains et s'approcha, contente de se retrouver seule avec lui. Pour elle, aucun doute, l'air hautain et narquois d'Azénor servait de façade, une façon de se protéger. Elle contourna plusieurs tables et se dirigea vers lui. Le magicien la remarqua et, d'un mouvement brusque, se pressa de dissimuler un petit manuscrit, en vain.
Abigaïl s'installa face à lui.
— Un livre interdit ?
— Cela ne te regarde pas. Que me veux-tu ?
— Rien de spécial, assura-t-elle avec conviction, juste passer un peu de temps avec toi.
Azénor lâcha un soupir.
— Je n'éprouve aucun amour pour toi, se montrer agréable et prévenante n'y changera rien.
— Je sais, répondit-elle en haussant les épaules.
— Dans ce cas, c'est moi qui ne te comprendrais jamais. Tout le monde me déteste et m'évite. Pourquoi ne pas suivre leur exemple ?

— Parce qu'ils ne te connaissent pas.
— C'est-à-dire ?
— Pour eux, tu n'es que le fils antipathique d'une reine crainte par tous. Pour moi, tu es un homme qui souffre de solitude et qui a peur de sa propre mère car…
— Je ne suis aucunement terrorisé par elle, coupa Azénor. Comment oses-tu !
— Je pense juste que tu ne devrais pas rester seul, temporisa Abigaïl.
— C'est un bien étrange conseil venant d'une personne qui ne cherche comme compagnie que l'être le plus haï du château.
Le prince affichait une mine triste et préoccupée. Abigaïl posa sa main sur son bras.
— Je ne sais pas ce que tu mijotes avec ce manuscrit, mais je peux t'aider, affirma-t-elle.
— As-tu vraiment passé toute ton enfance ici ?
Abigaïl ne s'attendait pas à une telle question. En général elle évitait le sujet.
— Oui, c'est l'intendante qui m'a élevée.
Azénor, pensif, dégagea son bras.
— Tu ne sauras rien de précis de mes desseins et tu devras m'obéir aveuglément. Ce sont mes conditions.
Abigaïl ne cacha pas son excitation et le prince semblait déjà regretter ses paroles.
— Tu seras un outil, expliqua-t-il tout en accentuant bien le dernier mot. Et aucune question !
Ce n'est pas vraiment la relation qu'Abigaïl souhaitait. Mais si cela pouvait les rapprocher…
— J'accepte !
— J'ai besoin d'un œil de perdrix avant demain midi.
— À quoi va…
— Aucune question ! Le feras-tu ?
— Oui.
Azénor se leva.
— Bien, nous nous reverrons demain, ajouta-t-il. En attendant, je te mets en garde, si tu en parles à qui que ce soit, tu le regretteras

amèrement.

— Inutile de me menacer. Un simple merci m'aurait suffi…

Le prince regarda Abigaïl du coin de l'œil puis chuchota : "merci" avant de repartir d'un pas rapide. Abigaïl sourit, c'était la première fois qu'elle entendait une politesse sortir de la bouche d'Azénor. Elle ignorait toujours ce qu'il mijotait, mais cela lui tenait indéniablement beaucoup à cœur. Il ne lui restait donc qu'une demi-journée pour mettre la main sur un œil de perdrix. Cela l'obligeait à enfreindre l'une des lois élémentaires à Anthème : ne pas adresser la parole à un adulte extérieur au corps professoral. Abigaïl se déplaça jusqu'à une table, collée contre un mur, sur laquelle se trouvaient de nombreuses assiettes ornées de l'emblème de l'école. Elle prit l'une d'entre elles et s'assit à la table la plus proche. Abigaïl la positionna bien en face d'elle, posa son pouce sur la tête du loup et s'exclama : "Plat !" Aussitôt celle-ci se remplit de riz et d'un morceau de poulet. Pas très emballée par cette proposition, la jeune femme dit : "Suivant !" Le plat de volaille disparut et fut remplacé, quelques secondes plus tard, par une purée de pommes de terre et une tranche de sanglier. Satisfaite par cette nouvelle suggestion, Abigaïl le fit savoir : "Validé !" La nourriture immatérielle se volatilisa de nouveau et la magicienne put enlever son pouce et prendre son mal en patience. Au bout d'une poignée de minutes, le sanglier et la purée, cette fois-ci bien réels, apparurent. Ils étaient accompagnés de couverts adaptés et d'un verre de limonade. L'odeur de la viande finit de lui mettre l'eau à la bouche et elle ne tarda pas à attaquer la chair de l'animal à grands coups de fourchette. Une fois tous les aliments goulument ingurgités, Abigaïl prit au hasard un des parchemins d'histoire qu'elle avait glissés dans son petit sac en toile. Elle tomba sur une page où se trouvaient autant de gribouillis que d'éléments du cours. Sans scrupule elle en déchira un bout et, au dos de celui-ci, écrivit : "Enora, j'ai besoin de te parler. Urgent. Abi." Elle déposa le papier au milieu de l'assiette, plaça son pouce sur les armoiries et informa : "Terminé". L'assiette disparut. La magicienne patienta encore un peu, puis en suivant le même processus elle commanda un dessert. Son choix s'arrêta sur une farandole de

fruits. Abigaïl l'attendit avec hâte, pressée de savoir si son message était arrivé à destination. Lorsque le dessert apparut, la réponse reposait sur le sommet d'une fraise. La magicienne attrapa le morceau de papier et le déplia avec ferveur : "Compris. Aux larmes après le couvre-feu. E.". C'est satisfait qu'Abigaïl mangea ses fruits et quitta le réfectoire. Il restait plusieurs heures avant qu'elle ne retrouve sa mère adoptive et elle décida de les mettre à profit en se rendant à la bibliothèque. De nombreuses questions continuaient de la torturer et elle trouverait peut-être des éléments de réponse dans les livres. Elle repassa donc devant les armures, bifurqua sur la droite et monta un imposant escalier de marbre blanc. Elle n'arriva pas jusqu'en haut, car elle fut agrippée par le cou lorsqu'elle croisa un groupe d'étudiants. Elle fut surprise en reconnaissant son oppresseur :
— Gauvrian, comment tu…
— La ferme ! tonna le magicien en resserrant son étreinte. Où est-il ? Où est mon frère ?
Abigaïl se rappela alors que Gauvrian avait un jumeau.
— Où est Gauvrian ? reprit-il avec force. Qu'as-tu fait de lui ?
— Rien !
— Ne me mens pas, Alphonse a vu la scène. Ton ami l'a transformé en oiseau et maintenant il est introuvable.
Excédée d'être malmenée par la copie conforme de la brute qui avait insulté ses parents, Abigaïl décida de frapper la première. Elle banda sa volonté et s'exclama :
— Odola irakin !
L'effet du sort fut instantané, le forcené la relâcha et se tint la main tout en hurlant de douleur. À la surface de celle-ci, plusieurs cloques venaient d'apparaitre.
— Tu vas me le payer, jura le jumeau tout en levant son poing massif.
Abigaïl baissa la tête et ferma les yeux, prête à recevoir le coup lorsqu'une voix s'écria :
— Zaltan, arrête !
Tous les regards se tournèrent vers le perturbateur, en bas de l'escalier.

— Azénor, tout le monde sait que tu n'en as rien à foutre d'elle. Laisse-moi lui régler son compte.
Le prince, déterminé, monta une volée de marches.
— Les choses changent. Et je ne m'attends pas à ce que quelqu'un comme toi le comprenne. Écarte-toi.
Zaltan croisa les bras et le regarda avec défi.
— Sans ta mère, on t'aurait rabattu le caquet depuis longtemps.
Azénor serra les poings. Même Abigaïl sentit la rage monter en lui.
— Je n'ai pas besoin d'elle, s'écria-t-il.
Une multitude d'épées apparurent tout autour de lui, flottant dans les airs, les pointes dirigées vers Zaltan.
— Impressionnant ! admit le jeune homme. Et que vas-tu faire ? Me transpercer de toute part ?
— Pourquoi pas ?
— La popularité de la reine Maela s'effrite et de plus en plus de bras rejoignent la Résistance. Elle ne pourra laisser son fils impuni s'il assassine un neveu du plus puissant de ses ducs.
— Quelle est donc l'origine de ce vacarme !
Le prince claqua des doigts et les épées se volatilisèrent. Le professeur Firmin arriva en bas des escaliers.
— Ha, Azénor, s'exclama-t-il tout en se forçant à sourire. Je tenais à m'excuser de m'être montré abusivement curieux et agressif envers vous.
Ses yeux se posèrent sur le groupe d'étudiants qui encombraient l'escalier. La tension était palpable.
— Zaltan, justement je vous cherchais !
— Pour quelle raison, monsieur ?
— Nous avons du mal à localiser votre frère et le lien particulier qui unit les jumeaux pourrait servir. Veuillez me suivre.
Le visage de Zaltan s'éclaira.
— Tout de suite professeur !
Il dévala l'escalier en vitesse et bouscula Azénor au passage. Une fois l'enseignant et Zaltan partis, le groupe d'étudiants se dissipa.
— Merci de m'avoir défendu ! dit Abigaïl.
— N'oublie pas, demain midi au plus tard, rappela le prince avant

de s'éclipser.
Abigaïl se retrouva seule et monta les marches qui lui restaient à franchir. Lorsqu'elle entra dans la pièce, l'odeur typique des livres anciens lui assaillit les narines. La bibliothèque d'Anthème était la deuxième plus grande de Penderoc. On y trouvait toutes sortes d'ouvrages, mais les plus sensibles d'entre eux, les manuscrits interdits, reposaient dans une autre pièce. De cet endroit, les élèves ne connaissaient ni l'emplacement ni la façon d'y entrer. Seul Azénor avait ce privilège. Des rayonnages poussiéreux s'étendaient à perte de vue. À gauche, une petite table de pierre à l'allure inquiétante reposait contre le mur. Une étudiante s'en approcha et y déposa un livre dont elle n'avait plus besoin. Le plateau s'illumina alors d'une douce lumière jaunâtre. Le manuscrit, manipulé par une force invisible, se mit sur sa tranche et s'éleva de plusieurs mètres dans les airs, bien au-dessus des élèves venus s'instruire. Abigaïl le vit se mouvoir et reprendre son emplacement dans le premier rayonnage. La magicienne aperçut, du coin de l'œil, une grosse pile de parchemin disposée au sol à côté de la table. Elle savait que ceux-ci énuméraient l'ensemble des ouvrages disponibles dans la bibliothèque. Il suffisait de prononcer un numéro de référencement pour que l'œuvre correspondante se déplace jusqu'à la table. Cependant, Abigaïl avait toujours préféré déambuler entre les rayonnages. Elle éprouvait un certain plaisir à parcourir ce labyrinthe de manuscrits dont la simple apparence racontait souvent une histoire. Elle mit tout de même près d'une heure à trouver un premier livre susceptible de lui apporter des réponses. Il possédait une couverture verte écaillée où l'on pouvait lire : "Le grand recueil des ingrédients alchimique". Abigaïl fit tourner les pages de l'ouvrage jusqu'à découvrir celle qui l'intéressait. "L'œil de perdrix entre dans la composition du philtre d'amour. Bouilli, il augmente les effets de la potion de furtivité et il est parfois nécessaire lors d'invocations de démons supérieurs." Un frisson glacial parcourut l'échine de la magicienne. Azénor s'était-il épris d'une autre élève ? Cette idée la répugnait, elle sentit ses maigres espoirs disparaitre. Comment pouvait-il lui demander à elle, la femme qui l'aimait et qu'il rejetait sans cesse, de

l'aider à préparer un philtre d'amour pour une autre ? Abigaïl fit son maximum pour rester calme, après tout l'œil de perdrix avait différentes utilisations. Le doute restait néanmoins bien présent et elle voulait en avoir le cœur net. Avant de lui donner ce qu'il désirait, elle exigerait des explications… La jeune femme remit le livre à sa place. Elle s'apprêtait à repartir lorsqu'un autre ouvrage chuta de l'étagère. Abigaïl regarda autour d'elle, cherchant ce qui avait pu le faire tomber, mais elle ne vit personne. Elle se baissa donc pour le ramasser. Dès que ses doigts effleurèrent la couverture, elle eut une étrange sensation, comme si elle venait de se jeter dans le vide. Elle lut le titre : "La larme divine". Il était petit et sur sa tranche un symbole attira l'attention d'Abigaïl : un cercle bleu avec, à l'intérieur, un carré vert qui entourait un losange pourpre. Ce manuscrit l'intrigua au plus haut point. Sans plus de cérémonie, elle le mit dans l'une de ses poches et sortit de la bibliothèque.

4
Œil et légende

Le couvre-feu sonna et Abigaïl se hâta de rejoindre le dortoir. Il s'étendait sur trois étages et la jeune femme partageait sa chambre avec deux de ses camarades. Elles ressemblaient à des amies, c'est-à-dire qu'elles ne la traitaient pas comme une malpropre. La plupart du temps, elles se contentaient de l'ignorer et cela lui convenait parfaitement. Lorsqu'Abigaïl entra dans la chambre, elle la constata vide, fait rarissime. La magicienne s'allongea sur son lit et sortit le livre subtilisé à la bibliothèque. Poussiéreux et très ancien, il contait la légende ancestrale de trois anneaux qui, combinés, formaient un artefact à la puissance sans égal. Le mythe datait de plusieurs millénaires et son origine restait incertaine. Le petit manuscrit n'imposait aucune hypothèse, il se contentait d'en détailler plusieurs. Deux d'entre elles avaient marqué Abigaïl.

La première mentionnait un cristal divin tombé du ciel. La larme d'une déesse attristée de voir les hommes s'entre-déchirer dans des guerres inutiles et sanglantes. Winston Lavonish, un magicien empreint d'une grande sagesse, aurait utilisé l'artefact pour répandre la paix et éradiquer les dragons, fléaux de l'humanité. À l'hiver de sa vie, Lavonish aurait estimé que la larme ne devait en aucun cas lui survivre. Pour éviter que cela ne se produise, il aurait tenté de la détruire, en vain. En y mettant toutes ses forces, il serait parvenu à la diviser en trois éclats précieux qu'il dispersa aux quatre coins du monde.

La deuxième hypothèse concernait un nécromancien atteint de folie qui enlevait des enfants pour emprisonner leur âme dans des joyaux. Ses expériences auraient été dévoilées au grand jour et, traqué de toute part, il aurait combiné la puissance des trois anneaux pour disparaitre. Des pilleurs de tombes les auraient retrouvés sur sa carcasse pourrissante plusieurs siècles plus tard, enfermés dans une grotte remplie de squelettes difformes. Au décès du nécromancien, le sort liant les joyaux se serait dissipé. Ignorant qu'ils détenaient les éléments d'un artefact au pouvoir sans égal, les profanateurs les auraient vendus au plus offrant au gré de leur voyage.

Malgré les nombreuses hypothèses avancées dans l'ouvrage, tous s'accordaient sur certains points : les trois anneaux étaient montés de pierres précieuses. La première, un saphir taillé en cercle, aspirait l'énergie vitale de sa cible. Il la faisait vieillir jusqu'à devenir poussière. La deuxième, une émeraude carrée, rendait son bénéficiaire invisible aux yeux de tous. Quant à la troisième pierre, un rubis façonné en losange, il annihilait la magie étrangère à son porteur. Chaque anneau possédait un nom et quiconque en passait un au doigt ne pouvait l'enlever qu'en le nommant. À l'instant où l'un d'eux était enfilé, il se mélangeait à la chair et à l'esprit de son porteur. Seul le symbole de son pouvoir restait visible sur la peau. Une illustration accompagnait la description de chaque anneau et lorsqu'Abigaïl vit le dessin du troisième artefact elle sentit son cœur s'accélérer. La pierre ressemblait beaucoup au losange aperçu sur le doigt du directeur. Abigaïl s'empressa de découvrir la suite avec attention. De nouveau, le livre n'avança que des hypothèses. Ainsi le saphir aurait disparu avec le roi asimerien Inlova il y a plus de cinq siècles. Celui-ci, sentant la maladie emporter sa vie, se serait laissé périr au fond de l'océan avec l'artefact. Le second anneau serait entre les mains des descendants de Winston Lavonish. Quant à la troisième pierre, elle semblait perdue, mais Abigaïl en gagna une certitude : elle était à l'origine de l'impuissance de Gregor. Tout concordait.

Soudain, la porte s'ouvrit avec violence. Une élève entra en trombe, se jeta sur son lit et s'écria :

— Mais j'ai mal ! Je souffre !

— Je sais bien, répondit son amie entrée juste après elle, mais l'infirmière est absente. Elle arpente le parc avec les professeurs pour rechercher je ne sais qui.

— Et tu ne connaitrais pas un sort pour me soulager ?

— Marcia, je t'ai déjà dit que non !

— Et toi ?

Abigaïl ne s'était pas immédiatement rendu compte que l'on

s'adressait à elle.

— Pardon ?

— Tu ne connais pas un sortilège pour apaiser ma douleur ? redemanda Marcia.

— Où as-tu mal ?

— Ça ne se voit pas ? Ma joue a triplé de volume, ma dent me fait souffrir !

— J'ai déjà eu ce genre de problème, compati Abigaïl. L'infirmière a utilisé une simple formule et tout est rentré dans l'ordre.

— Génial ! s'émerveilla Marcia. Tu t'en souviens ?

— Je ne la connais pas parfaitement…

— Ça m'est égal, je souffre trop. Fais-le.

L'amie de Marcia l'attrapa par l'épaule.

— Attends, si elle se trompe, ça craint.

Marcia se dégagea.

— Tu ne m'écoutes pas ! J'ai trop mal, je n'ai jamais eu aussi mal de toute ma vie. Abigaïl, je t'en supplie, dépêche-toi !

La jeune femme, l'esprit encore engourdi par ce brusque retour à la réalité, remit le petit manuscrit dans l'une de ses poches, sortit de son lit et se positionna devant Marcia. Elle vit une larme s'échapper de ses yeux.

— D'accord, je vais essayer. Ne bouge surtout pas.

Abigaïl leva sa main, inspira et s'exclama :

— Gueriten dengivecte

Une mince fumée verte apparut et s'engouffra dans la bouche, les oreilles et les narines de Marcia. Celle-ci déglutit avec difficulté, fit une moue étrange puis s'écria.

— Fé fanfafionel ! Gé mlu nal !

Elle fit un large sourire et ce que vit Abigaïl lui glaça le sang. Une dent sur deux de la bouche de Marcia avait disparu. Par endroits l'on ne voyait que sa gencive et les nombreux trous béants laisser par les dents manquantes. De plus, la partie gauche de son visage était paralysée et la moitié de sa lèvre pendait généreusement. Marcia se mit à tituber, l'air ahuri, et faillit tomber à la renverse, rattrapée in extremis par son amie.

— Qu'est-ce que tu lui as fait ? tonna celle-ci.

— Je... je ne sais pas, avoua Abigaïl. Cela avait fonctionné pour moi.
La camarade de Marcia l'aida à s'allonger et remarqua l'absence des dents. Elle se tourna vers Abigaïl avec horreur.
— Ça, tu vas le regretter.
Il fallut de longues minutes pour que Marcia reprenne ses esprits, le visage néanmoins engourdi.
— fgé nal à na tête.
— Écoute Marcia...
— Chquoi ?
— La folle dingue a fait disparaitre la moitié de tes dents...
Marcia glissa un doigt sur ses gencives. Elle se jeta alors sur Abigaïl et commença à la rouer de coups avant d'être arrêtée par son amie.
— Ça suffit, ça ne résoudra rien.
— Flaisse noi, jvé loui arrafé les bent ! hurla Marcia.
— Le couvre-feu a déjà sonné, prévint son amie avec autorité. Si tu veux qu'on aille chercher l'infirmière, c'est maintenant !
Marcia se laissa traîner hors du dortoir, mais, avant de disparaitre derrière la porte, elle fit glisser son pouce sur sa gorge tout en fixant Abigaïl du regard.
De nouveau seule, la magicienne s'assit sur son lit et éclata en sanglots. C'était trop. En voulant être gentille, elle venait de se faire une nouvelle ennemie qui, de surcroît, dormait dans la même chambre qu'elle. Elle se sentit plus seule que jamais. Désespérée, elle pleura durant de longues minutes, un rayon de lune éclairant son visage à travers la fenêtre. Ses doigts s'enroulèrent autour de son médaillon. Elle l'enleva de son cou pour mieux le regarder. Il était ovale et une pierre semi-précieuse bleue ornait son centre. D'étranges motifs décoratifs parcouraient son contour usé. D'après Enora, c'était le seul héritage de ses parents. Bien qu'elle ne les ait jamais connus et malgré leur abandon, ils lui manquaient énormément. Elle en avait assez d'être rejetée. Une larme s'échappa de ses yeux et vint s'éclater sur le pendentif en une multitude de fragments bleutés. En voyant ainsi ses pleurs, elle se souvint du rendez-vous qu'elle avait pris avec Enora. Elle sortit le

morceau de parchemin : "Compris. Aux larmes après le couvre-feu. E." Abigaïl savait où elle devait se rendre. Alors quelle n'était qu'une enfant, elle avait remarqué le tableau d'une villageoise tenant un bébé dans ses bras et pleurant à chaudes larmes. Elle y avait vu le deuil d'une mère pour son nourrisson et trouvait l'œuvre si sinistre qu'elle avait emprunté un chandelier pour brûler la toile. La peinture commençait à prendre feu lorsqu'Enora l'avait surpris et interrompu son sabotage.
— Mais pourquoi fais-tu une chose pareille ?
— Parce que ça me rend triste. La maman elle souffre, je veux la libérer.
Enora avait alors pris la petite Abigaïl dans ses bras. La colère avait déserté ses yeux.
— Regarde bien le tableau, ma chérie. Ouvre ton cœur et tu ne verras plus une femme en deuil, mais une mère qui pleure d'amour pour son enfant. Chasse les sombres pensées de ton esprit. Il ne tient qu'à toi de distinguer la joie et le bonheur qui t'entoure.
Ce moment fort avait renforcé le lien qui unissait Abigaïl et l'intendante. La jeune femme considérait Enora comme sa mère et ne plus la voir l'attristait. Pourtant, aujourd'hui, elles allaient enfin se revoir. Abigaïl sécha ses larmes et d'un pas leste sortit du dortoir. Elle bravait le couvre-feu pour la première fois et elle dut reconnaître que c'était le moment idéal. Ses compagnons de chambrée absents ne pouvaient donner l'alerte et les professeurs déambulaient dehors, abandonnant ainsi les rondes dans les couloirs. La magicienne s'engouffra dans l'obscurité. Le corridor était désert. Le silence qui y régnait rendait ses moindres faits et gestes aussi bruyants qu'une corne de brume. Elle entendait sa respiration saccadée par le stress et l'excitation. Une légère brise lui effleura le visage. Si elle se faisait surprendre maintenant, elle ne recevrait qu'un rappel à l'ordre, mais discuter avec un non-magicien aurait des conséquences plus lourdes : Enora risquait le renvoi. De plus, elle n'obtiendrait pas d'œil de perdrix. Mais une autre raison poussait Abigaïl à revoir sa mère adoptive. Le verrouillage du registre l'intriguait au plus haut point. Désormais

persuadée qu'on lui dissimulait certaines choses, elle était déterminée à recueillir des réponses. Elle passa deux autres corridors, à pas de loup, et arriva enfin devant le tableau. Le bas de celui-ci gardait encore les marques de l'attaque à la bougie dont il avait été victime des années plus tôt. Tandis qu'Abigaïl regardait la peinture, elle entendit un chuchotement se répercuter dans tout le couloir.

— Abi ! Abi !

La magicienne vit Enora, en partie dissimulée derrière une grande armure de fer-blanc. Elle se pressa de la rejoindre.

— Mon enfant ! murmura l'intendante en enlaçant Abigaïl. Enfin je peux te reprendre dans mes bras !

Abigaïl savoura l'instant, consciente de la rareté des gestes tendres dans sa vie. Enora relâcha son étreinte. La magicienne observa sa mère adoptive. Des joues creusées, un double menton absent et un tour de taille réduit de moitié. Abigaïl lui donnait dix ans de moins et une vingtaine de kilos perdus. Enora rayonnait.

— Tu as bien grandi ma fille, dit-elle en caressant la joue de la magicienne. Je suis si heureuse de te revoir, mais tellement inquiète. Des rumeurs circulent dans les cuisines et certaines te concernent…

— Toi aussi tu as bien changé !

— Depuis l'arrivée du nouveau directeur, la charge de travail a augmenté. Mais peu importe, dis-moi plutôt que ce qu'on raconte est un ramassis d'ineptie !

— Et quels sont ces ragots ?

— Tu aurais métamorphosé deux élèves en animaux et tu serais restée enfermée plusieurs heures dans le bureau de Théodore avec un inconnu !

— Un étranger à l'esprit dérangé qui s'appelle Gregor me prend pour sa mère et a transformé, devant moi, deux de mes camarades. Mais si je t'ai demandé de venir, ce n'est pas pour parler de ça…

Enora tenta d'assimiler ce qu'elle venait d'apprendre, mais lorsqu'elle croisa le regard déterminé d'Abigaïl, l'inquiétude prit le dessus.

— Qui y a-t-il ?
— Dis-moi tout ce que tu sais sur mes parents !
Enora lâcha un profond soupir.
— Écoute, c'est le passé, murmura-t-elle en dévoilant un large sourire qui se voulait apaisant. Je suis ta mère. Oublie le reste.
— Non, ça suffit ! Je ne suis plus une gamine. J'exige des réponses ! Pourquoi le directeur Huford s'est-il donné tant de mal pour dissimuler mes origines ?
Enora dévisagea Abigaïl. En effet, l'enfant turbulent et plein de vie qui courait à tout va dans les cuisines avait bien changé. Devant elle se tenait une jeune femme au regard perçant et décidé.
— Je t'ai toujours considéré comme ma fille…
— Et tu es ma mère, je ne remets pas cela en cause, mais je veux savoir d'où je viens.
Enora se tordit les doigts avec anxiété.
— Tu n'as pas été abandonnée devant les portes du château, avoua-t-elle. Je t'ai menti pour te protéger.
— Mais encore ?
— Un homme d'âge mûr te portait dans ses bras. Il est venu parler au directeur Huford. Apparemment, ils se connaissaient bien. Je l'ai emmené jusqu'au bureau, mais je n'ai pas pu assister à toute la conversation. Il faisait partie de la haute société, ses habits en témoignaient. Tout en lui respirait la richesse et la noblesse. Il a demandé au directeur de veiller sur toi, de te cacher.
— C'était…
— Non. Je ne pense pas qu'il s'agissait de ton père, car il t'appelait "l'enfant". Gérald m'a prié de t'élever et m'a remis le médaillon en disant qu'il ne devait jamais te quitter. Le noble lui a expliqué que, le moment venu, il serra le phare dans l'obscurité qui indiquera le chemin.
Instinctivement, Abigaïl posa la main sur son pendentif.
— Je n'en sais pas plus, on m'a demandé de sortir du bureau. Le directeur Huford en sait plus que moi. Personne ne s'attendait à son départ il y a trois ans. Il a abandonné son poste du jour au lendemain sans aucune explication.
Abigaïl hocha la tête, heureuse d'obtenir réponse, bien que peu

éclairante.
— Merci, lâcha-t-elle.
Elle remit de l'ordre dans ses pensées puis elle se ressaisit.
— J'ai un service à te demander.
— Je t'écoute.
— Demain matin, il me faudra un œil de perdrix cru dans mon plat
— Tu ne vas pas le manger quand même !
— Non.
— Que mijotes-tu ?
— Je ne peux pas te le dire…
— Ne tente rien d'irréfléchi, supplia l'intendante. Je comprends que ne pas savoir d'où tu viens t'agace, mais tu as une vie ici ! Dès que tes études seront terminées, tu pourras voyager et voir les grandes capitales de ce monde. Les personnes riches veulent toutes obtenir un magicien attitré. Une vie opulente t'attend. Ne gâche pas cet avenir à cause du passé. Je t'en conjure, va de l'avant et ne regarde pas en arrière.
— Pourquoi me dire cela ?
— Je veux juste m'assurer qu'utiliser cet œil, surtout si c'est pour explorer ton passé, ne te causera pas d'ennui. Le moindre écart de conduite avec la magie et l'on te déclare réfractaire…
Un bruit inquiétant se répercuta dans un couloir adjacent. Les deux femmes se figèrent. Abigaïl reprit conscience qu'Enora encourait un grand risque en lui parlant.
— N'oublie pas l'œil de perdrix. Fais-moi confiance, tout se passera bien.
— Tu t'en vas déjà ?
— Si l'on nous surprend, tu auras des ennuis. Je retourne me coucher. Je t'aime maman.
— Je t'aime ma petite…
Abigaïl fit volte-face. Elle voulait regagner le dortoir avant ses camarades et faire semblant de dormir pour ne pas devoir les affronter. Alors qu'elle pénétrait discrètement dans la chambre, elle constata être la première revenue. Elle s'allongea sur son lit. La présence de Gregor, d'un anneau légendaire, l'étrange comporte-

ment d'Azénor et le mystère qui entourait ses parents. Peut-être n'étaient-ils pas morts finalement. C'est dans un tourbillon d'espoir et de questions sans réponses qu'elle s'endormit.

5
Sang et confidences

Comme prévu, l'œil de perdrix arriva avec son petit déjeuner. Celui-ci trônait fièrement sur un toast grillé, à côté de la confiture de groseille. Dès qu'Abigaïl le vit, elle fut victime de haut-le-cœur : elle ne s'attendait pas à ce que l'œil soit aussi gros et injecté de sang. L'orbite d'un noir d'encre, les nombreux nerfs rouge vif et l'odeur nauséabonde finirent de lui couper l'appétit. Elle le mit dans un petit morceau de tissus, l'estomac au bord des lèvres, et s'empressa de quitter le réfectoire. Son premier cours n'aurait lieu que dans trois heures, mais l'impatience de se débarrasser de ce répugnant paquet la poussa vers le dortoir des garçons. Elle fut stoppée à l'angle d'un mur lorsqu'elle tomba nez à nez avec Marcia. Leurs regards se croisèrent. Abigaïl comprit qu'elle ne passerait pas indemne.

— Pauvre idiote. À cause de toi, j'ai vécu la plus horrible des nuits. Faire repousser les dents est mille fois plus douloureux qu'un simple abcès. Tu vas me le payer !

Abigaïl recula devant la charge de sa camarade.

— Je voulais juste aider, assura-t-elle.

Elle se retrouva acculée contre le mur. Marcia frappa avant qu'Abigaïl ne puisse se protéger le visage. Elle sentit les ongles de Marcia lui entailler l'arcade. Le sang coula avec abondance. La douleur, aiguë, ne se fit pas attendre. Abigaïl cria.

— Que se passe-t-il ? tonna une voix.

Le directeur Théodore arriva en trombe.

— Mais vous êtes folle ! hurla-t-il. Dans mon bureau, immédiatement !

Marcia obéit en traînant des pieds.

Abigaïl se toucha le visage et sentit une balafre courir le long de son arcade jusqu'à sa joue. Elle regarda sa main, couverte de sang.

— Monsieur, je dois me rendre à l'infirmerie, dit-elle, hébétée.

— Quelques millimètres de plus et vous perdiez l'œil ! s'indigna

Théodore. Mais il n'est pas nécessaire de déranger l'infirmière déjà fort occupée avec votre camarade. Je peux m'en occuper.
— À qui l'infirmière prodigue des soins ? demanda Abigaïl en priant pour que ce ne soit pas le prince.
— Le jeune homme transformé en mouton. Grâce au concours des professeurs, nous sommes parvenus à le retrouver et à inverser le sortilège, du moins en partie...
Le directeur soupira.
— Ne bougez plus, ordonna-t-il. Je vais vous soigner.
Il posa délicatement sa main sur la blessure et murmura :
— Fermienter plaistator postura, fermienter plaistator postura.
Abigaïl sentit une douce chaleur parcourir son visage et se concentrer sur les lésions. Théodore resta ainsi de longues secondes, les yeux fermés pour canaliser ses pensées et répétant sans cesse la formule. Lorsqu'il retira sa main, Abigaïl ne ressentait plus aucune douleur.
— Les plaies sont refermées, informa-t-il. Vous allez garder de légères cicatrices et éprouver des picotements durant les prochaines heures. Rien de bien méchant.
— Merci, monsieur.
Celui-ci sortit un mouchoir de sa poche et s'essuya la main.
— Penser à enlever le sang de votre joue. Inutile d'inquiéter vos camarades.
Abigaïl acquiesça et Théodore afficha un sourire satisfait.
— Mademoiselle, je vous assure que Marcia sera punie comme il se doit. Sur ce, je vous laisse.
— Merci pour votre aide, monsieur.
Le directeur la laissa seule. Abigaïl prit une grande inspiration. Elle redoutait déjà l'heure du couvre-feu... Se retrouver enfermée, une nuit entière, dans la même pièce que Marcia. La magicienne se fit violence et repoussa les pensées néfastes. Elle devait se remettre de ses émotions et garder en tête les objectifs de sa journée. Elle reprit le chemin du dortoir des garçons, fit un crochet aux toilettes pour se nettoyer le visage, et arriva enfin devant celui-ci. Abigaïl savait qu'elle ne pouvait y entrer, cela déclencherait une alarme : Anthème n'appréciait pas les dortoirs mixtes. La

magicienne attendrait donc qu'Azénor en sorte. Pour éviter de se retrouver face à Zaltan s'il sortait en premier, elle trouva une cachette d'où elle pouvait observer l'entrée du dortoir sans être vue. Abigaïl attendit une trentaine de minutes avant qu'Azénor ne sorte. Tout comme avec Enora, elle exigerait des réponses. Durant toutes ces années, laisser sa gentillesse naturelle guider ses choix lui avait attiré plus d'ennuis que de reconnaissance. Il était temps de se montrer plus convaincante, quitte à prendre des risques. L'idée que le prince puisse l'utiliser pour charmer une autre… voilà la limite à sa tolérance. Elle sortit prestement de sa cachette, ce qui fit sursauter Azénor.

— Tu es folle de surgir comme ça ! dit-il le cœur battant.

Il lui attrapa le bras et l'emmena dans un coin plus discret.

— Je t'ai fait peur ? s'amusa Abigaïl.

— As-tu l'œil ?

Azénor croisa ses bras et lui lança un regard équivoque.

— Ça dépend.

La tension monta d'un cran.

— Ne joue pas à ce petit jeu avec moi, tu vas t'y brûler les ailes.

— Désolé, mais il va falloir m'en dire plus, soutint Abigaïl en posant les mains sur ses hanches. Quelle greluche a réussi à s'approprier ton cœur de ronce ?

— Tu délires…

— L'œil de perdrix est l'ingrédient principal du philtre d'amour. Je veux des réponses !

— Et tu n'en obtiendras aucune.

— Si tu refuses de me mettre dans la confidence, je me débarrasserai de l'œil et j'irais voir le directeur…

— Je t'avais prévenu, rien ne me fera reculer, répliqua Azénor avec sérieux. Je te le prendrai de force s'il le faut.

Abigaïl ne s'était pas attendue à une réponse aussi rude. Le prince se montrait froid et déterminé. La magicienne était persuadée de la sincérité de sa menace.

— Pas plus tard qu'hier tu m'assurais que je pouvais te faire confiance, reprit-il. Pourquoi un si violent changement d'attitude ?

— M'utiliser pour te rapprocher d'une autre, voilà la limite à ne pas franchir…
— Je n'aime personne. Cela, je peux te le promettre. L'œil me servira à autre chose qu'un philtre d'amour.
— Dis-moi à quoi alors !
— Non, je ne veux pas d'élément qui pourrait perturber mes plans.
— Tu me prends vraiment pour une moins que rien…
Azénor ne put empêcher un sourire narquois de déformer ses lèvres.
— Là n'est pas la question. Nous avions un accord ! Tu devais apporter un ingrédient. Rien de plus.
— N'être qu'un simple outil, au même titre qu'un pot de chambre ne me convient plus.
Le prince la dévisagea longuement puis s'exclama :
— Ce que je prépare bouleversera ma vie à jamais, tout comme la tienne si tu y prends part.
— À quel point ?
— De façon radicale, assura-t-il. Il est fort probable que je sois traqué par ma propre mère pour hérésie, trahison envers la couronne. Si tu m'aides, il en sera de même pour toi. Tu sais aussi bien que moi que quitter l'école maintenant reviendrait à se déclarer ouvertement réfractaire. Tu souhaites prendre un tel risque ?
Là encore, Abigaïl fut décontenancée. Elle ne dit rien, sentant que sa réponse engendrerait de lourdes conséquences. Finalement, elle libéra un profond soupir et lâcha :
— Je ne sais pas quoi te dire. Il me faut plus de temps pour me décider.
— C'est un luxe que je ne possède pas. Mon plan nécessite un alignement astral particulier. Tout doit avoir lieu aujourd'hui. Si tu refuses de m'aider, ce que je comprendrais, tu devras m'oublier et reprendre le cours normal de ta vie. Sache que je ne laisserais personne interférer dans mes plans, rien ne pourra me dissuader d'aller jusqu'au bout. À toi de choisir.
Abigaïl se remémora la conversation qu'elle avait tenue avec Enora. Anthème était son foyer et bientôt elle le quitterait pour par-

courir le monde. Mais cela ne signifiait pas pour autant une franche liberté. Dès sa sortie de l'école, il lui sera gravé un visionneur. Il s'agit d'un symbole enchanté complexe répertoriant les sortilèges effectués par son porteur. Tous les mois, un magistor la convoquera et demandera un justificatif pour chaque sort lancé. Le seul moyen de se débarrasser de cette contrainte est de trouver un mécène prêt à payer la couronne pour libérer de la surveillance le magicien à son service.

Abigaïl était attirée par la nature et ses secrets, mais aussi par la ville et ses coutumes, sans parler de la mode vestimentaire… Elle s'était toujours imaginée femme du monde, libre de parcourir les territoires tout en restant élégante et respectée de tous. Une vie idéale bien éloignée de ce qui l'attendait vraiment, mais elle l'avait accepté. Pourtant, au fond d'elle-même, elle devait reconnaître que ces derniers jours, les plus intenses de son existence, avaient bougé les lignes. Que ce soit sa confrontation avec Gregor ou Zaltan, l'étrange voile qui recouvrait ses origines ou même le mystérieux plan d'Azénor, tout cela la stimulait. Elle se sentait si vivante que devenir fugitive avec l'homme qu'elle aimait lui semblait une destinée enviable. De plus, si elle refusait, elle ne le reverrait peut-être jamais, une perspective qu'elle n'osait imaginer.

— Alors ? s'impatienta Azénor
— Y a-t-il un risque que nous blessions quelqu'un ?
Le prince fronça des sourcils.
— Non, je ne crois pas…
— Dans ce cas, je suis avec toi.
Azénor se pencha.
— En es-tu certaine ?
— Oui, je t'aiderais, révèle-moi tout.
— Soit, mais pas ici.
Azénor emmena Abigaïl dans une salle vide, se tourna vers elle, prit une profonde inspiration et s'exclama :
— Je vais invoquer le démon responsable de la disparition de mon père.
— Pardon ? s'enquit Abigaïl, qui ne comprenait pas.
— Avant même l'assassinat du roi Irlof, sa fille, ma mère, était

une magicienne et une politicienne habile et crainte par ses opposants. L'influence du Céraste pourpre grandissait à coups de complots, trahisons et meurtres. Étonnamment, bon nombre de ces actes ignobles renforçaient la position de la princesse qui, je te le rappelle, cherchait le soutien des trois ducs pour monter sur le trône. Mon père n'appréciait guère ces manigances qui mettaient notre sécurité en danger. Je n'avais que quatre ans à cette époque et pourtant je me souviens de leurs disputes incessantes. Leurs avis divergeaient de plus en plus et il est devenu un obstacle. Ma mère a donc fait appel à un démon et lui a ordonné de faire en sorte qu'il ne puisse plus interférer dans ses plans. Il a disparu le lendemain. Quelques années plus tard, mes aptitudes magiques se sont manifestées et je suis arrivé ici. Je me suis intensivement entraîné à la télépathie. Grâce à cela je suis parvenu à revivre l'un de mes souvenirs et j'ai retrouvé le nom du démon qu'elle avait invoqué. Depuis je n'ai cessé de chercher des informations sur lui. J'ai fini par falsifier un document pour avoir accès aux livres interdits. C'est dans l'un d'eux que j'ai trouvé des réponses. C'est un démon légendaire, un être aux pouvoirs grandioses. Il est même dit qu'il n'y a que les suicidaires qui osent l'appeler de l'autre monde. J'imagine que ma mère l'avait asservi pour faire étalage de sa puissance. Quoi qu'il en soit, mon père a disparu à cause d'elle et cela fait des années que je le cherche. Je touche enfin au but.

Azénor souffla :

— Voilà, tu sais tout.

Abigaïl resta pantoise un instant puis montra son scepticisme.

— Cela remonte à plusieurs années, ne penses-tu pas qu'il soit…

— Mort ? Non, je n'y crois pas. J'étais là lorsque ma mère a demandé à son esclave de s'occuper de lui.

Abigaïl fit une moue sceptique.

— Oui, tu as bien entendu, elle m'a laissé assisté aux prémices de la disparition de mon père. Elle a ordonné au démon de faire en sorte qu'il vive, mais qu'il ne puisse plus interférer dans ses plans.

— S'il a été enfermé sans pouvoir se nourrir ou s'abreuver…

— Il est vivant, je le sens ! Et même si je me trompe, le démon serait le seul à pouvoir me le dire. Ma mère me mentirait et ferait tout pour m'empêcher de le retrouver. Lui sera obligé de m'obéir, de me dévoiler la vérité.

Abigaïl acquiesça. Elle ne connaissait que trop bien la douleur causée par l'absence d'un père.

— Dans ce cas, invoquons-le, mais à l'abri des regards.

— Je vais être honnête, nous allons devenir des réfractaires. Invoquer un démon aussi puissant n'est pas anodin, cela provoquera une fracture magique qui se répercutera jusqu'au palais. Ma mère la ressentira et saura de quoi il s'agit. Il ne restera qu'une heure pour interroger le démon et mettre les voiles.

Soudain un croassement se propagea dans la salle. Posé sur le rebord d'une fenêtre, un corbeau les regardait fixement.

— Tu crois qu'il…

Abigaïl n'eut pas le temps de finir sa phrase. L'oiseau plana dans les airs puis plongea droit vers le sol. Avant de l'atteindre, le volatile se métamorphosa, sous leurs yeux, en un homme de grande taille qui portait une cape de soie noire et une fine moustache. Il possédait des yeux bleu pâle et un long bâton d'ébène sur lequel l'on apercevait une cocarde rouge sang, signe des magistors. Il n'avait que trois ou quatre années de plus qu'Azénor. L'individu s'approcha et braqua son bâton d'osier.

— Ne bougez pas ! somma-t-il. Je vous arrête pour hérésie.

— Depuis combien de temps es-tu ici, espion ? demanda Azénor avec un calme qui surprit Abigaïl.

Le magistor se montra tout aussi surpris qu'elle et toisa le prince avec nervosité.

— Depuis suffisamment longtemps pour comprendre qu'il est de mon devoir de vous stopper.

— Tu es bien jeune pour un magistor. De combien de nobles as-tu léché les bottes pour intégrer l'élite de ma mère ?

— Je devais te surveiller. Tu aurais dû te montrer plus prudent. Grâce à toi, nul doute que je serais récompensé pour avoir empêché l'exécution de ton plan de folie.

Azénor continuait de lui poser des questions. Abigaïl remarqua que, derrière son dos, le jeune homme ne cessait de faire tourner son doigt de façon circulaire. Il était délicat de lancer un sort sans le formuler ou l'accompagner d'un geste directif. Ni elle ni le prince ne pouvaient maitriser le magistor avec un sortilège informulé. Mais il semblerait qu'Azénor ait de la suite dans les idées. En l'observant, elle s'aperçut qu'il regardait au-dessus de l'épaule de l'espion et non son visage. Elle vit, derrière celui-ci, une chaise s'élever dans les airs puis retomber lourdement. Surpris par le bruit, le magistor se retourna avec dextérité. Azénor profita de l'instant : "bougmé instantatum". Le bâton s'échappa des mains de l'espion et percuta sa tête. L'homme s'écroula, inerte.

— Nous devons faire vite, pressa Azénor tout en s'approchant de l'espion à grands pas. Nous avons de la chance, un magistor confirmé nous aurait maitrisés avant de dévoiler sa présence.

Il tendit ses bras, paume vers le bas.

— Mobilicis pieritas incaceres !

Un large cercle se dessina autour de l'espion, le sol se mit à trembler. Lentement, l'homme s'enfonça dans la pierre comme dans des sables mouvants. Le prince serra les poings et la réaction se stoppa, emprisonnant ainsi le corps du magistor.

— Cela devrait le retenir.

Il sortit de la salle de classe, Abigaïl sur les talons.

— Ma mère est en route, ajouta-t-il. Nous devons nous hâter.

— Combien de temps faut-il pour aller du palais jusqu'ici ?

— À cheval, trois jours. Pour elle, une heure.

— Peut-être que si tu lui expliquais...

— Non, coupa sèchement Azénor.

— Et où comptes-tu faire l'invocation ? demanda-t-elle en courant à sa suite sans savoir où il l'emmenait.

— Nous n'avons plus le temps de tracer les pentacles nécessaires, il faut utiliser ceux de la salle de cours, expliqua-t-il en entrant dans celle-ci.

Madame Persam, l'élégante professeur d'invocation, les regarda avec surprise. Elle portait une élégante robe bleue composée d'un corsage en dentelle et d'une jupe en velours qui lui serrait la taille et laissait deviner de longues et fines jambes. Un grand décolleté en V, souligné par une rivière de saphir, mettait en valeur sa généreuse poitrine. Ses lèvres pulpeuses, rehaussées par un baume d'ocre rouge, faisaient écho aux deux boucles d'oreilles, couleur rubis, qui ornaient ses oreilles. De tous les joyaux qu'elle portait, ses yeux étaient de loin les plus resplendissants. D'un bleu intense, ils se mariaient parfaitement avec sa tenue. Sa coiffure n'était pas en reste, sophistiquée, tout en nattes et chignons, elle dégageait son long et fin cou tout en supportant un discret diadème qui laissait une perle argentée descendre sur son front. Pour recouvrir ses pieds, elle avait choisi des souliers pointus en satin noir dont Abigaïl préféra ne pas imaginer le prix. De nouveau la jeune magicienne trouva en sa professeur d'invocation un modèle de bon goût, un concentré de mode.

— Quel enthousiasme, vous avez une heure d'avance ! constata-t-elle. Mais vous tombez bien, aidez-moi à pousser les chaises contre les murs. Aujourd'hui, c'est jours de pratique !

Pour accompagner ses paroles, elle souleva une table et se déplaça en crabe ce qui, pour le coup, la rendait beaucoup moins élégante.

— Désolé, s'exclama Azénor.

Il leva sa main et s'écria.

— Bougmé instantatum !

La table que portait le professeur se mit subitement à la verticale et lui percuta la tête. Madame Persam tomba à la renverse, la table bascula sur elle et lui fracassa le nez. Abigaïl vit des gouttes de sang éclabousser sa belle robe, son menton puis venir tacher son décolleté. Dans sa chute, l'un de ses talons s'était brisé et son diadème avait explosé sur le sol en mille morceaux. Un beau gâchis.

— Je croyais que personne ne devait être blessé...

— Elle s'en remettra.

Abigaïl resta immobile, le regard fixé sur son professeur. Ce fut à ce moment précis qu'elle prit pleinement conscience de ce qu'elle faisait.

— C'est de la folie, lâcha-t-elle en se tournant vers Azénor.

— Tu savais à quoi t'en tenir, je ne t'ai pas forcé. Il est trop tard pour faire demi-tour.

Il dégagea le tapis qui cachait un cercle de protection et le pentacle d'appel. Le prince l'entoura de sel, une protection supplémentaire qu'Abigaïl trouva bien dérisoire, et il alluma plusieurs bougies spéciales.

— Donne-moi l'œil, dit-il en tendant la main vers sa complice.

Abigaïl regarda le petit morceau de tissu qu'elle serrait dans son poing depuis le début de la matinée. Azénor avait raison, elle y était jusqu'au cou. Elle lui remit le paquet. Le prince se hâta de prendre l'œil et le disposa au centre du pentacle.

— Nous devons nous placer dans le cercle et lire l'incantation ensemble. Cela amplifiera les effets.

Abigaïl acquiesça et pénétra à l'intérieur du cercle gravé dans la pierre. Azénor sortit le petit manuscrit noir et l'ouvrit à la page du rituel ancestral. Son rôle : obliger le démon à traverser les dimensions pour apparaitre. L'invocation était rédigée en asimerien ancien, une langue qu'Abigaïl n'affectionnait pas particulièrement. Mais sachant que la moindre erreur pourrait se finir en catastrophe, elle se concentra à son maximum. C'est l'estomac noué et le cœur battant que la jeune femme découvrit le nom du démon : Wangriff.

6
Confrontations

Les signes de sa venue ne se firent pas attendre. Malgré les fenêtres closes, le vent se leva et emporta les parchemins dans un tourbillon de poussière. Un profond craquement, écho d'un autre monde, se répercuta dans toute la pièce tel un avertissement funeste. Une tapisserie s'embrasa, consumée par une flamme verte. Abigaïl sentit la température chuter. De la fumée blanche rythmait sa respiration. Soudain, les vitres explosèrent en mille morceaux, forçant les magiciens à se protéger le visage des débris de verre projetés en tous sens. Les ténèbres s'abattirent, éclipsant la lumière du soleil. Seules les bougies magiques fournirent un éclairage charrié par les rafales d'air glacé. Les deux camarades, serrés dans leur cercle, regardaient la scène avec impuissance. Abigaïl fut parcourue de violents frissons, mais ce n'était pas à cause du froid. Elle se sentait épiée, scrutée par une force qui pouvait l'écraser. Une fourmi plongée dans l'ombre d'une botte. La magicienne sentit l'angoisse envahir son cœur. Un silence pesant s'installa. Abigaïl et Azénor virent une mince volute de fumée opaque parcourir les abords internes du pentacle. Elle s'arrêta plusieurs fois avant de reprendre sa course. Après une dizaine de secondes qui leur parurent des heures, la brume noirâtre s'épaissit et occupa tout l'espace du pentagramme, du sol au plafond. Finalement, dans un tourbillon, celle-ci disparut, remplacée par un homme mature de grande taille au visage émacié. Il était pourvu d'un corps à la maigreur cadavérique, de fins cheveux bruns et d'un nez proéminent. Malgré une apparence ostensiblement fragile, son visage marqué par le temps et son allure gracile le rendait inquiétant. Tout en lui inspirait le mystère et la défiance. Il se mit alors à sourire, un large sourire sans chaleur. Il huma l'air tel un prédateur traquant sa proie. Contre toute attente, il poussa un puissant rire qui se répercuta dans toute la pièce. Abigaïl le sentit pénétrer en elle, faire vibrer ses os.
— Tu vas m'obéir, démon ! hurla Azénor avec force, comme si

les décibels lui donnaient du courage.
— Azénor, Annabella, quel plaisir de vous rencontrer ! parla Wangriff avec satisfaction.
Le choc de l'invocation passé et la curiosité prenant le dessus sur la peur, Abigaïl demanda :
— Comment m'avez-vous appelé ?
— Tu ignores jusqu'à ton nom... comme cela est délectable.
— Démon, intervint Azénor avec autorité. Je t'ordonne de me dire où est mon père !
L'intéressé resta de marbre, il croisa les bras et toisa le prince avec défi.
— Wangriff, je vous en prie, dites-nous ce que vous savez, implora Abigaïl.
— "Je vous en prie" ? Décidément petite, tu es surprenante. Bien plus futé que le plaisantin qui se tient à tes côtés.
— Le plaisantin est ton maitre, et je...
— Ne te donne pas cette peine. Si vous respirez encore, c'est uniquement parce que vous m'intriguez et que je n'ai pas vu de situation aussi hilarante depuis longtemps.
— Tu dois nous obéir, s'indigna Azénor. Tu y es obligé !
— Cela aurait été le cas si vous n'aviez pas commis de nombreuses erreurs. Ne savez-vous donc pas de qui j'ai pris l'apparence ?
Sans attendre de réponse, Wangriff continua.
— Albdebert Clatbrut, l'auteur du manuscrit que vous avez utilisé. Dorénavant, vous saurez qu'Albdebert est mort dévoré par un démon à la suite d'erreurs durant son invocation. Je sens encore ses os dans mon estomac...
— Tu nous mens, esclave !
Wangriff soupira.
— Voyez par vous-même.
En une fraction de seconde le démon redevint une brume noire, les deux magiciens, médusés, le virent traverser lentement le pentacle puis le sel. Juste devant eux, à l'extérieur de la prison magique, la fumée repris forme humaine. Wangriff tapota alors le sol de son pied. Une large fissure courut le long de la pierre et

vint fendre le cercle où Abigaïl et Azénor avaient trouvé refuge.

— Comme je vous le disais, c'est moi qui mène la danse. Le sel et les simples pentacles ne fonctionnent que sur les esprits faibles ! Autant de stupidité m'interpelle, serais-je votre première invocation ?

Abigaïl acquiesça.

— Je comprends, soupira le démon, une façon originale de se suicider. Désolé de contrarier vos plans, mais j'ai des affaires en suspens et une invitée à accueillir comme il se doit.

— Ma mère ? supposa Azénor.

— Exact ! Nous avons des comptes à régler. Pour fêter nos retrouvailles, j'aurais bien dépecé son fils, mais cela n'atteindrait même pas son cœur de glace. Sachez que vous m'avez ouvert une porte, offert la possibilité de rejoindre librement votre monde. Si je ne voulais pas être ici, j'aurais décliné l'invitation. Il est donc inutile de mettre en œuvre je ne sais quelles tentatives désespérées pour m'asservir, car cela aurait de fâcheuses conséquences sur votre santé…

— Vous n'allez pas nous tuer ?

— Non, pas encore. Vous tuer me forcerait à quitter votre monde, mais ne vous inquiétez pas, j'ai une réputation à défendre, votre tour viendra.

— Qui suis-je ? redemanda Abigaïl en déglutissant avec difficulté.

Wangriff huma l'air de nouveau.

— Pose donc la question à ton directeur, il vient de le découvrir. Quant à vos pères, je garde le secret. Cela serait trop facile et rendrait la situation bien moins jouissive pour moi. Que serait la vie sans un peu de piquant ?

Il se tourna vers Azénor et le pointa du doigt.

— Quant à toi, tu devrais traiter les autres avec plus de respect, car sans eux tu n'atteindras jamais ton objectif. Ou devrais-je dire, sans elle ?

Azénor et la magicienne s'échangèrent un regard surpris.

— Sur ce, j'ai de vieux amis à saluer, une guerre à préparer, des massacres à orchestrer… Cela va être amusant d'errer sans chaines dans votre monde !

Wangriff claqua des doigts et disparut. Les deux magiciens se dévisagèrent, conscients de ce qu'ils venaient de provoquer.

— Nous devons fuir dans les montagnes, pressa Azénor.

Il s'apprêtait à ouvrir la porte lorsqu'Abigaïl l'en empêcha.

— Non, il faut se rendre dans le bureau du directeur ! Je dois savoir ce qu'il a découvert.

— Chaque seconde restée ici nous rapproche de ma mère, plaida le prince. Wangriff libéré par notre faute, nous allons devenir les réfractaires les plus recherchés du pays.

— Je ne partirai pas sans savoir ! martela-t-elle.

À peine avait-elle fini sa phrase qu'Abigaïl sentit une masse se jeter sur ses épaules et une lame menacer son cou. En face d'elle, une petite créature dépourvue de poil, avec de grands bras, des dents pointues et un couteau à la main, infligeait le même traitement au prince.

— Essayez d'utiliser le moindre sortilège, esquissez le moindre geste et j'ordonne à mes lutins de vous trancher la gorge, prévint une voix.

Madame Persam se montra, le sang qui avait coulé de son nez s'était figé et une bosse ornait son front.

— Vous venez de faire la plus grosse erreur de votre vie. Invoquer Wangriff relève de la folie et vous en subirez les conséquences. Allons demander au directeur ce qu'il en pense.

Elle passa devant et les deux magiciens sentirent une pression dans leur dos : les lutins les sommaient d'avancer. Abigaïl et Azénor n'eurent d'autre choix qu'obéir. Le professeur leur fit traverser plusieurs couloirs sous les regards stupéfaits de nombreux élèves. Arrivé devant le bureau du directeur, quelqu'un les interpella :

— Madame, attendez ! Ses deux jeunes gens sont coupables de tentatives de crimes contre la couronne, je les arrête.

— Mais qui êtes-vous donc ? demanda madame Persam.

— Abdel Plutaune, magistor du second degré. Je vais prendre le relais.

Le professeur le regarda de bas en haut puis haussa les épaules.

— Vous arrivez trop tard ! Ils ont libéré le démon Wangriff. Je suis démonologiste et je vous prie de me croire, si nous n'agissons pas rapidement, ce sera de loin la plus grosse catastrophe de notre ère.
— Qu'ils soient maudits ! Nous prenons l'affaire en charge, ne vous inquiétez pas.
Madame Persam croisa les bras.
— Il n'y a qu'une solution et il faut vite la mettre en œuvre, expliqua-t-elle avec gravité.
Le magistor acquiesça.
— Notre reine arrivera bientôt au château, assurez-vous que l'accueil soit à la hauteur.
— Si vous y tenez, concéda-t-elle avant de s'éclipser.
Une fois le professeur hors de vue, le magistor se mit devant ses prisonniers.
— Bien tenté le coup du sol mouvant. Malheureusement pour vous, il en faut plus pour se débarrasser de moi. Mes collègues sont présents pour une autre affaire, mais je suis persuadé qu'ils seront intéressés par ma prise.
Abdel frappa à la porte et l'ouvrit sans attendre de réponse. Dès qu'ils pénétrèrent dans le bureau, les lutins s'éclipsèrent, laissant ainsi Abigaïl et Azénor maitres de leurs mouvements. La magicienne ressentit l'ambiance pesante qui régnait dans la pièce. Théodore était assis à son bureau, nerveux, le losange rouge sang toujours visible sur son annulaire. Abigaïl savait ce que cela impliquait : lui seul pouvait faire usage de la magie. Une précaution qui ne fit qu'accentuer ses craintes. En face du directeur se tenaient trois magistors à l'allure austère. Deux d'entre eux possédaient un bâton semblable à celui d'Abdel : ils étaient en ébène, leur arrivaient au menton et arboraient l'insigne de leur faction. Le troisième homme, plus vieux, portait la cocarde directement au niveau de la poitrine. Il avait un œil de verre et des cheveux noirs clairsemés. Penché en avant, les deux mains posées sur le bureau, il toisait Théodore : il s'agissait certainement du commandant. À quelques pas de lui, Gregor était attaché à une chaise. Les accoudoirs de celle-ci entouraient ses poignets et un large bâillon recou-

vrait sa bouche. Lorsqu'il vit la magicienne, il se mit vainement à remuer dans tous les sens. Tous se retournèrent à l'arrivée d'Abigaïl et d'Azénor.

— Abdel, que se passe-t-il ? demanda le commandant. Qui sont-ils ?

— Ils viennent de libérer le démon Wangriff. J'ai prévenu notre reine, elle est en chemin.

Les magistors et le directeur restèrent bouche bée devant la gravité de la situation.

— Voyez-vous ça ! Cela explique la puissante vague d'énergie que nous avons ressentie.

Le commandant se tourna vers Théodore.

— Décidément, Monsieur le directeur, il se déroule de dramatiques évènements dans votre école. Il est temps de nous en dire plus !

— Je n'ai rien à ajouter !

— Pourquoi ne pas nous avoir contactés dès l'arrivée de l'étranger ? martela le magistor. Héberger un réfractaire est assimilé à de la haute trahison.

— J'allais le faire. Comment avez-vous été prévenus ?

— Vos surveillants nous ont fait part de soupçons vous concernant. L'un de vos élèves, neveu du duc Winchester, a disparu suite à l'arrivée d'un réfractaire, et maintenant nous découvrons que le démon Wangriff a été libéré par deux de vos poulains. Deux actes inqualifiables...

— J'apprends cette catastrophe en même temps que vous !

— Bien, dans ce cas réglons le problème sans tarder. Vous savez aussi bien que moi qu'il n'y a qu'une façon pour forcer un démon de ce calibre à quitter notre monde. Les invocateurs doivent être exécutés !

— Le garçon est le prince Azénor... intervint Abdel.

Le commandant fit une grimace :

— Soit, nous laisserons notre chère reine Maela disposer de lui.

Un éclair de soulagement traversa les yeux de Théodore.

— Mais rien ne nous interdit d'effectuer la moitié du travail, reprit le commandant avec un large sourire.

Il se positionna devant Abigaïl et tendit la main vers elle.
— Rien à ajouter, directeur ?
Théodore croisa les bras et secoua la tête.
Même si Abigaïl savait que l'anneau empêchait le magistor de faire usage de la magie, le voir ainsi la dévisager avec dégoût lui noua l'estomac.
— Mortador inflamerto !
Abigaïl ne put se retenir de fermer les yeux, mais comme elle s'y attendait, rien ne se passa. Un silence oppressant s'installa puis l'homme à l'œil de verre se tourna vers le directeur.
— Comment ?
Il aperçut alors le losange rouge-sang sur l'annulaire de Théodore luire un instant avant de redevenir terne.
— C'est cet étrange symbole sur votre doigt qui contre ma magie ?
Le directeur ignora la question et fixa Abigaïl.
— Je sais, dit-il en désignant un mouchoir ensanglanté à côté du registre. Marcia m'a aidé. Vous devez fuir.
— Mettez fin à votre enchantement, tonna le commandant. C'est un ordre !
— Vous ne toucherez à aucun de mes élèves, s'écria le directeur en se levant de son siège.
Il toisa le magistor, conscient de franchir le point de non-retour.
Le commandant attrapa la dague attachée à sa ceinture.
— Vous interposer signera votre arrêt de mort. Kaneek va arriver avec notre souveraine. Vous connaissez ses méthodes.
— Kaneek, ce monstre, cracha Théodore.
— Le bras droit de notre majesté est le fondateur de notre ordre. Je peux plaider en votre faveur ou le laisser tuer sans faire de distinction. Croyez-moi, il en a le pouvoir et l'envie.
— Il y a des causes pour lesquelles mourir devient un honneur, s'enhardit Théodore.
Un puissant hurlement animal retentit. Tous se regardèrent avec incompréhension. Le sol se mit à trembler. Des raclements inquiétants se firent entendre dans le couloir d'où s'élevaient des cris d'étudiants apeurés. Soudain, le tumulte cessa. Tout le monde res-

ta immobile, les yeux rivés sur l'entrée du bureau. Le commandant fronça des sourcils et ouvrit la bouche lorsque, dans un vacarme assourdissant, une masse sombre fracassa la porte. Un grand loup de métal venait d'apparaitre. D'un bond, il se positionna entre le directeur et les magistors, babines retroussées. Sa tête arrivait à la poitrine d'Abigaïl, il possédait de longs poils argentés et des yeux rouges luminescents. Il émit un grondement équivoque. Les magistors reculèrent.

— Anthème protège son seigneur, déclara Théodore. Je suis l'unique personne dans cette pièce à pouvoir faire usage de la magie et le loup des Verspoison est sous mon contrôle.

— Si l'invocatrice s'enfuit, Wangriff deviendra notre pire cauchemar, vociféra le commandant. Nous ne pouvons l'ignorer !

Les magistors agirent à l'unisson : Abdel poussa Azénor contre le mur, sa tête percuta la roche et il tomba à la renverse, inconscient. Une fraction de seconde plus tard, il tira Abigaïl en arrière et l'immobilisa. Ses deux acolytes, quant à eux, se jetèrent sur le directeur : le premier fut violemment stoppé par le loup qui bondit sur lui en le saisissant à la gorge. Le sang gicla, l'homme tomba face contre terre, mort. Au même moment, Théodore lança un sortilège qui percuta le second magistor en pleine poitrine. Celui-ci fut projeté sur une bibliothèque : l'on entendit son cou se briser dans toute la pièce. Profitant de l'ouverture créée par l'attaque de ses hommes, le commandant abattit son arme sur la main du directeur. La lame trancha net trois de ses doigts, dont l'annulaire marqué du losange. Ils tombèrent sur l'épaisse moquette grise dans une gerbe de sang. Théodore hurla. Conscient de la présence du loup derrière son dos, le magistor attrapa le directeur par les épaules et le positionna entre lui et l'animal, la lame sur sa gorge. Il désigna le loup.

— Expedimiente militaris !

De nouveau rien ne se passa. Enragé, l'homme à l'œil de verre hurla :

— Ça suffit !

Le directeur tendit la main vers Gregor : les accoudoirs de la chaise se déroulèrent et le bâillon se détacha le libérant ainsi de

toute contrainte. Au même moment, le commandant levait son arme au-dessus de sa tête. Abigaïl, toujours maintenue par Abdel, croisa le regard terrifié du directeur. Elle vit une larme couler de ses yeux et ses lèvres bouger silencieusement lorsque le magistor lui planta sa lame dans le thorax. Théodore s'écroula. Sans perdre de temps, le commandant attaqua le loup qui bondissait sur lui.
— Mortador inflamerto !
Un éclair enflammé s'échappa de ses doigts et percuta le loup en plein vol. Le sort dévia la trajectoire de l'animal qui heurta violemment le mur le plus proche. Submergé de débris, le canidé métallique ne donna plus aucun signe de vie. Un sourire triomphant illumina le visage du commandant. Un sourire qui s'évanouit bien vite lorsqu'il vit Gregor le dévisager et hurler de toutes ses forces :
— Meurs !
Le maléfice l'attaqua de toute part. Tout d'abord, le magistor émit un long et puissant râle comme s'il ne parvenait plus à parler ni à respirer. Puis l'horreur déforma son visage, ses bras et ses jambes se cabrèrent. Ses yeux et sa bouche se ternirent. Ses joues se creusèrent et ses cheveux chutèrent. Sa peau ondula puis se ratatina. La mort le frappa bien avant que son corps, devenu amas de cendre, ne vienne s'écraser sur le sol dans un nuage de poussière. Satisfait par ce qu'il venait de voir, Gregor se tourna vers Abdel :
— Lâche ma mère, tout de suite !
— Ta mère ? Vous êtes tous cinglés !
Abigaïl sentait le magistor trembler de la tête aux pieds, la panique commençait à le submerger.
Azénor se mit alors à bouger en poussant une complainte de douleur. Il se leva avec précaution, une bosse ornant le sommet de sa tête.
— Mais que s'est-il passé ici ? demanda-t-il avec horreur.
— Taisez-vous ou je lui brise la nuque, prévint Abdel.
Le prince ricana et désigna la pièce d'un large geste de la main.
— Tous tes amis sont morts. Tu es seul.
— Les renforts arrivent, tenta de se convaincre Abdel. Tu auras bien moins d'assurance lorsque Kaneek et la reine Maela seront

là.

Le magistor positionna un bras autour du cou d'Abigaïl et braqua son bâton.

— Tu ne peux me faire de mal, soupira Azénor. Cela provoquerait le courroux de ma mère. Si je dois mourir, ce sera de sa main. Quant à celui qui te dévisage avec haine, il a transformé deux élèves en animaux parce qu'ils ont insulté Abigaïl. Tu n'as aucune chance.

— Vos mains ! exigea Abdel en reculant vers la sortie. Je veux voir vos mains !

Soudain, un petit bruit se fit entendre derrière le magistor. Celui-ci ne se retourna pas.

— Vous n'imaginiez tout de même pas que cela marcherait à nouveau ?

Un claquement sec se répercuta dans le bureau. Le regard d'Abdel se déroba et le magistor bascula en avant. Enora apparue, un débris de montant de porte à la main. Elle pénétra dans la pièce qu'elle observa bouche bée.

— Oh mon Dieu !

Lorsqu'elle vit le corps du directeur, elle eut un hoquet de surprise et s'approcha de lui, horrifiée. Avant d'arriver à sa hauteur, un mouvement sur sa gauche lui fit faire un bond en arrière. Lentement, le loup de métal émergea des débris qui l'avaient recouvert. Il s'avança jusqu'à Théodore, le renifla puis émit un petit glapissement avant de s'allonger à côté de lui. L'intendante vit alors la tête du directeur bouger.

— Il est encore vivant ! s'écria-t-elle.

Elle jeta un regard méfiant au loup qui se leva et la laissa approcher.

Azénor et Abigaïl la rejoignirent.

— Doucement monsieur, dit la magicienne en posant ses mains sur la blessure ensanglantée. Fermienter plaistator postura, fermienter plaistator postura !

Théodore attrapa sa main, stoppant ainsi le sortilège.

— Sa blessure est trop grave, souffla le prince.

Le directeur déposa un anneau doré surplombé d'un rubis taillé en losange dans la paume d'Abigaïl. Il leva la tête, le teint blafard et les yeux entrouverts. Dans un souffle, interrompu de gargouillis durant lesquels du sang s'échappait de sa bouche, il tenta d'articuler quelque chose. Il eut alors une quinte de toux et sa tête bascula sur le côté. Abigaïl vit la dernière étincelle de vie s'éteindre dans ses yeux. Le loup d'acier se mit alors à hurler à la mort durant de longues minutes. Les témoins restèrent silencieux devant cette scène poignante. L'animal finit par se relever et sortit de la pièce. Sans directeur à protéger, il ne pouvait que rejoindre la statue de son maitre dans la cour intérieure.

— Nous n'avons pas le temps de nous lamenter, informa Azénor.
— Mais que s'est-il passé ? demanda Enora, en larmes.
— Trop long à expliquer. Que faites-vous là ?
— Sa Majesté la reine Maela vient d'arriver, répondit l'intendante en tentant de se ressaisir. Elle a exigé de vous voir ainsi que le directeur Théodore.
— Nous devons fuir.

Lentement, Abigaïl se leva, les mains ensanglantées. Elle se tourna vers sa mère adoptive, le visage triste, mais déterminé.

— Il a raison. Nous devons partir. Pour moi il n'y a plus que la mort ici.

Gregor, resté un peu en arrière, s'approcha d'Abigaïl.
— Tu vas bien ?

Pour toute réponse, elle lui tourna le dos et attrapa le registre sur le bureau blanc.

— Maman, il va falloir que tu nous aides.

Enora acquiesça. Lorsqu'Abigaïl passa la porte avec le manuscrit, il se désintégra subitement en un nuage de sable. Il se déplaça jusqu'au bureau où, en une fraction de seconde, il reprit son apparence d'origine.

— Ce livre est lié à cette pièce, on ne peut les séparer, comprit Azénor.
— Je ne partirai pas sans savoir ce qu'il a à m'apprendre, tonna Abigaïl.
— Nous manquons de temps, s'exaspéra le prince.
— Dans ce cas, cessons de discuter et laisse-moi agir.

Elle attrapa le mouchoir imbibé de sang coagulé, ouvrit le registre et s'exclama :

— Abigaïl Cridor.

Comme elle l'avait déjà vu, le livre s'éleva dans les airs et tournoya sur lui-même. Une grosse sphère translucide prit sa place.

— Mon profil a été jugé confidentiel et son accès est limité, récita une voix semblable à celle d'Abigaïl. Veuillez faire couler une goutte de votre sang sur le registre afin de déterminer si l'entrée vous est autorisée.

La magicienne attrapa le mouchoir et essaya de le presser pour en tirer une goutte de sang, en vain. Le liquide s'était figé dans le tissu. Elle prit alors une mine exaspérée.

— Je suis si bête ! s'énerva-t-elle.

Elle se déplaça jusqu'au corps du directeur et ramassa le couteau qui lui avait ôté la vie. Elle essuya la lame puis, d'un geste rapide, s'entailla la main. Une intense sensation de froid parcourut tout son avant-bras avant de disparaitre. Il n'y avait aucun doute, la lame était en argent. Abigaïl ignora la douleur et laissa une goutte de sang tomber sur le registre. La sphère translucide se mit à onduler et changea de forme. Abigaïl se retrouva devant la représentation fantomatique d'elle-même. Sa première réaction, tel un réflexe, fut de repositionner son pendentif en voyant celui de son double légèrement de travers.

— Je m'appelle Abigaïl Cridor, mais mon véritable nom est Annabella Mirade. Je suis la fille du magicien Léonard Mirade. Conseiller et grand enchanteur de feu le souverain Irlof, mon père est mort lors de l'assassinat de son roi. Autrefois directeur d'Anthème et professeur respecté, il est devenu l'icône et le fondateur de la Résistance, un exemple pour les réfractaires. J'ignore tout de mon passé et de mon potentiel magique hérité de mon père. J'ai été confié à l'école d'Anthème, alors que je n'étais qu'un nourrisson, par un inconnu proche de l'ancien conseiller. Mon niveau de dangerosité est faible, tant que moi-même et les rebelles ignorons qui je suis, extrêmement élevé dans le cas contraire. La reine Maela ne sait rien de mon existence. Si cela devait changer, toute l'école serait en danger.

Abigaïl resta immobile, fixant son double au visage inexpressif. Les espoirs cultivés ces derniers jours partirent en fumée : son père était mort.

7
La fuite

— Abi ? s'aventura Enora.
La jeune femme referma le registre avec force.
— J'ai terminé.
Elle attrapa le couteau en argent et passa devant ses compagnons.
— Partons d'ici !
— Et comment comptes-tu t'y prendre ? demanda Azénor. Les magistors ont certainement envahi le hall et je n'ai aucune envie de me retrouver face à ma mère.
Abigaïl haussa les épaules et resta silencieuse.
— Nous sommes dans un château fort, reprit le prince, il a été conçu pour empêcher quiconque d'y pénétrer et l'inverse est tout aussi vrai.
La magicienne se tourna vers lui.
— Et bien si tu as une proposition je t'écoute ! Dans le cas contraire, tu devrais y réfléchir au lieu de me harceler de questions.
Enora lâcha un profond soupir. Elle semblait déconnectée de la réalité.
— Vous devriez être plus attentif lors de vos cours d'histoire, dit-elle en fixant le vide. Ainsi vous sauriez qu'Henrietta Verspoison fut brûlée vive pour adultère.
— Et en quoi cela peut-il nous aider ? demanda Abigaïl, inquiète de voir sa mère adoptive en état de choc.
— Tous les jours, elle empruntait un passage secret pour sortir du château et rejoindre son amant dans les montagnes.
— Savez-vous où il se trouve ? s'enquit Azénor avec espoir.
— Dans les souterrains, il suffit de tirer sur l'anneau qui dépasse du mur de droite après le quatrième virage.
— Tu ne viens pas ? s'inquiéta Abigaïl.
Enora secoua la tête.
— Je… je ne crois pas. Non, ma vie est ici. Sans directeur, Anthème aura encore plus besoin de moi.

Soudain, elle fondit en larme. Abigaïl se jeta dans ses bras. C'était peut-être la dernière fois qu'elles se voyaient.
— Nous devons y aller, pressa Azénor.
— Je vais vous faire gagner du temps, s'enhardit Enora en s'écartant de sa protégée. Partez !
Le cœur serré, Abigaïl suivit ses acolytes et prit la direction des souterrains. Lorsqu'ils arrivèrent devant l'entrée, ils trouvèrent la lourde porte en bois, d'ordinaire verrouillée, pendre sur ses gonds.
— Cela ne me dit rien qui vaille, souffla Azénor.
Abigaïl ne répondit pas, prit son courage à deux mains puis s'engouffra dans l'escalier de pierre. Celui-ci s'enfonçait dans les ténèbres et paraissait sans fin. Azénor ne put s'empêcher d'ouvrir la bouche :
— Pourquoi prendre le couteau ?
— Cette lame d'argent a frappé notre directeur. Il est mort parce qu'il voulait me protéger. Si nous devons en retenir une leçon, c'est que la magie ne fait pas tout. Même si son contact m'incommode, cette arme pourrait nous servir. Je la verrais bien plongée dans la poitrine d'un magistor.
— Mais te sens-tu capable d'un tel acte ?
Abigaïl se retourna avec vivacité, la pointe du couteau dirigé vers Azénor. De la colère avait envahi ses yeux.
— Tais-toi ! Ce n'est pas le moment de me poser des questions idiotes. Ferme-la et marche.
— Maman, s'il t'embête je peux... intervint Gregor
— Je ne suis pas ta mère ! s'écria Abigaïl tout en reprenant la descente.
Gregor baissa les yeux et la mâchoire d'Azénor se crispa.
— Baisse d'un ton ! ordonna-t-il avec son petit air supérieur.
— Sinon quoi ?
— S'il lui fait du mal, je le transforme en limace, chuchota Gregor à lui-même.
Azénor garda le silence et se contenta de suivre Abigaïl. Ils descendaient l'escalier lorsqu'ils entendirent des voix monter vers eux. Les compagnons s'arrêtèrent, le cœur battant. Wangriff apparut, suivi de deux monstres au physique pour le moins atypique.

Le premier portait une redingote et affichait un visage en décomposition. Des croûtes et du pus recouvraient sa peau et il ne lui restait que quelques dents noirâtres. Pourtant il possédait un monocle, mettait sa main dans sa poche intérieure et se tenait bien droit comme s'il voulait passer pour un gentleman. À ses côtés se trouvait une étrange créature. Sa tête ressemblait à celle d'un lézard, avec des écailles vertes et le regard vitreux. Hormis un pagne, il ne portait aucun vêtement et le reste de son corps était celui d'une femme âgée. Lorsque Wangriff vit le groupe de magiciens, il s'immobilisa avec satisfaction.

— Quelle progression ! dit-il en désignant la poche où Abigaïl avait mis l'anneau. Vous avez déjà accompli le tiers du travail.

La magicienne ne montra aucune réaction. Elle se contenta de regarder le démon gentleman essayer de recoller sa joue qui tombait en lambeaux sur son menton.

— Mais certaines choses ont été dures à entendre, ajouta Wangriff avec joie.

Personne ne répondit, ce qui semblait parfaitement lui convenir. D'un geste il désigna les démons qui l'accompagnaient.

— Laissez-moi effectuer les présentations, voici Thylmenien et Juino, mes généraux. Excusez leur apparence, ils n'ont pas vu votre monde depuis longtemps et leurs souvenirs sont altérés.

— Vous n'aviez pas à faire ? pressa Azénor.

— Lui ! rugit alors le démon lézard. Il sent comme la sorcière. Son fils ! Écorchons le vivant !

Wangriff se tourna vers le perturbateur. Sa bouche s'étira et s'entrouvrit, montrant trois lignées de dents acérées. Ses joues se gonflèrent et l'espace d'un instant le froid s'abattit dans l'escalier. L'écrasante omniprésence du démon, qu'Abigaïl avait ressentie lors de son invocation, refit surface.

— Hors de question ! tonna-t-il.

Le général baissa les yeux. La magicienne n'était pas la seule à se sentir insignifiante face à Wangriff. Satisfait de l'obéissance de Thylmenien, il huma l'air de nouveau.

— La reine se prépare, prévint-il. Inutile de la faire attendre.

Wangriff toisa les magiciens.

— Restez en vie, ordonna-t-il. Il me semble que c'est l'instinct primaire chez l'homme, vous devriez vous en tirer, du moins, tant que je l'aurais décidé.
Le démon monta une volée de marches et fit une pause à côté de Gregor où il ricana avant de reprendre sa route, ses généraux à sa suite.
— Ils me font peur, vous les connaissez ? s'informa Gregor, d'une voix tremblotante.
— En quelque sorte, maugréa Abigaïl en redescendant les marches. Continuons.
— Comment Wangriff a-t-il invoqué ses comparses ? demanda Azénor. Seuls les êtres humains le peuvent.
— Je l'ignore.
Ils atteignirent enfin les souterrains et le noir complet les entourait. Abigaïl sortit son réflecteur de sa poche et le jeta dans les airs. Celui-ci grossit et diffusa une puissante lueur rouge vif. Les jeunes magiciens s'engouffrèrent dans le tunnel et entendirent des pleurs déchirer le silence. Sur leur droite se trouvait une série de cachots équipés de barreaux d'argent, prison de l'époque où Anthème servait de forteresse. Abigaïl s'approcha avec prudence. Elle découvrit monsieur Firmin prostré dans le coin d'une cellule. Il couvrait le sommet de sa tête avec ses mains et bredouillait des phrases incompréhensibles. Son teint blafard et ses membres qui tremblaient de façon sporadique dévoilaient sa profonde détresse. À ses pieds, un simulacre de pentacle avait été dessiné à la craie.
— Professeur ?
Dans un état second, l'interrogé tourna lentement la tête, le regard vide, presque éteint.
— Il, il... Il est entré dans mon esprit, balbutia-t-il. J'ai lutté, mais il a pulvérisé mes défenses.
— Wangriff ? s'enquit Azénor.
Firmin acquiesça.
— Il m'a forcé à invoquer d'autres démons puis ils m'ont jeté ici en me disant : "pas bouger !"
Soudain ils entendirent une violente explosion. Les murs tremblèrent. De la poussière se détacha du plafond et tomba sur eux,

les faisant tousser.

— La confrontation a commencé, s'inquiéta Abigaïl. Monsieur, nous devons partir. Vite !

Celui-ci la dévisagea avec de grands yeux terrifiés.

— Mais ils m'ont ordonné de ne pas bouger.

— Soit, laissons-le et fuyons, proposa Azénor. Il ne risque rien ici, les démons dépendent de lui.

— Ils le forceront à enchaîner des invocations jusqu'à ce qu'il perde l'esprit pour de bon, plaida Abigaïl, ou alors ta mère le tuera pour obliger les généraux de Wangriff à disparaître.

Le prince soupira et désigna les barreaux de la cellule.

— De l'argent, nous ne pouvons pas les ensorceler, remarqua-t-il. Comment comptes-tu le libérer si les démons possèdent la clé ? Nous perdons du temps !

Abigaïl resta immobile et regarda autour d'elle à la recherche d'une solution. À court d'options évidentes et sans grand espoir, elle demanda à Gregor :

— As-tu une idée pour le faire sortir d'ici ?

— Bien sûr ! sourit-il.

Il passa devant elle, s'approcha de la cellule et poussa rapidement la porte qui s'ouvrit sans opposer la moindre résistance. Il secoua alors la main en grimaçant.

— C'est pas fermé à clé maman, mais l'argent fait mal.

Abigaïl et Azénor s'échangèrent un regard honteux. La jeune femme se dépêcha d'aider le professeur Firmin à se lever. Il peinait à rester debout.

— Je ne dois pas partir, paniqua-t-il. Ils vont me torturer si je n'obéis pas !

— Vous ne survivrez pas ici, trancha la magicienne. Que quelqu'un m'aide à le porter.

Gregor se proposa et ensemble ils soutinrent le professeur. Ils atteignirent la quatrième intersection, Azénor tira sur l'anneau et le passage s'ouvrit devant eux. À cause de sa forme circulaire aux parois irrégulière, il ressemblait davantage à la galerie d'un ver de terre géant qu'à un tunnel construit par l'homme. Azénor s'approcha de l'ouverture. De l'air nauséabond s'en échappa et lui arracha une grimace.

— Je me demande si d'autres connaissent l'existence de ce passage.

— Aucune importance. C'est notre seule option.

Le prince acquiesça. Ils entrèrent dans le tunnel, tout juste éclairé par le réflecteur d'Abigaïl. Plus ils s'enfonçaient dans la pénombre, moins le professeur Firmin bredouillait d'inepties. Comme si chaque pas qui l'éloignait de sa cellule assainissait un peu plus son esprit. Cependant, il avait toujours des difficultés à marcher et ne pouvait avancer sans aide. Après de longues minutes, ils aperçurent enfin la sortie.

— Maman, je sens quelque chose de mauvais, intervint Gregor, l'air soupçonneux.

— Ça doit venir de moi, expliqua le professeur Firmin. Lorsque le démon est entré dans ma tête, mon corps s'est totalement relâché, désolé.

Abigaïl fit tout son possible pour enlever l'image qui venait de s'imposer dans son esprit et continua de soutenir son professeur. Gregor paraissait de plus en plus soucieux, mais pour le moment elle avait d'autres préoccupations que le bien-être de cette énigme vivante. Ils finirent par atteindre la sortie du tunnel : une ouverture, masquée par des lierres et des racines, tout juste assez large pour permettre à un homme de s'y faufiler. Azénor passa le premier et aida le professeur Firmin à sortir. Abigaïl et Gregor suivirent. La magicienne prit une grande inspiration. Ils se trouvaient au plein milieu de la forêt et pour la première fois de sa vie elle se sentait libre. Azénor se tourna vers elle.

— C'est quoi ça ? demanda-t-il en baissant les yeux.

La jeune femme suivit son regard et vit d'étranges symboles dessinés dans la terre. Soudain, ils se mirent à briller et une force invisible la plaqua contre le sol. Tout comme ses acolytes, Abigaïl ne pouvait ni parler ni bouger. Elle connaissait l'existence de cette magie, mais elle ne l'avait jamais vue à l'œuvre. Une cacophonie de rires trop forcés et peu naturels retentit. Ils ne respiraient pas l'intelligence. Dans le champ de vision de la magicienne apparurent trois individus. Elle reconnut sans peine deux d'entre eux :

les gardiens de l'école. Ils ne cachaient pas leur excitation. À leurs côtés se tenait un troisième homme, plus grand, silencieux, le visage fermé, il était bien plus intimidant. De fins cheveux noirs lui arrivaient aux épaules et une profonde cicatrice barrait son nez cassé. Il portait un long pardessus de cuir qui descendait jusqu'à ses genoux. Le bâton sur lequel il s'appuyait ne laissait aucun doute quant à sa nature : un magistor.

— Ça a marché ! s'extasia l'un des gardiens.
— Évidemment, c'est le glyphe le plus puissant que je connaisse, lança le magistor. Il est impossible de s'en soustraire.
— Nous allons bientôt grossir vos rangs, exulta l'autre gardien avec sourire ! Leur capture nous vaudra bien cette promotion.
Le magistor cracha sur le sol.
— Vous êtes faibles et incompétents. Vous n'avez rien d'un soldat surentrainé et d'un maitre des arcanes. Vous vous écroulerez à la première épreuve. Rejoignez donc la caste des bouffons, vous y serez à votre place… si vous ne mourez pas avant.
Ses paroles ébranlèrent l'enthousiasme des gardiens.
— Nous vous avons montré le passage et…
— Taisez-vous ! Je n'ai pas le temps d'écouter vos jérémiades.
L'agent dévisagea ses proies puis désigna monsieur Firmin.
— Qui est-ce ?
— Le professeur d'histoire. Sa présence m'étonne.
— J'ai pris ma décision, déclara le magistor. Le prince Azénor restera indemne, mais tuer les autres pourrait vaincre les démons qui leur sont liés et ainsi aider notre reine dans son combat.
Il s'approcha d'Abigaïl jusqu'à ce que ses pieds frôlent le glyphe. L'un des gardiens amorça un pas en avant. Une certaine appréhension se lisait sur son visage, comme s'il prenait enfin conscience de ce qu'il allait se passer.
— La tuer ne fera pas disparaitre Wangriff, l'invocation a été…
— Je sais ! s'agaça le magistor en serrant les dents. La reine se chargera du prince.
Il se mit à genoux et se pencha vers Abigaïl.
— Libérer Wangriff, souffla-t-il. Une telle insanité mérite un sort particulier. Avant d'embrasser la mort, tu vas découvrir la souf-

france de la vie.

Toujours incapable de bouger le moindre muscle, Abigaïl plongea son regard dans celui du magistor. Elle n'y vit que haine et noirceur. Lentement, il posa deux de ses doigts sur le front de la magicienne. "Cristatar mortigo", chuchota-t-il. La jeune femme sentit ses muscles se contracter. Elle eut l'impression que ses poumons venaient de s'enflammer, que de la lave prenait la place de son sang. Son corps fut assailli de convulsions endiablées et une douleur insoutenable parcourut sa colonne vertébrale. Des larmes s'échappaient de ses yeux puis dessinaient les courbes de son visage torturé dans un silence terrifiant. Elle sentit comme des aiguilles chauffées à blanc transpercer chaque cellule de son être. Soudain, ses cheveux prirent feu et une odeur de chairs brûlées inonda ses narines. Un goût de cendre envahit sa bouche et sa vue se brouilla. Elle l'appela alors de toutes ses forces, la délivrance, la certitude de ne plus souffrir : la mort.

— Ça suffit ! hurla une voix.

Le magistor se leva, interrompant ainsi son sortilège. À quelques mètres de lui, Abigaïl entraperçue Gregor se redresser, le visage déformé par la colère. Sa tempe battait à tout rompre, ses poings serrés semblaient translucides. Les sourcils froncés, les narines retroussées et les traits tirés de son visage le rendaient plus effrayant que n'importe quels démons. Le pas lourd et déterminé, il avança.

— Le glyphe ne fait plus effet ? s'enquit prudemment l'un des gardiens.

Le magistor recula.

— C'est impossible, balbutia-t-il. Tuez-le !

Gregor finit par franchir le glyphe. Les gardiens tendirent leurs mains et s'écrièrent :

— Mortador inflamerto.

Deux éclairs enflammés s'échappèrent de leurs doigts et filèrent vers Gregor. Celui-ci fit un geste et les sortilèges disparurent, simplement, comme s'ils n'avaient jamais existé.

— Co… Comment il a fait ça ? bafouilla l'un des gardiens.

Le magistor secoua la tête et attrapa une fiole cachée dans sa poche. Il la fracassa sur le sol. Un liquide brunâtre en sortit et tourbillonna autour de lui.

— Ta magie ne passera pas ! tenta-t-il de se convaincre.

Gregor hurla de toutes ses forces, sa tête vira au rouge. Il tomba à genoux et d'un grand geste il frappa le sol de ses deux mains. La terre se mit à trembler et un craquement venu des profondeurs se répercuta dans la forêt. Entre les poings de Gregor, le sol se fendit. De larges failles coururent jusqu'aux trois hommes qui, bien que tentant de prendre la fuite, se firent rattraper. Les fissures les encerclèrent puis le sol se morcela sous leurs pieds. Leurs jambes furent emprisonnées dans la terre en mouvement. Les trois hommes essayèrent de se libérer, mais leur corps continuait de s'enfoncer. Ils finirent par disparaitre. Les cris de panique cessèrent, engloutis dans un sol meuble. Le glyphe paralysant se volatilisa. Abigaïl, les cheveux brûlés et le visage poussiéreux, esquissa un sourire sardonique. Son épuisement était à son comble et la douleur insoutenable, mais rien au monde n'aurait pu l'empêcher d'assister à cette scène. Finalement, elle relâcha ses efforts monumentaux pour rester éveillée et sombra dans l'inconscience.

8
Éphémère quiétude

Son premier ressenti fut la douleur des courbatures qui torturaient son corps, complainte de muscles dont elle ne connaissait même pas l'existence. Elle était allongée sur une couche matelassée, la tête soutenue par un oreiller en plume de canard, une peau de loup la recouvrant jusqu'aux épaules. Lentement, elle ouvrit les yeux et un mal de tête accompagna son initiative. Sa vision s'éclaircit et elle finit par remarquer le professeur Firmin, assis à côté du lit, tête baissée et bras croisés. Ils se trouvaient dans une minuscule chambre, ouverte sur la salle d'une cabane forestière. Les murs en demi-tronc de pins, les meubles rudimentaires et la toiture de paille en attestaient. À la droite d'Abigaïl, une fenêtre débouchait sur un ciel bleu parsemé de nuages cotonneux. En levant les yeux, elle aperçut une toile d'araignée sur laquelle son imposante conceptrice, aux longues pattes velues, descendait lentement le long d'un fil de soie. Abigaïl avait horreur de ces petites bêtes et tenta de se redresser pour éviter tout contact avec la besogneuse arachnide. Elle regretta son geste, une vive douleur parcourant son dos. La magicienne lâcha un gémissement et fut victime d'une quinte de toux.

— Heureux de vous revoir ! dit monsieur Firmin, remarquant enfin le réveil d'Abigaïl. Je ne voulais pas partir sans vous avoir parlé.
— Où sommes-nous ? s'enquit-elle, l'esprit toujours embrumé et surveillant l'araignée du coin de l'œil.
— Phillippa nous a accordé l'hospitalité et ses soins. À dire vrai, je ne donnais pas cher de notre peau. Sans l'intervention de notre hôte, nous serions, au mieux, en train d'errer dans les bois.

Abigaïl se concentra. Les derniers évènements lui revinrent en mémoire : sa torture, la douleur, l'envie d'en finir puis le hurlement, la rage de Gregor, terrifiante, libératrice.

— Gregor. Il va bien ?
— Dame Phillippa ne lui donnait guère plus de trois heures avant

qu'il ne succombe. Croyez-le ou non, après une bonne soupe et une petite sieste il était aussi frais qu'un gardon. Cependant, il a poussé les limites de ses pouvoirs au-delà de l'imaginable. Vous savez aussi bien que moi que le moindre sortilège demande de l'énergie vitale. Il arrive qu'un magicien surestime ses capacités et se retrouve consumé par sa propre magie. Nous pouvons décemment affirmer que notre camarade était, tout comme vous, aux portes de la mort.

Abigaïl fouilla sa poche avec lenteur, le moindre mouvement brusque ravivant la douleur.

— Où est l'anneau ? demanda-t-elle. Et mon couteau ?

— Le couteau, nous l'avons laissé sur place et Azénor a pris possession de l'anneau.

— Pourquoi ? Où est-il ?

— Ne vous inquiétez pas, il est parti avec dame Phillippa chercher des plantes médicinales qui vous sont destinées.

Abigaïl prit une grande inspiration.

— La reine, les démons, que s'est-il passé ?

Le professeur Firmin la dévisagea et réajusta ses lunettes sur son nez.

— J'hésite encore entre vous remercier de m'avoir sorti du château ou finir le travail que le magistor a commencé.

— Que voulez-vous dire ?

Il s'approcha d'elle et une grimace déforma son visage joufflu.

— Vous avez libéré Wangriff, causé la mort du directeur Théodore et de bien d'autres personnes. Sans votre intervention, je n'aurais jamais servi de jouet et permis à deux autres démons de gros calibre de fouler notre monde en toute liberté. À cause de vous, je suis un fugitif que les démons veulent comme esclave et que les autorités du pays où j'ai vu le jour désirent voir six pieds sous terre.

Abigaïl se sentit atrocement coupable et des larmes lui montèrent aux yeux.

— Je suis désolée. Je ne voulais pas provoquer tout cela.

— Une école, le théâtre d'un massacre entre la reine et des démons ? Vous venez de jeter de l'huile sur le feu de la rébellion, et

sachant qui est votre paternel cela ne m'étonne guère.
La magicienne le regarda avec surprise. Les traits du professeur Firmin se détendirent.
— Oui, je sais qui vous êtes. Azénor nous a tout dit.
Abigaïl resta silencieuse quelques instants puis elle fixa Firmin du regard.
— Racontez-moi ce que vous savez de mon père. Je ne veux pas de l'histoire que vous nous avez rabâchée sans arrêt en classe, mais ce qu'il s'est vraiment passé.
Firmin se pinça les lèvres.
— Je ne peux satisfaire une telle demande, avoua-t-il. Seule la reine détient la vérité et sait pourquoi le roi Irlof et votre père sont morts. Il existe deux versions différentes, l'une avancée par la Résistance, l'autre par la reine elle-même.
— Dans mon état, je ne peux rien faire de mieux qu'écouter.
Firmin fit signe qu'il comprenait.
— Le roi Irlof commençait à perdre la tête. Des nobles à l'ambition disproportionnée, des marchands avides d'or, des magiciens en perdition et des mercenaires sans conscience ont fini par s'unir, profitant de la faiblesse du souverain pour faire fructifier leur propre intérêt.
— Le Céraste pourpre.
— Exactement. Cette organisation gagnait en pouvoir et en influence de jour en jour. Le marché de l'alcool, le transport de nourriture, la distribution de drogue, la collecte de taxes pour la sécurité, le contrôle de tous les bordels et auberges de Penderoc : leurs ambitions étaient grandes. Votre père essayait de rétablir l'ordre, mais il y avait trop d'indications qui ne menaient à rien, de coups d'épée dans l'eau. Il a fini par remettre en cause la fidélité de ses propres espions. C'est à ce moment qu'il a secrètement rassemblé des hommes de confiance : la Résistance était née.
— Pourquoi les ducs et les généraux n'ont-ils pas lutté contre la corruption de leur pays ?
— Ils ne le pouvaient pas. Il ne faut pas oublier que c'était principalement des nobles de basse caste et de riches marchands qui finançaient le Céraste pourpre, pas de simples bandits et voleurs. Ils

devaient recevoir l'ordre du roi d'agir contre cette noblesse dévoyée pour que l'armée et les duchés puissent sortir les armes. Or le roi était incapable de tenir une conversation et ne parvenait même plus à reconnaître ses proches.
— Avec toutes les lois qui régissent notre pays, n'y en avait-il pas une pour gérer une telle situation ?
Le professeur Firmin se mit à sourire.
— Cela fait bien longtemps que je n'ai pas eu d'interlocuteur si vif d'esprit ! Vous avez tout à fait raison. La loi permet aux ducs d'élire un sang royal comme régent temporaire si le souverain en place est incapable d'assurer sa fonction. Mais la loi dit également qu'une seule personne est en mesure de mettre en œuvre un tel bouleversement. Une personne assez proche du roi pour connaitre son état de santé et suffisamment informée de ce qui se passe sur le territoire.
— Le conseiller du roi et chef des espions, mon père.
Firmin acquiesça.
— Léonard Mirade a refusé d'utiliser cette loi. C'était un magicien à la fois puissant, sage et respecté des ducs. Il disait que Maela ne devait pas monter sur le trône.
— Et il a été tué pour ça…
— C'est à ce moment-là que les versions divergent. La princesse Maela aurait découvert que le Céraste pourpre et la Résistance avaient le même chef : votre père. Une puissance politique et commerciale d'un côté, une force brute facilement manipulable de l'autre, en somme tous les atouts pour un putsch. Avant que Maela ne puisse en informer les ducs, Léonard serait passé à l'action. Il aurait assassiné le roi, mais échoua face à la princesse Maela. Elle l'aurait tué de ses propres mains, mettant fin à sa tentative de prise de pouvoir.
— Comment le peuple a-t-il pu croire cela ?
— Le problème venait de la Résistance. J'ignore si c'était la volonté de votre père ou si la situation s'est dégradée d'elle-même, mais le groupe qu'il a créé est devenu rapidement une ligue antinoblesse aux méthodes contestables. Assassinat, enlèvement, pillage, massacre de famille entière, la Résistance était une source

de terreur et de méfiance pour le peuple. Les résistants ont agi comme des barbares, surtout lors de la Purge.

— La Purge, c'est le massacre de la noblesse ?

— Oui. À la mort du roi et de Léonard, la princesse Maela est devenue reine de façon provisoire, le temps que les ducs nomment un nouveau souverain. En deux mois, elle a éradiqué les parasites qui gangrénaient Penderoc. Les membres du Céraste pourpre ont été traqués et décapités sur les places publiques. Privée de son chef, la Résistance a éclaté en clans autonomes qui ont pu librement laisser parler leur soif de vengeance. Léonard Mirade est devenu leur martyr et leur haine envers la noblesse s'est décuplée. Ils ont massacré des nobles et leur famille sans distinguer les traîtres des honnêtes hommes. Les survivants de la Purge ont fui le pays, laissant derrière eux ors et territoires. En ce temps-là, il ne faisait pas bon de sortir dans les rues avec bagues et autres signes de richesse.

— Comment la reine a-t-elle pu déterminer qui faisait partie du Céraste pourpre ?

— Pour la Résistance, la réponse est simple : elle était à la tête du Céraste pourpre. Un bon moyen de s'enrichir et d'instaurer dans le pays un climat d'insécurité qui pousserait les ducs et votre père à l'élire reine provisoire. Une fois au pouvoir, il ne lui restait plus qu'à éradiquer ses propres hommes pour s'attirer les faveurs des ducs et être définitivement élue souveraine de Penderoc.

— Et la version officielle ?

— Léonard mort, certains membres du Céraste pourpre auraient paniqué et échangé des informations pour rester en vie.

Le professeur Firmin se leva.

— Une fois la Purge terminée, le calme est revenu. La Résistance s'est marginalisée, se terrant dans les bois. Le peuple a retrouvé une certaine liberté, la noblesse a pansé ses plaies. La reine Maela a été définitivement élue reine et a instauré des lois propices aux commerces qui permirent à Penderoc de se relever. Les trois années qui ont suivi la Purge ont été les plus fastes de notre histoire. Puis le roi Palmin a été assassiné et la cour asimerienne a accusé la reine Maela d'en être la commanditaire. À partir de ce moment, notre reine a montré son vrai visage : réquisition de jeunes hommes pour alimenter l'armée, mise en place des magistors pour museler les mages, forte répression de la moindre contestation, augmentation de la dîme... Le pays est replongé dans les ténèbres aussi vite qu'il en était sorti. Nous sommes à nouveau dans une période de mépris, de haine et de misère. La Résistance se nourrit de tout cela et refait surface. Mais sans un dirigeant incontestable, capable de leur montrer le droit chemin, la Résistance redeviendra un groupe de barbares animé par la vengeance et toute tentative pour sauver notre pays sera vouée à l'échec.

— Pourquoi me dire cela ?

— Parce que votre père, Léonard Mirade, est dans le cœur de chaque renégat, chaque réfractaire. Il a créé la Résistance et vous êtes la seule personne au monde que toutes les factions rebelles reconnaîtront comme leur légitime représentante sans s'entre-déchirer.

— Mais ils ne savent même pas que j'existe !

— C'est là que j'entre en jeu. Vous m'avez forcé la main en faisant de moi un ennemi de la couronne, mais je ferais tout mon possible pour que la nouvelle arrive aux oreilles de chaque rebelle. Il est temps pour moi de redevenir un barde. Peu avant la Purge, le pays était au bord de la guerre civile : que les bardes soutiennent la Résistance, le Céraste pourpre ou Maela, il y avait toujours des mécontents qui s'empressaient de leur couper la langue. J'ai fui et trouvé refuge à Anthème. D'un conteur des plus célèbre et captivant, je suis devenu le plus ennuyeux des professeurs. J'ai accepté d'aider la propagande. J'avais honte et j'ai réussi à mettre au point un sort subtil et indétectable. Celui-ci vous plongeait dans un état second afin que vous ne reteniez presque rien de ce que j'étais obligé de vous dire. Mais désormais je suis un paria, je vais pouvoir reprendre mon métier d'antan, redécouvrir une certaine liberté même si cela peut avoir de funestes conséquences. L'heure n'est plus aux mensonges.

— Vous ne restez pas avec nous ?

— J'ai une famille à mettre en sécurité. Une fois ma femme et mes enfants protégés dans des camps rebelles, je retrouverai mes anciens contacts. Tous les bardes du pays chanteront vos louanges. C'est là la meilleure arme que je puisse vous donner.

Ce qu'Abigaïl venait d'entendre lui fit prendre conscience de la portée de ses actes. Le monde simple et répétitif des années d'apprentissage n'était plus. Soudain, elle se sentit étouffée, submergée par les émotions.

— Je dois sortir, prendre l'air, informa-t-elle.

Firmin l'observa.

— Je comprends. Dame Phillippa souhaite que vous bougiez le moins possible, mais j'imagine que ce ne doit pas être facile de digérer tout ce que vous venez d'apprendre. Il est parfois plus important de soigner l'esprit que le corps. Tenez-vous à moi, je vais vous aider.

Depuis peu la douleur se faisait moins imposante, comme si elle avait perdu de sa considération. Le professeur aida Abigaïl à sortir de la chambre puis du cabanon. Celui-ci était en pleine montagne, à une dizaine de mètres du vide, et offrait une large vue sur la vallée d'Anthème. Ce qu'Abigaïl y vit accentua son désarroi. Une épaisse fumée noire s'échappait du château, les flammes avaient ravagé la moitié de l'établissement. Gregor était assis sur le sol et regardait la scène avec dégoût. Le professeur aida la magicienne à s'installer à côté de lui.

— Qu'est-il arrivé ? demanda-t-elle.

Firmin soupira.

— La confrontation a provoqué un gigantesque incendie. Bien entendu, il n'y a pas eu de vainqueur, mais de nombreuses victimes innocentes. Plusieurs dizaines d'élèves ont péri dans les flammes, d'autres ont été sévèrement brûlés.

— Et Enora ? s'enquit-elle le cœur serré.

— Nous l'ignorons…

— Comment savez-vous pour les victimes ?

— Disons que notre hôte, Phillippa, est douée d'une certaine sensibilité.

— Ils ont mal maman, ils souffrent, lâcha Gregor alors que des larmes s'écoulaient de ses yeux. Il y a beaucoup de morts et les autres sont tristes, tellement tristes.

Abigaïl aurait aimé trouver les mots pour le consoler, mais rien ne lui vint à l'esprit. L'idée qu'Enora puisse faire partie des victimes la hantait. Combien de morts la libération de Wangriff allait-elle causer ? Le poids de la culpabilité pesait sur ses épaules.

— Ces évènements vous dépassent, comprit Firmin. Vous sentir responsable ne vous aidera pas à avancer. Wangriff et la reine Maela sont les seuls à blâmer pour ce massacre. Ce sont eux qui ont livré bataille dans une école. Désormais vous avez un rôle à jouer dans ce monde, des personnes qui se battent pour leur liberté vont avoir besoin de vous. La reine Maela n'a cure d'avoir provoqué la mort de jeunes innocents. Elle ne doit plus régner.

— Et les démons ? Combien de personnes vont-ils massacrer pour se venger ? Que faire pour les arrêter si ce n'est mourir ?

— Je n'ai pas ces réponses, mais en attendant, ils occupent la reine. Cela nous laisse un peu de répits.

— Monsieur Firmin, je suis sincère…

Soudain Gregor se leva d'un bond et fit face au professeur, les poings serrés.

— Firmin. Alexander Firmin, c'est toi ?

Le concerné recula avec prudence.

— Oui, c'est bien moi, bredouilla-t-il.

La mâchoire de Gregor se crispa et ses yeux s'assombrirent. Lentement il tendit son doigt vers le professeur.

— Tu n'es qu'un sale petit clopor…

— Non ! hurla Abigaïl. Gregor, qu'est-ce que tu fais ?

La magicienne parvint à se lever et lui agrippa le bras.

— Je le change en ce qu'il est vraiment : un misérable insecte, dit-il avec gravité. C'est de sa faute si elle est morte.

Le professeur leva les mains en signe de reddition, visiblement terrifiée.

— Qui ? demanda-t-il. Qui est morte ?

Gregor se tourna vers Abigaïl.

— Toi, maman. C'est toi.

La magicienne fut d'abord abasourdie, puis elle sentit Gregor dégager son bras. Elle se positionna avec peine entre lui et le professeur.

— Regarde-moi, je vais bien ! assura-t-elle.
La peur et l'incompréhension s'entremêlaient dans le regard de Gregor. La colère déserta son visage et fit place à l'incertitude. Il finit par baisser la main.
— Je ne sais plus ! s'écria-t-il avec démence. Tout se mélange dans ma tête.
Il se mit à tourner en se cognant le front avec son poing.
Firmin s'approcha d'Abigaïl.
— Je voulais attendre le retour de dame Phillippa pour vous quitter, mais je crois que je vais m'en passer, balbutia-t-il. Vous la remercierez pour moi. Je pars sans tarder avant qu'un incident ne survienne.
Sans plus de cérémonie, le professeur se mit à courir vers la forêt. Après de longues minutes, Gregor finit par se calmer. Il se remit en position assise, en face du château, et de nouveau des larmes s'échappèrent de ses yeux. Abigaïl essaya plusieurs fois d'obtenir des explications sur ce qui venait de se passer, mais Gregor fut incapable de lui répondre. C'est à ce moment qu'elle vit Azénor et une grande femme d'âge mûr se diriger vers eux, un panier à la main. Arrivée à leur hauteur, ce fut elle qui prit la parole :
— Tu devrais être dans ton lit ! Ton corps a subi un profond traumatisme et j'avais expressément demandé à Alexander de veiller sur toi.
Elle regarda autour d'elle.
— Où est ce gros nigaud que je lui fasse passer l'envie de ralentir ton rétablissement ?
— Il est parti, répondit Gregor.
Dame Phillippa resta silencieuse. Elle se figea et se pinça les lèvres. Soudain, elle prit une profonde inspiration.
— Je vois, tu l'as agressé et il a préféré mettre les voiles.
— Comment le savez-vous ? intervint Abigaïl. Pourquoi Gregor s'en est-il pris à lui ?
— Je l'ignore. Tout le monde a ses petits secrets. Si tu veux des réponses, regagne le lit. J'ai de quoi préparer un élixir qui devrait chasser définitivement tes douleurs. Tu as de la chance, le prince a un don pour la cueillette !

Azénor fit une moue étrange puis aida Abigaïl à se lever et à retourner dans la chambre. Une fois la jeune femme confortablement installée à l'intérieur, Phillippa se mit aux fourneaux et mélangea des ingrédients dans une marmite.

— Le professeur Firmin et moi-même tenions à vous remercier pour votre soutien, fit savoir Abigaïl.
— Ne t'en fais pas, mon enfant.
— Mais, avec tout le respect que je vous dois, qui êtes-vous ?

Phillippa sourit et lui tendit un petit bol d'où s'échappait une vapeur jaunâtre à l'odeur acide.

— Bois d'abord ceci.
— Qu'est-ce que c'est ?

Azénor soupira.

— Que de questions ! Fais ce qu'elle te dit !
— Cela devrait finir de guérir ton corps, expliqua Phillippa. En temps normal cet élixir est dilué de nombreuses fois pour atténuer les effets secondaires, mais au vu du traumatisme enduré je pense qu'avoir les dents fluorescentes et les cheveux blancs doit être le cadet de tes soucis.

Le prince lâcha un petit rire moqueur. Abigaïl resta figée. Elle tenait son bol et regardait son contenu, pesant le pour et le contre. La douleur était toujours présente, mais le souci esthétique aussi... Dame Phillippa soupira.

— Désolée, mon enfant. La vieille Phillippa est restée la farceuse de sa jeunesse.
— Il n'y a pas d'effets secondaires ?
— Des brûlures à l'estomac. Rien de comparable à ce que tu vis en ce moment.

Azénor continuait d'afficher un sourire amusé.

— Tu aurais vu ta tête, dit-il en lui faisant un clin d'œil.

Abigaïl lui tira la langue, prit son courage à deux mains, et avala le contenu du bol en deux gorgées. La texture du liquide était surprenante, mais pas désagréable en soi. Elle posa le bol sur la chaise puis elle fut envahie par la fatigue. À peine en avait-elle pris conscience qu'elle s'endormit profondément.

9
Désorientation

Abigaïl sortit de son sommeil en sursaut. Il lui fallut de longues secondes pour reconnaître ce qui l'entourait. La chambre était beaucoup plus sombre que dans son souvenir, mais aussi plus terne. Une épaisse couche de poussières recouvrait les meubles et une fissure lézardait le sol. En regardant par la fenêtre, elle constata la tombée de la nuit. De toute évidence, elle avait dormi plus longtemps qu'elle ne l'avait pensé au premier abord. Elle se leva de sa couche et entendit ses articulations craquer, mais aucune douleur ne se manifesta pour autant. Abigaïl sortit prestement de la chambre et tomba nez à nez avec un vieillard. Tous deux eurent un mouvement de recul. L'homme âgé se retrouva en équilibre précaire et parvint à rester debout en prenant appui sur une chaise. Abigaïl, quant à elle, attrapa un couteau poussiéreux.
— Qui êtes-vous ? Où sont Azénor et Gregor ?
— Mais maman, c'est moi ! répondit l'inconnu en ouvrant les bras.
Le vieil homme fit un pas vers elle.
— Ne vous approchez pas !
— Tu as dormi très très longtemps, j'avais peur que tu ne te réveilles jamais.
— Qu'est-ce que vous racontez ? J'ai sommeillé une demi-journée tout au plus. Où est Phillippa ?
Le vieillard fit une moue affreuse.
— Cette satanée sorcière ! Je l'ai pourchassée, mais je ne voulais pas m'éloigner trop longtemps. Je veux rester près de toi.
— Vous n'arriverez pas à me duper. Vous ne ressemblez en rien à Gregor.
En effet, sa buissonnante barbe grise, la mine triste qu'il affichait, et son visage marqué par le temps ne plaidait pas en sa faveur. Abigaïl scruta la pièce. Elle n'en croyait pas ses yeux. Tout autour d'elle avait changé. Des toiles d'araignées s'étiraient dans tous les coins et les meubles avaient changé de place. Sur le sol, un seau

recueillait l'eau qui s'écoulait du plafond. Le vieillard s'était donné beaucoup de mal pour convaincre la magicienne de son bond dans le temps. Abigaïl aperçut alors un petit miroir accroché aux murs. De la crasse recouvrait sa surface. Elle s'en approcha, le couteau pointé vers l'inconnu, puis d'un geste elle nettoya une partie du miroir. Son arme tomba au sol. Abigaïl plaqua ses mains contre sa bouche, pétrifiée par son propre reflet. Plusieurs mèches blanches parsemaient ses cheveux, de nombreuses rides et crevasses creusaient son front et ses yeux avaient perdu de leurs éclats. Avec horreur, elle se tourna vers le vieillard et le regarda avec attention. Derrière la barbe et les rides, elle reconnut un visage rond, autrefois jovial.

— Gregor ? dit-elle en fondant en larme.

— Je suis là maman, répondit le vieil homme en se jetant dans ses bras.

— Que s'est-il passé ?

— Je t'ai protégé.

Abigaïl prit le visage de Gregor entre ses mains.

— Raconte-moi.

Le vieillard acquiesça et s'assit autour de la table. Abigaïl l'imita, stupéfaite par ce qu'elle vivait.

— Dès que tu as fini ta potion, Phillippa est partie cueillir des herbes pour le repas. Elle n'est jamais revenue. Azénor et moi nous avons attendu ton réveil durant plusieurs jours puis il est allé quérir de l'aide. Après plusieurs semaines il est revenu avec des réfractaires, ils ont tout essayé pour te sortir de ton sommeil, mais rien n'a fonctionné. Azénor a perdu espoir et il est parti chercher son père. Il s'est absenté pendant de longues années. Lorsqu'il est revenu, il m'a expliqué que la reine était morte, mais pas Wangriff. Le démon a levé une armée et chasse tous les magiciens. Il veut tous nous éradiquer et réduire les êtres humains en esclavage. Azénor et ses amis sont venus ici pour mettre un terme au massacre. Ils ont essayé de te tuer. Azénor a dit que c'était le seul moyen pour stopper Wangriff et qu'il se tuerait après. Que ce sacrifice sauverait le monde. Ils ont voulu te faire du mal, maman, mais je t'ai protégée.

Abigaïl était abasourdie.

— Qu'as-tu fait à Azénor ?

— Je savais que tu l'aimais beaucoup. J'ai fait disparaitre ses amis, mais je ne l'ai pas tué. Il est là, avec nous. Je me suis assuré qu'il ne pouvait pas te faire de mal.

Gregor désigna un bocal posé sur une étagère. Abigaïl y vit une grosse limace grignoter une feuille de salade.

— Abigaïl ! Abigaïl ! ABIGAÏL !

Ces cris résonnèrent dans son crâne comme mille tambours. La magicienne mit ses mains sur sa tête et sentit son corps s'engourdir. Sans savoir pourquoi, elle ferma les yeux puis les rouvrit. Elle lâcha un petit hurlement et Abigaïl se retrouva assise dans son lit, la sueur perlant son front. La magicienne était hébétée. À ses côtés se tenait un Azénor dans la fleur de l'âge.

— Tu te sens bien ? Tu t'es mise à pleurer puis à convulser.

— Tu n'es plus une limace ! s'écria-t-elle avec de grands yeux.

— Tu délires…

Phillippa entra dans la chambre.

— La poudre d'escartor peut provoquer de violentes hallucinations. C'est un mal pour un bien, cette substance ne soigne pas que le corps, mais aussi le mental. Il n'y a rien de plus efficace.

— Pourquoi ne pas me l'avoir dit ? s'enquit Abigaïl en reprenant enfin ses esprits.

— Il ne fallait surtout pas que tu luttes contre tes divagations, car cela aurait pu perturber l'effet de la plante. Tout ce que tu as pu voir ou entendre entre le moment où tu t'es endormi et maintenant n'était que le fruit de ton imagination.

— Et qui me dit qu'à ce moment précis je n'hallucine pas ?

Phillippa attrapa une cuillère en bois et la jeta de toutes ses forces sur Abigaïl. Celle-ci la percuta en pleine tête.

— Aïe ! s'insurgea la magicienne en se massant le front.

— Si tu as mal, c'est que tu ne rêves pas. Maintenant que tu es réveillée, prenons place autour de la table. Il me semble que nous devons discuter.

Abigaïl acquiesça, se leva et remarqua que toute douleur avait déserté son corps. Mieux, elle redoublait d'énergie. En passant dans la pièce d'à côté, elle ne put s'empêcher de regarder son reflet dans le petit miroir accroché aux murs. C'est avec soulagement qu'elle vit une jeune femme aux longs cheveux en partie brûlés. Elle ne s'était jamais trouvée particulièrement belle, mais revoir son visage dénué de rides la fit sourire. Malgré tout, Abigaïl remarqua sa triste apparence : lèvres gercées, teint pâle et bosse sur le front, sa torture avait laissé des traces. La magicienne commençait à se démêler les cheveux lorsqu'Azénor se racla la gorge. Comprenant que le moment était mal choisi pour ajuster sa coiffure, elle s'assit autour de la table.

— Gregor ?

— Lorsque la nuit est tombée, j'ai essayé de lui faire entendre raison, répondit Azénor. Il a refusé de rentrer. Il continue de regarder Anthème en pleurant. Comme si cela pouvait aider, il est pathétique.

— Votre ami m'intrigue, admit Phillippa en regardant Abigaïl. Mais avant de parler de lui, j'imagine que tu dois avoir certaines questions à me poser.

— Qui êtes-vous ?

— Je m'appelle Phillippa. J'ai enseigné la divination à Anthème durant plusieurs décennies. Je suis capable de voir des bribes de l'avenir, de sonder les personnes et je suis une alchimiste confirmée.

— Vous étiez professeur ! Pourtant je ne vous ai jamais aperçue au château...

— Mon départ date de plus de vingt ans. Officiellement parce que la divination ne faisait plus partie des cours enseignés. Cependant, on m'a jeté dehors à l'instant même où un nourrisson apparaissait : la véritable raison de mon renvoi.

— Vous parlez de moi ?

— Oui. Mais j'ignorais qui tu étais. Je suis arrivée au château la première fois sur ordre de la reine Maela. Je devais l'avertir si des éléments remettaient en cause la loyauté d'Anthème. Je lui ai prêté allégeance contrainte et forcée par des évènements que je ne souhaite pas aborder. C'était servir ou périr. Je suis tombée amoureuse de ma profession et de cette école, mais le directeur Huford refusait de le croire. Pour lui, j'étais une partisane convaincue de la reine. J'imagine qu'à ton arrivée, lorsqu'il a dû choisir entre toi et Maela, entre la couronne et la Résistance, il a vu en moi une menace. À tort, il a pensé que je vous trahirais. Il m'a donc éloigné d'Anthème, et par conséquent de toi.

— Mais n'avait-il pas peur que vous informiez la reine de votre renvoi ?

— Je ne devais pas découvrir ta présence dès le premier jour. Je l'ai appris par inadvertance, en touchant l'intendante lors de mes adieux. Toutes ses pensées convergeaient vers toi.

Abigaïl baissa la tête. Entendre parler d'Enora lui provoqua une nouvelle vague de culpabilité.

— Et vous ne vous êtes pas rebellée ? s'étonna Azénor.

— Huford avait paré à toute éventualité. Il a monté contre moi un dossier pour me discréditer. Les professeurs de l'époque le respectaient et le redoutaient tout autant que la reine Maela. Il fit d'eux des témoins de mes soi-disant dérives mentales. En d'autres termes, il avait manipulé tout le monde afin qu'ils soient convaincus de ma folie. Une maladie courante chez les devins. Huford n'aimait pas les demi-mesures, je suis devenue un paria à la parole sans valeur.

— Pourquoi vous installer ici ? demanda Abigaïl.

— Huford a détruit ma vie. Il m'a enlevé un travail que j'aimais, jeté de ce que je considérais être ma maison et a ruiné ma réputation auprès de tous. J'étais finie et je ne savais même pas vraiment pourquoi. Puis j'ai eu une effroyable vision. Celle d'Anthème en flamme, de la mort et de la désolation. Malheureusement, j'ignorais quand, comment et pourquoi. Les frustrations de l'art divinatoire. Mais je savais que j'y assisterais de mon vivant. Je me suis installée ici, dans une vieille maison abandonnée, et j'ai patienté, encore et encore, persuadée que j'aurais tôt ou tard la véritable raison de ma chute. Durant vingt longues années, j'ai attendu, puis il y a eu l'attaque d'hier. Lorsque je suis arrivée, vous étiez presque tous à l'agonie. Azénor m'a tout expliqué, j'ai eu ma réponse.

— J'ignorais à quel point vous attendiez ces explications, déclara

le prince.
Phillippa acquiesça.

— Mais assez parlé de moi. Vous devez décider quoi faire, où aller.

— Ma mère nous cherchera sans relâche, lança Azénor. Pour elle nous ne sommes que des morceaux de viande qu'elle aimerait bien cuire afin de renvoyer Wangriff dans son monde.

— Des morceaux de choix alors ! Abigaïl incarne l'espoir de la Résistance et toi tu es l'héritier du trône de Penderoc, mais tu as raison sur un point : vous n'êtes pas à l'abri ici, la montagne a commencé à être ratissée.

— J'imagine que pour le moment nous devons continuer à fuir, se lamenta Azénor. Nous finirons par trouver un moyen pour tout arranger.

— Te souviens-tu de ce qu'a dit Wangriff ? intervint soudainement Abigaïl en regardant le prince.

— Comment l'oublier ? Il insinuait que sans toi je ne pourrais pas libérer mon père.

— Donne-moi l'anneau du directeur, ordonna Abigaïl en tendant la main.

Azénor souffla, sortit le bijou de sa poche et le donna à la jeune femme.

— Cet anneau fait partie d'un puissant artefact. Le mettre au doigt est un acte conséquent, car il faut connaitre son nom pour l'enlever. Nom que nous ignorons. Il existe deux autres anneaux tels que celui-ci. Si nous les rassemblons, nous détiendrons un pouvoir immense. Peut-être est-ce la clé, notre seul espoir de tout arranger.

— J'en ai entendu parler, s'exclama Phillippa. La larme d'une déesse… Je pensais que ce n'était qu'une légende !

Soudain la porte s'ouvrit, Gregor entra.

— J'ai froid et je suis fatigué.

Il passa devant les compagnons, s'installa dans le lit encore chaud. Quelques secondes plus tard, il ronflait bruyamment.

— Vous avez dit pouvoir scruter les gens, chuchota Abigaïl. Que pouvez-vous nous dire sur Gregor ?

— Que c'est un mystère ! Lorsqu'il était inconscient, j'ai sondé son esprit pour aider à le soigner. Je ne me suis pas heurté à un mur, comme c'est souvent le cas, mais à un océan déchainé. Ses souvenirs se bousculaient, s'entrechoquaient avec une incroyable violence.
— L'esprit d'un fou... supposa Azénor.
— Non, par le passé j'ai déjà eu l'occasion de scruter l'esprit d'hommes dérangés. Et ils ne ressemblaient en rien à celui de Gregor. Le sien est surpuissant, incontrôlable, même pour lui. Votre ami est unique. J'ignore ce qui a pu le mettre dans cet état, mais prenez garde. S'il peut être un atout de poids, il peut aussi devenir votre pire cauchemar.
Azénor frissonna.
— Changeons de sujet.
— Soit, acquiesça Abigaïl. Désormais, nous avons un objectif : reformer la larme divine.
Le prince haussa les épaules.
— Nous ne pouvons pas nous promener tranquillement en espérant tomber dessus, fit-il remarquer.
— En effet, s'exclama Phillippa. Il vous faut des alliés, des alliés qui ont des yeux et des oreilles partout.
— Et nous en venons aux rebelles, souffla Azénor en croisant les bras. Je dois vous avouer que cela ne m'enchante guère. N'oubliez pas qu'ils sont en guerre contre la noblesse et que je suis prince...
— Elle a pourtant raison, plaida Abigaïl. Ce sont les seuls qui ne cherchent pas à nous tuer.
— Rectification, ce sont les seuls qui ne cherchent pas à TE tuer. En ce qui me concerne, tout le monde veut ma peau. Les rebelles, la reine, les Asimeriens et bientôt les démons, autant dire les plus grandes puissances de ce monde.
— Dans ce cas, cela ne changera rien pour toi, cracha Abigaïl. À moins que tu préfères t'enfermer dans une grotte et vivre comme un ermite ? Oubliant que c'est toi qui nous as foutus dans une telle situation.
Azénor croisa les bras avec mécontentement.

— Tu as voulu libérer Wangriff, continua Abigaïl. Cela a réduit en cendre la moitié de l'école, tué de nombreux innocents, fait de l'un de nos professeurs un fugitif, et a permis ma torture alors que personne ne devait subir les conséquences de l'invocation. De plus, j'apprends que c'est ta mère qui a assassiné mon père. Alors désolé si je ne suis pas sensible à tes pleurnicheries, mais j'essaie de trouver un moyen pour que tout cela n'ait pas été vain.
Azénor ouvrit la bouche pour répondre, mais la jeune femme brandit son doigt d'un air menaçant.
— Ne t'avise pas de répondre ou tu pourras ajouter mon nom sur la liste de ceux qui veulent ta peau, ajouta-t-elle avec véhémence, soulagée de vider enfin son sac. Dis-toi que tu ne retrouveras jamais ton père sans l'aide de la Résistance. Alors, même si cela te déplait, on va à leur rencontre. Et si tu es incapable de te faire à cette idée, rien ne t'oblige à nous suivre.
Tout le monde resta silencieux quelques instants. L'ambiance se fit pesante, oppressante.
— Ce qui devait être dit a été dit, concentrons-nous sur l'avenir, temporisa Phillippa.
— Comment allons-nous trouver les rebelles ? lui demanda Azénor. Savez-vous comment faire au moins ?
Celle-ci secoua la tête.
— Je n'ai jamais été en contact avec eux. Je suis officiellement au service de la reine Maela et les rebelles n'ont pas la réputation d'accorder leur confiance si facilement. Les approcher ne sera pas aisé.
— J'ai peut-être une piste, intervint Abigaïl, déchargée de sa colère.
La magicienne enleva le médaillon qu'elle avait autour du cou et le posa au centre de la table.
— Il vient de l'homme qui m'a déposé au château. Un allié de la Résistance. Pour reprendre ses mots, ce médaillon est le phare qui, dans l'obscurité, m'indiquera le chemin. Je l'ai déjà inspecté en pleine nuit, mais je n'ai rien vu d'anormal.
Phillippa se leva.
— Il ne parlait pas de la nuit, mais de l'obscurité. Les ténèbres les

plus profondes.

— De la magie noire, compris Azénor.

Phillippa acquiesça.

— Je devrais y arriver, mais nous allons devoir faire vite. Le sortilège ne doit pas s'étendre, sinon il risque d'échapper à mon contrôle.

Elle posa ses mains sur la table de chêne, prit une profonde inspiration et ferma ses yeux. La peau qui recouvrait ses doigts se mit à blanchir, ses poils se hérissèrent. Le bois se craquela puis se mit à pourrir. Le froid envahit la pièce et les ténèbres s'abattirent, se nourrissant de toute source de lumière. Abigaïl ne voyait plus rien. Elle était plongée dans un noir intense, profond et malsain. Transcendant l'obscurité totale, une fine écriture argentée apparut lentement. Se dessinant sous leurs yeux, à l'endroit où se trouvait le médaillon : Felengorn.

Abigaïl entendit un claquement et le sort se dissipa. La lumière revint, d'abord aveuglante puis rassurante. Phillippa frotta ses mains l'une contre l'autre pour les réchauffer. Sa bouche était déformée, comme si elle venait de croquer dans un fruit trop amer.

— Je vais bien, rassura-t-elle en croisant le regard inquiet d'Abigaïl.

— Felengorn, Felengorn, se répéta Azénor. Une idée de qui il est question ?

Phillippa se gratta la tête.

— Pas de qui, mais d'où ! À ma connaissance, Felengorn est une vieille tour de guet désaffectée. Une ruine où l'on pourrait tout au plus entasser trois personnes…

Le prince ne semblait pas convaincu.

— C'est notre meilleure piste, trancha Abigaïl. Dès que Gregor sera réveillé, nous partirons.

— Vous le ferez sans moi, informa Phillippa. Anthème est en partie détruite. Des centaines d'élèves et de professeurs sont en plein désarroi. Je suis loin d'être une guerrière, je ne saurais me battre. Et comme je vous l'ai déjà fait remarquer, je ne souhaite pas approcher la Résistance. Mes capacités seront plus utiles à Anthème.

— Je comprends, souffla Abigaïl. Si vous croisez une certaine En-

ora...
Soudain Gregor fit irruption dans la cuisine.
— J'ai bien dormi et j'ai faim ! dit-il avec le sourire.

10
L'adaptation

Le repas et les adieux se firent en un temps record. Azénor, Abigaïl et Gregor prirent la route, guidée par une carte que leur avait confiée Phillippa. Munis d'un sac en cuir contenant une gourde en peau de lapin, cinq morceaux de viande séchée et une couverture, ils entamaient leur voyage avec la boule au ventre. Azénor prit la tête. Ils parcoururent une large étendue boisée et se retrouvaient désormais à flanc de montagne, les uns derrière les autres. La neige apparut sur le sentier et Abigaïl y imprégna ses empreintes avec nostalgie. Il y a trois jours cette rencontre l'aurait émerveillée, mais aujourd'hui elle lui arracha tout juste un sourire. Malgré la fraîcheur due à l'altitude, un soleil de plomb rendait chacun de leur pas difficile. Abigaïl et Azénor se rendirent alors compte que les années passées à manger et étudier sans arrêt les desservaient lors d'une telle expédition. C'est en arrivant sur une zone plus large, dépourvue de neige, qu'Azénor s'arrêta, essoufflé. Abigaïl salua l'initiative, les cheveux trempés et les yeux piqués par la sueur.

— Bonne idée. Cinq minutes de plus et je m'écroulais. Donne-moi l'eau !

Azénor s'exécuta, bien que visiblement gêné. La magicienne attrapa la gourde et en vida le précieux contenu en une demi-gorgée.

— Il y en a déjà plus ! protesta-t-elle.
— J'avais soif et je ne voulais pas nous ralentir…
— Pfff ! Trois heures de marche et nous sommes déjà à sec.

De colère, Abigaïl jeta la gourde sur le sol. Celle-ci se mit à rouler et tomba dans le vide sous leur regard médusé.

— Fabuleux ! lança Azénor. Maintenant si nous trouvons un cours d'eau nous ne pourrons même pas nous approvisionner.
— Tu ne manques pas de culot ! Il y a vingt minutes nous avions encore de la neige, il suffisait de…
— Tiens maman, l'interrompit Gregor.

Abigaïl se retourna. Gregor lui tendait une gourde identique à celle qu'elle venait de perdre. En l'attrapant, elle s'aperçut qu'elle était remplie.
— Mais comment as-tu fait ça ?
— Je ne sais pas, répondit-il, je ne voulais pas que tu sois malade et que tu te mettes en colère. Donc j'ai récupéré la gourde.
Azénor croisa ses bras.
— N'y a-t-il aucune limite à ses pouvoirs ? lâcha-t-il avec gravité.
Tout à coup, le sourire de Gregor s'estompa. Une substance grise et visqueuse coulait lentement sur son visage. Abigaïl leva les yeux et eut tout juste le temps de voir un oiseau disparaitre derrière la montagne. Azénor s'approcha de Gregor.
— Mais c'est...
Il fut pris d'un fou rire incontrôlable.
— Joli tir, parvint-il à articuler.
— Ce n'est pas drôle ! protesta Abigaïl en souriant devant la tête d'ahuri que lui servit Gregor.
La magicienne attrapa une poignée d'herbe et nettoya le visage de Gregor du mieux qu'elle put.
Les minutes s'écoulèrent et Azénor finit par se calmer.
— Désolé, mais je dois avouer que cela fait du bien de rire un peu. Relâcher la pression.
— En parlant de ça... intervint Abigaïl.
— Oui ?
— Je voulais m'excuser pour ce que je t'ai dit tout à l'heure. Tu n'es pas responsable de tout ce qui est arrivé.
— Avoir négligé les conséquences de mon plan ne m'innocente pas pour autant. Je passais mon temps à ruminer les choix de ma mère, à la détester d'avoir privilégié ses ambitions à sa famille. Pourtant ce que j'ai fait n'en est pas moins pitoyable. Je voulais savoir où est mon père et beaucoup en ont payé le prix fort. Le plus regrettable, c'est que malgré cela nous n'avons que le début d'une piste. Je lui ressemble bien plus que je ne l'aurais cru.
— Ne dis pas ça...
— Ce n'est que la stricte la vérité.
Abigaïl soupira.

— Nous avons tous une part de responsabilité, même Gregor finalement. Sans lui les magistors ne seraient pas venus.
Azénor acquiesça.
— Nous sommes dans le même bateau. Reprenons la route, la mésaventure de notre ami m'a redonné de l'énergie.
Abigaïl hocha la tête et ils repartirent. Une poignée d'heures s'écoula avant qu'ils ne soient obligés de s'arrêter de nouveau. Ils se trouvaient devant une large ouverture qui s'enfonçait dans la roche. Ils entendaient des gouttes d'eau s'écraser sur le sol dans un écho inquiétant.
— Nous devons passer là-dedans ? demanda la magicienne en désignant la grotte.
Azénor déplia la carte qu'il gardait dans l'une de ses poches et l'examina avec attention.
— J'en ai bien peur. Il nous reste environ un jour de marche. Nous devrons nous arrêter avant la tombée de la nuit pour établir notre campement. Traverser nous prendra plusieurs heures.
— Ne perdons pas de temps alors, pressa Abigaïl en sortant son réflecteur de lumière.
Celui-ci s'éleva dans les airs et prit une teinte noirâtre.
— Ce n'est pas avec ça que nous allons être éclairés, remarqua Azénor.
— Tu n'as pas le tien ?
— Non, cela fait longtemps que je m'en suis débarrassé.
— Pourquoi donc ?
Le prince croisa les bras et prit le soin de répondre avec sérieux.
— Il nous a été donné par l'école et il permet de lire nos émotions. Qui sait ce que les professeurs peuvent obtenir d'un tel objet ? Il est même possible qu'ils puissent nous retrouver grâce à lui.
— Et tu connais un sort pour créer de la lumière ?
Azénor secoua la tête.
— Ce n'est pas si simple.
— Gregor a bien rempli la gourde d'eau en une fraction de seconde, peut-être qu'il…
Azénor se racla la gorge et lui lança un drôle de regard. Il s'adres-

sa à Gregor.
— Tu peux nous laisser seuls ?
— Non, répondit simplement Gregor.
Abigaïl fronça les sourcils, soupira et demanda :
— S'il te plaît, je voudrais parler à Azénor en tête à tête.
— D'accord.
Gregor s'éloigna de quelques pas, croisa les bras et regarda Azénor avec une expression qui en disait long.
— Je crois qu'il n'apprécie pas que tu veuilles l'éloigner de moi, chuchota Abigaïl.
— C'est ridicule.
— Je t'écoute.
— Nous ne devrions pas solliciter Gregor plus que nécessaire. Je te rappelle que Phillippa nous a mis en garde contre lui. Nous ignorons si nous pouvons lui faire confiance.
— Tu te moques de moi là ? Il nous a sauvé la vie et il ne nous fera aucun du mal.
— Imagine qu'il perde les pédales comme il l'a fait avec Gauvrian ou le professeur Firmin ! Ses pouvoirs se manifestent dès qu'il est contrarié et il dit lui-même qu'il ignore comment il arrive à faire de telle chose.
— Où veux-tu en venir ?
— Il serait plus prudent que ce soit moi qui porte l'anneau. Comme ça, si la situation tourne mal, je pourrai maitriser Gregor.
— Mais nous ignorons son nom ! Tu ne pourras pas le retirer.
— Je préfère garder l'anneau au doigt plutôt que d'être transformé en animal.
— C'est hors de question, tonna-t-elle. Le directeur me l'a donné et je refuse que quiconque y touche. De plus, Gregor m'écoute.
Azénor ne cacha pas son mécontentement. Abigaïl fit volte-face et se positionna devant Gregor.
— Tu pourrais utiliser tes pouvoirs pour créer du feu ou une source de lumière ? demanda-t-elle.
— Je ne sais pas maman.
Abigaïl pointa du doigt un bâton asséché.
— Essaie s'il te plaît.

Gregor tendit sa main vers le morceau de bois et s'écria.
— Prends feu !
Rien ne se passa. Il arbora une moue étrange.
— Désolé.
— Ce n'est pas ta faute.
— Phillippa avait raison, il ne maitrise pas ses propres pouvoirs ! lança un Azénor agacé.
— L'anneau ne quittera pas ma poche. Cherche plutôt un moyen de nous faire traverser ce tunnel en toute sécurité.
— Rien de plus simple, répliqua Azénor avec sarcasme. Contrôle tes émotions et le réflecteur nous donnera une magnifique lumière blanche !
Abigaïl trouva le prince de plus en plus injuste et agaçant.
— Avec toi dans les parages il est difficile de ne pas broyer du noir.
— Maitriser ses émotions est pourtant la première règle qu'on nous enseigne…
— Mais personne ne m'a appris à gérer tout ce qui s'est passé récemment.
— Pauvre petite, il faut encore te tenir la main ?
La colère envahit la magicienne pour de bon. Elle serra les poings. Gregor se positionna entre elle et Azénor.
— Excuse-toi ! exigea-t-il avec véhémence.
— Voilà qu'elle se cache derrière son gorille maintenant. Quel courage !
— Laisse-nous, c'est entre lui et moi, s'enragea Abigaïl en poussant Gregor.
Désormais son réflecteur dégageait une intense lumière rouge vif.
— Excellent ! Dépêchons-nous de traverser le passage avant que ton réflecteur ne redevienne noir.
— Tu crois t'en tirer si facilement ? cracha Abigaïl alors qu'Azénor lui tournait le dos.
— Nous n'avons plus le temps de parler de tes émotions. Il y a plus urgent. Cesse de geindre et allons-y.
Azénor entra dans le souterrain et Abigaïl n'eut d'autre choix que de le suivre. La lumière rouge éclairait peu, mais suffisamment

pour qu'ils puissent avancer sans se cogner à chaque pas. Le passage était étroit et de nombreuses protubérances rocheuses parsemaient sa paroi. Au fil des minutes, le réflecteur perdit de l'intensité jusqu'à ce qu'Abigaïl entende Azénor se cogner la tête contre l'une des parois.

— Abi ! se plaignit-il. Je ne vois plus rien !

La magicienne ne pipa mot et lâcha un profond soupir dans les ténèbres.

— Au moins, le noir m'empêche de voir ta tête. Savais-tu que je te trouve particulièrement moche ? Encore plus avec les cheveux brûlés.

— Ne te donne pas cette peine. J'ai compris que tu m'as dit toutes ces horreurs pour obtenir un peu de lumière. C'était vicieux d'ailleurs.

— Désolé. À quoi penses-tu pour rendre ton réflecteur si sombre ?

— À Enora, aux châteaux en flamme et à tous ceux qui ont péri.

Désormais ils se retrouvèrent dans le noir complet.

— Je ne vois rien, maman.

— Nous non plus, Gregor. Si tu parviens à nous fournir de l'éclairage, c'est le moment.

— Je pourrais faire du feu, mais pas sans bois et cailloux.

— Quoi ? ! s'écrièrent Abigaïl et Azénor d'une même voix.

— Je vis dehors depuis longtemps, je sais comment faire du feu pour se réchauffer la nuit.

— Pourquoi ne nous l'as-tu pas dit avant ? s'étonna Abigaïl.

— Tu m'as demandé de créer du feu avec mes pouvoirs, pas avec mes mains.

Un silence pesant s'installa. Les ténèbres les entouraient et Azénor souffla d'exaspération.

— Cela ne t'énerve pas une bourde pareille ?

— Non, ça me désespère un peu plus. Nous sommes idiots.

— Comment ça ?

— Nous avons étudié les éléments : leur formation, leur composition, leurs avantages, leurs faiblesses. Et malgré tout cela, au lieu de retrousser nos manches et d'essayer de faire du feu, comme

n'importe quelle personne pleine de bon sens, nous nous sommes accrochés à la magie.
— Nous avons encore à apprendre, je te l'accorde. Mais nous accomplissons une mission. Lutter pour réparer nos erreurs, découvrir nos origines. C'est à cela qu'il faut penser. À l'espoir de revoir ta mère un jour ou de…
— Je ne me fais pas d'illusions, elle est certainement morte.
Le silence s'installa de nouveau, à peine troublé par les échos des gouttes d'eau qui s'écrasaient au sol. Finalement, Azénor dit d'une voix mal assurée :
— Écoute, tu vas peut-être me trouver un peu lâche, mais je vais profiter de ce noir complet pour t'avouer ce que j'ai sur le cœur.
Abigaïl n'en croyait pas ses oreilles. D'un geste rapide, elle attrapa son réflecteur qui reprit la taille d'une bille et redevint inerte. Rien ne devait empêcher sa confession.
— Je t'écoute.
Azénor prit une grande inspiration.
— Il se peut que mes sentiments envers toi aient évolué, avoua-t-il. Tu as fait preuve d'une ténacité exemplaire et c'est une vertu qui pousse à l'admiration.
Dans les ténèbres les plus totales, Abigaïl se mit à sourire. Son vœu le plus cher, celui qu'elle effectuait tous les soirs depuis des années venait de se réaliser. Elle se sentait bien, heureuse, et pourtant cela ne ressemblait en rien à ce qu'elle s'était imaginée, comme si ses propres sentiments avaient changé.
— Aucune réaction ? s'étonna Azénor.
Abigaïl lâcha son réflecteur dans les airs. Il les éclaira d'une puissante lumière grise teintée de rose. Cela les aveugla un moment, leurs vues s'étant habituées aux ténèbres.
— Continuons notre route, proposa Azénor en se relevant.
Il tourna le dos à la magicienne. Abigaïl se racla la gorge. Elle avait envie de le remercier, de se rapprocher de lui.
— Écoute, moi aussi j'ai certaines choses à te dire…
Azénor continua de marcher et l'ignora. Consciente que de telles révélations devaient l'incommoder, elle ne le harcela pas de questions. Elle se contenta de le suivre tout en se demandant ce qu'elle

lui dirait une fois sorti. Avançant à une allure soutenue, il ne leur fallut que deux heures pour arriver de l'autre côté. Abigaïl fixa la nuque d'Azénor, le sourire aux lèvres.
— Je voulais...
Elle s'interrompit en voyant le visage du prince.
— Tu m'as menti, comprit-elle avec dégoût. Il n'y a pas d'amour dans ton regard, juste de la pitié.
— Écoute. Je suis...
Abigaïl s'approcha et lui mit une gifle monumentale. La claque fut si violente qu'Azénor se retrouva propulsé sur son séant.
— Ferme-la. Immonde raclure ! Il suffisait d'attendre que je me reprenne pour que nous puissions sortir. Mais au lieu de ça, tu as préféré te conduire comme le pire des goujats. Tu n'as confiance qu'en toi. J'ai toujours pensé que tu étais quelqu'un de bien, mais je commence enfin à me rendre compte que tu méritais ta réputation.
Abigaïl hurla de colère, fit volte-face et s'éloigna d'Azénor et de Gregor.
— Maman, où vas-tu ?
— Reste avec Azénor, surveille-le et s'il essaie de me suivre transforme-le en limace ! ordonna-t-elle avant de lâcher un autre cri de rage.
Abigaïl se cacha de la vue de ses compagnons. Elle s'assit au pied d'un arbre, suffisamment proche du prince et du réfractaire pour les entendre et les voir à leur insu. Elle avait besoin d'être un peu seule, de canaliser sa frustration, mais elle ne voulait pas les quitter des yeux. Azénor se leva avec prudence tout en regardant Gregor.
— Si elle ne revient pas, tu vas beaucoup souffrir, promit celui-ci en croisant les bras.
— Elle va revenir, assura le prince en se forçant à sourire.
— Elle est un peu bête parfois.
Abigaïl leva les yeux au ciel. Azénor ne cacha pas sa surprise.
— De qui parles-tu ? De ta maman ?
Gregor souffla et afficha une moue étrange.
— Je ne suis plus sûr que ce soit ma maman. Ça s'embrouille

dans ma tête et je ne sais plus qui je suis.

— Abigaïl n'est pas ta mère, mais pourquoi dis-tu qu'elle est un peu bête ?

— Parce qu'elle t'aime et que tu ne le mérites pas. Si l'on se débarrassait de toi peut-être que ce serait suffisant pour que les démons s'en aillent et que la reine nous oublie.

Derrière son arbre, Abigaïl en prit bonne note. Elle aperçut une pierre tranchante à ses pieds et elle l'attrapa.

— La reine Maela n'oublie jamais personne, assura le prince, crois-moi. Je suis de votre côté.

— Alors pourquoi lui fais-tu du mal ?

Azénor soupira.

— Je ne voulais pas perdre de temps et au final nous avons traversé cette grotte rapidement, expliqua-t-il avec froideur. J'ai fait le nécessaire pour notre bien.

— Maman, elle t'aime, toi tu es méchant et moi je ne suis pas très intelligent. On va tous mourir.

— Mais qui es-tu ? demanda Azénor. Tu fais étrangement preuve de lucidité tout à coup.

— Je m'appelle Gregor et je vivais seul dans la forêt. Je cherchais quelque chose, sans savoir quoi, jusqu'au jour où j'ai vu Abigaïl.

— Tu l'aimes, c'est ça ?

— Je ne l'aime pas comme elle t'aime, mais comme si c'était ma famille. Tu lui as déjà fait beaucoup de mal et si elle ne t'aimait pas je me serais occupé de toi. Alors, fais attention, à force de la décevoir elle ne va plus t'aimer et ce jour-là je serais là pour que tu reçoives ce que tu mérites.

— Une gentille petite fessée ? ironisa Azénor.

— Cherchons l'endroit idéal pour établir notre campement ! tonna Abigaïl.

Gregor et Azénor sursautèrent, ils ne l'avaient pas vu revenir. Ses cheveux lui tombaient sur le menton alors qu'ils lui arrivaient jusqu'aux épaules il y a quelques minutes. Les mèches brûlées avaient disparu. Cette coupe carrée lui donnait un air plus sévère.

— Maman, tes cheveux ils…

— Je ne suis pas ta maman ! Cesse de m'appeler comme ça. La

seule chose qui m'importe désormais c'est de trouver les rebelles, vous deux ne faites plus partie de mes priorités. On repart !
Après deux heures de marches, ils s'arrêtèrent et mangèrent leur maigre pitance dans le mutisme. Ni Azénor ni Abigaïl n'eurent grande faim. Seul Gregor mangea ses morceaux de viande séchée avec voracité. Sous les yeux agacés d'Abigaïl, il prépara un feu à l'aide de brindilles, de pelures d'écorce et de silex. Avec la chaleur du foyer, la fatigue ne fit que s'étendre. Abigaïl s'allongea près du feu en tournant le dos à ses compagnons.
— Je m'excuse, murmura Azénor en s'installant pour la nuit.
La magicienne feignit de n'avoir rien entendu. Elle n'était pas prête à pardonner. La marche fut éprouvante, aussi sombra-t-elle rapidement dans le sommeil.
Abigaïl se réveilla en pleine nuit. En ouvrant les yeux, elle vit des reflets colorés danser sur les arbres en face d'elle. Ils tourbillonnaient avec frénésie. Un léger bourdonnement accompagnait leurs déplacements erratiques. Curieuse, Abigaïl se redressa. Les reflets et l'étrange bruit disparurent au même moment. La magicienne se retourna. Le feu crépitait et il n'y avait aucune autre trace de lumière. Elle posa sa main dans sa poche supérieure et sentit le réflecteur. Gregor ronflait et Azénor semblait dormir paisiblement. "J'ai dû rêver", se dit-elle. Épuisée, elle se rallongea et ne tarda pas à se rendormir.

11
Bella

Ils avaient repris la route depuis de longues heures, dans une atmosphère pesante, pour rejoindre une vallée boisée au pied de la montagne. Azénor avait tenté de s'excuser, de briser la glace, mais sans succès. Abigaïl n'accordait plus son pardon si facilement.
Plongée dans le mutisme, elle découvrit les joies de la progression en pleine nature : elle trébuchait sans cesse et les branches tendues par le passage de ses compagnons lui giflaient le visage. Soudain un gargouillement retentit. Les regards se tournèrent vers Gregor.
— J'ai faim, indiqua-t-il.
— Encore ! protesta Azénor. Ce matin tu as dévoré le reste de la viande séchée. Il ne nous reste qu'une poignée de graines pour survivre.
Abigaïl vit une butte de terre près d'un tronc d'arbre. Elle s'y installa. Azénor s'assit à côté d'elle.
— À défaut de nous remplir la panse, prenons le temps de nous reposer.
— Je vais chercher à manger, prévint Gregor.
Abigaïl haussa les épaules en regardant le sol. Gregor s'éclipsa, la mine contrariée.
— C'est à moi que tu en veux, lâcha Azénor. Pas à lui.
Abigaïl le dévisagea avec froideur.
— Encore une fois, je suis désolé, indiqua le prince.
La magicienne tenta de plonger son regard dans le sien, mais il avait les yeux fuyants.
— Parle-moi de ton père.
L'attitude d'Azénor changea du tout au tout. Sa tête se redressa et ses sourcils se froncèrent.
— Qu'est-ce que tu veux savoir ?
— C'était un Asimerien ?
Azénor acquiesça sèchement.

— L'union de la fille du roi de Penderoc et du dauphin d'Asimer devait sceller la paix entre les deux pays. La volonté des vieux rois, las de la guerre et de ses pertes. Maela et le prince Inatock se sont mariés.
— Et toi, leur fils, devenais la clé de voûte de cette paix durable.
— L'héritier des deux lignées les plus puissantes au monde, confirma-t-il. Tous les regards étaient braqués sur le ventre de ma mère, impatients de me voir naitre. Puis tout a basculé.
Abigaïl baissa les yeux et fouilla dans sa mémoire.
— Je ne me souviens pas de ce qu'a pu dire Firmin sur ce sujet.
Azénor pouffa, son attitude se voulait désinvolte, mais le ton de sa voix trahissait sa peine.
— Pas étonnant. Il a toujours évité de mentionner ce passage honteux. Ma grand-mère paternelle, la reine Sade, adorait les anciens dieux. Lorsqu'elle est tombée malade, elle a décrété qu'elle ne pourrait trouver le pardon si le mensonge accompagnait son trépas. La cour n'a rien vu venir.
— Qu'a-t-elle avoué ?
— Elle a convoqué les émissaires et leur a envoyé la vérité en pleine face. Inatock, mon père, n'était pas le fils du roi Palmin, mais celui d'un simple roturier. Un bâtard dépourvu du sang de la lignée des rois asimeriens. Cette nouvelle a provoqué un cataclysme.
— La cour de Penderoc…
— A vécu cela comme une trahison, termina Azénor. Je n'étais plus l'enfant prodigue, mais le canevas d'une supercherie qui a sali la princesse Maela. Mon père est tombé dans la disgrâce, tout juste toléré au palais. Inatock le sauveur est devenu Inatock l'usurpateur !
— Il savait ?
— Il a juré que non, mais cela ne changeait rien. Le mal était fait.
Abigaïl capta la tristesse d'Azénor.
— Il te ressemblait ?
Le prince baissa la tête.
— Je l'ignore. Je n'étais qu'un enfant lorsque ma mère l'a fait disparaitre. Aujourd'hui, je me demande pourquoi elle ne m'a pas

fait subir le même sort.

La magicienne ne connaissait que trop bien le vide que laissait l'absence d'un père.

— Peut-être que ta mère t'aime, tout simplement.

Azénor ricana.

— Ma mère n'aime personne. Elle n'a jamais esquissé le moindre geste d'affection envers moi. Elle m'a toujours traité avec indifférence, comme si je n'existais pas. Je te prie de me croire, la reine Maela n'a rien d'une mère. Elle est aussi cruelle et insensible que l'on puisse l'être. Le pouvoir, c'est là son seul enfant.

Azénor devint pâle et ses yeux rougirent comme s'il effectuait un effort surhumain pour empêcher des larmes de couler. Abigaïl avait engagé la conversation sur sa famille, consciente de l'irritabilité du sujet. Elle voulait se venger de l'affront de la veille, mais en voyant à quel point cela le perturbait, elle regretta sa vendetta. Il venait de baisser la garde, de se mettre à nu. La plus grande marque de considération qu'il pouvait lui donner.

— Nous retrouverons ton père, fit Abigaïl avec détermination. Tes efforts paieront.

— Merci.

Des brindilles craquèrent et firent sursauter les deux magiciens. Gregor arriva, les bras chargés d'œufs et de champignons. Il les déposa sur le sol avec un large sourire.

— Je vais préparer une omelette !

Il ne remarqua ni la tristesse d'Azénor ni la culpabilité qui rongeait Abigaïl. Il trouva une pierre fine et plate qui lui servit de support pour faire cuire ses ingrédients. Le repas fut bienvenu. Gregor semblait rassasié et ses compagnons apaisés. Ils reprirent la route et seuls les cris d'animaux venaient perturber la tranquillité d'Abigaïl. Cela faisait un petit moment que la soif avait asséché sa bouche et elle se décida à demander la gourde lorsque, tout à coup, un oiseau se jeta sur Gregor et l'attaqua au visage à coups de bec. Le réfractaire, paniqué, se mit à courir dans tous les sens. Les yeux levés, il percuta un arbre ce qui le stoppa net dans sa course. L'oiseau se posa alors sur sa tête, comme pour montrer sa supériorité. Azénor et Abigaïl accoururent. La magicienne agita

ses bras pour éloigner la pie, mais elle resta immobile. Leurs regards se croisèrent.
— Gauvrian ?
Elle vit la tête de l'oiseau bouger de haut en bas.
— Incroyable. C'est donc toi qui a...
Abigaïl se pinça les lèvres.
— Aspergé Gregor hier ? reprit-elle avec dégoût.
Pour toute réponse le volatile lâcha un liquide blanchâtre qui dégoulina sur les cheveux de son trophée.
— Arrête ça s'il te plaît, supplia-t-elle entre deux haut-le-cœur.
Gauvrian s'envola pour se poser sur une branche à la hauteur d'Abigaïl.
— Qu'est-ce que tu nous veux ?
La pie se mit à piailler et à bouger dans tous les sens, visiblement énervés.
— Je ne parle pas l'oiseau, mais il semble évident qu'il souhaite retrouver sa forme humaine, intervint Azénor alors que Gregor reprenait ses esprits.
Le réfractaire se releva et poussa un gémissement. Lorsqu'il vit l'oiseau, il se rua derrière Azénor.
— Laisse-moi tranquille, cria-t-il. Attaque plutot le prince !
De multiples blessures saignaient au niveau de son visage.
— Je sais que tu ne m'aimes pas, mais je déteste ma mère au moins autant que toi, plaida Azénor. Et moi je ne t'ai pas transformé en oiseau !
— Ne me dit pas que tu as peur d'une pie ? s'amusa Abigaïl.
— Écoute, c'est le seul être que je connaisse capable de faire trembler Gregor comme une fillette, alors si cela ne te dérange pas je préfère garder mes distances.
Abigaïl soupira. Le prince avait des qualités, mais jusqu'ici le courage n'en faisait pas partie. Sa bravoure fluctuait tout autant que son humeur.
— Gregor, c'est le garçon que tu as transformé en oiseau la première fois que nous nous sommes vus. Tu peux lui redonner sa vraie forme s'il te plaît ?
L'interrogé lança un regard inquiet par-dessus l'épaule d'Azénor

puis posa soudainement sa main dans ses cheveux avant de la retirer avec dégoût.
— Il a recommencé, maman ! Il a mouillé mes cheveux !
— S'il redevient humain, il ne pourra plus "mouiller" tes cheveux.
Gregor se figea, réfléchit puis, convaincu, s'approcha.
— Et il ne pourra plus voler et m'attaquer avec son bec, ajouta-t-il.
Il brandit sa main vers l'oiseau qui devint silencieux et immobile.
— Méchante pie redevient lourd et hargneux !
Gregor se concentra, ses doigts se crispèrent et… rien.
— C'était à prévoir, souffla Azénor.
— Pourtant l'oiseau lui a fait peur, il aurait dû utiliser ses pouvoirs pour se protéger, remarqua Abigaïl.
— Inutile de chercher une logique où il n'y en a pas.
— Je suis désolé, s'exclama Gregor.
Gauvrian secoua la tête. C'était la première fois qu'Abigaïl discernait de la tristesse chez un oiseau.
— Cela peut te sembler bizarre, mais nous nous sommes lancés dans une quête. Peut-être parviendrons-nous à mettre la main sur de puissants artefacts. Ils pourraient potentiellement te redonner forme humaine. Joins-toi à nous.
— Ou retourne à Anthème, intervint Azénor. Au château tu retrouveras ton frère et les professeurs pourront aider à régler ton… problème.
L'oiseau décolla dans les airs. En deux battements d'ailes, il fut hors de vue.
— J'imagine qu'il a pris sa décision, s'exclama le prince. Reprenons la route, nous devrions atteindre la tour avant midi.
Abigaïl acquiesça. Plus ils s'enfonçaient dans la forêt, plus il leur était difficile d'avancer. Les arbres semblaient de plus en plus proches, les ronces plus denses. C'est soulagés qu'ils trouvèrent un petit chemin de terre qu'ils s'empressèrent de rejoindre. La magicienne était émerveillée par la nature qui l'entourait. Elle se délectait de l'odeur si caractéristique de la forêt, un mélange d'humidité, de pins et de champignons. Par moments, elle aperce-

vait des écureuils se balancer entre les branches au rythme du chant des oiseaux. Le sol, recouvert de feuille et de bois mort, grouillait d'insectes de formes, tailles et couleurs différentes. Tout ce qui l'entourait rayonnait de vie. Abigaïl avait toujours imaginé la beauté de la nature, mais jamais elle n'avait pensé aux inconvénients qui l'accompagnaient. Son visage arborait plusieurs griffures, infligées par des branches basses et des ronces à l'allure traîtresse. De plus, Abigaïl sursautait chaque fois qu'elle sentait s'écraser sur son visage des toiles d'araignées alors invisibles. Elle continuait de suivre le petit chemin de terre, partiellement envahi par la végétation, comme si les plantes en revendiquaient l'espace, lorsqu'elle entendit des éclats de voix. Ses compagnons s'arrêtèrent.

— Vous avez entendu ? demanda la magicienne.

Azénor acquiesça.

— Nous approchons de Felengorn. Il se peut que ce soit des résistants.

— Ou des magistors à notre recherche, avança Abigaïl tandis que de nouveaux cris se faisaient entendre.

— Quittons le sentier et essayons de faire le moins de bruit possible, conseilla le prince. Nous devons rejoindre la tour de guet. Évitons toute rencontre pour l'instant.

Abigaïl obtempéra, non sans une légère amertume. Elle avança en évitant chaque brindille. La source des bruits se rapprocha.

— Cette catin m'a écorché l'œil ! hurla une voix. Immobilise-la. Je vais lui arracher le sien.

Inquiétée par ce qu'elle venait d'entendre, Abigaïl bifurqua.

— Cela ne nous regarde pas, chuchota Azénor avec conviction. Partons !

La magicienne l'ignora. À travers des broussailles, elle vit un colosse roux se relever, la joue ensanglantée. Deux autres hommes armés maintenaient une femme contre un arbre. Elle possédait de fins sourcils et une bouche voluptueuse. Plusieurs tresses parsemaient ses longs cheveux d'un noir intense qui contrastaient avec la blancheur inquiétante de sa peau. Elle portait une tunique verte qui se mélangeait parfaitement avec la forêt environnante. Un sourire narquois était ostensiblement attaché à ses lèvres.

— Tu voles ma bourse et maintenant tu veux me voler la vue ! mugit le blessé en sortant une dague. Il est temps que quelqu'un t'apprenne les bonnes manières. Première leçon : ne jamais mettre en rogne un chasseur de prime.

Abigaïl déglutit avec difficulté et se sentit envahie par une étrange sensation d'injustice. Azénor, allongé à ses côtés, secoua la tête. Gregor, quant à lui, regardait la prisonnière avec désintérêt. Aucun d'eux ne voulait intervenir, ce qui accentua la rage de la magicienne. Elle tendit son bras vers l'homme au poignard et murmura :

— Odola irakin !

Elle vit alors la main de l'attaquant rougir, puis de la vapeur s'en échapper et être aspirée par le pendentif qu'il portait.

— Ils portent des médaillons en argent pur, se lamenta Azénor. Des chasseurs de réfractaires.

— Il y a des magiciens dans le coin, mugit le colosse en assenant à sa prisonnière un violent coup de poing qui l'assomma. La chasse est ouverte !

Azénor se leva avec précipitation.

— Fuyons ! pressa-t-il.

Soudain, un chasseur apparut et se rua sur Gregor. Abigaïl et Azénor entendirent du bruit derrière eux, ils se retournèrent et virent deux autres traqueurs courir vers eux.

— Escritatum voluptia, s'écria Azénor.

Six épées fantomatiques se formèrent autour de lui et s'élancèrent vers les chasseurs, ceux-ci ne ralentirent pas pour autant. Avant de les atteindre, les épées furent aspirées par leur médaillon. L'un des agresseurs fit tournoyer au-dessus de sa tête une chaine en argent et d'un geste rapide il la lança vers Azénor. La chaine enserra le prince qui ne tarda pas à s'écrouler au sol. Le deuxième chasseur s'arrêta devant la magicienne, un couteau à la main.

— À ton tour, petite.

— Figelas loïr ! s'écria Abigaïl alors qu'il se jetait sur elle.

Les nombreuses branches qui les entouraient se mirent à bouger et l'une d'elles attrapa le chasseur et le plaqua contre un tronc. Abigaïl entendit du bruit derrière elle, se retourna, mais cette fois-ci elle n'eut pas le temps de réagir. Une fine chaine d'argent s'enroula autour de ses épaules et elle sentit une onde glaciale aspirer son énergie. La magicienne s'écroula, face contre terre. Alors que l'argent imprégnait son corps et que ses yeux se fermaient, elle entendit un chasseur crier "La voleuse a disparu !". Abigaïl sentit une brusque secousse et entendit un cri étouffé. La chaine d'argent se desserra. Il fallut quelques instants pour que son corps élimine le poison et qu'elle reprenne ses esprits. Abigaïl se releva et vit la prisonnière aider Gregor à se remettre debout. La magicienne tourna la tête et sursauta lorsqu'elle vit le colosse roux cloué contre un arbre par un long couteau logé dans l'épaule. L'homme attrapa le manche, mais se ravisa face à la douleur que cela lui provoqua.

— Aide-moi ! ordonna-t-il en désignant Abigaïl. Je te laisserais partir.

L'inconnue termina de libérer Gregor et Azénor puis elle approcha le chasseur de prime.

— Première leçon : ne jamais oublier de fouiller sa proie, s'amusa-t-elle en écartant sa cape.

Une multitude de couteaux pendaient de sa ceinture.

— Mes hommes ?

— Un mort, expliqua-t-elle en désignant un buisson un peu plus loin. J'ai visé l'épaule avec ma première lame, mais il semblait déterminé à vouloir attraper mon second lancé avec sa tête. Quant à ton deuxième tourmenteur de jeune femme, il a tout simplement pris les jambes à son cou pour ne pas subir le même sort. La raison l'emporte parfois sur le courage.

La femme effleura le manche du couteau. Le roux tressaillit.

— Laisse-moi partir ! tonna-t-il.

— D'abord, tu vas m'expliquer ce que vous faites ici.

D'un râle l'homme prit son inspiration.

— Kaneek nous a engagés pour capturer des magiciens en fuite dans les environs, expliqua-t-il en regardant tour à tour Azénor, Gregor et Abigaïl. Ordre de la reine Maela. Elle donne beaucoup d'or pour leur capture.

— Beaucoup, c'est-à-dire ?
— Deux mille pièces d'or, dit-il les yeux emplis de convoitise. Nous pourrions partager...
La voleuse eut un hoquet de surprise et regarda furtivement Abigaïl.
— Vas-tu me libérer ? demanda le chasseur.
Azénor recula. Le combat n'était peut-être pas terminé...
— Avant je vais te prendre ceci, dit-elle en arrachant le médaillon. Pars retrouver ton acolyte. Ne remettez jamais les pieds dans les environs.
— Tu veux la prime pour toi seule ? s'esclaffa le chasseur.
— Quittez la région, reprit la voleuse. Ce n'est pas ton épaule que je viserais la prochaine fois, mais ta poitrine et ta tête.
À contrecœur, le colosse acquiesça. L'inconnue attrapa le manche de son couteau et sans plus de cérémonie tira dessus de toutes ses forces. La lame se dégagea alors que le chasseur serrait les dents. Une fois libéré, il ne perdit pas de temps et disparut dans la forêt. La femme remit son couteau à sa ceinture et se tourna vers la magicienne.
— Vous êtes ceux que la reine Maela recherche, n'est-ce pas ?
— Nous sommes surtout ceux qui t'ont libéré d'une mort certaine, fit valoir Azénor. Tu nous es redevable.
L'inconnue pouffa.
— Si je les ai laissés m'approcher, c'est uniquement pour mettre la main sur leurs médaillons de grande valeur. L'argent pur se revend très bien. C'est moi qui vous ai libéré d'un sort pire que la mort. Votre intervention a juste tout... compliqué.
Abigaïl n'était pas dupe. Elle ignorait si elle devait lui faire confiance et elle comptait bien le découvrir.
— Nous cherchons la tour de Felengorn, indiqua-t-elle.
Un éclair de surprise éclaira le visage de la voleuse. Azénor grimaça, peu convaincu de la nécessité de lui révéler une telle information.
— Et que voulez-vous faire dans une vieille tour de garde ?
— Cela ne te regarde pas, intervint le prince.
— Comment tu t'appelles ? demanda Gregor.

— Bella. Et toi ?
— Gregor. Voici Azénor et ma mère, Abigaïl.
— Ta mère ?
— C'est une longue histoire, soupira la magicienne.
Le regard de Bella s'attarda sur le médaillon d'Abigaïl. Elle ne laissa rien paraître et se contenta de leur lancer :
— Je vais vous mener à la tour, suivez-moi.
— Merci ! répondit Gregor avec joie en lui emboitant le pas.
Ni Abigaïl ni Azénor ne partagèrent son enthousiasme, mais ils suivirent néanmoins Bella.

12
Le cœur de la Résistance

Ils arrivèrent exténués devant la tour de Felengorn et Abigaïl lâcha un soupir de déception. Il ne restait plus grand-chose de l'édifice. Sa partie sud s'était écroulée et de nombreuses pierres jaunes, typiques de la région, parsemaient le sol. Au fil des années, la nature avait repris ses droits en recouvrant les ruines de mousse et de lierres. Les douves infestées de ronces baignaient dans l'eau croupie et le toit de la tour tenait en équilibre précaire. Abigaïl remarqua que le pont-levis, permettant d'accéder à la herse, restait praticable. Cela lui arracha un sourire : elle aimait la nature, mais après de longues heures de marche, ne pas devoir se frayer un chemin dans les douves nauséabondes lui mit du baume au cœur. Bella s'arrêta au pied du pont et se tourna vers elle.
— Nous y voilà. La tour de Felengorn.
— Je crains que Phillippa ne se soit fourvoyée, se lamenta Azénor. Il n'y a rien ici qui puisse nous aider.
— Fini de jouer, clama Bella en désignant le pendentif d'Abigaïl. Comment avez-vous eu ce médaillon ?
— Je ne vois pas en quoi cela vous regarde…
Bella porta ses doigts à ses lèvres et émit un sifflement aigu. Trois hommes surgirent, armés d'arc et d'épées.
— Cela me regarde. Vous vous trouvez sur le territoire de la Résistance.
— Doucement, nous ne voulons pas d'ennuis, temporisa Azénor.
— Qui êtes-vous ? demanda Bella.
Abigaïl prit une profonde inspiration.
— Je suis Annabella Mirade, fille de Léonard Mirade. Nous sommes venus chercher de l'aide.
Les résistants se regardèrent avec étonnement. Deux d'entre eux baissèrent leurs armes.
— Foutaise ! pesta Bella.
Abigaïl enleva le médaillon de son cou et le brandit devant elle.
— Cela ne veut-il rien dire pour vous ?

Un rebelle s'approcha.

— Le médaillon de Mirade ! s'écria-t-il. Elle dit vrai, il faut la conduire à Dotan !

Bella ferma les yeux, prit une longue et profonde inspiration, puis elle les rouvrit. Elle défia les magiciens du regard.

— Au moindre geste brusque, vous sentirez un couteau se loger dans votre cœur. Êtes-vous certains de vouloir pénétrer dans notre repaire ?

Abigaïl fit tout pour ne pas montrer l'appréhension qui lui nouait l'estomac. Elle soutint le regard de la rebelle :

— J'en suis certaine. Nous vous suivons.

— Pourquoi votre maison elle est cassée ? demanda Gregor en souriant.

Bella le dévisagea. Azénor, exaspéré, poussa un soupir.

— Excusez-le, il n'a pas conscience de ce qu'il dit.

— Abigaïl prétend être la fille de Mirade, rappela la résistante. Et vous deux ?

— Nous ne savons pas qui est vraiment Gregor vu que lui-même semble l'ignorer, expliqua la magicienne. Quant à Azénor...

Le prince esquissa un sourire nerveux. Les résistants armés le regardaient avec attention.

— Je ne veux pas bâtir notre relation sur un mensonge. Donnez-moi votre parole que vous ne feriez rien d'irréfléchi avant que nous discutions.

Bella croisa ses bras.

— Parle !

— Je suis le fils de la reine Maela.

Deux hommes levèrent leurs arcs et attrapèrent une flèche dans leur carquois.

— Non ! s'écria Abigaïl.

Avant que la Bella ne se retourne, l'un d'eux décocha sa flèche. Celle-ci fila dans les airs, tout droit vers la tête d'Azénor. Gregor esquissa alors un geste de la main et transforma le projectile en un filet de boue qui vint s'écraser sur le visage du prince.

— Baissez vos armes ! hurla Bella avec autorité.

Les rebelles obéirent à contrecœur. Visiblement sous le choc et la

tête recouverte de boue, Azénor se tourna vers Gregor.
— Merci.
Bella dégaina sa dague et s'approcha du prince.
— Que fais-tu ici !
Azénor prit le temps de reprendre ses esprits et d'enlever la terre de ses yeux et de ses oreilles.
— Je déteste ma mère au moins autant que vous, assura-t-il. Après ce que j'ai fait, si elle me trouve, elle me tuera.
Bella resta pensive quelques instants.
— J'imagine qu'un espion ne se serait pas présenté comme étant le prince de Penderoc, à moins qu'il n'ait des envies suicidaires. Notre chef, Dotan, voudra entendre votre histoire. Suivez-moi et laissez bien vos mains en évidences, je vous aurais prévenus.
Azénor acquiesça et les trois compagnons suivirent Bella. Celle-ci traversa le pont, la herse et ils se retrouvèrent alors au centre de la tour. Sans grande surprise, l'intérieur de l'édifice était à l'image de son extérieur : vétuste. De nombreuses fissures couraient sur les murs et de l'herbe poussait entre les pierres du sol. Abigaïl ne tarda pas à remarquer que plusieurs toiles d'araignées avaient trouvé leurs places dans les recoins sombres. Sur leur droite montait un escalier qui s'arrêtait brutalement avant l'étage supérieur. Le seul objet encore présent était un vieux tonneau cerclé de fer. À côté de lui, un homme de très grande taille avec de larges épaules était adossé au mur. Son crâne rasé et ses nombreux tatouages accentuaient l'impression de brute épaisse qu'il dégageait.
— Pofum, ouvre le passage, ordonna Bella.
L'homme se leva, dévoilant un peu plus sa carrure éloquente.
— Le mot de passe ? réclama-t-il d'une grosse voix.
Bella soupira.
— Souffrance et espérance sont les prémices de la liberté.
Pofum acquiesça et tendit la main vers trois étranges supports de torche dont la couleur se confondait parfaitement avec le mur.
— Le troisième ? demanda-t-il en fixant Bella.
La rebelle secoua la tête.
— Ce ne sont pas nos ennemis. Du moins, pas encore.

— Soit, je te sentais un peu tendue.
— Baisse le deuxième, dit-elle finalement.
Pofum eut un léger rictus.
— Pas nos ennemis, mais pas nos amis non plus. Allez-y.
Bella s'approcha du tonneau pour s'y assoir.
— Touchez le tonneau, ordonna-t-elle.
Azénor et Abigaïl se regardèrent avec inquiétude.
Gregor, lui, s'était déjà assis à côté de Bella.
— Tu dis être la fille de Mirade. Ce système est son œuvre, en aurais-tu peur ?
Abigaïl rejoignit Gregor et posa sa main sur le tonneau, Azénor l'imita. Elle ne voulait pas se laisser impressionner par Bella. C'est ce moment que choisit Gregor pour ouvrir la bouche :
— Pourquoi on doit…
Pofum abaissa le deuxième support de torche. L'effet fut instantané : Abigaïl se sentit violemment comprimée comme si un géant la broyait dans la paume de sa main. Sa vue se voila jusqu'à la plonger dans le noir. Elle se sentit tirée en arrière, comme aspirée par le tonneau. La douleur omniprésente lui donna la nausée. Elle tenta de crier, mais aucun son ne franchit ses lèvres : l'air lui manquait. Son estomac se souleva dans une chute interminable. Elle eut alors l'impression de tomber dans une imposante couche neigeuse. Celle-ci ralentit sa chute, mais pénétra dans son nez et sa bouche la faisant suffoquer. Puis, soudain, sa descente prit fin. Sa vue lui revint et ses doigts touchèrent un sol dur. Elle se releva avec un léger mal de crâne. Azénor et Gregor, allongés à côté d'elle, l'imitèrent. Bella, déjà debout, les regardait avec impatience et satisfaction.
— Sensations désagréables, n'est-ce pas ?
— J'ai connu bien pire, répondit Abigaïl en se remémorant la torture du magistor.
— Et bien pas moi, se plaignit Azénor.
La magicienne regarda autour d'elle et détailla les lieux. Ils se trouvaient probablement sous terre, car devant eux s'étirait un long tunnel cylindrique creusé dans la roche. Chacun de leurs pas se répercutait en échos inquiétants dans l'air humide et froid.

L'espace était éclairé par une multitude de champignons phosphorescents qui dégageaient une légère odeur musquée. De taille et couleur différentes, ils avaient pris leur aise sur les parois du tunnel. Le seul signe de présence humaine était un tonneau installé juste derrière eux et au-dessus duquel un support de torche était solidement fixé dans la roche.
— La porte de sortie ? demanda Abigaïl.
— Une porte de derrière. La véritable entrée est ailleurs.
— Pourquoi trois leviers alors ?
Bella s'engouffra dans le tunnel et les invita à la suivre.
— Le premier vous fait descendre en douceur, c'est l'entrée principale. Le deuxième est utilisé pour les marchandises et débouche ici. Quant au troisième, il mène directement dans les geôles.
— Nous sommes sous la tour ? demanda Azénor
Bella lui jeta un regard méfiant par-dessus son épaule.
— Exact. Maintenant, cessez de me poser des questions, j'en ai déjà trop dit.
Elle les guida à travers un dédale de pièces sombres et de couloirs étroits. Abigaïl comprit que l'entrée magique n'était pas la seule protection des résistants : ils se trouvaient dans un véritable labyrinthe. Nul doute que des assaillants s'y perdraient en cas d'attaque. Après plusieurs minutes de marche, les murs furent plus espacés et l'air moins vicié.
— Vous pénétrez dans notre sanctuaire, informa Bella. Comportez-vous comme il se doit.
Lorsque les compagnons sortirent du tunnel, ils s'arrêtèrent, stupéfaits par la beauté des lieux. La pièce était immense, haute et munie d'un plafond en demi-sphère au centre duquel trônait un grand chêne lumineux. Si voir un arbre phosphorescent, aux feuilles et aux branches éclatantes de pureté, ancré au plafond était déjà surprenant, Abigaïl resta bouche bée lorsqu'elle remarqua l'étendue de ses ramifications. Les racines latérales du chêne couraient sur l'ensemble des parois de la pièce, traversaient les murs et finissaient leur course dans le sol. Chacune d'elles luisait d'une douce lumière blanche qui éclairait toute la salle. En baissant les yeux, la magicienne vit que les racines n'étaient pas sur le

sol, mais incrustée à l'intérieur de celui-ci. La roche paraissait translucide comme si l'arbre se nourrissait de la pierre. Au centre de la pièce, juste en dessous de l'arbre, une imposante table ovale avait trouvé place. De nombreux objets, parmi lesquels des morceaux de tissus, des armes de toutes sortes ainsi que des bouteilles remplies de liquides multicolores la recouvraient. Abigaïl vit un rebelle s'approcher de la table, se mettre à genoux et y laisser une vieille dague usée.

— À la veille d'une mission, nous déposons un objet qui nous est cher sur cette table, expliqua Bella. Il récupèrera sa dague à son retour. S'il ne revient pas, elle restera ici en souvenir de son sacrifice.

À quelques mètres de la table, en rangée circulaire, reposaient des lits de pierre sur lesquels des racines de l'arbre finissaient leur course. Les racines magiques coloraient la roche d'un voile argentée. Sur certains de ses lits, des résistants étaient allongés. Certains dormaient profondément alors que d'autres fixaient l'arbre, le sourire aux lèvres.

— Voici donc la principale occupation des renégats : prier, regarder une plante et dormir dans un terrier, s'exclama Azénor avec dédain.

— Ne vous fiez pas à ce que vous voyez, souffla une voix derrière eux. Ce sont de redoutables guerriers prêts à mourir pour leur cause. Ils profitent juste d'un répit bien mérité. Cette salle est un lieu de repos et de souvenirs. Si vous voulez plus d'action, rejoignez notre salle d'entrainement.

L'homme avait une soixantaine d'années. Ses cheveux grisonnants et sa peau parsemée de rides lui donnaient l'apparence d'un sage. Seuls des cicatrices et un regard sulfureux attestaient qu'il n'en avait pas toujours été ainsi. Bella s'inclina.

— Père, ces personnes désirent te rencontrer.

— Tu as permis à des inconnus d'entrer dans notre sanctuaire. J'imagine que c'est important.

Abigaïl s'inclina à son tour.

— Je suis…

Dotan leva la main pour l'interrompre. Ses yeux se remplirent de

larmes et ses mains se mirent à trembler.
— Laisse-nous, ordonna-t-il à sa fille.
— Il serait plus prudent que je reste avec vous.
— Laisse-nous, répéta Dotan.
— Mais je…

Les sourcils de l'homme se froncèrent, ses narines se rétractèrent : de toute évidence il était inutile d'insister. Visiblement mécontente, Bella s'éclipsa en bousculant Abigaïl au passage.

— Je sais qui vous êtes, souffla-t-il. Annabella Mirade. Vous ressemblez tellement à votre mère qu'il ne peut y avoir de doute. Cela fait longtemps que j'attends votre venue. Honte à moi d'avoir pensé qu'elle ait pu se tromper.

— Vous avez connu ma mère ? s'étonna Abigaïl.

Dotan acquiesça.

— Dame Olivia à trouver refuge ici lorsque vous n'étiez qu'un nourrisson.

— Qu'est-elle devenue ? demanda-t-elle avec appréhension.

Le vieil homme baissa la tête, le regard empli de tristesse.

— Je devais la protéger, mais j'ai échoué.

Abigaïl déglutit avec difficulté.

— Comment est-ce arrivé ?

— Nous avons été trahis, répondit-il avec dégoût. Votre mère sortait régulièrement dans la forêt pour méditer. C'est durant l'une de ses excursions qu'elle et ses gardes ont été attaqués. La reine savait où et quand frapper.

— Alexander Firmin ! grogna Gregor.

La surprise traversa le visage de Dotan.

— Exact, comment le savez-vous ?

Abigaïl se sentit subitement mal. Un frisson parcourut son corps.

— C'était l'un de nos professeurs, expliqua Azénor. Nous lui avons sauvé la vie. Vous êtes certain de son implication ?

— Il s'est enfui juste avant l'attaque et nous ne l'avons plus jamais revu. Une action lâche et coupable.

— Cela explique le comportement de Gregor lorsqu'il a appris son nom, fit remarquer Azénor.

— Alexander disait qu'il avait connu mon père, mais pas ma

mère, se rappela Abigaïl.
Le vieil homme secoua la tête.
— Ils étaient proches tous les deux, des amis de longue date. Cela ne rend sa trahison que plus atroce.
— Il m'a dit vouloir rejoindre la rébellion, lutter de nouveau contre la reine.
— Un mensonge de plus, ironisa Azénor. Traqué par des démons et ma charmante génitrice. Je ne donne pas cher de sa peau.
Dotan regarda alternativement Azénor puis Gregor.
— Désolé si je vous parais impoli, mais vous êtes ? De quels démons parlez-vous ?
Azénor et Abigaïl s'échangèrent un regard.
— Je vais tout lui raconter, proposa le prince.
La magicienne acquiesça : elle n'avait pas envie de se replonger dans les tumultes de ces derniers jours. Elle s'éloigna de ses compagnons pour s'assoir sur l'un des lits. Ainsi sa mère s'appelait Olivia et elle aussi avait perdu la vie. Plus elle en apprenait sur ses origines, plus elle se sentait triste et seule. Enora lui manquait et ne pas savoir si elle avait survécu à l'incendie attisait son chagrin. Abigaïl fixa l'arbre de lumière. Ses yeux se perdirent dans la contemplation de ses feuilles blanches, reposantes. Ses pensées négatives s'évanouirent une à une. Une étrange sensation de paix l'envahit comme si un être plein de bonté l'enlaçait dans ses bras.
— Magnifique, n'est-ce pas ? demanda Dotan.
Abigaïl sursauta et sortit de sa transe. Sans même s'en rendre compte, elle s'était allongée.
— Tout va bien ? s'inquiéta Gregor. Tu bouges plus depuis longtemps.
Azénor, Dotan et Gregor se tenaient devant elle.
— Cet arbre à bien des vertus, expliqua le vieil homme avec malice. Quelle que soit l'obscurité qui nous étreint, sa lumière la dissipe. Et en plus d'éclairer nos yeux et nos esprits, il recycle notre air, nous permet de vivre cachés de tous. Il est à la fois le poumon et le cœur de notre clan.
— Il a été créé ? demanda Azénor.
Dotan acquiesça.

— Par Léonard Mirade. Il s'est inspiré de la nature : des champignons des cavernes, des arbres de nos forêts, de la pureté du soleil et de l'amour qu'il avait pour ses proches. Il a trouvé la clé de l'apaisement et désirait la partager. Il voulait transmettre une partie de son être, une étincelle de son âme à notre cause. Lorsque je lui ai demandé comment il avait modelé une telle grandeur à partir du néant, il m'a répondu qu'il lui suffisait de penser à la plus belle de ses créations : à toi, Annabella Mirade.

Abigaïl resta muette. Est-ce la présence de son père qu'elle avait ressentie ? Non, c'était ridicule. Son père était mort et nulle magie ne pouvait y remédier.

— Le prince de Penderoc, la fille de Léonard Mirade et un réfractaire, résuma Dotan. Je dois avouer que le destin continu de me surprendre.

— Tout à l'heure vous avez parlé d'une prémonition de ma mère, se remémora Abigaïl.

— Si votre père était un maitre des arcanes, c'est-à-dire qu'il maitrisait de nombreux aspects de la magie, ce n'était pas du tout le cas de votre mère. Elle possédait un don unique. Elle n'en parlait que très rarement, mais je pense qu'elle pouvait lire les possibilités de l'avenir. Malheureusement, elle était esclave de son pouvoir et non son maitre. Ses visions rendaient son comportement étrange pour le commun des mortels. Elle avait prédit que vous viendriez ici et elle voulait que je vous remette ceci.

Dotan sortit une bourse en cuir et la tendit à Abigaïl. Elle l'ouvrit et resta dubitative devant son contenu.

— C'est de l'ambre, informa Dotan. Une pierre qui a mis des milliers d'années à se former. Il y a un papillon à l'intérieur.

Abigaïl leva la pierre au-dessus de sa tête pour l'éclairer et elle distingua l'insecte emprisonné en son sein.

— Elle l'a trouvée dans la forêt et aimait à dire que nous avions bien de la chance. Cette espèce n'existe plus depuis longtemps, mais elle a été responsable de la disparition de forêts entières à cause de la toxine que diffusent ses ailes. Votre mère disait que l'ambre protégeait le papillon de nous tout autant qu'il nous protégeait de lui.

Soudain, un hurlement résonna dans la salle. Certains rebelles se réveillèrent en sursaut, arme au poing. Bella arriva en courant, les mains levées au-dessus de la tête. Un étrange voile de fumée s'échappait de son bras. Elle traversa la salle comme une furie. Le chêne émit des crépitements inquiétants. Certaines de ses racines devinrent grisâtres. Le sol se mit à trembler, la salle plongée dans le noir par intermittence. Dotan stoppa sa fille en l'attrapant par les épaules.

— Que se passe-t-il ? mugit-il. Nous sommes attaqués ?

Bella cessa de hurler, sa main avait pris une teinte rouge, comme si elle était restée de longues heures au soleil. Elle se mit à haleter, de la sueur perlait sur son front. Abigaïl vit alors un losange rouge sang se dessiner sur l'annulaire de Bella. Immédiatement la magicienne porta sa main à la poche où elle avait mis l'anneau : vide.

— Sale voleuse ! s'écria-t-elle en se jetant sur Bella.

Azénor la retint.

— Ça suffit ! tonna le vieil homme.

Abigaïl se calma lorsqu'elle vit le visage terrifié de Bella.

— Qu'est-ce qui m'arrive ? demanda celle-ci.

L'arbre de lumière se mit à crépiter de plus en plus. Un vent glacial se leva et chahuta ses feuilles avant de parcourir les souterrains dans un sifflement inquiétant. Un grondement sourd, venu des entrailles de la Terre se fit entendre. La magicienne se tourna vers Dotan :

— Nous ne devons pas rester ici ! Conduisez-nous dans un endroit où la magie est absente.

Désemparé, l'homme acquiesça et les mena à travers les galeries dans une course effrénée. Ils finirent par atteindre une petite pièce vide où seuls quelques champignons leur fournirent de la lumière. Le sol avait cessé de trembler, plus aucun son ne se faisait entendre.

— Que se passe-t-il ? haleta Dotan.

— Elle m'a volé un anneau et l'a mis à son doigt, expliqua Abigaïl en regardant Bella avec dégoût.

Dotan toisa sa fille. Un océan de déception dans le regard.

— Un anneau de la larme divine ? demanda le vieil homme.
Surprise, Abigaïl acquiesça :
— Le rubis qui annihile la magie.
Le chef des rebelles ferma les yeux et se laissa glisser le long du mur. Une fois assis sur le sol humide, il regarda la magicienne avec espoir.
— Vous connaissez son nom ?
Abigaïl secoua la tête.
— Qu'est-ce que c'est ? demanda Bella.
La douleur avait déserté les traits de son visage, remplacé par la honte et la peur.
— La légende dit que la déesse Sinistra serait à l'origine du plus important artefact magique de tous les temps, expliqua Dotan. L'une de ses larmes, un cristal si puissant qu'il a permis de mettre fin aux guerres et d'anéantir les dragons. Jugé trop dangereux par son premier porteur, Winston Lavonish, il a été divisé en trois éclats : un rubis, une émeraude et un saphir. Chacune de ses pierres est dotée de pouvoir légendaire.
Il se tourna alors vers Abigaïl.
— Votre mère était persuadée que ce cristal divin rétablirait l'ordre dans notre monde. Alors que votre père créait la Résistance, elle recherchait les anneaux sans relâche. Ses explorations acharnées lui ont permis d'obtenir un journal écrit de la main de Lavonish. Elle en a beaucoup appris. Je n'ai jamais su si elle avait retrouvé certains de ces artefacts. Elle gardait bien ce secret.
— Vous détenez le manuscrit ? demanda Azénor.
— Vous pensez bien que j'ai retourné ses appartements pour le retrouver, mais sans succès. Il a disparu en même temps qu'Olivia. Cependant, il y a autre chose que je sais à propos de ces anneaux.
Il se tourna vers sa fille, et la fixa du regard.
— En le mettant à ton doigt, tu as lié cet artefact à ta chair, ton sang et ton âme. Pour l'enlever, il faut prononcer son nom véritable, celui que lui a donné Lavonish à sa création. Une information tout aussi difficile à obtenir que les anneaux eux-mêmes.
Bella déglutit avec difficulté, la gorge nouée.
— Quelqu'un doit bien connaitre son nom ou il y a peut-être un

autre moyen de m'en débarrasser.

— Je vois mal comment lui faire lâcher prise grâce à la magie alors que vous n'êtes pas magicienne, remarqua Azénor. Personne ne peut intervenir, le sort serait stoppé avant même de commencer.

Bella pâlit à vue d'œil. Dotan se leva :

— Je ne vois qu'une personne susceptible de nous aider. Un homme obnubilé par la larme divine. Vous devez le rencontrer au plus vite.

— Père, le compromettre pourrait sonner le glas de la Résistance. Même si nous pouvons leur faire confiance, leur simple présence risquerait de provoquer sa perte. S'il est démasqué, nous ne tarderons pas à tomber.

— Avons-nous une autre solution ?

— Envoyez un espion lui demander le nom de l'anneau, proposa Abigaïl.

Dotan secoua la tête.

— En supposant qu'il le connaisse, jamais il ne nous le dira sans avoir une très bonne raison de le faire. Et je crains qu'à ses yeux sauver la vie de ma fille n'en soit pas une. Une seule chose pourrait le convaincre : voir Abigaïl et admirer l'anneau de ses propres yeux.

— Dans ce cas, je vivrai avec ce fardeau. Je ne nous mettrais pas inutilement en danger.

— Cela, tu l'as déjà fait ! réprimanda Dotan. Je t'ai dit maintes fois que nous ne volions qu'en cas d'extrême nécessité et non pour l'excitation que cela procure. Ton égoïsme nous a mis dans une position délicate. Tu ne peux pas rester ici : imagine que l'anneau détraque le transporteur ou notre chêne. Sans l'air qu'il nous apporte, cet endroit est voué à disparaitre.

Bella ouvrit la bouche pour protester, mais son père l'interrompit dans son élan.

— Ma fille, tu dois réparer ton erreur ! Ma décision est prise et tu as perdu le droit de la contester !

Azénor se racla la gorge.

— Comment va-t-elle sortir d'ici si elle ne peut utiliser le système

avec lequel nous sommes entrés ?
— Les mâchoires de la terre, répondit Dotan en sortant de la pièce.

13
Le fruit du sacrifice

Bella passa en trombe devant Abigaïl et retint son père par le bras.
— Aurais-tu oublié ce qui est arrivé à Lougerne ?
Dotan se dégagea de l'emprise de sa fille et fuit son regard.
— Il a agi comme un imbécile. Se croire invincible lui a coûté la vie.
— Il a pris ce risque pour te plaire. Il voulait te prouver sa valeur.
Dotan se retourna.
— Crois-tu vraiment qu'il cherchait ma bénédiction et non ton admiration ?
— Qu'entends-tu par là ? se renfrogna Bella.
— Il en avait assez d'attendre que tu lui avoues tes sentiments et il ne supportait plus d'être le maillon faible de votre tandem. Tu as toujours été plus forte, plus vive et plus maligne que lui. Monter le premier les mâchoires de la terre lui semblait être le meilleur moyen de prouver à tous sa légitimité. Personne ne l'a forcé à prendre un tel risque, lui seul est responsable de ce qui lui est arrivé.
— Et tu veux que je prenne ce risque à mon tour ? Tu veux me voir mourir ?
— Bien sûr que non ! Tu es ma fille et je t'aime, mais je suis obligé de prendre des décisions difficiles. Tu ne peux rester ici et la seule façon de te faire sortir est de passer par les mâchoires de la terre.
Bella regarda son père avec dégoût.
— Allons-y alors, lâcha-t-elle en passant devant lui.
— Tu es plus intelligente et agile qu'il ne l'était. Tu t'en sortiras.
Bella leva la main pour le faire taire et s'engouffra dans le tunnel. Après dix minutes de marche, Abigaïl fut parcourue par un frisson qui s'accroissait à chaque pas.
— Je me sens mal, se plaignit Gregor.
— Moi aussi, avoua Azénor. Une désagréable sensation.
— Vous comprendrez bien assez vite. Nous y sommes presque.

Au fur et à mesure de leur avancée, l'état du tunnel se détériora : le sol était jonché de pierre et de nombreuses aspérités sortaient des murs. C'est au bord de la nausée qu'Abigaïl, Azénor et Gregor atteignirent enfin l'extrémité du tunnel. Au-dessus de leur tête, ils aperçurent une étroite brèche qui fendait la terre sur plusieurs mètres de long. Des cristaux recouvraient les parois et un mince rayon de lumière s'y reflétait en éclats bleutés.

— Il y a de nombreuses années, lorsque la terre s'est mise à trembler, une large fissure a relié cette galerie à la surface, expliqua Dotan. Les spaths que vous voyez sont composés d'argent.

Abigaïl ressentit une gêne étrangère à la présence du poison. Toute l'ouverture était diaprée de cristaux aussi solides et meurtriers qu'une dague. Entre les pics, un enfant pourrait tout juste se faufiler.

— Vous allez obliger votre fille à monter par ici ? s'indigna Azénor. C'est du suicide !

— C'est faisable, s'encouragea Bella.

La rebelle retira le morceau de tissu qui entourait son cou et le découpa en bandes. Elle s'en servit pour envelopper ses mains. La peur et la honte l'avaient déserté, désormais c'était la détermination qui se lisait dans son regard.

— Où est votre ami ? demanda Dotan.

Abigaïl se retourna et remarqua l'absence de Gregor.

— Il a dû fuir l'argent, avança Azénor.

— Retrouvez-le et gagnez la surface. La crevasse est à une centaine de mètres au nord de la tour. De là-haut vous pourrez la guider. Moi je reste ici pour l'aider à se préparer et la diriger d'un autre angle. Nous allons procéder lentement, sans précipitation. Le moindre faux pas pourrait être désastreux.

Abigaïl acquiesça et se pressa de rebrousser chemin. Plus que quitter l'aura inconfortable de l'argent, s'était retrouvé Gregor qui lui tenait le plus à cœur. Elle appréciait sa présence envahissante et l'attention qu'il lui portait.

— Ces tunnels sont un vrai labyrinthe, se plaignit Azénor. Nous devrions peut-être faire demi-tour et demander à Dotan de nous montrer la sortie. Si nous nous perdons, nous ne serrons d'aucune aide à Bella.

À peine avait-il terminé ses paroles qu'ils entendirent des éclats de voix.

— Mais qu'est-ce qu'il fait lui ? Dégage de là !

Abigaïl accéléra le pas, guidée par le bruit qui se répercutait dans les tunnels. La magicienne et Azénor finirent par retrouver le chemin de la grande salle. Ils virent alors Gregor debout sur la table aux offrandes, les bras tendus vers le plafond.

— Descends de là, tu vas finir par casser quelque chose ! s'époumona un rebelle.

Gregor l'ignora et s'écria :

— Il m'appelle, il m'appelle !

Abigaïl arriva à sa hauteur :

— Qu'est-ce que tu fais ?

— L'arbre, il m'appelle !

Il sautilla sur la table. Elle tangua et plusieurs objets se renversèrent. Gregor brandit son bras bien au-dessus de sa tête et tendit son doigt.

— Je suis là ! s'écria-t-il en fixant le chêne avec démence.

Les rebelles regardaient Gregor se donner en spectacle avec mécontentement. "Saccager leurs reliques n'est pas le meilleur moyen de conquérir leurs faveurs", pensa Abigaïl.

— Gregor descend tout de suite ! tenta-t-elle avec autorité.

Soudain une feuille se détacha et entama une longue chute vers le sol.

— C'est incroyable ! s'étonna un résistant. Jamais le grand chêne n'avait perdu de feuille jusqu'ici !

Tous regardèrent la feuille lumineuse virevolter dans les airs. Elle décrivit un arc de cercle, changea de trajectoire et s'approcha de Gregor. Sous les yeux ébahis de la foule, la feuille se posa avec douceur sur le doigt du magicien. Elle se mit alors à noircir et se recroquevilla sur elle-même. Subitement elle s'enflamma et s'évanouit en un nuage de cendre. Dès que les morceaux carbonisés de la feuille touchèrent le sol, les racines de l'arbre furent prises du même mal. Elles cessèrent d'émettre de la lumière, pourrirent sur place. La vague noire parcourut les racines, remonta jusqu'au plafond et s'attaqua au tronc de l'arbre. Le chêne s'éteignit, la salle fut plongée dans le noir. Les rebelles se mirent à paniquer, certains crièrent : "Il l'a tué ! Il a tué le grand chêne !" L'arbre s'embrasa dans un éclair aveuglant, l'air devint irrespirable. Des branches, rongées par les flammes, s'écrasèrent au sol. L'une d'elles tomba sur la table et projeta Gregor en arrière. Il retomba juste devant Abigaïl, inconscient. Les rebelles fuirent la salle dans un mouvement de panique. Tout juste éclairés par les flammes grandissantes, ils se bousculaient dans une cacophonie de cris étouffés.

— Il faut sortir d'ici ! hurla Azénor en aidant Abigaïl à porter Gregor.

Des milliers de débris de bois incandescents tombaient du ciel dans un déluge de feu. Bousculés de toute part et épuisés, les deux magiciens suivirent le mouvement de la foule et arrivèrent enfin à l'un des tonneaux. Les rebelles se ruaient dessus tandis que l'un d'eux actionnait le levier. Lorsqu'il les vit s'approcher, il passa son pouce sur sa gorge et s'écria :

— Assassin !

Il actionna le levier et se jeta sur le tonneau avec une rapidité déconcertante. En un clin d'œil, il disparut.

— Vite ! pressa Azénor, à bout de souffle.

Ils atteignirent le tonneau, le prince tendit sa main vers le levier.

— Atrac...

— Non ! interrompit une voix.

Derrière eux ils virent Dotan courir dans leur direction avec difficulté. Il avait les yeux rougis, son épaule était déboitée et une large brûlure recouvrait sa joue gauche.

— Que s'est-il passé ? mugit-il.

— Venez, pressa Abigaïl.

Le vieil homme se mit à genoux et posa sa main sur le tonneau. Azénor tendit son bras vers le levier :

— Atracto instantatum !

Le tonneau les aspira et les comprima. Leurs yeux devinrent aveugles et un bourdonnement assourdit leurs oreilles. Abigaïl se sentait aussi légère qu'une plume. Elle eut la sensation de flotter à

l'intérieur d'une bulle d'air qui l'emmenait lentement dans les cieux. Ce doux état de plénitude la berça un moment puis finit par disparaitre. Sa vue lui revint, elle aperçut Gregor s'écrouler face contre terre. Elle reconnut l'intérieur de la tour de Felengorn. En face d'eux se tenait une trentaine de rebelles au visage empli de dégoût et de colère. Tous étaient agités et leur bouche bougeait avec frénésie comme celle des poissons sortit de l'eau. Tel un coup de tonnerre, le bourdonnement déserta ses oreilles et laissa le vacarme attaquer ses tympans.
— Silence ! tonna Dotan.
Tous se turent, le vieil homme s'interposa entre les rebelles et les magiciens.
— Que s'est-il passé ? demanda-t-il.
Tous se mirent à parler en même temps dans un brouhaha incompréhensible.
— Toi ! s'écria Dotan en désignant l'un d'eux. Dis-moi tout.
L'interrogé montra Gregor du doigt.
— C'est cet homme ! Il est monté sur le sanctuaire et s'est mis à parler à l'arbre. Une feuille du grand chêne s'est détachée et lorsque ce misérable l'a touché, l'arbre s'est éteint et s'est enflammé dans une boule de feu. Il l'a tué, il a détruit notre demeure.
Dotan se retourna vers Gregor, toujours inconscient. Abigaïl déglutit avec difficulté, l'expression du visage du rebelle ne lui disait rien qui vaille. Le vieil homme sortit sa dague et s'approcha de Gregor.
— Non, ne faites pas ça ! s'écria Abigaïl, l'estomac noué.
— Ce crime ne peut rester impuni.
Il fit un geste de la tête et plusieurs résistants se jetèrent sur Abigaïl et Azénor. Les deux magiciens furent maitrisés et bâillonnés. Sous le regard horrifié de la jeune femme, Dotan s'agenouilla à côté de Gregor. Il leva sa dague. Fixa la nuque du réfractaire. Lorsqu'il abattit son arme, elle sembla percuter un mur invisible. La lame se brisa en mille morceaux. Dotan s'écarta, stupéfait. Gregor s'agita. Il se leva, son sourire habituel avait déserté son visage. Il se dégageait de lui un sérieux et une autorité qu'Abigaïl

ne lui connaissait pas.

— Qui es-tu ? tonna Dotan.

— Voici une question dont la réponse pourrait être sujette à caution. Tenter d'y répondre avec exactitude est un luxe dont nous allons devoir nous passer, car le temps peut m'être compté. Je suis Léonard Mirade.

Un court silence s'installa, les rebelles se regardaient avec incompréhension. Dotan se mit à rire. Un rire sans joie ni chaleur.

— C'est ridicule ! Dire cela ne te sauvera pas.

— Dotan est un nom d'emprunt. Ton véritable nom est Janvril. Je t'ai tiré des bas-fonds d'Enlumine pour te donner une chance de venger la mort de ton frère. Lylianne a partagé ta vie et notre combat durant de longues années.

Dotan était troublé. Il s'agita, visiblement tiraillé entre l'envie d'ordonner à ses hommes de tuer Gregor et celui de se jeter dans ses bras.

— Tu as très bien pu obtenir ces informations en lisant dans les souvenirs de mes hommes ! tenta-t-il d'expliquer.

— Lylianne ne pouvait enfanter. Une honte pour toi qui y voyais le signe que les dieux te refusaient l'honneur d'être père. Dans le plus grand secret, et à la demande de ta femme, je lui ai donné potions et soins nécessaires pour rendre la naissance de Bella possible. Naissance à laquelle j'ai pu assister. La destruction du grand chêne est pour toi un traumatisme, car lorsque tu laissais ton esprit être submergé par sa magie, il te faisait revivre des souvenirs d'enfance. Des souvenirs qui te rappelaient chaque jour pourquoi tu te bats, pour venger ta famille et empêcher que quiconque ne subisse ce que tu as subi.

Dotan baissa son arme.

— Comment est-ce possible ?

— Je ne sais combien de temps il me reste et ta fille a besoin de toi. Tu devrais l'aider à sortir des mâchoires de la terre. Rien ne doit te détourner de ta famille. Laissez-nous, je dois m'entretenir avec Annabella.

Le vieil homme acquiesça et fit signe à ses hommes de le suivre. Le rebelle qui maintenait Abigaïl immobile relâcha son étreinte et

enleva son bâillon. La magicienne n'en revenait pas. Elle avait les yeux écarquillés et la bouche entrouverte.
— Tu…
Gregor s'approcha.
— Je suis tellement heureux de pouvoir enfin te parler, dit-il avec émotion.
Abigaïl se jeta dans les bras de son père.
— Comment avez-vous fait ? demanda Azénor.
— Mes souvenirs de ce jour sont brisés, incomplets et se mélangent avec ceux de Gregor. Je suis certain qu'il s'y est passé quelque chose de capital et je tente de m'en souvenir depuis que je suis enfermé dans ce corps.
— Enfermé ? s'inquiéta la magicienne.
— Gregor était là lorsque j'ai été tué. J'ignore comment cela a pu se produire, mais mon esprit et un morceau de mon âme ont été projetés en lui. Une partie de moi a pu y survivre. Mes pensées et mes souvenirs se sont mélangés aux siens. Jusqu'ici j'arrivais tout juste à influencer ses pensées.
— C'est pour ça qu'il m'a pris pour sa mère ?
— Oui, tu ressembles tellement à Olivia que lorsque je t'ai vu, j'ai cru que c'était elle. Gregor en a tiré ses propres conclusions et t'a pris pour sa mère. Son esprit est différent du nôtre, c'est cette particularité qui a fait que nous avons réussi à cohabiter jusqu'ici.
— Il sait que tu es dans sa tête ?
— Non. Et c'est mieux ainsi. S'il venait à se rendre compte de ma présence, il pourrait m'anéantir sans même le vouloir. J'étais trop faible pour qu'il me remarque et influencer ses pensées m'affaiblit de jour en jour. Gregor est un homme bon, mais je préfère qu'il ignore ce qui se passe.
— Pourquoi est-ce différent cette fois ?
— L'arbre regorgeait de ma magie. J'ai mis tellement de passion lors de sa création que lorsque Gregor l'a touché, l'énergie a quitté le chêne pour renforcer mon esprit et a plongé celui de mon hôte en léthargie. Mon esprit et la magie de l'arbre étaient comme aimantés, je ne pouvais le sauver. Malheureusement je sens déjà cette énergie s'épuiser. L'esprit de Gregor va reprendre le contrôle

et je serais de nouveau enfermé à l'intérieur de sa tête.
— Qu'est-ce que je dois faire pour te libérer ?
— Rien. C'est un phénomène nouveau et unique. Il n'y a rien que l'on puisse faire. L'énergie de l'arbre va me donner un peu de répit, mais je finirais par disparaitre entièrement.
— Mais je ne veux pas que…
Gregor leva la main pour l'interrompre.
— Mon enfant, cette anomalie a pour moi été une chance. Aussi contraignante soit-elle, elle m'a permis de te connaitre. Je ne veux plus parler de ça… Je sens que Gregor revient à lui, bientôt il n'y aura plus de place pour moi.
— Que devons-nous faire ? demanda Azénor avec sérieux.
— Vous êtes sur la bonne voie, la larme divine. Retrouvez le manuscrit de Lavonish, sans lui vous n'arriverez pas à reformer la larme. Olivia l'a cherché toute sa vie, car elle savait qu'un jour il vous serait utile. Toi seule, ma fille, peux trouver l'anneau qui rend invisible.
— Mais il a été perdu.
— Je ne peux pas croire qu'elle ait fait tout cela pour rien. Continuez votre chemin. Allez à la rencontre du duc Winchester. Ce n'est pas un magicien, mais il collectionne les artefacts magiques depuis plusieurs décennies. C'est le mieux placé pour vous aider.
— Le duc Winchester ? L'oncle de Zaltan et Gauvrian ?
Gregor acquiesça.
— C'est à lui que Dotan va vous demander de conduire Bella. C'est un allié de la Résistance.
— Impossible, contesta Azénor. Winchester est le plus fervent partisan de ma mère. Il combat la Résistance sans relâche.
— Je ne vous demande pas de vous fier à lui, utiliser son obsession pour la larme divine.
Le visage de Gregor fit une étrange grimace.
— Il reprend le contrôle ! Ne faites confiance à personne. Il s'est passé quelque chose le jour de ma mort, quelque chose qui avait tout changé.
Les yeux de Gregor se dérobèrent. Il s'écroula et fut pris de soubresaut. Son corps resta immobile de longues secondes puis ses

yeux se rouvrirent. Il prit une profonde inspiration, la panique se lisait sur son visage. Il se leva et se jeta dans les bras d'Abigaïl.
— Je suis désolé, je suis désolé ! Je ne voulais pas faire de mal à l'arbre. Il m'appelait dans ma tête !
Abigaïl l'écarta.
— Gregor ?
— Oui ?

14
Larmes et poussières

Le sang. Il y en avait sur ses vêtements, ses joues, son front, ses jambes… Des traînées de larmes striaient son visage recouvert de cendres et de suie. Impossible de savoir si elles étaient dues à la douleur, la peur ou la fumée. Certainement beaucoup de tout cela.
À ce moment précis, Abigaïl ne ressentait plus d'aversion envers Bella, seulement de la compassion. Aussi désagréable qu'elle lui était apparue, elle ne souhaitait à personne de vivre une telle épreuve. La torture du magistor restera à jamais gravée dans sa mémoire, il en serait surement de même pour Bella et ce qu'elle venait de vivre. Elle était parvenue à s'extraire de la brèche, mais avait perdu connaissance à cause de l'épuisement et de l'air irrespirable. Dotan l'avait retrouvé, gisant sur le sol, au pied d'une large colonne de fumée noire. Une fois éloignée de l'air suffocant, elle avait fini par reprendre connaissance.
Un rebelle passa en trombe à côté de la magicienne. Il tendit à Dotan une poignée de fleurs noires aux tiges blanches. Le vieil homme les attrapa, mit plusieurs tiges dans sa bouche et les mâcha tout en regardant sa fille allongée devant lui. Il malaxa les herbes médicinales jusqu'à ce qu'elles deviennent une pâte visqueuse et jaune. Il l'étala ensuite sur l'entaille qui barrait la jambe de Bella.
— Apportez-moi de l'eau et trouvez-lui des habits de rechange.
Deux rebelles s'éclipsèrent. Bella fut prise d'une nouvelle quinte de toux.
— D'où est venue cette fumée ? demanda-t-elle en se redressant.
— Le grand chêne s'est embrasé, lui expliqua son père. Felengorn n'est plus.
— Mais que s'est-il passé ?
Dotan pointa Gregor du doigt.
— Léonard est revenu !
Gregor se retourna et chercha du regard celui que Dotan désignait. Abigaïl fixa le vieil homme et fit non de la tête.

— Il n'est plus avec nous. Il n'avait pas la force de rester.
Dotan se renfrogna.
— Pourquoi nous a-t-il privées de notre foyer dans ce cas ?
— Nous devons retrouver le manuscrit, dévoila Azénor. C'est primordial. Et d'après lui, seule Abigaïl peut trouver l'anneau d'invisibilité. Somme toute des informations capitales.
Deux rebelles arrivèrent et posèrent un bac d'eau et des vêtements devant Bella.
— Nous verrons cela plus tard, lança le vieil homme.
La foule se dispersa laissant Bella se laver et s'habiller en toute intimité. Elle vint rejoindre son père et les magiciens quelques minutes plus tard. Les cendres et la suie avaient déserté son visage et laissé place à de nombreuses écorchures. L'un de ses bras était salement amoché et sa jambe transpercée de part en part l'empêchait de marcher correctement.
— Il te faut une attelle pour cette jambe, s'inquiéta son père.
— Que s'est-il passé ?
Abigaïl soupira et s'adressa à Gregor :
— Tu peux nous laisser ?
Le réfractaire fit la moue, mais s'éclipsa.
Azénor expliqua alors à Bella les derniers évènements.
— Et Gregor ne sait pas que Léonard est dans sa tête ? demanda-t-elle avec scepticisme.
— Il semblerait que non, répondit Azénor. En admettant qu'il soit vraiment dans sa tête…
— "En admettant" ? s'agaça Abigaïl. Qu'entends-tu par là ?
— Il pourrait être un imposteur ! lança le prince.
— Votre ami a évoqué des choses que seul Léonard savait… intervint Dotan.
— Non, pas que lui ! Vous aussi. Vous avez dit qu'il avait pu lire dans les pensées de vos hommes, mais il a pu lire les vôtres !
— Gregor m'a pris pour sa mère parce que je ressemblais beaucoup à la mienne, rappela Abigaïl. Et lorsqu'il a reconnu Firmin, il a voulu l'attaquer, car il savait qu'il nous avait trahis. C'est bien mon père. De plus il t'a sauvé la vie à deux reprises ! Il serait peut-être temps que tu lui fasses confiance.

— Attendez, s'exclama Dotan. Léonard était mort avant que Firmin ne nous trahisse.
— Exact ! Gregor pourrait se jouer de nous. Il peut être aussi sain d'esprit que moi.
— Ou alors il l'a entendu des oreilles de Gregor, intervint Bella.
Le prince pouffa.
— Et qui serait-il alors ? s'emporta un peu plus Abigaïl. Pourquoi resterait-il avec nous ?
— Il convoite peut-être la larme divine. Se faire passer pour ton père est le meilleur moyen de se rapprocher de toi.
— C'est ridicule ! Pourquoi l'arbre aurait-il réagi de cette façon ?
— Je l'ignore, je n'ai pas réponse à tout. Quand bien même je me tromperais, qui te dit que l'esprit de ton père n'a pas déjà disparu ? Gregor pourrait retrouver une totale liberté. Maintenant que l'anneau est actif, ses pouvoirs ne sont d'aucune utilité. Il représente un risque dont nous devons nous passer !
— C'est hors de question ! Il restera avec moi, il ne nous veut aucun mal !
— Doucement, doucement ! temporisa Dotan. Que ce soit dans sa façon de s'exprimer ou de bouger, j'ai revu Léonard aujourd'hui. Je peux me tromper, certes, mais si je ne m'abuse vous ne serez jamais arrivés ici sans son aide. Ennemi ou allié, tant que vous n'avez pas l'artefact il peut être votre meilleure chance de réussite. Vous me l'avez décrit avec des pouvoirs plus qu'impressionnants et tôt ou tard ma fille n'aura plus cet anneau au doigt. La magie de la reine et celle des démons pourront vous atteindre.
Abigaïl acquiesça.
— Le débat est clos, il reste avec nous !
Azénor fit une grimace.
— Je vous aurais prévenus.
— Qu'il vienne avec nous n'enlève pas un problème, intervint Bella.
— Lequel ?
— Je suis blessé, et vous trois êtes des magiciens privés de vos pouvoirs. Autant dire que vous êtes aussi efficace que trois guerriers privés de leurs mains et de leurs pieds. Si nous devons

compter sur votre force physique pour arriver jusqu'au duc Winchester, autant abréger mes souffrances tout de suite.
— Des résistants pourraient nous accompagner, proposa Azénor.
Dotan secoua la tête.
— Si la reine vous retrouve, nous ne serions d'aucune aide. Moins vous serez nombreux, plus vous passerez inaperçu. Il y a un grand guerrier qui pourrait vous guider cependant...
Le vieil homme se tourna vers sa fille.
— Il est temps pour Thycéron de payer sa dette. Sais-tu où le trouver ?
— J'imagine qu'il est à la seule auberge de la région qui veuille encore de lui : "à l'heureux pendu".
Dotan approuva :
— Prenez des provisions et allez-y sans tarder. Cette immense colonne de fumée va attirer l'attention.
— Et toi ? s'inquiéta Bella. Que vas-tu faire ?
— Nous n'avons plus de foyer, seule une poignée d'armes et de provisions ont été sauvées.
— La fumée finira par se dissiper, s'exclama Azénor.
— Non, c'est impensable. Désormais l'air ne peut passer que par la brèche et c'est une ouverture bien insuffisante pour ventiler des kilomètres de galeries. Felengorn est perdu. Nous allons rejoindre le campement de Kylxon. Il est temps pour nous de vous offrir une diversion que la reine Maela ne pourra ignorer.
— C'est-à-dire ? demanda le prince.
— La plus grande opération de terrain jamais orchestré par la Résistance, répondit Bella.
Dotan acquiesça.
— Il y a peu de temps, tous les chefs de clans se sont rassemblés pour mettre au point une opération de grande envergure. Nous étions d'accord sur le principe, mais certaines fiertés mal placées ont fait avorter l'opération. Aucun des chefs n'est prêt à se soumettre aux ordres des autres. Ces imbéciles espèrent tous obtenir le titre de commandant suprême. Tous les ans, depuis la mort de Léonard Mirade, l'assemblée effectue un vote pour élire le chef de la Résistance. Le résultat est toujours le même : chacun vote

pour soi.

— C'est ridicule, pouffa Azénor.

— Mais si Annabella le permet, je vais prendre le commandement de l'opération en son nom. Personne ne contestera la décision de la descendante de Mirade. Vous savoir en vie va tout changer.

— Et quel est le but de cette opération ? demanda Abigaïl.

— Nous allons assiéger et prendre l'île de Rostanor.

— J'ai déjà entendu ce nom, se remémora-t-elle.

— Sur toute la surface de l'île est bâtie une immense prison où sont enfermés criminel, ennemis politiques, déserteur et résistants. Elle est lourdement défendue, mais la prendre nous fournira des centaines de bras supplémentaires pour servir notre cause. Acceptez-vous de me désigner pour mener à bien cet assaut ?

Abigaïl se sentit mal à l'aise. Elle, une jeune magicienne qui il y a peu trouvait sa vie affreusement insignifiante, devait maintenant donner son consentement pour permettre à la Résistance d'assiéger le lieu le plus emblématique de la tyrannie de la reine. De plus, elle n'oubliait pas que, il y a un instant, Dotan voulait mettre Gregor à mort.

— Vous avez vraiment besoin que ce soit moi qui prenne cette décision ?

Dotan s'approcha d'elle et mit un genou à terre. Face à ce geste inattendu, de nombreux rebelles s'approchèrent et regardèrent la scène avec attention. Leur chef prit alors une grande inspiration et s'exclama suffisamment fort pour que tous puissent l'entendre.

— Vous seule pouvez nous unir tous et faire taire les ambitions personnelles de chacun. Permettez-moi de diriger vos lieutenants durant votre absence. Absence durant laquelle votre réussite sera encore plus importante que la mienne. La Résistance va se renforcer, et sous une même bannière elle vous rejoindra pour destituer la reine Maela de son trône.

Dotan baissa la tête, dégaina son épée et la présenta à la magicienne. Abigaïl resta immobile, ignorant ce qu'elle devait faire. Azénor s'approcha d'elle et lui souffla à l'oreille.

— Prends l'épée, je vais te guider.

Exécutant ce que lui disait le prince, elle prit l'épée et la planta de

toutes ses forces dans le sol, juste devant Dotan.
— Moi, Annabella Mirade, fille de Léonard Mirade…
— C'est donc vrai ! s'écria une voix.
Les rebelles amassés autour d'Abigaïl et de Dotan se mirent à parler en même temps.
— J'ai vu son médaillon, c'est bien elle.
— C'est impossible !
— Elle a l'air si jeune.
— Et l'homme à l'air hautain à côté, c'est qui ?
Agacée par cette interruption, Bella se mit devant la foule et hurla :
— Silence !
Les rebelles se turent. La voleuse fit signe à Abigaïl de continuer.
— Moi, Annabella Mirade, fille de Léonard Mirade, vous proclame commandant suprême des clans de la Résistance en mon absence. Que votre parole résonne comme étant la mienne et que votre bras s'abat sur nos ennemis.
Dotan se releva, empoigna l'épée et l'arracha du sol sans difficulté.
— Moi, Janvril, fils d'esclave sans nom, vous promet allégeance et loyauté. Vos ordres écriront mon destin, vos envies mes obsessions.
Le vieil homme rengaina son arme et s'inclina devant Abigaïl.
La magicienne s'inclina à son tour, Azénor prit une mine désespérée et lui chuchota :
— Ne t'incline pas !
L'un des résistants tapa alors le sol de ses pieds et se frappa la poitrine dans un rythme lent et maitrisé tout en fredonnant une mélodie. Puis, d'un coup, toute la foule l'imita. Leurs coups firent trembler le sol, leurs entonnements vibrer l'air. D'une seule voix, ils se mirent à chanter. Un chant fort, puissant et pénétrant :

"*Jamais esclave,*
toujours brave,
La vengeance frappera,
La reine tombera,

Restons forts,
Prions sa mort,
Pour notre liberté,
Contre sa souveraineté,
Jamais esclave,
Toujours brave,"

Dotan avait la main posée sur sa poitrine et chantait avec ferveur. Même Bella entonnait les paroles avec détermination. Le calme finit par revenir et Azénor, un peu perturbé, se pencha vers Abigaïl.

— Maintenant, ordonne-lui de prendre Rostanor.

— Je vous ordonne d'attaquer l'île de Rostanor, regroupez toute l'aide possible et libérez les prisonniers de la reine Maela.

Dotan fit un large sourire.

— Vous avez entendu notre chef ! s'écria-t-il vers la foule. Rassemblez autant d'armes et de vivres que vous pourrez, nous partons pour Kylxon !

La foule se dispersa.

— Je vous remercie, s'exclama Dotan en regardant Abigaïl.

— Vous ne devriez pas placer tant d'espoir en moi.

— Dans vos veines coule le sang de Léonard Mirade. Aussi surement que pour les partisans de la reine et la noblesse de ce pays, le prince Azénor devra succéder à sa mère, pour nous, vous seule avez la légitimité de prendre la tête de la Résistance. C'est votre nom qui est le plus grand de vos pouvoirs.

— Mais aussi le plus grand de ses fardeaux, intervint Azénor. Les traditions de Penderoc ont la vie dure, beaucoup de paysans et de nobles pensent que Léonard Mirade était un traître et que les rebelles ne sont que des barbares, des ennemis de leur souveraine légitime.

Bella s'approcha d'Azénor avec vigueur.

— C'est ce que tu penses, mon prince ? demanda-t-elle avec dégoût.

Azénor leva les mains en signe d'apaisement.

— Ma mère ne doit plus régner, c'est une certitude. Provoquer des guerres stériles, traiter les magiciens comme du bétail et orchestrer les assassinats de ses opposants, ce sont autant d'exemples qui le prouvent. Mais la tuer attisera les ambitions de chacun et pourrait provoquer une guerre civile. Les soldats asimeriens sont à nos portes, la passation doit se faire vite et bien.

— Et tu te proposes pour prendre sa place, j'imagine ? demanda Abigaïl.

— Les partisans de la reine l'accepteront, et si je participe à sa destitution les rebelles le feront également.

— Il n'est pas encore temps de nous poser cette question, intervint Dotan. La larme divine est le seul moyen d'anéantir les démons et de faire face à la reine. Prendre Rostanor ne suffira pas. Ne nous dispersons pas dans des débats pour le moment inutiles. Nous allons vous donner les quelques armes et provisions que les plus prévoyants d'entre nous ont sauvées. Allez "à l'heureux pendu", trouvez Thycéron, il vous mènera jusqu'au château du duc Winchester.

Une poignée de minutes plus tard, Abigaïl, Azénor, Bella et Gregor étaient sur le départ. Azénor choisit un arc et Bella ceint l'épée de son père. Elle attrapa également un ensemble de couteaux de lancer. Gregor, lui, se jeta sur une hache avec enthousiasme. Quant à Abigaïl, elle prit une petite épée, bien qu'elle ne sache pas du tout comment s'en servir.

— Évitez les ennuis, conseilla Dotan. Ses armes ne sont là que pour vous protéger en cas d'imprévu, pour tout le reste, laissez Thycéron et Bella faire.

La magicienne hocha la tête. Le vieil homme s'approcha alors de sa fille. Une attelle permettait à la voleuse de se mouvoir sans trop de difficulté.

— Ma fille, je…

— Nous ne sommes pas forts pour les adieux, l'interrompit Bella. Ce doit être de famille.

Dotan posa sa main sur l'épaule de sa fille. Tous deux semblaient gênés, peu habitués à se dévoiler leur sentiment.

— Reste en vie, lâcha-t-il en se retournant.

— Vous aussi, père.

Bella fit volte-face.
— Allons-y.

15
Le calme et la tempête

Bella prit la tête de l'expédition et imposa un silence total. Malgré son handicap, elle avançait à un rythme soutenu qu'Abigaïl et Azénor peinaient à suivre. La magicienne sentait son cœur battre trop vite et une pointe de côté apparut. Au bout de quelques heures, chacun de ses pas devint un véritable supplice, mais hors de question de le montrer. Voir un air suffisant et moqueur sur le visage de Bella serait bien plus douloureux que les cloques qui torturaient ses pieds. Azénor semblait souffrir tout autant qu'elle, contrairement à Gregor chez qui il était rare de déceler le moindre signe d'épuisement. Abigaïl trouva néanmoins du réconfort dans le paysage idyllique où ils avançaient : un petit sentier de terre perdu dans une forêt qui mettait ses sens en éveille. Le sol était recouvert de mousse, de fougères et parfois de champignons. Une multitude d'herbes aux couleurs vives égayaient ce champ de verdure et la magicienne parvenait à reconnaître certaines d'entre elles. Une délicate odeur, mélange d'aromates et d'humidité, lui rappelait ses cours d'alchimie. De nombreux oiseaux accompagnaient la marche des compagnons dans un chant mélodieux et reposant. Seul Gregor semblait nerveux. Au lieu de regarder devant lui, il essayait d'apercevoir les volatiles dans les arbres et rentrait la tête dans ses épaules en prévision d'une éventuelle attaque. Abigaïl le fixa et se sentit subitement triste. Son père était-il encore enfermé dans ce corps ou son esprit avait-il fini par entièrement se consumer ? Elle aimait Gregor, mais elle donnerait tout pour entendre son père de nouveau. Soudain Azénor trébucha sur une pierre et s'étala de tout son long. Gregor le regarda se relever et demanda :

— Pourquoi tu es tout rouge et mouillé ?

Bella se retourna et leva les yeux au ciel lorsqu'elle vit le prince épuisé.

— Faisons une pause. Il ne faudrait pas que notre altesse perde connaissance.

La voleuse se stoppa et s'assit sur une souche d'arbre.

— Comment la Résistance a-t-elle pu survivre si longtemps sans un chef à sa tête ? souffla Azénor, penché, les mains sur les genoux.

Abigaïl se laissa tomber sur le sol, ses cuisses et ses mollets lui brûlaient atrocement. Bella lui lança un regard empli de mépris.

— Contrairement à mon père, je ne pense pas que nous ayons besoin d'un leader de chairs et de sang. Nous avons notre blason, notre chant et des valeurs fortes. Nous sommes organisés et déterminés. Bon nombre d'hommes et de femmes sont prêts à donner leur vie pour notre cause.

— Pourtant la couronne semble garder l'avantage, répliqua la magicienne.

— Et qu'est-ce qui te fait dire ça ? s'agaça Bella. Les leçons de ton professeur d'histoire ?

— J'ai vécu toute ma vie à Anthème, se défendit Abigaïl. Je n'avais comme informations que des bruits de couloirs et ce que les professeurs nous disaient.

La voleuse pouffa.

— Les écoles de magie déroulent un programme imposé par la reine. Ils vous isolent du monde et vous bourrent le crâne de conneries idéologiques. À la fin de vos études, ils vous gravent un sort sur les os, une laisse pour s'assurer que leurs toutous ne dévieront pas du droit chemin.

— Les visionneurs sont mis en place pour dissuader les mages d'utiliser leurs pouvoirs pour tuer, rectifia Abigaïl. Tu devrais t'en réjouir.

Bella lâcha un ricanement.

— La marque leur permet de localiser chaque magicien, mais également de briser l'os sur lequel elle est gravée : la colonne vertébrale. Estimez-vous heureux de ne pas avoir terminé vos études.

Abigaïl resta muette, digérant ce qu'elle venait d'entendre. Tout ce qu'elle avait appris sur le monde qui l'entourait avait été dicté par la reine. Elle se sentit profondément inutile, incapable de faire confiance à ses propres connaissances.

— J'imagine que notre prince savait tout cela, lança Bella.

Azénor sortit de ses songeries.

— Ma mère s'affaire à garder les mages sous contrôle. C'est pour elle des êtres trop puissants et dangereux pour les laisser libres. Vous vous doutez bien qu'il n'était pas prévu que l'on me grave un visionneur, les mages de sang noble en sont dispensés. Cependant, n'importe qui peut demander que le magicien à son service soit libéré du sortilège. La décision dépend de la cour et du conseil des magistors, c'est-à-dire de la loyauté du mécène et de la somme d'argent qu'il cède pour ce privilège.

Bella cracha sur le sol avec dégoût.

— Les pouvoirs de l'or et du titre, deux fléaux que nous éradiquerons. La reine paiera.

— Je ne peux te laisser dire que l'ambition et la corruption sont des maux provoqués par ma mère. Je la déteste, mais je ne suis pas aveuglé au point de lui attribuer la perversité humaine. Et d'après ce que j'ai pu voir, tu n'es pas insensible à l'appel de l'or, l'anneau autour du doigt en témoigne. Pour ce qui est de l'ambition, il me semble que c'est ce qui enchaîne la Résistance.

Bella fit la moue et se releva.

— Partons.

— Nous venons tout juste de nous arrêter ! se plaignit Azénor.

— Des magiciens sans pouvoir se perdraient très rapidement dans cette forêt sans un guide compétent. Vos titres n'y changeront rien. Suivez mes ordres et sauvez votre peau ou attendez ici que des magistors vous retrouvent.

— Inutile d'être désagréable. Même si tu es forte, courageuse et que tu sais user de tes charmes, tu ne pourras pas te débarrasser de l'anneau sans notre aide.

Azénor se leva et tendit sa main vers Bella.

— Nous sommes dans le même camp, ne rendons pas les choses plus difficiles.

Celle-ci semblait hésiter. Abigaïl comprit qu'elle était flattée par les compliments qu'elle venait d'entendre, mais agacée de côtoyer un sang royal. Finalement la voleuse lâcha un soupir et serra la main du prince.

La magicienne sentit alors une vague de colère monter en elle.

Elle se leva et s'interposa entre Bella et Azénor.

— En parlant de difficulté, nous devrions profiter de cette occasion pour tester l'anneau.

— C'est-à-dire ?

— En cas de problème majeur, il serait judicieux de savoir comment fonctionne l'anneau. À quelle distance devons-nous être séparés pour que nous puissions de nouveau user de nos pouvoirs par exemple ? Procédons avec rigueur.

— Je ne vois pas pourquoi nous...

Abigaïl brandit sa main vers la voleuse tout en faisant un large cercle dans les airs.

— Odola irakin ! s'écria-t-elle.

Rien ne se passa.

— Il semblerait que l'anneau protège bien son porteur, constata la magicienne avec déception.

— Comment oses-tu ? s'énerva Bella.

— Arrête tes gamineries ! lança Azénor derrière elle.

La mâchoire et les poings serrés, Abigaïl se tourna vers lui.

— Maintenant, voyons si l'anneau agit bien sur les sortilèges dont le porteur n'est pas la cible.

Azénor croisa les bras.

— Gueriten dengivecte ! hurla la magicienne.

Un grondement se fit entendre. La forêt s'assombrit et des éclairs déchirèrent le ciel. Les orages s'intensifièrent et une pluie torrentielle s'abattit sur eux. Les oiseaux se turent, il n'y avait que le bruit des branches chahutées par les bourrasques, les feuilles maltraitées par les averses et le vent qui virevoltait entre les arbres avec stridence. Le petit sentier de terre devint une rivière de boue qui s'insinua dans leur chaussure et monta jusqu'à leur cheville.

Gregor se tourna vers Abigaïl :

— Pourquoi tu as fait ça maman ? hurla-t-il pour couvrir le vacarme.

Bella leur fit un signe :

— Suivez-moi, il y a un abri de chasseur pas loin.

Ils sortirent du sentier et avancèrent tant bien que mal dans la tempête. C'est trempés de la tête aux pieds qu'ils atteignirent une grotte creusée dans une paroi rocheuse. Il y faisait si sombre qu'Abigaïl ne pouvait distinguer ses compagnons. Instinctivement elle sortit son réflecteur et le lança dans les airs. Un bruit de verre brisé. Elle comprit son erreur.

— C'était quoi ça ? demanda Bella.

Abigaïl entendit Azénor soupirer.

— Laisse-moi deviner : ton réflecteur ?

La magicienne se contenta de grommeler.

— J'ai de quoi nous éclairer un peu, informa la voleuse.

Elle sortit son briquet à amadou et produisit suffisamment d'étincelles pour repérer un petit tas de bois secs juste à côté d'eux.

— Remercions les chasseurs pour leurs prévoyances !

Quelques minutes plus tard, un feu de camp crépitait. La magicienne aperçut les débris de verre de son réflecteur.

— Il fallait le détruire de toute façon, intervint Azénor. Le risque que l'on puisse être repéré à cause de lui était trop grand.

— C'était le seul objet qui me rattachait à Anthème et pourtant cela ne m'affecte pas autant que je l'aurais cru.

— Tu t'endurcis, dit Bella. Perdre les personnes que l'on aime, quitter son foyer, toutes ces épreuves rendent plus fort.

Abigaïl resta silencieuse. C'était la première fois que Bella lui adressait la parole sans agressivité.

Azénor se racla la gorge.

— Ce sortilège que tu m'as lancé…

— Ne provoque pas de tempête, assura-t-elle.

— Simple coïncidence, souffla le prince en hochant la tête. Je ne vois pas pourquoi l'anneau n'aurait pas fait son office. Mais c'est la première fois que j'entends cette incantation, que fait-elle ?

— Rien de très méchant. Disons qu'elle donne un accent unique en son genre et une façade dentaire digne des plus grandes mosaïques. Si tu veux plus de détails, tu devrais demander à Marcia si tu la revois un jour.

— J'ai déjà rencontré un petit groupe de réfractaire, intervint Bella. Ils restaient à l'écart, en meute, comme les loups. Je n'ai jamais eu l'occasion de leur parler. Qu'est-ce que la magie vous permet de faire ?

La voleuse regarda Azénor avec intérêt.

— La magie est une source d'énergie que les magiciens canalisent et modèlent à leur convenance. En théorie, il n'y a pas de limite. En pratique, le moindre sortilège demande au lanceur de se décharger de la magie qui est en lui et cela engendre un traumatisme pour son corps. Dis-toi qu'un paysan qui laboure son champ épuise ses forces petit à petit, heure après heure, et qu'il sait quand s'arrêter alors qu'un magicien ressent la contrepartie de son sort instantanément.

— Cela veut dire qu'un mage ignore s'il survivra à son propre sort ?

— Oui, intervint Abigaïl, il peut mourir d'épuisement. La première règle consiste à maitriser nos émotions et notre esprit. La colère, la peur, le doute, l'envie, les sentiments appellent le désordre et le manque de contrôle. Ensuite, on nous enseigne à lancer des sorts mineurs qui se contentent de modifier l'existant et non de le créer. Geler une flaque d'eau, accélérer le vieillissement d'une pomme, augmenter ou ralentir le flux du sang.

— La magie a bien des visages, reprit Azénor. Ce qui est inculqué à Anthème aide les étudiants à se contrôler, mais je soupçonne nos professeurs d'instiller la peur de la magie à leur élève afin de nous rendre inoffensifs. J'ai eu l'occasion de lire d'anciens manuscrits utilisés dans l'enseignement il y a plus d'un siècle. Les invocations, les glyphes, les sortilèges de premier degré, la métamorphose, la nécromancie et bien d'autres branches de notre art nous sont cachés ou à peine mentionnés.

— Les bâtons des magistors, c'est ce qui les rend redoutables ? demanda Bella.

Le prince secoua la tête.

— Pas exactement. Ils permettent de supprimer les pertes résiduelles.

Cette fois Abigaïl connaissait bien le sujet et ne tarda pas à le faire savoir.

— Lorsqu'on lance un sort, on expulse la magie sous une forme énergétique particulière. Une partie de cette énergie est souvent perdue, car mal ou non transformée. Il faut des années de pratique

et une concentration à toute épreuve pour utiliser ses pouvoirs sans gâchis. Les bâtons de magistors leur permettent de réduire cette perte, d'utiliser leurs sortilèges de façon optimale.
— C'est tout à fait ça, appuya Azénor.
— Tu voulais en savoir plus sur la magie, reprit Abigaïl. Nous, nous aimerions des détails sur ce qui nous attend.
Bella acquiesça.
— Je t'écoute.
— Où se trouve l'auberge de l'heureux pendu ?
— Dans Asring, une ville portuaire que nous devrions atteindre dès demain. Après la disparition du Céraste pourpre et l'assouplissement des règles commerciales, des bateaux marchands d'Asimer et de Marthor ont commencé à emprunter l'Asri, le fleuve qui borde la ville, pour rejoindre la capitale. Nombre d'entre eux avaient besoin de faire escale et cela a permis à Asring de se développer. Les commerçants, les aubergistes, les fermiers, les pêcheurs, tous y trouvaient leur compte. Les villageois ont commencé à agrandir leurs maisons, des étrangers se sont installés autour du port pour y développer leurs activités. Le petit village de pêche est devenu une ville portuaire en pleine expansion. Puis la guerre est arrivée, les marchands ont été remplacés par les navires de réquisition plus nombreux. Les jeunes hommes ont été arrachés à leur famille, les investisseurs ont fui la ville et un vieux soldat a été désigné pour diriger Asring afin d'assurer le ravitaillement des navires de guerre. Depuis la ville est retombée dans la misère et doit satisfaire les caprices d'un baron excentrique et supporter une milice plus versée dans l'oppression que dans la protection. En somme, Asring est à l'image du pays, une ville meurtrie par la guerre et l'incertitude.
— Qui est ce Thycéron que nous devons rencontrer ? demanda Azénor.
Bella resta pensive, le regard perdu dans les flammes.
— N'y voyez pas de la mauvaise volonté, mais je pense que c'est à Thycéron de répondre à cette question. Mangez un peu et essayez de dormir, la nuit ne va pas tarder à tomber et je serais bien incapable de nous guider dans cette tempête. Nous partirons de-

main à l'aube.

La voleuse s'allongea sur le sol, dos à ses compagnons. Gregor, moins intéressé par leurs conversations, s'était recroquevillé près du feu et dormait déjà depuis un certain temps. Abigaïl le dévisagea, paisible.

— Tu ne devrais pas le fixer comme cela, intervint Azénor.

— Pardon ?

— Je vois bien que tu t'attends à ce que ton père revienne à chaque instant. Ton comportement envers lui a changé, tu ne lui adresses plus la parole et tu passes ton temps à le regarder avec espoir.

— Imagine que c'est ton père qui est là, avec nous, s'accrochant à Gregor comme un mourant s'accroche à la vie.

— L'esprit de Léonard a peut-être déjà disparu, il t'a fait ses adieux, c'est plus que ce que je n'ai jamais eu. Tu dois faire ton deuil, il est peu probable qu'il reprenne le contrôle un jour.

— Peu probable n'est pas impossible. Tu restes persuadé que ton père est en vie après des années d'exil, et bien moi je suis convaincue que l'esprit du mien est toujours là, avec nous, et qu'un jour je trouverais le moyen de le libérer.

— Il serait peut-être mieux que son esprit ait disparu…

— Pardon ? tonna Abigaïl.

— Il ne peut retrouver son corps. Ne te berce pas d'illusions, jamais il ne pourra marcher avec toi main dans la main. Ton père est mort et enfermé dans Gregor sans qu'il ne puisse trouver le repos. Et imagine que ce soit à cause de cela que Gregor soit fou !

Abigaïl s'allongea en tournant le dos au magicien.

— Bella a raison, dormons.

16
Découverte macabre

Le comportement de Bella à l'égard de ses compagnons avait bien changé. Elle avançait plus lentement et leur posait de nombreuses questions sur la magie. C'est Azénor qui lui répondait la plupart du temps et Abigaïl buvait ses paroles tout autant que la voleuse. Le prince ne s'était pas contenté de prendre un manuscrit dans la bibliothèque interdite, il en avait lu plusieurs ouvrages pour en tirer des connaissances que la magicienne n'aurait jamais obtenus de la part de ses professeurs.
Elle ignorait si c'était grâce à cela ou au rythme moins éprouvant, mais leur progression lui parut bien plus agréable et rapide que la veille. Ils finirent par rejoindre une large route de terre parsemée de sillons creusés par le passage des caravanes.
— Nous serons bientôt arrivés, annonça Bella.
— Qu'est-ce que c'est ? demanda Azénor en désignant un amas de bois loin devant eux.
Les compagnons s'approchèrent et le prince eut sa réponse. Les débris d'un chariot jonchaient le chemin. Deux corps gisaient à proximité. La première victime, une jeune femme, se trouvait à une dizaine de mètres du chariot. De profondes entailles barraient son visage comme si on l'avait traînée sur le sol. Sa robe de soie bleue était déchirée par endroits et de la boue recouvrait ses vêtements. Elle portait un collier de perles et un diadème cabossé se trouvait à côté d'elle. La seconde victime, un homme, avait reçu un carreau d'arbalète de petite taille en pleine tête : un coup fatal. Il portait une longue chemise pourpre en toile avec des manches dorées. Une paire de braies noires recouvrait ses jambes et sa main tenait un chapeau de cuir.
— Il s'est passé quoi ? demanda Gregor.
— Le cocher, répondit Bella en pointant le gisant. Lorsqu'il a reçu le carreau d'arbalète, les chevaux ont paniqué.
La voleuse désigna un arbre à l'écorce arraché sur une large bande.

— Le chariot a percuté cet arbre et s'est renversé, supposa-t-elle.
— L'œuvre de détrousseurs, souffla Abigaïl. Ses pauvres gens n'avaient rien pour se défendre.
— Non, ils portent toujours vêtements et bijoux. C'est un assassinat, ne restons pas ici.
Bella s'approcha de la défunte et lui arracha son collier.
— Que fais-tu ? s'indigna la magicienne.
— Elle n'en aura plus besoin, répondit la voleuse en rangeant les perles dans l'une de ses poches. Ce bijou vaut une petite fortune.
Gregor passa devant Abigaïl et ramassa le chapeau de cuir.
— Repose ça tout de suite !
— Mais maman…
— Nous ne sommes pas des charognards ! fustigea la magicienne.
À contrecœur, Gregor relâcha le chapeau.
— Si nous ne les dépouillons pas, clama Bella, d'autres le feront. Inutile de tergiverser davantage, reprenons la route. Il n'est pas prudent de rester ici.
La voleuse dépassa le chariot et c'est dans un silence de plomb que ses compagnons la suivirent. Après deux bonnes heures de marches, ils arrivèrent à un croisement où les inscriptions du panneau indicateur avaient disparu avec le temps. Sur leur gauche le chemin s'enfonçait dans la forêt en descendant légèrement. Sur leur droite, il rétrécissait et formait une longue pente abrupte dont la simple vue sapa le moral d'Abigaïl et Azénor.
— Les sillons des caravanes continuent sur la gauche, remarqua celui-ci avec espoir. Nous devrions les suivre.
— C'est plus court par là, décréta Bella en bifurquant vers la droite sans plus de cérémonie.
Le prince grommela et ils commencèrent l'ascension. Celle-ci fut de courte durée, mais éprouvante. Arrivés en haut du chemin, un magnifique panorama s'offrit à eux. Le soleil avait entamé sa descente vers l'horizon et orangeait les nuages tout en se reflétant dans le fleuve. Un important dénivelé et plusieurs champs recouverts de boue, nourrie par la tempête de la veille, les séparaient du port. Celui-ci accueillait une dizaine de bateaux de pêche et deux vaisseaux amarrés à des pontons qui s'enfonçaient dans l'Asri.

Sur les quais Abigaïl aperçut des étales et des habitants qui s'agitaient tout autour. De là où elle se trouvait, ils ne paraissaient guère plus grands que des fourmis. Juste à côté de l'embarcadère se dressaient les portes de la ville d'Asring et au-delà ses habitations en bois qui s'élevaient sur plusieurs étages. La magicienne estima qu'il devait y avoir une centaine de demeures, disposées en cercle autour d'une immense tour et reliées par une avenue et ses venelles. Une palissade en pierre entourait la ville et plusieurs tours de guet avaient été construites.

— Je vous présente Asring, s'exclama Bella en faisant un large geste de la main.

— Pourquoi des guets ? s'étonna Azénor.

— Elles servent à prévenir le village en cas d'attaque et permettent aux soldats de voir si des déserteurs prennent la poudre d'escampette. Mais si vous voulez mon avis, c'est un bon moyen de faire comprendre à la population qu'elle est constamment surveillée. Que ce soit de la grande tour, demeure du baron, ou depuis les postes de sentinelles, la milice à des yeux dans les quatre coins de la ville. Lorsqu'un homme se sait observé, il fait tout pour ne pas déplaire à son seigneur. Allons-y.

Bella s'approcha du dénivelé et fit un bond, les pieds en avant et le buste penché en arrière. Ses jambes s'enfoncèrent dans la terre et ralentirent sa chute jusqu'à l'immobiliser. Elle venait de descendre de plusieurs mètres.

— Faites comme moi et tout ira bien, dit-elle en sautant de nouveau.

Les magiciens l'imitèrent tant bien que mal et tous parvinrent en bas sans incident. Ils leur restaient néanmoins à traverser plusieurs champs que la tempête avait inondés de boues. Le mélange de terre et d'argile collait à leurs chaussures et rendait leur progression difficile. Lorsqu'ils en vinrent enfin à bout, ils rejoignirent le port. Les voiles des bateaux de pêche ondulaient et claquaient dans le vent marin. Deux navires imposants avaient également accosté. Ils possédaient des coques doublées de plaque en cuivre et trois voiles triangulaires. Les passerelles étaient surveillées par deux soldats en uniforme bleu strié de blanc : les couleurs de Penderoc. Sur les quais, les étals proposaient la pêche de la matinée et les chats errants essayaient discrètement de chaparder un poisson ou deux. Lorsque les compagnons passèrent devant les étals, la fraîcheur des embruns marins fut remplacée par la forte odeur des produits de la pêche.

— Ça sent la mort, lâcha Gregor en regardant un vieillard installé derrière son étal.

— Hé le blondinet ! s'écria le vieux pêcheur en se levant. Approche que je t'apprenne à dire que mon poisson n'est pas frais !

Des badauds se retournèrent pour observer la scène. Bella s'interposa.

— Excusez mon ami, dit-elle en glissant une pièce dans sa main.

— Ça ira pour cette fois, cracha le marin, mais qu'il ne critique plus ma marchandise.

Bella éloigna ses compagnons des étals et leur lança un regard réprobateur.

— Restez un peu tranquille. Les magistors et tous les chasseurs de têtes du pays sont à nos trousses, moins vous ferez d'esclandre, plus nous passerons inaperçus.

— Que veut dire "esclandre" ? demanda Gregor.

Azénor soupira.

— Cela veut dire que plus tu ouvriras la bouche, plus tu mettras Abigaïl en danger.

Gregor croisa les bras avec mécontentement.

— J'ai senti que cet homme va bientôt mourir, c'est lui qui puait la mort, pas ses poissons.

Azénor et Abigaïl se regardèrent avec surprise.

— Comment sais-tu cela ? demanda la magicienne.

— Je le sens, c'est tout.

Azénor souffla.

— Nous devrions l'écouter un peu plus souvent, intervint Abigaïl. Lorsqu'il a vu le directeur pour la première fois, il lui a dit qu'il allait souffrir. Au début je pensais que c'était une menace, mais aujourd'hui je me demande si ce n'était pas une prémonition. Et souviens-toi qu'il se sentait mal juste avant que nous tombions dans le piège du magistor.

— Tu crois qu'il voit l'avenir ? demanda Bella.
— Je pense qu'il ressent certaines choses et que nous gagnerons à l'écouter.
— Très bien, faisons comme ça. Mais pour ce qui est du pécheur, nous ne pouvons rien faire. Que ce soit de la fièvre noire ou d'un naufrage, des dizaines de personnes meurent chaque jour dans cette ville.
— Je comprends, dit Gregor.
— Soit. Allons-y, pressa Bella.
Ils entrèrent dans la ville et passèrent les premières habitations. Droit devant eux, la tour du baron apparut. Abigaïl s'aperçut que les badauds qu'ils croisaient baissaient les yeux à leur passage.
— Ils ont peur de nous...
— Cela t'étonne ? Pour eux les étrangers n'apportent que le malheur. Mais ne te fie pas à leur apparence si inoffensive, la misère peut rendre n'importe quel homme aussi vicieux et malsain qu'un magistor.
Abigaïl remarqua des mendiants assis le long de l'avenue. La plupart portaient des vêtements en haillons et tendaient leurs mains vers les passants.
— Si les soldats se ravitaillent ici, pourquoi la ville n'en profite-t-elle pas ?
— L'armée ne se contente pas de réquisitionner les hommes, répondit Bella avec amertume. Les vivres, mais aussi la réparation des armes et des navires leur sont donnés en tant qu'effort de guerre. Puis les soldats en permission sont loin d'être aussi riches que les marchands. Le seul commerce qui tire son épingle du jeu est l'auberge. Soldats, gardes, paysans, tous viennent oublier leur existence en se noyant dans la boisson.
— La population rechigne à sacrifier son confort pour aider son pays à gagner la guerre ? demanda Azénor.
— C'est depuis Asring que les réquisitionnés de la région partent pour le front. Voir son fils, son mari ou son père partir se battre à l'autre bout du pays n'est pas un sacrifice de confort. C'est pour ça que les soldats ne sont pas accueillis à bras ouverts. Ajoutes-y les hommes du baron qui prennent tout ce qu'ils veulent et la

fièvre noire qui refait surface. La violence, la guerre, la pauvreté et la maladie, comment pourraient-ils se sentir investis par le patriotisme lorsque tout ça leur tombe dessus ? Voici l'auberge.
Bella s'arrêta devant une bâtisse au premier abord tout à fait semblable aux maisons qui l'entouraient. En levant les yeux, Abigaïl aperçut un épouvantail qui pendait le long d'une corde accrochée à une poutre du toit. L'on avait dessiné un large sourire à l'homme de paille sur lequel une enseigne disait : "à l'heureux pendu".
— C'est macabre, lança Azénor. Pourquoi un tel nom ?
— Le gérant appartenait au Céraste pourpre, comme bon nombre d'aubergistes en ce temps-là. Cependant, les preuves manquaient pour le condamné à la décapitation, le sort réservé aux traîtres. Il n'en restait pas moins un contrebandier reconnu et le baron de l'époque, qui a lui-même perdu la tête deux jours plus tard, a permis à l'aubergiste de choisir sa mort.
— Une sentence tout aussi horrible, s'exaspéra Abigaïl.
— Tu te trompes. La décapitation est une mort sans honneur puisque les têtes sont brûlées et les corps jetés dans des fosses anonymes. C'est une sentence qui empêche les condamnés de trouver le repos et prive leur famille d'une tombe où se recueillir.
— Le gérant a choisi la pendaison ? supposa Azénor.
— Exact. Mais au moment crucial son cou ne s'est pas rompu ! On raconte qu'à force de se débattre la corde a fini par céder libérant le bougre avant qu'il ne succombe. Pour le baron, c'était un signe envoyé par les dieux. Le chanceux fut gracié, reprit son affaire et changea l'enseigne.
Soudain la porte de l'auberge s'ouvrit et un homme sortit. Il tituba sur quelques mètres, la démarche incertaine et le regard vitreux. Lorsqu'il vit Bella, il tendit son bras vers elle.
— Ho, un ange !
L'ivrogne trébucha. Bella s'écarta et le laissa s'étaler de tout son long, la tête dans la boue. La voleuse se mit à sourire.
— Mais ne vous y trompez pas, c'est une auberge comme les autres, quoiqu'elle possède une clientèle un peu plus miteuse que la moyenne.

Elle enjamba l'homme et entra.

17
L'heureux pendu

Une délicieuse odeur de viande grillée accueillit Abigaïl et lui mit l'eau à la bouche. Elle trouva sans mal l'origine de ce divin effluve : au centre de l'auberge cuisait un cochon de lait, embroché au-dessus de charbons incandescents. Abigaïl ne fut pas la seule à l'apercevoir et elle manqua de se faire bousculer par Gregor qui se rua sur l'animal. Les yeux écarquillés et la bouche grande ouverte, il détacha un morceau de viande avec ses doigts et l'ingurgita avec exaltation.
— Affligeant, soupira Azénor.
Abigaïl détourna le regard de cette mômerie et examina l'auberge. Sur sa droite, un comptoir de chêne blanc longeait une fresque murale défraîchie. Plusieurs tables ovales en pin occupaient le reste de l'espace. Comme chaises, les clients disposaient de tonneaux pour le bar et de souches d'arbre pour la salle. Deux lustres en fer forgé, légèrement rouillés, et une multitude de lampes à huile cabossées fournissaient l'éclairage. À défaut de posséder des meubles de prime qualité, l'auberge instaurait un climat chaleureux et agréable. Dans un renfoncement un barde jouait du luth et chantait une ballade à une dizaine de clients captivés tandis qu'au fond de la pièce quatre soldats discutaient et riaient aux éclats.
Bella attira l'attention de ses compagnons et désigna le bar. Un seul homme, en pleine conversation avec l'aubergiste, s'y accoudait. Sur ses genoux se tenait une jeune femme brune à peine vêtue. Décolleté plongeant et jambes apparentes, elle portait un brassard blanc, le signe des filles de joie. Abigaïl remarqua qu'une large cicatrice barrait le cou du tenancier, ce qui corroborait l'histoire de son enseigne. Il portait une chemise grise, étirée par sa bedaine protubérante, et ses mains revêtaient de nombreuses égratignures.
— Venez, mais laissez-moi parler, dit Bella.
Ils s'approchèrent du comptoir et Bella se planta derrière le client

alcoolisé en croisant les bras.
— C'est ce moment qu'a choisi cette satanée bougresse pour m'assommer avec une poêle ! lança-t-il.
La prostituée lâcha un rire convenu. L'aubergiste se racla la gorge.
— Je crois que t'as de la visite, prévint-il en désignant Bella.
— Thycéron.
En entendant la voix de la voleuse, le guerrier se retourna et se leva prestement. La fille de joie eut tout juste le temps de s'agripper au bar pour ne pas tomber.
— Laisse-nous, Candice, dit-il en faisant signe à la jeune femme de déguerpir.
— Moi, c'est Carmen ! rectifia-t-elle avant de s'éclipser.
Thycéron resta interdit, puis, comme s'il avait trouvé la solution aux problèmes qui s'annonçaient, il ouvrit grand les bras et se mit à sourire.
— Bella ! Comme toujours te voir est un ravissement !
Tous purent profiter de son haleine chargée d'alcool. Le guerrier dépassait Azénor d'une tête, avait une barbe buissonnante et des cheveux en bataille à la propreté contestable. Il possédait un surcot de cuir clouté et une petite gourde pendait de sa ceinture. Un long fourreau tombait jusqu'à son mollet droit et, chose peu courante, il ne portait qu'un seul gant. Il désigna Abigaïl et Azénor.
— Tu me présentes tes amis ?
— Plus tard. Alors comme ça, je suis une satanée bougresse ? s'amusa Bella. Il fallait bien que je te rabatte le caquet.
— Tu sais bien que les hommes aiment tourner les histoires à leur avantage, n'en prends surtout pas ombrage. Mais que me vaut la visite de ma fillette favorite ?
En un éclair le sourire amusé de la voleuse se transforma en rictus d'agacement.
— Cesse de m'appeler ainsi, je n'ai même pas l'âge d'être ta fille !
Thycéron leva les mains d'un air triomphant.
— Haha, enfin un indice sur le plus grand mystère de notre époque : l'âge de ma fillette préférée.

Bella croisa les bras.

— Ne t'aventure pas dans ces eaux troubles.

— Voyez-vous cher ami, expliqua le guerrier en se tournant vers le tavernier, cela fait des années que je m'interroge sur son âge, c'est un secret qu'elle garde jalousement. Je me demande si le temps n'est pas le pire de ses ennemis.

— Tu as fini ? pressa Bella.

— Si elle ne peut être ma fille, considérons qu'il y a moins de dix années qui nous séparent. Cela veut dire qu'elle a environ…

Thycéron fut interrompu par le contenu du verre que Bella venait de lui verser sur la tête. Les cheveux et la barbe dégoulinants de bière, il s'exclama :

— Ne gâche pas la boisson, fillette.

Bella attrapa son poignet pour capter son attention.

— L'heure est venue de payer ta dette.

Thycéron tituba, ses yeux s'agrandirent et il déglutit avec difficulté.

— Sérieusement ?

Bella acquiesça.

— Doucement ! intervint l'aubergiste. Y'a pas qu'à vous qu'il doit de l'argent. Faut qu'il me paie d'abord.

Le guerrier fit un signe de la main comme si ce n'était rien.

— Depuis combien de jours cuves-tu ici ? demanda la voleuse.

— Trois !

Bella se tourna vers l'aubergiste.

— Deux semaines qu'il se gave de viande et descend mes meilleures bouteilles, rectifia-t-il. Tous les soirs il passe du bon temps avec Carmen, mais ça fait dix jours qu'il met ça sur sa note. Y serait temps de la régler !

— Vous ne vous êtes jamais dit qu'il était insolvable ? s'étonna Azénor.

La mâchoire du tavernier se crispa.

— Son surcot de cuir et ses chausses sont de qualité, se défendit-il. Puis il sait se tenir et parle avec des mots savants. Je vous le dis, à côté de ma clientèle habituelle, il a tout d'un roi. Je n'avais aucune raison de douter de sa parole.

Thycéron attrapa un verre d'eau-de-vie et le descendit avant que le propriétaire n'ait le temps de l'arrêter. Il se mit alors à tanguer dangereusement, buta sur le tonneau qui lui servait de chaise et s'écroula sur le sol. Il fut pris de convulsions et de la bave s'écoula de sa bouche. Abigaïl et Azénor s'approchèrent de lui et le regardèrent, impuissants. Les soubresauts finirent par s'estomper, mais ses yeux restèrent clos et sa respiration devint un râle inquiétant.

— Il a perdu connaissance, dit la magicienne en panique. Il faut l'emmener dans un endroit calme. Sa chambre !

— Non ! intervint Bella. Il est parfaitement conscient. Il attend d'être seul pour disparaitre.

La voleuse donna un grand coup de pied dans le ventre de Thycéron. Il lâcha une complainte de douleur. Abigaïl et Azénor s'écartèrent.

— Arrête ça ! Si tu veux être pardonné, commence par assumer tes actes et règle ta dette.

Le guerrier se redressa, bien conscient.

— Je ne peux pas commencer à payer ma dette à partir de demain ?

Il fit la moue devant le regard assassin de Bella.

— Ça va, ça va.

Thycéron se releva et épousseta ses vêtements.

— Combien vous dois-je, cher tenancier ?

Abasourdi par le nouvel aplomb de son client, l'aubergiste ouvrit son registre. Il compta sur ses doigts durant un temps qui parut interminable.

— Sept pièces d'or et trois de bronze, annonça-t-il enfin.

Le guerrier décrocha la bourse attachée à sa ceinture et regarda à l'intérieur.

— J'ai une pièce d'or et deux de bronze, ça ira ?

La teinte de l'aubergiste passa au rouge pivoine.

— Comment ? hurla-t-il. Savez-vous combien m'ont coûté ces vins d'Asimer que vous avez descendus comme du petit lait ? Vous devez tout payer !

— Ne vous inquiétez pas, apaisa Thycéron, je vous propose un ar-

rangement. Parions ma dette.
— Qu'est-ce que j'y gagne ?
— Si je réussis, je ne vous dois plus rien. Si j'échoue, je vous donne ma bourse, mais surtout mon amie se fera un plaisir de vous tenir compagnie cette nuit, dit-il en se tournant vers Bella.
— Hors de question ! fustigea-t-elle.
Thycéron fit un clin d'œil appuyé à la voleuse tout en désignant dans l'ombre la petite gourde attachée à sa ceinture.
— Uniquement si son amie l'accompagne, répondit le tavernier en regardant Abigaïl du coin de l'œil.
La magicienne n'en croyait pas ses oreilles.
— Ça ne marchera pas, je refuse ! clama Bella.
— Fais-moi confiance, fillette.
— Non !
L'aubergiste secoua la tête.
— Vous me promettez ce que vous n'avez pas... La garde tranchera.
— Attendez !
Thycéron dégagea l'épée de son fourreau. Les soldats assis dans le fond de la salle se levèrent et s'approchèrent.
— Un problème ? demanda l'un d'eux.
Le soldat positionna sa main sur le pommeau de son arme et ses trois compagnons l'imitèrent. Le tavernier, lui, sortit une petite arbalète de derrière son comptoir.
— Merci, messieurs, souffla-t-il aux soldats.
— Je veux juste lui présenter une vieille amie, calma Thycéron.
Il posa son arme sur le bar.
— Regardez-moi cette merveille.
L'aubergiste se pencha et la prit avec prudence. La garde de l'épée, magnifiquement sculptée, représentait la gueule d'un dragon d'où s'échappait une lame d'un noir intense. Elle était recouverte d'inscriptions et de symboles étranges. L'arme était d'une légèreté déconcertante et son fil recourbé lui donnait une allure peu commune.
— Que ce que c'est ?
Thycéron récupéra son épée et la contempla avec fierté.

— Je vous présente Suzialgoïr del almouïn. Suzie, pour les intimes. C'est un vestige de la civilisation elfe, une relique vieille de plusieurs millénaires. La lame est en cristaux d'ébène, façonnée avec une technique aujourd'hui disparue. Cette merveille est empreinte de leur magie et de leur histoire. L'épée sent lorsque son porteur est en danger et elle devient invisible pour ses ennemis. Elle m'a sorti de bien des bourbiers, il est quasiment impossible de parer ce que l'on ne voit pas. Elle est unique, son prix... inestimable.

— Vous me la donneriez ? demanda le tavernier avec convoitise.

— Bien sûr que non. Mais j'accepte de la mettre en jeu. Apportez-moi un tonneau de votre meilleure boisson. Si je réussis à le vider, vous épongez ma dette. Si j'échoue, Suzie est à vous.

— Ty, écoute-moi, supplia Bella. Ça ne fonctionnera pas !

Thycéron se tourna vers elle, le regard dur.

— Laisse-moi faire. Ne m'interromps pas.

— Mais...

— Fais-moi confiance !

Bella croisa les bras et soupira :

— Comme tu voudras, je t'aurais prévenu.

— T'es déjà bien imbibé, remarqua un soldat. Boire un tonneau entier pourrait te noyer le cerveau.

— Laissez-le donc faire, intervint l'aubergiste. Si vous mourez, l'épée est à moi ?

Thycéron acquiesça.

— Dans ce cas, j'accepte !

Le tavernier s'absenta quelques instants et revint en faisant rouler un gros tonneau. Avec deux soldats, il le mit debout.

— Vous devez vider ce tonneau sans en renverser une goutte et vos amis ne peuvent pas vous aider.

Thycéron se frotta les mains.

— Soit, commençons !

— Cette barrique doit bien peser son quintal, chuchota Azénor à Bella. Ton ami est fou, il ne pourra jamais la boire.

— Il n'a jamais été convenu qu'il devait la boire, seulement la vider sans en renverser.

— Et ?

— Et il y a un paramètre qu'il ignore, souffla-t-elle en mettant en évidence le losange pourpre sur son doigt. Préparez-vous à dégainer.

Thycéron enleva le couvercle du tonneau et en huma le contenu.

— Mmmm, de l'eau-de-vie de Moulgrin, ma préférée !

Avec un air triomphant, il attrapa la petite gourde à sa ceinture et la leva bien au-dessus de lui. Puis, d'un geste théâtral, il la laissa tomber dans la barrique. De rares bulles se formèrent à la surface du tonneau lorsque la gourde se remplit et sombra vers le fond du récipient. Thycéron la regarda disparaitre, bouche bée.

— C'est impossible ! s'écria-t-il. Le tonneau devrait se vider !

— Ç'a assez duré ! s'impatienta l'aubergiste. Donnez-moi l'épée, qu'on en finisse.

Les soldats dégainèrent et l'un d'eux désigna Thycéron de la pointe de sa lame.

— T'a perdu. File-lui l'épée et tout ira bien.

— Jamais, s'écria Thycéron en brandissant Suzie.

Bella imita son ami et dégaina son arme. Azénor fit quelques pas en arrière et encocha une flèche à son arc. Gregor, lui, était tranquillement en train de découper un morceau de cochon de lait avec sa hache. Abigaïl, le cœur battant, sortit sa dague. Elle entendit les clients et le barde se hâter de quitter l'auberge. Le tavernier pointait son arbalète sur Thycéron qui maintenait les soldats en respect avec Suzie.

— Inutile de verser le sang, intervint Bella. Je connais bien cet homme, il préférerait mourir à se séparer de son épée et nous ne vous laisserons pas lui faire de mal.

Abigaïl eut une idée. Elle s'approcha du tonneau et le transperça. Le précieux liquide ne tarda pas à se répandre sur le sol. La magicienne attrapa ensuite une lampe à huile. Le tavernier changea de cible et pointa son arbalète sur la jeune femme.

— Tuez l'un d'entre nous et je fais flamber votre auberge, menaça-t-elle.

Le tavernier eut un instant d'hésitation. La magicienne fixa l'arbalète et la pointe du carreau dirigé vers sa poitrine.

— Donnons-lui le collier, proposa Abigaïl.
Bella bougonna.
— Elle a raison, appuya Azénor.
À contrecœur, Bella sortit le collier de perles.
— Tu me revaudras ça, souffla-t-elle à Thycéron.
Elle s'approcha du tavernier.
— Gardons notre calme, j'ai ici un bijou d'une grande valeur, expliqua-t-elle. De quoi rembourser sa dette et vous dédommager pour cette anicroche. Vous n'entendrez plus jamais parler de nous.
— Montre-moi ça, exigea le tavernier.
Bella lui tendit l'objet. L'homme l'examina de près.
— Ce sont des perles de qualité, concéda-t-il. Il y a une inscription ici.
Soudain il devint livide. Il lança le collier sur le bar.
— Partez ! Sortez d'ici !
— Et la dette ? s'étonna l'un des soldats.
— Il n'y a plus de dette. Qu'ils emportent ce bijou loin d'ici !
Dans la surprise générale, Bella récupéra le collier. Abigaïl posa la lampe et, comme ses compagnons, rangea son arme. Soudain, un groupe de quatre hommes armés fit irruption dans l'auberge. Lorsque le tavernier les aperçut, il se mit à trembler de la tête au pied.
— Des témoins ont vu des clients s'enfuir d'ici en courant, clama l'un d'eux. Que se passe-t-il ?
— Rien du tout, assura l'aubergiste. Vous pouvez reprendre votre ronde, capitaine.
— Tu m'as l'air bien pâle, mon cher ami. Tu trembles comme une feuille.
Il observa le tonneau qui continuait de répandre l'eau-de-vie sur le plancher et les soldats, épées en main.
— J'ai eu un problème, dévoila le tavernier en désignant Thycéron. Il ne pouvait pas me payer et ces soldats ont eu la gentillesse d'intervenir pour éviter que ça dérape. Heureusement nous avons trouvé un accord et j'ai sorti un tonneau pour fêter ça, mais je l'ai percé en le relevant.
Les soldats rengainèrent leurs armes.

— Tu me prends vraiment pour un imbécile, dit le capitaine avec calme.

Il balaya du regard le reste de l'auberge, vide, hormis Gregor qui continuait de dévorer le cochon de lait.

— Jeune homme ! interpella le capitaine. Dites-moi donc ce qui s'est passé ici.

Le réfractaire se tourna vers lui, un morceau de viande dépassait de sa bouche.

— Le gros monsieur a peur du collier de Bella, répondit-il en pointant la voleuse du doigt.

Azénor lâcha un juron et Abigaïl leva les yeux au ciel. L'aubergiste suait à grosse goutte et semblait au bord de l'évanouissement.

Le capitaine s'approcha de Bella.

— Montrez-moi ce collier.

La voleuse lui donna le bijou.

Il l'examina puis dit à l'un de ses hommes.

— Donne-moi l'avis de recherche.

Le garde obtempéra. Le capitaine relut l'affiche puis dégaina son arme, ses subordonnées firent de même.

— Jackson, va avertir les autres patrouilles, ordonna-t-il.

Un homme de petite taille quitta les lieux.

— Messieurs les soldats, je vous rappelle que vous n'avez aucune autorité ici. Je vous demande donc de partir sur-le-champ.

Les soldats et les gardes se toisèrent quelques instants puis les soldats se dirigèrent vers la sortie.

— Laissez-moi partir ! supplia le tavernier. Je n'ai rien à voir avec ce collier, je vous le jure.

— Il dit vrai, intervint l'un des soldats avant de quitter l'auberge.

Le capitaine fit un signe de tête vers la sortie.

— Fuit.

Le tavernier ne se fit pas prier et prit les jambes à son cou.

— Excusez donc le comportement de notre hôte. Il a vécu une certaine mésaventure avec un baron il y a longtemps et il en a gardé une peur irrationnelle de l'autorité.

— Quel est le problème avec ce collier ? demanda Abigaïl.

179

— Vous l'ignorez vraiment ?
— Nous venons d'arriver à Asring.
— Admettons, concéda le capitaine. Voici une affiche que nous sommes en train de placarder dans toute la ville. Elle a déjà été distribuée aux aubergistes et marchands ce matin.
Il donna la feuille à la magicienne. Un portrait qu'Abigaïl reconnut sans peine y était dessiné. La même robe bleue, le même diadème et le même collier, cela ne faisait aucun doute, c'était la jeune femme morte que Bella avait dépouillée. En dessous l'on pouvait lire.

"Mademoiselle Sevilla Duciale, fille de notre bien aimé Baron, a disparu depuis deux jours.
Elle portait une robe de soie bleue, un diadème en or avec diamants et un collier de perles avec les inscriptions S.D..
Quiconque fournira des informations utiles recevra 20 pièces d'or et n'aura plus de dîmes à payer.
Quiconque mettra la milice sur une fausse piste recevra 50 coups de fouet.
Quiconque dénoncera quelqu'un qui garde pour lui des informations capitales dans cette enquête recevra 5 pièces d'or.
Quiconque garde pour lui des informations capitales dans cette enquête sera pendu par les pieds jusqu'à ce que Mademoiselle Sevilla soit retrouvée saine et sauve.
Dans le cas d'un enlèvement, le baron est prêt à se montrer clément envers les ravisseurs si sa fille lui est rendue en bonne santé et dans les plus brefs délais. Dans le cas contraire, il promet une haine éternelle qui se traduira par la torture et la mort dans d'intenses souffrances de tous les ravisseurs ainsi que la pendaison de leur descendant."

Après l'avoir lu l'avis, elle le donna à Bella.
— Comment avez-vous eu ce collier ? s'enquit le capitaine.
— Sur le cadavre de Mademoiselle Sevilla, avoua Abigaïl, la gorge nouée.
Le capitaine ferma les yeux et prit une grande inspiration. Un mé-

lange de tristesse et d'appréhension se lisait sur son visage.
— Allons annoncer la nouvelle au baron dans ce cas.

18
Les tourments du baron

En passant les portes de la tour, Abigaïl eut l'impression de pénétrer dans une cellule. Le hall d'entrée était froid et sombre, son plafond si haut qu'il disparaissait dans les ténèbres. Une odeur de pain rance flottait dans l'air et la magicienne aperçut une souris se faufiler entre les pieds d'Azénor. Les murs nus et l'humidité ambiante renforçaient son sentiment d'être prise au piège. Le moindre pas, le moindre geste, résonnait en un millier d'échos : aucun secret ne pouvait naitre en ce lieu. Des torches aux flammes vacillantes éclairaient avec peine la porte qui leur faisait face : un grand panneau de bois noir, d'un seul tenant, avec pour unique ferrure un imposant anneau qui permettait de faire pivoter la porte sur des gonds démesurés. Un hallebardier se tenait immobile devant elle, le dos bien droit, le visage inexpressif. À portée de son bras, Abigaïl remarqua une petite cloche dorée scellée dans la pierre et un marteau d'argent suspendu à une chaine. La magicienne jeta un regard inquiet à ses compagnons. Hormis Gregor, qui regardait les lieux avec émerveillement, tous affichaient une mine déconfite. Le capitaine s'approcha du mur, attrapa le marteau et d'un coup sec frappa la cloche. Elle tinta dans une longue et puissante note aiguë. Abigaïl sentit l'air vibré tout autour d'elle, les poils de son corps se hérissèrent.
— Bien, dit le capitaine en toisant les cinq compagnons. Il semblerait qu'aucun de vous ne soit magicien.
Gregor ouvrit la bouche, Abigaïl lui donna un coup de pied dans le mollet et lui lança un regard assassin. Le réfractaire se renfrogna et garda le silence. Le capitaine désigna un râtelier d'armes, installé entre deux torches.
— Nous allons vous délester de vos armes, ne tentez rien de stupide.
Le grincement d'une porte se fit entendre. Un homme sortit de la pénombre. Il était grand et fin, possédait de courts cheveux noirs et une longue robe grise. Ses joues creusées et son nez proéminent

ne faisaient pas de lui un modèle de beauté.

— Carnitor, votre dispositif vous a encore fait rendre tripes et boyaux ? s'amusa le capitaine.

— Il semblerait que, pour une fois, j'étais suffisamment éloigné pour ne pas être incommodé. Nos invités ont-ils été malades ?

— Non, ils sont tous restés indifférents à son tintement. Cependant, ce ne sont pas vraiment des invités…

— Je vois, grommela Carnitor en s'approchant d'Abigaïl.

Il se stoppa devant elle puis huma l'air qui l'entourait comme un chien l'aurait fait au passage d'un morceau de viande. Après quelques instants, et avec déception, il arrêta l'inspection olfactive de la magicienne. Tous les compagnons eurent droit au même traitement. Après en avoir terminé, Carnitor se tourna vers le capitaine.

— Aucun d'eux n'empeste la magie, dit-il. Le blond sent le cochon grillé, le barbu la bière et la liqueur, des manants tout à fait normaux. Cependant, je n'ai vraiment ressenti aucune magie. En temps normal, il y a des traces résiduelles.

— Vous perdez peut-être de votre nez légendaire… Je peux réactiver la cloche si cela peut vous rassurer.

Carnitor posa la main sur son ventre.

— Non, ce ne sera pas nécessaire. Gardons les nausées et l'étourdissement pour les réfractaires. Ils peuvent entrer, sans armes, bien entendu.

Carnitor fit volte-face et avant de disparaitre lança :

— Si notre seigneur a besoin de mes talents pour les faire parler ou leur apprendre ce qu'est la douleur et la rédemption, vous savez où me trouver.

Le capitaine acquiesça. La porte grinça de nouveau.

— Jackson, désarme nos prisonniers, ordonna-t-il.

Le garde obtempéra. Il était de petite taille et possédait un crâne dégarni et crasseux. Il s'approcha de Bella puis la fouilla, en faisant preuve d'une extrême minutie lorsqu'il arriva à la poitrine de la voleuse. La réaction de Bella ne se fit pas attendre : elle lui donna un coup de genou dans les parties intimes. Jackson recula et lâcha une complainte digne des plus grands castra. Abigaïl et

ses compagnons, et même plusieurs gardes, ne purent s'empêcher d'exprimer leur amusement.
— Du nerf Jackson ! s'impatienta le capitaine, un timide sourire accroché aux lèvres.
Le garde se ressaisit et reprit les fouilles avec beaucoup moins d'attention. Lorsqu'il arriva devant Thycéron, celui-ci ne put s'empêcher de l'avertir.
— Fais bien attention à mon épée. Si elle disparait ou est endommagée, je terminerais ce que mon amie a commencé.
Le dénommé Jackson acquiesça et déposa avec soin l'épée du guerrier dans le râtelier.
— Bien, s'exclama le capitaine. Je veux quatre hommes positionnés devant eux, quatre derrière et un à chaque extrémité. Les autres peuvent reprendre les rondes.
Les gardes se placèrent, encerclant ainsi les compagnons. Le capitaine fit un signe de la main et le hallebardier ouvrit la grande porte. Contrairement au hall d'entrée, la salle du trône disposait de décorations qui parvenaient tout juste à égayer l'endroit. Une bande de velours rouges partait de la porte et arrivait jusqu'au trône. Six armures de fer encadraient le tapis pour former une allée. Une imposante tapisserie, représentant un navire de guerre voguant sur les flots et luttant contre une immense créature muni de tentacules, recouvrait le mur du fond. Sur le trône se tenait le baron Duciale, homme d'une soixantaine d'hiver à la longue barbe grise et aux dents jaunes. Il portait une robe blanche et des pantoufles en fourrure d'ours. Ce qui surprit le plus Abigaïl était que le baron ne possédait aucun cheveu, ce qui contrastait beaucoup avec sa pilosité faciale.
— Monseigneur, dit le capitaine en s'agenouillant, je vous présente un groupe d'agitateurs que nous avons appréhendés à l'auberge de l'heureux pendu.
Le baron se pencha vers lui :
— Je n'ai que faire de vos agitateurs. Il me semblait vous avoir donné un ordre !
— Oui, messire. Si je me suis permis d'arrêter les recherches pour vous présenter ces individus c'est que l'un d'eux détenait ceci.

Le capitaine tendit le collier de perles au baron. Celui-ci l'attrapa avec fébrilité, l'expression de son visage passa de la colère à une profonde tristesse. Ses mains tremblèrent de plus en plus et son regard se perdit dans le sol pavé.

— Ma douce Sevilla, chuchota-t-il. Sa mère lui avait offert ce collier peu avant de mourir, jamais elle ne s'en serait séparée.

— Toutes mes condoléances, monsieur le baron, intervint Bella. Nous sommes arrivés cet après-midi à Asring par la route forestière et nous sommes tombés sur le cadavre de votre fille. Nous ignorions vos liens à ce moment-là, soyez sûr que nous serions venus ici immédiatement dans le cas contraire.

— Ramenez-moi la dépouille de mon enfant, dit le vieil homme en plongeant son regard dans celui de son capitaine.

Celui-ci acquiesça.

— Jackson et Grann, suivez-moi, clama-t-il en rejoignant la sortie. Que les autres restent ici.

— À vos ordres, répondirent en cœur les gardes.

Le baron se leva de son trône, passa devant l'un d'eux et d'un geste vif lui prit son épée. Le vieil homme s'approcha des compagnons et les observa.

— Lequel d'entre vous a dépouillé ma petite Sevilla ?

Un silence s'installa. Personne n'osait le regarder dans les yeux.

— Qui a posé ses mains sur mon enfant ! hurla-t-il de toutes ses forces.

— Moi, avoua Bella.

Le baron la dévisagea avec dégoût.

— À genoux ! ordonna-t-il.

Bella resta de marbre. Deux gardes l'attrapèrent par les épaules et la forcèrent à s'accroupir. Les compagnons s'agitèrent, mais furent rapidement tenus en respect. Le baron se plaça derrière Bella et posa la lame de son épée sur le cou de la voleuse.

— William, est-ce ainsi que l'on reçoit un vieil ami ? lança Thycéron.

— Comment ça ? demanda le baron Duciale en cherchant l'origine de cette intervention. Qui ose m'appeler par mon prénom ?

Thycéron leva les mains au-dessus de sa tête et se fraya un chemin jusqu'au baron.

— Tu ne me reconnais pas ?

— Vous devriez cesser d'utiliser le tutoiement à mon égard. N'espérez pas sauver votre amie en m'interpellant de la sorte.

— Tu ne peux pas tuer cette femme.

— Cette charogne a dépouillé mon enfant ! s'écria le baron, le regard chargé de larmes. Elle l'a volée et elle mourra pour ce péché. Adresse-toi encore à moi sans respect pour mon rang et tu seras le prochain à subir ma colère.

— Tu m'as pourtant fait jurer de ne plus jamais te vouvoyer. Je n'étais alors qu'un enfant et je venais de sauver la vie de mon maitre d'armes. Une forêt ombragée, un ours déchaîné qui se rue sur toi et ma flèche qui se plante dans son œil et lui transperce le crâne. Depuis, tu portes ces pantoufles confectionnées avec la fourrure de l'animal afin de toujours te rappeler que le plus petit des alliés peut suffire à vaincre le plus puissant des ennemis.

Le baron Duciale s'approcha pour le dévisager.

— Thycéron Winchester ?

Le guerrier acquiesça.

— C'est impossible. L'homme que vous prétendez être est…

— Mort ? Ou en train de voguer sur les flots à la tête d'un navire pirate ?

— Si vous êtes vraiment Thycéron Winchester, prouvez-le. La relation que vous entreteniez avec votre frère était pour le moins houleuse…

Le guerrier soupira et à contrecœur enleva son gant. Il fit alors apparaitre une main mutilée. Il lui manquait trois doigts et sa paume était marquée d'un grand "B".

— Le duc Winchester a cru bon de me couper un doigt pour chacun de mes grands péchés et de me marquer comme les bani. Qualifier notre relation de houleuse me semble être un doux euphémisme.

— L'on dit également que pour vous venger, lorsque vous avez fui Granar, vous vous êtes approprié certaines… choses.

Thycéron acquiesça.

— Dites à l'un de vos hommes d'apporter mon épée. Je ne doute pas que vous saurez la reconnaître.

Le baron fit un signe. Un garde alla chercher Suzie et la donna au vieil homme qui prit le temps de l'examiner avec minutie.

— Suzialgoïr del almouïn. Magnifique. Je la trouve encore plus belle que lorsque votre frère me l'a montré pour la première fois. Désolé d'avoir pris autant de précautions, mais pour ma défense je dois dire que vous avez bien changé. Une barbe, un parfum d'alcool et un petit ventre, je ne pouvais reconnaître le jeune homme svelte et agile que vous étiez.

William s'approcha de son ami et lui tendit Suzie. Thycéron ceignit son fourreau et dévisagea le baron.

— Toi aussi tu as bien changé. Aujourd'hui une tête nue et de longs poils blancs qui descende de ton menton. Autrefois, une épaisse chevelure noire surplombait ton crâne. Et où diable sont passées ton armure et ton épée ?

— Au décès de ma femme, je n'avais plus de raison de défendre si ardemment un pays qui l'a laissée mourir en mon absence. J'ai vu trop de cadavres, arraché trop de vie à cette terre. Puis c'était le souhait de ma tendre Sevilla. Elle voulait profiter de son vieux père. Elle était ma raison de vivre.

— Je suis sincèrement désolé. Elle ne dépassait pas ton nombril lorsque je jouais avec elle, c'était une enfant vive et joyeuse.

— Elle n'avait guère changé. L'impulsivité et la détermination guidaient son cœur, comme son père.

Le baron recula et s'assit sur son trône. Il baissa les yeux. Ses mains continuaient de trembler. D'une voix chargée d'émotions et d'appréhension, il demanda :

— Comment est-ce arrivé ?

— Je l'ignore, répondit Thycéron.

Il désigna Bella, toujours agenouillée sur le sol et maintenue par deux gardes.

— Je suis persuadé que mon amie te répondra. Elle a bien des défauts, mais elle n'aurait jamais fait de mal à une âme innocente comme Sevilla.

Le baron dévisagea la voleuse.

— Laissez-la, ordonna-t-il. Ce sont nos invités.

Les gardes relâchèrent leur emprise et Bella se releva.
— Votre fille et un jeune homme quittaient la ville dans un chariot. Ils ont subi une attaque. Le cocher a reçu un carreau d'arbalète. Quant à votre fille…
Soudain la porte s'ouvrit et quatre gardes portant deux brancards recouverts de drap entrèrent dans la salle du trône.
— Monseigneur, intervint le capitaine. Certains de nos hommes ont retrouvé votre fille et étaient déjà en route. Ils ont jugé bon de ramasser le cadavre de l'individu qui l'accompagnait.
Le baron fixa le brancard et le corps que laissait deviner le drap bosselé. Il se leva, s'approcha, et lentement tendit la main.
— Monsieur le baron, intervint Abigaïl, vous ne devriez peut-être pas…
Le vieil homme souleva le drap. Sa fille était d'une extrême pâleur. De nombreuse contusion, bleus et balafres parsemaient son visage. De profondes entailles barraient tout le côté droit de sa tête. Les yeux du vieil homme s'écarquillèrent et ses jambes se dérobèrent. Son capitaine eut tout juste le temps de l'attraper avant qu'il ne s'effondre.
— Apportez une chaise, vite ! s'écria le capitaine.
Il fallut de longues minutes pour que le baron reprenne connaissance.
— Vous avez eu une nouvelle crise, monseigneur.
— Ses blessures… elle est défigurée ! Quel démon aurait pu faire pareille horreur à mon enfant et pourquoi ?
Le baron se leva et toisa ses gardes.
— Je veux trouver réponse à cette question. Je dépenserais sans compter.
— Nous avons une piste, messire, intervint le capitaine en s'approchant du second brancard.
D'un geste brusque, il enleva le drap. Le cadavre de l'homme était tel qu'Abigaïl et ses compagnons l'avaient laissé. Le petit carreau d'arbalète toujours fiché dans sa tête.
— Voici l'individu qui a péri aux côtés de votre fille.
— Qui est-il ? demanda le baron.
— Nous l'ignorons encore.

— J'ai déjà vu cet homme ! intervint Thycéron.
William et le capitaine se tournèrent vers lui.
— Je t'écoute, mon ami.
— J'étais à l'auberge de l'heureux pendu lorsque je l'ai aperçu discuter avec le tavernier dans la réserve. J'ignore de quoi il était question, mais un petit sac et de l'or ont changé de main.
— Si Letock a repris la vente de champignons hallucinogènes, cet homme pourrait bien être un contrebandier, supposa le capitaine.
Abigaïl se souvint d'un détail qui pouvait avoir son importance. Elle s'approcha doucement du baron :
— Excusez-moi, messire. J'ai une question.
— Qui est-elle ? demanda William.
— Je l'ignore, répondit Thycéron, mais si elle accompagne mon amie Bella, nous devrions l'écouter.
— Parle ! pressa le baron. Je n'ai pas de temps à perdre.
— Je vois que plusieurs de vos gardes portent des arbalètes, mais aucune d'elle ne semble capable de tirer le carreau qui a tué cet homme.
Le capitaine examina la tête du défunt.
— Ce projectile est utilisé par de petites arbalètes, précises, mais peu puissantes. Certaines d'entre elles peuvent même se plier pour rentrer dans une besace. Ce sont des armes qui coûtent cher et qui sont peu communes, les initiés leur préfèrent des modèles plus efficaces.
— En quoi cela peut-il nous aider ?
— Nous avons eu une mésaventure avec Letock, et celui-ci a sorti une arbalète. Je me souviens d'elle puisqu'il l'a braqué sur moi. Elle était de petite taille, messire. Je me rappelle également de griffures sur ses mains.
— Cela concorde, intervint Bella. Je ne pense pas qu'il visait votre fille. Le contrebandier a été tué en premier. En lui tirant dessus, les chevaux ont paniqué et le chariot s'est renversé. Votre fille a été gravement touchée. Pour ne laisser aucun témoin derrière lui, Letock a décidé de l'achever en la frappant. Dame Sevilla s'est débattue et l'a griffée. Ce ne sont que des suppositions, bien entendu…

Le capitaine acquiesça et prit la parole.
— De plus, il s'est montré très nerveux lorsque je suis entré dans l'auberge. Je ne m'en suis pas inquiété puisqu'il a toujours craint la garde, mais cette fois-ci il côtoyait l'évanouissement.
— Qu'on aille me chercher le tavernier de l'heureux pendu ! s'écria le baron en se tournant vers ses gardes.
Une poignée d'entre eux se mirent à courir vers la sortie.
— Mais pourquoi ma fille accompagnait-elle ce contrebandier ?
Le capitaine détourna les yeux avec gêne.
— Parlez ! exigea le baron. Ce n'est pas le moment de faire des cachoteries.
— Pardonnez-moi, messire, mais pour vous Sevilla n'était encore qu'une enfant alors que pour d'autres elle représentait une femme belle et intelligente. Parmi la garde nous sommes plusieurs à savoir qu'elle entretenait une relation. Elle nous avait fait jurer de ne rien vous dire et nous ignorions de qui il s'agissait…
— Jamais ma fille ne se serait acoquinée avec un vulgaire voleur ! hurla le baron, hors de lui. Et comment avez-vous pu la laisser avec un inconnu ?
Soudain une porte dérobée s'ouvrit dans un claquement sec. Carnitor entra d'un pas rapide et déterminé. Il tendit sa main vers Azénor, la mâchoire crispée et les yeux injectés de sang, puis s'écria :
— Prisesias incontador !
Le prince resta immobile, les bras croisés. Le mage d'Asring le dévisagea avec défi, un sourire triomphant accroché aux lèvres.
— Bon sang, Carnitor, qu'est-ce qui vous prend ? demanda le Baron.
— Monseigneur, écartez-vous d'eux ! Que vos hommes veillent à ce qu'ils restent tranquilles. Moi je m'occupe de celui-ci.
Il s'approcha d'Azénor, suffisamment pour lui imposer son haleine fétide.
— Vous faire prisonnier a été d'une facilité déconcertante, Votre Altesse, dit-il avec dégoût. Un simple sortilège et vous voilà déjà paralysé. Vous faites honte à votre mère.
Azénor soupira et leva sa main en un geste obscène avant de lui

donner un grand coup de poing dans la figure. Un craquement se répercuta dans la salle du trône lorsque le nez proéminent de Carnitor se brisa. Propulsé sur son séant, l'incompréhension se lisait sur son visage.

— C'est impossible ! hurla-t-il alors que du sang s'écoulait de ses narines. Gardes, arrêtez-les !

Une poignée de soldats s'approchèrent, Thycéron dégaina son arme.

— Ça suffit ! tonna le baron.

Les gardes s'immobilisèrent et le silence s'installa.

— Carnitor, c'est vous que je vais faire enfermer dans les cachots si vous ne m'expliquez pas la raison de votre hystérie !

Le magicien s'approcha de son seigneur et lui tendit un parchemin.

— Cette missive vient d'arriver par corbeau. Le jeune homme aux cheveux noir est le prince Azénor ! La fille qui se tient à côté de vous est sa complice. Ils ont libéré une horde de démons qui ont saccagé Anthème et réduit un village en cendre. La reine exige leurs arrestations par tous les moyens nécessaires.

Le baron parcourut rapidement le document puis se tourna vers Thycéron.

— William, j'ignore de quoi il s'agit, assura le guerrier. Nous savons tous deux ce que la reine nous fera.

Le baron Duciale regarda le corps sans vie de sa fille, la tristesse se lisait toujours sur son visage. Il plongea alors ses yeux dans celui du guerrier et, sans qu'il ait eu de mots à dire, Thycéron comprit.

— Promettez-moi de retrouver l'assassin de Sevilla, demanda le vieil homme avec gravité.

Le guerrier acquiesça.

— Messire… intervint Carnitor.

— Silence ! vociféra le baron. Je suis le seigneur de cette ville et ma décision est prise. Laissez-les partir !

— Vous ne pouvez pas faire ça, c'est de la haute trahison !

— Je fais toujours ce qui me paraît juste et les donner en pâture à la reine n'en fait pas partie.

Thycéron fit signe à ses compagnons de le suivre et se dirigea vers la grande porte.
— Gardes ! s'égosilla Carnitor. Arrêtez ces individus et écrouez le baron Duciale. Il est démis de ses fonctions.
Les gardes restèrent immobiles.
— Ils ne vous écouteront pas, dit le baron. Vous n'avez pas leur loyauté.
Le mage se tourna vers le capitaine.
— Mais faites quelque chose ! Ils s'échappent !
Thycéron ouvrit la porte et fit passer ses compagnons en premier. Le capitaine resta silencieux et regarda alternativement le baron, Carnitor et Thycéron.
— La reine passe avant tout, finit-il par dire avec détermination.
Le baron Duciale baissa la tête, ferma les yeux puis brandit son arme. Son capitaine fit de même et ils commencèrent à se battre.
— Je m'occupe du baron, arrêtez les traîtres ! s'écria-t-il.
D'un même mouvement, tous les gardes se ruèrent vers Thycéron.
— Courez ! hurla le guerrier.

19
Entre terre et mer

Lorsqu'Abigaïl franchit le seuil de la tour, elle eut l'impression de renaitre. Elle quittait enfin les murs froids et angoissants du hall pour retrouver la douceur et la clarté du soleil couchant. Sa lumière pénétrante inondait le ciel d'un manteau aux mille teintes de l'orange. La magicienne n'eut cependant pas le temps d'admirer ce spectacle. La sueur perlait son visage et son cœur battait à tout rompre. Son souffle court et intense mettait ses poumons à rude épreuve. Puisant dans leurs dernières ressources, ses muscles s'enflammaient un peu plus à chaque enjambée. Une dizaine de gardes les poursuivaient. Ils aboyaient des ordres et des menaces pour les pousser à se rendre. Abigaïl entendait les carreaux d'arbalètes siffler tout autour d'elle. À chaque instant, l'un d'eux pouvait l'atteindre et mettre fin à sa course effrénée. Son corps passerait d'une intense sollicitation au néant le plus simple. La magicienne ne put s'empêcher de regarder par-dessus son épaule : elle vit les soldats, à une trentaine de mètres, et les arbalétriers qui rechargeaient leurs armes. Bella bifurqua subitement à droite et emprunta une petite ruelle. Elle menait la fuite, suivie de prêt par Azénor et Gregor. Elle leur fit traverser un quartier où cohabitaient les pauvres, la crasse et les rats. Soudain, une flèche enflammée déchira le ciel et passa au-dessus d'eux.
— Qu'est-ce que c'est ? demanda la magicienne.
— Les gardes dans les tours nous observent et indiquent aux autres notre direction, expliqua Thycéron qui courrait à côté d'elle. Quoiqu'il arrive, suivez Bella, elle est notre seule chance de sortir d'Asring vivant.
Au détour d'une ruelle, ils atteignirent le rempart : un épais mur, haut de dix mètres, qui entourait toute la ville pour la protéger. Sur leur gauche une poignée de gardes firent irruption à une centaine de pas et Abigaïl entendit leur poursuivant les rattraper.
— On est fait comme des rats ! lança Azénor.
Le prince désigna sa droite.

— Vite, à la porte principale !
— Non ! s'écria Bella.
La rebelle partie vers la gauche dans la direction des gardes.
— Tu es folle ! s'écria Azénor.
Il eut un sifflement et un carreau d'arbalète se ficha dans sa jambe. Le prince s'effondra en hurlant.
— Ici, il y a une brèche ! s'écria Bella devant eux.
Abigaïl aida Azénor à se relever et à se faufiler à travers le mur en s'appuyant sur les pierres qui s'étaient écroulées. La magicienne espéra que l'étroit passage allait ralentir la progression des gardes. Une fois de l'autre côté, c'est avec soulagement qu'elle reconnut le port. Bella se précipita vers le bateau le plus proche : une embarcation de pêcheur d'une dizaine de mètres surplombée d'une voile triangulaire. Gregor monta à bord et la voleuse hissa la voile. D'un coup de Suzie, Thycéron trancha les amarres puis rejoignit Abigaïl.
— Je m'en occupe, dit-il en soulevant Azénor avant de courir vers le bateau.
Abigaïl fut alors violemment happée par les épaules. Elle se retourna, terrifiée. Le vieux pêcheur du marché l'agrippait avec force.
— Sales voleurs, laissez mon navire tranquille !
— Lâchez-moi !
Soudain, la magicienne eut l'impression que le temps retenait son souffle, que les secondes devinrent des minutes. Elle vit les gardes courir vers elle et entendit ses compagnons l'appeler alors qu'ils s'éloignaient du bord. Elle resta pétrifiée, incapable de faire le moindre mouvement. Deux arbalétriers s'arrêtèrent et se mirent à genoux pour ajuster leurs tirs. Le premier décocha son carreau et elle ressentit une vive douleur lorsqu'il lui entailla la joue. Le second tira à son tour. Le pêcheur, qui se débattait toujours avec Abigaïl, reçut le carreau en pleine poitrine. Du sang s'écoula de sa bouche et il s'effondra, relâchant son étreinte. Un garde se jeta sur Abigaïl. Il y eut un éclair métallique, un couteau se ficha dans son épaule et le fit tomber.
— Vite ! s'écria Bella.

La magicienne se tourna vers le bateau, déjà à quelques mètres de la rive. Elle courut dans sa direction, sauta et atterrit de justesse dans l'embarcation. Un garde qui la suivait de près l'imita, mais ne parvint qu'à s'accrocher à la coque de l'embarcation. Thycéron lui donna un coup de pied dans la figure pour lui faire lâcher prise. Il attrapa ensuite Abigaïl et la plaqua contre le sol du bateau, le nez dans un filet usé qui empestait le poisson pourri.
— Restez couché !
Ils entendirent des carreaux d'arbalète se ficher dans le bois. L'un d'entre eux traversa une partie de la coque et se stoppa à quelques centimètres de la tête de Thycéron. Tous restèrent immobiles. Une seconde salve, moins garnie, atteignit de nouveau le bateau. Le vent gonfla la voile du navire et ils prirent de la vitesse. Après un certain laps de temps, Bella leva la tête par-dessus la coque.
— C'est bon, nous sommes suffisamment éloignés.
Thycéron se releva et prit place au gouvernail.
— Nous devons prendre de la vitesse. Plus de voile !
Bella ne se fit pas prier et de tout son poids tira sur la corde adéquate.
— Sommes-nous hors de danger ? demanda Abigaïl en regardant les silhouettes des soldats s'agiter sur la digue.
— Rien ni personne ne peut nous mettre hors de danger, mais les navires de guerre sont trop lourds pour remonter l'Asri et il faudra beaucoup de temps aux gardes pour traverser la forêt escarpée. Plus nous mettrons de distance entre nous et Asring, mieux ce sera.
— Je suis blessé ! leur rappela Azénor avec hargne.
Bella s'approcha et fit mine d'examiner sa blessure.
— Mmm, c'est pas beau.
— Qu'est-ce que tu veux dire ?
— Pour apaiser la douleur et éviter que la plaie ne s'infecte, l'un de nous va devoir t'uriner dessus.
— Quoi ! paniqua Azénor. Comment ça ?
Thycéron les rejoignit et garda le silence.
— Elle dit n'importe quoi n'est-ce pas ? Puis ce n'est pas si douloureux que ça !

— Étant donné la blessure, ajouta la voleuse, si ce n'est pas douloureux, c'est plutôt mauvais signe...
Le guerrier souffla d'exaspération.
— Ne l'écoute pas. Uriner sur quelqu'un ne l'a jamais guéri, c'est une légende de veille pie.
Bella donna une tape sur l'épaule de Thycéron.
— Je ne suis pas vieille !
Elle croisa les bras et regarda Azénor en souriant.
— Voir un sang royal servir de pot de chambre aurait pu faire partie de mes rêves, voilà tout.
La voleuse s'écarta et laissa Thycéron examiner la plaie.
— Il va falloir retirer le carreau. S'il s'appuie sur sa jambe, il pourrait en perdre l'usage. Regardez dans la cale, il devrait y avoir du sel, de quoi désinfecter la plaie.
Abigaïl se leva et ouvrit la trappe située en face d'Azénor. Une nuée de mouches s'en échappa et une odeur nauséabonde leur provoqua des haut-le-cœur. Plusieurs poissons laissés trop longtemps dans la cale avaient pourri malgré le sel.
— Ce satané pêcheur était un porc, dit Azénor avec dégoût.
Abigaïl prit une poignée de sel en évitant soigneusement de toucher les poissons morts.
— C'était un homme accablé par la misère et qui a été tué par notre faute. Un cadavre de plus que nous laissons dans notre sillage.
Bella referma la trappe.
— Il ne suffit pas de nager dans la misère pour être innocent, dit-elle.
— Ceux qui meurent par notre faute le seront pour rien si nous abandonnons notre objectif : destituer ma mère et instaurer la paix, ajouta Azénor.
Bella se tourna vers lui.
— Tu parles comme un rebelle maintenant. Qui aurait cru que le prince de Penderoc serait un jour notre allié !
Abigaïl donna le sel à Thycéron.
— C'est de ta faute s'il est mort, lança soudainement Azénor.
— Quoi ? demanda-t-elle, piquée au vif.

— Si tu avais été plus forte, si tu l'avais repoussé ou frappé, tu aurais pu…
— Te prendre un carreau d'arbalètes en pleine tête, le coupa Thycéron. Ce qui est fait est fait. La peur m'a déjà sauvé la vie de nombreuse fois, ceux qui disent ne jamais avoir peur sont des imbéciles qui mourront dès que leur chance les aura quittés. Essaie juste de ne pas la laisser te paralyser.
Abigaïl se tourna pour qu'Azénor ne la voie pas rougir, touchée par sa remarque. Elle était à la foi honteuse et furieuse qu'Azénor la traite ainsi après tout ce qu'ils avaient vécu ensemble.
Bella s'écarta de la cale et de l'odeur qui l'accompagnait puis plongea son regard dans celui de la magicienne. La pitié qu'Abigaïl y décela la mit encore plus mal à l'aise.
— Je vais avoir besoin de l'un de tes couteaux fillette, dit alors Thycéron. Il nous faut une bande de tissu pour le garrot.
Bella empoigna l'un de ses couteaux. Avec souplesse elle le planta dans le bois, tout proche de l'entrejambe d'Azénor.
— Ne m'appelle pas fillette ! Et ne le perds pas.
Thycéron prit le couteau et découpa un morceau de tissu dans la manche d'Azénor. Il fit un garrot en amont de la blessure et sortit la petite flasque de l'une de ses poches.
— Je n'y crois pas ! s'exclama Bella. Tu l'as récupérée !
— Bien sûr. Même si elle semble ne plus fonctionner, je ne la laisserais jamais tomber.
Le guerrier prit une petite gorgée d'alcool, en donna une au blessé, puis versa du sel dans la flasque.
— C'est de ma faute si elle n'a pas fonctionné, s'exclama Bella.
— Ne dit pas de bêtise.
Gregor s'accroupit à côté d'Azénor.
— Ça fait mal ? demanda-t-il.
— À ton avis ? Imbécile !
— Nous allons enlever le carreau puis appliquer cette mixture, expliqua Thycéron. Elle empêchera la plaie de s'infecter et l'aidera à se refermer. Par contre, ce sera douloureux.
Gregor sourit puis regarda Abigaïl.
— Maman, je peux enlever le carreau ?

Thycéron prit une mine déconfite, s'approcha de Gregor et commença à examiner l'arrière de son crâne.
— Qu'est-ce que tu fais ? demanda Bella.
— Je cherche une plaie ou une bosse. Il semble ne pas avoir tous ses esprits.
Azénor ricana.
— Crois-moi, tu ne trouveras rien. Il est comme à son habitude et un choc à la tête ne pourrait qu'augmenter ses capacités mentales.
Le réfractaire lui lança un regard assassin.
— Gregor, laisse-nous s'il te plaît, dit Abigaïl en prenant sa place. Celui-ci bougonna puis alla s'assoir à l'écart, à la proue du bateau.
— Que dois-je faire ? demanda-t-elle.
— La pointe du carreau n'est pas totalement ressortie. Il va falloir que tu appuies dessus pour que ce soit le cas. Ensuite je la casserais et tu pourras tirer pour l'enlever. Je pourrais alors appliquer l'alcool et le sel dans la plaie.
— Je comprends, dit Abigaïl en prenant une grande inspiration.
— Bella, aide-nous à stabiliser sa jambe. Il faut qu'il bouge le moins possible.
La voleuse s'accroupit et immobilisa la jambe du mieux qu'elle put.
— Attendez ! paniqua Azénor. Vous allez faire ça maintenant ? Comme ça ?
Pour toute réponse, Thycéron fit un signe à Abigaïl. Celle-ci saisit le carreau avec ses deux mains, le prince lâcha un gémissement.
— Abi, tu sais que je ne pensais pas forcément ce que…
La magicienne poussa le carreau de toutes ses forces. Azénor se mit à hurler, sa tête vira au rouge. Du sang coula sur le plancher du navire. La pointe finit par ressortir et Thycéron la cassa d'un coup sec. Abigaïl enleva le reste du carreau. Au même moment, le prince s'évanouit.
— Ce n'est rien, rassura Thycéron, il a juste perdu connaissance à cause de la douleur.
Le sang s'écoula de moins en moins, le garrot était efficace. Le guerrier vida alors le contenu de sa flasque dans la blessure.

— Que faisons-nous maintenant ? demanda Abigaïl.
— Il n'y a rien de plus que nous puissions faire. Il faut attendre qu'ils reprennent connaissance. Nous continuerons à remonter l'Asri puis lorsqu'il sera de nouveau parmi nous, nous nous arrêterons pour recouvrir sa plaie de Lacedok.
Thycéron regarda alternativement Gregor, qui contemplait le fleuve à la proue du bateau, et Abigaïl.
— Pourquoi t'a-t-il appelée maman ?
— Parce que je ressemble à ma mère, répondit Abigaïl avec lassitude. En réalité je suis plutôt sa fille.
Thycéron se leva et s'approcha de Bella :
— Tes amis sont un peu...
— Timbré ? compléta-t-elle à haute et intelligible voix. Tu n'as pas idée à quel point ! Mais écoute ce qu'elle a à dire. Tu vas vite comprendre pourquoi on a besoin de toi.
Des heures s'écoulèrent pendant lesquelles Abigaïl raconta tout à Thycéron : l'invocation de Wangriff, la mort du directeur, leur fuite, la rencontre avec Bella, la destruction de l'arbre par Gregor, puis leur route jusqu'à Asring.
— C'est incroyable, souffla-t-il.
— N'est-ce pas ? s'amusa Bella.
— Thycéron, quelle est votre histoire ? demanda la magicienne. Quelle dette voulez-vous honorer en nous rejoignant ?
— Tu vas devoir assurer mes arrières et moi les tiens. Pour que tout se passe bien nous devons apprendre à nous faire confiance. Nous tutoyer devrait être un bon début, mais je ne veux pas te parler de ma dette ou de ce qui m'a fait fuir ma demeure. Ne prends pas cela pour de la défiance, si une femme peut avoir un jardin secret, un homme doit pouvoir affronter seul ses propres démons.
— Je comprends, répondit Abigaïl avec agacement.
— Elle vient de te dévoiler l'essentiel de sa vie, intervint Bella. Tu pourrais au moins lui conter tes aventures de pirates !
Thycéron grommela.
— Notre ami ici présent a été pendant trois ans à la tête de la bande de pirates la plus redoutée de tous les temps ! reprit Bella.

Sa gloire a pris fin lorsqu'il a été retrouvé nu, en pleine mer, debout sur un rocher.

— Ce n'était pas un rocher, mais une île de très petite taille ! s'insurgea le guerrier. Et je n'étais pas entièrement nue puisque j'avais mon épée et ma gourde. Tu ne devrais pas écouter les rumeurs !

— Dis-nous comment cela s'est vraiment passé alors, proposa Bella avec malice.

Thycéron souffla de lassitude.

— Tu me revaudras ça, fillette !

Gregor s'approcha.

— J'aime bien les histoires, dit-il en s'asseyant à côté d'Abigaïl.

— Comment il…

— Oublie-le. Nous t'écoutons !

— Des évènements m'ont éloigné de mon frère et de la Résistance, peu après la Purge. Je me suis retrouvé seul et sans le sou. J'étais moralement et financièrement au plus bas. Je me suis alors rappelé des histoires de pirate que me racontait ma mère lorsque j'étais enfant. J'ai mis des mois à trouver un équipage aussi fou et désespéré que moi. Nous avons rassemblé tout l'argent que nous possédions pour acheter une barque.

— Vous avez attaqué des navires avec une barque ? s'étonna Abigaïl.

— Non. Nous n'avions pas pour vocation d'être des pirates sanguinaires et sans pitié. Nous étions cinq âmes à la dérive qui cherchait un moyen plus ou moins honnête de faire fortune. Il n'a jamais été question de tuer qui que ce soit.

— Mais vous étiez quand même de bons combattants ?

— Pas vraiment. Notre équipage était assez original. Il y avait Armon, un paysan qui savait à peine parler et qui nous avait rejoint pour fuir une femme violente. Stax, un déserteur accablé par le mal de mer et qui s'évanouissait à la vue du sang. Icero, un vieux pêcheur dont le principal objectif était de mourir en pleine mer et Vanilla, une jeune alchimiste qui a quitté une bonne situation pour suivre ses rêves d'aventures romanesques. Et il y avait moi, un noble en fuite qui, à part se battre et causer des ennuis, n'a jamais rien fait de ses sept doigts.

— Ne soit pas si dur ! taquina la voleuse. Tu devais recevoir de grandes responsabilités, vivre dans la richesse et le luxe, mais finalement tu as la situation financière et l'autorité d'une moule. Personne n'aurait réussi à gâcher aussi bien son avenir ! Et n'oublions pas que tu es capable de vider une bouteille en moins de cinq secondes…

Thycéron soupira.

— Fillette, si tu comptes me balancer ce type de remarque autant que je me taise, rétorqua-t-il en croisant les bras.

— Désolé, s'excusa Bella. Continue.

— Vanilla a eu une idée. Elle savait où trouver une quantité importante de lave du néant. Sais-tu ce que c'est ?

— C'est un alcool fort prisé en Asimer et qui sert de base à plusieurs élixirs, récita Abigaïl.

— En effet, et en y ajoutant de la Filandule, une plante commune à Penderoc, on obtient une puissante toxine : l'opiuméa. Elle provoque des hallucinations, une amnésie partielle et elle endort profondément.

Thycéron décrocha sa petite gourde et la mit en évidence.

— Avec son aide, nous avons pu vider le stock de lave du néant d'un riche marchand et nous y avons ajouté toute la Filandule que nous avons pu trouver.

— Qu'est-ce que vous avez fait de toute cette opiuméa ?

— J'ai été le premier à m'en servir. Je me suis fait engager comme mercenaire pour protéger une cargaison de lingots d'argent. Une fois au large, il m'a suffi de verser discrètement la toxine dans les réserves d'eau et d'alcool du navire. Il faut près d'une demi-journée pour que les premiers symptômes apparaissent. J'ai attendu que l'équipage soit en grande partie inconscient puis j'ai envoyé un signal à mes compagnons restés en retrait. Nous avons chargé la barque au maximum puis nous avons pris la fuite. Nous avons répété l'opération de nombreuses fois. Au bout de trois mois, nous avions de quoi nous acheter un véritable navire à la cale plus conséquente.

— Les marchands n'ont pas essayé de prendre des mesures ?

— Nous ne restions jamais au même port. Nous faisions notre coup puis nous disparaissions. J'ai arrêté de jouer le mercenaire : peu d'hommes n'ont que deux doigts à la main gauche. J'aurais fini par être démasqué.
— Qui vous a remplacé ?
— Tout l'équipage l'a fait au moins une fois, mais Vanilla a insisté pour prendre cette responsabilité. Elle vivait un rêve éveillé. Elle se déguisait à chaque fois et jouait un rôle différent. Marin efféminé, bourgeoise hautaine, marchande sans scrupule, jeune femme en détresse, cuisinière investie, chaque vol était pour elle une façon de se réinventer. Elle restait même sur le navire une fois pillé, elle faisait semblant d'avoir été empoisonnée pour ne pas éveiller les soupçons. Certaines fois, elle prenait vraiment de l'opiuméa. Du jour au lendemain elle a décidé que nous avions besoin de laisser dernière nous une trace, de quoi nous faire un nom. Elle s'est mise à voler les chaussures de l'équipage, elle a toujours été obsédée par les chaussures…
— Et ça a marché ? demanda Gregor.
— On nous a surnommés "les déchausseurs hypnotiques". Je ne sais toujours pas s'il fallait en être fier ou s'en offusquer… Quoi qu'il en soit, notre butin était digne de n'importe quel pirate et nous étions de plus en plus redoutés. Nous commencions à agacer la noblesse. Certaines des marchandises que nous volions étaient des pots-de-vin ou plutôt "des cadeaux diplomatiques" comme ils disent. Nos têtes ont été mises à prix. Des enquêteurs se sont intéressés à nous, des mercenaires ont été payés pour surveiller l'eau du remplissage des tonneaux jusqu'à l'arrivée du navire à sa destination. C'était de plus en plus risqué pour nous de continuer. Nous avions décidé d'arrêter un moment et de profiter de notre fortune.
— Laisse-moi deviner, intervint Bella. Tu es retourné passer tes nuits dans une auberge ?
— Il fallait bien fêter notre réussite !
— Si tout se passait si bien, s'interrogea Abigaïl, comment se fait-il que tu te sois retrouvé nu sur un rocher ?
— C'était une petite île et je n'étais pas tout à fait nu ! corrigea

Thycéron. Vanilla était une femme douce et d'une grande beauté.
— Jeune et naïve donc, souffla Bella. Tout à fait ton style. Vous étiez ensemble ?
Le guerrier grommela.
— Je faisais partie de son idylle romantique. Elle se prenait pour un gentil pirate qui volait les riches et vivait d'amour. Malheureusement nous n'avions pas la même définition de l'amour. Pour moi c'était surtout, disons, un bon moyen de ne pas perdre la main en haute mer.
— Tu me répugnes !
— J'avais pour elle surtout de l'attirance physique, je ne l'aimais pas vraiment. Nous avons passé plusieurs jours dans une auberge et j'ai passé certaines nuits avec d'autres femmes. Au début je ne pensais pas que cela poserait problème. J'étais persuadé que Vanilla et moi prendrions notre part du butin et que nous nous séparerions.
— Elle s'est vengée, supposa Bella.
— C'est moi qui ai été naïf cette fois. La veille de mon départ Vanilla est entrée dans ma chambre légèrement vêtue et accompagnée d'une autre femme. Je trouvais que c'était un excellent épilogue pour ma vie de pirate. De plus, elles avaient apporté une liqueur des plus rare et chère.
— Empoisonnée ?
Thycéron acquiesça.
— À mon réveil, j'étais nu et nous étions en pleine mer, dans la barque où avait commencé notre vie de pirate. Mes muscles étaient paralysés. Elle m'a fait un long monologue sur l'amour qu'elle avait ressenti à mon égard la première fois que nous étions dans cette barque… C'était interminable. Elle a fini par accoster sur une petite île pour me jeter par-dessus bord avec Suzie et ma gourde remplie d'opiuméa pour, je cite, "ne pas trop sentir l'épée transpercer mon cœur de glace lorsque je me donnerais la mort pour ne pas souffrir de la faim et du sevrage".
— Comment t'en es-tu sorti ?
— Un petit bateau de pêche est passé près de l'île six heures plus tard. Ils m'ont recueilli, avec le sourire bien évidemment, et ont

accepté de me ramener au port.

— Un petit bateau en pleine mer ? s'étonna Bella. Ils avaient du poisson au moins ?

— Non, je ne crois pas, répondit Thycéron en fronçant les sourcils. Quelle importance ?

— Laisse-moi deviner. Lorsqu'ils t'ont repêché, ils se sont allègrement moqués de toi puis ils ont fait demi-tour ?

— C'est exact…

Bella souffla d'exaspération.

— Vanilla les a payés pour te ramener. Elle t'aimait et voulait juste que tu t'en rendes compte…

— J'étais sensé comprendre que me laisser complètement nu sur un satané rocher était une preuve d'amour ? s'agaça-t-il. J'ai juste été victime des délires d'une femme qui a compliqué une relation simple avec des fantasmes bouffis de romantisme.

Bella et Abigaïl lui lancèrent un regard réprobateur.

— Tu ne comprends vraiment rien aux femmes, lâcha la voleuse.

Ils entendirent alors un rire entrecouper de toussotement.

— Comment le pourrait-il ? chuchota Azénor en reprenant ses esprits.

Abigaïl s'approcha de lui.

— Tu vas bien ? demanda-t-elle avec une pointe d'inquiétude dans la voix.

— Ça ira. Si tu as pu survivre à la torture d'un magistor, je devrais survivre à un carreau d'arbalète.

Gregor le regarda avec insistance.

— Je comprends pourquoi tu as dit à Abigaïl que tu ne l'aimes pas. C'est pour pas qu'elle souffre comme Vanilla lorsque tu aimeras une autre fille.

— Tais-toi ! dit la magicienne, piquée au vif.

Abigaïl se leva et sentit le sang lui monter aux joues. Elle se tourna avec gêne. Gregor l'avait humiliée sans s'en rendre compte. Mais plus que sa remarque blessante, c'est l'incertitude de ses sentiments pour le prince qui la rendait mal à l'aise. Instinctivement ses doigts se glissèrent vers la bourse où se trouvait la pierre d'ambre. Le seul lien tangible qui la reliait à sa mère. Elle aurait

tant voulu avoir de ses conseils. Soudain, une masse attira son regard.
— Regardez ! s'exclama-t-elle en tendant son bras. Il y a un bateau droit devant.

20
L'impératif

Thycéron regardait l'embarcation étrangère : un petit bateau à voile triangulaire, similaire à celui qu'ils avaient emprunté. Positionné de travers, il occupait la partie gauche du fleuve. Le guerrier le fixait, les sourcils froncés et les narines retroussées.
— Un problème ? demanda Abigaïl. Tu sembles contrarié.
Le guerrier se racla la gorge.
— Sa ligne de flottaison est anormale. S'il ne peut bouger pour avaries, il va nous bloquer le passage.
Il soupira.
— Renoncer à naviguer sur l'Asri, c'est renoncer à une avancée rapide tout en économisant nos forces, reprit-il.
— Et il ne sera pas aisé pour Azénor de marcher, ajouta Abigaïl.
Thycéron se tourna vers elle et lui fit un clin d'œil discret.
— Et je dois reconnaître que commander un bateau, aussi modeste soit-il, me procure une satisfaction recluse depuis longtemps. De plus, cette fois-ci, j'ai des moussaillons de premier choix pour m'accompagner.
Abigaïl lui accorda un sourire.
— Même si nous trouvons une solution, reprit-il, la perspective de quitter l'embarcation est inévitable et proche.
— Pourquoi ?
— Plus nous remontons l'Asri, plus le fleuve devient étroit et la rive escarpée. Nous sommes presque entourés de murs de terres et de racines entremêlées de plusieurs mètres de hauteur. L'Asri s'est creusé un profond passage dans les plaines et le niveau de l'eau a baissé. Les espaces où il était possible d'accoster se raréfient et la sagesse impose de retrouver la terre ferme avant d'être pris au piège.
Abigaïl regarda autour d'elle et constata que le guerrier avait raison. Par endroit la rive était verticale et dépassait de loin la hauteur d'un homme.
Azénor se racla la gorge et attira ainsi l'attention de ses compa-

gnons.

— Je ne sens plus ma jambe, désespéra-t-il.

— C'est normal, rassura le guerrier. Le garrot empêche le sang de circuler. Dès que nous trouverons les herbes nécessaires, nous le retirerons.

Bella désigna le navire inconnu.

— Il ressemble au nôtre. Des pêcheurs ?

Thycéron grommela.

— Aucun pêcheur sain d'esprit ne remonterait autant l'Asri. Les poissons se font plus rares et le risque d'endommager la coque est trop grand.

— C'est peut-être un piège, fit remarquer Azénor.

— J'en doute. La ville portuaire la plus proche se trouve à plus d'un jour de navigation. Ce bateau a dû partir d'Asring avant nous. Vu sa ligne de flottaison, je pense qu'il a été abandonné.

— Il semblerait qu'on ait tout juste la place de passer, remarqua Bella.

— Je crains que ce ne soit pas suffisant. Si nous nous rapprochons trop du rivage, la coque touchera le fond. Si l'on ne peut bouger le bateau, il va falloir continuer à pied.

La nouvelle ne réjouit personne. Après un court laps de temps, ils atteignirent enfin l'objet de leur crainte. Bella détendit la voile et Thycéron jeta l'ancre. Les bateaux se rejoignirent, coque contre coque. Le guerrier avait vu juste : il n'abritait personne et sa poupe plongeait dans l'eau.

— Son propriétaire est un imbécile, il a utilisé son filet alors qu'il manquait de profondeur. Il a dû s'accrocher à un rocher et a brutalement stoppé le bateau dans sa course. L'une des fixations a cassé et a endommagé le gouvernail. Ce tas de bois ne bougera pas d'un pouce.

Azénor soupira.

— Reprenons la marche dans ce cas, je ferais de mon mieux.

Il fit signe à Abigaïl de l'aider à se relever.

— La nuit tombe, dit-elle en croisant les bras.

Elle se tourna vers Thycéron.

— Dormons ici, bercé par le fleuve. Nous perdrons tout au plus

deux heures de marche et cela donnera du temps à Azénor pour guérir.
— C'est une bonne idée. Si nous partons demain matin nous devrions atteindre Brownsand avant la tombée de la nuit. J'ai une amie, Alicia, qui y vit. Elle nous offrira le gîte et le couvert. Mais avant que la nuit nous avale, trouvons de la Lacedok pour notre prince.
— Et un peu de nourriture, ajouta Bella. Hormis Gregor qui accordait plus d'attention au cochon grillé qu'à notre survie, nous n'avons rien mangé de consistant depuis plusieurs jours.
Thycéron acquiesça et ils commencèrent à examiner les alentours.
— Il y a un passage moins abrupt là-bas désigna Bella. En passant par l'autre bateau, nous devrions atteindre la rive sans trop de difficulté. Au passage, vérifions si notre naufragé n'a pas de poissons comestibles dans ses cales.
Abigaïl vit qu'il leur serait nécessaire de plonger dans le fleuve pour rejoindre le passage. Cette perspective lui mit la boule au ventre.
— Gregor, tu peux rester avec Azénor le temps que l'on trouve de la nourriture ? demanda-t-elle
Pour toute réponse, Gregor fit la moue et s'installa à côté du blessé.
— Attends, s'indigna Azénor, tu ne vas tout de même pas me laisser seul avec lui ?
— Il te fait peur ? demanda Bella avec malice.
Azénor croisa ses bras avec mécontentement
— Ça ira, maugréa-t-il.
Thycéron, Abigaïl et Bella enjambèrent la coque pour atteindre la proue du bateau naufragé. Ils remarquèrent alors un paquetage en tissu attaché à une corde qui remontait jusqu'au rivage.
— C'est peut-être des vivres ! s'enthousiasma Abigaïl.
Thycéron dégaina son épée et scruta le mur de terre. Son sommet était recouvert de végétations que le vent faisait bruisser. D'un mouvement de tête, Bella désigna la corde.
— Elle a été confectionnée avec du filet de pêche.
— J'imagine que c'est en le découpant qu'il l'a fait passer par-

dessus bord et que le bateau s'est échoué, compris Thycéron. Abigaïl sentait le guerrier tendu, sur le qui-vive.
— Que se passe-t-il ?
Thycéron se décala un peu et désigna avec son pied un petit carreau brisé en deux.
— Si vous entendez un sifflement, mettez-vous à l'abri. Bella ?
— Rien de suspect, assura-t-elle avec sérieux. Il doit être parti.
— Vous pensez que c'est le tavernier ?
Thycéron acquiesça.
— Les charognards dans son genre ne fuient pas sans prendre le maximum d'objets à revendre. L'Asri devait le porter jusqu'au village le plus proche où il aurait pu troquer un cheval et refaire sa vie ailleurs. Bien sûr je peux me tromper, mais les vivres ne tombent pas du ciel !
Abigaïl vit une éclaboussure sombre à quelques pas du sac.
— Qu'est-ce que c'est ? demanda-t-elle.
Thycéron s'approcha et toucha la tache.
— Du sang. Qui que ce soit, il a été interrompu. Nous devons monter, nous assurer de la sureté des environs.
Le guerrier joignit le geste à la parole et descendit dans le fleuve. L'eau montait jusqu'à sa poitrine. La magicienne déglutit avec difficulté.
— Je ne sais pas nager, avoua-t-elle.
Bella la regarda avec un sourire moqueur. Abigaïl se sentit mal à l'aise.
— Tu blanchis à vu d'œil, lui fit remarquer la voleuse.
— Je pars en éclaireur, proposa Thycéron. Restez ici, si la voie est libre nous utiliserons la corde.
— Merci, répondit Abigaïl, soulagée.
Les deux femmes regardèrent le guerrier rejoindre le passage et disparaitre dans la verdure. Bella croisa les bras et chuchota.
— Tu sais, je ne l'aime pas.
— Thycéron ? demanda Abigaïl, surprise par cette subite révélation.
— Azénor ne m'intéresse pas, rectifia la voleuse.
Cette nouvelle aurait dû la réjouir, mais la magicienne resta de

marbre. Un silence de plomb s'installa entre les deux femmes. Abigaïl s'apprêtait à répondre lorsqu'une voix s'écria :
— Les filles !
Le guerrier les appelait du haut du mur.
— La voie est libre et j'ai attaché la corde à un arbre. Venez voir ça !
Bella agrippa la corde et escalada le mur sans difficulté, mais lorsqu'Abigaïl essaya à son tour elle se rendit vite compte que ses bras n'avaient pas assez de force pour la soulever. Thycéron fut obligé de tirer sur la corde pour que la magicienne progresse, sous le regard amusé de la voleuse. Le dernier mètre fut le plus difficile. Le guerrier lui tendit la main. Sa poigne était ferme et chaude.
— Merci, chuchota Abigaïl en se hissant.
En haut de la butte, ils trouvèrent, parmi les arbres, les ronces et les insectes, le cadavre d'un homme. Il avait les yeux grands ouverts, de la bave s'écoulait de sa bouche et il était d'une extrême pâleur. Un trou dans son bras droit, de la taille d'une pièce d'or, attira l'attention du guerrier.
— Je n'ai jamais vu de telle blessure. Ce qui l'a touchée a traversé sa tunique en cuir, son bras et est ressorti de l'autre côté. Il n'y a presque pas de sang, comme si sa chair avait été cautérisée.
— L'arbalète du tavernier ? proposa Abigaïl.
Thycéron secoua la tête.
— La marque n'aurait pas cette forme si parfaite. Je ne vois qu'une explication : la magie.
— C'est ce qui l'a tué ?
— Je ne sais pas, grommela-t-il. Ce n'est pas une blessure mortelle, mais je n'en vois aucune autre.
Il se pencha un peu plus et bougea le bras du cadavre.
— Il est encore chaud, c'est récent. Bon sang !
— Quoi ?
Le guerrier montra un tatouage que le mort avait dans la paume de sa main. Un cœur transpercé par deux épées.
— C'est la marque des sans-cœurs, un groupe de mercenaires. Ils aident les autorités lorsqu'un problème local devient trop impor-

tant, ils font le sale boulot : meurtre, interrogatoire, espionnage, les duchés font appel à eux lorsqu'ils manquent d'hommes. À cause de la guerre, on en voit de plus en plus.

— Ce n'est pas le travail des magistors ? demanda Bella.

— Les magistors traquent les réfractaires et contrôlent ceux qui ne le sont pas encore. J'imagine qu'ils ont aussi leur utilité sur un champ de bataille ou dans d'autres domaines, mais leur nombre est limité. Alors que des hommes prêts à tout pour quelques pièces sont remplaçables et il y en aura toujours.

Thycéron attrapa une sacoche rectangulaire que le cadavre portait en bandoulière. Il l'ouvrit, à l'intérieur se trouvait une petite cage qui renfermait un oiseau. La lumière du jour le réveilla et il se mit à piailler avec énergie.

— C'était un éclaireur, son groupe ne doit pas être loin.

Soudain le buste du cadavre se redressa. Le guerrier et les filles firent un bond en arrière. L'homme prit une énorme inspiration, comme s'il revenait à la vie. Abigaïl frissonna de stupeur. Bella sortit l'un de ses couteaux, et Thycéron brandit Suzie.

— Je suis vivant ! s'écria l'éclaireur avec joie.

Il se mit alors à grimacer et tint son bras amoché.

— Qui es-tu ? tonna le guerrier, encore sous le choc, la pointe de son épée dirigée vers la gorge du mercenaire.

Celui-ci leva les mains.

— Je ne suis qu'un humble roturier qui s'est perdu dans les bois.

Thycéron approcha un peu plus sa lame.

— Je reconnais ton tatouage.

Le mercenaire baissa la main incriminée.

— Je devais repérer des criminels recherchés par mes employeurs, avoua-t-il en se forçant à sourire.

Bella s'approcha à son tour.

— Qui t'a engagé ?

— Je ne connais pas leurs noms, un magistor et deux gardes royaux. C'est bien la première fois que je vois deux rats et un chat travailler ensemble. Ils ont mentionné le nom de Kaneek. C'est le genre de contrat que l'on ne peut pas refuser.

— Encore lui, s'agaça la voleuse.

Abigaïl et Thycéron s'échangèrent un regard. Cela n'annonçait rien de bon.

— Kaneek a une réputation construite sur le sang et la souffrance, ajouta le mercenaire. Il mettra toutes ses ressources pour traquer ses proies. Personne ne lui échappe et…

— Que s'est-il passé ici ? coupa la magicienne.

L'inconnu fit une rocambolesque révérence.

— J'avançais, seul, lorsque j'ai été touché au bras. Je me suis immédiatement senti tomber. Mes membres se sont engourdis. J'ai perdu connaissance avant même d'apercevoir l'assaillant.

Il fixa Bella du regard.

— Je n'aurais jamais imaginé si belle vue pour mon réveil.

Thycéron se pencha et prit la dague attachée à la taille de l'éclaireur. Il en posa la pointe sur le bras valide de son propriétaire.

— Encore une remarque de ce genre et tu ne pourras plus te moucher seul pendant des mois. Ma patience a des limites et je ne crois pas un seul instant que tu sois parti seul.

L'éclaireur hésita, plongea son regard dans celui du guerrier. En faisant de même, Abigaïl comprit la sincérité de la menace de Thycéron. Elle était persuadée que le bandit arriverait à la même conclusion.

— Nous travaillons toujours par paire, finit-il par lâcher. J'ignore où est mon camarade. Lorsque je suis arrivé ici, un homme avec une cicatrice autour du cou remontait des paquetages. L'occasion rêvée pour récupérer facilement de l'argent. Je m'apprêtais à le pousser dans la rivière lorsque deux éclairs rouges sont passés dans mon champ de vision. L'un d'eux a traversé mon bras puis je me suis écroulé.

L'homme se mit à sourire et regarda Abigaïl. L'expression de son visage changea du tout au tout. Il passa de la victime apeurée au prédateur en chasse. En un éclair, Abigaïl se remémora Wangriff. Un frisson parcourut son dos.

— C'est toi l'invocatrice de démons ? Nous sommes une dizaine à parcourir la région depuis des jours. Il y a une jolie prime pour ta capture et celle du prince. J'ignore pour quelle raison, mais les magistors vous haïssent. Ils partagent gratuitement leurs informa-

tions.
Thycéron se releva, suspicieux.
— Il en dit trop…
— Ne bougez plus ! tonna une voix derrière eux.
Abigaïl, Thycéron et Bella se figèrent.
Il eut un sifflement et une flèche vint se planter près du guerrier.
— Nous sommes deux et nous avons des pointes en argent. Tentez le moindre sortilège et on vous abat comme des chiens. Jetez vos armes sur le sol.
Lentement et à contrecœur, ils obéirent.
— Écartez-vous maintenant.
Les compagnons firent quelques pas. Le mercenaire blessé se leva, ramassa sa dague puis Suzie.
— Très belle épée, dit-il en crachant sur le sol. Tu aurais dû l'utiliser tant que tu le pouvais.
— Qu'est-ce qui t'est arrivé ? demanda le nouvel arrivant en le rejoignant.
Il était plus grand que son acolyte et continuait de viser Thycéron avec son arc. Le guerrier jeta un rapide coup d'œil derrière lui.
— Je suis bien seul, confirma l'archer. Je voulais être sûr que vous ne tenteriez rien de stupide.
L'éclaireur se frotta les mains.
— Peu importe, on va toucher le jackpot.
— Attends, il y a un problème.
Il les regarda avec insistance puis désigna Abigaïl.
— Elle, avec la peau aussi blanche qu'une chiure de piaf et la poitrine aussi développée que le cerveau d'un garde, c'est la magicienne. Mais je ne vois ni le prince ni le blondinet débile et dangereux.
L'éclaireur s'approcha de Thycéron et lui assena un grand coup de poing dans l'estomac. Le guerrier en eut le souffle coupé.
— Où est le prince ?
Thycéron se redressa, cracha sur le sol et resta de marbre.
— Réponds où je te sors les boyaux par le nez ! menaça le mercenaire.
L'archer soupira.

— Il ne parlera pas. Ils sont venus par où ?
— Je ne sais pas.
Face à l'air étonné de son camarade, l'éclaireur ajouta :
— J't'expliquerais. Si lui ne parle pas, une autre le fera.
Il passa devant Abigaïl.
— On ne peut pas toucher à la magicienne, rappela l'archer.
Son complice s'arrêta devant Bella.
— Ce n'est pas ton cas, lui dit-elle en dévoilant ses dents jaunâtres.
Il faisait la même taille qu'elle et se pencha pour sentir son odeur. Il leva sa dague et fit doucement glisser la lame sur la joue de la voleuse.
— Il serait dommage de lacérer ce joli minois, dit-il avec excitation. Il suffit que l'un de vous parle pour que je retienne mon bras.
Pour toute réponse Bella lui cracha au visage. L'éclaireur recula.
— Sale petite garce ! Tu vas le regretter.
Il leva sa dague.
— Attendez ! intervint Abigaïl.
L'éclaireur se stoppa.
— On t'écoute, dit l'archer avec satisfaction.
— Azénor est parti de son côté avec Gregor. Nous pensions passer inaperçus en nous séparant.
L'homme resta pensif puis il croisa ses bras.
— Je ne suis pas convaincu.
Il banda son arc en visant Thycéron.
— En bas ! s'écria la voleuse. Ils sont en bas, dans un bateau, le prince est blessé.
— Bella ! réprimanda le guerrier.
L'éclaireur passa devant eux et alla au bord du mur, sur leur droite.
— Je vois deux bateaux, dit-il.
La voleuse fixa le guerrier qui continuait de la dévisager avec incompréhension. Elle regarda sa cheville puis l'éclaireur à sa droite. Thycéron fit un acquiescement à peine perceptible.
— Doucement vous deux, s'exclama l'archer, vous croyez que je

n'ai pas vu votre petit manège ? Le premier qui bouge est mort. Soudain, à la surprise générale, un oiseau lui fonça dessus et l'attaqua au visage.

— Maintenant ! s'écria Thycéron en se ruant sur l'archer.

Au même instant Bella attrapa le couteau dissimulé à sa cheville et le lança sur l'éclaireur. Il le reçut dans l'épaule et bascula dans la rivière. L'archer, lui, prit la fuite devant la charge du guerrier pourtant désarmé.

— Je ne sais pas nager ! s'écria l'éclaireur depuis la rivière. Aidez-moi !

La voleuse se tourna vers Abigaïl.

— Va aider Thycéron, je m'occupe de l'autre.

La magicienne acquiesça, ramassa sa dague sur le sol et se mit à courir pour rattraper les deux hommes. Elle aperçut Thycéron, droit devant elle, qui courait comme un diable. L'archer était essoufflé, il se retourna, mais il n'eut pas le temps de décocher sa flèche. Le guerrier se jeta sur lui et le plaqua au sol. Il lui donna un coup à la mâchoire, mais l'archer parvint à empoigner la dague à sa ceinture. Le guerrier recula pour ne pas se faire poignarder.

— Derrière, s'écria Abigaïl.

Elle lui lança sa dague. Thycéron l'attrapa et, d'une pirouette, para l'estoc de son adversaire. Les deux hommes se toisaient, tournant en cercle comme les partenaires d'une danse macabre. La magicienne voulait aider, mais ne savait que faire. Son regard fut alors attiré par une grande rose blanche. Elle possédait une tige de la taille d'un homme et des pétales d'un blanc laiteux, presque translucide, comme du verre. Abigaïl tenta de détourner son regard, le combat primait sur tout le reste, mais à son grand étonnement elle n'y parvint pas. Elle admirait la fleur, troublée. Sans savoir pourquoi elle s'en approcha. Un étrange parfum envoûtant chatouilla ses narines, mélange d'herbes coupées et de lavande. Les bruits de lutte entre les deux hommes se firent lointains. Elle ressentait avec force la magie tout autour d'elle, une présence contre nature, bien différente de celle qu'elle connaissait. Plus les pétales se rapprochaient du cœur, plus elles se confondaient, ne faisant qu'un. Abigaïl se sentit happée par cette

magie étrange. Lentement elle leva la main vers la fleur. Lorsque son doigt en toucha le cœur, le lien se brisa. Les pétales de la rose devinrent rouge sang et leurs extrémités se rétractèrent dans un craquement sinistre. La tige noircit et tomba, mais la tête resta dans les airs. Elle n'était plus qu'une boule rouge parsemée de piques, qui se mit à grossir. Un sifflement inquiétant se fit entendre et gagnait en intensité chaque seconde. La magicienne, qui avait du mal à reprendre ses esprits, tourna la tête. L'archer était désarmé et du sang s'échappait de son nez. Il dit quelque chose qu'Abigaïl ne comprit pas, la voix étouffée par le sifflement. Abigaïl regarda de nouveau la boule rouge. Des veines apparurent à sa surface et pulsaient de plus en plus vite. Le son devint de plus en plus strident, à la limite du supportable. Étonnement, Thycéron ne remarquait rien et continuait d'agripper l'archer. Abigaïl comprima ses oreilles et remarqua alors qu'elles saignaient.
— Thycéron, hurla la magicienne pour couvrir le vacarme.
Le guerrier leva la tête et courut vers elle. Ils se mirent à l'abri derrière un arbre. Un instant plus tard, il eut une détonation, des centaines de piques rouges furent projetées dans toutes les directions, filant dans les airs à toute vitesse. Plusieurs d'entre eux traversèrent l'archer resté à genoux et continuèrent leur route. L'homme s'écroula, mort. Certains des éclairs percutèrent les arbres et s'y enfoncèrent profondément avant de se volatiliser en vapeur rouge. Une puissante odeur acide envahit la forêt. Thycéron resta assis, enveloppant dans ses bras Abigaïl qui reprenait tout juste ses esprits. Tout redevint calme.
— Abigaïl, tu m'entends ?
— Oui. J'ai mal à la tête. Ce sifflement était atroce.
— Quel sifflement ? Je n'ai rien entendu.
— Peu importe, je veux partir d'ici.
Abigaïl regarda derrière eux. La boule avait disparu et une petite rose blanche, haute de quelques centimètres, avait pris sa place.
— Allons retrouver Bella.
Thycéron se leva, la magicienne fit de même et ils se dirigèrent vers la rivière.
— Je ne sais pas ce qui m'a pris, s'excusa Abigaïl. Cette fleur ir-

radiait d'un pouvoir puissant et surnaturel. Elle m'a comme envoûtée.
— De la magie ?
La jeune femme secoua la tête.
— Pas celle que je suis habituée à ressentir. Celle-ci était étrange, presque vivante.
— Maintenant nous savons ce qui a blessé l'éclaireur. Quelqu'un a dû toucher l'une de ses fleurs et l'a activé en quelque sorte. C'est une espèce que je ne connaissais pas.
— Moi non plus. Pourtant, on nous a appris à distinguer les végétaux les plus notables et je doute que celui-ci puisse être classé comme anodin.
Ils arrivèrent à la rivière. Thycéron aida Abigaïl à descendre avec la corde puis il fit de même. Il prit le paquetage et rejoignit ses compagnons. Azénor et Gregor n'avaient pas bougé, Bella, debout, les bras croisés, surveillait l'éclaireur qu'elle avait sauvé de la noyade. Abigaïl venait de la rejoindre. Dès que Thycéron aperçut le mercenaire, il sortit sa dague. Avant que quiconque ne puisse réagir, il la planta dans la poitrine du prisonnier. Abigaïl et Bella reculèrent avec stupeur. Le pauvre homme tenta vainement d'enlever la lame qui lui transperçait le cœur. En une poignée de secondes, il s'écroula, mort. Le guerrier l'attrapa et le jeta par-dessus bord.
— Tu aurais dû le laisser se noyer, reprocha-t-il à Bella en ramassant Suzie.
— Mais il était désarmé ! protesta Abigaïl.
— Il s'était rendu ! ajouta Bella.
— C'était un meurtrier ! hurla Thycéron, hors de lui. Un mercenaire qui aurait vendu Abigaïl et Azénor puis se serait amusé avec toi. Cette raclure ne méritait pas de vivre.
— Mais ce n'était pas à toi d'en décider !
— Tu l'aurais laissé partir ? Si un oiseau n'avait pas attaqué l'archer pour je ne sais quelle raison, l'un de nous serait en train de se vider de son sang.
Bella secoua la tête.
— Nous sommes en cavale et cet homme aurait pu mettre les ma-

gistors sur notre piste, reprit-il. Il devait mourir. Si je suis le seul à m'en apercevoir, qu'il en soit ainsi.

Le guerrier lança le paquetage à ses compagnons.

— Regardez ce qu'il y a l'intérieur, ordonna-t-il sèchement. Moi je vais trouver de la Lacedok.

Il plongea dans l'Asri et disparut. Gregor attrapa le sac et commença à fouiller dedans.

— C'est insensé, dit Bella en s'asseyant. Nous avons effectué plusieurs missions. De l'espionnage et du vol principalement. Du fait de son rang, il a été formé très jeune à l'art du combat. C'est un bon épéiste, mais il a toujours rejeté l'idée de tuer gratuitement. Je ne le reconnais pas.

— Mais il a eu raison ! intervint Azénor.

— Cet homme était inoffensif ! martela Abigaïl.

— Ce n'est pas parce qu'il était désarmé qu'il s'est transformé en une innocente jouvencelle. La première chose qu'il aurait faite, c'est avertir ses employeurs et demander des renforts. Thycéron a fait ce qu'il fallait.

— Il a agi si vite, protesta la voleuse. Il n'avait pas à l'abattre comme ça.

— Thycéron a fait ça proprement et rapidement. Il est impératif que nous pensions à notre survie, trop de choses en dépendent. Et si je ne me trompe pas, Thycéron est en cavale depuis de longues années. Nous devons nous fier à lui.

Abigaïl était étonnée qu'Azénor tienne un tel discours. Tout ce qui venait de se passer lui laissait un goût amer dans la bouche. Elle ne voulait pas renoncer à certains principes.

— Je me demande s'il est préférable de mourir la tête haute que de vivre comme un meurtrier, lança-t-elle.

— Et tu vas laisser ma mère gouverner et Wangriff ravager le pays ? demanda Azénor. À en croire ton père, tu es la seule à pouvoir mettre fin à ce chaos. Tant de vies dépendent de la tienne. Sacrifierais-tu des milliers d'innocents pour ne pas vivre avec des remords ?

— Je reste persuadée que tuer n'est pas la solution.

Bella coupa court à la conversation entre les deux magiciens,

avant qu'elle ne se transforme en dispute :
— Qu'est-ce qui s'est passé là-haut ? On a entendu une détonation, puis tu as des traînées de sang sur les joues.
Abigaïl leur raconta tout.
— C'est insensé, s'exclama le prince. Je n'ai jamais lu ou entendu parler de cette plante.
— Je ne sais pas pourquoi, mais j'ai l'impression que le monde est en train de muter, souffla Abigaïl.
— Mais qu'est-ce qu'il fait ? s'écria Bella.
Gregor mâchouillait un gros morceau de viande séchée qu'il avait pris dans le paquetage. La voleuse se rua vers lui et lui arracha la nourriture des mains. Gregor baissa la tête et fit la moue en se frottant les yeux.
— Il ne va quand même pas se mettre à pleurer !
— J'aime bien le cochon grillé, indiqua Gregor en relevant la tête et dévoilant des yeux emplis de larmes.
Bella soupira, découpa un petit morceau de viande avec sa dague et le lui donna. Le visage de Gregor s'illumina.
— Et dire que j'ai toujours détesté les enfants, s'exaspéra la voleuse.
— Autre chose dans le paquetage ? demanda Azénor.
Abigaïl se pencha et regarda à l'intérieur.
— Un rouleau de parchemin vierge, un fusain, une gourde d'eau, une miche de pain et deux bouteilles de vin, énuméra-t-elle en sortant ses trouvailles une à une.
— C'est tout ?
— Non, il y a aussi ceci, dit-elle en sortant une bourse.
La voleuse l'attrapa et la soupesa.
— Une véritable fortune, dévoila-t-elle en clignant des yeux.
— Tout comme les bouteilles de vin, ajouta Azénor en attrapant l'une d'elles. Il y avait les mêmes sur les tables d'honneur au palais. Si elles sont dignes d'y figurer, c'est qu'elles ne sont pas à la portée de tous.
Le bateau se mit à bouger. Thycéron, trempé de la tête au pied, se hissa à bord.
— J'ai trouvé de la Lacedok, dit-il.

Le guerrier s'approcha d'Azénor et examina sa blessure. Il comprima les herbes dans son poing massif et les appliqua sur la plaie. Pour les maintenir en place, il utilisa une bande de tissu puis il enleva le garrot.

— Demain matin tu devrais pouvoir t'appuyer de nouveau sur ta jambe, dit-il au blessé. La douleur sera présente, mais tu es tiré d'affaire.

Thycéron se releva et remarqua les provisions. Sous le regard réprobateur de Bella, il ramassa la bourse, prit l'une des bouteilles de vin et s'assit lourdement.

— À la vôtre !

Il arracha le bouchon avec ses dents et le recracha sur le sol. Il prit deux bonnes gorgées du précieux liquide, ce qui vida la moitié de la bouteille. Ensuite, il la tendit à Bella.

— Tu devrais en prendre, c'est pour éloigner les suceurs de sang. Avec vos manches courtes, ils vont se régaler.

Bella se contenta de croiser les bras. Il en proposa à Abigaïl qui eut la même réaction. Azénor, lui, en but une bonne gorgée. Quant à Gregor il dormait déjà.

— Imitons notre ami ! s'exclama Thycéron. Demain est un autre jour et la nuit éclaircit les idées.

Le guerrier s'allongea en tournant le dos à ses compagnons. Azénor, Abigaïl et Bella se regroupèrent pour manger. La magicienne savoura avec plaisir la viande et le pain, mais l'ambiance était pesante. Une fois sa faim rassasiée, c'est préoccupée qu'elle essaya de s'endormir. Elle repensa à la plante et son emprise. Son esprit était-il si faible qu'une rose magique pouvait lui retourner le cerveau ? Heureusement que le guerrier était présent. À Asring, Thycéron lui avait paru comme un bon vivant qui abusait des bières et des plaisirs de la chair. Mais aussi quelqu'un sur qui l'on pouvait compter lorsque les choses se compliquaient. Elle devait reconnaître qu'il était le mieux placé pour les mener sans encombre jusqu'au duc Winchester. Elle ne voulait pas que leur périple fasse plus de victimes que nécessaire, mais elle n'aimait pas l'idée d'être en mauvais termes avec le guerrier. C'est la tête emplie d'incertitudes et d'appréhensions qu'elle s'endormit.

21
Brownsand

Avant même d'ouvrir les yeux, Abigaïl sentit une intense démangeaison partir de ses doigts et s'étendre jusqu'à son coude. Elle s'éveilla et se gratta le bras avec énergie. De grosses piqûres rosâtres le recouvraient. Dormir sur un bateau s'avéra bien moins reposant et confortable que prévu. Elle regarda les alentours : Azénor faisait les cent pas à la proue du navire, actant sa guérison, Gregor ronflait toujours et Thycéron la dévisageait avec insistance, assis devant le gouvernail.

— Ce sont les suceurs de sang qui ont fait ça, dit-il en désignant le bras de la magicienne. Ces satanés moustiques sont des lâches, ils attendent la nuit pour attaquer.

— L'alcool les éloigne vraiment ?

— Cela s'est toujours vérifié pour moi en tout cas.

Abigaïl remarqua la deuxième bouteille de vin, vide, au pied de Thycéron.

— Ils vont te laisser tranquille pour la journée, maugréa-t-elle.

Le guerrier haussa les épaules. Abigaïl se leva.

— Où est Bella ?

— Partie en reconnaissance. Pendant que tu dormais, nous avons parlé de ce qui s'est passé hier.

Abigaïl se racla la gorge.

— Oui, à ce propos, dans un cas comme celui-là j'aimerais…

— Que l'on prenne cette décision en commun ?

Elle acquiesça, ce qui fit soupirer Thycéron. Il ne cachait pas sa lassitude.

— Bella m'a tenu le même discours. Je ne vais pas vous mentir, bien que cet acte me répugne, il était nécessaire et je ne le regrette pas. Cependant, je comprends que nous sommes un groupe et que je ne suis pas votre capitaine. Bella s'est montrée convaincante à ce sujet. Je vous concerterai à l'avenir.

Thycéron se leva et tendit sa main.

— Je ferais tout pour vous mener en vie jusqu'à mon frère et ne

plus vous décevoir.
Abigaïl serra sa main, satisfaite.
— Ravie qu'il n'y ait pas de malaise entre nous.
Un cri retentit, la magicienne se retourna. Gregor, bien réveillé, pointait du doigt un oiseau posé devant lui.
— C'est lui ! paniqua-t-il. Il va m'attaquer !
Thycéron s'approcha.
— Il ressemble à celui qui nous a sauvés hier.
L'oiseau s'envola et vint se poser sur le bras du guerrier. Il eut un léger mouvement de recul, mais ne le chassa pas.
— C'est une pie, j'ai l'impression qu'elle tente de communiquer.
Abigaïl fit un pas, gênée.
— Thycéron, avez-vous de la famille à part votre frère ?
— J'ai une sœur et deux neveux, répondit-il, fasciné par l'oiseau. Vous les connaissez peut-être, ils étudient à Anthème. Deux jumeaux à l'air bourru et au discours bas de plafonds. Aïe !
L'oiseau venait de lui donner un grand coup de bec. Il se posa sur l'épaule d'Abigaïl.
— Mais qu'est-ce que ça veut dire ?
— C'est Gauvrian.
Thycéron pouffa.
— Mon neveu est un gros balourd, il n'a rien d'un oiseau.
La pie décolla et lâcha une fiente dans la direction du guerrier. Celui-ci eut tout juste le temps de l'éviter.
— Bon sang !
Gregor se leva.
— Toi aussi, il t'aime pas. J'aurais dû le transformer en limace !
— Attendez, c'est vraiment mon neveu ?
— Oui, affirma Azénor qui venait de les rejoindre. Gregor l'a métamorphosé.
Thycéron fusilla le réfractaire du regard.
— Il pensait bien faire, le défendit Abigaïl. Nous avons essayé de réparer cet incident, mais sans succès.
La pie se mit à piailler avec énergie. Gregor se cacha derrière Azénor.
— Attendez, si Gauvrian a été transformé en oiseau par la magie,

pourquoi l'anneau n'agit pas ?

— Je ne pense pas qu'un sortilège maintienne Gauvrian dans sa forme actuelle, avança Azénor. Son corps a été modelé de façon profonde, bien au-delà des métamorphoses temporaires.

— Tu veux dire que c'est définitif ?

— Pas nécessairement. Si son corps, si son esprit se souvient de sa forme originelle, alors il est possible qu'il reprenne un jour son apparence.

— Parfait, vous êtes tous réveillés ! s'exclama une voix féminine. Bella se trouvait au-dessus d'eux, sur le rivage.

— Des nouvelles ? demanda Thycéron.

— Je n'ai vu personne. Il y a des traces de passages, mais elles sont anciennes. Je ne pense pas que nous soyons suivis.

— Inutile d'attendre pour le vérifier. Partons.

Les premières minutes furent les plus difficiles. Pour ne pas tremper leurs affaires, ils commencèrent par les monter à l'aide de la corde installée par le tavernier. Thycéron l'utilisa pour se hisser jusqu'au rivage sans se mouiller. Les autres suivirent son exemple. Comme la veille, Abigaïl eut besoin d'aide : Gregor fut obligé de la pousser et Thycéron de tirer sur la corde. Ils longèrent ensuite le rivage jusqu'à ce que le guerrier puisse déterminer leur position avec exactitude. Ils quittèrent le fleuve, le bercement de l'eau et les attaques des moustiques devinrent souvenirs. Un nouveau paysage prit vie sous leurs yeux : des champs d'orge, de blé et des friches s'étendaient à perte de vue. Des bourrasques formaient des vagues dorées rythmées par le bruissement des tiges de céréales et le sifflement du vent. Abigaïl sentait ses cheveux flotter dans les airs et la poussière irriter ses yeux. Une douce brise vint caresser ses joues puis se transforma en une impitoyable rafale qui lui fouetta le visage, comme si un murmure de mère Nature se muait en cri de colère.

Abigaïl sursauta lorsqu'on toucha son épaule.

— Désolé, chuchota Azénor en retirant sa main.

— Ce n'est rien. Que veux-tu ?

— J'imaginais la suite, une fois que nous aurions récupéré l'anneau.

La magicienne fronça les sourcils.

— Nous pourrions nous retrouver seuls avec Gregor, enchaina Azénor.

— Tu penses qu'ils vont nous abandonner ? demanda Abigaïl en regardant le dos de Thycéron qui marchait devant eux.

— Bella est avec nous pour se débarrasser de l'anneau. Quant à Thycéron, il nous sert de guide, mais si elle décide d'aller rejoindre son père alors je suis persuadé qu'il la suivra.

— Ils n'ont pas ta confiance ?

— Si, tant que nos intérêts convergent…

— Même si nous ne sommes plus que trois, notre objectif restera inchangé : reconstituer la larme divine, renvoyer Wangriff et destituer ta mère.

Azénor souffla.

— Nous n'y arriverons pas sans aide.

— Le duc Winchester nous aiguillera.

Thycéron ralentit la cadence pour se mettre à leur niveau. Gregor en profita pour rejoindre Abigaïl. Bella marchait seule devant eux.

— Magnifique, n'est-ce pas ? sourit le guerrier en désignant le paysage. De quoi faire du pain et de la bière, tout ce dont l'homme a besoin.

— À qui appartiennent ces champs ? demanda Abigaïl.

— À Brownsand les habitants sont principalement des fermiers. Ils travaillent ensemble et exportent leurs boissons et leurs farines dans tout Penderoc.

— Votre amie en fait partie ?

Le sourire de Thycéron s'effaça.

— C'est la meilleure d'entre eux. Sans elle ils n'auraient même pas été capables de faire pousser un pissenlit ! Aujourd'hui, elle possède un champ, mais elle est recluse à l'extérieur du village.

— On peut savoir pour quelles raisons ? demanda Azénor.

— Pendant la Purge, les traîtres étaient décapités et leur famille destituée de leur bien. Brownsand n'a pas échappé à cette règle. Le maire du village faisait partie du Céraste pourpre et il en a payé le prix.

— Le Céraste pourpre devait être éradiqué, soutint Azénor.

Thycéron acquiesça.

— Oui, mais sa femme et ses deux filles se sont retrouvées sans le sou. Au lieu de recevoir de l'aide des fermiers, elles ont reçu crachats et coups. Elles allaient quitter le village et certainement finir dans une autre ville où seules la prostitution et les basses besognes les attendaient. Mon amie Alicia s'est rebellée contre ça. Elle leur a offert un toit et un salaire décent.

— Et les fermiers ont détesté Alicia pour ça ?

— Oui. Brownsand est dirigé par un conseil regroupant les principaux exploitants de ces terres. Ils ont voté l'exclusion d'Alicia.

— Légalement pour quel motif ? demanda Azénor.

— Votre mère a créé de nombreuses lois profitables au commerce. L'une d'elles autorise les principaux acteurs d'un secteur d'activité à écarter un collaborateur s'ils estiment qu'il nuit à la réputation de leur profession.

Azénor acquiesça.

— Une loi décriée.

— La femme et les filles de l'ancien maire sont toujours chez Alicia ? demanda Abigaïl.

— Ils l'ont quitté il y a trois mois. Un vieil oncle a refait surface et leur a offert un travail plus adéquat. J'imagine qu'être servantes dans un château leur semblait plus enviable que de patauger dans la boue.

— Alicia est donc seule pour s'occuper de ses champs ?

— Non. Elle a un mari et un fils. Deux hommes qui parlent peu et préfèrent travailler plutôt que s'occuper du monde qui les entoure. On ne peut pas leur en vouloir.

Abigaïl regretta ses questions. La bonne humeur de Thycéron s'était envolée. Il regardait droit devant lui et prenait un air renfrogné. Gregor se racla la gorge.

— Azénor, je peux te poser une question ?

— Tu viens de le faire non ?

Le réfractaire plissa ses yeux, comme s'il réfléchissait.

— Je t'écoute, s'exaspéra le prince.

— Pourquoi tu fixes les fesses de Bella lorsqu'elle marche ?

La voleuse se retourna avec vivacité. Abigaïl s'arrêta.

229

— Quoi ? dirent-elles d'une même voix.
Bella le regarda de travers et la magicienne posa ses mains sur ses hanches.
— Merci beaucoup, Gregor, chuchota Azénor avec gênes.
— Vas-y, réponds ! poussa Abigaïl.
Sentant que la situation pouvait dégénérer, Thycéron intervint.
— Doucement. Ce n'est qu'un homme après tout, nous allons marcher devant. L'incident est clos.
Le guerrier attrapa le bras d'Azénor et le tira vers lui. Un petit sourire gêné traversa le visage de Bella lorsqu'il passa devant elle. Abigaïl les suivait de près, déterminée à les écouter.
— Merci pour le coup de main, chuchota le prince.
Thycéron soupira.
— Il y a autant de chance de voir Bella tomber amoureuse de toi que de voir la reine m'embrasser les pieds. Mais sache que si cela arrive et que tu lui brises le cœur, je serais là pour te briser les os en retour.
Azénor déglutit.
— Compris.
Le guerrier sourit et, derrière lui, Abigaïl l'imita.
— J'ai peut-être l'âme d'un poète finalement, s'amusa-t-il.
Soudain il se stoppa.
— Du feu ! s'exclama Gregor en désignant une colonne de fumée noire.
— Bon sang ! s'écria Thycéron en se mettant à courir. La ferme d'Alicia.
Plus ils s'approchaient de l'incendie, plus l'air devenait irrespirable. Il pleuvait de la cendre et une véritable fournaise s'échappait des champs enflammés. Le feu se propageait à une vitesse folle. Une centaine d'hommes et de femmes tentaient de le contenir en y jetant des seaux d'eau et de terre. Un effort bien dérisoire face aux flammes qui léchaient le ciel. Thycéron tenta de trouver son amie. Un homme au visage bouffi les interpella :
— Prenez des seaux et activez-vous !
Il commençait à faire demi-tour et à hurler d'autres ordres lorsque Thycéron l'attrapa par le bras.

— Où est Alicia Vilov ?
— Bat les pattes, je suis le maire de Brownsand et vous allez gentiment m'obéir.
Il bomba le torse, attrapa un seau et le tendit à Thycéron.
— Prends ça et ferme là !
La mâchoire du guerrier se crispa. Abigaïl comprit qu'il faisait un effort monumental pour ne pas perdre le contrôle de ses nerfs.
— Prends ou tu subiras le même sort que cette salope de Vilov.
Le visage de Thycéron devint livide. Un rictus de satisfaction se dessina sur le visage du maire.
— Bien, et plus vite que ça !
Le guerrier attrapa le seau en bois et d'un grand geste le fracassa contre la mâchoire du maire. L'homme s'écroula, inconscient.
Quelques fermiers qui s'activaient autour du feu regardèrent la scène.
— Merci, dit l'un d'eux avant de reprendre un seau et de le verser dans les flammes. Tout ça, c'est sa faute. Vous ne pouvez plus rien faire pour Alicia. Elle est chez elle.
Thycéron secoua la tête. Il se mit à courir et bifurqua à droite.
— Par ici !
Ils gravirent une petite colline et arrivèrent à la ferme que les flammes terminaient de consumer. Au-dessus du portail d'entrée, quatre corps se balançaient au rythme du vent. Un grand X était gravé sur leur front. Quatre hommes nus, les yeux figés dans la terreur et les mâchoires crispées par la mort avec les mains attachées dans leur dos.
Abigaïl déglutit avec difficulté. Cette vision d'horreur lui provoqua un haut-le-cœur.
— Des déserteurs, souffla Azénor.
Thycéron passa sous le portail, contourna la bâtisse fumante et lâcha alors un profond cri de désespoir. Ses compagnons le rejoignirent. Au centre de la cour trônait un bûcher. Trois corps calcinés s'y recroquevillaient.
— Pourquoi ! se lamenta Thycéron.
— C'est l'origine de l'incendie, comprit Azénor. Le vent l'a propagé.

Un panneau se dressait devant le bûcher. Il s'en approcha et lut à haute voix une missive placardée.

— Sa Seigneurie le duc Archibald Oswald Winchester, conformément au décret royal cent-douze, condamne la famille Vilov au bûcher pour avoir hébergé et caché des déserteurs. Cette sentence attend toute personne qui agirait contre l'effort de guerre que ce soit en…

— Stop, chuchota Abigaïl à Azénor.

Le prince se retourna. Thycéron était à genoux, la tête baissée.

— Désolé, j'oubliais que le duc était votre frère.

Le guerrier se releva et planta son regard rougi dans celui d'Azénor.

— Et c'est ta mère qui a signé cet immonde décret, lâcha-t-il en s'approchant de lui.

— Je ne suis pas plus responsable des actes de la reine que vous l'êtes de ceux de votre frère, temporisa Azénor en levant les mains.

Bella attrapa le bras de Thycéron.

— On ne peut pas rester ici Ty, dit-elle avec douceur. Lorsque le maire aura repris connaissance, il voudra nous faire arrêter.

— Je n'aurais pas dû le frapper sans vous concerter, c'est ça ? demanda-t-il avec hargne.

— Non, tu as bien fait. De toute façon, je lui aurais broyé l'entrejambe avec un coup de pied bien placé la seconde suivante.

Thycéron soupira.

— Tu as raison, partons. Laissons ces imbéciles lutter contre les flammes qu'ils ont eux-mêmes provoquées. La mort d'Alicia emportera leurs champs et provoquera leur ruine.

22
Granar

La nuit était tombée depuis plusieurs heures et Abigaïl ne put s'empêcher de bâiller : la fatigue s'accentuait un peu plus à chaque pas. Un froid glacial avait suivi la disparition du soleil et la magicienne en venait presque à regretter la fournaise de l'incendie. Ses habits sentaient encore la fumée et l'image des trois corps calcinés lui revenait sans cesse à l'esprit. Thycéron menait une marche soutenue, éclairant à peine le chemin qu'ils arpentaient avec une torche confectionnée à la hâte. Abigaïl comprenait son envie de s'éloigner au plus vite de Brownsand, mais ils avançaient depuis tôt le matin et, tout comme Azénor, elle n'avait pas son endurance.

— On ne s'arrête pas pour dormir ? s'inquiéta le prince.

— Nous nous sommes fait remarquer, répondit Thycéron avec amertume. Nul doute que les magistors nous pourchassent désormais. Ne ralentissons pas l'allure et nous atteindrons Granar avant le lever du soleil.

Azénor grommela.

Abigaïl accéléra la cadence pour se mettre au niveau du guerrier. La pie toujours posée sur son épaule lâcha des piaillements de protestations.

— Comment réagira ton frère si vous vous retrouvez face à face ? demanda-t-elle.

— Il me fera pendre à un arbre. En cas de capture, j'espère juste avoir le temps de transpercer son cœur flétri de haine. Sa Suzie bien-aimée fera l'affaire.

— Vous vous détestez à ce point ?

Thycéron la regarda du coin de l'œil puis soupira.

— Mieux vaut ne jamais le découvrir, il doit ignorer ma venue. Mais ne t'inquiète pas, j'ai vécu toute mon enfance à Granar. Je connais cette ville sur le bout des doigts.

— J'imagine qu'on ne peut pas se contenter de frapper à la porte du château, souffla Azénor.

— Toutes les autorités du pays doivent posséder une missive similaire à celle qui nous a fait fuir Asring. Nous sommes des fugitifs, passer inaperçu est notre seul espoir de survie. Je vous garantis que si mon frère se sent en danger à cause de votre présence, il n'hésitera pas à vous trahir pour sauver sa peau.
— Comment procéder alors ?
— J'ai des amis loyaux à Granar. Je vous ferai entrer discrètement dans le château. Pour ce qui est de parlementer avec le duc, je ne peux aider. Le simple fait d'entendre mon nom lui provoque une rage folle.
Abigaïl acquiesça et resta pensive. Les bruits de la vie nocturne s'intensifièrent. La magicienne sentit une certaine angoisse monter en elle. Des brindilles craquaient et des hurlements d'animaux sauvages résonnaient au loin. Abigaïl crut entendre une respiration étrange, un râle à peine perceptible. La magicienne regarda autour d'elle, mais ne vit qu'ombres et ténèbres, la torche que tenait le guerrier n'éclairant qu'à deux pas. Elle sentit un souffle sur sa nuque. Quelque chose se posa sur son épaule droite. Abigaïl bondit.
— Qu'est-ce que c'est ! s'écria-t-elle en panique.
— Moi, maman, répondit Gregor.
Azénor et Bella ne purent s'empêcher de rire. L'oiseau, excédé par cette nouvelle secousse, s'envola et se posa sur l'épaule de son cousin. Abigaïl souffla.
— Tu m'as fait peur ! Qu'est-ce que tu veux ?
— Je peux prendre un morceau de cochon grillé ?
Thycéron leva les yeux au ciel, exaspéré.
— Soit. Arrêtons-nous pour manger.
Bella rassembla un petit monticule de brindilles accompagnées d'herbes et de feuilles séchées. Thycéron l'embrasa et ils s'installèrent autour du feu de camp. Azénor, qui portait le paquetage sur son dos depuis leur départ de Brownsand, distribua la nourriture.
— Je transporterai nos provisions pour le reste du trajet, proposa Thycéron.
— Merci, répondit le prince.
La magicienne mâchouilla la viande et s'approcha du feu. Ils res-

tèrent ainsi quelques minutes, à profiter de ce moment de répit.
— Jamais je n'aurais cru apprécier autant un peu de lumière et de chaleur, dit Abigaïl.
Le regard de Thycéron se perdit dans les flammes.
— Heureusement que nous ne parcourons pas le désert de Posetrone dans ce cas. Une gigantesque étendue de sable et aucune ombre à perte de vue. Le soleil brûle. Il assèche la peau et fait fondre les muscles jusqu'à ce que la lumière puisse les traverser. À ce moment-là, qu'importe tes croyances, tu pries pour que cesse cet enfer, que la nuit vienne. Lorsqu'elle arrive enfin, c'est un froid glacial et pénétrant qui s'abat sur toi. Tu sens les extrémités de tes membres se solidifier, tes paupières et tes lèvres se coller. Malgré toi tu finis par espérer que le soleil revienne au plus vite, ou mieux : la délivrance de la mort.
— Posetrone, s'étonna Azénor. C'est une région que les habitants ont fuie depuis longtemps. Pourquoi s'y rendre ?
Thycéron fit un timide sourire.
— Je voulais me mettre à l'épreuve en parcourant les terres les plus dangereuses de notre monde, pendant quatre longues années. Je cherchais à donner un sens à ma vie, à percer les mystères du monde qui nous a vus naitre.
— Et tu y as trouvé la réponse que tu cherchais ? demanda Abigaïl.
— J'ai compris que le sens de sa vie ne se trouverait pas en parcourant le monde, mais en chérissant les autres.
— Étrange parole venant d'un guerrier qui n'aime que lui, lança Bella.
— Je ne prétends pas être sensé… Quoi qu'il en soit, après avoir vécu un tel périple, une nuit comme celle d'aujourd'hui me semble bien douce.
— Ho, regardez ! s'enthousiasma Gregor en pointant le ciel du doigt.
Les nuages impénétrables qui avaient plongé la région sous un manteau noir d'encre s'étaient en partie dissipés. Désormais ils laissaient une éclatante pleine lune déchirer le ciel de sa lumière glacial.

— Parfait, c'est le signe que nous devons reprendre la route ! dit Thycéron en se relevant.

La lune éclairait le sol, les arbres et les champs d'une teintée bleutée où passait l'ombre des nuages : des zones noires et difformes qui glissaient sur les reliefs tel des fantômes. À défaut de leur apporter de la chaleur, la lumière leur permit de ne plus s'agglutiner autour de la torche. Abigaïl se sentait mieux, comme si voir ce qui l'entourait l'avait libéré d'un poids invisible, d'une peur irrationnelle. Thycéron les guida et une poignée d'heures plus tard, alors que le jour commençait à poindre, ils atteignirent enfin Granar.

Devant eux s'élevait une palissade constituée de rondins de bois taillés en pointe. À leurs pieds, une tranchée large de plusieurs mètres et emplie de ronces aux pointes acérées les séparait de l'enceinte. Abigaïl imaginait mal quelqu'un descendre dans le fossé et en ressortir sans se faire déchiqueter.

— C'est un peu léger comme protections, s'étonna Bella. Je m'attendais à une ville fortifiée.

— Une armée bien équipée pourrait passer, intervint Azénor, mais considérant que nous ne somme que cinq…

Thycéron leva la main avec exaspération.

— Ce n'est que le mur extérieur. L'unique protection du bas peuple.

— Le bas peuple ? interrogea Abigaïl.

— Des pauvres pour qui manger est un combat quotidien, expliqua Bella.

— Voleurs, ivrognes, escrocs et catins donc, souffla Azénor.

Thycéron se tourna vers lui, les sourcils froncés.

— Les plus chanceux sont artisans, paysans ou petites mains. Mais qu'importe leur métier ou leurs occupations, la plupart gagnent honnêtement leurs pitances. Abstenez-vous de juger un monde que vous ne connaissez pas, cher prince.

Azénor haussa les épaules. Thycéron enchaina.

— Passé les bas-fonds, un rempart en pierre protège les quartiers marchands. Un lieu de résidence où l'apparence, l'argent et les titres deviennent des vertus appréciées. En son centre, la forteresse de mon frère, notre destination.

Le guerrier longea la tranchée et scruta la palissade avec attention. Soudain il s'arrêta.
— Nous y sommes.
Il se pencha vers le fossé puis se releva en tenant un anneau de fer attaché à une corde. Abigaïl vit qu'elle se perdait quelque part sous la palissade. Thycéron tira sur l'anneau avec force, il y eut un déclic puis il le relâcha. La corde fut violemment projetée dans la tranchée et, par un mécanisme fabuleux qui échappait à la magicienne, une petite passerelle de bois sortit de sous la palissade et se positionna aux pieds du guerrier. Sous leurs yeux, un pont tout juste assez large pour un homme venait de se former.
— C'est de la magie ? s'enquit Abigaïl.
— Non, de la science et de l'ingénierie reproduite grâce aux parchemins de nos ancêtres, répondit Thycéron en s'avançant prudemment sur le pont.
— J'imagine que ce n'est pas l'entrée principale, s'exclama Azénor.
— Un passage secret pour les officiers, en cas d'urgence. Si rien n'a changé, les vivres de la garnison se trouvent justes derrière.
— Et tu veux nous faire traverser par là ? s'inquiéta Bella.
Pour toute réponse, Thycéron frappa l'un des rondins et se tourna vers ses compagnons abasourdis.
— Écartez-vous du champ de vision… Si je fais erreur, je suis mort.
Bella et ses compagnons se précipitèrent vers un bosquet. Seul Thycéron resta devant la palissade, en équilibre sur le pont.
Un raclement se fit entendre et une lucarne, dissimulée dans le bois, s'ouvrit. Une paire d'yeux verts fixa le guerrier.
— Atone ?
— Thycéron ! lâcha une voix stridente.
De là où elle se trouvait, Abigaïl ne pouvait pas voir l'interlocuteur de son ami, mais sa voix trahissait un mélange de peur et d'excitation
— Qu'est-ce que tu fiches ici bon sang ? Ça fait des années que ta tronche est placardée dans toute la ville et ce matin notre écorce de thull s'est activée ! C'est pas le moment de revenir.

— Moi aussi je suis content de te voir.
— C'est la folie ici et tout le monde dit que tu voyages avec le prince Azénor.
— Justement, nous devons entrer dans Granar. Ouvre-nous la porte.
Abigaïl entendit un bruit sourd, elle crut d'abord que la garde obtempérait, mais elle comprit qu'il venait de se cogner la tête contre le panneau.
— Tu veux ma mort ? demanda-t-il, exaspéré.
— Tu as raison, Atone, ça fait plus de dix ans que je ne t'ai pas vu et tu es toujours au même poste : la surveillance du stock de nourriture. J'imagine que faire entrer des fugitifs est bien trop effrayant pour toi.
Le garde lâcha un grognement.
— Plus personne ne m'appelle Atone, maintenant c'est garde Hawind ! Et je ne suis pas si facilement manipulable. Rester assis toute la journée dans cette fichue cabane, c'est un style de vie que j'ai choisi et que j'assume.
— Soit. Je vais trouver un autre moyen. Je te demande juste de ne pas me dénoncer... au nom du bon vieux temps. Par exemple lorsque je t'ai surpris en train de voler une bouteille dans la cave personnelle de mon frère. Je t'avais couvert. C'est ce que font les amis.
— Tu ne m'avais pas dénoncé, car toi aussi tu chouravais de la gnole.
Thycéron ouvrit la bouche puis il se ravisa.
— Tu avais oublié ce détail, n'est-ce pas ?
Le guerrier acquiesça en faisant la moue.
— Ton frère propose beaucoup d'or pour ta capture, continua le garde Hawind. Si j'étais toi, je tournerais les talons et partirais le plus loin possible. C'est le meilleur conseil qu'un ami puisse te donner.
— Je ne peux pas, Atone. Le prince Azénor et la fille de Léonard Mirade comptent sur moi pour les faire entrer.
Thycéron plongea son regard dans celui de son ami, mais il finit par baisser les yeux.

— Soit, je comprends, je te laisse à ta petite vie tranquille, concéda-t-il avec amertume.
Il tourna les talons et lentement traversa la passerelle. Une fois sur la terre ferme, il se retourna et fit un signe d'adieu de la main.
— Attends, la fille de Mirade et le prince sont vraiment avec toi ? s'enquit le garde en chuchotant presque.
Thycéron siffla et invita ses compagnons à le rejoindre. Les yeux qui regardaient par la lucarne s'écarquillèrent.
— Vous acceptez de nous aider ? demanda Abigaïl avec espoir.
— Je, je… bafouilla le garde.
Même de là où elle se trouvait, Abigaïl entendit clairement Atone inspirer et expirer profondément.
— Tu as raison, Ty. Je m'emmerde toute la journée assis dans cette pièce sombre.
La lucarne se referma. Dans un raclement, une porte dissimulée dans les rondins s'ouvrit. Un homme, de taille moyenne avec les cheveux plaqués sur le front et une bedaine proéminente apparus. Ses bras étaient comprimés dans sa tenue et son ventre dépassait de son pantalon. Il referma partiellement la porte derrière lui et commença à traverser le pont. Sa masse imposante manqua de lui faire perdre l'équilibre, sous le regard médusé des compagnons, mais il finit par les rejoindre sur la terre ferme.
— Bon sang, Atone ! lança Thycéron.
Le garde croisa les bras avec mécontentement.
— Tu as bonne mine, reprit le guerrier avec un sourire forcé.
— Inutile de faire ta tête de saltimbanque constipé. Je sais que j'ai pris au moins cinquante kilos depuis la dernière fois que nous nous sommes vus.
— Son travail, c'est de surveiller le stock de nourriture ou de le manger ? demanda Gregor.
Abigaïl se racla la gorge et s'avança vers Atone.
— Ravie de vous rencontrer.
Azénor lui tendit la main, que le garde serra, bouche bée.
Il dévisagea Abigaïl et Azénor. Il fit une rocambolesque révérence sans que l'on sache vraiment qui en était la cible.
— Vous allez nous aider ? demanda Bella.

— Courir un danger un peu plus grand que celui d'empêcher un rat de grignoter le stock de patates ? Par les couilles de Mirade, je suis partant !
Le garde mit sa main devant sa bouche et regarda Abigaïl avec horreur.
— Désolé, mademoiselle. C'est l'un de mes jurons préféré et…
— Les anciennes mines sont toujours une bonne cachette ? coupa Thycéron avec exaspération.
— Non, elles se sont écroulées il y a trois ans.
Atone ferma les yeux, comme si cela l'aidait à réfléchir.
— Les Syscar ont disparu il y a deux semaines. Toute la famille s'est volatilisée et dans trois jours leur maison sera la propriété du duché. Personne n'a le droit d'y pénétrer. C'est Carl qui est chargé de sa surveillance, mais il me doit une faveur et je pourrais échanger mon poste avec le sien pour un ou deux jours.
— Parfait, s'exclama Azénor. La voie est libre ?
— Oui, il est trop tôt pour que le fouille-au-pot vienne chercher les éléments de sa tambouille. Mais je vous préviens, il se trame quelque chose de pas net. Une caravane a déposé des caisses d'où sortaient des bruits bizarres au château la semaine dernière. Et depuis hier matin des étrangers n'arrêtent pas de flâner dans les rues. On a vu un peloton de soldats aux braies striées de rouge traverser la ville…
— Les hommes du duc Magrel, intervint Azénor.
— Et Kaneek est arrivé en grande pompe ! S'il se montre, les magistors ne sont pas loin. Et l'on dit même que la vipère blanche traîne dans le coin.
— La vipère blanche ? s'enquit Azénor.
— Une femme impitoyable qui dirige un groupe de chasseurs de prime. Méfiez-vous d'elle. Pour ce type de personnes, vous représentez argent et gloire.
— Et que fait la garde ? s'interrogea Bella.
— Il y a trois fois plus de patrouilles que d'habitude et à chaque fois que je vois mon supérieur j'ai l'impression qu'il a reçu pour mission d'aller castrer un dragon… Tout le monde est à cran. Je ne sais pas ce qui se passe, mais les voleurs et les petites frappes

habituelles ont été payés pour disparaitre quelques jours.
— Mon frère, donner de l'argent aux voleurs ? s'étonna Thycéron.
— Vous n'auriez pas pu choisir pire moment pour rejoindre Granar, résuma Atone.
— Mais vous pouvez nous faire entrer dans la maison abandonnée ? demanda Abigaïl.
— Elle n'est pas loin d'ici. Laissez-moi convaincre Carl d'aller faire un tour et d'échanger nos postes puis en faisant vite vous devriez pouvoir l'atteindre sans vous faire remarquer.
Le guerrier acquiesça.
— Allons-y.

23
Désamorçage

Atone, qui oscillait entre hystérie et excitation, revint les bras chargés de vêtements et d'accessoires en tout genre.
— De quoi vous rendre méconnaissable, expliqua-t-il.
Bella attrapa un bout de tissu au hasard : une vieille chaussette trouée.
— Je ne crois pas que ce sera nécessaire…
— D'où ça vient ? demanda Thycéron.
— Ce sont les effets personnels de prisonniers et des objets récupérés sur des cadavres.
Bella reposa la chaussette en grimaçant.
— Nous garderons la tête basse, assura-t-elle. Pas besoin de nous recouvrir de détritus.
— Non ! s'écria Atone.
Il prit des vêtements qu'il jeta à chacun des compagnons puis déposa le reste dans un coin de la pièce.
— On va faire à ma manière ou l'on ne ferra rien du tout, déclara-t-il.
Lentement Thycéron mit autour de son cou l'écharpe rapiécée que son ami lui avait jetée.
— Si tu y tiens, dit-il en encourageant les autres à faire de même.
Abigaïl avait hérité d'un chapeau de paille aux larges bords, assurément confisqué pour crime contre le bon goût. Elle le vissa sur sa tête, à contrecœur. Elle était persuadée que ses vêtements pour le moins atypiques ne les aideraient nullement à passer inaperçus, mais Atone avait certainement besoin de s'accrocher à cette idée pour ne pas céder à la panique.
— Bien, constata-t-il avec satisfaction.
Il s'approcha de l'unique fenêtre de l'entrepôt et pointa du doigt une petite maison en bois. Elle était engoncée entre deux bâtiments bien plus imposants qu'elle et sa toiture décrépite menaçait de s'effondrer à chaque instant. Devant elle un homme armé d'une hallebarde montait la garde. Il pleuvait et la ruelle qui sépa-

rait l'entrepôt de la maison s'était transformée en piste marécageuse.

— C'est là-bas que nous allons.

— Nous pouvons tous y aller en une dizaine d'enjambées, fit remarquer Azénor. Il suffit de nous dire si la rue est libre.

— Tu n'as pas écouté ! intervint Gregor. On fera comme il dit, c'est pas toi qui décides !

Le prince leva les mains en signe de reddition.

Atone s'approcha de Thycéron.

— J'ai besoin de pièces, dit-il avec un large sourire.

— Dans quel but ? demanda Bella.

— Carl échangera volontiers sa place avec la mienne durant trois jours, mais pour le convaincre d'abandonner son nouveau poste pour le reste de la journée il va falloir lui donner une mission de la plus grande importance.

— À quelle mission penses-tu ? soupira le guerrier.

— S'assurer qu'aucun élément perturbateur ne trouble la quiétude de l'auberge la plus proche serait un honneur. Et pour mener à bien cette mission périlleuse, Carl aura besoin de s'humecter le gosier pour ne pas avoir la gorge sèche et risquer l'extinction de voix.

— Il va sans dire, accepta Thycéron en donnant une poignée de pièces au garde. Il ne faudrait pas que ton ami se retrouve aphone et ne puisse houspiller les fauteurs de trouble.

Atone acquiesça et se dépêcha de ranger les pièces.

— Une fois qu'il sera parti et que la rue sera dégagée, je vous ferais signe.

Seules quelques secondes furent nécessaires pour convaincre Carl de s'atteler à sa nouvelle "mission". L'attente du signal fut bien plus longue. Près d'une heure s'écoula avant que le garde Hawind, qui vérifiait encore et encore que personne n'approchait, daigne leur faire un signe discret. Hormis Abigaïl qui perdit sa chausse dans la terre boueuse et dut prendre quelques instants pour l'en extraire, il n'eut aucun incident particulier. Ils atteignirent tous l'ancienne demeure des Syscar. Il s'agissait d'une petite maison composée d'une pièce unique qu'une fenêtre à la vitre

crasseuse éclairait à grande peine. La poussière avait pris possession du lieu en envahissant chacun de ces recoins. Une table et deux chaises étaient collées contre le mur de droite.
— Vous êtes tous là, se rassura Atone. C'est fini.
Il se pencha et posa ses mains sur ses genoux, la respiration haletante.

— Je vais prendre place à mon nouveau poste, souffla-t-il. Si je tape trois fois contre la porte, c'est qu'il y a un problème et que vous devez vous cacher.
Bella balaya la pièce du regard.
— Nous cacher où ? Cette maison est vide !
— Je me demande pourquoi le duc la fait garder, ajouta Azénor.
— Mon frère n'a certainement pas conscience de la pauvreté de ce quartier, cracha Thycéron.
Atone haussa les épaules.
— Peu importe. Si je vous donne le signal, débrouillez-vous pour disparaitre. Passez par la fenêtre s'il le faut !
Le garde leva le doigt pour appuyer ses dires, puis d'un coup il se ravisa :
— Mais s'il n'y a pas de danger, approchez-vous-en le moins possible. Il ne faut pas qu'on vous voie !
Thycéron posa sa main sur l'épaule de son ami.
— Tout ira bien, assura-t-il. Tu peux nous laisser.
— Merci pour votre aide, Hawind, ajouta Abigaïl.
Le garde acquiesça, entrouvrit la porte et jeta un regard soupçonneux dehors. Satisfait par ce qu'il voyait, il l'ouvrit entièrement, sortit et la referma.
Gregor s'installa sur l'une des chaises, Azénor prit la deuxième. La magicienne n'eut pas vraiment le choix et s'assit par terre ce qui provoqua un nuage de poussière qui la fit tousser. Bella, elle, s'allongea sur la table.
— Nous allons enfin prendre un peu de repos, bâilla-t-elle.
Thycéron les regarda les uns après les autres.
— Elle a raison, reposez-vous. Moi je dois y aller.
— Quoi ? dirent Abigaïl et Bella d'une même voix.
— Si vous voulez voir le duc, il va falloir que je reprenne contact

avec de vieilles connaissances.

Le guerrier attrapa le sac de provisions et prit la bourse.

— J'en profiterais pour acheter des vivres, car avec Gregor elles disparaissent vite.

— Attends, intervint Bella. Tout le monde te connait ici, c'est trop dangereux.

Thycéron se couvrit le bas du visage avec son écharpe.

— Tout va bien se passer, ne t'inquiète pas.

Bella posa sa main contre le panneau de la porte, empêchant ainsi le guerrier de l'ouvrir.

— Non !

— Silence, chuchota Atone derrière la porte. Faites moins de bruit.

Thycéron croisa les bras et regarda la voleuse avec lassitude.

— Que t'arrive-t-il ?

— Elle a raison, intervint Abigaïl, laisse nous y aller. Personne ne nous connait, dis-nous juste qui aller voir et quoi dire.

Le guerrier plongea son regard dans celui de Bella.

— Ça ne marchera pas et elle le sait très bien. Il n'y a que moi qui puisse délier les langues qu'il faut.

— En effet, confirma Bella.

— Tu as peur que j'aille dilapider notre argent en vidant des chopes et que je ne revienne jamais ? demanda-t-il avec défi.

— Tu en serais bien capable, soutint la voleuse.

— Après toutes ces années, tu ne me fais toujours pas confiance ?

— Difficile lorsqu'il s'agit d'argent et d'alcool...

La tension était palpable. Abigaïl s'approcha et attrapa la main de Bella pour l'enlever de la porte.

— Moi j'ai confiance, assura-t-elle.

Le guerrier fit un timide sourire.

— Merci.

Il désigna l'oiseau sur son épaule gauche.

— Puis s'il m'arrive malheur, mon charmant cousin viendra vous avertir.

Il ouvrit la porte et disparut.

— Tu ne le connais pas, lâcha Bella en refermant la porte avec vivacité.

— Jusqu'ici il s'est toujours montré amical et compréhensif avec moi. Plus que certain…

La voleuse lui jeta un regard noir puis alla reprendre sa place sur la table. Abigaïl soupira.

— Explique-moi ce qui ne va pas alors.

Bella lui tourna le dos. Abigaïl n'insista pas et se rassit, exaspérée.

— On est ici pour enlever l'anneau, c'est bien ça ? demanda Gregor.

— Oui, il ne s'enlève que lorsque son porteur prononce son nom, répondit Azénor.

— Mais si celui qui a l'anneau meurt, l'anneau disparait ?

La magicienne se tourna vers Gregor.

— Pourquoi une telle question ?

— Les anneaux que vous cherchez, ils sont très vieux ?

— Exact.

— Si y'en a un qui a disparu parce que celui qui le portait est mort, comment vous allez faire pour tuer les démons ?

Azénor applaudit doucement.

— Bravo, enfin une question sensée qui sort de ta bouche.

Gregor lui fit une grimace.

— Les anneaux sont indestructibles, avança Abigaïl. Si le porteur meurt, l'artefact doit se détacher de son doigt. Sinon, ils auraient surement disparu depuis longtemps, ce type de relique attise les convoitises.

Gregor acquiesça.

— Je comprends.

Les compagnons se turent et l'excitation qu'Abigaïl avait ressentie lors des derniers évènements se fit rattraper par la fatigue. Lentement, ses yeux se fermèrent et sa tête bascula. Elle se laissa envahir par une envie depuis trop longtemps refoulée : elle s'endormit.

Ce n'est qu'une poignée d'heures plus tard qu'Abigaïl sortit de son sommeil, dérangée par de petits coups secs et réguliers. Ils lui rappelaient le bruit que faisait la pluie lorsque les gouttes d'eau venaient s'écraser sur les carreaux du dortoir, à Anthème. Se souvenir lui arracha un sourire nostalgique. Soudain Bella bondit de la table et la magicienne sursauta.

— L'oiseau, dit-elle la mâchoire serrée, il est arrivé quelque chose à Thycéron.

Abigaïl se leva et vit la pie frapper avec frénésie la vitre de la fenêtre.

— Halte ! s'écria la voix d'Atone. N'approchez pas !

Trois coups se firent entendre. Azénor se précipita vers la fenêtre et essaya de la forcer. Il y eut un claquement, une vive protestation, puis la porte s'ouvrit. Atone fut projeté à l'intérieur de la maison. Un homme de très grande taille à la peau noire et aux lèvres surdimensionnées entra et pointa le garde du doigt.

— Reste le sol, ordonna-t-il avec un fort accent.

Bella se rua vers leurs armes, posées dans un coin de la pièce, près de l'entrée. Mais elle fut stoppée dans son élan par l'intrus qui lui donna une gifle et la fit tomber à la renverse. Le colosse dévisagea Azénor et Abigaïl.

— Assis, contre mur !

Lentement, les compagnons obéirent. Azénor, Abigaïl, Bella, Gregor et Atone se retrouvèrent assis face à leur tortionnaire. Lorsque la magicienne s'installa à côté de Bella, elle la vit prendre le couteau dissimulé à sa cheville.

— Ça ira, dit une douce voix derrière le colosse.

Celui-ci se décala, laissant entrer une femme qui maintenait Thycéron sous son emprise, un couteau posé sous la gorge. Le guerrier avait un bâillon et les mains liées dans le dos. Sa ravisseuse possédait un visage fin et délicat, à la beauté incontestable. Elle arborait un nez aquilin et cachait ses cheveux sous un tricorne noir et usé. Seule une mèche blanche s'en échappait. Avec ses lèvres pulpeuses, rouge sang, et son justaucorps en dentelle noire, il se dégageait d'elle une aura peu commune.

— Mesdemoiselles et messieurs, dit-elle avec panache, je me présente : Vanilla Espezonia, plus connue sous le sobriquet de la vipère blanche !

Vanilla fit une courte révérence, la jubilation se lisait sur son visage. Les yeux de Thycéron s'écarquillèrent et ses protestations étouffées et incompréhensibles résonnèrent dans toute la pièce.

— Oui, misérable, c'est bien moi, lui chuchota-t-elle à l'oreille.

D'un geste rapide, elle découpa le bâillon de son prisonnier, l'attrapa par les épaules et le plaqua contre le mur. Elle posa la pointe de son couteau sur la poitrine du guerrier.

— Vanilla, je…

— Chut. Cela fait si longtemps que je te cherche.

Thycéron déglutit avec difficulté. À côté d'elle, Abigaïl sentit Bella s'agiter, se préparer à agir. Contre toute attente, Vanilla embrassa langoureusement le guerrier. Thycéron semblait tout aussi surpris que ses compagnons, mais il ne résista pas. Quand elle eut fini, elle lui fit un grand sourire et le frappa au visage avec le manche de sa dague. Le guerrier s'écroula, la lèvre en sang.

— J'ai toujours voulu connaitre le goût d'un homme sur le point de mourir, cracha-t-elle.

— Madame, je vous en prie… commença Azénor.

Le colosse se rua vers lui et lui donna une énorme gifle.

— Toi pas parler ! tonna-t-il.

— Voyons, Damian, tu t'adresses à un prince, ironisa Vanilla. Ne l'abîme pas, la reine n'apprécierait pas.

Le colosse recula.

— Vous allez me rendre riche, reprit Vanilla avec entrain. Je serais grassement payé pour votre capture.

Soudain son sourire s'envola. Elle braqua son regard sur les mains de Bella.

— Jeune fille, j'ignore ce que tu penses faire avec le couteau que tu caches si habilement, mais quatre de mes hommes encerclent cette demeure. S'ils ne me voient pas sortir la première, ils vous tueront tous.

Damian s'approcha de la voleuse et tendit sa main. À contrecœur Bella lui remit son arme.

— Vanilla, écoute-moi, commença Thycéron, toujours allongé sur le sol.

La tortionnaire lui donna un grand coup de pied dans l'entrejambe. Le guerrier se recroquevilla en hurlant.

— Sale chienne !
— Toi, je te garde pour moi, lança-t-elle avec hargne. Ton frère devra se contenter de tes amis.
La vipère blanche fit un signe à son compagnon.
— Prépare-les.
Tout semblait perdu. Le colosse à la peau noire attrapa la corde qui était enroulée autour de sa taille et commença à attacher Gregor. En rassemblant son courage, Abigaïl leva la main. Elle avait une idée et elle pria pour que cela fonctionne.
Vanilla la regarda avec surprise.
— Parle, mais sache que les supplications me donnent la migraine, dit-elle avec amertume. Mon cœur a disparu il y a bien longtemps.
Abigaïl prit une grande inspiration et fit son maximum pour que sa voix ne tremble pas.
— Vous êtes Vanilla, celle qui a abandonné Thycéron à une mort certaine ?
Le visage de la femme changea radicalement d'expression. La jubilation et l'assurance laissèrent place à la surprise et à l'incertitude.
— C'est lui qui t'a dit ça ? demanda-t-elle en désignant le guerrier prostré sur le sol.
Abigaïl baissa la tête, incapable de soutenir le regard inquisiteur de la mercenaire.
— Il nous a raconté qu'il vous aimait et qu'il peinait à avouer ses sentiments, mentit-elle.
Abigaïl sentit Bella s'agiter. Elle comprenait certainement la manœuvre.
— Avant qu'il y parvienne, vous l'avez trahi en le laissant seul et nu sur un rocher pour qu'il meure de faim, dans l'agonie, ajouta la voleuse.
Soudain Gregor se racla la gorge. La magicienne vit ses lèvres s'ouvrir et ses sourcils se froncer, comme à chaque fois qu'il contredisait quelqu'un. Mais avant qu'il n'émette le moindre son, Damian lui ballonna la bouche. Dans sa tête, Abigaïl le remercia.
Vanilla s'approcha d'elle et capta son regard.

— Des marins l'ont sauvé et lui ont donné ma lettre. Je voulais qu'il comprenne à quel point il tenait à moi. Il devait me rejoindre à l'auberge pour que nous continuions notre vie ensemble.
— Ils ne m'ont rien donné, expliqua Thycéron en relevant la tête. J'ai fui en pensant que tu me voulais mort.
Vanilla fit un pas en arrière.
— Tu mens, s'exclama-t-elle. Tu m'as dit que je n'étais qu'une passade. Un jouet.
— Il me fallait juste du temps, dit-il la voix brisée.
Abigaïl ignorait si la douleur du coup de pied ciblé l'aidait, mais elle le trouva très convaincant.
— C'est toi qui m'as trahi, ajouta-t-il alors qu'une larme naissait aux coins de ses yeux.
Doucement il se releva, avec difficulté, les mains toujours attachées dans le dos. La lèvre enflée et ensanglantée.
— Regarde ce que tu es devenu, se consterna-t-il en s'approchant d'elle.
"N'en fais pas trop", se dit la magicienne, l'estomac noué. Leurs vies dépendaient de ce qu'il allait dire.
— Où est passée la douce et tendre jeune femme que j'ai aimée ? reprit-il.
— Elle est morte lorsqu'elle t'a attendu à l'auberge pendant des mois en pleurant toutes les larmes de son corps, répondit Vanilla en posant sa main sur la joue du guerrier. Je t'ai cherché année après année, dilapidant toute la fortune que nous avions accumulée. Puis je me suis retrouvée seule. La rage au ventre et sans-le-sou. Et lorsque mon âme a purgé tout le chagrin qui obscurcissait mon esprit, j'ai repris ma vie en main. J'ai monté une équipe et maintenant je traque les criminels et je me fais payer pour leur capture. Puis j'ai entendu parler de ton passage à Asring, que tu fuyais vers le nord. J'ai tout de suite compris que tu reviendrais ici, que je te retrouverais dans cette auberge dont tu parlais sans arrêt. Je pouvais enfin te faire payer pour cette vie qu'on m'a volée.
— Qu'on nous a volés, rectifia le guerrier.
Vanilla baissa la tête.

— Je n'arrive pas à y croire, tout ce temps passé dans le mensonge.
— Si tu tiens encore un peu à moi, adjura Thycéron, libère-nous. Si tu nous livres à la reine, c'est la mort qui nous attend. Moi et mes compagnons devons accomplir de grandes choses.
Vanilla plongea son regard dans le sien.
— J'ai une nouvelle famille maintenant, ils comptent sur moi.
Le guerrier secoua la tête.
— Je ne te demande pas de les abandonner. Il est encore trop tôt pour que je puisse te pardonner, mais lorsque ce sera le cas je te retrouverais, j'en fais le serment.
Vanilla se mit à sourire et montra son couteau. Abigaïl se dit que tout était perdu, qu'elle venait de les percer à jour.
— J'ignore si tu tentes de refaire de moi l'objet de tes manipulations, dit-elle avec une étincelle de démence dans les yeux.
Elle détacha Thycéron.
— Lorsque j'aurais retrouvé les marins et qu'ils m'auront dit ce qu'il en est, je laisserais leurs cadavres derrière moi et nous nous retrouverons, promit-elle avec une tendresse inquiétante. Une dernière chance pour notre idylle.
Elle se pencha vers lui et l'embrassa de nouveau, avec fougue.
— Dame Vanilla ? s'inquiéta Damian, les bras croisés.
— Délivre-le, ordonna-t-elle en désignant Gregor.
Elle fit volte-face et ouvrit la porte.
— Nous partons.
— Et prime ? s'inquiéta Damian.
— Nous traquerons des rebelles et des bandits, ce n'est pas le travail qui manque.
Le colosse la regarda avec mécontentement.
— C'est un ordre, ajouta-t-elle en plongeant son regard dans celui de Damian.
Le colosse détourna les yeux et détacha Gregor. Vanilla fit un dernier sourire à Thycéron puis elle sortit de la maison, Damian sur les talons.

24
Le plan

Ils étaient restés immobiles, hagards. Thycéron utilisait l'écharpe pour arrêter le saignement de sa lèvre et Atone, toujours assis sur le sol, avait les yeux perdus dans le vide. Azénor se racla la gorge.
— C'était… intense, dit-il brisant ainsi la catatonie ambiante.
— Elle n'a pas changé d'un pouce, s'exaspéra Thycéron. Vanilla a toujours été instable. Elle prend sa vie pour une pièce de théâtre, ses réactions sont excessives. En y réfléchissant, la vipère blanche est un rôle qui lui convient parfaitement.
Le guerrier s'assit lourdement sur une chaise et regarda Abigaïl.
— Merci.
La magicienne fit signe que ce n'était rien.
— Tu l'as cerné et manipulé avec talent, avoua Azénor. Avec un peu de sang-froid, tu aurais ta place à la cour.
Atone se leva.
— Je vais m'assurer que personne ne rôde trop près d'ici, puis j'irais boire et manger jusqu'à ce que mon postérieur reprenne sa forme initiale.
Sans autres explications et sous les regards étonnés de ses compagnons, il s'éclipsa.
— Il s'en remettra, assura Thycéron. Il n'a pas l'habitude d'être malmené, lui faut juste un peu de temps.
— Comment Vanilla t'a-t-elle attrapé ? demanda Bella.
Le guerrier soupira.
— Elle a attendu que je sorte de l'auberge et elle m'a suivi jusqu'ici, son chien de garde m'a sonné : il a une sacrée gifle.
Azénor désigna sa joue encore rouge.
— Je confirme. J'ai eu l'impression d'être percuté par un cheval au galop.
— Vanilla a toujours su s'entourer d'hommes forts, lança Thycéron avec un petit sourire.
— Et tu es parvenu à voir tes contacts ? demanda Abigaïl avec sérieux.

253

Le guerrier acquiesça.

— J'ai trouvé un moyen d'entrer dans le château.

La magicienne retint son souffle, ils touchaient au but.

— Une fête a lieu, informa-t-il. Une fête où les invités sont tous masqués et déguisés. Une personne va nous obtenir une invitation et un costume. Les derniers invités sont attendus demain matin. Bien sûr, ce ne sera pas gratuit, mais c'est une aubaine qu'il serait stupide d'ignorer.

— Une fête costumée, des personnalités... se répéta Azénor. Ce n'est pas le Kadok, j'espère.

Lentement Thycéron fit signe que c'était le cas.

Le prince se prit la tête dans les mains.

— Je suis la seule à ne pas savoir ce que c'est ? interrogea Abigaïl.

— Peu de personnes savent qu'il existe une telle réunion, expliqua Thycéron. Tous les quatre ans, les nobles les plus puissants du pays se rassemblent pour ce qu'ils nomment le Kadok, en hommage à l'ancien dieu de l'opulence. Traditionnellement les chefs des tribus y forniquaient, mangeaient et torturaient des esclaves pendant des jours. Mais au fil des siècles c'est devenu le théâtre d'importantes manœuvres politiciennes. Des alliances secrètes s'y créent, des trahisons, des scandales, des duels et parfois même des empoisonnements. Certains nobles perdent leur titre ou leur tête pendant cet évènement alors que d'autres gagnent puissance et influence.

— Mon père donnerait tout pour y infiltrer des espions, s'exclama Bella. À chaque fois nous dépensons or et vie sans compter pour découvrir où et quand aura lieu le Kadok. Nous l'apprenons toujours trop tard pour agir.

— Pour cela il lui faudrait des hommes rusés, informés et parfaitement au fait du protocole de la bourgeoisie. Les invités sont masqués et tous essaient d'en tirer profit. C'est un jeu de faux semblant où les acteurs, parés de leurs plus beaux atours, se jaugent, s'allient et se menacent dans la politesse.

— Si le Kadok n'est pas organisé au palais royal, ma mère n'y sera pas, se réjouit Azénor. Je connais le monde de la bourgeoisie, je peux y aller.

Thycéron secoua la tête.

— Mon frère te dénoncera avant même que tu n'ouvres la bouche. Il n'y a qu'une personne susceptible de le convaincre de nous aider.

Tous regardèrent Abigaïl. La magicienne se sentit mal à l'aise.

— Je ne suis pas très doué avec les protocoles, je n'y arriverais pas.

Tous sursautèrent lorsque la porte s'ouvrit. Atone entra, un parchemin à la main. Gauvrian entra à tir d'aile et se posa sur la table.

— J'ai bien réfléchi et je m'en vais ! déclara le garde.

— Atone, qu'est-ce que… commença Thycéron.

— Laisse-moi parler ! coupa Hawind. Ma décision est prise, je quitte Granar. Je pars rejoindre mon oncle à Guildberg. Il y fait du fromage et m'a toujours dit qu'il serait heureux que je le rejoigne. Si la vipère blanche vous a trouvé, d'autres y parviendront.

Il plongea son regard dans celui d'Abigaïl.

— Désolé, mais je ne suis pas un héros, je tiens trop à ma vie. Je pars immédiatement. Au moins deux jours s'écouleront avant que Carl ne reprenne son poste ou que mon capitaine remarque mon absence.

Atone déposa un parchemin sur la table.

— Je l'ai volé dans son bureau.

Le garde fit volte-face et s'apprêta à sortir.

— Merci ! lança Abigaïl.

— Pardon ? s'étonna celui-ci sans se retourner, la main sur la clenche.

— Merci de nous avoir aidés, beaucoup nous auraient vendu. Ne culpabilisez pas.

Il opina de la tête et claqua la porte. Bella souffla.

— Il nous laisse tomber et tu le remercies ?

La magicienne ne répondit pas et attrapa le parchemin. Il semblait taillé dans un bois brut et épais, mais gardait pourtant la flexibilité et la légèreté du papier.

Cinq dessins particulièrement réalistes représentaient les compagnons. Abigaïl regarda son portrait. Elle n'y lut aucune émotion, pire, elle y décela une froideur et une indifférence profonde. "Abigaïl Cridor, réfractaire, dangereuse, mille cinq cents pièces d'or de récompense pour sa capture. Ne dois pas être tué. Vu la dernière fois au nord d'Asring." Médusée, elle donna le parchemin à Thycéron. Il le parcourut sans tarder.

— Comment ont-ils obtenu ces informations si vite alors qu'hier nous naviguions encore sur l'Asri ? demanda-t-il.

— C'est une écorce de thull, s'exclama Azénor.

— L'arbre des elfes ?

Le prince acquiesça.

— Ces arbres ont été victimes du succès de leurs bois souples et résistants. À l'époque de la Grande Guerre, il y a plus de huit siècles, la quasi-totalité des thulls a été décimée pour construire des armes et des plastrons. Mais lorsqu'un thull meurt naturellement, cet arbre énigmatique se fissure de toute part, il s'ouvre et se désagrège en dizaine de copeaux. En son centre, son cœur devient un bloc aussi léger que le coton et aussi résistant que la pierre.

— Quel intérêt d'utiliser ces écorces comme parchemins ? demanda Bella.

— Les thulls possèdent une essence magique, reprit Azénor. Même lorsque l'arbre meurt, son cœur reste connecté aux écorces et donc aux parchemins. En utilisant le bon procédé, tout ce qui est gravé sur le bloc central de l'arbre se retranscrit sur ses écorces. Par conséquent, tous ceux qui en possèdent une savent à quoi nous ressemblons.

Thycéron regarda de nouveau le parchemin.

— Azénor et Abigaïl, ils vous veulent vivants. Quant à nous autres, peu importe notre état…

Bella soupira.

— Il n'y a pas de quoi être jaloux. Plutôt mourir que de se retrouver à la merci de la reine. Restons concentrés sur notre objectif : enlever ce maudit anneau de mon doigt et récupérer le maximum d'informations sur les autres artefacts.

Azénor et Thycéron jetèrent alors un regard en coin à la magi-

cienne. Abigaïl prit une grande inspiration :
— Comment allons-nous récupérer le déguisement et l'invitation ? demanda-t-elle.
Azénor fit un triste sourire.
— Heureux que tu acceptes, nous allons tout préparer dans les moindres détails.
— J'ai rendez-vous au lever du jour avec mon contact pour qu'il me donne les vêtements et l'invitation, expliqua Thycéron.
— Gauvrian accompagnera Abigaïl, ajouta Bella, à bonne distance et avec discrétion. C'est lui qui nous permettra de te retrouver.
Pour appuyer ses dires, l'oiseau décolla de la table et s'installa sur son épaule en lançant des piaillements de consentement.
— Vous n'attendrez pas ici ? s'étonna Abigaïl.
Bella et Thycéron s'échangèrent un regard gêné.
— Nous devons prendre nos précautions. Si tu es démasqué, il est préférable que tu ne saches pas où nous sommes.
Le guerrier enchaina.
— Une fois que tout sera en place, tu te rendras à la porte du château. Lorsque tu passeras devant les gardes, ne laisse paraître aucune hésitation, rends-toi directement dans le vestibule. C'est à ce moment que tu devras donner ton invitation. Ils te laisseront entrer dans la grande salle, qui sera remplie de monde. Va à la rencontre de mon frère dès que possible et demande-lui une audience en privé. S'il est récalcitrant, dit lui que tu possèdes un vieil artefact de famille, certainement magique, et que tu souhaites lui montrer à l'abri des regards. Il n'hésitera pas une seconde. Une fois que tu auras les informations, quitte la fête et nous te retrouverons.
Abigaïl acquiesça lentement. Thycéron croisa les bras.
— Il y aura des mages, des gardes du corps et des espions, évite d'attirer l'attention. Ne montre pas ta nervosité.
— Alors elle n'y va pas ! intervint Gregor.
Ses compagnons, étonnés, le regardèrent. Jusqu'ici il était resté silencieux, assis dans son coin.
— Elle n'ira pas au château ! tonna-t-il en se levant.

— Papa ? demanda la magicienne avec espoir.
Gregor la regarda sans comprendre.
— Pourquoi tu m'appelles papa ?
Azénor posa une main sur l'épaule d'Abigaïl.
— Pour rien, le stress lui fait dire n'importe quoi, assura-t-il.
— Maman ne doit pas y aller toute seule, reprit Gregor. C'est trop dangereux !
— Nous n'avons pas le choix.
— Peut-être devrions-nous attendre la fin de la fête ? proposa Azénor.
Thycéron secoua la tête.
— Maintenant qu'Atone n'est plus ici pour nous couvrir, nous n'avons que peu de temps pour agir. Nous pouvons envoyer un message au duc pour lui donner rendez-vous, mais je suis persuadé qu'il ne viendra pas. Il faut qu'il se retrouve brutalement face à face avec la descendante du plus grand mage de notre ère, la fille de Léonard Mirade. L'homme qu'il a toujours admiré. Il sera déboussolé et il n'aura pas le temps d'établir l'un des plans tordus dont il a le secret. Il ne te fera pas de mal, c'est une certitude.
— Abigaïl, ne le compromets pas, intervint Bella. S'il est démasqué, la Résistance ne s'en relèvera pas.
— Vous êtes fou ! s'écria Gregor en marchant avec nervosité. Maman ne doit pas courir un tel risque.
Abigaïl le regarda droit dans les yeux. Jamais elle ne l'avait vu si inquiet.
— Ma décision est prise.
— Dans ce cas tu es bête ! lança Gregor en passant en trombe à côté d'elle et en quittant la maison.
Bella partit à sa suite.
— Je m'en occupe, dit-elle.
En l'espace d'un instant, Abigaïl se sentit chuter. Elle ne cessait de déglutir pour retenir un haut-le-cœur et ses mains tremblaient. Le stress et la peur l'écrasaient. Son cœur battait à tout rompre et elle peinait à respirer. Elle s'assit lourdement sur la table, la mâchoire tremblante. Abigaïl resta ainsi de longues minutes, plongée dans la panique et la certitude de mourir ou d'embrasser la folie.

Contre toute attente, Azénor se planta devant la magicienne et ouvrit ses bras.
— Tout va bien se passer, assura-t-il en la serrant contre son cœur. Tu seras masqué et cette incursion prendra une heure tout au plus.
— Et si des magiciens lisent mes pensées ? hoqueta-t-elle en l'enlaçant.
— Aucun risque, assura Thycéron. Les nobles fuiraient le Kadok si les mages qui y sont invités pouvaient pénétrer leurs esprits. Des dispositions sont prises pour que ce soit impossible. Une occasion de plus pour mon frère de mettre en avant sa collection d'objets magiques.
— Et si Gregor ne revient pas, s'il se fait capturer ?
— Bella est avec lui et je suis certain que Gregor va revenir.
Azénor prit ses mains dans les siennes. Petit à petit la magicienne se sentait mieux. Sa respiration redevint régulière.
— Si ce n'est pas pour nous, il reviendra pour le cochon grillé, ajouta Thycéron.
Abigaïl sourit. Elle sortait de sa première crise d'angoisse. Son cœur ralentit et la nausée s'envola aussi vite qu'elle était arrivée. Elle se décolla du prince avec gêne.
— Comment vais-je reconnaître le duc, m'adresser à lui ?
— Il ne sera pas masqué, expliqua le guerrier. De plus, nul doute qu'il prendra la parole de nombreuses fois.
— Pour ce qui est du protocole, intervint Azénor, nous avons encore de longues heures devant nous. Je vais t'apprendre à te fondre parmi les invités.
La magicienne acquiesça, le prince lui tendit la main en s'inclinant, le pied gauche légèrement levé en arrière.
— Gente demoiselle, si vous le voulez bien, commençons sans plus attendre.
Abigaïl se laissa guider, but ses paroles. En l'entendant parler avec enthousiasme des pirouettes, des salutations et des règles protocolaires, elle comprit qu'il restait attaché à ce monde où le paraître primait sur l'honnêteté et le bon sens. Mais peu lui importait, elle appréciait chaque seconde de ce moment de partage. À plusieurs reprises Azénor posa ses mains sur ses hanches ou au ni-

veau de sa nuque, ce qui la fit frissonner de plaisir. Elle n'était pas dupe, le prince lui montrait le maintien et la posture qu'elle devait prendre, rien de plus. Pourtant elle ressentait ses mouvements comme l'ébauche d'une danse romantique, le début d'une union charnelle. Elle refréna ses envies. Deux heures s'écoulèrent.

— Tu es prête ! s'exclama finalement Azénor.

Abigaïl avait mal au dos à force de répéter les mêmes mouvements, mais aucune douleur ne pouvait l'arrêter.

— Tu crois ? grimaça-t-elle.

— J'en suis persuadé !

La porte s'ouvrit avec force, Bella entra, suivie de prés par Gregor. Celui-ci ne leur adressa pas un mot et alla s'assoir dans un coin.

— Tout va bien, assura la voleuse.

— Qu'est-ce qui s'est passé ? demanda Abigaïl.

— Rien de spécial. Il a grimpé jusqu'au rempart pour regarder le soleil se coucher. Et pour vous ?

— Abigaïl est parée pour demain, indiqua fièrement Azénor.

— À cause de Vanilla, je n'ai pas eu le temps de récupérer des vivres, s'excusa Thycéron.

— Je ne sais pas pour vous, mais je ne pourrais rien manger de toute façon, avoua Abigaïl.

— Dans ce cas, essayons de dormir. Nos nerfs ont été mis à rude épreuve aujourd'hui et je crains que demain ne soit pire encore.

Abigaïl acquiesça, les compagnons s'allongèrent et Thycéron éteignit la torche. La pièce fut plongée dans le noir. La magicienne se répéta une dernière fois les conseils d'Azénor. Elle finit par fermer les yeux et s'endormit en imaginant l'allure du costume qu'elle allait porter le lendemain. Elle ignorait depuis combien de temps elle dormait lorsqu'un cri strident la réveilla en sursaut. Son cœur battait à tout rompre, les ténèbres l'entouraient et elle entendait quelqu'un se débattre à côté d'elle. Il y eut des bruits de lutte puis un râle inquiétant. Abigaïl se mit en position assise, essayant de distinguer ce qui se passait. Elle posa alors sa main sur quelque chose d'humide et visqueux.

— Que se passe-t-il ? s'écria la voix de Thycéron.

Abigaïl l'entendit frictionner avec énergie son briquet à amadou, puis il embrasa la torche. La magicienne regarda sa main : elle était recouverte de sang. Elle tourna la tête. Bella gisait à côté d'elle, le ventre lacéré.

25
Sang et robe

— Bella ! s'écria Thycéron en s'agenouillant près d'elle.
La voleuse gardait la bouche grande ouverte, le regard apeuré. La tête penchée en arrière, elle essaya de parler, mais n'y parvint pas. Sa respiration n'était plus qu'un râle inquiétant et certains de ses membres tremblaient de façon sporadique. Une marre de sang se forma autour d'elle et de sa chemise en lambeaux. Le guerrier donna la torche à Azénor et exerça une pression sur le ventre de son amie.
— Tiens bon ! N'essaie pas de parler.
Abigaïl fixait ses mains recouvertes de sang. Lentement elle leva les yeux et ce qu'elle vit la saisit d'un effroi sans bornes.
— Non, sanglota-t-elle.
Gregor, silencieux et immobile, tenait un couteau ensanglanté à la main. Son visage était d'une pâleur cadavérique. De la sueur perlait son front et des éclaboussures de sang parsemaient ses vêtements. Abigaïl plongea son regard dans le sien, elle n'y vit que tristesse et désarroi.
— Prends ma relève, dit le guerrier.
Il attrapa les mains d'Abigaïl et les posa sur la blessure la plus sévère. Le contact avec la plaie était poisseux et tiède.
— Appuie bien fort, il faut stopper l'hémorragie, reprit-il en se levant. Il doit me rester un peu de…
Il se stoppa net en voyant Gregor.
— Je devais le faire, chuchota celui-ci.
La surprise du guerrier fut remplacée par de la rage. Il s'approcha de lui et le frappa au visage, à deux reprises. Un hématome apparut et du sang s'échappa de sa bouche.
— Pourquoi ? hurla Thycéron en le plaquant contre le mur.
— Abigaïl est plus importante que tout. C'est ce qu'a dit la voix dans ma tête, elle m'a obligé.
Le guerrier leva de nouveau son bras.
— Elle a perdu connaissance ! s'écria Azénor.

Thycéron regarda Gregor avec dégoût.
— Si elle meurt, tu meurs, lâcha-t-il.
D'un geste brusque il arracha la chemise de Gregor.
— Nous devons compresser la plaie pour contenir l'hémorragie. Une fois qu'elle ne saignera plus, il faudra la recoudre ou la cautériser.
Thycéron fouilla dans le sac de provisions et en sortit une poignée de Lacedoc. Il l'appliqua sur la plaie et confectionna un bandage avec le morceau de chemise. Durant de longues minutes, assisté par Abigaïl et Azénor, il s'affaira à soigner la voleuse. Le saignement avait cessé, mais Bella restait inconsciente.
— Elle va s'en sortir ? demanda Azénor.
— Elle a perdu beaucoup de sang. C'est une blessure que les soldats connaissent bien. Si son corps ne parvient pas à en refaire assez vite...
Le regard du guerrier se perdit dans le vide.
— Combien de temps ? s'enquit le prince.
— Quatre heures tout au plus.
— Il y a un moyen de la sauver. Un sort utilisé sur les champs de bataille par les mages-soigneurs. Il permet de...
— Je sais, coupa le guerrier, les poings serrés. Le sortilège de régénération de Turin.
Thycéron se leva et s'approcha d'Abigaïl, assise, les yeux grands ouverts. Il prit son menton pour capter son attention.
— Le rendez-vous pour récupérer l'invitation est dans deux heures, c'est un temps que nous ne pouvons pas perdre. Il faut agir maintenant. J'ai besoin que tu reprennes tes esprits.
Abigaïl acquiesça.
— Je comprends.
Elle essuya ses mains sur ses vêtements et se leva.
— Allons-y.
Le guerrier s'approcha de Gregor puis le frappa au niveau de la mâchoire. Il s'écroula, inconscient. Thycéron utilisa son écharpe pour lier les mains du réfractaire.
— Azénor, quoiqu'il arrive, il ne sort pas d'ici.
Thycéron s'approcha du prince et lui tendit sa dague.

— S'il réussit à se défaire de ses liens…

Azénor prit une grande inspiration et attrapa l'arme.

— Je vais veiller sur Bella et Gregor ne bougera pas.

Le guerrier acquiesça et, avec Abigaïl, il sortit de la maison. L'aube allait bientôt poindre et la boue épaisse qui recouvrait la rue était toujours présente. À chacun de leur pas, un bruit désagréable retentissait.

— Le prince disait vrai, souffla Thycéron. On ne pouvait pas avoir confiance en Gregor.

Il emprunta une ruelle déserte. Abigaïl garda le silence.

— Content que tu n'essaies pas de le défendre.

— Rien ne justifie ce qu'il a fait. Bella ne méritait pas ça, personne ne le mérite.

Thycéron bifurqua à gauche. Ils croisèrent deux hommes, assis devant le ponton d'une maison.

— Garde la tête basse, chuchota le guerrier. Nous y sommes presque.

— Où allons-nous ?

— Derrière l'auberge.

Il se stoppa et regarda Abigaïl.

— Autant te le dire tout de suite. J'ignore ce qui nous attend.

— Comment ça ?

— L'aubergiste et moi avons, disons, une histoire commune. Je lui fais confiance. C'est lui qui m'a appris que l'un de ses clients cherchait à vendre au marché noir des affaires assez particulières, dont le laissez-passer qui nous intéresse. Mon ami a servi d'intermédiaire et a fixé le rendez-vous.

— Nous ignorons donc tout de l'homme providentiel.

— Ça va fonctionner, tenta de se convaincre Thycéron. C'est notre seule chance de sauver Bella.

Ils arrivèrent à destination. Un espace étroit et sombre entre l'auberge et le mur d'un escalier. Une petite porte, qui desservait certainement la remise, leur faisait face.

— Attends-moi ici, dit le guerrier avant de s'engouffrer à l'intérieur de l'auberge.

Abigaïl attendit de longues minutes, essayant de maitriser ses

nerfs. Thycéron finit par ressortir, seul.
— Il arrive. Mon ami est parti le réveiller.
Le guerrier s'adossa contre le mur.
— Que vas-tu faire à Gregor ? angoissa la magicienne.
— Pour l'instant, rien. Son sort dépendra en grande partie de celui de Bella. Concentre-toi sur ta mission.
"Facile à dire !" pensa-t-elle. Néanmoins, elle fit l'effort de se récapituler les conseils d'Azénor. Plusieurs minutes s'étaient écoulées lorsqu'un raclement annonça la sortie d'une personne par la petite porte. Avant même qu'Abigaïl ne distingue son visage, Thycéron l'attrapa par le col.
— Toi, mais c'est pas vrai !
Une cicatrice autour du cou, un ventre rebondi et un air sournois, cela ne faisait aucun doute, c'était le tavernier d'Asring.
— Je pourrais en dire autant, cracha Letock en tentant de se dégager.
Il attrapa un objet à sa ceinture, Abigaïl vit un reflet argenté.
— Attention !
Thycéron attrapa le poignet du tavernier et d'un coup sec fit tomber la dague.
— Bien essayé, raclure.
Il positionna son bras au niveau du cou de l'aubergiste et exerça une pression. L'homme ne tarda pas à manque d'air, il se mit à suffoquer.
— Mon bras n'est pas une corde, il ne se brisera pas ! lança le guerrier.
— Thycéron, on a besoin de lui, rappela Abigaïl.
Le guerrier enleva son bras de la trachée du criminel, mais le maintint immobile.
— Où sont le laissez-passer et la tenue ? demanda-t-il.
— Tu me laisseras vivre si je te les donne ?
Comme réponse il reçut un coup de poing dans le ventre.
— Je n'ai pas le temps de jouer à ce petit jeu, informa Thycéron. J'en ai besoin maintenant, dis-moi où ils sont.
Letock se mit à rire à gorge déployée.
— Tu crois que je vais faire une faveur à mon assassin ?

Thycéron leva son poing.
— Nous vous laisserons la vie, dit Abigaïl.
Le guerrier se tourna vers elle.
— Non, j'ai fait la promesse à Duciale de venger la mort de sa fille.
— Et tu nous as promis de ne plus prendre ce genre de décision seul.
Thycéron secoua la tête.
— Je peux le faire plier, assura-t-il. Laisse-moi seul deux minutes avec lui et nous aurons ce qu'il faut.
— J'en suis certaine, mais le Thycéron que je connais, celui qui veut racheter ses fautes, ne souhaite pas prendre ce chemin.
Le guerrier dévisagea Letock.
— J'ai besoin du laissez-passer pour sauver la vie d'une amie. Si tu nous aides et qu'elle s'en sort, tu auras une chance de voir le soleil de demain.
Abigaïl s'approcha du tavernier.
— Si tu refuses notre offre, je vais me commander une chope au bar et te laisser seul avec lui.
Letock fit une grimace et désigna la porte d'un coup de menton.
— Derrière. Le laissez-passer est celui de Sevilla Duciale, il y a également la tenue qu'elle devait porter.
— Comment ? demanda Thycéron alors qu'Abigaïl ouvrait la porte.
— Sevilla voulait que leur demande en mariage se fasse devant la noblesse, histoire de forcer les choses. Pour ne pas éveiller les soupçons, elle a confié la robe qu'elle a commandée ainsi que l'invitation à son amant. Cet imbécile me les a confiés pour que je les mette en lieu sûr. Le lendemain j'apprenais que cet ingrat voulait me balancer pour satisfaire sa donzelle. Avant de partir, j'ai tout récupéré en me disant que je pourrais en tirer un bon prix.
Le tavernier cracha sur le sol.
— J'ai eu tort…
Abigaïl sortit du sac un bout de papier rectangulaire. Elle le retourna, il semblait vierge.
— C'est tout ? s'énerva Thycéron.

— Je n'en sais rien moi, se défendit Letock. C'est surement magique.
— S'il ne répond qu'à son propriétaire ou que ce n'est qu'un morceau de papier, je suis fichue, lâcha Abigaïl.
Le guerrier cria de rage en donnant un coup de pied dans le mur. Il se mit à tourner comme un lion en cage.
— Si tu penses que le laissez-passer est inutilisable, tu n'y vas pas, finit-il par dire avec désespoir.
Abigaïl secoua la tête.
— Je condamnerais Bella, Gregor, et accessoirement ce minable, dit-elle en désignant le tavernier. J'y vais.
— Te suicider n'arrangera pas la situation.
— Ce bout de papier est peut-être tout ce qu'il me faut. Il est juste… étrange.
— Mon frère a toujours eu une affection particulière pour l'étrange, se rappela le guerrier. Tu es sûr de toi ?
Abigaïl acquiesça.
Des piaillements se firent entendre. Gauvrian apparut et se posa sur l'épaule de Thycéron. Le guerrier poussa le tavernier un peu plus loin, vers le cul-de-sac.
— Dans ce cas, on te laisse te changer, dit-il en s'éloignant.
La magicienne sortit du sac un petit masque et la tenue. C'était une robe en velours rouge striée de fil d'or et resserrée au niveau de la taille. De la dentelle noire décorait le haut du dos, la poitrine et le bas des épaules laissées nues. Deux fines bandes de satin ocre et coupé en demi-lune dessinaient la forme des seins et séparaient la dentelle du velours. Le volume de tissus laissé pour la poitrine indiqua à Abigaïl que la fille du baron avait des formes bien plus généreuses que les siennes. Elle se souvint des mots de l'archer aux abords de l'Asri : "la peau aussi blanche qu'une chiure de piaf et la poitrine aussi développée que le cerveau d'un garde". Sur le coup, cette description peu flatteuse ne l'avait pas fait réagir. Le choc et le souci de rester en vie faisaient qu'elle n'avait pas forcément tout assimilé. Mais à ce moment précis, à regarder avec de grands yeux cette luxueuse et magnifique robe faite sur mesure, elle se sentit indigne de la portée. Elle se trouvait

sale et laide. Une peau pâle, des cheveux pleins de terre et une poitrine quasi inexistante... Comment un homme pourrait-il la trouver attirante ? "Bella, elle, est une beauté de la nature", pensa-t-elle avec amertume. À peine cette pensée avait traversé son esprit qu'elle fut envahie par un sentiment de culpabilité. Elle admirait une robe et jalousait Bella alors que la voleuse luttait contre la mort. Quant à Sevilla Duciale, qui devait porter cette robe, elle avait été assassinée par l'homme qui se tenait derrière elle. Abigaïl soupira et, avec un certain dégoût d'elle-même, s'assura que personne ne la regardait. Thycéron et le tavernier restaient au fond de l'impasse, dos tourné. Rassurée, elle retira ses vêtements en vitesse et enfila la robe. Hormis le haut qui flottait un peu, elle lui allait bien. À côté de ses vêtements sales, tachés du sang de Bella, elle vit sa dague qui ne la quittait plus depuis des jours. Elle était tellement habituée à la porter qu'elle en avait oublié son existence. Elle la ramassa et l'utilisa pour voir son reflet. Bien que déformée par la lame, elle vit des traînes de boue et de poussière sur son visage qu'elle s'empressa de faire disparaitre. "Ce n'est pas de la coquetterie, tenta-t-elle de se convaincre. C'est pour ressembler au mieux à une noble afin que la supercherie ne soit pas découverte." Et pour que ce soit parfaitement le cas, elle allait devoir porter un accessoire indispensable : le masque. Il était d'une simplicité déconcertante, des traits ordinaires noyés sous une couche de peinture argentée et agrémentée de paillette. Il ne couvrait ni le menton ni le front, mais cela devrait suffire. Elle le fixa à son visage à l'aide d'une petite cordelette assortie.

— Tu as terminé ?

Abigaïl sursauta. Thycéron et Letock se retournèrent.

— Tu es magnifique, s'exclama le guerrier avec un sourire forcé.

— C'est surement la première fois qu'il te le dit, intervint le tavernier. Dommage qu'il faut que ce soit lorsque tu portes un masque...

Thycéron lui donna un grand coup d'épaule, la tête de Letock tapa contre le mur.

— Te couper la langue ne te tuera pas et je n'ai pas encore décidé de ton sort, alors à ta place, je ne l'ouvrirais pas.

Le tavernier cracha sur le sol un mélange de sang et de salive.

Abigaïl tendit au guerrier ses anciens vêtements, sa dague et la bourse contenant sa pierre d'ambre.

— Je ne peux pas la garder ? demanda la magicienne en lui donnant cette dernière.

Thycéron secoua la tête.

— J'en prendrais soin.

Abigaïl fit signe qu'elle comprenait.

— Je dois garder notre prisonnier, reprit-il. Je ne peux aller plus loin s'il reste avec moi. Aux alentours du palais les patrouilles sont nombreuses et il pourrait nous trahir. Je vais t'expliquer comment t'y rendre.

La boule au ventre, Abigaïl acquiesça.

26
De velours et de boue

Le soleil et les nuages se disputaient le ciel, alternant crachins et éclaircies. La pluie détrempait le sol et Abigaïl dut, une fois de plus, se résoudre à patauger dans la boue. Elle fit son possible pour ne pas salir sa robe et, suivant les indications de Thycéron, elle évita l'allée principale pour s'engouffrer dans une sinistre ruelle. Des filets d'eau tombaient des toits avoisinants et inondaient le passage étroit. Un rat se faufila, ou plutôt nagea, à côté de la magicienne, avant de longer une maison délabrée et de disparaitre dans une fissure aussi large que le poing d'un homme. L'humidité et la pénombre étaient omniprésentes.
— Attention ! prévint une voix en hauteur.
Abigaïl eut tout juste le temps d'éviter le contenu d'un pot de chambre qui s'écrasa dans la boue, juste devant elle. Cette vision et l'odeur qui l'accompagnait lui retournèrent l'estomac. Elle se pencha, la main sur le torchis du bâtiment le plus proche, et sentit une vague d'angoisse la submerger. Ses doigts se crispèrent et son cœur s'accéléra. Elle ferma les yeux et se concentra : une nouvelle crise, elle devait se maitriser. Malgré ses efforts, une pensée qui résonnait comme une évidence s'insinua dans son esprit : "Je suis seule". Elle se revit pleurer dans son lit à Anthème, maudissant la solitude qui pesait sur sa vie. Aujourd'hui, c'était différent, elle avait enfin des compagnons pour qui elle comptait, mais pour combien de temps ? Bella ne survivrait certainement pas sans magie et son trépas briserait à jamais tout lien avec Gregor. Le groupe volerait en éclat. Depuis son départ du château, Abigaïl avait dû vivre avec un profond sentiment de culpabilité, d'impuissance et de dégoût d'elle-même. Mais malgré cette affliction, elle appréciait les histoires que Thycéron leur racontait, l'affection que Gregor lui portait, les compliments maladroits du prince et même le caractère acerbe de Bella. Certes, la magicienne avait peur pour sa propre vie, mais elle comprit que c'était l'idée de perdre ses compagnons qui la paralysait. Elle se redressa et prit

une grande inspiration.

— Tu peux le faire, dit-elle à haute voix. Tu dois le faire.

Plus déterminée que jamais, elle lutta contre la boue et traversa la ruelle. Elle arriva dans une allée perpendiculaire, plus large, où des planches de bois couvraient la vase. Elle passa devant une bâtisse à la devanture bardée de dessins suggestifs. Sur le perron, trois jeunes femmes, légèrement vêtues, accostaient les badauds. L'une d'elles, plantureuse, avec une couronne de fleur dans les cheveux et habillée d'un simple corset en dentelle rouge, s'approcha d'Abigaïl.

— C'est rare de voir une souris si bien roulée traîner dans le coin, lui susurra-t-elle à l'oreille. Suis-moi à l'intérieur et je te prouverais qu'une femme peut te donner autant de plaisir qu'un homme. Tu pourras même garder ton masque si tu veux.

L'aguicheuse tendit la main pour caresser l'épaule d'Abigaïl, mais celle-ci la repoussa.

— Laissez-moi tranquille, dit-elle sèchement.

La magicienne s'écarta et s'apprêtait à partir lorsque la prostituée lui attrapa le bras.

— Ne me regarde pas avec tant de dégoût, sale garce, invectiva-t-elle. Sans les marchandes du plaisir pour calmer les ardeurs des pourceaux du coin, les bourgeoises dans ton genre se feraient trousser à chaque coin de rue.

Les mots étaient durs, mais le ton conciliant.

— Je ne voulais pas vous offenser, assura Abigaïl en levant les mains.

— Dégage, s'écria la fille de joie en lui faisant signe de partir. Et un conseil, ne te pavane pas habillée comme ça ! J'en connais plus d'un qui te planterait pour vider tes poches.

Abigaïl ne se fit pas prier et se dépêcha de quitter la rue et son bordel. Elle marcha de longues minutes et finit par rejoindre un quartier bien différent. Les espaces y étaient plus grands et elle croisa même des oies et des cochons. De petites parcelles quadrillées d'enclos en bois entouraient des chaumières simples, moins délabrées que les maisons qu'elle avait vues jusqu'ici. Des paysans s'affairaient dans des jardins, retournant la terre, cueillant des tomates et des courges aux couleurs et formes étranges. Quelques arbres et de la verdure poussaient à leur aise, assainissant les chemins bosselés de leurs racines. Même les nuages semblaient apprécier le secteur et laissaient le soleil l'illuminer de sa bienveillance. Abigaïl prit alors conscience de l'immensité de Granar. Thycéron leur avait expliqué qu'autrefois, à la place de la basse-ville actuelle, il n'y avait que de simples faubourgs formés autour de la muraille principale et des ponts-levis. Mais lors de l'explosion économique de Penderoc, le quartier riche avait eu besoin de place pour accueillir l'arrivée incessante des nobles et des marchands désireux de s'y installer. Les habitants les moins fortunés avaient été chassés de chez eux et repoussés dans les faubourgs où une immense muraille extérieure fut construite pour calmer la population. Des champs et des exploitations entières avaient été absorbés par la ville, devenant ainsi la plus grande du royaume. Les indésirables avaient été poussés contre le mur d'enceinte sud, à l'opposé du palais et de la noblesse. Plus la magicienne remonterait vers le nord, plus les habitants devraient être riches et les rues sûres. Cette perspective la réjouit, même si cela impliquait de croiser des patrouilles. Elle continua d'avancer jusqu'à apercevoir la muraille principale qui séparait les bas-fonds de la ville de ses quartiers marchands, l'ancien Granar de ses faubourgs. Elle s'approcha avec prudence et, à l'angle d'un mur, regarda discrètement l'entrée. Deux gardes armées en surveillaient l'accès. Le premier, visiblement empli d'ennui, faisait tournoyer son épée comme une toupie, la pointe sur le pavé. Quant à son acolyte, assis sur le sol, il se récurait les ongles avec sa dague. Thycéron devait graisser les pattes adéquates par le biais de son ami tavernier, mais les choses s'étant accélérées, Abigaïl allait devoir improviser. Elle récita une dernière fois les conseils que le guerrier lui avait donnés et se constitua un personnage susceptible de berner les gardes. Cela ne lui demanda que peu de temps : depuis toujours elle dévorait les romans d'aventures qui avaient le malheur de tomber entre ses mains. Elle vérifia que son masque ne risquait pas de glisser, prit une grande inspiration et sortit de sa cachette.

Le garde debout la remarqua le premier. D'un geste brusque, il essaya d'attraper son épée qui tournoyait sur elle-même, mais elle lui échappa des mains et tomba sur le sol avec fracas. Le bruit métallique sortit son camarade de la contemplation de ses ongles. Il se leva et brandit sa dague.
— Halte ! On ne passe pas.
— Dieu merci, je vais enfin pouvoir rejoindre la civilisation ! s'exclama Abigaïl en levant les bras au ciel.
Les soldats se regardèrent avec incompréhension.
— Qui êtes-vous ?
— À quoi bon porter un masque ? répondit-elle avec sarcasme.
— Madame, c'est qu'on a reçu l'ordre de ne laisser entrer personne sans une autorisation signée.
La jeune femme soupira.
— Quels sont vos noms ?
— Moi, c'est Pèfe, et lui Stiktit, dit le garde à l'épée.
Abigaïl s'approcha de lui.
— Pèfe, ne soyez pas stupide. On vous a demandé d'empêcher les va-nu-pieds d'entrer. J'espère que vous ne me prenez pas pour l'un d'eux ?
L'homme la regarda de haut en bas.
— Vous êtes habillée comme les nobles, mais j'ai des ordres.
Stiktit renifla.
— Vous ne seriez pas l'une des filles de Melinda ?
Pèfe lui mit une tape derrière la tête.
— Ta gueule, tempêta-t-il.
— Je ne connais point cette Melinda, qui est-elle ? demanda Abigaïl.
— C'est la maquerelle qui tient "le jardin des secrets", expliqua Stiktit. Le lupanar des bourgeois.
— Comment osez-vous me prendre pour une femme de mauvaise vie ! s'égosilla-t-elle, sautant sur l'occasion. Je vais vous faire molester pour cette insulte, allez me chercher le capitaine Saurcelor !
Les deux soldats s'échangèrent un regard inquiet puis ils se redressèrent, comme si entendre le nom de l'illustre capitaine pou-

vait les mettre dans l'embarras. Thycéron avait raison, le caractère imbuvable du capitaine Saurcelor faisait son effet.
— Calmez-vous, madame, tenta d'apaiser Pèfe.
— Je suis attendu au palais, reprit la magicienne au bord de l'hystérie. Saurcelor est un ami et il vous fera amèrement regretter de m'avoir laissé patauger dans cette fange une minute de plus !
Les gardes s'agitèrent.
— Si vous êtes attendu au palais, pourquoi passer par ici ? demanda Stiktit.
— Une roue de mon carrosse s'est brisée avant qu'on atteigne la ville et mon cocher a pris l'un des chevaux pour aller quérir de l'aide, expliqua Abigaïl. J'ai entendu plus d'une heure que ce lambineur revienne alors que je voyais la ville de là où j'étais ! J'ai décidé de continuer le chemin à pied et je suis arrivé par l'entrée nord. Il a fallu que je traverse les bas-fonds, ce tas d'immondices où se vautrent tous ces faquins et ces gougnafiers, pour arriver jusqu'ici.
— Et vous êtes venue seule ? s'étonna Pèfe.
— Je suis veuve et mes parents m'attendent au palais.
Les soldats se consultèrent, en chuchotant, mais en tendant l'oreille Abigaïl capta tout de même leur conversation.
— T'en penses quoi ? demanda Pèfe.
Stiktit jeta un coup d'œil à la magicienne.
— Elle nous parle comme si on était ses clébards, comme tous les nobles de cette foutue ville. On devrait voir avec notre lieutenant.
— Il est tellement sur les nerfs en ce moment…
— Alors quoi ? Tu préfères avertir Saurcelor ?
Pèfe secoua la tête.
— Il paraît qu'il est encore plus timbré depuis qu'il est rentré du front, comme si c'était possible…
— J'en ai assez de devoir me justifier devant vous, intervint la magicienne. Allez chercher messire Saurcelor, sur-le-champ !
Pèfe se tourna vers elle.
— Si on vous laisse entrer, c'est contraire aux ordres. Promettez-nous de garder cet incident pour vous et nous ferons une exception.

Abigaïl acquiesça.

— Je n'ai guère envie d'évoquer cette sordide escapade aux invités. Personne n'en aura vent.

Pèfe frappa contre le battant de la porte. Il y eut un cliquetis, un bruit de chaine et de roulement, puis elle s'ouvrit.

— Allez-y.

Abigaïl passa la porte sans être inquiétée par les gardes postés de l'autre côté. Le premier changement qu'elle observa fut le sol pavé, la garantie que la boue ne puisse envahir les rues et salir les poulaines. Les maisons étaient moins nombreuses que dans la basse-ville et infiniment plus colorées. Fenêtres bleues, tuiles vertes et vitraux multicolores côtoyaient de luxueuses façades fleuries et agrémentées de colonnes sophistiquées. Qu'elles soient en briques roses ou en pierres massives, ces habitations fastueuses n'avaient que peu vécu. Les anciennes demeures qui appartenaient au bas peuple avaient disparu pour laisser les nouveaux acquéreurs construire comme ils l'entendaient. Aux pieds des appartements, marchands et artisans s'affairaient autour de leurs étals. Ils proposaient viandes, poissons, légumes, tissus de toute sorte, peaux de bêtes, bouteilles de vin et même des oiseaux enfermés dans des cages en fer. Une foule haute en couleur battait le pavé et allait de stand en stand. Des couples de tout âge marchaient main dans la main, se séparant de temps en temps pour éviter le passage d'un bambin turbulent. Des hommes et des femmes discutaient bruyamment à force de gestes éloquents alors que d'autres échangeaient des commérages en chuchotant. La magicienne ne savait plus où donner de la tête : redingote, chapeau, fourrure, robe, costume, il y en avait pour tous les goûts et pour toutes les bourses. Certains acheteurs, souvent jeunes, étaient vêtus simplement, sans fioritures. Tels des acrobates, ils se déplaçaient vite en s'assurant de ne toucher personne et remplissaient des paniers de provisions destinés aux cuisines de leurs maitres. Des gardes, postés à intervalles réguliers, surveillaient du coin de l'œil les potentiels chapardeurs. La rue rayonnait de vie, de cris et de rires. Tous semblaient si heureux, soucieux dans le pire des cas. Abigaïl prit une grande bouffée d'air et, sous son masque, ne put s'empêcher de sourire. Elle se fraya un chemin dans la foule, humant les fragrances des bourgeoises, mélange de fruits et de fleurs. Elle passa devant un marchand d'épices, où un nuage de senteurs exotiques embaumait l'air. Tous les sens de la magicienne étaient en alerte. Il y avait tant à voir, d'accent à entendre et d'odeurs à sentir. Abigaïl traversa le marché avec l'envie de s'y fondre, d'incorporer cet univers resplendissant. Soudain, quelque chose frôla sa tête et piailla à ses oreilles. Gauvrian se posa sur sa main et lui donna un coup de bec sur le doigt.

— Aïe ! Qu'est-ce que tu veux ?

Pour toute réponse, le volatile décolla et s'éloigna des étals. Abigaïl se souvint que Thycéron lui avait conseillé de contourner le marché en prenant une ruelle adjacente, un détour moins risqué que de foncer dans une foule.

— Je te suis, maugréa Abigaïl.

Guidée par Gauvrian, elle se retrouva dans un endroit calme, loin de la foule. À l'angle d'une ruelle, elle leva les yeux. Titanesque, c'était le mot qui lui vint à l'esprit lorsqu'elle vit le château fort et son donjon démesuré. Elle compta pas moins de huit tours, répartis sur plusieurs centaines de mètres de muraille. La demeure du duc Winchester ressemblait à un géant de pierre qui pourrait avaler Anthème en une bouchée. Des soldats patrouillaient sur les chemins de ronde et pas moins de vingt statues étaient postées le long de l'allée menant au pont-levis. Deux hommes surveillaient l'accès à ce chemin. Le premier tenait un arc et des affiches dans ses mains. Une fine épée à la ceinture, il portait une armure intermédiaire en cuir noir. Des cicatrices parsemaient son visage et une balafre déformait ses lèvres. Son acolyte portait une cuirasse rutilante et un fléau. Ils ne ressemblaient en rien aux gardes qu'Abigaïl avait croisées jusqu'ici, ces hommes avaient l'allure de vétérans. Ils discutaient avec un individu masqué et costumé. La magicienne s'approcha un peu pour entendre leur conversation.

— Vous devez nous montrer votre visage, monsieur, indiqua l'archer. Nous avons des consignes.

— Mais enfin, c'est insensé, se plaignit l'invité. Il pourrait y avoir des espions qui nous surveillent et prennent des notes. Avec ces informations, leur employeur gagnerait avant même de commencer !

— Je vous assure que cela n'arrivera pas, monsieur. C'est une mesure de sécurité que messire Kaneek, chef suprême des magistors, nous a personnellement chargés de mettre en place. Personne, qu'importe son titre, ne peut passer sans s'y soumettre.

L'homme soupira.

— Et bien, s'il le faut… s'agaça-t-il.

Il regarda autour de lui, s'assurant que personne ne l'observait. Abigaïl lui tourna le dos et fit mine de réajuster sa coiffure. Après quelques instants, l'un des gardes s'exclama :

— Vous pouvez y aller, monseigneur.

La jeune femme s'éloigna et s'adossa à un mur. Gauvrian se posa sur son épaule.

— Tout tombe à l'eau, désespéra-t-elle. L'une des affiches qu'ils ont entre leurs mains me concerne certainement. Si j'essaie de passer, ils vont m'arrêter. C'est fichu.

La pie regarda Abigaïl droit dans les yeux. La magicienne ressentit une étrange émotion. Gauvrian s'envola haut dans le ciel, décrivit un demi-cercle, puis plongea sur l'archer pour prendre l'une de ses affiches.

— Bon sang ! s'écria le balafré.

Les deux hommes regardèrent la pie tournoyer au-dessus d'eux, les narguant avec son trophée. Soudain elle se posa sur l'une des bordures du pont. Les vétérans se tournèrent vers l'oiseau. C'était maintenant ou jamais. Abigaïl passa derrière eux en silence et se dépêcha de remonter l'allée. À mi-parcours elle entendit crier :

— Je l'ai !

La magicienne se retourna et vit l'archer décocher une flèche. Elle sentit une onde glacée la parcourir, elle eut envie de hurler, mais aucun son ne sortit de sa bouche. Le projectile atteignit le volatile, il retomba sur le pont dans un déluge de plumes. La magicienne déglutit avec difficulté.

27
La comtesse

C'était réel. Gauvrian venait de donner sa vie pour un groupe au bord de l'implosion, pour un espoir aussi ténu que chimérique. Abigaïl avançait la tête haute. La peur et l'appréhension, muées en colère, nourrissaient chacun de ses pas. Son cœur s'accéléra, ses poings se crispèrent : ils paieront. La magicienne traversa la cour du palais sans détourner le regard de la grande porte, remarquant à peine les convives dispersés dans le parc. Elle entra dans le hall, à la lumière de lustres ornés de pierre précieuse et de candélabres en cristal. Statues en or, tapis en velours fin et fresques démesurées se mélangeaient, franchissant allègrement la frontière entre le luxe et l'indécence. "La vente de la moitié de ces bibelots clinquants permettrait de nourrir un millier de crève-la-faim, et ce n'est que l'entrée", pensa-t-elle avec dégoût.
— Mademoiselle, l'interpella une voix. Votre invitation s'il vous plait.
Abigaïl tourna la tête. Un bureau en ébène l'attendait sur sa gauche, derrière lui un jeune homme se tenait bien droit. Un majordome plus âgé le surveillait de près, les mains croisées dans le dos. La magicienne s'approcha d'eux, mais une convive entra en trombe et les rejoignit avant elle. C'était une femme, le visage dissimulé par un masque représentant un renard. Elle portait des gants de satin noir et une robe droite vermeille. Le haut de ses bras découverts montrait une peau marquée par le temps.
— Comment allez-vous, Nestor ? demanda la vieille bourgeoise au majordome.
— Bien, madame, répondit celui-ci en s'inclinant.
Le jeune homme resta muet, un sourire forcé accroché aux lèvres. Devant le manque de réaction de son protégé, Nestor se racla la gorge, sortant ainsi le garçon de sa torpeur.
— Votre invitation, s'il vous plaît, réagit-il enfin.
La vieille dame chercha le parchemin dans son sac puis le lui donna.

— Merci.

Il sortit alors une paire de lunettes d'un tiroir du bureau et les chaussa. Abigaïl fut surprise de voir dans ce palais un accessoire disparu depuis longtemps des hautes sphères. Les lunettes et autres monocles avaient déserté le nez des hommes suite à la mise au point du corptique de Stylus. Il suffisait de regarder à l'intérieur une poignée de secondes pour que ses yeux retrouvent leur efficacité. Même les habitants de classe inférieure y trouvaient financièrement leur compte. Abigaïl remarqua cependant un détail troublant sur les lunettes du jeune homme, leurs verres étaient teintés d'un étrange voile vert. Cela expliquait peut-être l'invitation vierge. Le garçon lut le parchemin de la convive, fouilla dans une boite puis sortit une broche dorée qui formait le numéro dix-huit.

— Je vous souhaite la bienvenue, madame, dit-il en s'inclinant. Le numéro dix-huit, proie, vous est attribué pour la chasse. Veuillez le mettre bien en évidence.

— Très bien, soupira la bourgeoise en attachant la broche à sa robe. Dites-moi, quand le jeu commencera-t-il ?

— Vous arrivez à point nommé, assura Nestor. Le départ des loups aura lieu dans un instant.

— Merci, dit-elle en refermant son sac.

— Bonne chasse, madame la comtesse ! lâcha le jeune homme en l'encouragent de la main.

Le majordome ferma les yeux, consterné.

— Comment osez-vous ! s'indigna la bourgeoise.

Le sourire de l'apprenti s'effaça et il rentra la tête dans les épaules. La comtesse regarda autour d'elle et remarqua Abigaïl. Elle frappa alors de son poing le bureau d'ébène.

— Vous dites haut et fort qui je suis, fustigea-t-elle. Quel idiot !

Le garçon déglutit avec difficulté.

— Toutes mes excuses. Je n'ai donné que votre titre, peut-être que…

— Pensez-vous que l'on trouve des comtesses de mon âge à chaque coin de rue ?

Le jeune homme baissa la tête.

— Madame, nous sommes vraiment désolés pour cette inconvenance, assura le majordome. Peut-être…
— Nestor, je ne peux excuser une telle gaucherie, coupa la noble.
Elle s'approcha de lui et reprit plus doucement :
— Vous devez savoir dans quelle situation délicate est mon neveu ! Je veux gagner sa grâce.
Le vieil homme acquiesça lentement.
— Attendez, dit-il à la comtesse.
Il contourna le comptoir et s'inclina devant Abigaïl.
— Je vous souhaite la bienvenue, Madame. Puis-je voir votre invitation, s'il vous plait ?
La magicienne resta pantoise un instant puis elle lui donna le parchemin. Le majordome enleva les lunettes des yeux de son apprenti et les positionna devant les siens.
— Numéro six.
Le jeune homme chercha la broche correspondante. Lorsqu'il la trouva, son visage se décomposa un peu plus. Il la donna à Nestor. C'était un petit rectangle en métal noir sur lequel le chiffre six était gravé en rouge sang.
— Vous voyez ! s'exaspéra la comtesse. Mademoiselle est chasseuse. Je ne vois qu'une solution : vous devez changer mon rôle !
Le majordome secoua la tête.
— C'est impossible. Les affectations sont définitives, la magie mise en place pour régir le jeu ne peut être modifiée.
— Dans ce cas, je souhaite voir Archibald sur-le-champ.
Le garçon pâli a vu d'œil.
— Je vous en supplie, ne dites rien au duc !
— Vous me connaissez depuis de longues années, madame, intervint Nestor. Laissez-moi arranger les choses.
La comtesse acquiesça.
— Faites ce que vous avez en tête. Si cela ne donne rien…
Nestor s'approcha d'Abigaïl et positionna la broche avec douceur.
— Madame, vous comprenez que nous sommes dans une situation délicate.
— Je ne vois pas pourquoi. Je n'ai pas très bien retenu les règles du jeu.

— Vous avez indiqué à l'invitation, lors de sa réception, que vous souhaitiez participer à la chasse. À ce titre, un rôle et un numéro ont été attachés à votre nom. Vous êtes la chasseuse numéro six. Pour gagner le jeu, vous devez percer à jour un maximum de proie, c'est-à-dire découvrir l'identité des invités aux broches dorées. Chaque proie que vous démasquez est disqualifiée d'office, cependant à la première erreur votre chasse prend fin. Le jeu se termine lorsque toutes les proies sont découvertes ou tous les chasseurs mit hors jeu. Dans la première situation, c'est le chasseur avec le plus de points qui l'emporte, dans la seconde c'est la proie qui n'a jamais été démasquée et qui a trompé le plus de chasseurs. En cas d'égalité, monseigneur Winchester départagera les participants.
— Qui y'a-t-il à gagner ?
— Quinze mille pièces d'or, une parcelle de terre ou une faveur particulière, mais raisonnable.
Abigaïl croisa les bras et retint sa surprise : quinze mille pièces d'or, c'était cent fois plus que ce que gagnait Enora en un an.
— Je pourrais éliminer madame la comtesse dès le début de la chasse et gagner un point, comprit-elle.
— En effet, admit Nestor. Loin de moi l'idée de vous manquer de respect, mais je doute que cela vous soit suffisant pour l'emporter.
La comtesse, restée en arrière, s'avança.
— Seule, vous n'avez aucune chance.
Le majordome acquiesça.
— Pour une fois, continua la bourgeoise, les années qui alourdissent mes épaules sont une bénédiction. Je connais avec force de détails les familles les plus influentes de Penderoc. Trouvons un arrangement, faisons équipe. Si vous gagnez, demandez la grâce de Jonas Desplume, je vous donnerais vingt-mille pièces d'or et je vous serais redevable. Dans le cas où je serais la gagnante, vous serez récompensée de la même façon.
Abigaïl soupira, chaque seconde rapprochait un peu plus Bella de sa tombe. La magicienne n'était pas encore entrée et elle perdait déjà un temps précieux en palabres.
— Pour tout vous dire, la chasse ne m'intéresse guère. Je désire

m'entretenir avec messire Winchester. Aidez-moi et votre secret sera bien gardé.

Le majordome et la comtesse se regardèrent. Même avec le masque que la bourgeoise avait sur la tête, Abigaïl sentit qu'elle était tout aussi abasourdie que Nestor.

— Madame, le duc Winchester ne peut être dérangé pour le moment. Il n'a malheureusement que peu de temps à accorder à ses invités.

La magicienne croisa les bras.

— Cependant, reprit Nestor, la chasse ne va pas tarder à débuter et mon maitre en lancera l'ouverture. Dès qu'il aura terminé, je lui ferais part de votre demande, mais je doute qu'il accède à votre requête sans raison valable à ses yeux.

— Dites-lui que j'ai de quoi étoffer sa collection.

Le majordome inclina la tête.

— Dans ce cas, nous avons un accord, intervint la comtesse. Nestor s'assura pour que vous ayez cette entrevue. Moi, je vous promets argent et reconnaissance pour votre discrétion. Cela vous va-t-il ?

La magicienne n'hésita pas et fit signe qu'elle acceptait. C'était la meilleure solution pour maximiser ses chances de rencontrer le duc. La comtesse se tourna vers le garçon.

— Ce cher Nestor vous extirpe d'un bien mauvais pas, jeune homme. Je ne saurais que trop vous conseiller de faire plus attention à ce que vous dîtes à l'avenir.

— Merci, madame la comtesse.

La vielle bourgeoise lâcha un hoquet de surprise et Nestor rougit de colère :

— Va en cuisine et aide à éplucher les légumes ! Il semblerait que tu ne sois bon que pour ça !

Le jeune homme fila sans demander son reste.

— Je vous présente de nouveau toutes mes...

La comtesse leva la main pour le faire taire.

— Cette mascarade a assez duré.

Abigaïl partageait le même avis.

— Je vous laisse, intervint-elle, pressé d'en finir.

Nestor fit une révérence puis adressa un signe de tête aux gardes de la porte. Ils l'ouvrirent en grand.

— Et moi je vous accompagne, s'imposa la bourgeoise en tournant le dos au majordome. Filons avant qu'un serviteur ne vienne accrocher une pancarte indiquant mon nom autour du cou.

La magicienne leva les yeux au ciel : elle n'avait pas besoin qu'une comtesse surveille ses moindres faits et gestes. Elle se dépêcha de passer la porte : peut-être parviendrait-elle à la semer parmi les invités. La salle de réception était gigantesque. Une quinzaine de convives y étaient éparpillés en petits groupes de trois ou quatre personnes. Parfois l'un d'eux quittait son noyau pour en rejoindre un autre, telle une abeille choisissant une nouvelle cible pour y absorber son nectar. Malgré leurs efforts pour ne pas se trouver trop près les uns des autres, les invités ne couvraient qu'une infime portion de l'espace disponible. La magicienne estima qu'un bon millier de personnes pouvait aisément tenir dans cette salle : difficile de semer qui que ce soit dans ses conditions. Si l'entrée était destinée à montrer la richesse du duc, il semblerait que sa salle de réception ait été choisie pour montrer la force et l'identité de son territoire. À intervalle régulier, les murs de pierre exposaient le blason du duché : un aigle bleu sur un fond strié blanc et rouge. Sous eux, des armures complètes étaient montées sur des présentoirs : plastrons, casques, jambières, gantelets et autres protections formaient des ensembles dont pas un ne se ressemblait. Certains d'entre eux étaient rutilants et parfaitement intacts tandis que d'autres, parsemés de bosses, de trous et de points de rouille, semblaient avoir servi plusieurs générations de chevaliers sur le champ de bataille. Des tapisseries, dont la plupart mettaient en scène des affrontements sanglants, décoraient les espaces entre les blasons. Une grande cheminée, des lustres en bronze et des torches éclairaient cette impressionnante collection martiale. Le sol, quant à lui, était recouvert d'un plancher en bois des plus banals sur lequel des traces indiquaient qu'une table y avait autrefois sa place. Elle avait été certainement enlevée pour l'occasion. Le plafond, lui, sortait de l'ordinaire : un miroir le parcourait de tout son long et donnait

l'étrange impression de vivre suspendu au-dessus d'un autre monde.
— C'est la première fois que vous venez, n'est-ce pas ? demanda la comtesse avec malice.
Abigaïl acquiesça, inutile de le nier, même si son interlocutrice lui portait un peu trop d'attention à son goût.
— Voyez-vous le duc ?
— Il n'est point ici, assura la bourgeoise après un rapide coup d'œil. Nestor n'a que peu de défauts et le mensonge n'en fait guère partie. Ne comptez pas apercevoir notre hôte avant le lancement de la chasse.
La magicienne soupira, la comtesse sembla en prendre bonne note.
— Je ne vous ferai pas l'affront de vous demander l'objet de votre empressement, cela vous évitera de mentir. Cependant, votre indicible volonté de vous entretenir avec une sommité que vous ne connaissez pas est chose intrigante, vous en conviendrez.
Abigaïl ne sut quoi répondre et garda le silence.
— Laissez-moi donc vous guider, relança la comtesse.
La magicienne réprima un nouveau soupir.
— Si vous y tenez.
La bourgeoise l'emmena dans un coin de la pièce et désigna un homme dans la force de l'âge, aux longs cheveux blonds et au sourire ravageur. Il ne s'encombrait d'aucun masque et discutait avec deux jeunes femmes visiblement sous le charme.
— Voici Rodrigue, le fils cadet du comte Parkson de Connelli. Coureur de jupons invétéré, il attire les ennuis partout où il passe. Je conseille à la jeune femme que vous êtes de le fuir comme la peste, car sous son joli minois vous ne trouverez que cupidité et fourberie.
— Vous a-t-il courtisé d'une bien horrible façon pour que vous ayez un tel avis sur lui ? demanda Abigaïl avec une once d'amusement.
La comtesse sourit.
— Croyez-moi, si cela n'était pas si suspicieux, il aurait tenté sa chance. Quoi qu'il en soit, si vos parents vous cherchent un pré-

tendant, vous saurez qu'il vaut mieux l'éconduire.

La magicienne fit un signe de remerciement.

— En parlant de votre famille, rattaqua la comtesse. Vos parents sont-ils présents ?

— Vous êtes une proie bien curieuse. Vous n'essayez tout de même pas d'inverser les rôles ?

— L'identité des loups n'a que peu d'importance pour la chasse, voyez-vous. Et dans deux jours les masques tomberont...

— Dans ce cas, vous n'aurez pas longtemps à patienter. Nous sommes alliés, cela ne fait aucun doute, mais votre neveu voudrait surement que nous nous concentrions davantage sur les autres invités que sur ma personne.

La comtesse, piquée au vif, désigna un autre convive. Lui aussi ne portait pas de masque. Malgré son jeune âge, une calvitie décimait ses cheveux et un nez tordu enlaidissait son visage. Il prenait appui sur une armure, les bras croisés.

— Voici le grand frère de Rodrigue. Regardez-le donc observer discrètement le miroir pour admirer les décolletés de ses dames. Il a tout pris de son père, mauvais caractère et amour inconditionnel pour tout ce qui a deux jambes et une poitrine. C'est un homme très intelligent, mais il jalouse son frère pour de nombreuses raisons. Si j'avais des griefs contre les Parkson, il serait facile de monter les frères l'un contre l'autre pour semer le trouble dans leur famille.

— Est-ce le cas ? demanda la magicienne.

La duchesse la regarda de la tête au pied.

— Ce que je cherche à vous faire comprendre, c'est que la survie nécessite de connaitre aussi bien ses ennemis que ses alliés.

De toute évidence, la bourgeoise n'aimait pas qu'on lui résiste. Sentant que la discussion dérivait dangereusement, Abigaïl se pressa de changer de sujet.

— Que pouvez-vous me dire sur notre hôte ?

La comtesse soupira.

— Archibald était un grand homme, dit-elle d'une voix ténue.

La magicienne remarqua un changement de posture chez son interlocutrice. C'était certainement un sujet sensible pour elle.

— Et il l'est toujours, se pressa-t-elle d'ajouter. C'était l'arrière-petit-fils d'un baron de second plan dont j'ai oublié le nom. Suffisamment noble pour prétendre l'être, insuffisamment pour l'être. La richesse familiale avait été dilapidée par ses aïeux, leurs modestes titres cédés pour honorer des dettes. Malgré ses difficultés pécuniaires, Archibald est parvenu à se faire inviter à une soirée que ma mère organisait. Il est tombé sous le charme de la fille du duc Palerin et nous a, à tous, fait fortes impressions. Il était d'une beauté sans égal et d'une finesse d'esprit remarquable.
La comtesse regardait le sol, les yeux perdus dans le vide.
— Vous le trouviez à votre goût ?
La bourgeoise sortie de ses songes.
— Cela n'a aucune importance. Et il a été très difficile pour lui de se faire accepter par le duc Palerin. Pour montrer sa bravoure, il s'est battu pendant des années sur le champ de bataille contre les indigènes du Sud. Il a gravi les échelons un à un jusqu'au commandement des troupes du duché. Malgré huit années de campagne affligeante, Palerin lui a refusé la main de sa fille, prétextant que la vie d'un soldat n'avait que peu de valeur, fût-ce celle d'un général.
— Comment est-il devenu le successeur de Palerin dans ce cas ?
— Il a travaillé en mettant son intelligence à profit. Il a créé une organisation de protection avec des vétérans qui lui étaient fidèles, puis il a fait fortune en investissant dans l'importation d'épices asimerienne. Le duc, lui, vieillissait et sa fille Henrietta s'opposait farouchement aux prétendants qu'on lui présentait. Cependant, elle aussi n'était plus de prime jeunesse, et plus il attendait, moins il avait de chance de trouver un bon parti. Il choisit de la marier avec le fils du comte de Lesun : Wulfric. De force.
— S'est-elle battue ?
— Avec acharnement, Henrietta ne voulait qu'un seul homme : Archibald. Elle a payé de charmantes demoiselles pour qu'elles séduisent Wulfric et le pousse à la faute la veille de leur mariage. Comme vous devez le savoir, briser les dix-huit jours d'abstinence prénuptiale est le pire affront qu'un fiancé puisse faire à sa promise.

— Wulfric s'est laissé prendre ?
— Bien entendu, c'est d'un homme dont nous parlons ! Il a été pris sur le faite par sa future belle famille : un piège bien orchestré. Le scandale a éclaté et le mariage fut annulé. Avec le temps gagné par son aimée et beaucoup de volonté, Archibald devint influent et suffisamment riche et apprécié pour s'acheter le titre de vicomte. Le duc Palerin dut se rendre à l'évidence : il passerait à trépas avant de marier sa fille contre sa volonté et le vicomte Archibald n'était plus un si mauvais parti. Il finit donc par lui donner sa bénédiction.
— Vous étiez au mariage ?
— Bien sûr. Il était grandiose. Henrietta et Archibald rayonnaient de bonheur. Vous connaissez certainement la suite.
— Archibald a hérité du titre de son beau-père.
La bourgeoise acquiesça.
— Puis la duchesse fut assassinée.
Même si apprendre que la femme de Winchester avait péri n'aurait pas dû la surprendre, Abigaïl ne parvint pas à cacher sa curiosité.
— Par qui ? demanda-t-elle en ressentant une légère honte d'en parler ainsi.
— Nous ne l'avons jamais su. Sa disparition a ravagé Archibald. Il a changé, s'est refermé sur lui-même. C'est à ce moment que sa passion dévorante pour tout ce qui est magique a commencé. Puis la relation qu'il avait avec son frère, Thycéron, s'est dégradée jusqu'à devenir exécrable. Finalement, à la suite d'une sombre affaire, Thycéron l'a trahi. Beaucoup pensaient que cet acte abominable briserait la volonté de vivre ou l'équilibre mental du duc : ils avaient tort. Archibald s'est endurci, il est devenu inatteignable. Comment abattre un homme qui a déjà tout perdu ? Aujourd'hui, il vit seul. Mais croyez-moi, s'il y a un homme sur terre dont il ne faut pas être l'ennemi, c'est Archibald Winchester.
— Qu'a fait Thycéron ?
La comtesse secoua la tête.
— Je vous en ai déjà trop dit. Je n'aurais pas dû laisser la nostalgie prendre le contrôle de mes lèvres. Le duc Winchester déteste

que l'on fouille dans son passé et il le fait comprendre de bien funeste façon. Si vous discutez avec lui, abstenez-vous de prononcer le nom de son frère.
— Je croyais qu'il fallait connaitre aussi bien ses ennemis que ses alliés...
— Le cœur d'Archibald Winchester ne s'encombre plus d'amis et ses ennemis perdent le leur bien vite. Dîtes-vous que cet homme puissant ne recule devant rien pour atteindre ses objectifs. Heureusement pour nous, il voue sa vie à Penderoc et j'aime à croire que le jeune homme juste et bon d'autrefois perdure en lui. Maintenant, arrêtez de me poser des questions sur notre cher hôte, je ne répondrais plus.
Un tintement se fit entendre et parcourut la pièce. Malgré sa réverbération, Abigaïl parvint sans mal à en déterminer l'origine, comme s'il lui indiquait une direction.
— Qu'est-ce que c'est ? demanda-t-elle.
— Cela, ma chère, c'est l'appel de la chasse.

28
À l'improviste

Les invités se mouvèrent à l'unisson, aussi excités que des loups traquant un animal blessé. Abigaïl, guidée par l'appel, se mélangea à la foule. Ils traversèrent de nombreux corridors, le bruit gagnait en intensité à chaque pas dans la bonne direction. Le signal s'estompa lorsqu'ils atteignirent une double porte en métal peinte en vert. Elle s'élevait jusqu'au plafond et ses moulures vitrifiées renvoyaient une image déformée de la horde amassée devant elle.
— Je pensais que la cérémonie aurait lieu dans la salle de réception, s'étonna la magicienne.
Puisque personne ne lui répondit, elle jeta un regard derrière elle : aucune trace de la comtesse. Elle l'avait perdue dans la cohue. Abigaïl soupira. C'était mieux ainsi.
— La salle de réception est le lieu où monsieur le duc accueille ses sujets, s'exclama Nestor.
Abigaïl n'avait pas vu le majordome se glisser à côté d'elle. Il serrait une grosse clé en fer forgé dans sa main et tentait de se frayer un chemin jusqu'à la porte.
— Pour les grandes occasions, nous utilisons la salle de madame, ajouta-t-il avant de disparaitre dans la foule.
Tout le monde commençait à se bousculer et c'est non sans effort que le vieil homme parvint à déverrouiller la porte. Sans tarder, la vague d'invité s'engouffra dans l'ouverture. La magicienne se décala, craignant d'être poussée une fois de trop et de voir son masque lui échapper.
— Regardez donc ces nobles sujets de la couronne s'attrouper comme de vulgaires moutons.
Abigaïl se tourna. Elle reconnut Rodrigue, le plus jeune fils Parkson. Il la dépassait d'une tête, possédait de grands bras musclés et lui adressa un sourire qui montrait une rangée de dents parfaitement blanches. De près, la magicienne remarqua que du maquillage recouvrait son visage, hormis son arcade sourcilière qui arborait une profonde cicatrice.

— Messire Parkson, dit-elle en s'inclinant.
— Je vous en prie, appelez-moi Rodrigue, conjura-t-il en prenant sa main pour y déposer un baiser.
Abigaïl se laissa faire, Azénor l'avait bien préparée.
— J'espère que je ne vous dégoûte pas trop, souffla Rodrigue d'un air faussement gêné.
— Pardon ?
Le jeune homme soupira et fit un triste sourire.
— Vous êtes bien aimable d'éluder cette affreuse cicatrice qui me défigure. Aussi ignoble soit-elle, je ne regrette pas l'action qui me la valut.
Il regarda le sol et attendit un mot de réconfort... qui ne vint pas. Que cela ne tienne, le beau parleur releva la tête et enchaîna :
— C'est un plaisir de voir une demoiselle ne pas prendre part à cette mascarade. Des duchesses et des barons qui se marchent dessus pour être les premiers à entrer, c'est un spectacle affligeant.
— Pourquoi sont-ils si pressés ?
— Certains pour les pâtisseries de dame Celiabeq, qui ne délivre ses délices qu'au compte-goutte, d'autres pour les bouteilles de vin les plus prestigieuses de notre hôte. Messire Winchester a toujours privilégié la qualité à la quantité.
Abigaïl se racla la gorge.
— Je vois. D'après ce qu'on m'a dit, vous ne partagez pas cette préférence.
Rodrigue se pinça les lèvres et ignora la pique.
— Si vous me permettez cette remarque, je trouve votre robe d'un goût exquis. Quant à votre masque, il vous donne un air sauvage des plus plaisant. Serait-ce un trait de votre caractère ?
La magicienne garda le silence. Elle ne savait pas comment se débarrasser de lui sans attirer l'attention. Un obstacle de plus à surmonter. Le jeune homme changea alors son approche.
— Je manque à tous mes devoirs, dit-il en tendant son bras. Me feriez-vous l'immense honneur d'entrée à mes côtés ?
Après une franche hésitation, Abigaïl positionna son bras sur le sien. Elle ne savait comment réagir face à autant d'aplomb : il

était plus facile de se laisser faire.
— Entre vous et moi, quel est votre nom ? susurra Rodrigue à son oreille. Je doute que nous nous soyons déjà rencontrés, je n'aurais jamais oublié une telle beauté. Elle aurait hanté mes nuits sans relâche.
Abigaïl baissa la tête : dans quoi s'était-elle embarquée ?
— Écartez-vous ! s'écria une voix.
La comtesse arriva derrière eux.
— Lâchez le bras de ma petite fille, je vous prie ! Elle est promise à un homme puissant et colérique. Vous devriez garder vos distances.
Sans un mot, Rodrigue repoussa la magicienne et disparut dans la foule.
— Je m'aperçois que vous prenez mes conseils à cœur, ironisa la bourgeoise en croisant les bras. Voyez comment il a détalé face à une vieille dame, cet homme a le courage aussi développé que la modestie.
Abigaïl sentit un poids se dégager de sa poitrine, finalement elle était heureuse de la revoir.
— Me voilà votre petite fille.
La comtesse fit un sourire entendu.
— Simple subterfuge, comme vous le savez je n'ai pas la chance d'avoir de petits enfants, mais faisons comme si c'était le cas. Plus nous brouillerons les pistes, mieux ce sera.
— J'imagine que beaucoup de proies agiront de la sorte.
La bourgeoise acquiesça.
— Mais il y a des signes qui ne trompent pas. La démarche, la voix, l'accent, les propos, les odeurs, les couleurs…
— Les couleurs ? demanda Abigaïl, surprise.
— Bien sûr. Par exemple, le baron Adrien a une sainte horreur du jaune, couleur qui lui rappelle la maladie qui a emporté sa mère alors qu'il était enfant. Quand à Dame Camélia, toute sa garde-robe est en nuance de rouge et même si elle se force à mettre une robe d'une autre couleur pour la chasse, elle ne saurait résister à une paire de boucles d'oreille ou à un collier en rubis.
La foule finit par se dissiper, laissant l'entrée accessible.

— Allons-y, pressa la magicienne.
Contrairement aux pièces parcourues jusqu'ici, la grande salle était d'une clarté absolue. Un immense dôme en verre permettait à la lumière du soleil de se diffuser dans les moindres recoins. Malgré son nom, Abigaïl la trouva moins étendue que la salle de réception qu'elle venait de quitter, mais sa hauteur, elle, était imbattable. Sur l'estrade, un orchestre, composé d'un dulcimer, d'une guimbarde et d'une flute de pan accompagnait une chanteuse qui entonnait des paroles à la gloire de Kadok. Au centre de la pièce, une dense végétation s'étendait sur une large surface. Étonnée de voir un morceau de forêt tropicale dans un palais, Abigaïl s'approcha. Elle y vit des fougères, des ficus et des arbres comme le Ceiba ou le tamarin, mais également beaucoup d'autres espèces dont elle ne connaissait pas le nom. Au sol des grenouilles pataugeaient gaiement dans des flaques d'eau tout en attrapant les moustiques, scarabées et mouches à leur portée. Sur une branche, un grand serpent orange et vert reptait lentement.
— C'est incroyable, laissa s'échapper Abigaïl.
Soudain, sur sa gauche, les fougères se mirent à bouger. La magicienne s'approcha un peu plus et se baissa pour distinguer l'origine de ce mouvement. Son visage pouvait presque toucher les fougères. Elle parvint à différencier une patte à la fourrure noire parmi les végétaux lorsque, tout à coup, une masse sombre se jeta sur elle. Abigaïl tomba en arrière, sur son séant, mais la panthère qui voulait l'agresser avait disparu.
— Étonnant, n'est-ce pas ? s'esclaffa la comtesse en l'aidant à se relever.
La magicienne ne répondit pas et regarda autour d'elle, inquiète.
— Ne vous en faites pas, vous n'êtes pas la première à vous laisser surprendre.
— Sont-ils réels ? demanda Abigaïl.
La comtesse acquiesça.
— Le duc nous l'a assuré, mais regardez attentivement.
La vieille bourgeoise s'approcha de la jungle et sans hésitation la traversa. Autour d'elle, l'air ondula. Un instant plus tard, la comtesse réapparut.

— Ce phénomène est visible lorsqu'un corps solide rencontre une illusion, expliqua-t-elle. Cette forêt et ses habitants sont réels, mais ils ne sont pas ici avec nous. Je ne me souviens plus du nom exact du procédé en question, je ne suis pas experte en la matière, mais il s'agit en quelque sorte de la téléportation de l'image d'un autre endroit. La dernière fois que je suis venu ici, il s'agissait d'un morceau d'océan et l'on pouvait voir des poissons et des mastodontes se mouvoir au-dessus des invités.
La vieille dame fut parcourue d'un frisson.
— Cette fois-ci, nous avons le droit à un paysage tropical heureusement bien délimité. Je détesterais voir une tarentule ou un serpent se promener parmi nous, même s'ils ne sont pas réellement là.
Abigaïl fit signe qu'elle comprenait et s'éloigna de l'illusion : la panthère avait un tant soit peu refroidi son ardeur. Le long des murs, des tables proposaient de nombreuses victuailles. L'une d'elles semblait s'être fait piétiner par un troupeau de buffles, il n'y restait que des présentoirs vides et renversés. "Certainement les fameuses pâtisseries de madame Celiabeq", se dit Abigaïl. Heureusement beaucoup de gâteau, viande, pains et nourritures diverses et variées permettaient de sustenter les convives, sans oublier les nombreux pichets et bouteilles disséminés un peu partout dans la salle. Des serviteurs passaient entre les invités pour s'assurer qu'aucun verre ne reste vide et que les estomacs de ceux qui refusaient de se déplacer jusqu'au buffet soient contentés. Abigaïl compta une centaine d'invités dont une bonne moitié ne portait pas de masque.
— Beaucoup de personnes s'abstiennent de participer à la chasse, remarqua-t-elle.
— Certains viennent pour être vus, écouter et nouer de nouvelles relations. Il est rare que la noblesse de Penderoc soit rassemblée, c'est une bonne occasion pour renforcer ses positions et étendre son influence. Garder deux jours un masque sur le visage ne facilite pas cela. Si mon neveu n'avait pas besoin d'être gracié, je n'en porterais pas.
— Votre rang et votre or ne peuvent l'aider ? demanda Abigaïl

avec un sarcasme qu'elle ne parvint pas à dissimuler.
La comtesse secoua la tête.
— Le crime qu'il a commis... ne peut être pardonné que par la grâce du pouvoir suprême. Il a déshonoré son nom et s'est comporté comme un imbécile, mais il reste mon neveu et je le considère par bien des égards comme mon fils. La nouvelle de ses méfaits ne s'est pas encore répandue, mais ce n'est qu'une question de temps. Ne m'en demandez pas plus, je ne veux pas participer à la diffusion de cette honte.
Au fil des paroles de la vieille dame, Abigaïl avait entendu sa voix trembler et perdre de son intensité. D'une certaine façon, cela la peinait.
— Le duc nous honore-t-il de sa présence ? demanda-t-elle à la fois pour changer de sujet et pour avancer dans son affaire.
La comtesse leva la tête.
— Je crains que non.
À peine avait-elle terminé ses paroles qu'Abigaïl sentit une vague de magie la traverser. L'orchestre se tut et dans un souffle la forêt tropicale disparut. Les musiciens quittèrent la scène et un homme d'une soixantaine d'années prit leur place. De taille moyenne, il portait un costume noir strié de rouge et un léger sourire adoucissait la dureté de ses traits.
— Le voici enfin, chuchota la bourgeoise.
— Je vous souhaite à tous la bienvenue dans mon humble demeure ! s'exclama le duc en levant les bras. Je suis ravi d'accueillir en ce jour la fête de Kadok, divinité du jeu, de la luxure et de l'opulence. Étonnamment, c'est le seul dieu ancien dont le nombre d'adeptes augmente chaque année.
Des rires parsemèrent la foule captivée. À première vue Abigaïl trouva le duc enjoué et sympathique, une image bien éloignée de l'homme brisé et cruel qu'on lui avait dépeint. Il attendit que le calme revienne avant d'enchaîner, sur un ton plus solennel :
— Ce rassemblement ravissait ma regrettée épouse. Une femme qui savait faire ressortir le meilleur de ceux qui l'entouraient, les plus anciens d'entre vous pourront en attester. Aussi, en son honneur, considérez cette demeure comme la vôtre et profitez de cette

fête qui célèbre la vie et ce qu'elle a à offrir.

Des acclamations et des applaudissements s'élevèrent des invités. Nestor monta sur l'estrade, le visage blême. Il s'approcha du duc, visiblement agacé par cette interruption, et il lui chuchota quelque chose à l'oreille. Winchester resta immobile comme s'il encaissait une terrible nouvelle.

— Mais avant de faire venir les danseurs, les futs et le gibier, se ressaisit-il, je me dois de laisser la place.

Le duc descendit de l'estrade. Les bourgeois se turent, visiblement surpris par cette fin de discours si abrupte. Une femme apparut et monta les marches. Elle portait une robe rouge et blanche, un collier de diamants et une couronne ornée de pierres précieuses surplombait sa tête. Derrière les traits de son visage, tirés par la fatigue, transparaissait une grande fermeté. Ses sourcils figés dans un froncement trop souvent sollicité et ses cheveux coupés courts lui donnaient un air sévère. Mais au-delà de l'intransigeance qui se dégageait d'elle, c'est sa prestance peu commune qui impressionna le plus Abigaïl. Elle se tenait bien droite, les épaules en arrière et son regard déterminé pouvait faire fléchir plus d'un homme. Elle se positionna au centre de l'estrade et les nobles mirent genoux à terre. La magicienne fit de même, incrédule.

— Gloire à notre reine, scandèrent-ils en chœur.

Maela leva la main et le silence s'abattit sur la foule.

— Relevez-vous, ordonna la souveraine.

Les nobles et Abigaïl obéirent. La jeune femme dévisagea la reine. La surprise passée, c'est le dégoût qui prit la relève. "Voici donc la femme responsable de nos malheurs, pensa-t-elle". Ses poings se crispèrent et une intense haine l'envahit. La répression des mages, la guerre, la misère, la déportation de rebelles… la liste était longue.

— Je m'impose à vous aujourd'hui pour faire taire les rumeurs qui empoisonnent les esprits faibles et se répandent dans ce type de rassemblement.

La reine parcourut l'ensemble des invités de son regard pénétrant.

— Je reviens du front où l'impensable est arrivé. Grâce à une perfide magie, une troupe asimerienne constituée de trois cents hommes est parvenue à traverser le gouffre d'Achas et à s'introduire sur notre territoire. Ils ont attaqué Salmor et ont capturé la ville. Le baron Galank y a trouvé la mort.

Les nobles s'agitèrent. Ils se mirent à parler entre eux dans un bourdonnement insupportable. La plupart d'entre eux avaient l'air sincèrement terrifiés, d'autres semblaient prendre la nouvelle suffisamment bien : ce type de tragédie n'arrivait qu'aux autres. Un jeune homme s'approcha de l'estrade et dévisagea la reine. Il avait le visage pâle et les yeux rougis. Il portait une jolie tunique en cuir, vêtement classique dans la noblesse, mais peu approprié à une fête.

— Silence ! tonna-t-elle.

Les bavardages se turent sans tarder. Maela invita le jeune homme à prendre la parole.

— Votre Majesté, mon père a péri avec honneur en défendant sa baronnie. Il m'a ordonné de quitter Salmor lorsque les soldats asimeriens assiégeaient notre porte. Je me suis rendu chez le baron Canario afin de lui demander un soutien militaire. Malgré mes supplications, ce monstre a laissé ma famille se faire massacrer et…

— C'est un scandale ! interrompit un convive.

Il arracha le masque de lièvre qui recouvrait son visage.

— Je ne me laisserais pas injurier de la sorte ! s'écria-t-il. Pourquoi envoyer mes hommes courir à leur perte dans la veine tentative de sauver quelques âmes ? Les épais murs de votre château se seraient retournés contre moi. J'ai mainte fois répété à votre père d'installer ses tours de garde plus en amont, mais cet imbécile ne m'a pas écouté.

— N'insultez pas sa mémoire ! s'emporta le jeune homme. Surtout un satané Canario, qui n'a obtenu titre et richesse que grâce à la trahison et la perfidie.

Les deux hommes se toisèrent avec haine. Abigaïl sentit que les coups ne tarderaient pas à partir.

— Il suffit, parla Maela. Séparez-vous, sur-le-champ.

Canario recula et mit une bonne distance entre lui et son détracteur.

— Cela se réglera plus tard, bougonna-t-il.
— Les querelles ancestrales pourrissent les relations entre voisins depuis trop longtemps. Je ne vais pas vous mentir, la situation est grave. Salmor, son armement, ses chevaux et ses vivres sont entre les mains asimeriennes. Si nous ne réagissons pas, bientôt ce sera Penderoc tout entier qui tombera. Ils massacreront chacun d'entre nous pour installer leurs propres dirigeants, ils pilleront nos temples et nos maisons. Nos traditions seront interdites, notre culture broyée dans leurs gants de fer. Si nous perdons cette guerre, nous perdrons bien plus que nos vies, nous perdrons la mémoire de nos ancêtres et l'essence même de Penderoc, son identité. Pour conserver notre patrimoine, nous devons garder courage et abnégation. Nous devons nous unir et agir de concert. Messire Canario et Elderos, vos territoires entourent Salmor, vous devez fortifier vos positions et empêcher l'ennemi de s'étendre sur nos terres.
Le dénommé Elderos se positionna devant Maela.
— Ma reine, nous demandons votre aide et celui des duchés. Si nous devons être le dernier rempart, il serait…
— Non, coupa-t-elle. Le général Plangad et ses hommes se dirigent vers le gouffre pour endiguer l'invasion. Il aura besoin de toute l'aide disponible pour reprendre le contrôle des remparts et détruire le pont magique construit par les mages ennemis. S'il n'y parvient pas, c'est toute l'armée d'Asimer qui pénètrera à l'intérieur de nos terres, nous devons empêcher que cela n'arrive. Vous et messire Elderos devez contenir les soldats asimeriens qui sont déjà entrés, vous ne recevrez aucune aide immédiate. Nous les anéantirons une fois que le général Plangad aura réussi sa mission.
— Ma reine, s'inclina Elderos.
— Un conseil de guerre aura lieu dans trois jours au grand palais, reprit-elle. Tous les généraux, barons et ducs doivent s'y rendre afin de mettre au point, dans le détail, les actions à mener. Nous devons également appliquer un abaissement de l'âge minimum requis pour la conscription à quatorze ans. Je tiens aussi à vous informer que la taxe d'effort de guerre acquittée par la noblesse sera

augmentée de moitié.

Des éclats de protestations se firent entendre. Il semblerait que les dernières paroles de la reine ne soient pas du goût de tout le monde.

— Je demande à vos sujets la vie de leurs enfants, de leurs époux, de leurs frères, tonna la reine en serrant les dents.

Abigaïl sentait la colère monter chez la reine.

— À vous je ne demande qu'une partie de vos richesses pour les nourrir, les armer et les aider à vaincre nos ennemis, s'écria-t-elle.

Maela se tourna vers un homme, resté dans l'ombre à côté de l'estrade.

— Maitre Solmars, assurez-vous qu'il soit dorénavant inscrit dans nos lois que tout noble qui se soustrait à la taxe d'effort de guerre soit immédiatement dépêché au sein de la légion afin de participer activement à la défense de notre pays. S'il refuse de donner de son or pour la souveraineté de Penderoc, qu'il donne sa vie à la place !

Un silence pesant s'abattit sur les invités. La démonstration de force de Maela faisait son effet, plus aucune protestation ne se fit entendre. Une femme s'approcha de l'estrade.

— Majesté, je suis Hanna Lenrietty, Baronne de Tussaint en Aldor, dit-elle d'une voix fragilisée par la peur. Puis-je parler ?

La reine acquiesça.

— Tussaint est une contrée bien éloignée de la ligne de front, vous en conviendrez, et pourtant trois villages ont été rasés. Les survivants disent que c'est l'œuvre de démons. J'ai bien conscience que la guerre et les derniers évènements sont plus importants que cela, mais la population d'Aldor rentre petit à petit dans la paranoïa. Ils se tranquilliseront s'ils savent que Votre Majesté…

La reine Maela prit une grande inspiration, interrompant ainsi la bourgeoise.

— Là encore je ferais taire les rumeurs et ramènerais la vérité. Une horde de démons a été libérée suite à un sinistre évènement qui a détruit une partie de l'école d'Anthème. Encore une preuve, s'il en fallait une, que la magie est dangereuse et doit être conte-

nue. Mon propre fils, le prince Azénor, a été manipulé par la Résistance et est en partie responsable de cet incident. Comme vous devez déjà le savoir, il est activement recherché. Cependant, il ne doit en aucun cas être tué, je reste inflexible sur ce point. Les magistors travaillent en ce moment même afin de trouver une solution. Ils libéreront Azénor de l'emprise perfide de la Résistance et renverront les démons d'où ils viennent.
La baronne Lenrietty acquiesça.
— Vous m'avez fait confiance il y a des années, lorsque notre pays était en proie à la corruption et ensemble nous avons réussi à sortir Penderoc de la tourmente, reprit la reine en s'adressant à la foule. Le Céraste pourpre a été vaincu et nous avons construit des routes commerciales, développé l'activité dans nos campagnes, favorisé l'exportation de nos produits. Et ce n'est là qu'un échantillon de la formidable évolution dont chacun d'entre nous a pu bénéficier. Nous sommes frères et sœurs, les enfants de Penderoc, et si nous mettons nos différends et nos querelles de côté, nous parviendrons à la sauver. Faites-moi de nouveau confiance et nous vaincrons les obstacles qui se dressent entre Penderoc et sa flamboyance.
La reine scruta l'assemblée. Abigaïl sentit son regard se poser sur elle, un frisson parcourut son échine.
— N'oublions pas notre devise : Penderoc triomphera, scanda la reine.
"Penderoc triomphera !" reprit en chœur la foule. Maela descendit de l'estrade et quitta la salle.

29
La collection ducale

Après le départ de la reine, le silence s'installa dans la grande salle. Il ne se brisa qu'après de longues minutes, lorsque le duc Winchester remonta sur l'estrade le pas pesant. La mine grave, il s'adressa à ses invités.
— Au vu des derniers évènements, le rassemblement du Kadok sera écourté et prendra fin en même temps que la chasse, dans deux jours. J'espère que vous comprenez cette décision.
Il attendit une réaction de la foule, en vain : elle s'enterrait dans le mutisme. À n'en pas douter, les convives gardaient l'esprit troublé par les nouvelles du front. Le duc Winchester ouvrit grand les bras, comme s'il voulait réconforter un proche.
— Je vous en conjure, clama-t-il haut et fort, amusez-vous autant que possible ! Honorons nos ancêtres en perpétuant la tradition. Vidons nos esprits des épreuves à venir pour mieux les affronter le moment venu. Se plonger dans les tourments avant qu'ils ne nous atteignent ne les rendront pas moins rudes. D'ici là, parlez, jouez et riez à outrance. En un seul mot : vivez.
Plusieurs convives levèrent leurs verres en soutien à ces paroles. Leur hôte désigna d'un large geste de la main le vide au-dessus de sa tête.
— C'est avec grand plaisir que je déclare la chasse ouverte !
Un immense tableau rempli de chiffres apparut dans les airs. Abigaïl le scruta et comprit qu'il s'agissait du référencement des participants et de leurs points. La foule sortit de son immobilisme et les discussions reprirent de plus belle. L'orchestre remonta sur scène et des serviteurs se dépêchèrent de regarnir les buffets. Abigaïl regarda Nestor avec insistance, celui-ci opina de la tête.
— Maintenant que le gouffre a été franchi, nous sommes tous en péril, s'exaspéra la comtesse. Le sort de Penderoc repose sur le général Plangad. Je lui ferai parvenir des renforts et des vivres.
— Mesdames.
Un homme avec un masque de renard s'était discrètement appro-

ché. Il exécuta une courte révérence devant la comtesse.

— J'ai cru comprendre que votre petite fille est promise à un parti influent et riche, exulta-t-il en se penchant vers Abigaïl.

La magicienne donna sa main à l'homme qui y déposa un rapide baiser.

— Les nouvelles vont vite, marmonna la comtesse.

— J'en déduis que vous êtes la baronne Mangraft, ajouta-t-il en se redressant, un sourire carnassier aux lèvres.

Il tapota le numéro cent douze gravé sur la broche noire qu'il portait à la poitrine.

— Numéro dix-huit, la baronne Mangraft, s'exclama-t-il, triomphant.

Sa broche prit alors une teinte grisâtre et, sous ses yeux ébahis, elle tomba en poussière. Un bruit semblable à celui d'un carillon se répercuta dans la pièce. Les convives se tournèrent vers le tableau géant et, comme tracé par une main invisible, une croix barra lentement le numéro cent douze de la colonne des chasseurs. Un zéro apparut à côté.

— Mais…

De nombreux invités le regardaient en souriant.

— Il vient de battre un record, la défaite la plus rapide de l'histoire, ricana l'un d'eux.

L'homme, les bras ballants, baissa la tête.

— Le jeu est terminé pour vous mon cher Anthony, soupira la bourgeoise en lui tournant le dos.

L'ex-chasseur s'éclipsa.

La comtesse regarda au-dessus de l'épaule d'Abigaïl.

— Je vous avais bien dit qu'il tiendrait parole.

Abigaïl se retourna, Nestor et le duc Winchester les rejoignirent. Le majordome transpirait et il se déplaçait avec difficulté. La magicienne fut surprise de le voir si fébrile. Le duc, quant à lui, affichait un large sourire. La comtesse s'inclina et Abigaïl se pressa de l'imiter.

— Mesdames, cette soirée est-elle à votre goût ?

— Parfaitement, monseigneur.

Le duc fit mine de regarder le tableau.

— Il semblerait qu'une proie soit à l'origine de la première victime de la chasse, remarqua-t-il avec malice. En soi, c'est déjà un indice probant, je ne connais que peu de personnes capables d'une telle prouesse.
— Vous me flattez, messire. Pardonnez ma franchise, mais je suis ravie que vous ne puissiez participer, sinon je ne ferais que peu de cas de ma victoire.
Winchester inclina la tête avec respect puis il se tourna vers Abigaïl.
— J'ai cru comprendre que vous souhaitiez me parler d'une affaire importante.
La magicienne acquiesça.
— En effet.
Soudain un soldat fendit la foule.
— Monseigneur !
Durant un court instant, un rictus de colère traversa le visage du duc.
— Oui ?
— Votre présence est requise au plus vite à la herse.
Winchester le toisa, sa mâchoire se crispa.
— Je suis le seul à décider si ma présence est requise.
Le soldat baissa la tête.
— Veuillez m'excuser.
— Que se passe-t-il ? Parle !
— Un oiseau gênant a été abattu par l'un de nos archers il y a quelques heures. Le corps du volatile vient de se transformer, messire. Désolé de vous l'apprendre, mais il semblerait que ce soit l'un de vos neveux.
La comtesse posa sa main sur sa bouche en prenant un air horrifié.
— C'est affreux.
— Où est le corps ? demanda le duc avec calme.
— Sur le pont, messire. Nous avons caché sa nudité et nous maintenons les badauds à distance.
— Mettez-le à l'abri.
— Oui, monsieur.

— La reine, est-elle partie ?
Le soldat secoua la tête.
— L'oiseau s'est transformé peu avant son passage, Sa Majesté est sur place.
Le duc resta de marbre un instant, comme s'il réfléchissait.
— Mesdames, je dois vous laisser. L'affaire sera vite réglée.
— Bien sûr messire, toutes mes condoléances, s'exclama la comtesse.
Winchester s'adressa à Abigaïl.
— Nestor va vous montrer une partie de ma collection privée, puis vous patienterez dans mon bureau. Nous aurons l'entretien que vous désirez.
La magicienne acquiesça.
— Merci.
Le duc et le soldat s'éclipsèrent.
— Suivez-moi, je vous prie, invita Nestor.
Abigaïl le trouvait nerveux, presque dépité.
— Allez-y, s'exclama la comtesse. À votre retour, nous aurons gagné quelques points.
— Merci, répondit Abigaïl qui n'avait nullement l'intention de revenir.
Elle suivit le majordome qui lui fit traverser plusieurs corridors. Ils s'éloignaient suffisamment pour que le brouhaha des invités disparaisse derrière le bruit de leurs pas. Le froid inondait les couloirs. Abigaïl regretta presque la présence amicale de la baronne. Elle se sentait à découvert, loin de la foule rassurante dans laquelle elle pouvait se fondre.
— La salle d'exposition de messire Winchester se trouve dans l'aile ouest, informa le majordome.
Soudain il trébucha et s'étala de tout son long sur le sol. Instinctivement, Abigaïl l'aida à se relever.
— Vous allez bien, monsieur ?
Nestor la regarda, étonné. Il se pinça la lèvre inférieure avec les dents, la peur et l'incertitude se lisaient dans ses yeux.
— Que vous arrive-t-il ? s'inquiéta la magicienne avec sincérité.
C'est de savoir les asimériens à nos portes qui vous tracasse au-

tant ?

Plus Abigaïl dévisageait Nestor, plus elle doutait que ce soit la guerre qui le mettait dans un tel état. Au-delà de la peur et l'appréhension, elle décela de la pitié dans ses gestes. Soudain il serra ses poings et ferma les yeux. Dès qu'il les rouvrit, il sembla reprendre confiance en lui. Il épousseta ses vêtements et se redressa.

— Une nouvelle résolution vient de naitre en moi, informa-t-il avec calme. C'est la fin d'un dilemme que je refoule depuis trop longtemps. Obéir aveuglément ou suivre ce que me dicte mon cœur.

Nestor s'approcha d'un mur et attrapa une torche enflammée. Avec énergie il poussa une petite tapisserie et dévoila un passage étroit, sombre et humide. La jeune femme se sentit mal à l'aise. Le rôle qu'elle jouait vola en éclat et son assurance avec lui.

— Suivez-moi, pressa le majordome.

Abigaïl recula. Nestor fit un triste sourire.

— J'ai passé ma vie à servir ce domaine. Prêt à mourir pour la famille Winchester. Madame la duchesse Henrietta était d'une bonté sans borne et monseigneur d'une grande justesse. Travailler pour eux était un honneur. Mais ces vingt dernières années… j'ai vu des atrocités qui n'ont pas leur place ici. Le mal rôde entre ces murs.

Nestor s'approcha de la magicienne. Elle secoua la tête, prête à courir au moindre signe d'agressivité.

— Pourquoi me dire cela ?

Le majordome plongea son regard dans le sien.

— Vous n'êtes pas Sevilla Duciale. Elle est décédée. Le duc vient de me l'affirmer.

Abigaïl déglutit avec difficulté.

— J'ignore comment, mais qui que vous soyez, il savait que vous viendriez, enchaina-t-il.

Il tendit sa main vers elle.

— Qu'importe la raison de votre visite. Même si vous la pensez légitime et réfléchie, monseigneur Winchester n'est plus l'homme d'autrefois. En vous laissant seul avec lui dans son bureau, j'ai l'impression de vous mener au-devant de gros ennuis ou pire encore.

Abigaïl resta silencieuse et immobile. Le portrait que Nestor faisait de son maitre n'était pas le plus reluisant.

— Je vous offre le salut, ajouta-t-il en désignant les ténèbres derrière lui. Il est encore temps de fuir, de profiter de votre jeunesse. Oubliez ce qui vous a mené jusqu'ici et repartez de zéro.

Abigaïl sentit ses nerfs se relâcher. Le vieil homme voulait juste l'aider.

— Merci, mais je dois lui parler. Des vies dépendent de cette rencontre, des enjeux qui nous dépassent.

Nestor soupira, visiblement partagé entre le soulagement et l'appréhension.

— Vous semblez déterminée. Bien, dans ce cas, allons-y.

Il remit la tapisserie en place et emmena Abigaïl dans une salle baignée de lumière. Une dizaine d'objets reposaient sur des piédestaux. Il n'y avait ni décoration ni fioriture, juste les murs en pierres et les reliques. Des cloches en verre les recouvraient.

— Voici les pièces préférées de la collection de messire Winchester. Si vous me le permettez, je vais vous compter l'histoire de certaines d'entre elles.

Abigaïl acquiesça.

Le majordome s'arrêta devant le premier artefact. Il s'agissait d'une épingle à cheveux rouge sur laquelle des points de rouille commençaient à émerger.

— Derrière ce banal accessoire de coiffure se cache une orfèvrerie de la métamorphose, récita Nestor. Je vous présente l'épingle de Galagan.

La magicienne secoua la tête.

— Je ne connais pas. Ce n'est pas véritablement une épingle, n'est-ce pas ?

— Si madame, mais Galagan l'a enchantée. Il adorait de son épouse, Mathilda, en qui il trouvait l'incarnation même de la beauté et de la volupté. Aussi voulut-il préserver cette splendeur en mettant au point cette broche. Elle transforme le corps de son porteur en celui de Mathilda, dans la fleur de l'âge.

— Il voulait protéger sa femme de l'attaque du temps.

Nestor acquiesça.

— Malheureusement, et comme cela est souvent le cas, le sortilège n'a pas fonctionné comme il l'attendait. L'artefact ne s'est pas contenté de copier l'apparence de son épouse, il en a volé les traits.

— Volé ? demanda Abigaïl qui peinait à l'imaginer.

— Son visage est devenu lisse, sans relief. Ses yeux ont perdu leur couleur et ses cheveux sont tombés. À trente hivers, Mathilda ressemblait à un monstre à la laideur innommable. La barrette ne fonctionnait pas sur elle. Elle ne sortait plus de sa chambre, par honte. Pour que personne ne remarque cette tragédie, son mari convainquit une jeune femme de porter la broche pour remplacer son épouse le temps de trouver une solution. Malheureusement, Mathilda commença à perdre l'usage de ses sens. Conscient que la broche consumerait jusqu'à la vie de sa bien-aimée, maître Galagan tenta de la détruire. Chaque coup de marteau qu'il assenait sur l'artefact se répercutait sur sa femme. Les deux étaient irrémédiablement liés. Aveugle et sourde, incapable de se nourrir sans avoir un goût de cendre dans la bouche, Mathilda mit fin à ses jours.

— Et Maitre Galagan put rester avec une épouse éternellement jeune… supposa Abigaïl. Être attiré par le physique d'une personne ne veut pas dire qu'on l'aime. Je doute qu'il ait adoré Mathilda pour ce qu'elle était.

— Détrompez-vous. À force de voir son visage porté par une autre, sa tristesse s'est transformée en folie. Il a lui-même poignardé sa nouvelle compagne avant de plonger dans l'Asri pour s'y noyer.

Abigaïl soupira.

— Voici donc une histoire bien lugubre. N'y a-t-il jamais de fin heureuse lorsqu'il s'agit de magie ?

Nestor dépassa deux autres piédestaux et se stoppa devant le quatrième. Il s'agissait d'une plume noire, qui ressemblait à s'y méprendre à celle d'un corbeau, mais en plus grande.

— L'histoire de cette plume est moins sordide que la précédente et parfaitement adaptée à cette soirée. Certains y voient une apo-

logie du crime, d'autres la récompense donnée aux vertueux. Une fin heureuse ou triste, cela dépendra de votre vision.
— De quoi est-il question ?
— Il s'agit d'une jeune femme accablée de pauvreté qui n'a eu d'autre choix que d'accepter un travail pour le moins atypique.
— La prostitution, j'imagine, s'exaspéra Abigaïl.
Nestor se racla la gorge.
— Avec tout le respect que je vous dois madame, je ne vois pas en quoi la prostitution est un travail atypique.
— Bien, je vous écoute.
— Il est ici question de la grande tempête du siècle dernier, qui a ravagé l'immense forêt de Wespoint. Des arbres couchés à perte de vue, des maisons éparpillées sur plusieurs lieux, et des champs détruits par centaine. Le village d'Heinster a été touché, son chasseur notamment a eu la jambe écrasée par une poutre. Les premiers jours il dut dépenser ses économies pour se soigner, mais il devait rester alité pendant plusieurs semaines encore.
— N'avait-il pas de famille ?
— Il vivait seul avec sa fille, la prunelle de ses yeux. Cependant il n'avait pas le choix, s'il voulait que tous deux survivent à l'hiver, sa fille allait devoir subvenir à leur besoin.
— Est-elle partie à la chasse ?
— Pas vraiment, la tempête n'a pas fait que des victimes humaines, beaucoup d'animaux ont perdu la vie. Son travail consistait à ramasser les gibiers morts, à les dépecer et à récupérer la viande encore comestible. Un travail fort éprouvant pour une fille de quatorze hivers. De plus, des loups affamés, poussés par la tempête, arpentaient aussi les bois pour trouver leur pitance. Elle ne possédait que l'arc de son père pour se défendre. Quoi qu'il en soit, le jour suivant, elle traversa de nouveau la forêt et tomba dans un vieux piège. Il s'était refermé sur sa cheville, en la brisant et en entrant ses crocs dans sa chair. Elle n'avait pas la force de se dégager et elle était trop éloignée du village pour que quiconque ne puisse l'entendre. La mort ne tarderait pas à frapper, qu'elle vienne du froid, de l'hémorragie ou des loups. Un vautour descendit du ciel. Tout d'abord, l'adolescente essaya de le chasser, puis,

à bout de force, elle le laissa s'approcher.

— En effet, ce que vous me racontez est infiniment plus joyeux que l'histoire précédente… Si vous me dites que ce vautour vient lui picoter les yeux, autant vous arrêter tout de suite.

— J'en conviens, sourit Nestor, mais ce n'est nullement le cas. L'oiseau vint caresser sa tête contre celle de la jeune femme. Même le plus vil des animaux s'attendrit devant elle. L'une de ses plumes se détacha et effleura le piège. Celui-ci s'ouvrit de lui-même et la blessure de la demoiselle se soigna en un battement de cil. Le vautour disparut, ne laissant derrière lui que la plume salvatrice. La jeune femme la ramassa et rentra chez elle. Elle se rendit vite compte que cette plume permettait d'ouvrir les serrures, toutes les serrures. Avec un tel outil entre les mains, aucune porte, aucun coffre ne lui résista. Elle prit soin de son père et devint la plus grande voleuse du pays. Cette plume est la Falsteya, le don de Melanya.

— Un artefact attribué à une déesse, comprit Abigaïl en pensant à la larme divine. Étonnant de voir qu'elle n'est protégée que par une cloche en verre.

— Les meilleures protections sont imperceptibles, assura le vieil homme.

Il désigna deux piédestaux vides.

— Depuis le vol de deux de ses pièces favorites, une épée elfe et une gourde sans fond, messire Winchester a fait venir les meilleurs enchanteurs du pays pour protéger sa collection. Je ne peux vous en dire plus, si ce n'est que cette salle est la plus sécurisée au monde.

Abigaïl resta sceptique. Éloignée de Bella, elle était libérée de l'emprise de l'anneau et elle avait retrouvé sa sensibilité à la magie. Tout au long de la soirée, elle avait capté la magie débordante et démonstrative mise en œuvre pour le Kadok. Que ce soit la jungle dans la salle de réception ou le dispositif pour la chasse, l'énergie déployée était colossale. Pourtant, ici, dans cette pièce si primordiale, elle ne ressentait rien. Pas le moindre frémissement magique. Abigaïl s'approcha d'un autre piédestal. Vide, lui aussi. L'étiquette indiquait : "Transparole coloridal".

— Un autre vol ?

Nestor secoua la tête.

— Messire Winchester aime restaurer ou utiliser certains de ses artefacts. Celui-ci est unique et sa conception reste un mystère. Il permet à deux personnes de parler, comme nous le faisons actuellement, qu'importe la distance qui les sépare. De nombreux mages ont essayé de le reproduire, sans succès.

Le majordome fut pris d'une violente quinte de toux. Un instant il eut du mal à respirer, plié en deux, puis il se redressa. Son regard devint vitreux, son expression figée.

— Je vais bien, assura-t-il d'une voix hachée. Un inconvénient de l'âge.

Abigaïl n'en croyait pas un mot. Il se passait quelque chose d'anormal. Il sortit une petite clé de sa poche et la lança dans les airs. Celle-ci tourna sur elle-même, mais au lieu de chuter vers le sol elle se planta dans le mur le plus proche. Elle s'enfonça dans la pierre jusqu'à la tête. Nestor s'approcha et la fit pivoter jusqu'à ce qu'un cliquetis retentisse. Les contours d'une porte se dessinèrent et en un clin d'œil elle devint réelle. Le majordome l'ouvrit et s'écarta.

— Je vous prie.

30
Aide invisible

Un feu crépitait dans la cheminée et dévorait une billette de chêne. Il dégageait une chaleur infernale et étouffante. Les ombres de ses flammes orangées dansaient sur les murs et offraient un spectacle de cabrioles pittoresques. L'âtre, seule source de lumière, donnait au lieu une atmosphère pesante et dérangeante. Abigaïl se retourna.
— Pourquoi il…
Elle ravala sa question avec effroi : il n'y avait plus aucune trace du majordome. Pire encore, la porte avait disparu.
— Nestor ? s'inquiéta la jeune femme.
Ses craintes se confirmèrent lorsqu'elle n'obtint aucune réponse. Fébrile, Abigaïl tâta le mur à la recherche d'un éventuel mécanisme caché. Elle voulait trouver une échappatoire à tout prix. Ses doigts palpèrent les pierres et le mortier friable en évitant soigneusement les toiles d'araignées. Après de longues minutes infructueuses, elle baissa les bras, actant l'échec de sa tentative. La boule au ventre, elle dut se rendre à l'évidence : elle se retrouvait piégée comme un rat. Consciente que la panique pouvait la paralyser à tout moment, elle occupa son esprit à décortiquer les lieux. Sa cage était une petite pièce au sol recouvert d'un tapis blanc, délabré, taché de suie et parsemé de traces de brûlure. Une odeur de pourriture et de soufre imprégnait l'air. Outre la chaleur ardente du foyer, l'absence de fenêtre et le manque de décoration donnait à cette pièce des allures de geôle. Il n'y avait ni parchemin ni livre, juste une chaise et une table en bois brut. Abigaïl aurait tranché pour une salle d'interrogatoire s'il n'y avait pas eu, sur un présentoir en marbre, un objet des plus étranges : une sphère aux arêtes luminescentes qui tournait sur elle-même telle une planète. Les faisceaux qui formaient sa structure sortaient de deux billes nacrées situées à ses extrémités. Un maillage plus sombre reliait les arêtes et ne laissait que de minuscules interstices. À l'intérieur de la sphère lévitait un calepin en cuir muni

d'un verrou. La magicienne s'approcha et pencha la tête pour en lire la couverture : "W. Lavonish". En un éclair son cœur s'accéléra. Elle y était enfin. Le manuscrit de l'homme qui reçut la larme divine. Nul doute qu'elle y trouverait de quoi libérer Bella et de précieux indices sur les anneaux.

Abigaïl se demanda comment Winchester en avait pris possession. De ce qu'elle en savait, c'était sa mère qui avait retrouvé le manuscrit après plusieurs siècles de disparition. Elle l'avait gardé et étudié jusqu'à son assassinat. Le duc est-il impliqué dans cet évènement ? D'après Dotan, il respectait profondément Léonard Mirade, l'incarnation même de la magie qu'il vénérait tant. Abigaïl l'imaginait donc mal orchestrer la mort de la femme de son idole. Cependant, elle peinait à cerner Archibald Winchester. Tout le monde louait son intelligence, mais redoutait son inflexibilité. Pour la Résistance, il représentait l'allié de l'ombre sans qui survivre deviendrait infiniment plus ardu. Pour la reine, le duc le plus influent de Penderoc et un soutien de poids dans tout ce qu'elle entreprenait. Frère abhorré, politicien respecté et craint : il ne laissait personne indifférent. Au dire de la comtesse et d'Azénor, c'était un homme bon aux méthodes contestables, mais nécessaires. Thycéron le haïssait et en disait le plus grand mal, mais un frère en conflit avec son ainé pouvait-il être objectif ? Quant à ce qu'en avait dit Nestor... Le duc savait qu'Abigaïl assistait au discours de la reine et pourtant il n'avait rien tenté contre elle. Il semblait même désireux de la rencontrer. Un signe des plus encourageant. De plus, à cet instant, elle scrutait le remède qui pouvait sauver Bella et redonner de l'espoir à ses amis... simple hasard ? La magicienne regarda autour d'elle et attrapa un bâton dans le tas de bois à côté de la cheminée. Elle s'approcha de la sphère, leva les bras et abattit avec force sa matraque improvisée. La branche fut coupée net. L'extrémité entrée en contact avec la sphère disparut dans un flash aveuglant. Un résultat sans appel : si elle tenait à sa main, elle devait attendre le duc. Elle s'assit donc sur le sol, le plus loin possible du foyer qui la faisait suer à grosses gouttes. Elle fixait le mur qui dissimulait l'entrée, lorsque tout à coup, une voix résonna dans sa tête : "Prends-le". Tel un clown bondissant de sa boite, Abigaïl se releva en vitesse, le cœur battant.

— Monsieur le duc ? demanda-t-elle sur le qui-vive.

Son regard se posa sur la sphère. Elle cessa de tourner puis, lentement, une rotation débuta dans le sens inverse. Elle prit de la vitesse et émit un léger vrombissement. Soudain elle décolla de son socle. La sphère tournoyait si vite qu'elle n'était plus qu'une boule blanche et opaque.

De nouveau la voix se fit entendre, autoritaire et pressante : "Prends-le !"

— Qui êtes-vous ? redemanda Abigaïl.

Aucune réponse. La magicienne tendit la main vers la sphère qui commençait déjà à ralentir. Un torrent de questions se déchainait dans sa tête et l'image du bâton pulvérisé lui revenait sans cesse à l'esprit. Elle n'avait pas le temps de tergiverser davantage. Un moment crucial, celui qui ferait d'elle une infirme et de Bella un cadavre, ou de son groupe une lueur d'espoir. Abigaïl ferma les yeux et serra les dents. Luttant contre son instinct et la peur qui la tiraillait, elle plongea la main dans la sphère. Ses doigts s'engourdirent, mais ils se refermèrent sur le carnet. Elle se dépêcha de le sortir de la sphère. La magicienne recula et souffla, proche de l'évanouissement. Elle serra le manuscrit contre sa poitrine, en tremblant comme une feuille. La sphère se volatilisa, il ne restait que les deux billes nacrées qui roulèrent sur le sol et disparurent dans un coin sombre de la pièce. La mâchoire d'Abigaïl se crispa. Sa rage éclata, amorcée par la sensation de n'être que la marionnette d'un jeu pervers.

— C'était un test ? hurla-t-elle dans le vide. Montrez-vous !

Un craquement retentit derrière elle. Une fissure parcourut le mur et dessina maladroitement une porte. Les pierres s'effritèrent, s'écroulèrent, laissant une ouverture sur la salle aux artefacts. Derrière le nuage de poussière, elle s'attendit à voir le duc apparaitre, mais au lieu de cela la voix se fit de nouveau entendre, plus faible, à peine perceptible : "fuis". Abigaïl s'engouffra dans l'ouverture en essayant de protéger ses yeux de la poussière. Soudain elle glissa en avant. Ses mains amortirent le choc, mais sa joue

frappa le sol. Une odeur nauséabonde assaillit ses narines. Elle sentit quelque chose de visqueux et chaud imprégner ses cheveux et atteindre sa main droite. Abigaïl avait déjà fait l'expérience de cette sensation. Redoutant ce qu'elle allait trouver, elle se releva. Elle vit le corps de Nestor, immobile sur le sol. Une large entaille barrait son abdomen, certains organes en sortaient. Une nappe de sang continuer de se répandre autour de lui. Ses yeux étaient recouverts d'un voile blanc et sa bouche figée en un rictus. La magicienne recula, s'éloignant du cadavre encore chaud.
"Ou meurs !" Cette fois la voix, puissante, résonna dans toute la salle. Abigaïl se mit à courir, mais manqua de trébucher à nouveau, ses pieds s'emmêlant dans sa robe. Sans attendre, elle la déchira jusqu'aux genoux. Elle reprit sa course effrénée jusqu'à la tapisserie que Nestor lui avait montrée. La magicienne tendit sa main vers la décoration :
— Bougmé instantatum !
Le tissu fut propulsé, dévoilant l'ouverture providentielle. Abigaïl s'y engouffra. Le passage était si étroit que sa robe touchait les parois. Elle avança en aveugle dans la pénombre. Le sol meuble et dégagé lui permit tout de même de courir. Pour l'accompagner, il n'y avait que le bruit de sa respiration affolée et sa volonté la plus profonde de sortir d'ici. Après de longues minutes, elle atteignit un panneau en bois. Au premier abord elle crut que c'était un cul-de-sac, mais elle finit par sentir, en tâtant le panneau, un anneau en fer. Elle tira dessus, un mécanisme se mit en branle et une porte s'entrebâilla. Elle la poussa et eut un grand mouvement de recul lorsqu'une touffe de poil se balança devant son visage. Abigaïl souffla : juste une queue de cheval. Le passage menait aux écuries. Elle referma le panneau derrière elle et, en catimini, traversa une dizaine de box boueux. Soudain elle entendit un raclement sur sa gauche. Un jeune homme entassait du fumier. Il se retourna et se stoppa net lorsqu'il aperçut Abigaïl. La magicienne resta immobile. Au même moment deux soldats passèrent devant les écuries en discutant.
— C'est le neveu du duc y parer. Guss a détalé comme un lapin lorsqu'il l'a appris.

— Il n'a fait que buter un piaf bagarreur. Y pouvait pas savoir que c'était un mioche.
— Va dire ça au duc…
Le garçon, d'une vingtaine d'années, désigna les gardes d'un mouvement de tête. Il tenait fermement sa fourche et fixait Abigaïl avec de grands yeux bleus. La magicienne secoua la tête et plaça ses mains l'une contre l'autre, en signe de supplication. Le temps resta comme suspendu. Un mot de la part du garçon d'écurie et c'était la fin pour elle. Après un long moment, les gardes s'éloignèrent. Le jeune homme la dévisagea une dernière fois puis il se retourna et reprit son travail comme si de rien n'était. Abigaïl se regarda : robe déchirée et recouverte de boue, chaussure maculée de sang tout comme ses cheveux et ses mains. Elle tenait le carnet contre sa poitrine. À l'évidence, elle ne pouvait plus se faire passer pour une invitée. Puis il y avait le cadavre de Nestor et cette voix effrayante… la mort était à ses trousses. La magicienne devait fuir Granar au plus vite. Elle s'assura qu'il n'y avait plus de soldats autour des écuries puis elle en sortit discrètement. Elle remonta le long du chemin en se cachant dès que des pas ou des éclats de voix se faisaient entendre. Cela la mena jusqu'à un petit pont en pierre rouge. Quatre gardes étaient en faction devant, une cloche à portée de bras. À la moindre présence suspecte, l'alerte serait donnée. La magicienne s'avança pour avoir une vue plus dégagée : elle devait trouver un moyen de rejoindre furtivement la rive. Elle fit plusieurs mètres à pas de loup et atteignit le bord du pont. Loin en dessous s'écoulait une rivière au débit soutenue. "Impossible, c'est trop haut et je ne sais même pas nager. Ce serait du suicide", pensa-t-elle. Elle entendit alors un chant militaire, un peloton arrivait droit sur elle. Abigaïl serait démasquée dès qu'il passerait le virage. La magicienne regarda sa cachette : trop loin, elle ne l'atteindrait jamais à temps. Elle n'avait plus le choix. Elle enjamba le pont, prit son souffle et sauta. La chute lui parut interminable et la réception fut des plus brutale. Désarçonnée, elle essaya de refaire surface alors que l'eau entrait dans ses poumons. Le courant l'emporta.

Abigaïl se réveilla sous une tente, emmitouflée dans une couverture en peau de castor. Allongée dans un grand lit en chêne massif, elle portait une simple robe blanche. Au sol se trouvait un épais tapis de fourrure noire. Sur la table de chevet, elle aperçut le manuscrit de Lavonish qu'elle s'empressa d'attraper. Il était intact. À sa droite, un canapé à l'assise ovale et au dos sculpté. Une multitude de coussins reposaient ici et là. Sur une commode, une dizaine de dagues était soigneusement alignée. Abigaïl vit une série de livres, des romans qu'elle connaissait pour la plupart, empilés dans une petite bibliothèque. La magicienne tourna la tête. Ses yeux s'écarquillèrent lorsqu'elle aperçut une vingtaine de paires de chaussures. Il y en avait de toutes les couleurs et de toute les tailles. Certaines très féminines : talon haut, forme voluptueuse et teinte acidulée. D'autres, plus simples et masculines. Abigaïl remarqua même une vieille botte usée, sans sa jumelle, disposée comme un trophée sur un petit tabouret. Le mobilier luxueux et imposant de la tente était pour le moins surprenant, il fallait certainement du temps et plus d'un attelage pour les déplacer. Une obsession pour les chaussures, des romans d'aventures, un grain de folie…

Abigaïl se redressa et sursauta lorsqu'elle aperçut le colosse à la peau noire assis dans un coin sombre.

— Toi, pas bouger, dit-il avec un fort accent.

La magicienne le reconnut sans peine. À lui seul il avait maitrisé Bella, Azénor et Gregor en leur donnant des baffes. Abigaïl avait échappé à ses battoirs et elle voulait que cela perdure. Sa présence confirmait ses déductions : le repère de la vipère blanche. Sans faire de gestes brusques, elle s'assit.

— Je peux parler ? demanda-t-elle.

Le colosse acquiesça.

— Comment suis-je arrivé ici ?

— Toi échouer grève, presque noyée. Milek te trouver et ramener camp.

— Je peux partir ?

L'homme secoua la tête.

— Toi, pas bouger. Moi rester pour protéger toi contre voleurs et

idiots qui veulent te sentir.
Abigaïl redoutait d'avoir bien compris ce qu'il insinuait.
— Heu, merci.
— Thycéron bientôt arrivé, ajouta le colosse.
La magicienne souffla de soulagement. C'était terminé. Thycéron la ramènerait auprès de ses compagnons et ils pourront soigner Bella. Du mouvement à l'entrée de la tente attira l'attention d'Abigaïl. Vanilla se montra, suivie d'une femme de petite taille, au regard sévère et à la bouche incroyablement mince. Une multitude de tatouages tribaux parcourait son visage. La vipère blanche enleva son tricorne et le jeta sur le canapé. Elle découvrit ainsi une longue chevelure noire parsemée de mèches blanches.
— Mes appartements sont-ils à ta convenance ? demanda-t-elle.
Abigaïl opina.
La chef des mercenaires s'assit sur le lit et croisa ses jambes.
— Damian, laisse-nous.
Le colosse se leva et sortit de la tente.
— Sache que si je parviens à commander une dizaine d'hommes depuis de longues années, c'est en partie par ce que j'ai un atout dans ma manche.
Elle montra la femme qui l'accompagnait.
— Je te présente Gwenael. La première à m'avoir rejoint lorsque "les déchausseurs hypnotiques" se sont séparés. Vois-tu, son père était un divinateur de renom. Si elle n'a pas hérité de tout son talent, elle en a gardé un don des plus utiles. Elle ressent chaque mensonge comme une aiguille qui transperce sa peau. Crois-moi, beaucoup ont essayé de nous berner. Mentir est le pire des affronts, je ne te poserais donc la question qu'une seule fois.
La magicienne se redressa. Les ennuis n'étaient peut-être pas terminés. Vanilla se racla la gorge et demanda avec gravité :
— Toi et Thycéron, êtes-vous ensemble ?
Abigaïl éclata de rire. Un rire nerveux et libérateur qu'elle ne put retenir.
— Quoi ? s'agaça Vanilla.
La magicienne eut beaucoup de mal à se maitriser.
— Désolé, haleta-t-elle.

— Qu'est-ce qui te fait rire ?
Abigaïl essuya ses larmes et se fit violence pour retrouver son calme.
— J'ai eu une sale journée, expliqua-t-elle. Pour vous répondre, non, je ne suis pas avec Thycéron et je vous assure que je ne le serais jamais.
Cette réponse étonna Vanilla.
— Tu ne l'aimes pas ?
— Thycéron se rapproche le plus d'un père pour moi et je sais qu'il est comme un frère pour Bella. À ma connaissance il est seul, du moins il n'a pas de relations...
La magicienne s'interrompit. Elle savait Vanilla instable et lui évoquer la réputation sulfureuse de Thycéron n'était peut-être pas une bonne idée.
— Sérieuse ? supposa la mercenaire.
Abigaïl acquiesça. Gwenael se pencha et chuchota à l'oreille de Vanilla.
— Tu dis la vérité. Je n'aurais donc pas à te défier en duel.
Abigaïl constata que Thycéron disait vrai : Vanilla agissait comme un personnage romanesque. Soudain une voix se mit à crier.
— Je sais que tu m'entends, sale morue ! Raclure dégénérée, c'est ta faute si je me retrouve avec cette bande de cinglés. Je vais te saigner comme une truie.
Vanilla soupira.
— Suis-moi.
La magicienne se leva. Elle se sentait plutôt bien, du moins, physiquement. En empruntant la sortie, Abigaïl se retrouva au centre du campement.
Les tentes étaient disposées autour d'un monticule de bois calciné et de cendres encore fumantes. Des casseroles, des os de gibiers et une multitude de bouteilles vides entouraient le foyer agonisant : les mercenaires savaient s'amuser une fois la nuit venue. Pour l'heure, la plupart d'entre eux s'affairaient à l'exécution de tâches quotidiennes. Certains rapportaient du bois, nourrissaient les chevaux ou s'entrainaient à combattre. Abigaïl vit même l'un d'eux faire rouler un mystérieux tonneau jusqu'à sa tente. Tous sem-

blaient avoir un rôle bien précis. Cependant, un détail assez particulier les différenciait nettement des soldats en garnison : aucun de ces mercenaires ne portait les mêmes frusques. Quelques-uns étaient tirés à quatre épingles tandis que leur compère se pavanait avec des vêtements déchirés. Abigaïl dut d'ailleurs détourner le regard lorsqu'un homme passa devant elle à toute vitesse, entièrement nu, pour courir après une oie aventureuse. Sur leur droite, un homme était au pilori. La magicienne fut surprise de voir un symbole de justice trôner ainsi au centre d'un campement de mercenaires. Le prisonnier continuait de hurler des injures avec fierté.

— Voici notre nouvel arrivé, présenta Vanilla. Comme tu peux le constater, je n'ai pas encore pris le temps de le dresser, mais ça ne saurait tarder. Tu le connais, je crois ?

Abigaïl acquiesça. Elle ne l'avait pas reconnu aux premiers abords à cause de la crasse qui recouvrait son visage, mais aucun doute n'était possible.

— Letock. Il était barman à Asring, en plus d'être un assassin et un contrebandier.

— Thycéron nous l'a amené. Je ne sais pas encore ce que je vais faire de lui. S'il est capable de se montrer utile, docile et obéissant, je le garderais peut-être. Nous avons perdu notre cuisinier la semaine dernière…

— Mais, c'est un meurtrier.

Vanilla sourit.

— Exactement ce qu'il me faut. Mes hommes ne sont pas des enfants de chœur. S'il est incapable de se montrer raisonnable, j'en tirerais un bon prix à Asring.

Les deux femmes s'approchèrent de lui.

— Vient là, ma truie, dit-il en les fixant. Détache-moi, que je t'enlève tout ce gras qui pendouille de tes grosses cuisses.

— Il a une dent contre toi de toute évidence, soupira Vanilla. À moins que…

Elle se mit à sa hauteur et sortit sa dague.

— C'est moi la truie ? demanda-t-elle.

Le prisonnier secoua la tête et baissa les yeux.

— Non, madame.

Vanilla se releva et tendit son arme à Abigaïl.
— Il est à toi.
— Pardon ?
— Il insinue que tu es une truie. Soit tu prends cela comme un affront, soit tu reconnais que son insulte est fondée.
La magicienne resta immobile. Elle ne ressentait que de l'aversion pour le barman, mais de là à le tuer de sang-froid…
— Impose le respect, reprit la mercenaire, ou ce monde t'asservira et te détruira.
Letock releva la tête.
— Non, attendez, je m'excuse.
La vipère blanche mit sa dague dans les mains d'Abigaïl.
— Tu as vécu plein de choses, mais je ne vois pas en toi la lueur des survivants. Cet homme te hait et s'il le pouvait, il te tuerait. Détruis ton ennemi. Prouve que tu mérites le respect et ta place dans ce monde.
Abigaïl toisa le prisonnier. Une succession d'image déferla dans son esprit. Le directeur, poignardé, qui se vide de son sang. La jeune Sevilla Duciale, morte sur la route, le visage tuméfié. Le regard terrifié du marin transpercé par un carreau d'arbalète. Gauvrian qui tombe du ciel. Nestor éviscéré. Vanilla avait raison, c'était un monde barbare où la mort se complaisait à faucher les justes et les innocents. La mâchoire de la magicienne se crispa, la colère remontait lentement jusqu'à son bras.
Soudain Letock se mit à rire.
— Tu ne le feras pas.
— Sais-tu qui je suis ? demanda Abigaïl avec sérieux.
— Une fillette en sursis, répondit-il en la regardant avec défi.
Abigaïl serra la dague. À cet instant, le barman représentait la décadence et la cruauté. Thycéron avait raison, il devait payer. D'un geste rapide, Abigaïl planta la dague dans le bois du gibet, transperçant la main de Letock. Il hurla. La magicienne tourna la lame dans la chair du prisonnier puis la dégagea. Elle attrapa Letock par les cheveux et en découpa une poignée.
— Gwenael, connait-il tes pouvoirs ?
La petite femme acquiesça.

— Je suis la première à parler aux prisonniers et aux nouvelles recrues.
Abigaïl se redressa.
— Je suis Annabella Mirade, fille de Léonard Mirade et dirigeante de la Résistance. Mes pouvoirs et le démon que j'ai invoqué font trembler les magistors d'effroi. Un peloton de garde n'est pas parvenu à m'arrêter. J'ai pris au duc Winchester son bien le plus précieux et la reine ne m'a pas vue alors que je me tenais devant elle. Des mages et de redoutables guerriers forment mon groupe et au moins l'un d'eux souhaite ta mort. Je tiens ta misérable vie dans le creux de ma main.
La magicienne regarda Gwenael. Celle-ci acquiesça lentement.
— Elle dit la vérité.
Abigaïl se mit à la hauteur du prisonnier et plongea son regard dans le sien.
— Tu vas passer le reste de ta vie à servir Vanilla et ses hommes. Si un jour tu tues, trahis, voles ou violes, tes cheveux me l'apprendront. Au moindre faux pas, lorsque tu t'y attendras le moins, je ferais en sorte que ta peau se flétrisse, que tes dents s'enfoncent dans tes gencives et que tes oreilles hurlent dans ta tête. Ta vie deviendra un cauchemar et tu prieras la mort de t'accorder sa miséricorde.
Letock se mit à pleurer. De la bave s'écoulait de sa bouche et du sang gouttait de sa main mutilée.
Vanilla récupéra sa dague.
— Allons-y, dit-elle avec satisfaction.

31
Retrouvailles

Abigaïl, d'une colline qui surplombait Granar, scruta les remparts qui entouraient la ville tel un serpent emprisonnant sa proie. Elle aperçut l'immense palais, retranché derrière les quartiers riches, puis son regard glissa sur le cours d'eau qui faillit lui prendre la vie. Il coulait paisiblement sous le pont nord. C'était un sentiment étrange de se retrouver là, à contempler le théâtre de si dures épreuves. Abigaïl ferma les yeux et prit de grandes inspirations, emplissant ses poumons d'air frais et tentant de balayer les images macabres tapies dans son esprit. Elle savoura ce moment, calme, sans que le moindre de ses gestes ne puisse engendrer de funestes conséquences. Elle tenta de faire le point, mais se ravisa lorsqu'elle sentit un torrent d'émotion poindre. Gauvrian qui s'effondre, Nestor éventré, l'horrible sensation de ses poumons qui se remplissent d'eau, la vie qui s'échappe. Il était encore trop tôt. Trop tôt pour y penser sans sombrer. Face à Letock, son chagrin et sa rage avaient guidé sa main. Jamais elle ne se serait crue capable de mutiler un homme et encore moins d'en tirer une dérangeante satisfaction. La conséquence fugace de ces dernières heures éprouvantes ou le signe d'un changement plus profond ?
Abigaïl rouvrit les yeux en entendant une chaussure racler le sol. Vanilla l'avait conduite jusqu'ici, à une centaine de mètres du camp, au calme. D'après elle, le fait que la magicienne vive encore relevait du miracle. Son cœur ne battait plus lorsque Milek l'avait retrouvé. Le marin de profession connaissait les gestes, il l'avait sauvé. Mais une autre personne requerrait un secours. Abigaïl se tourna vers Vanilla.
— Thycéron vous a dit si Bella...
La mercenaire acquiesça.
— Il n'est pas venu me livrer un criminel de valeur sans demander une contrepartie. Il a été contraint de quitter la ville. Bella est en vie, mais encore très faible. Il a su trouver les mots. Notre campement sera le vôtre aussi longtemps que nécessaire. Il m'a

emprunté un brancard pour chercher le reste de vos compagnons. Lorsqu'on t'a retrouvé, j'ai envoyé deux hommes les avertir de la situation.

Abigaïl posa la main sur le manuscrit qu'elle avait dissimulé sous sa robe : inutile de tenter qui que ce soit en le laissant à la vue de tous. Elle se demanda comment elle était parvenue à remplir sa mission. D'une certaine façon elle se sentait fière d'avoir gardé son calme en jouant le rôle d'une noble et d'avoir eu le courage de plonger sa main dans la sphère. Mais cette voix... était-ce celle du duc ? L'avait-il guidé pour échapper à des magistors voire même à la reine ? Abigaïl ne le saurait probablement jamais, mais elle conservait une certitude : Nestor ne méritait pas de finir ainsi, coupé en deux, comme un vulgaire morceau de viande.

— À quoi penses-tu ? demanda Vanilla.
— À la justice.

La mercenaire soupira.

— Le concept de justice échappe aux hommes pour une bonne raison : la vie est injuste. Pourquoi le lapin nait-il pour finir dans le ventre du loup ? Pourquoi une mère peut-elle mourir en donnant la vie ? Les exemples sont légion. Notre monde et la justice se rejettent. Les lois ont été instaurées par nos élites pour contrôler le peuple. Ils assurent agir pour défendre l'opprimé et châtier les criminels. En réalité tout est question de vengeance, de pouvoir et d'argent. Il n'y a qu'à regarder les clercs, ils vivent grassement et s'affairent à garder leurs privilèges. Comment des hommes à ce point corrompus peuvent-ils prétendre savoir ce qui est juste ? Et ce ne sont là que les soldats de cette illusion de justice.

— Que voulez-vous dire ?
— À Penderoc, la justice est une pyramide. Au sommet il y a le pouvoir suprême : la reine, qui peut d'un claquement de doigts instaurer de nouvelles lois et en supprimer à sa guise. Elle est la seule à juger la noblesse. Juste en dessous, les ducs ont le droit de rendre des jugements sur leurs terres. Ils désignent les clercs qui sont envoyés dans les bourgades pour décider des culpabilités et des peines. Lorsqu'il n'y a pas de clerc, les barons et les chefs de

village prennent cette responsabilité. Les hommes s'octroient le droit de juger leur semblable au nom de l'ordre.
— Vous ne pensez pas que la justice soit nécessaire ?
— Pas si elle est aveugle et corrompue. La vie à Penderoc n'est que chaos. Essayer d'y mettre de l'ordre et de la logique n'est qu'une perte de temps. Dis-toi que ce qui t'arrive est injuste si cela te fait avancer. Mais tu es la seule à pouvoir te rendre justice, tel que tu l'envisages, car elle est différente pour chacun d'entre nous.
Vanilla sortit de l'une de ses poches un petit parchemin fermé par un ruban de soie rouge.
— Ceci est une ordonnance du grand clerc Philippo, missionné par le duc Winchester. Ce bout de papier me donne les pouvoirs d'un clerc. Moi, qui suis à la tête d'une quinzaine de tueurs, voleurs et escrocs. Qu'ai-je fait pour mériter cet honneur ? Rien, si ce n'est accepter de retrouver le neveu en cavale d'une comtesse. Le duc souhaite se servir du pauvre bougre pour maintenir sa tante sous son joug. Quant à toi, une fugitive, tu ne peux espérer qu'une justice : celle de ton bras qui s'abat sur tes ennemis.
Abigaïl pensa à la comtesse qui l'attendait peut-être toujours dans la grande salle. Elle ignorait probablement que le duc avait lancé des mercenaires aux trousses de son neveu.
Un hennissement interrompit ses songes. Vanilla dégaina son épée et prit une posture suggestive en laissant sa lame reposer sur son épaule. Deux hommes à cheval arrivèrent du camp. Abigaïl les reconnut sans peine et, malgré l'épuisement, elle se mit à courir vers eux. Thycéron cabra sa monture, sauta à terre et prit la magicienne dans ses bras.
— Je te pensais morte. Nous n'avons eu aucune nouvelle de Gauvrian.
Un peu surprise par ce témoignage d'affection, Abigaïl savoura l'instant. Azénor les rejoignit. Le guerrier s'écarta et le prince fit une accolade à la magicienne.
— Heureux que tu t'en sois sorti, dit-il avec gêne.
— Bella ? demanda-t-elle.
— Elle respire, rassura Thycéron. Elle a repris connaissance deux

fois. Son corps lutte, mais il s'affaiblit d'heure en heure. Elle et Gregor sont escortés, ils devraient arriver d'ici peu.

— Lorsque nous avons appris qu'ils t'avaient retrouvé à l'article de la mort, expliqua Azénor, nous avons emprunté les chevaux des coursiers pour te rejoindre.

Thycéron souffla, avec un stress qu'Abigaïl ne lui connaissait pas, et demanda :

— Mon frère t'a donné le nom de l'anneau ?

La magicienne secoua la tête.

— Non. Mais j'ai bien mieux.

Elle sortit le manuscrit.

— Le carnet de Lavonish !

Elle le tendit à Thycéron qui ne tarda pas à en examiner le verrou. Vanilla, qui avait pris son temps pour les rejoindre, arriva à leur hauteur. Elle posa ses mains sur ses hanches et bomba la poitrine. D'un mouvement de tête elle désigna le manuscrit.

— Je peux savoir ce que c'est ? Même inconsciente tu l'agrippais.

Personne ne prit la peine de lui répondre.

— Je pourrais essayer de la forcer, proposa Thycéron, mais qui sait ce que cela déclenchera ?

Vanilla enleva son chapeau et s'approcha du guerrier jusqu'à ce que leurs lèvres s'effleurent.

— J'ai l'homme qu'il te faut. Il peut crocheter n'importe quoi.

Thycéron hésita.

— Tant de choses dépendent de ce manuscrit...

La vipère blanche fit signe qu'elle comprenait.

— Fais-moi confiance. Ses doigts sont les plus agiles du pays et, si cela peut te rassurer, il œuvrera devant toi.

Le guerrier acquiesça et monta sur son cheval.

— Allons le chercher.

Il tendit sa main vers Vanilla qui s'empressa de la prendre. Abigaïl, elle, monta avec Azénor. Le trajet ne dura que quelques secondes et ils se retrouvèrent devant la tente de commandement où une dizaine de mercenaires ne tarda pas à s'attrouper.

— Où sont Desmond et Toba ? demanda un homme aux cheveux roux.

— Ils ont gentiment proposé d'escorter mes amis, répondit Thycéron sur un ton sarcastique.
Vanilla passa devant eux.
— Trouve-moi Mylard, ordonna-t-elle.
Le rouquin s'éclipsa et Thycéron donna le manuscrit à Vanilla. Azénor s'approcha de lui.
— Je peux te parler ?
Vanilla s'éloigna un peu pour ne pas faire preuve d'indiscrétion.
— Thycéron, il semblerait que tu n'as pas retenu la leçon avec l'éclaireur, reprocha-t-il.
— Je me porte garant d'elle.
Le prince souffla.
— Tu pourrais au moins demander notre…
— Il n'y a que très peu de personnes, l'interrompit Thycéron en haussant le ton, qui peuvent m'accabler de reproches sans dangereusement baisser dans mon estime.
Il tapota la poitrine d'Azénor à plusieurs reprises, au rythme de ses paroles.
— Tu n'es pas l'une d'elles, prince, ajouta-t-il. Ne l'oublie pas.
Azénor se renfrogna.
— Abigaïl, fais-lui entendre raison ! Hier cette mercenaire voulait nous vendre à la reine !
La magicienne croisa les bras.
— Thycéron est prêt à mettre la vie de Bella entre les mains de Vanilla. Je pense qu'il ne peut y avoir de garantie plus forte que celle-ci.
Vanilla se racla la gorge et les invita à la rejoindre. Derrière elle, une table et une chaise avaient été installées. Un jeune garçon d'une douzaine d'hiver y était assis. Les compagnons se positionnèrent devant lui. Il parut assez mal à l'aise d'être le centre de l'attention. Vanilla lui tendit le manuscrit de Lavonish.
— Mylard, déverrouille-moi ça.
Le garçon tenta de l'attraper, mais la mercenaire le mit hors de portée au dernier moment.
— Ce n'est pas un travail ordinaire, prévint-elle.
Le jeune homme fit signe qu'il comprenait la mise en garde. Va-

nilla lui donna le manuscrit et il l'examina dans tous les sens en s'attardant longuement sur le verrou.
— Magie ? demanda-t-il.
— Possible, répondit Abigaïl.
Mylard reposa le manuscrit sur la table.
— Il est très ancien et de qualité. Cependant son mécanisme et un retour simple sans sécurité intermédiaire. Par précaution je vais prendre un crochet en argent. La taille standard devrait suffire.
Vanilla haussa les épaules.
— Peu importe les détails. Prends ton temps s'il le faut, mais ouvre-le sans l'abîmer.
Mylard acquiesça et attrapa le crochet adapté et une tige rigide. Il introduisit d'abord la tige puis positionna délicatement le crochet.
— Attends ! s'écria Abigaïl
Le garçon se figea.
La magicienne se tourna vers Thycéron et lui chuchota :
— Ce n'est qu'un gosse. S'il y a une protection magique, il pourrait le payer de sa vie. Nous devrions l'ouvrir à côté de Bella pour que l'anneau agisse.
— Bonne idée ! approuva Azénor. Nous aurions dû y penser avant.
Le guerrier acquiesça et s'adressa à Vanilla.
— Avant d'essayer de l'ouvrir, il faut que Bella soit à proximité.
La vipère blanche haussa des sourcils.
— Pour quelle raison ?
Thycéron soupira.
— C'est pour notre sécurité et celle de tes hommes, dit-il en regardant la douzaine de mercenaires amassée autour d'eux.
La tension monta d'un cran.
— Dans ce cas nous l'attendrons ici. Elle ne devrait plus tarder.
— On pourrait les rejoindre sur la route, proposa le prince. Cela nous ferait gagner du temps.
Vanilla secoua la tête et croisa les bras.
— Nous l'attendrons ici, répéta-t-elle.
Abigaïl comprit ce qui se jouait. La défier tout court était déjà une mauvaise idée, mais la défier devant ses hommes la mettait dans

une position délicate. Comment empêcher une bande de voleur et de criminelle de les attaquer s'ils ne respectaient même pas leur chef ?

— Nous suivrons tes ordres, répondit Abigaïl haut et fort.

Vanilla acquiesça avec satisfaction puis aboya après ses hommes :

— Reprenez le boulot, ce camp est une vraie chienlit, plus vite que ça !

Les mercenaires se dispersèrent. Le garçon posa ses outils sur la table et les laissa avec le manuscrit avant de déguerpir. L'ancienne compagne de Thycéron s'approcha.

— Nous marchons sur un fil, prévint-elle, merci de ne pas l'avoir sectionné.

Elle désigna le colosse à la peau noire, resté à bonne distance derrière elle.

— Damian va garder un œil sur vous pour s'assurer que personne ne vous ennuie. Je vous retrouverais lorsque votre amie arrivera.

Vanilla entra dans sa tente, les laissant seuls.

Thycéron serra les dents :

— Si Bella meurt avant d'arriver ici, je ne réponds plus de mes actes.

— Nous sommes prisonniers, se lamenta Azénor. J'imagine que l'appel de l'or supplante celui de l'affection et de l'honneur.

— Je pense que c'est bien plus compliqué que ça, assura Abigaïl. Obéissons. Bella tiendra le coup, nous ouvrirons le manuscrit et nous pourrons la soigner avec la magie. Nous partirons d'ici dès qu'elle pourra marcher.

Thycéron se montra sceptique.

— Même sur un brancard le voyage reste éprouvant pour elle. Je pensais que tu allais me donner le nom de ce satané anneau. Nous l'aurions rejoint à bride abattue et soigné sur place.

— Pourquoi le duc t'a-t-il donné le manuscrit sans la clé ? se demanda le prince.

— Je vais tout vous raconter.

Abigaïl prit le temps de n'omettre aucun détail et ni Azénor ni Thycéron ne l'interrompirent. Elle détourna plusieurs fois le regard, notamment lorsqu'elle évoqua Gauvrian et Nestor. Elle es-

saya de mettre le maximum de distance entre les mots qui franchissait ses lèvres et ses pensées. Comme si elle récitait un poème appris par cœur dont elle ne comprenait pas le sens. Lorsqu'elle eut terminé, elle se força à relever la tête. Azénor semblait chiffonné par plusieurs détails et Thycéron gardait le visage fermé.
— Gauvrian a donné sa vie avec honneur.
Le prince secoua la tête.
— Donc, récapitula-t-il, aidé par une voix, tu as volé le manuscrit dans une chambre secrète. Quelque chose a coupé en deux un vieil homme inoffensif, mais t'a laissé tranquille. Tu t'es enfui et tu as sauté d'un pont alors que tu ne sais pas nager. Un marin t'a trouvé et ramené ici.
— Dit comme ça…
— J'imagine qu'un marin contraint de rester sur terre cherchera toujours la proximité de l'eau, mais il est clair que cette voix a veillé sur toi. Mon frère a l'esprit tordu, c'est un fait, mais il semblerait qu'il se soit surpassé cette fois. Supposons que la reine savait qu'il possédait le manuscrit de Lavonish, quel meilleur moyen de te le donner sans éveiller les soupçons que de s'arranger pour que tu le voles ? Détruire l'entrée, tuer son propre majordome et discuter avec la reine durant le vol sont des éléments qui le disculperont. Je reconnaîtrais bien là son intelligence macabre.
— Admettons, reprit Abigaïl. Comment a-t-il su qui j'étais et ce que je cherchais ?
Thycéron secoua la tête.
— Je l'ignore. Peut-être possède-t-il un artefact magique qui lui permet de nous suivre à la trace.
Une cloche tinta. Vanilla sortit de sa tente.
— Ils arrivent.
Azénor, Thycéron et Abigaïl se retournèrent comme un seul homme. Ils virent deux mercenaires, qui portaient un brancard, pénétrer dans le camp. L'un d'eux avait un casque en cuir clouté alors que son congénère, au ventre proéminent, arborait une moustache finement taillée. Gregor les suivait de prés, pied et poing liés par des menottes en fer. Son nez avait pris un angle peu naturel, il avait un œil au bord noir et du sang séché recouvrait

son menton.

— C'était nécessaire de le molester ? demanda Abigaïl.

Thycéron haussa des épaules.

— Je l'ai enchainé, mais je me suis abstenu de le frapper. Ce n'était pourtant pas l'envie qui me manquait.

— Peu importe, intervint Azénor. Occupons-nous de Bella, nous parlerons de Gregor plus tard.

Mylard et une dizaine de mercenaires accompagnèrent le brancard jusqu'à ce qu'il arrive devant Vanilla. Le visage de Bella était d'une grande pâleur. Thycéron posa la main sur son cou.

— Elle est encore en vie, dit-il avec soulagement.

— Bien sûr m'sieu, intervint le moustachu avec la voix pleine de reproches. D'ailleurs vous avez bien décrit notre châtiment si ce n'était pas le cas.

Le second porteur s'approcha de Vanilla.

— Patron, il nous a parlé comme si ont été ses clébards. Il nous a menacés de nous pendre par les couilles si on l'écoutait pas ! Et par-dessus le marché ils ont volé nos chevaux !

— C'est pour ça que vous l'avez tabassé ? s'insurgea Abigaïl en désignant Gregor.

— Il a essayé de s'échapper ! rétorqua le moustachu.

— C'est pas vrai ! hurla Gregor.

Les deux mercenaires reculèrent. La surprise se lisait dans leurs regards.

— Depuis quand il sait parler lui, maugréa l'un d'eux en posant la main sur le pommeau de son épée.

Thycéron fit de même et le regard de Vanilla s'assombrit. Gregor se mit à genoux devant Abigaïl.

— Je te jure que je n'ai pas tenté de m'échapper. Le plus gros a voulu m'éloigner le temps que l'autre tentait de déshabiller Bella. Je me suis défendu en lui donnant un coup de tête puis j'ai mordu l'autre au cou pour l'empêcher de la toucher.

Thycéron grogna et serra le poing. Il désigna le plus fin des porteurs dont le cou était en partie caché par les lanières du casque.

— Découvre ta tête, ordonna-t-il.

La troupe de mercenaires s'agita. Abigaïl sentait que la situation dérapait.

— On va pas te laisser commander ! s'écria le rouquin dans la foule. Montre-lui, Desmond !

Certains dégainèrent leurs armes. Azénor et Thycéron firent de même.

— Si tu l'as touché, t'es un homme mort, lança le guerrier.

— Ça suffit ! vociféra Vanilla.

Les mercenaires se figèrent.

— Gwen ! appela-t-elle.

La petite femme sortit de la troupe et se présenta devant Vanilla.

— Qui a osé mentir ? demanda-t-elle.

— Ses paroles ont été pour moi aussi douloureuses qu'une lame chauffée à blanc, dit-elle en désignant Desmond.

Avant que celui-ci n'ait eu le temps de réagir, Vanilla dégaina son arme et trancha net la tête de son homme de main. Celle-ci rebondit dans la boue et s'arrêta au pied du deuxième porteur. Sans perdre de temps, il tenta de fuir. Thycéron attrapa l'épée du mort, la leva jusqu'à ce que la pointe frôle le sol derrière lui puis il la lança de toutes ses forces. L'épée fila dans les airs et faucha le fuyard, le transperçant de part en part.

— Voilà ! s'écria Vanilla. Desmond et Toba ont désobéi à un ordre direct et ils ont osé me mentir. Voici le prix à payer pour un tel affront.

La foule resta silencieuse. Ceux qui avaient dégainé mirent leurs épées aux fourreaux et s'éloignèrent en grommelant d'inintelligibles paroles.

Thycéron regarda Gregor.

— Est-ce qu'ils ont réussi à…

— Non, je me suis trop débattu.

Vanilla posa sa main sur l'épaule du guerrier.

— L'incident est clos.

— Allons-y, encouragea Abigaïl.

La mercenaire fit un signe à Mylard. Le jeune homme s'installa à la table, prit ses outils et s'affaira à déverrouiller le manuscrit. Il pivota ses crochets à plusieurs reprises jusqu'à ce qu'un déclic se fasse entendre. Le loquet s'ouvrit et il donna le carnet à Vanilla

qui le rendit immédiatement à Thycéron.
D'une main tremblante, il le feuilleta. Il se tourna vers Abigaïl, blême, puis il le laissa tomber dans la boue.
— Il est vierge, dit-il la gorge nouée.
La magicienne se pencha et vomit.

32
Les mutins

Le corps d'Abigaïl rejeta la nouvelle avec force : les haut-le-cœur se firent intenses et répétés. Thycéron hurla de rage et défonça un tonneau rempli d'eau de pluie. Seul le prince se montra raisonnable.

— Voyons, dit-il en ramassant le manuscrit.

Abigaïl releva la tête tant bien que mal.

— Peut-être que son contenu nous apparaitra si on l'éloigne de Bella, proposa-t-elle.

Azénor fit une moue étrange. Il enleva la boue de la couverture du mieux qu'il put et il leva une page vers le ciel comme s'il voulait que le soleil passe à travers.

— J'en doute, dit-il, mais je sais que la chaleur peut révéler les encres invisibles qu'utilisaient les soldats de l'époque.

— Attend !

Du coin de l'œil Abigaïl aperçut des écritures sur le manuscrit. Des lettres rouges qui ondulaient et changeaient de place pour former des mots.

— Tu as réussi !

Azénor la dévisagea sans comprendre. Thycéron regarda par-dessus leurs épaules.

— Je ne vois rien du tout...

— Abigaïl, le papier n'a même pas commencé à chauffer. La fatigue t'a surement joué des tours.

— Il n'est pas vierge du tout ! assura-t-elle en lui arrachant le carnet des mains. Je peux même te dire que c'est du penderoquien ancien.

— Tu peux vraiment le lire ?

La magicienne acquiesça et feuilleta le manuscrit rapidement. Elle y vit des symboles, des schémas et de longues pages d'écriture raturées et tachées.

— C'est impossible, souffla le prince.

— Peu m'importe si c'est possible, se ragaillardit Thycéron.

Trouve-moi ce satané nom !

Abigaïl continua ses recherches et tomba sur des croquis qu'elle reconnut sans peine. Il décrivait les trois anneaux avec, sous chacun d'eux, un nom écrit en lettre d'or.

— Crépuscula.

— Quoi ?

— C'est le nom de l'anneau : Crépuscula ! C'est ce qu'elle doit dire.

Vanilla s'approcha, les yeux plissés comme si elle fouillait sa mémoire.

— Attendez. Vous parlez d'anneaux et de Winston Lavonish ? J'ai déjà lu cette histoire !

Le visage de la vipère blanche se décomposa.

— Vous... Vous cherchez à reformer la larme divine !

Les mercenaires se mirent subitement à discuter entre eux. Abigaïl en avait presque oublié leur présence. Elle suivit Thycéron qui prit Vanilla par les épaules et l'éloigna un peu de ses hommes. Son regard se posa sur Letock, toujours enclavé au pilori qui se tenait juste à côté d'eux. Le prisonnier avait une fine bande de tissu qui entourait sa main mutilée et sa tête pendait de l'ouverture, les yeux fermés.

— Il a l'air mal en point. Qu'est-ce qui s'est passé ?

— Il s'est montré trop enclin à se servir de sa bouche, répondit Vanilla. Je doute qu'il soit en état de nous entendre. Je t'écoute.

— Bella porte un anneau de Lavonish. C'est à cause de lui qu'on ne peut pas la soigner avec la magie. Comme tu l'as déjà compris, le manuscrit devrait nous permettre de le récupérer et de sauver mon amie.

L'homme roux qui avait apostrophé Thycéron un peu plus tôt se fit entendre en haranguant la foule.

— La larme divine est le plus grand trésor que l'on puisse trouver, clama-t-il haut et fort. Si on la récupère, les riches se battront pour nous donner leur or.

— Et que comptes-tu faire ? s'écria Thycéron en le toisant.

— Te tuer, toi et tes amis, puis la vendre au plus offrant.

— Je ne le permettrais pas, Gascar, intervint Vanilla.

Le rouquin la défia du regard puis fit une référence burlesque.
— Dans ce cas, je me passerais de ta permission.
Abigaïl dévisagea le mercenaire, à la fois énervée par son attitude et désireuse d'apaiser la tension dans le camp.
— Nous n'avons pas la larme divine, assura-t-elle en prenant son courage à deux mains. Si c'était le cas, nous n'aurions pas besoin de votre aide.
Gascar se tourna vers ses comparses.
— Elle ment ! Mes amis, Vanilla nous a fait perdre un sacré paquet d'or en refusant qu'on livre le trou du cul et ses amis à la reine. À cause de cette décision, Desmond et Toba sont morts ! Maintenant, elle rechigne à prendre un artefact d'une valeur inestimable alors qu'il nous tend la main.
Thycéron dévisagea Vanilla. D'un discret mouvement de menton, il désigna son épée. La vipère blanche fit non de la tête.
Damian passa devant elle et poussa Gascar dans la boue.
— Vanilla a donné nous deuxième chance ! cria-t-il. Combien seraient morts dans cellule ou pendu si elle pas protéger nous ?
Gascar se releva.
— Écoutez donc son gorille illettré, s'amusa-t-il avec désinvolture.
Damian sera les poings. Gascar tendit sa lame.
— Tout doux mon grand.
Ce fut au tour de Gwenael d'intervenir.
— Damian a raison, clama-t-elle. Sans Vanilla la plupart d'entre vous seraient morts depuis longtemps. Vous lui devez la vie. Cela vaut bien une occasion manquée.
Abigaïl était stupéfaite par le calme de Vanilla. Elle croisait les bras et ne semblait guère agacée que ses hommes parlent d'elle en sa présence. La magicienne était bien moins sereine. L'idée de se retrouver au milieu d'un conflit entre criminels l'angoissait.
— On lui en est reconnaissant, admit l'un d'eux, mais ce n'est pas qu'une simple occasion de se remplir les poches. Même sans la larme divine, la prime qu'il y a sur leurs têtes nous permettrait de changer de vie.
— Bien dit Herbert ! applaudit Gascar. Et ce n'est pas une vie

d'obéir à ses moindres caprices. Sans elle, chacun fera ce qu'il voudra !

C'est ce moment que choisit Vanilla pour sortir de son mutisme.

— Si vous n'êtes plus sous mes ordres, l'immunité que vous confère mon rang de clerc sera levée, prévint-elle. Ce clan n'a jamais été une prison, mais un refuge sans lequel vous seriez de misérables bandits en cavale. Si c'est ce que vous voulez, libre à vous de partir. Mais vous ne toucherez à aucun de mes invités.

— C'est pourtant ce que nous avons l'intention de faire, répondit Gascar avec aplomb. Avec cet anneau, je suis certain que nous serons accueillis en héros partout où nous irons.

Vanilla sortit son épée et traça une ligne dans la terre.

— Voici ce que je te propose, Gascar. Dans dix minutes, s'il y a plus d'hommes de ton côté, j'abdique en ta faveur.

Tout le monde sembla sidéré par cette perspective. Gwenael et Damian restèrent bouche bée, Abigaïl donna un coup de coude à Thycéron. Elle doutait que ce conflit ne se règle si facilement, il était peut-être temps de déguerpir.

— Elle sait ce qu'elle fait, assura-t-il en chuchotant.

Gascar se gratta la tête :

— Et si je perds ?

— Les mutins seront bannis du clan et nous vous tuerons à vue si vous revenez. Mais si vous ne respectez pas votre parole et que vous choisissez la force, il n'y aura aucun survivant dans vos rangs. Les traîtres seront traqués. Ils auront la langue tranchée puis ils seront pendus par les pieds jusqu'à la mort.

Gascar sourit et se tourna vers ses comparses.

— Mes amis, il est temps de prendre notre destin en main...

— Gascar, acceptes-tu ma proposition ? coupa Vanilla.

Le rouquin rit à gorge déployée.

— Ho que oui j'accepte ! reprit-il avec une joie appuyée. Faites votre choix, mes amis : une romantique aux frasques délirantes ou moi et la montagne d'or qui nous attend. Qui préférez-vous avoir comme frères d'armes : un colosse couleur merde et une naine à la face peinturée ? Ou de valeureux guerriers aux poches remplies d'or ?

Damian attrapa l'imposant maillet qui sert à planter les pics de tente et l'agita au-dessus de sa tête comme une massue.

— Oui, choisissez entre la mort et la vie. Gascar sera premier à manger vers.

Les mercenaires se mirent à discuter tous en même temps dans un brouhaha étourdissant. Trois d'entre eux se dépêchèrent de rejoindre Vanilla, Damian et Gwenael. Abigaïl les compta rapidement.

— Ils sont dix-sept. Vanilla ne semble pas inquiète.

— Elle ne peut se le permettre, compris Azénor. Qui choisirait un chef qui craque sous la pression ?

— Je connais bien Vanilla, expliqua Thycéron. Gascar mourra aujourd'hui.

Abigaïl entendit des cliquetis derrière elle. C'était Gregor qui, resté à l'écart jusqu'ici, se rapprochait enfin de ses compagnons.

— Thycéron, tu devrais lui enlever ses liens, intervint Azénor. Si Vanilla perd…

Le guerrier sortit une petite clé de ses poches et délivra Gregor.

— Merci d'avoir protégé Bella durant mon absence, mais cela ne change rien. Ta vie dépend toujours de la sienne.

Thycéron s'approcha du brancard et y attrapa une ceinture qui y était attachée. Il la donna à Abigaïl.

— Ta dague et ta bourse.

Abigaïl les prit, les ceints, puis regarda les mercenaires hésiter les uns après les autres à passer la ligne.

— Il faut réveiller Bella sans tarder, intervint-elle. La magie pourrait nous être utile si la manœuvre de Vanilla dérape.

Elle s'approcha de la voleuse et secoua son épaule.

— Bella !

La blessée resta parfaitement immobile. Abigaïl essaya à nouveau avec plus de vigueur. Elle vit alors le garçon, Mylard, la fixer.

— Va chercher un seau avec de l'eau s'il te plaît. Il faut absolument qu'on la réveille.

Le jeune homme secoua la tête.

— Je dois vous surveiller. Si vous tentez de vous enfuir, mes amis vont s'entretuer.

— Petit, je t'assure que nous n'avons nullement l'intention de fuir. Si tu veux empêcher que ce camp devienne un cimetière à ciel ouvert, tu devrais nous aider à réveiller notre amie.
Mylard fronça des sourcils puis soudain il enjamba Bella et s'assied sur elle. Il lui donna alors une volée de gifles.
Thycéron était sur le point de l'arrêter lorsque Bella, les joues bien rouges, se réveilla.
— Qu'est-ce qui se passe ? chuchota-t-elle avec effort.
Mylard se releva.
— C'est comme ça que me réveillait mon frère tous les matins, expliqua-t-il en reculant.
Abigaïl s'accroupit à côté de son amie.
— Bella, c'est important. Tu dois dire le nom de l'anneau : Crépuscula.
— Gregor, c'est Gregor, répéta-t-elle en refermant progressivement les yeux.
Thycéron prit sa nuque et suréleva sa tête.
— Ne replonge pas tout de suite, reste avec nous ! Crépuscula ! Répète. Crépuscula !
La tête de Bella retomba sur le côté.
— Elle est trop faible, chuchota Thycéron. Lui faire boire de l'arrache-dents devrait nous aider à la maintenir éveillée plus longtemps. D'ici là, il faudra se passer de la magie.
Abigaïl se leva et regarda derrière elle. Les deux groupes de mercenaires étaient presque entièrement formés. L'un en face de l'autre, ils se toisaient. La magicienne compta les points : huit de chaque côté. Mylard s'approcha de la ligne.
— Vient là gamin, tonna Gascar. On prendra soin de toi et tu n'auras plus à faire les corvées. Tu seras des nôtres, à part entière. Ton don nous sera précieux et tu gagneras beaucoup d'or avec nous.
Vanilla resta muette et croisa les bras. Mylard se dirigea vers elle et franchit la ligne.
— Comme tu voudras gamin, grogna le mercenaire en serrant les dents.
— Je sais que tu ne comptes pas très bien Gascar, sourit Gwenael,

alors je vais t'aider. Il y a neuf hommes de notre côté, huit du tien…
— Je ne vais pas laisser un sale mioche dicter mon destin !
— Et moi ! s'écria soudainement une voix.
Tous se tournèrent vers le pilori où Letock, la main mutilée enroulée dans un torchon imbibée de sang, les regardait avec attention.
— Je veux faire partie des mutins ! Détachez-moi et je vous rejoins.
Gascar fit un mouvement de tête et l'un de ses hommes s'affaira à libérer l'ancien barman.
— C'est un prisonnier, protesta Abigaïl. Si sa voix compte, les nôtres devraient compter également.
— Tu as perdu, conclut Gwenael.
Gascar dégaina sa lame et tous les mercenaires firent de même.
— Tu veux te baigner dans ton propre sang ? s'écria Vanilla en le désignant avec la pointe de son épée. Admets ta défaite et sors de mon campement.
Le dénommé Herbert posa sa main sur l'épaule de Gascar.
— Ils sont quatorze et je pense qu'il y a des magiciens parmi les étrangers. On n'est pas de taille.
Gascar s'énerva un peu plus.
— Une naine, un gamin et une blessée, tu ne vas quand même pas chier dans tes braies devant cette équipe de bras cassés.
Herbert s'entêta :
— On devrait partir.
— Écoute les paroles d'Herbert, conseilla Vanilla. Ou ta trahison ne durera que le temps que prendra ma lame pour te couper la tête. Je m'adresse aussi à tes hommes en disant cela. Partez et nous vous laisserons en paix. Battez-vous pour lui et vous mourrez tous.
Letock se mit à genoux devant Gascar.
— Donnez-moi une arme et je me battrais pour vous. Cette femme et ses amis sont tous cinglés. Ils ne nous laisseront jamais tranquilles. Il faut en finir maintenant. Je l'ai entendu parler avec Thycéron tout à l'heure, ils me croyaient assoupie. Celle qui est blessée porte un anneau qui empêche la magie et ils ne par-

viennent pas à l'enlever ! Ce n'est pas la larme divine, mais il doit quand même valoir une fortune.
— Bordel, marmonna Thycéron. On aurait dû tuer cette ordure.
Herbert souffla quelque chose à l'oreille de Gascar.
— Tu as peut-être raison, avoua le chef des mutins.
Gascar fit un pas vers la sortie du camp avant de se stopper. Abigaïl le vit prendre une hachette à sa ceinture. Avec fluidité, il se retourna et la lança vers Vanilla. Damian la bouscula et reçut le projectile en pleine tête.
— Non, hurla Vanilla. Tuez-les !
D'un seul mouvement, les partisans de Vanilla se ruèrent vers les mutins. Gwenael sortit un fouet et dans un claquement l'enroula autour de la gorge de l'un d'eux. D'un geste elle lui fit perdre l'équilibre et lui planta sa dague en plein cœur. Vanilla était aux prises avec Gascar, leurs épées s'entrechoquaient avec rapidité. Un homme se rua sur Thycéron et l'écarta de ses compagnons. Azénor mit une flèche à son arc, mais il ne sut où tirer dans la mêlée. Soudain Letock apparut devant Abigaïl, une épée dans la main gauche.
— Je t'avais dit que je t'écorcherais, morveuse.
Il tenta une estocade, mais Abigaïl l'évita de justesse. Elle attrapa sa dague et se sentit bien ridicule face à son agresseur. Soudain Gregor se jeta sur le dos de Letock. Le barman essaya de lui faire lâcher prise en lui donnant des coups de coude dans les cotes. Abigaïl savait qu'elle n'aurait pas de meilleure occasion. Elle tint fermement sa dague puis se jeta sur Letock. Elle sentit la lame pénétrer la chair de l'homme. Elle retira sa dague puis la planta de nouveau. Letock hoqueta et du sang s'échappa de sa bouche. Il s'écroula, mort. Vanilla prit le dessus sur Gascar au même moment. Elle parvint à lui entailler la cheville ce qui le déséquilibra et le fit tomber à genoux. Vanilla ne lui laissa aucune chance et le décapita. Son corps rejoignit les autres cadavres qui jonchaient le sol. Thycéron gagna son duel et le reste des soutiens de Vanilla se retrouvèrent en large surnombre. Le combat ne dura qu'un bref instant.
— Bande d'imbéciles, cracha Vanilla.

Gwenael se mit à genoux à côté d'un corps plus petit que les autres. Elle le retourna.

— Bon sang, Mylard, dit-elle la gorge serrée. Pourquoi tu t'es pas enfui ?

Un mercenaire s'accroupit et ferma les yeux de l'enfant.

— C'est Stenis qui l'a tué. Le gosse n'était même pas armé.

— J'espère qu'on a eu cette enflure, compatit Thycéron.

— Non, je l'ai vu s'enfuir.

— Herbert aussi, informa un autre.

Vanilla inspecta les corps.

— Mylard et Damian. Deux pertes de trop. Il est hors de question de laisser Stenis et Herbert s'en sortir. Enterrons nos morts, brûlons les vaincus et partons à la chasse !

Thycéron s'approcha d'elle.

— Merci pour...

D'une geste de la main, elle le fit taire.

— Tu connais les sentiments que j'ai pour toi, dit-elle, et j'espère qu'ils sont réciproques.

— Bien sûr.

— Mais tu dois comprendre que j'ai tendance à me montrer faible en ta présence. J'ai perdu deux fidèles amis et brisé mon groupe pour toi. Soigne Bella et pars dès que possible.

Thycéron acquiesça.

33
La mort en face

Tandis que Thycéron préparait l'arrache-dent, Abigaïl, Azénor et Gregor aidaient les mercenaires à rassembler les cadavres. Une tâche éprouvante où l'odeur du sang et les regards figés pesaient bien plus lourd que le poids des corps. La magicienne attrapa les bras de Letock et détourna les yeux de sa chemise maculée de sang. Elle avait agi sans réfléchir : c'était elle ou lui. Ce fut une victoire, l'une de celle dont on ne ressort pas indemne. Lorsque son poignard avait fait son œuvre et porté le coup fatal, elle avait compris l'effroyable différence entre être responsable de la mort de quelqu'un et le tuer de ses propres mains. La jeune femme d'Anthème à l'imaginaire débordant et aux grands principes lui paraissait bien sotte désormais. Gregor s'approcha et prit les pieds du cadavre. Abigaïl souleva le corps, mais ses mains glissèrent et elle ne put s'accrocher à la main mutilée et poisseuse du cadavre. Elle empoigna Letock par ses vêtements et le traîna péniblement jusqu'aux dépouilles des mutins rassemblées sur les cendres du feu de camp.

— La nuit dernière, ils riaient autour d'un feu revigorant, lâcha Gwenael avec amertume. Aujourd'hui il ne reste d'eux que des corps sans vie.

— J'en suis navré, assura Abigaïl.

La petite femme essuya une larme et sa mâchoire se crispa.

— Je maudis votre présence. Mylard serait encore en vie si vous vous étiez noyée.

— Gwen ! réprimanda Vanilla.

Elle venait de tirer le cadavre sans tête de Gascar et regarda Gwenael avec reproche.

— Non, non, je comprends, temporisa Abigaïl.

— Vous devriez prendre soin de votre amie et nous laisser enterrer les nôtres dans l'intimité, reprit Gwenael.

Abigaïl acquiesça. Un peu égoïstement, elle dut reconnaître que ne pas assister aux inhumations de Mylard et Damian était un

soulagement. Elle comprenait aisément qu'elle n'y soit pas conviée. La magicienne se dépêcha de rejoindre Thycéron. Il avait entre les mains un bocal d'où s'échappait une étonnante vapeur orangée.
— Qu'est-ce que c'est exactement ? demanda Azénor.
— Je traversais le désert de Posetrone. La chaleur virulente m'avait fait perdre connaissance. Le guide qui m'accompagnait m'a préparé une mixture. Il l'appelait de l'arrache-dent, car la première fois qu'il en avait bu, deux de ses dents étaient tombées. Elle contient une base d'alcool concentré, des gouttes de venin de scorpion, des piments de Posetrone et de l'huile de foie de chameau. À peine ce jus du diable avalé que je m'étais éveillé, la bouche en feu avec l'irrépressible envie de courir partout. J'avais l'impression que ma langue se liquéfiait et je commençais à remplir ma bouche de sable en espérant que cela m'apaiserait. Ce spectacle avait bien fait rire mon guide, mais au final cela m'a redonné suffisamment d'énergie pour terminer le trajet.
— Et comment as-tu trouvé du venin de scorpion et de l'huile de foie de chameau ?
Thycéron haussa les épaules.
— J'ai juste mélangé ce que j'ai trouvé de plus fort. De l'alcool d'Asimer concentré, trois piments de la région, deux gouttes de poisons destinées aux flèches et de la Persicaria hydropiper.
— Tu n'as pas peur de l'empoisonner ? s'inquiéta Abigaïl.
Thycéron fit signe que non.
— Elle ne le gardera pas longtemps en elle. Et même si c'était le cas, le poison de flèche ingéré reste inoffensif.
Le guerrier remua activement le flacon. Quelqu'un se racla la gorge derrière eux. Abigaïl se retourna. Vanilla les avait rejoints.
— Nous partons chasser les traîtres, prévint-elle. Pour honorer Mylard comme il se doit nous brûlerons la tête de Stenis avec les autres mutins. Ensuite nous enterrerons nos pertes. Deux de mes hommes vont rester ici pour garder le camp durant notre absence.
— Nous ne serons plus là à ton retour, assura Thycéron.
La vipère blanche soupira.
— Prends l'un de nos chevaux pour transporter ton amie si elle ne

peut marcher.

— Merci.

— Mais soit certain que je te retrouverais.

Thycéron sourit.

— C'est une menace ?

— Évidemment, répondit-elle en lui rendant son sourire. Tu as mon cœur, je reviendrais le prendre lorsque le temps sera venu.

— Je t'attendrais.

Vanilla joua des éperons et partit au galop. Abigaïl la regarda s'éloigner dans un nuage de poussière.

— Tu n'aurais pas dû lui dire de telles choses, reprocha-t-elle.

— Pourquoi ?

— Elle est vraiment attachée à toi. Si tu lui mens et que Gwenael le ressent...

Thycéron réprima un rire, mais il s'y prit si mal qu'il fut encore plus vexant que s'il s'était roulé par terre.

— Tu as cru à ce soi-disant pouvoir ? demanda-t-il en serrant les dents dans un étrange rictus.

Piquée au vif, Abigaïl croisa les bras.

— Pourquoi ne pas le croire ?

Le guerrier prit une grande inspiration et se calma.

— Nous avons rencontré Gwenael dans une auberge, expliqua-t-il. C'était une saltimbanque, une étrangeté de la nature qui faisait le pitre sur scène pour quelques pièces. Elle a sympathisé avec Vanilla bien évidemment et elle est restée avec nous durant des semaines. Nos chemins se sont séparés lorsqu'on a formé les "déchausseurs hypnotiques".

— Elle n'était pas de taille pour devenir pirate ? demanda Azénor avec facétie.

Abigaïl acta la plaisanterie d'un vague sourire. Thycéron, lui, se mordit littéralement la langue pour ne pas éclater de rire.

— Elle n'avait aucun don, continua-t-il avec difficulté. Hormis celui de faire claquer son fouet pour arracher le verre de la bouche de ses spectateurs.

— C'est une supercherie montée par Vanilla, comprit Abigaïl.

— Il faut se montrer rusé pour diriger un groupe d'hommes, criminels de surcroît.

— Et elle y est parvenue jusqu'à notre arrivée.

Thycéron regarda Bella étendue devant lui et reprit la pleine mesure de la gravité de la situation.

— Le breuvage est prêt, allons-y.

Il posa un verre d'eau sur le sol, puis il s'assied à côté de la voleuse. Délicatement, il lui ouvrit la bouche et y versa un trait d'arrache-dent. Bella l'avala. Dans un premier temps, elle ne montra aucune réaction, puis sa respiration devint un râle long et profond.

— Qu'est-ce qui se passe ? s'inquiéta Abigaïl.

Soudain la voleuse ouvrit les yeux et se redressa. Elle secoua les mains et respirait rapidement comme si elle manquait d'oxygène. Thycéron agita le verre d'eau devant elle. Dans un état second, Bella essaya de l'attraper, mais le guerrier le gardait hors de portée.

— Si tu le veux, répète après moi : Crépuscula.

— Crépuscula ! s'écria Bella.

Son bras tremblait, comme possédé. Sous le mélange de panique et de douleur qui l'assaillait, elle ne put retenir des larmes. Un cercle rouge entoura son doigt puis l'anneau tomba. Abigaïl s'empressa de le ramasser.

— Tout va bien, assura Thycéron en donnant l'eau à la voleuse.

Bella se jeta sur le verre et en prit deux grosses gorgées. Elle les regarda un instant puis sa tête bascula. Elle retomba dans l'inconscience aussi vite qu'elle s'était éveillée.

— Azénor, il faut se presser, nous venons de puiser dans ses dernières forces.

Le prince s'accroupit à côté de la blessée.

— Surtout, ne m'interrompez pas pendant le processus. Le sortilège de Turin dure peu de temps, mais si je le coupe avant que le sang se soit régénéré, cela pourrait l'empoisonner.

Le guerrier acquiesça.

— Dans ce cas nous te laissons seul.

Il désigna un tronc d'arbre renversé qui servait d'assise autour du grand feu de camp. Gregor y était installé, le dos tourné vers la pile de cadavres.

— Rejoignons-le, proposa-t-il à la magicienne. Nous devons parler.
— Bon courage, marmonna Azénor en posant ses mains sur le ventre Bella.
Abigaïl rejoignit Gregor et s'installa à côté de lui. Thycéron s'assit à l'opposé.
— Nous y voilà, déclara-t-il.
Le regard du réfractaire se perdait dans la boue. Les coudes sur les genoux, il croisait ses doigts et se mordait la lèvre inférieure.
— Elle est sortie d'affaire, rassura Abigaïl.
Elle dévisagea Thycéron.
— Je suis persuadée que nous allons trouver une solution pour reprendre la route tous ensemble.
— Bella en décidera, trancha-t-il. Bien que le sujet reste primordial, je souhaite en aborder un autre.
Il se racla la gorge et regarda le sol. C'est la première fois qu'Abigaïl lui trouvait un regard fuyant.
— Qu'est-ce qui s'est passé ? demanda-t-elle.
— Je suis le premier à penser que ce genre de nouvelle doit être annoncé sans fioritures. Alors voilà : ton père est mort.
Abigaïl secoua la tête.
— Non, ne parle pas de lui. Gregor...
— Je sais tout, le coupa l'intéressé. Il se cachait dans mon esprit. C'est lui qui m'a poussé à attaquer Bella.
La magicienne se prit la tête dans les mains.
— Je le crois, intervint Thycéron. Je pense que ton père ne voulait pas que tu rencontres le duc Winchester. Il a sacrifié ce qui restait de lui pour ça. Si Bella était morte, nous aurions récupéré l'anneau.
Abigaïl bondit.
— Ça n'a pas de sens ! s'écria-t-elle. Il voulait que je vienne. Il nous a dit de rencontrer Winchester, qu'il nous aiderait à reformer la larme divine.
Gregor releva la tête et la dévisagea avec gravité.
— Il... il m'a remplie de haine, souffla-t-il. Je n'avais plus qu'une seule idée en tête : tuer Bella pour te sauver. Des souve-

nirs lui sont revenus et c'est à ce moment que là je l'ai senti. Il est sorti de l'ombre, il a éclaté et m'a manipulé. J'étais dans un état second, comme si je rêvais, rien d'autre n'importait que la mort de Bella. Puis lorsqu'il la crut morte, il s'est volatilisé. Un poids a quitté ma conscience.

Abigaïl resta muette. Elle savait qu'avoir pu lui parler une fois relevait du miracle. Mais même face à l'inévitable, apprendre la disparition de son père la dévasta.

— Il a eu tort de douter de toi, intervint Thycéron. Tu as récupéré le manuscrit de Lavonish et Bella est sauvée. Tu es en vie. Comme tout bon parent, il a voulu te protéger, qu'importe le prix. Il s'est fourvoyé, mais cela n'a plus d'importance. Nous reprendrons bientôt la route et mettrons le maximum de distance entre nous et cette ville maudite.

Abigaïl resta immobile de longues minutes. Azénor finit par les rejoindre.

— J'ai terminé, informa-t-il. Le sortilège fonctionne. Il va falloir du temps pour qu'elle reprenne connaissance, mais elle est transportable. Nous devrions partir.

Abigaïl baissa la tête.

— Toutes mes condoléances, ajouta le prince.

— Et merci, ajouta Thycéron. Merci pour tout.

Gregor se leva et enlaça Abigaïl. Soudain la magicienne éclata en sanglots. Elle étreignit le réfractaire avec force et fondit en larme. Elle resta ainsi une poignée de minutes, laissant ses émotions se déverser sous le regard gêné de ses compagnons. Ses yeux finirent par s'assécher et elle reprit le contrôle de sa respiration.

— Désolé, dit-elle en se redressant.

Thycéron secoua la tête.

— Le chagrin est mieux exprimé que refoulé, tu n'as rien à te faire pardonner. Reprenons la route.

— Je vais chercher un cheval, prévint Azénor en s'éclipsant.

— Je ne l'ai jamais vu aussi mal à l'aise, avoua Thycéron sur le ton de la conversation.

Abigaïl ne répondit pas. Elle était encore trop bouleversée pour penser aux sentiments qu'elle éprouvait pour le prince. Elle se contenta de vérifier que rien ne lui manquait. Elle serrait toujours le manuscrit contre elle et sa petite bourse contenant l'anneau et la pierre d'ambre pendait de sa ceinture. Sa dague, qu'elle avait pris le soin de nettoyer, attendait dans son fourreau.

Ils installèrent plusieurs de leurs affaires sur la jument grise choisie par le prince. Thycéron attacha le brancard de façon à ce qu'il puisse être tiré facilement.

— Elle sera un peu secouée, mais si nous restons au pas, tout devrait bien se passer.

— Comment elle s'appelle ? demanda Gregor en caressant la tête du cheval.

— Elle n'a pas de nom, soupira Azénor. Les mercenaires ne sont pas très sentimentaux avec leurs montures.

— C'est triste.

Voir que Gregor gardait son âme d'enfant réconforta un peu la magicienne. Azénor, lui, se montra moins attendri :

— Et bien, trouve-lui donc un nom si ça te chante, râla-t-il.

— Bianca !

— Soit, ce sera donc Bianca, concéda Abigaïl.

— Et où allons-nous conduire Bianca ? renâcla Azénor.

La magicienne dut reconnaître qu'il était temps de se poser la question. Ils étaient tous sur le point de partir, mais sans savoir où.

— Laissez-moi un peu de temps et je vais lire le manuscrit, proposa-t-elle. J'y trouverais peut-être un indice.

Thycéron rejeta la suggestion :

— Inutile pour le moment. Il ne nous reste que trois heures tout au plus avant que le soleil ne se couche. Le versant sud redescend vers Granar donc partons vers le nord pour trouver un endroit où passer la nuit. Tu auras alors le temps de nous trouver un cap.

Les compagnons se mirent en route. Azénor et le guerrier, qui tenait les rênes de Bianca, ouvraient la marche. Abigaïl et Gregor suivaient et s'assuraient que Bella ne soit pas trop chahutée par la route. Ils sortirent du camp et empruntèrent un sentier assez pentu qui, comme l'avait dit Thycéron, descendait vers le nord. Le coteau était planté de vignes en fleurs. Les grappes s'y dévelop-

paient et leurs feuilles embaumaient l'air de leurs délicats arômes. Le soleil couchant baignait le versant de la colline apportant couleurs et douce chaleur. Des oiseaux passaient ici et là, chantant à tue-tête et virevoltant entre les vignes. Abigaïl vit même un lapin, effrayé par leur proximité soudaine, détaler dans une rangée parallèle. Quoiqu'il se soit passé dans cette folle journée, le monde continuait de tourner de la même façon et cela la réconfortait. Il leur fallut une heure pour descendre les vignes et rejoindre des champs en friche.
— Tu crois qu'elle me pardonnera ? demanda Gregor.
— Pardon ? s'enquit Abigaïl, prise au dépourvu.
Gregor fixait Bella, toujours inconsciente, juste devant eux
— Tu crois qu'elle m'acceptera ?
Abigaïl soupira.
— Je l'ignore.
Elle faillit ajouter que c'était son père le responsable de l'attaque, mais cette pensée lui parut si ridicule qu'elle n'en fit rien.
— Comment te sens-tu ? demanda-t-elle.
— Je me sens coupable. Mais des morceaux de souvenirs me reviennent, de quand j'étais petit. Un visage se dessine, celui de ma mère. Maintenant que je suis seul dans ma tête, les choses finiront peut-être par aller mieux dans mon esprit.
— Espérons-le.
Gregor se racla la gorge.
— Mais tu sais, ce n'est pas parce que je ne t'appelle plus maman que je ne t'aime plus.
Abigaïl sourit devant cette déclaration d'amour inattendue.
— Moi aussi je t'aime, Gregor. Moi aussi.

34
Le poids du passé

Ils avaient bivouaqué à l'orée du bois de Cangles, une vaste étendue de chênes, de hêtres et de noyers appartenant à la demeure du baron local. Thycéron connaissait bien les lieux, il venait y jouer avec une amie lorsqu'ils étaient enfants. Ils se cachaient derrière les arbres et se suspendaient à leurs branches tout en imaginant vivre d'incroyables aventures. Ils s'y étaient même promis de s'y marier une fois adultes. Le guerrier avait détaillé ce souvenir d'enfance avec une profonde nostalgie.
— Qu'est-elle devenue ? demanda Abigaïl.
Thycéron soupira.
— Je l'ignore. Lors de la Purge, ses parents ont décidé de partir en Asimer. Lauraine y a des cousins.
— C'est dommage, commenta Gregor.
— Je ne te le fais pas dire ! Nos deux familles devaient s'unir. Si elle n'avait pas fui, nous nous serions mariés et ma vie aurait pris un autre tournant.
— Que veux-tu dire ?
— Rien ne m'aurait empêché de devenir baron de Cangles. J'aurais pu y vivre le temps que mon frère occupe ses fonctions. Je me serais ainsi éloigné de lui et les funestes évènements qui nous ont déchirés n'auraient pas eu lieu. À cet instant, je serais peut-être en train de chasser dans ces bois avec mes enfants.
Azénor, qui était parti en éclaireur dans la forêt, revint avec trois œufs et des feuilles de menthe.
— J'ai trouvé un cours d'eau et de quoi garnir un peu nos provisions. Il ne reste plus qu'à préparer un feu.
Gregor se leva.
— Je vais chercher du bois, se dévoua-t-il.
Abigaïl, assise en tailleur depuis un certain temps, décroisa ses jambes engourdies. Azénor s'installa entre Bella, toujours inconsciente, et le guerrier.
— Thycéron, une comtesse, durant la fête en hommage à Kadok,

a évoqué ta famille, lança la magicienne sur le ton de la conversation.

Le guerrier cracha dans le feu.

— Je vois. Et qu'a-t-elle dit ?

Abigaïl regrettait déjà ses paroles. Elles avaient devancé ses pensées.

— Elle m'a appris que ta belle-sœur fut victime d'un assassinat et elle a parlé d'une trahison...

Thycéron afficha un sourire amer.

— Ainsi c'est comme ça qu'il le présente. Je serais un traître.

Il dévisagea Abigaïl.

— J'imagine que nous avons vécu suffisamment de choses ensemble pour que je vous en dise plus.

— Ne te sent pas obligé, intervint finalement le prince. Nous avons tous eu des problèmes avec nos proches.

Thycéron fit signe que ce n'était rien.

— Le seul véritable lien qui m'unissait à mon frère, c'était sa femme. Henrietta, le ciment de notre famille, cherchait inlassablement à nous rapprocher l'un de l'autre. Ce que beaucoup de personnes ignorent, c'est qu'Archibald collectionnait les artefacts magiques bien avant l'assassinat d'Henrietta. Il a toujours voulu être mage, mais la nature en a décidé autrement. Il s'enfermait dans un monde qui n'était pas le sien. Il lui arrivait de disparaitre des jours durant, pour des raisons inconnues. La duchesse s'assurait qu'il gardait les pieds sur terre, ainsi il s'adonnait à sa passion, mais restait l'homme qu'elle avait épousé.

— Que lui est-il arrivé ?

— Quelques années avant la Purge, Henrietta a été assassinée dans les jardins. Une flèche en plein cœur. Nous n'avons jamais su ni par qui ni pourquoi. Mon frère a sombré et nos relations se sont limitées à des salutations de couloirs. Il s'est replié sur lui-même, seuls ses artefacts trouvaient grâce à ses yeux.

— Sa quête de magie lui servait d'exutoire, son moyen de survivre, grommela Azénor.

— Peut-être. Parfois il disparaissait et rapportait une relique à ajouter à sa collection, c'était les rares moments où l'on pouvait le voir sourire. Le reste du temps, il ne faisait que se montrer froid et distant avec ceux qui l'entouraient. Puis un jour, il revint transformé.

— Comment ça ?

— C'est difficile à expliquer. On aurait dit qu'il s'assumait, qu'il avait enfin trouvé ce qu'il cherchait vraiment. Les manipulations politiques sont redevenues un véritable jeu pour lui. Il s'est ouvert, mais tous concèdent qu'une part d'ombre s'est créée en lui. Lorsque le roi est mort, il s'est montré fidèle envers Maela. Il devint pour elle un allié de poids et il reçut la lourde tâche d'exterminer la Résistance. Pendant la Purge, il fit docilement tuer les hommes et les femmes que la reine désignait comme traîtres. Il recevait ses ordres sous forme de listes cachetées. C'est à ce moment que l'indifférence que j'avais pour lui est devenue dégoût. Chaque semaine apportait son lot d'exécutions. L'apogée sanglant de la Purge.

— Ce fut un moment difficile, concéda Azénor, mais nécessaire à l'indépendance de Penderoc.

— Je vais mettre tes paroles sur le compte de la jeunesse et de l'ignorance, lâcha Thycéron. J'ai connu la Purge dans ses heures les plus sombres. Un nombre incalculable d'innocents ont péri, que ce soit par nos pairs, la Résistance ou le Céraste pourpre.

— Mais grâce à elle, le Céraste pourpre a été anéanti et la stabilité est revenue dans le pays. Même si aujourd'hui ma mère n'apporte que la guerre et la méfiance du peuple, ce qu'elle...

— Tais-toi ! s'agaça Abigaïl.

— Pardon ? s'étonna le prince.

— Peu importe tes états d'âme, Thycéron partage avec nous un épisode de son histoire. Je ne veux pas que tu le transformes en débat stérile. Laisse-le finir.

Azénor resta pantois, visiblement surpris d'être ainsi invectivé. Le guerrier se racla la gorge et continua.

— Bien, je me sentais impuissant et, malgré moi, je me suis rapproché des tavernes et des individus qui y passaient leur temps.

— Le duc Winchester a laissé son frère devenir un habitué de tels établissements ? s'étonna Abigaïl.

— Nous n'étions plus que des étrangers l'un pour l'autre. Peu lui importait ce que je faisais de mes journées. Dans une auberge, j'ai fait la connaissance de Caleis, une femme douce et engagée. Fine, jeune et toujours débordante d'énergie, c'était la seule qui parvenait à me faire sourire. Durant des semaines nous nous retrouvions pour passer du temps ensemble, loin de l'ambiance pesante de la Purge. Je suis tombé amoureux d'elle, de sa joie, de ses grands yeux verts, puis de sa cause. Elle m'a avoué faire partie de la Résistance et m'a convaincue d'agir pour elle. Ma mission : pénétrer dans le bureau de mon frère et remplacer une lettre par une autre.

— Tu l'as fait ? demanda Abigaïl qui buvait chacune de ses paroles.

— Oui, il ne restait plus qu'à honorer le rendez-vous fixé le lendemain. Au croisement de la pierre rouge, dans le village de Guterberg, à une demi-journée du château.

— Un peu loin pour une simple rencontre...

— C'est exactement ce que je lui aie dit ! Elle voulait me présenter un homme important qui refusait de mettre les pieds à Granar. Là-bas, seule une lettre m'attendait. Je me souviens de chaque mot comme si je les avais sous les yeux. "Désolé. Penderoc avant tout. Mon engagement m'interdit d'aimer. Je ne t'oublierais jamais et ne peux me résoudre à t'abandonner sans te donner un cadeau d'adieu : fouille tes appartements. Détruis cette lettre. Ne fais confiance à personne. Caleis."

— Étrange !

— Je ne comprenais pas ce qui se passait. Je l'ai attendu plusieurs heures durant au cas où elle finirait par se montrer, en vain. Je suis rentré à Granar.

— Une épreuve difficile, concéda Azénor.

Thycéron secoua la tête.

— Une peine de cœur que le temps efface. Ce que j'ai trouvé à mon retour à Granar, en revanche, c'est une blessure qui jamais ne disparaitra. Six corps se balançaient à la potence. Le bourreau les regardait avec une tristesse que je ne lui connaissais pas. Il m'apprit que c'était une famille entière, un couple et leurs quatre

enfants. On s'éloignait des mercenaires et des nobliaux pleurnichards habituels. Même lui avait trouvé l'exécution rude. Ce spectacle m'écœura, puis je me suis senti défaillir lorsque j'ai compris que mon frère avait suivi les ordres de la lettre reçue la veille.
— Celle que tu as échangée.
Thycéron déglutit. Abigaïl remarqua que les mots devenaient difficiles à prononcer.
— Toute une famille décimée par ma faute. Je n'étais qu'un pion pour Caleis.
— Qu'as-tu fait ?
— Une fois au palais, j'ai retourné mes appartements et j'y ai trouvé un sceau royal. Volé, il avait probablement servi à la fabrication de la lettre. La preuve idéale pour m'accuser de cette exécution non planifiée par la reine. J'ai compris le piège, mais aussi que si j'évitais celui-ci je finirai par tomber dans un autre. J'ai donc volé Suzie et la gourde puis je me suis enfui. Ma cavale commençait.
— Pourquoi se donner tant de mal pour tuer une famille du bas peuple ?
Une voix enrouée se fit entendre.
— C'était bien plus que de simples paysans.
Bella se redressa tant bien que mal.
— Bella !
La voleuse esquissa un timide sourire.
— Je vais bien, assura-t-elle. Je n'aurais pas dû t'interrompre, continue.
Thycéron, partagé entre la joie de revoir son amie et la gravité de son récit, enchaina.
— La famille qui a été tuée, c'était celle de la mère de Bella. Mais cela, je ne l'ai appris que plus tard. Après m'être enfui, je ne gardais qu'un seul objectif en tête : découvrir pourquoi Caleis m'avait trahi. Je me suis donc lancé à sa recherche. Un ami pisteur m'a aidé. Il nous a fallu quatre semaines pour la retrouver, dans une charrette en partance pour Sioaca, sa ville natale.
— Que t'a-t-elle dit ?

— Rien, elle était morte. Le visage boursouflé et les lèvres bleues m'indiquaient l'office d'un poison. À partir de ce moment, j'ai su que je devrais vivre avec le fardeau de l'ignorance et du remords. La suite vous la connaissez !
— Cavale, Vanilla, "les déchausseurs hypnotiques", énuméra Abigaïl. Mais comment Bella et toi vous êtes-vous rencontrés ?
— C'est en partie grâce à ta mère, Abigaïl, expliqua la voleuse. Son don particulier nous a conduits jusqu'à lui. Mon père voulait se venger, il a approché Thycéron dans une auberge et a sympathisé avec lui pour en apprendre le plus possible sur les ramifications de nos ennemis. Il a alors compris que Thycéron n'était qu'un pion, une victime de plus du jeu de la politique.
— Il aurait pu me tuer ou simplement me remettre aux autorités. Je n'étais pas en état d'empêcher quoi que ce soit. À l'époque, ce n'est pas du sang qui coulait dans mes veines, mais du rhum.
Azénor se racla la gorge.
— Vous ne savez donc pas qui se cache derrière tout ça.
Thycéron secoua la tête.
— Cette question continue de me torturer. Qui a bien pu se donner tant de mal pour l'exécution de cette famille ?
Bella fit l'effort de s'assoir et se décala un peu pour s'adosser à un arbre. Elle dévisagea le guerrier.
— Je pense qu'il est temps que tu le saches.
— Pardon ? s'enquit Thycéron en fronçant les sourcils.
— Tu n'as pas idée à quel point te le cacher fut pénible. Mon père m'a fait jurer de ne rien te dire, mais plus nous accomplissions de missions ensemble, plus j'avais envie de trahir cette promesse.
— Qu'est-ce que tu veux dire ?
— Mon oncle a tenté de nous dénoncer. Il a paniqué et a proposé un marché à ton frère. Si sa femme et ses enfants étaient protégés, il dirait tout ce qu'il savait sur la Résistance. Il connaissait les lieux de rendez-vous, le nom des rabatteurs, l'emplacement de nos campements...
— Les rebelles de la région auraient été anéantis, comprit Azénor.
— Exactement. Et mon oncle comptait là-dessus pour s'en sortir.

La Purge et les méthodes de plus en plus contestables de la Résistance de l'époque lui ont fait peur. Il cherchait un moyen de se mettre à l'abri.

— Pourquoi mon frère l'aurait-il tué ? demanda Thycéron, la gorge nouée.

— C'était un cadeau et un message qu'il nous adressait. Je peux vous détruire, mais je me retiens. Cet acte a permis au duc Winchester et à la Résistance d'entrer en contact, dans un rapport de force bien particulier. Il devait tuer mon oncle sur la place publique pour que tous, Résistance incluse, puissent en prendre note. Or, il n'en avait pas le droit. La loi martiale avait été décrétée sur tout le territoire. Seule la reine pouvait prononcer une peine de mort. Une sentence délivrée par missives. La lettre que tu as échangée.

— Mais pourquoi mêler Thycéron à tout ça ? demanda Abigaïl.

— Il lui fallait un bouc émissaire, comprit le prince.

Thycéron, hagard, acquiesça.

— Nos relations s'étaient dégradées. Nous ne nous supportions plus. J'imagine que Caleis servait de test ultime pour savoir si je restais fidèle au duché. Je ne lui en veux pas de m'avoir trahi, mais massacrer une famille pour faire passer un message... L'image du gosse se balançant dans le vide au gré du vent, je la revois à chaque fois que je ferme les yeux.

— Tu n'es pas le seul. Même si à cause de mon oncle nous nous retrouvions à la merci du duc, il n'en restait pas moins un membre de notre famille. C'est pourquoi nous t'avons traqué. Winchester a exigé que nous te livrions à lui, mais mon père n'a pu s'y résoudre. Il pensait que tu pouvais te montrer utile.

Thycéron se leva.

— Ainsi donc, Caleis, mon frère et même la Résistance. Vous vous êtes tous servis de moi comme...

Le guerrier ne termina pas sa phrase. Un profond dégoût se lisait sur son visage. Soudain il se tourna puis s'enfonça dans la forêt. Un silence pesant s'installa entre Abigaïl, Azénor et Bella. Finalement la voleuse se racla la gorge.

— Il va revenir.

À peine avait-elle terminé sa phrase, que des bruits de pas, écrasant brindilles et autres végétaux, se firent entendre.
— Qu'est-ce que je disais !
Cependant ce ne fut pas Thycéron qui apparut, mais Gregor, les bras chargés de ramures. Bella se leva en panique.
— C'est lui qui m'a poignardée ! hurla-t-elle. Il a voulu me tuer !
Elle recula puis trébucha. Sa main se referma sur une pierre qu'elle se dépêcha de jeter sur Gregor. Il resta immobile et reçut le projectile sur l'épaule ce qui fit tomber plusieurs ramilles de ses bras.
— Bella, non, attend ! supplia Abigaïl.
— Mais qu'est-ce qui se passe ? s'écria une grosse voix.
Thycéron venait d'accourir.
— Je pars une poignée de secondes et vous hurlez déjà comme des trousse-pet qui réclament leurs biberons !
Bella pointa Gregor du doigt.
— L'assassin ! Attrapez-le !
Thycéron croisa les bras. Son visage ne laissait paraître aucune émotion.
— Il va falloir t'y résoudre fillette, car il reste avec nous.
Bella sembla horrifiée. Elle se jeta sur les sacs attachés à Bianca. Elle trouva ce qu'elle cherchait : ses couteaux à lancer. Thycéron se positionna devant Gregor, toujours immobile et muet.
— Pousse-toi, exigea la voleuse. Ne te met pas devant ma cible.
— Je ne bougerais pas.
— Je sais que tu m'en veux. Les souvenirs comptent, mais ils ne doivent pas empoisonner l'avenir. Gregor a tenté de m'assassiner, laisse-moi éliminer le problème.
Abigaïl se leva, en larme.
— Ce n'est pas lui qui a voulu te tuer ! s'écria-t-elle. C'était mon père.

35
Les origines

Azénor se dévoua. Bella l'écoutait avec attention, découvrant les évènements de la journée qui venait de s'écouler. Thycéron et Gregor regardaient ses réactions en silence. Abigaïl s'était écartée du groupe, confortablement assise sur un tapis de mousse, au pied d'un grand chêne assez proche du feu pour lire le manuscrit de Lavonish. Elle tourna une page. Les lettres, aussi rouges que le sang, continuaient de danser devant ses yeux. Les phrases prenaient forme, dévoilant leurs secrets cachés depuis des siècles. Le début du manuscrit ressemblait davantage à un carnet d'étude qu'à un journal intime. Il s'agissait surtout de calculs étranges et de suppositions sur l'origine des démons. De toute évidence, Lavonish était fasciné par ces êtres imprégnés de magie et Abigaïl devait admettre que ces recherches l'intéressaient beaucoup. Cependant, l'envie de retourner vers la fin de l'ouvrage, où se trouvait le nom de Crépuscula, s'accroissait de seconde en seconde. Mais elle résista, de peur de rater une information capitale. Au début du manuscrit, les notes étaient soignées et bien délimitées. Mais plus Abigaïl tournait les pages, plus l'écriture devenait imprécise. Les mots étaient formés à la va-vite, sans soucis d'une quelconque organisation. Cette dégradation de la rigueur au fil du temps fit sourire la magicienne : elle connaissait bien cette décrépitude. À chaque début d'année, les notes qu'elle prenait de ses cours étaient complètes, lisibles et rangées, puis au fil des mois elles devenaient des gribouillages incertains plus ou moins évocateurs. Au détour d'une page, Abigaïl tomba sur un étrange symbole noir et argenté. Il n'y avait plus aucune écriture, seulement le dessin, au centre. Il représentait une tête de mort entourée d'une chaine. Grâce à ses contours nets et précis, le crâne était d'un réalisme saisissant. Abigaïl trouva l'illustration captivante, bien qu'un peu dérangeante. La voix d'Azénor qui continuait son récit devint de plus en plus lointaine. La magicienne fixa la tête de mort et elle eut l'étrange sensation qu'elle voulait communiquer.

La chaine se mit en branle de façon à peine perceptible, tournant autour du crâne. Petit à petit l'esprit d'Abigaïl se vida, un profond calme s'empara de son corps. Elle se perdit dans la simple contemplation du dessin, comme si rien d'autre n'importait vraiment. Soudain une force invisible effleura sa peau. Elle tressauta et essaya de détourner le regard, en vain. Le piège s'était refermé. Elle comprit trop tard qu'il s'agissait d'un glyphe. Les pages du manuscrit devinrent tièdes puis brûlantes. Abigaïl tenta de le lâcher, mais ses muscles ne lui obéissaient plus. La chaleur attaqua le bout de ses doigts. Elle sentit une secousse envahir sa main et remonter le long de son bras. Tous les poils de son corps se hérissèrent. Une deuxième vibration suivit la première de près, puis encore une autre. Elles devinrent nombreuses et intenses, allant plus loin à chaque vague. Elles atteignirent ses épaules puis sa poitrine. La magicienne sentit son cœur s'accélérer et battre au même rythme que les pulsations. Son champ de vision rétrécit, assailli par un cercle noir. Seule la tête de mort restait visible. Chaque seconde, son regard vide resserrait un peu plus son emprise sur Abigaïl. Les secousses se rapprochèrent et formèrent une onde ininterrompue qui faisait vibrer son corps. D'un coup, le glyphe disparut, la magicienne fut plongée dans les ténèbres. Sa conscience bascula. Elle eut l'impression de léviter, suspendue dans le temps et l'espace. Il n'y avait plus de vibration, plus de lumière, plus de chaleur. Elle ne sentait plus le sol, le vent, ni même son propre corps. Rien d'autre que son esprit égaré dans le néant. Contre toute attente, une voix puissante et omniprésente se fit entendre. "Certaines choses ne peuvent être écrites".

Abigaïl se retrouva sur la terre ferme. Elle prit une bouffée d'air et se laissa quelques secondes pour reprendre ses esprits. Elle tourna la tête et remarqua l'absence du campement. Il faisait nuit et le ciel étoilé illuminait un étroit chemin qui courait entre des champs pour atteindre une modeste maison tapie sur une petite colline.

— Nous y sommes presque ! s'écria une voix.

Abigaïl se retourna et vit deux hommes se précipiter vers la maison. Elle ne savait ni où elle se trouvait ni ce qui se passait. Elle

se mit à courir vers eux et les rattrapa juste avant qu'ils n'entrent.
— Messieurs ! interpella-t-elle. Messieurs !
Les individus l'ignorèrent totalement, ne lui jetèrent pas un seul regard. Le plus grand d'entre eux, un homme dans la force de l'âge aux joues creusées et aux longs cheveux bruns entra dans la maison. Le deuxième homme, plus petit et beaucoup plus vieux, une sacoche à la main, entra à sa suite.
— Vous m'entendez ? demanda Abigaïl en les suivant.
De nouveau elle n'obtint aucune réaction.
— Docteur, par ici, pressa l'homme à la longue chevelure. Dépêchez-vous !
— Calmez-vous, monsieur Lavonish, calmez-vous, répondit le docteur en entrant dans la chambre.
Sur le lit une femme, au gros ventre arrondi, était allongée. Elle sanglotait et de la sueur dégoulinait de son front. Le docteur s'assit à côté d'elle et lui attrapa le poigné. Une impressionnante tache de sang se répandait sur le lit.
— Je suis là Aurora, je suis là, chuchota son époux en lui caressant les cheveux.
Le docteur s'installa de façon stratégique.
— Les draps sont mouillés et son pouls est trop faible. Je vois que le travail est resté en suspens trop longtemps. Il faut sortir le bébé sans tarder.
— Que dois-je faire ? demanda Winston en panique.
— Allez me chercher de l'eau chaude et une serviette propre.
Le futur papa s'éclipsa. Le docteur regarda la femme droit dans les yeux.
— Madame Lavonish, vous m'entendez ?
— Oui, chuchota-t-elle.
— Vous avez perdu beaucoup de sang. Je vais tenter de vous garder en vie, mais vous allez devoir fournir un dernier effort et pousser de toutes vos forces pour m'aider à sortir le bébé.
— Sauvez-le, dit-elle dans un souffle, seule sa vie compte.
Winston entra en trombe dans la pièce. Un pot de terre dans une main, une serviette dans l'autre.
— Maintenant, poussez ! s'écria le docteur.

Aurora se redressa et hurla. Abigaïl détourna le regard et déglutit avec difficulté. Un silence s'installa, interminable, puis un cri de bébé le déchira. Abigaïl vit le docteur enlever le sang de son petit corps et l'emmitoufler dans la serviette.

— Félicitations, monsieur Lavonish, c'est une fille, clama-t-il en la tendant à Winston.

— Curanglais soit loué, elle va bien !

Le père prit son enfant dans les bras, un large sourire accroché aux lèvres. Cependant il le perdit lorsqu'il vit sa femme, immobile, le docteur accroupi à côté d'elle. Lentement le médecin se leva et lui prit le nourrisson des bras. Le visage de Winston devint d'une pâleur inquiétante.

— Aurora ?

Il lui prit la main et lui caressa le front.

— Désolé, intervint le docteur. Son cœur n'a pas résisté.

Winston posa ses deux mains sur le corps de sa femme. Des larmes s'écoulaient de ses yeux. Soudain, il se mit à crier :

— Erectem foudria intesio !

Le corps se contracta, traversé par une décharge électrique, mais dès que le sort prit fin il redevint inerte. Le magicien retenta plusieurs fois, sans succès.

— Non ! s'écria-t-il en reculant.

Les murs de la chambre se mirent à trembler et le pot de terre posé à côté de lui explosa. Le feu dans la cheminée décupla d'intensité et dans un craquement le plancher se fissura. Winston se tourna vers un miroir accroché au mur et d'un coup de poing il le brisa. Il ramassa un éclat et s'entailla profondément la paume de la main. Il la posa ensuite sur le ventre de sa femme et ferma les yeux.

Le docteur, qui serrait toujours le bébé dans ses bras, s'approcha.

— Winston, vous me connaissez, je soigne les magiciens depuis de longues années maintenant. Rien ne peut ramener les morts à la vie. Ce sort vous tuera.

— Je ne peux vivre sans elle, répondit Lavonish avec dégoût.

— Et votre fille ne pourra vivre sans vous. Vous savez aussi bien que moi ce qui l'attend si elle est orpheline.

— Mais je dois sauver sa mère ! s'écria-t-il en appuyant un peu plus fort.

— Le sortilège du sang permet dans de rares cas d'aider les mourants à tromper la mort. En aucun cas il ne peut ramener à la vie.

Le médecin attrapa l'épaule du magicien et le força à se retourner.

— J'ai vu bien des hommes périr dans l'espoir de faire revivre un être aimé. Montrez-vous plus fort qu'eux.

Lentement Winston retira sa main du corps de sa femme. Le médecin lui donna l'enfant.

— Je vais m'occuper de tout. Comment s'appelle-t-elle ?

— Crépuscula.

— Très joli nom. Allez donc montrer à Crépuscula le monde qu'elle vient de rejoindre.

Hagard, Winston sortit de la maison. Abigaïl le suivit. Il marqua une pause sur le perron de sa demeure. Il prit une grande inspiration et regarda son enfant. Ses yeux pleuraient de tristesse, mais ses lèvres souriaient de joie.

— Le plus beau et le plus terrible jour de ma vie, expliqua la voix rauque. Celui où tout a basculé.

Soudain un rayon lumineux déchira le ciel. Une boule multicolore traversa les nuages dans un sifflement lointain. En un temps record elle rejoignit l'horizon et s'y écrasa dans une déflagration qui illumina le côté ouest de la prairie. Ébahi, Winston Lavonish avait assisté à la scène. Il lança un regard attristé à la porte puis baissa la tête.

— Ne restons pas ici, Crépuscula. Laissons le docteur terminer son travail et cherchons ce que le ciel a fait tomber.

Winston s'assura que le bébé était bien emmitouflé dans sa serviette puis il se dirigea vers le lieu de l'écrasement. Abigaïl le suivait avec attention. Une petite heure fut nécessaire pour arriver sur les lieux. La magicienne s'attendait à y trouver un immense cratère, mais elle fut surprise en voyant un trou de la taille de son poing et profond d'une douzaine de centimètre tout au plus. De la fumée s'en échappait. Lavonish s'en approcha et scruta le trou.

— Il y a quelque chose, murmura-t-il.

Précautionneusement il posa le bébé sur le sol et se pencha pour mieux observer le phénomène. Il positionna sa main au-dessus du trou puis la retira.

— Glacial, commenta-t-il à haute voix

Surveillant sa fille du coin de l'œil, il plongea sa main dans le trou. Il en sortit un diamant de la taille d'un œuf et aux innombrables facettes. Lavonish l'examina en le tenant par les extrémités.

— Mais qui a bien pu te tailler…

Soudain le diamant s'effondra sur lui-même. Il devint un liquide visqueux et argenté. Lavonish essaya de s'en débarrasser, mais l'artefact pénétrait déjà dans sa main. En un instant il traversa sa peau. Le corps du magicien se contracta. Il semblait hurler et pourtant Abigaïl n'entendit rien. Un voile l'entoura et Lavonish se recroquevilla comme un enfant dans le ventre de sa mère. Avec douceur, il décolla du sol.

— La larme divine entra dans mes veines, se mêla à mon sang, intervint l'omniprésente voix rauque. Ma seconde naissance. Le don de tout comprendre, de tout ressentir, le pouvoir des dieux. Toi, qui es capable de m'entendre et de me voir, tu es mon descendant, et je te lègue ce manuscrit. Récit de mes deux vies, celle précédant la naissance de ma fille, puis celle que m'a donnée la larme divine en me choisissant.

Soudain Abigaïl manqua d'air, elle commença à suffoquer et sans qu'elle ne puisse les contrôler, ses yeux se fermèrent. Lorsqu'elle les rouvrit, elle sursauta et prit une grande bouffée d'air. Elle était assise contre le chêne, face au feu, le manuscrit entre les mains.

— Que se passe-t-il ? s'étonna Thycéron en se levant.

— Un cauchemar, supposa Gregor.

— Vous… Combien de temps suis-je parti ?

Le prince secoua la tête.

— Tu n'as pas bougé d'ici. Tu t'es juste assoupi un court instant.

Abigaïl se prit la tête entre les mains.

— Ça paraissait si réel, encore plus que l'hallucination que j'avais eue chez Phillippa. Ce n'était pas un rêve.

— Tu nous expliques ?

— Winston Lavonish m'a parlé. Je suis sa descendante. C'est

pour ça que je suis la seule à pouvoir lire le manuscrit.

— Sais-tu où trouver le prochain anneau ? demanda Azénor avec intérêt.

La magicienne secoua la tête.

— Ce n'était qu'une introduction, le moment où Lavonish est passé d'un simple démonologiste au grand héros qui a terrassé les dragons et mit fin à la guerre.

Abigaïl rouvrit le manuscrit, les mains tremblantes d'appréhension et d'excitation.

— J'accepte que Gregor reste avec nous, informa Bella. Il m'a protégée quand je ne pouvais le faire et il n'était pas vraiment responsable de l'attaque.

— Merci, approuva la magicienne.

— Laissons-la lire, intervint Thycéron. Je vais rester éveillé et garder un œil sur toi. Les autres, vous pouvez vous reposer.

Abigaïl se replongea dans le livre. Lavonish n'évoqua pas la mort de sa femme ni même la naissance de sa fille. Avant de faire étalage de son pouvoir et de prendre part aux conflits de son monde, il utilisa la larme pour continuer ses recherches. Sa soif de connaissance des démons l'amena à faire des découvertes effrayantes qui surprirent Abigaïl.

— J'y suis enfin parvenu, lut-elle doucement. J'ai isolé l'essence même d'un démon, son âme, le noyau de son existence. Nous savions que les démons étaient des êtres de magie et que leur nom véritable revêtait une grande puissance. Mais ce que j'ai découvert, c'est que les démons naissent de la mort d'un magicien. Ainsi, lorsque l'un de nous perd la vie, ce qui fait de lui un mage ne disparait pas, mais il traverse le voile qui sépare notre monde et celui des démons. Ils ne sont ni plus ni moins que nos fantômes. Une réminiscence brute et sauvage d'une pureté magique époustouflante.

— C'est terrifiant, lâcha Thycéron qui s'était assis à côté d'elle.

— Oui, mais je trouve cela assez poétique. Nous nous demandons tous ce qu'il subsistera de nous une fois que la mort nous aura fauchées.

— Peut-être vaut-il mieux disparaitre que de devenir un être mal-

faisant asservi par d'autres magiciens.
Abigaïl haussa les épaules et continua sa lecture.
— Non, attends… dit-elle après plusieurs minutes.
— Quoi ?
— Lavonish a invoqué un démon pour converser avec lui.
— Ce n'est pas élémentaire lorsque l'on fait des recherches sur les démons ?
— Si, mais généralement ils ne savent rien, car ils n'ont pas vraiment conscience de leur monde. Ce qui devient incroyable ici, c'est que le démon qu'il a invoqué c'était Wangriff !
— Il a discuté avec Wangriff ?
— Oui, et grâce à lui, il en a beaucoup appris sur le monde démonique. Wangriff est différent.
— Je dois avouer que c'est intéressant, mais il nous faut un cap pour demain.
Abigaïl acquiesça et tourna les pages plus rapidement lorsqu'elles parlaient de démons. Finalement elle retomba sur un glyphe, cette fois-ci il représentait un papillon sur une feuille. Les couleurs étaient saisissantes et ses ailes se confondaient avec les nervures du végétal. Abigaïl détourna le regard.
— Qu'est-ce qui se passe ? demanda Thycéron.
— Un autre glyphe. Si je m'assoupis, c'est normal, il y a des chances qu'il veuille me parler de nouveau.
Le guerrier acquiesça.
— Tu sais mieux que moi comment gérer cette magie, soit prudente.
La magicienne fixa le glyphe. Ses mains se raidirent et agrippèrent le manuscrit. La sensation fut bien différente de la première fois. Abigaïl resta lucide lorsque les ailes du papillon s'agitèrent. La feuille sur laquelle il reposait se mit à brunir et à s'étaler. Les ailes de l'insecte s'élargirent et se disloquèrent en quatre filaments grisâtres. Des poils poussèrent et des crochets apparurent. Le papillon mû en une grosse araignée aux yeux rouges. Abigaïl tenta de jeter le manuscrit, en vain. L'araignée quitta sa feuille et elle se dirigea vers la main gauche de la jeune femme.
— Non, s'écria-t-elle, sa phobie se décuplant chaque seconde.

Azénor, Gregor et Bella se réveillèrent. Thycéron se mit devant la magicienne.

— Tu m'entends ? Que dois-je faire ?

— Enlève-moi ce manuscrit des mains ! s'écria Abigaïl.

Thycéron l'attrapa et fut immédiatement propulsé en arrière par une puissante décharge. Bella se précipita vers lui. L'araignée continua son avancée, ses pattes laissaient derrière elle des touches d'encre et son dard un mince filet de sang. Elle monta sur la main de la magicienne. Pétrifiée, Abigaïl regarda la bête planter ses crochets dans son index. Elle sentit le venin l'envahir dans une vague chaude, sa main se mit à trembler alors que l'araignée repartait sur le manuscrit. Le doigt d'Abigaïl enfla et une boursouflure circulaire apparut. L'étrange sensation de garder une bulle d'eau bouillante dans son doigt s'estompa. L'araignée se figea au centre du manuscrit et redevint un papillon. Abigaïl put se séparer de l'ouvrage qu'elle laissa tomber sur le sol.

— Abigaïl ! s'écrièrent Azénor et Gregor d'une même voix.

— Je vais bien, répondit-elle.

Le prince eut un mouvement de recul.

— Où es-tu ?

— Juste là, devant vous !

— Je ne te vois pas, dit simplement Gregor.

Abigaïl regarda sa main. De la boursouflure il ne restait qu'une trace circulaire qui entourait son index et se terminait par un carré.

— C'est…

Du bout des doigts elle tourna les pages du manuscrit.

Thycéron se releva et désigna le carnet.

— Les pages bougent d'elles-mêmes !

Abigaïl arriva aux schémas des anneaux.

— Chrysalida, lut-elle.

Le carré se mit à luire. Soudain il se détacha de son doigt et un anneau monté d'une émeraude carrée tomba sur le sol.

Les compagnons sursautèrent lorsque la magicienne réapparut sous leurs yeux. Abigaïl ramassa l'anneau.

— Je vous présente Chrysalida, l'artefact d'invisibilité.

36
Le cap

— Incroyable !

Bella avança d'un pas vers Abigaïl. Sur son visage se lisaient prudence et incompréhension.

— L'anneau se trouvait dans le livre ?

La magicienne acquiesça puis rangea Chrysalida dans sa bourse.

— Une protection puissante, expliqua-t-elle. Je pense que Lavonish a lié l'encre avec son propre sang. Un sort l'a rendue invisible pour ceux qui ne possédaient pas la clé : le même sang que le sien. Et puisque l'anneau était captif dans un glyphe tracé avec cette encre…

— Seul un descendant de Winston Lavonish pouvait trouver Chrysalida, comprit Thycéron.

Abigaïl confirma d'un signe de tête. Cependant, Bella resta songeuse, voire inquiète.

— Lavonish a vécu il y a mille ans ? demanda-t-elle.

— C'est à peu près ça, répondit derechef Azénor.

— Et combien de personnes descendent de lui ?

Abigaïl haussa les épaules.

— Je l'ignore. Des centaines ?

— Ou tu peux être la seule !

— Et ?

Le prince tenta une réponse :

— Lavonish pouvait dissimuler les anneaux à jamais.

— Ce n'est pas ça, contredit Bella. J'ai l'impression que nous ne sommes que des marionnettes.

Abigaïl se remémora son ressenti lorsqu'elle avait enlevé le manuscrit de son support.

— Selon toi, nous sommes manipulés ?

— Ne crois surtout pas que je minimise ce que tu as accompli. Mais, en l'espace d'une poignée de jours, tu trouves deux fragments de la larme divine à la barbe et au nez du duc Winchester et de la reine Maela…

Abigaïl acquiesça lentement.

— Je pense que tu as raison. Cela fait un moment que j'ai l'impression d'être manipulé par quelque chose de plus grand.

Azénor pouffa avec l'air méprisable dont lui seul avait le secret.

— Ne soyons pas terrorisés par la réussite. Appelle ça la destinée ou de la chance si ça te rassure, mais continuons d'avancer.

Thycéron posa sa main sur l'épaule de Bella.

— Une fois n'est pas coutume, je suis d'accord avec le prince. Et quand bien même vos soupçons seraient fondés que voulez-vous faire ? Abandonner ?

La voleuse croisa ses bras, mécontente. Bien malgré elle, Abigaïl l'imita.

— Nous avançons dans la bonne direction, ne ralentissons pas l'allure et gardons notre objectif bien en tête, ajouta Azénor.

— Et quel est-il finalement ? demanda Bella.

Ses compagnons la regardèrent avec surprise.

— Il n'a pas changé, répondit le prince. Stopper les démons, destituer ma mère et trouver une issue diplomatique à la guerre. Aussi insurmontables que ces desseins puissent paraître, avec la larme divine à nos côtés nous pouvons réussir.

La voleuse soupira.

— Et la Résistance aura voix au chapitre ?

— Bien évidemment. Je ne doute pas qu'Abigaïl, Dotan et toi-même veillerez à ce que ce soit le cas.

— Tout comme moi, ajouta Thycéron. Je n'oublierais pas ma dette.

— Je veux aller où Abigaïl ira ! déclara soudainement Gregor.

Le guerrier se racla la gorge.

— Bien, que savons-nous du dernier anneau ?

— D'après la légende, c'est un saphir, répondit Azénor.

Abigaïl se pencha et ramassa le manuscrit. Elle en contempla la couverture usée et sa mâchoire se crispa. Toute sa vie à Anthème n'avait été que mensonges et manipulations, mais aujourd'hui elle pouvait obtenir des informations de premier ordre qui ferait pâlir d'envie tous les historiens du royaume.

— Peu importe ce que disent les légendes, je puiserais la vérité à sa source. Lavonish y a veillé.

Plus que l'envie d'accomplir une mission, la magicienne se sentit intensément déterminée, comme si elle pouvait enfin prendre une revanche.

— Tout va bien ? s'inquiéta Gregor. Il t'a montré autre chose ?

Abigaïl secoua la tête.

— Non, mentit-elle.

Elle n'avait aucune envie de raconter les évènements antérieurs à la chute de la larme divine. Son ancêtre déchiré par le décès de son épouse et la naissance de sa fille. Cette scène l'avait intimement atteinte sans qu'elle parvienne à en prendre la pleine mesure. De plus, elle ne voyait pas en quoi cela aiderait ses compagnons à retrouver le dernier anneau. Abigaïl tourna les pages du manuscrit jusqu'à atteindre les schémas et se pressa de les parcourir.

— Pierritas. C'est son nom.

— Et son pouvoir ? demanda Azénor.

La magicienne déchiffra le texte.

— C'est l'anneau de la jeunesse éternelle. Il aspire l'énergie vitale de ses cibles et l'utilise pour rajeunir son porteur.

— Il vole les années…

Abigaïl acquiesça.

— On s'éloigne de ce que disait la légende, admit-elle.

— Ce n'est pas nécessairement un anneau, n'est-ce pas ? demanda le prince.

— Je pense que non. Le pouvoir vient du joyau. Pourquoi ?

Avec dépit Azénor baissa la tête.

— Je sais où se trouve le dernier artefact.

Il regarda ses compagnons un à un.

— C'est la reine qui le détient.

Thycéron cracha par terre et Bella lâcha un profond soupir.

— Tu en es sûr ? demanda Abigaïl.

— Nous vivons plus longtemps que les non-mages, mais ma mère n'a pas pris une ride depuis des décennies. De plus, je sais qu'elle a un rituel assez… particulier.

Azénor marqua une pause.

— Cesse de nous faire lambiner ! s'agaça Bella.
— Elle descend régulièrement, seule, dans les geôles où sont parqués les condamnés à mort.
— Les victimes idéales...
— Elle y va avec une tenue dédiée à l'évènement. Je vous passe les détails inutiles, dont je ne me souviens que partiellement de toute façon, mais ce dont je suis certain c'est qu'une tiare ornée d'une pierre bleue surplombait toujours sa tête.

Bella se rassit lourdement.

— C'est foutu, lâcha-t-elle. Atteindre le palais royal serait déjà un exploit, mais voler l'artefact à la reine, c'est du suicide.
— Non, c'est tout à fait possible, assura Thycéron. Une voleuse hors pair, un anneau qui annihile la magie et un autre qui rend invisible. On ne peut rêver mieux !

Personne ne partagea son enthousiasme.

— Dans ce cas, nous avons une destination, Oflang, concéda Abigaïl.
— Non, contredit le prince. Rallier Oflang est une chose, pénétrer le palais en est une autre.
— Tu y as passé ton enfance, peut-être que...

Azénor secoua la tête.

— Ma mère change l'emplacement de sa chambre tous les six mois. De plus, y entrer nécessite un rituel bien particulier.
— Que de précautions !
— Lorsque la Résistance s'acharne à lever le peuple contre vous et qu'Asimer vous accuse de régicide, les précautions deviennent nécessitées. Il ne s'écoule pas un mois sans que ma mère soit victime d'une tentative d'assassinat. Le palais est gigantesque et truffé de passages secrets.
— Comment procéder dans ce cas ?

Azénor grimaça.

— Cela ne m'enchante guère de la mêler à nos histoires, mais je crains que seule ma perceptrice puisse nous aider. Elle a continué à servir la couronne après mon départ. C'est l'une des rares personnes en qui la reine a confiance et la convaincre sera ardu.
— Elle vit toujours au palais ?

— Non, elle a quitté ses fonctions il y a quelques semaines. La maladie qui attaque son bras la faisait trop souffrir et l'a décidé à se rapprocher de sa sœur, à Quimpars. Elle envoyait régulièrement des lettres à Anthème pour prendre de mes nouvelles.
Thycéron leva les mains vers le ciel.
— Bien, enfin.
— Par contre, je ne sais pas où se trouve Quimpars…
Bella haussa des épaules.
— Cherchons un guide…
— Quimpars, dit Gregor en fronçant les sourcils. Quimpars.
— Oui ?
— Je… je me souviens ! C'est là-bas que je suis né.
Abigaïl releva la tête.
— Tu sais t'y rendre ?
— C'est un village proche de Folemouche, la bourgade célèbre pour ses brasseries et les mouches qui y pullule.
Tous les regards se tournèrent vers Thycéron. Le guerrier prit le temps de faire la moue.
— Ça va, ça va, je connais, admit-il.
Gregor retrouva son sourire.
— Je me souviens.
— Formidable, soupira Azénor. Essayons de dormir un peu.
Abigaïl acquiesça. Elle regarda une dernière fois le manuscrit entre ses mains puis elle le cala à sa ceinture en repoussant l'envie de s'y replonger : le repos devenait nécessité. Thycéron prit le premier tour de garde et les autres compagnons s'installèrent autour du feu de camp. La nuit d'Abigaïl fut pour le moins agitée. Comment pouvait-il en être autrement ? Son subconscient remit en avant les atrocités de la journée et c'est dans un sursaut qu'elle se réveilla. La lune rayonnait haut dans le ciel. Le guerrier dormait à poings fermés à côté de Bella qui ronflait avec un sifflement aigu. La magicienne vit le reflet d'une lame près de sa main : la voleuse garderait surement des séquelles de l'attaque de Gregor. Celui-ci s'était recroquevillé au pied d'un arbre. Par moment ses sourcils se fronçaient puis laissaient place à un sourire désarmant. Son visage ponctuait les rêves et les cauchemars qui

tourbillonnaient dans sa tête. Abigaïl se demanda s'il avait perdu ses pouvoirs en même temps que l'esprit de Léonard. Elle soupira puis chercha Azénor des yeux. Elle ne le trouva pas. Inquiète, elle se leva.
— Azénor ? chuchota-t-elle.
Face à l'absence de réponse, elle dégaina sa petite lame et s'avança dans la forêt. Soudain, elle entendit une voix transpercer les ténèbres. Elle s'approcha avec discrétion. Une source de lumière projetait des rayons multicolores dans tous les sens. Ils s'agitaient sur les arbres. La voix s'éleva de nouveau. Elle reconnut le timbre haut perché et la pointe narcissique d'Azénor.
— Je vous tiens au courant.
Une brindille échappa à la vigilance d'Abigaïl. Elle eut toute juste le temps de voir Azénor accroupi devant une lueur bleuâtre avant qu'elle ne disparaisse lorsqu'il tapa dans ses mains. Il se releva en vitesse.
— Qui est là ? tonna-t-il en tournant sur lui-même.
La magicienne s'immobilisa. Elle hésita à répondre, mais elle comprit qu'elle n'arriverait pas à retourner au campement sans se faire repérer.
— Azénor ? C'est toi ?
Le prince ne tarda pas à la rejoindre.
— Qu'est-ce que tu fiches ici ? demanda-t-il abruptement.
— Tu n'étais pas là quand je me suis éveillée. J'ai cru entendre quelqu'un parler.
— Tu as sans doute rêvé. Il n'y a que moi.
Abigaïl croisa ses bras et sa mâchoire se crispa. Azénor souffla d'exaspération.
— Je savais que tu allais faire ça.
— Quoi donc ?
— Croiser tes bras et prendre ton air de chien enragé. Maintenant tu vas me dire que je mens et exiger des réponses.
— Tu vas me les donner ?
Azénor secoua la tête.
— J'ai profité d'un moment de calme pour me replonger dans certains souvenirs. Tu n'as pas à en savoir plus.

Abigaïl garda le silence.

— Je n'aurais pas dû quitter mon poste et laisser le campement sans surveillance, concéda Azénor. Mais tu t'es mise à pleurer dans ton sommeil et je ne voulais pas assister à ce spectacle trop longtemps.

Abigaïl ne sut quoi penser, mais trouvant son silence tout aussi efficace que des hurlements, elle ne pipa mot. Azénor prit appui sur un arbre, le visage dissimulé par l'obscurité. Finalement, il demanda :

— N'éprouves-tu plus rien pour moi ?

Les bras d'Abigaïl en tombèrent. Elle se sentit prise au dépourvu. Ne pas pouvoir observer le prince et déterminer son état d'esprit lui compliquait la tâche.

— Je n'ai pas eu le temps de m'attarder sur ce genre d'émotions, répondit-elle en toute franchise.

— À Anthème, tu buvais mes paroles et tu cherchais sans cesse à attirer mon attention. Aujourd'hui, à la moindre incartade, tu me rabroues.

Abigaïl repensa au dernier moment qu'ils avaient passé en tête à tête.

— Je chéris la danse que tu m'as accordée, la veille de mon départ pour le palais ducal. Mais il s'est produit tant de choses aujourd'hui que je ne parviens pas garder les idées claires. J'ignore ce que j'éprouve pour toi.

— Je comprends. Tu te sens… perdue.

Abigaïl acquiesça. Azénor se redressa et s'approcha d'elle.

— Te souviens-tu de la discussion que nous avons eue peu avant d'arriver à Brownsand ?

— Sur Bella et Thycéron ?

— Oui. Bella nous a clairement fait comprendre qu'elle a atteint son propre objectif : se débarrasser de l'anneau. Puis elle se méfie de Gregor maintenant.

— Tu penses qu'elle va nous quitter ?

— Et Thycéron la suivra. Même s'il est agacé, la dette qu'il a envers eux est la dernière chose qu'il lui reste. Il ne laissera pas Bella partir seule.

— Pourtant, de notre mission dépend le sort du pays, de la Résistance et de bien d'autres choses encore. Ils nous épauleront, j'en suis persuadée. Après tout ce que nous avons vécu, je considère Thycéron comme un oncle et Bella comme une grande sœur que j'aime détester.
— Nous verrons, mais garde en tête que nous avons commencé cette aventure ensemble et dans le même but.
— Tous les trois... Quoiqu'il advienne, Gregor restera avec nous.
— Oui, bien sûr.
Abigaïl ne se sentait pas à son aise. Elle trouvait leur discussion étrange, voire inappropriée. Sans crier gare Azénor s'approcha, le visage fermé, inexpressif. Il se pencha vers elle, ses lèvres frôlèrent celles de la magicienne. Au dernier moment Abigaïl tourna la tête et le prince lui dépose un baiser sur la joue.
— Maintenant je sais, lui susurra-t-il à l'oreille. Les rôles se sont inversés.
Abigaïl déglutit avec difficulté. Il l'avait prise au dépourvu, elle avait agi sans réfléchir, mais c'était peut-être mieux ainsi. Un long moment de gêne s'installa.
— Nous devrions peut-être... dit le prince en désignant les arbres derrière lui.
La magicienne fit un signe de consentement.
— Retournons au camp, parvint-elle à articuler.

37
Les marais

Trois itinéraires s'offraient à eux pour atteindre Quimpars. Le premier suivait la voie construite pour relier Granar à la capitale : une route pavée sur plusieurs kilomètres qui passait entre les pics-sans-dents, des monts dont les sommets formaient une étrange boule à l'origine inexplicable. Les marchands, voyageurs, bandits et sujet de Sa Majesté s'y croisaient sans cesse. "Un chemin agréable, mais trop fréquenté" décréta Thycéron. Le second itinéraire empruntait le fleuve Guerite. Les navires militaires y côtoyaient les bateaux affrétés pour les denrées trop délicates pour le transport en caravanes. Les marchands payaient une taxe exorbitante pour ce transport de luxe et des percepteurs contrôlaient régulièrement les cales. Le risque était trop grand, puis, comme Bella le fit remarquer, ils n'étaient pas vraiment en position de voler une embarcation. Le dernier itinéraire s'imposa : traverser les marais de Cangles jusqu'à Jobord.
Abigaïl, ses compagnons et Bianca quittèrent les bois, le cœur allégé de s'éloigner enfin de Granar. Au fil de leur progression, les coteaux et les champs de blé laissèrent place à une nature sauvage, désertée par l'homme. Les saillies et les vallées s'estompèrent pour devenir une terre plane et humide. Cinq jours après leur départ, quelle que soit la direction dans laquelle elle regardait, Abigaïl ne voyait qu'herbes hautes, marécages et forêt. Une épaisse mousse verte gorgée d'eau s'agglomérait sur le sol et formait un tapis naturel des plus incommodants. Outre le bruit de succion, agacement de tous les instants, se battre à chaque enjambée pour ne pas perdre une chaussure dans cette boue verte était une tâche éreintante. À défaut de faciliter leur progression, les compagnons se rendirent vite compte que ce sol spongieux leur procurait au moins un avantage : ils ne mourraient pas de soif. Pour ce qui concernait la faim, préoccupation que Gregor évoqua dès la première heure de marche, Bella fit des merveilles avec ses couteaux à lancer. Il y avait tellement de rongeurs et de batraciens

qui les entouraient qu'elle ne savait plus où donner de la tête. Pour agrémenter la chair de ses proies, Abigaïl et Azénor s'efforçaient de mettre la main sur des plantes et baies comestibles. Avec un peu de réussite, il leur arrivait même de trouver des champignons et des œufs pour se remplir la panse. Ils transportaient des vivres du camp de Vanilla, mais Thycéron insista pour les garder intacts tant qu'ils pouvaient se nourrir autrement. Bianca les portait sur son dos et mangeait la verdure environnante. Du groupe, seul Thycéron se montra peu enclin à rendre leur voyage plus agréable. Tous comprenaient les raisons de cet éloignement et agirent comme si de rien n'était, espérant que le temps atténuerait les rancœurs. Abigaïl, qui se sentait perdue dans les marais, regrettait le chant des oiseaux. Il y a une poignée de jours, elle aurait jugé leur mélodie agréable, mais insignifiante. Aujourd'hui, elle essayait de la reproduire dans sa tête, comme si elle était la clé d'une progression plaisante.

En s'enfonçant dans les marais, les rouges-gorges, pies et autres volatiles de modeste gabarit furent remplacés par d'immenses aigles qui prirent possession des cieux. Leur envergure dépassait allègrement la taille de Thycéron et aucun son mélodieux ne sortait de leur bec. Par moment, l'un d'eux piquait vers le sol à vive allure pour refermer ses serres sur un ragondin avant de reprendre de l'altitude. Le soir, les compagnons s'enfonçaient dans les bois. L'air y était moins humide et ils pouvaient y confectionner des lits de feuilles pour dormir au sec. Malgré ce confort rudimentaire, les moustiques veillaient à ce que les nuits ne deviennent pas trop reposantes et les matinées trop douces. Leurs vrombissements obsédants et leurs innombrables piqûres parvinrent même à faire perdre patience à Azénor. Il s'était mis à crier en pleine nuit et avait lancé une série de sortilèges incompréhensibles dans les airs. Une épée fantomatique se planta à quelques millimètres de son pied, un arbre prit feu et une chouette malchanceuse devint subitement fluorescente. Hormis cela, aucune victime ne fut déplorée parmi les moustiques. Ses compagnons étaient trop fatigués pour lui reprocher quoi que ce soit. Bella avait même lancé un "bien essayé" avant de se rendormir. Le jour, Abigaïl trouvait leur avancée affreusement lente. Certains marécages, impossibles à contourner, remplissaient les chaussures d'eau et de vases nauséabondes. De plus, malgré une chaleur modérée, l'air pesant et étouffant les faisait suer à grosses gouttes. Dans cette région, la nature se montrait bien plus éprouvante que généreuse. Une constatation qu'Abigaïl ne manqua pas de mettre au débit de l'admiration qu'elle avait pour elle jusqu'ici.

— Pourquoi on ne va pas dans la forêt lorsqu'il fait jour ? demanda Gregor après avoir lutté pour extirper son pied de la vase.
— On te l'a déjà expliqué deux fois, rappela Azénor.
— Ces bois sont essentiellement composés de grands pins, répéta Abigaïl avec patience. Les troncs sont trop proches pour nous permettre de marcher en ligne droite. Nous aurions l'impression d'avancer plus vite, mais ce ne serait pas le cas.
— De plus, ajouta Thycéron, n'oublions pas que des ours peuplent les environs. Mieux vaut éviter de les rencontrer.
— Et on arrive bientôt ?
— Ça, c'est au moins la dixième fois qu'il le demande, marmonna Bella.
— Nous atteindrons Jobord dans peu de temps, rassura le guerrier. Une halte bien méritée. C'est un village isolé qui marque la fin des étendues marécageuses et le début des terres du baron Tesoro. Personne ne nous cherchera dans un endroit aussi reculé.
— Tesoro est une connaissance ? s'informa Abigaïl.
— Éloignée.
Thycéron n'en dit pas plus et la magicienne n'insista pas. Il n'avait pas ouvert la bouche depuis deux jours et le voir répondre à une question de Gregor était un signe encourageant. Néanmoins, la conversation tenue avec Azénor avant leur départ de Cangles lui revenait sans cesse à l'esprit. Elle trouva le moment propice pour se défaire de ce tracas.
— Bella, je peux te poser une question ?
La voleuse lui jeta un regard surpris.
— Oui, bien sûr.
— Quels sont tes projets ?
Thycéron, qui menait la marche, se stoppa. Tout le monde s'im-

mobilisa.

— Elle a raison de demander. Tu serais en droit de vouloir retrouver les tiens.

Bella dévisagea ses compagnons.

— J'ignorais que vous vous posiez la question. Surtout maintenant.

— Quoi ?

— Puisque vous ne m'aviez rien demandé avant que l'on commence à traverser cet enfer vaseux et puant, j'en avais déduit que…

Le guerrier se racla la gorge.

— Au moins Abigaïl n'a pas attendu des années avant de dire ce qu'elle avait sur le cœur.

Bella toussa et encaissa. Elle prit une grande inspiration et, en prenant soin de ne pas croiser le regard de Thycéron, elle expliqua :

— Mon père et les autres ont probablement atteint Rostanor il y a trois jours. Je me demande s'ils ont réussi à libérer les prisonniers et s'il y a eu beaucoup de pertes. Ce n'est pas la première fois que je suis confronté à ce genre d'incertitudes.

— Tu ne veux donc pas les rejoindre ? s'étonna Abigaïl.

— À quoi bon ? Il me faudrait plus de deux semaines pour rallier le camp d'où ils sont partis. Et une fois là-bas je ne leur serai d'aucune aide.

Elle désigna Gregor d'un mouvement de tête.

— Même si j'ai parfois envie de m'enfuir en courant, je me sens plus utile à vos côtés.

Abigaïl soupira de soulagement.

— Merci.

Azénor afficha une moue sceptique.

— Mais, tu…

— Chut !

Thycéron leva la main puis désigna les fourrés proches.

— Quelqu'un nous épie, chuchota-t-il en dégainant son épée.

Les compagnons l'imitèrent. Abigaïl serra le poing, prête à laisser sa magie s'exprimer.

— Pitié, faites pas de mal ! supplia une voix.
— Montrez-vous ! tonna le guerrier.
Un homme chétif sortit de sa cachette. Il portait une tunique marron et un pantalon trop court, gris et troué. Sur sa tête un bonnet de laine en sale état laissait paraître une chevelure grasse de couleur cendre. Ses pieds nus étaient recouverts de boue et de cicatrices. Il se mit à genoux, tête au ras du sol et main posée l'une contre l'autre.
— Je referais pu, je jure ! La seule fois !
— Mais qu'est-ce qu'il raconte ? chuchota Azénor.
Abigaïl remarqua, à côté de lui, une fine cordelette.
— Il utilise des collets, marmonna Bella. Un braconnier.
— Nous sommes entrés sur les terres du baron Tesoro, comprit la magicienne.
Malgré la fatigue, Thycéron bomba le torse et prit un ton qui se voulait impérieux.
— Comment oses-tu poser des pièges sur les terres de ton seigneur !
Le paysan s'inclina encore plus bas et son nez toucha le sol. Abigaïl savait que Thycéron ne jouait qu'un rôle, mais voir ainsi le pauvre homme se mettre à terre lui noua la gorge.
— Pardon, messire. La famille n'a pas mangé depuis trois jours, vous comprenez…
Le guerrier agita sa main et encouragea ses compagnons à reprendre la route lorsque le braconnier releva la tête.
— S'cusez moi, mais c'est vrai ce qu'on dit au village ?
— Quoi donc ? s'enquit Azénor avec une pointe de mépris bien plus convaincante que celle de Thycéron.
— On raconte que le baron donnera deux pièces d'or au gars qui ramènerait le cadavre d'une des bêtes. Y paraît même qu'il a envoyé un messager demander aux magistors de voir ce qui s'passe.
— De quelles bêtes parles-tu ? interrogea Bella.
Le braconnier se montra étonné.
— Au village on les appelle les saledures. Une horde d'étranges animaux qui est venue d'un coup la semaine dernière. Ces saloperies ont déjà salé notre chasseur et deux autres gars. Ils vous blan-

chissent la face avant même que vous dégainiez.
Azénor souffla.
— Nous avons suffisamment perdu de temps, reprenons la route.
L'homme désigna les arbres derrière lui.
— Si vous me croyez pas, y'a un ours pas loin qui s'est fait avoir. J'ai essayé d'en découper un bout pour les gosses, mais sa barbaque est aussi dure que de la pierre maintenant. Y se passe des trucs bizarres depuis quelque temps, et c'est pas que dans l'coin ! J'ai vu mon p'tit frère avant hier et y parer que le lac de Swood s'est évaporé en une nuit.
Le braconnier réalisa de grands gestes avec ses bras et secoua ses mains.
— C'est forcément magique. Y'avait plus une goutte d'eau, juste une montagne de poissons crevés et d'algues sèche.
Abigaïl plongea sa main dans sa bourse et en sortie une pièce qu'elle tendit à l'homme.
— Tenez monsieur, merci de nous avoir informés de la situation.
Le braconnier s'approcha avec méfiance puis d'un coup arracha la pièce des mains d'Abigaïl. Thycéron lui fit signe de partir, il obéit sans perdre de temps.
— Enfin débarrassé, se satisfit le prince. Allons-y.
Abigaïl ne bougea pas d'un pouce et fixa les arbres désignés par le villageois.
— Ho non...
— Si, je veux aller voir.
— Nous sommes presque arrivés, soutint Azénor. Nous allons pouvoir dormir dans des lits, manger autre chose que du rat et boire bien mieux que de l'eau croupie.
— Il y aura du cochon grillé ? demanda Gregor.
— Oui, certainement, assura Azénor. Et de la bière.
— Il marque un point, marmonna Thycéron.
— Je ne refuserais pas des draps propres et secs, renchérit Bella avec envie. Puis ils auront peut-être une baignoire...
Abigaïl secoua la tête.
— Allez-y, je vous rejoindrais. Il me semble important de savoir si c'est un démon, une créature qui a pu rejoindre notre monde à

cause de la libération de Wangriff. Si c'est de notre faute... ou autre chose.

— Je croyais qu'il ne fallait pas marcher dans la forêt le jour à cause des ours, remarqua Gregor. Pourquoi chercher un ours ?

Azénor leva le pouce.

— Tout à fait ! C'est inutilement dangereux !

— En plus le villageois a certainement dit n'importe quoi pour nous détourner de son braconnage, supputa Bella. La pauvreté et le manque d'éducation ne créent pas la stupidité.

Abigaïl croisa les bras.

— Je suis la seule à me poser des questions ?

— Non, concéda Thycéron à contrecœur. J'imagine que tu penses à l'étrange fleur au bord de l'Asri ?

La magicienne acquiesça.

— Une fleur mortelle qui rayonne d'une magie inconnue, un lac qui disparait, une horde de monstres, ce léger frisson permanent...

Soudain Azénor se montra plus attentif.

— Toi aussi tu ressens un fourmillement magique qui va et vient au fil des jours ?

Abigaïl opina du chef.

— On dirait que la nature et la magie... changent.

Bella frappa dans ses mains.

— Bien, j'ai compris !

Elle passa devant Thycéron et fit signe à ses compagnons de la suivre.

— Puisque de toute façon on va se farcir cet ours chimérique, continua-t-elle, autant se dépêcher. Plus vite on ne trouvera rien, plus vite je me prélasserai dans ma baignoire.

Abigaïl la rejoignit à la tête du groupe. Les pins s'élevaient haut dans le ciel et plus les compagnons s'enfonçaient dans la forêt, plus le soleil parvenait à se faufiler à travers les arbres.

— C'est étrange non ? dit la magicienne. On ne voit presque plus le sol sous toutes ces épines. Par ici les arbres semblent presque nus.

— Les pins perdent leurs aiguilles lorsqu'ils subissent un stress,

avança Azénor.
Bella frissonna.
— Et il fait de plus en plus froid, remarqua-t-elle.
D'autres signes inquiétants se manifestèrent. Certains arbres étaient surélevés, ils se perchaient sur leurs racines comme s'ils cherchaient à rompre le contact avec le sol. Par moment, Abigaïl apercevait de grosses mottes de terre noire où grouillaient des milliers de cafard et de vers de terre qui laissaient dans l'air une odeur pestilentielle. Bianca s'agita et Gregor dut lui caresser le flanc pour la calmer.
— Bianca n'aime pas cet endroit ! dit-il après que la jument l'eut repoussé d'un coup de museau.
— Elle n'est pas la seule, avoua Azénor. Nous devrions faire demi-tour. Il y a quelque chose dans l'air de…
— Maléfique, compléta Bella.
Il acquiesça. Abigaïl fut prise d'un mauvais pressentiment. Elle se sentait épiée par une force mystérieuse.
— Oui, il faut partir, ajouta Gregor.
— Regardez ! s'exclama alors Bella.
Elle désigna une grosse masse blanche, immobile, adossée à un arbre.
— L'ours.
Thycéron passa devant.
— On fait vite.
L'animal possédait un pelage blanc laiteux, presque translucide. De loin, Abigaïl aurait pu le confondre avec une statue de marbre. Mais plus elle s'approchait, plus elle distinguait la précision des traits : les plis au niveau des babines, les oreilles arrondies et les poils hirsutes, tout était là. Les compagnons arrivèrent à sa hauteur. La magicienne s'approcha suffisamment pour voir les rides sur la truffe de l'animal. Un rayon de soleil apparut et se refléta sur la fourrure de l'ours, la teintant d'une déclinaison orangée.
— Il est en glace ? demanda Gregor en projetant des vapeurs dans l'air froid.
— Il semble si réel, commenta Azénor.
— S'il l'était, nous serions en train de détaler, supputa Bella.

L'œuvre d'un magicien avec une âme d'artiste ?

Bianca, tout aussi curieuse que ses maitres, approcha son museau de l'ours puis, d'un coup de langue, lécha l'animal. La jument entra alors dans une furie endiablée. Elle se cabra sur ses pattes arrière et hennit de terreur, projetant au sol les sacs qu'elle transportait. Gregor et Thycéron tentèrent de l'arrêter, mais la jument prit la fuite et détala en direction des marais.

— Bianca ! s'écria Gregor. Reviens !

— C'est peine perdue, lança Thycéron. Avec un peu de chance, elle nous attendra à l'orée du bois.

Abigaïl dévisagea l'ours et tendit sa main avec appréhension.

— Fais attention, souffla Azénor.

Les doigts de la magicienne touchèrent la truffe. À son grand étonnement, l'animal était chaud et son contact rugueux.

— Ce n'est pas de la glace.

Du coin de l'œil, Abigaïl vit quelque chose bouger dans l'arbre. Elle recula. Une masse longue et filiforme descendit d'une branche. Elle en avait pris la couleur, mais lorsqu'elle atteint le sol, elle devint d'un blanc immaculé. La créature ressemblait à un serpent, sans yeux, avec une épine dorsale fine et tranchante. Elle s'approcha des compagnons qui ne tardèrent pas à reculer.

— Qu'est-ce que c'est que ça ? demanda Bella en attrapant un couteau à lancer.

Thycéron secoua la tête.

— Aucune idée. Un saledure, j'imagine.

— Il faut la tête ! s'écria Gregor. La tête !

— La ferme ! mugit Azénor. Ce n'est pas le moment de délirer.

L'étrange serpent reptait vers eux.

— Stop ! tonna Bella avec autorité.

Nullement impressionnée, la créature continua sa route. La voleuse lança une lame avec dextérité. Le serpent ouvrit grand la gueule et avala l'arme. Abigaïl vit un renflement parcourir le corps du saledure puis disparaitre. Sa queue se redressa, s'ouvrit telle une fleur et laissa apparaitre un dard aiguisé.

— Préparez-vous à courir, prévint Thycéron.

Abigaïl et ses compagnons continuaient de reculer. Le monstre produisit alors une série de claquement avec sa langue fourchue. Des bruits similaires se répercutèrent dans toute la forêt. À quelques pas de Gregor, une motte de terre émergea, puis implosa lorsqu'un saledure en sortit. Un autre quitta le terrier où il s'était réfugié. Bien vite, une dizaine de ces bêtes étranges encerclèrent les compagnons.

— Une faille ? demanda Thycéron alors que sa lame devenait invisible.

Ils se mirent dos à dos, en cercle, de façon à ce qu'aucun monstre ne puisse les surprendre.

— Un seul me barre la route, informa Azénor. Je peux le repousser avec un sortilège.

— Décampons d'ici. Ils peuvent attaquer d'un moment à l'autre.

— N'oubliez pas la tête ! répéta Gregor.

Abigaïl, qui se tenait juste à côté du prince, le vit fermer les yeux et serrer les poings. Doucement, pour ne pas énerver la créature immobile qui la dévisageait, elle attrapa Chrysalida et le mit à son doigt. Azénor hurla.

— Expeditia foceri !

La paume tendue vers un saledure, le sortilège provoqua une onde de choc qui frappa le monstre de plein fouet et le propulsa dans un fourré. Au même moment, la créature qui toisait le guerrier déploya une collerette noire. Un jet sombre et visqueux sortit de sa gueule et atteignit l'épaule de sa cible. Un autre saledure bondit vers Thycéron, mais Suzie lui trancha la tête.

— Fuyez ! hurla Bella en emboîtant le pas à Azénor.

Tous se mirent à courir sauf Abigaïl qui se retourna et attrapa la tête tranchée. Deux des créatures passèrent entre ses jambes en ondulant, épines dorsales sorties, mais aucun d'eux ne la remarqua. Abigaïl imita alors ses amis et prit la fuite. Elle dépassa les saledures, heureuse de constater qu'ils ne se déplaçaient pas plus vite qu'elle et ses compagnons. Son cœur battait à tout rompre, elle ne put résister à l'envie de jeter un regard derrière elle. Les saledures reptaient à l'unisson et sous ses yeux ils se rassemblèrent. Elle crut tout d'abord qu'ils s'attaquaient entre eux, mais elle comprit rapidement qu'ils faisaient tout le contraire. Les créatures s'emmêlaient et se projetaient les uns contre les autres. Au lieu de produire des chocs et de se ralentir mutuellement, leurs chairs se mélangèrent. Ils ne firent qu'un. Une unique créature aux crocs acérés et à l'aileron tout aussi tranchante que la lame d'un bourreau. Le monstre était plus haut que Thycéron et sa longueur se comptait en dizaines de mètres. Elle commençait à rattraper Abigaïl lorsqu'ils arrivèrent enfin à la sortie de la forêt. Le sol vaseux était moins profond qu'au début de leur périple, mais suffisamment contraignant pour les ralentir. "C'est fichu", pensa la magicienne. Même si Chrysalida pouvait la sauver en la soustrayant de la vision du monstre, elle se battrait avec ses compagnons jusqu'au bout. Thycéron remarqua lui aussi l'inexorable avancée du saledure. Il arriva à la même conclusion qu'Abigaïl, cessa de courir et se retourna en brandissant son épée, prêt à en découdre. La magicienne le rejoignit, tout comme le reste de ses compagnons. La créature émergea des arbres et braqua son regard sur le groupe. Elle s'avança dans les marécages et ouvrit grand la gueule. Soudain elle se contracta et mugit avec puissance. La vase noircissait sa peau immaculée où des cloques commençaient à se former. Elles éclatèrent une à une en laissant s'échapper une vapeur brunâtre. Le saledure n'accordait plus aucune attention aux compagnons. Il s'affaira à se sortir de la vase qui agissait sur lui comme de l'acide. Au bord de l'agonie, il finit par se dégager et rampa tant bien que mal jusque dans la forêt où il disparut.

— Ta curiosité est rassasiée ? reprocha Azénor en regardant autour de lui.

Abigaïl enleva l'anneau et réapparut sous les yeux de ses compagnons.

— Cette chose… commença-t-elle en reprenant son souffle.

— N'a rien de naturel ou de magique, termina le prince. Du moins, celle que nous connaissons

— J'ignore ce que tout cela signifie, admit Bella. Et à dire vrai je n'ai aucunement l'envie d'y réfléchir en restant dans cette vase puante. Même si je lui en suis reconnaissante de nous avoir sauvé la vie.

Thycéron acquiesça.

— Allons à l'auberge prendre un repas et du repos bien mérité.

38
Essentiel repos

Abigaïl scruta le bâtiment : volets brisés, toit en chaume partiellement effondré, façade calcinée… la liste des défauts n'en finissait pas. Le lieu ne ressemblait ni à une maison ni à une auberge, mais plutôt à une étable défraîchie.
— C'est ça la "spacieuse résidence" ? lança Bella avec lassitude. Une véritable masure oui !
Thycéron s'approcha de la porte et y introduisit une cle. Il y eut un déclic.
— C'est un peu décrépit, avoua-t-il en ouvrant, mais se sera suffisant.
Abigaïl trouva le guerrier particulièrement fatigué. Ils avaient tous besoin de repos.
— Azénor a dit qu'il y aurait du cochon grillé et de la bière, reprocha Gregor en entrant à la suite de ses compagnons.
Le prince secoua la tête.
— Je ne pouvais pas savoir qu'on irait dans un village si reculé qu'il n'y aurait même pas d'auberge !
— Au moins nous n'aurons pas à dormir dehors, positiva Abigaïl. Et un séjour dans une taverne aurait coûté bien plus que quatre pièces de bronze… La propriétaire nous a loué son bâtiment pour une bouchée de pain.
— Elle avait peur de toi, s'exclama Azénor.
Il désigna la tête du saledure qu'Abigaïl tenait toujours en main.
— Rien de mieux que de se promener dans les rues avec ça pour passer pour une folle sanguinaire.
La magicienne haussa des épaules.
— Sur l'instant, il me semblait primordial de l'emporter. Gregor nous l'a bien fait comprendre.
— Oui, sans aucun doute, ironisa Azénor. Entre attraper un sac de vivres ou la tête tranchée d'un monstre, la question ne se pose pas.
Abigaïl l'ignora et regarda autour d'elle. La spacieuse pièce prin-

cipale possédait un sol en terre battue parfaitement plat. Une bonne épaisseur de foins reposés le long du mur du fond : de quoi dormir dans un relatif confort. Sur la gauche une table rudimentaire prenait place à côté de l'âtre de la cheminée. Près de celle-ci, deux gros seaux en métal attachés à des cordes encadraient un couvercle qui s'enfonçait dans le sol. Abigaïl fut suffisamment intriguée pour s'approcher et soulever le couvercle.

— Un puits, informa-t-elle avec surprise.
— Et ici des abreuvoirs ! s'écria Bella de la pièce d'à côté.

La voleuse se montra puis traversa la salle principale avec de grandes enjambées. Elle s'arrêta au niveau de la cheminée et prépara un feu avec des brindilles et des bûches entassées sur le côté.

— Je n'ai pas froid, informa Gregor.
— Ce n'est pas pour toi, répondit-elle sèchement.
— Une cheminée dans une ancienne écurie, remarqua Azénor. Pas étonnant qu'il y ait déjà eu un incendie.
— Nous ne le garderons pas longtemps, rassura Bella en descendant un seau dans le puits.

Une fois plein, elle le positionna sur le feu en utilisant la crémaillère. Abigaïl comprit son objectif. Elle se sépara enfin la tête du saledure, sur le sol, et fit descendre le second seau dans le puits. Une petite heure plus tard, un abreuvoir rempli d'une eau agréablement chaude les attendait.

— Moi la première, décréta Bella en poussant la magicienne dans la grande salle avant de fermer la porte.

Abigaïl se tourna vers le reste de ses compagnons. Gregor dormait déjà, avachit dans la paille. Azénor, assis autour de la table, jouait avec une pièce de bronze qu'il faisait virevolter entre ses doigts. Le guerrier accroupi devant la cheminée regardait le feu avec attention. Abigaïl le rejoignit et s'installa à côté de lui. Elle s'apprêtait à lui demander ce qui traversait ses pensées lorsqu'elle fut choquée par l'extrême pâleur de son visage.

— Thycéron ? s'inquiéta-t-elle.
— Mmmh, grommela-t-il en somnolant.

Abigaïl posa la main sur son épaule pour attirer son attention. Elle sentit alors ses doigts s'enfoncer comme si sa chair était en mousse. La magicienne se dépêcha d'enlever sa main et se mit à genoux pour examiner l'épaule du guerrier. À travers le trou laissé dans le pardessus par l'attaque du Saledure, Abigaïl vit que la peau de Thycéron était d'un blanc immaculé et que les flammes du feu s'y reflétaient en une multitude de couleurs. Elle repensa immédiatement à la fourrure de l'ours changé par les Saledures.

— Azénor ! appela-t-elle, terrifiée.

Le prince se leva.

— Oui ?

— Aide-moi à lui enlever le haut de ses vêtements.

Azénor se mit à sourire.

— Thycéron serait devenu trop gâteux pour se déshabiller seul ? demanda-t-il avec amusement.

Devant le manque de réaction du guerrier, le prince s'approcha. Son sourire s'évanouit.

— Il est aussi blanc qu'un cadavre ! Allons-y.

Il attrapa le bras droit du blessé et Abigaïl le bras gauche, puis ils firent glisser le pardessus en cuir puis le tissu qui se trouvait en dessous. Toute l'épaule du guerrier était atteinte. Azénor désigna une nette démarcation au niveau du pectoral de Thycéron.

— Ça se propage.

— Mais pourquoi il n'a rien dit !

— Il ne l'a probablement pas remarqué. Certaines toxines endorment les muscles et l'esprit. Il faut vite agir avant qu'il ne devienne une statue d'albâtre ou de je ne sais quoi.

— Le sortilège de Turin ? proposa Abigaïl.

Le prince secoua la tête.

— Cela pourrait accélérer la diffusion du venin…

— Que faire alors ?

— Je ne sais pas ! s'agaça Azénor, la pression montant encore d'un cran.

— Qu'est-ce qui se passe ? demanda la voix de Bella depuis l'autre pièce.

— Rien du tout, répondit Abigaïl.

D'un regard le prince lui reprocha son mensonge.

— Elle ne serait d'aucune aide et nous perdrons du temps, se justifia la magicienne.

Elle se leva et prit la tête du saledure.

— C'est ce truc qui a empoisonné Thycéron.

— J'avais remarqué oui !

— Mais lui ne souffre pas du poison !

Azénor se figea.

— Tu veux utiliser le sortilège de Turin pour récolter du sang de Saledure et l'appliquer sur l'épaule de Thycéron ?

Abigaïl acquiesça.

— Tu es folle !

— Mais ça devrait marcher ! protesta la magicienne. Contrairement à toi, j'aimais les cours d'alchimie. Un remède se trouve souvent au même endroit que le poison qu'il guérit. Puis nous n'avons guère le choix.

— On pourrait réveiller Gregor. S'il se concentre peut-être qu'il…

— Tu sais aussi bien que moi que Gregor n'a plus montré le moindre signe de magie depuis la disparition de mon père, coupa Abigaïl. Quant à Bella, nous ne ferions que perdre du temps. Thycéron souffre d'un poison inconnu provenant d'un être inconnu. Seul le Saledure doit pouvoir nous apporter la solution.

Azénor hésita une poignée de secondes puis finit par prendre la tête posée à côté de lui.

— Donne-moi le seau !

La magicienne s'exécuta. Azénor maintint la tête du monstre au-dessus du seau puis il récita en boucle le sortilège de Turin. Rapidement, une pellicule de sang noirâtre fut récoltée.

— Voilà. Comment comptes-tu t'en servir maintenant ?

Abigaïl palpa l'épaule de Thycéron.

— Elle se raidit déjà, constata-t-elle avant de déglutir. Je doute qu'étaler le sang comme du baume suffise. Il faut qu'il pénètre.

Abigaïl attrapa la dague qu'elle avait à la ceinture et en posa la pointe sur l'épaule.

— Désolé, mais je n'ai pas le choix.

Elle enfonça la lame et fit une large entaille. Elle s'attendait à ce que le sang coule à flots, mais ce ne fut pas du tout le cas. La blessure qu'elle venait de lui infliger s'ouvrit et dévoila une chair blanche et poreuse.

— J'espère que ce n'est pas trop tard ! Aide-moi à le coucher.

Une fois Thycéron correctement positionné, Abigaïl attrapa le seau et en versa le contenu dans la blessure. La plaie aspira le sang du saledure comme une éponge. Azénor se releva et fit les cent pas avec nervosité.

— C'est du grand n'importe quoi. Bella va nous tuer !

Abigaïl posa ses mains sur la blessure.

— Fermienter prestator postura !

Elle répéta la formule plusieurs fois, mais elle ne sentit qu'une faible chaleur parcourir l'épaule de Thycéron. L'entaille finit tout de même par se refermer.

— Et maintenant ?

— On attend.

Abigaïl s'installa devant le blessé et fixa son épaule, guettant le moindre signe de changement.

— Il faut prévenir Bella, relança Azénor.

Du bruit se fit entendre dans la pièce d'à côté. La voleuse se montra avec les cheveux mouillés et un large sourire accroché aux lèvres.

— J'ai terminé, fit-elle. Abigaïl, tu peux prendre ma place.

Elle vit alors Thycéron allongé et le sang noir du monstre qui avait coulé sur le sol et une partie de son épaule.

— Qu'est-ce qui se passe ! hurla-t-elle.

— Écoute, il semblerait que…

— Regarde ! coupa Abigaïl. Ça fonctionne !

En effet la blessure avait changé de couleur. Après une dizaine de minutes, qu'Azénor utilisa pour informer Bella, la peau de Thycéron reprit une teinte rosée. Le guerrier se mit finalement à ronfler accompagnant ainsi les vrombissements déjà bruyants de Gregor.

— S'il dort, c'est que tout va bien, soutint Abigaïl.

Bella la dévisagea avec un regard foudroyant et posa ses mains sur les hanches. Avant que les reproches de la voleuse ne se déversent tel un torrent de lave propulsé par un volcan, quelqu'un tambourina à la porte, les prenant par surprise. Abigaïl s'approcha de l'entrée avec prudence alors que Bella attrapait l'un de ses couteaux et qu'Azénor se mettait sur le côté.

— Oui ? lança la magicienne en montant dans les aigus.

— C'est Candyle. On s'est vu tout à l'heure, c'est moi qui vous ai loué la résidence.

Bella se positionna derrière la porte et fit signe à Abigaïl d'ouvrir. Candyle penchait ses épaules en arrière et soutenait avec peine un grand panier en osier rempli de victuailles. À côté d'elle, un enfant d'une dizaine d'années avec le nez morveux et le regard vif tenait deux bouteilles de lait.

— Désolé pour le dérangement madame, s'excusa Candyle en posant son panier sur le sol.

Abigaïl fit signe que ce n'était rien.

— Comment trouvez-vous la résidence ?

— Très bien, répondit la magicienne avec soulagement.

Bella, toujours cachée derrière la porte, leva les yeux au ciel.

— Moi et mon petit garçon, nous nous sommes dit que de grands voyageurs comme vous aimeriez peut-être vous reposer plutôt que de parcourir le village dans tous les sens pour chercher des vivres. Donc, si cela vous intéresse, nous avons rassemblé des victuailles.

— Du cochon grillé ? demanda une voix avec espoir.

— À croire qu'il n'y a que l'évocation de la nourriture qui puisse le réveiller, ironisa Azénor.

Ce fut au tour d'Abigaïl de lever les yeux avec exaspération. Candyle montra un sourire compatissant.

— Avec les restrictions imposées par le baron depuis l'arrivée des Saledures, nous ne possédons que peu de viande. Je vous ai tout de même trouvé un petit morceau de lard séché. J'ai aussi du pain, du fromage, de la soupe de légumes et du lait.

Bella rangea son arme et se montra à l'embrasure de la porte.

— Impressionnant ! On prend tout !

— Nous vous devons ? s'enquit Abigaïl.

Candyle serra les dents.

— Six pièces de bronze ? proposa-t-elle avec appréhension.

Abigaïl fouilla dans la bourse que lui avait donnée le père de Bella et en sortit une pièce de cuivre.

— Tenez.

Candyle ouvrit grand les yeux.

— Non, madame, c'est beaucoup trop. J'aurais l'impression de vous voler.

— C'est quoi cette pièce maman ? demanda le garçon dévoilant ainsi sa douce voix.

— C'est une pièce de cuivre, elle vaut vingt pièces de bronze.

— Prenez-la. Je ne vous demande qu'une indication pour le supplément. Le chemin le plus court pour atteindre Quimpars.

— Quimpars ? Vous l'avez certainement traversé pour venir ici ! C'est le premier bourg que l'on trouve en empruntant la seule route qui part de Jobord. Vous devriez l'atteindre après une demi-journée de marche.

Abigaïl déposa la pièce de cuivre dans la paume de la villageoise.

— Merci pour votre gentillesse.

— Et merci à vous pour votre générosité, répondit Candyle en s'inclinant.

— Au revoir, madame ! dit le garçon en glissant les bouteilles de lait dans le panier.

Abigaïl lui sourit.

— Au revoir, dit-elle en attrapant les vivres avant de fermer la porte.

— Si touchant que tu m'as presque arraché une larme, pouffa Azénor.

Bella prit le panier des mains de la magicienne.

— Et moi, en d'autres circonstances, je t'aurais arraché un torrent de larmes pour avoir gaspillé l'argent de la Résistance. Tu as de la chance, il n'y a qu'un bon bain qui puisse me ramollir ainsi… tu as bien fait.

Gregor s'approcha puis plongea sa main dans le panier. Bella fit tournoyer sa dague, l'attrapa par la lame et frappa les doigts de Gregor avec le manche.

— Aïe !

— Pas touche, glouton !

Elle désigna Thycéron d'un coup de menton.

— Vous êtes sûr qu'il va bien ?

Azénor acquiesça.
— Tout semble être revenu à la normale.
— Laissons-le dormir dans ce cas.
Gregor revint à la charge.
— On mange ?

39
Séparations

Comme toujours, Gregor l'emporta : ils se mirent à table. Bella réchauffait la soupe dans les braises du feu mourant tandis que le "glouton" mâchouillait avec énergie le morceau de viande. En attendant le potage, Azénor et Abigaïl jetèrent leurs dévolus sur le pain et le fromage. Tous, hormis Thycéron qui dormait encore, considérèrent ce repas comme royal. La comparaison ne tenait pas avec les rongeurs et champignons mangés quotidiennement depuis leur départ. Gregor bâilla et fit craquer ses doigts un à un.
— Arrête ça, c'est agaçant ! se plaignit Bella.
Gregor se figea.
— Je suis triste pour Bianca, dit-il. À chaque fois que je tordais mes articulations, elle frappait le sol avec ses sabots comme si elle m'encourageait. Elle me manque.
— Moi, ce qui me manque, c'est le matériel que ce satané canasson nous a fait perdre, cracha Bella.
— Deux couvertures, une bourse de graines séchées et d'autres bricoles sans importance, relativisa Abigaïl.
La voleuse secoua la tête.
— On aurait dû abattre la jument et la manger. Maintenant elle est certainement morte enlisée dans les marais. Stupide créature.
Gregor grimaça, choqué.
— Ne l'écoute pas, conseilla Abigaïl. Elle a dit ça pour te blesser.
Elle la fusilla du regard alors que Gregor se tournait pour cacher ses larmes.
— Qu'il s'estime heureux que je n'utilise que ma langue pour le blesser, ricana Bella.
Gregor quitta la table et s'allongea un peu plus loin dans la paille.
— Moi je suis certain que Bianca va bien ! lança benoîtement Azénor.
Abigaïl était tout aussi surprise par la subite sollicitude du prince que par l'agressivité de Bella. Cependant, elle savait que protester ne ferait que jeter de l'huile sur le feu. Elle prit donc sur elle de ne

pas intervenir et préféra s'éloigner. Elle s'isola dans la petite pièce aux abreuvoirs. L'eau dans la baignoire improvisée de Bella était encore tiède. Abigaïl jeta un dernier regard derrière elle. Azénor et Bella discutaient, Gregor restait recroquevillé sur la paille. La magicienne ferma la porte, se déshabilla et entra dans la baignoire. Il ne lui fallut que peu de temps pour se détendre. Elle comprit ce qu'avait ressenti Bella, même si finalement les effets bénéfiques sur son moral s'étaient vite estompés. Abigaïl tendit le bras et attrapa la petite bourse attachée à sa ceinture. Elle en sortit la pierre d'ambre. Ses yeux se perdirent dans la contemplation du papillon. C'était le seul legs de sa mère et elle le trouvait toujours aussi mystérieux. Même s'il se montrait inutile, elle le chérissait. Abigaïl remit la pierre et la bourse à sa place puis elle attrapa son haut. Elle en sortit le manuscrit de Lavonish. Ces derniers jours, elle n'avait pas eu le temps de continuer à le lire. C'est avec une certaine excitation qu'elle tourna donc les pages du carnet en se gardant de les tremper. Son ancêtre y indiquait avoir mis fin à la guerre qui secouait le monde et s'attribuait l'éradication des dragons qui terrorisaient le pays. Abigaïl souhaitait découvrir comment il s'y prit, ne serait-ce que pour mieux comprendre le fonctionnement de la larme divine, mais il n'en dit rien. Ainsi Winston Lavonish résuma les actions qui firent de lui un héros légendaire en une demi-page. Il ne fit guère plus de détails sur sa famille. Abigaïl apprit juste que sa fille était devenue une femme mariée et heureuse, mère d'une petite fille, Maelis, pour qui Lavonish avait un amour inconditionnel. Il leur fit construire un palais et une armée de serviteur s'occupait de leur bien-être et de leurs protections. Il avait également pris la décision de quitter la cour de Penderoc qu'il n'avait rejointe que pour "remettre le monde en ordre". Il passait le plus clair de son temps dans un vaste laboratoire où il menait ses recherches à l'abri des regards. Abigaïl parcourut ainsi une vingtaine de pages exclusivement réservées à l'étude des démons. Elle ne comprenait que partiellement les expériences qu'il décrivait tant il utilisait un langage technique, complexe et ancien. Il n'était pas rare qu'elle rencontre des mots tels que transpaciel ou biandénophale. Heureusement, Winston s'était efforcé d'écrire ses conclusions avec plus de clarté. Ainsi Abigaïl apprit que les démons se composaient de magie concentrée et que, grâce à cela, ils pouvaient changer d'apparence à volonté. Cependant, plus leur enveloppe entrait en contact avec l'air, plus ils en souffraient. De la même façon, ils ne pouvaient choisir une taille trop petite, car ils risquaient de se dissoudre dans la magie ambiante. Un démon était une forme corrompue de la magie humaine. Lavonish chercha durant de longues années l'origine de cette corruption et malgré l'aide considérable de la larme divine, il ne parvenait pas à trouver la réponse. Il avançait un grand nombre de théories et passait ensuite son temps à les invalider une à une. Abigaïl tomba alors sur un petit encadré qu'elle trouva très intéressant.

"Le berceau de la vie, l'origine de notre existence, ce qui advient de notre âme et notre conscience une fois que nous sommes fauchées par la mort. Le début et la fin de notre être. Chacun d'entre nous s'est posé au moins une fois ce genre d'interrogation. Je veux découvrir ce qu'est devenue ma douce Crépuscula. Les religions elfes et humaines sont si nombreuses et imprécises. Ils n'apaisent nullement mes tourments. Je dois connaitre la vérité, rencontrer les dieux ou me perdre dans le néant de la création… Une idée me taraude. Pour parvenir à mes fins, il me faut rejoindre un monde où aucun autre homme n'est allé. Je dois percer le voile et entrer dans le plan démonique pour l'étudier. Nos deux dimensions sont liées, j'en suis persuadé. Je suis le pionnier qui foulera cet espace inconnu. Il y a des lieux dans notre monde où la frontière avec celui des démons est plus ténue. Cela je l'ai compris il y a des années et j'ai construit mon laboratoire à l'un de ces endroits. Il me faut trouver un passage, forcer le voile. Pour cela, je vais avoir besoin de toute la puissance de la larme divine, mais je me heurte à un problème des plus inattendu : pour ouvrir un portail, l'énergie qui l'alimentera doit rester immobile. Je ne pourrais jamais le maintenir et l'emprunter en même temps. Je dois arracher de mon corps le pouvoir qui m'a été donné. La larme divine doit reprendre sa forme originelle, celle qu'elle avait avant de couler dans mes veines".

Abigaïl apprit plus loin qu'il y était parvenu. Au prix d'un grand effort et d'une intolérable souffrance, il avait extrait l'artefact de son propre sang. Le diamant en forme de poire était réapparu et Lavonish l'avait installé sur un socle.

"Sans son pouvoir, je me sentais faible et stupide. Le moindre sortilège me demandait un effort auquel je n'étais plus habitué. Je me rends également compte que la larme divine me permettait de me concentrer avec beaucoup plus de facilité. Sans elle, j'avais des difficultés à réfléchir, comme si l'on m'avait arraché une partie du cerveau. Je me sentais niais et incapable. La tentation de reprendre la larme à pleine main pour qu'elle fasse de nouveau partie de moi était grande, mais il me tardait encore plus de mener à bien cette nouvelle expérience. Je l'ai utilisé comme un amplificateur en la traversant avec mes sortilèges. Ce fut compliqué, mais j'y suis parvenu. Le passage n'apparut qu'un instant. Ce fut suffisant pour qu'un phénomène d'aspiration surpuissant se manifeste. Une partie de mon matériel a été dévoré par le portail et il en fallut de peu pour que je le sois également. À cause de ce phénomène imprévu, la larme divine fut délogée de son socle. Je l'ai vue traverser la pièce et percuter violemment le portail dans un éclair aveuglant avant qu'il ne se referme. J'ai frôlé le malaise, persuadé d'avoir perdu le plus puissant artefact au monde. Mais je me trompais : trois éclats colorés et luisants m'attendaient sur le sol. En touchant l'un d'eux, pour le ramasser, je me suis brûlé. J'ai essayé de les regrouper, mais rien ne se passait. La larme divine s'était disloquée et j'en étais responsable. J'étais persuadé qu'elle avait traversé le portail puis qu'elle était revenue avant qu'il ne se referme. Une fraction de seconde de l'autre côté avait suffi à la morceler. Grâce à Wangriff, je savais que les démons naissaient d'un mot : leur nom. Il revêtait un grand pouvoir et permettait aux magiciens de les invoquer et les garder sous contrôle. En désespoir de cause, je m'étais penché de façon à ce que mes lèvres effleurent l'une des pierres. J'ai alors chuchoté le premier nom qui traversa mon esprit : Crépuscula. Le diamant avait cessé de luire. J'ai pu le prendre sans me blesser. Je fis de même avec les deux autres éclats, les nommant différemment, et lorsque je les ai rassemblés dans le creux de ma main, ils se sont mélangés et ont reformé la larme divine. Avant que je ne puisse réagir, elle retourna en moi. J'ai beaucoup appris de cette mésaventure et je suis parvenu à mettre en place un protocole qui permet d'extraire la larme de mon corps. Elle est alors fragmentée en trois diamants : un saphir circulaire, une émeraude carrée et un rubis losange. Je les ai fait monter sur des anneaux en or blanc puis je me suis efforcé de découvrir leurs pouvoirs respectifs. Le rubis annihile la magie, le saphir vole les années et l'émeraude rend invisible."

Abigaïl tourna la page et retrouva les croquis des anneaux. Il ne restait que deux pages du manuscrit. Lavonish y ressassait son obsession pour les démons. Abigaïl trouva cependant ses dernières phrases plus touchantes.

"Le grand jour est arrivé. Je vais traverser le voile, rejoindre le plan des démons, retrouver ma douce Crépuscula. Je doute de revenir ici un jour. Aussi ai-je pris mes dispositions. Comme je m'y attends, la larme divine se fragmentera après mon départ. Toi, mon enfant, tu auras reçu ma lettre t'invitant à gagner mon laboratoire au plus vite et tu seras là à lire les élucubrations de ton fou de père. La larme divine peut être reformée simplement en unissant les anneaux, mais je te connais, je sais ce que tu penses d'elle. Tu vas certainement la disperser aux quatre coins du monde et la maudire pour avoir accaparé trop souvent mon attention. Fais ce qui te semble juste, mais je t'en conjure, garde ce manuscrit. Il relate mes recherches, toute ma vie. J'espère que tu me pardonneras, en tout cas je suis fier de toi et de ta fille. Serre-la bien fort pour moi. J'embrasserais ta mère de ta part. Adieu."

Abigaïl ferma le manuscrit et le posa sur sa pile de vêtements. Il l'avait fait. Lavonish avait rejoint l'autre plan. Si le voyage ou les démons ne l'avaient pas tué, le temps s'en serait chargé. La magicienne en avait appris si peu sur la larme divine. Que se passerait-il si elle mettait en même temps les deux anneaux qu'elle possédait ? Pourquoi ne ressentait-elle plus qu'une infime douleur en utilisant Chrysalida alors que ce fut une véritable torture pour Bella et Crépuscula ? Était-ce spécifique à l'anneau ou au porteur ? Il y avait tant de questions sans réponses et personne pour lui en donner. "Autant résoudre tout de suite l'une d'elles", pensa-t-elle. Elle attrapa sa bourse et sortit les deux anneaux. Elle les contempla à la lumière des bougies que Bella avait allumées. Les joyaux, de taille modeste, disposaient d'une couleur profonde. Abigaïl admira leur forme parfaite. Outre leurs pouvoirs inestimables, ils devaient valoir une fortune. Abigaïl mit Chrysalida. Un frisson presque familier se fit sentir. Elle sut qu'elle venait de disparaitre. Elle positionna alors, au même doigt, Crépuscula. C'était la première fois qu'elle l'utilisait. Une douce chaleur traversa sa main, son bras, puis le reste de son corps. Elle regarda le losange et le carré sur sa peau. Tout à coup ils se superposèrent. Abigaïl se sentait étrangement bien. Elle se laissa flotter dans la baignoire et ferma les yeux. Elle eut l'impression de s'élever sur un nuage, de s'extraire de la présence de ce qui l'entourait. Abigaïl rouvrit les yeux. Le plafond n'était qu'à quelques centimètres de son nez. Elle hoqueta, craignant de retomber lourdement sur l'abreuvoir, mais elle resta à la même hauteur, suspendue dans les airs. Lentement, elle se retourna. Elle se vit alors allongée, nue, dans la baignoire. Elle surplombait son propre corps. La projection astrale était une technique avancée de la magie. Une technique qui demandait une forte concentration et des années d'entrainement. Elle n'avait ni l'un ni l'autre. L'esprit d'Abigaïl redescendit lentement vers le sol. Elle regarda la porte, puis ses vêtements. Elle tendit sa main vers la clenche, mais celle-ci la traversa. La magicienne prit alors une grande inspiration puis passa sa tête à travers la porte.

— Bella ! appela-t-elle en fixant la voleuse.

Ni elle ni Azénor ne semblaient l'entendre. Consciente qu'elle était dépourvue d'habits, elle fit son maximum pour cacher sa poitrine et son entrejambe avec ses mains puis elle entra dans le champ de vision de Bella. Prête à se mettre hors de vue à chaque instant. Cela fut inutile, car la voleuse ne la remarqua pas. Abigaïl se sentit soudainement étouffer. L'air lui manqua. Elle se précipita vers la réserve et vit la tête de son corps immergé sous l'eau. Des bulles se formèrent. La magicienne se noyait. La panique commença à la prendre et elle se jeta vers son corps. Son esprit rejoint le monde matériel et elle parvint de justesse à extraire sa tête de la baignoire. Elle toussa et recracha bruyamment de l'eau.

— Tout va bien ? s'écria Bella.

Abigaïl hoqueta et, d'une voix rauque, lança :

— Oui, oui ! Ne vous inquiétez pas.

— Ne te noie pas tout de même, s'amusa Azénor. Ce serait une fin bien triste !

Abigaïl ne partagea pas son amusement et prit quelques instants pour se calmer.

— Chrysalida, Crépuscula, chuchota-t-elle.

Elle se pressa d'enlever les anneaux et les remit dans la bourse. Abigaïl souffla et fit tout son possible pour se détendre. Elle venait de vivre une leçon qu'elle n'était pas près d'oublier. Peut-être se montrait-elle tout aussi déraisonnable que son ancêtre finalement. "Je devrais éviter de lancer ce genre d'expérience seule", pensa-t-elle. Elle finit par reprendre son souffle et une profonde fatigue la rattrapa. Doucement son esprit s'éteint, elle s'endormit.

Quelqu'un frappa à la porte et réveilla la magicienne, toujours dans l'abreuvoir.

— Oui ?

— On ne va pas tarder à partir, expliqua la voix d'Azénor à travers le panneau de bois.

— J'arrive !

Abigaïl se redressa et sentit l'eau froide fouetter son corps. Ses doigts fripés agrippaient le bord de la baignoire. Elle en sortit et ses pieds nus s'avérèrent inconfortables à cause des plis apparus sous ses talons. L'eau refusait de s'évaporer d'elle-même et la magicienne ne possédait aucune serviette pour se sécher. Elle se mit donc à répéter des mouvements rapides, brassant l'air pour accélérer le processus. Abigaïl se sentit affreusement ridicule de gesticuler ainsi et elle faillit glisser sur le sol détrempé. Elle parvint finalement à se sécher. La magicienne s'habilla et se chaussa. Elle entra dans la salle et remarqua que tout le monde l'attendait. Thycéron comprit.

— Ravis de te voir ! se réjouit-elle.

— Bella m'a expliqué ce qui s'est passé. Je n'en avais aucun souvenir... En tout cas, merci !

— Une chance que j'ai emmené la tête du saledure ! dit Abigaïl en faisant un clin d'œil malicieux à Azénor.

— Je m'incline ! répondit celui-ci.

— Le mérite revient à Gregor, avoua-t-elle.

— Arrêtons là les congratulations, soupira Bella. D'après la maitresse des lieux, Quimpars est à une demi-journée de marche d'ici.

Thycéron acquiesça.

— Partons sans plus attendre et nous y serons pour le repas du midi.

Gregor passa devant eux et ouvrit la porte.

— Aller, aller ! pressa-t-il.

Ils trouvèrent sans difficulté l'unique route de Jabord. Elle traversait des plaines herbeuses, terrains de jeux des alezans sauvages et chevreuils qui faisaient la renommée de la région. Le chant des oiseaux se fit de nouveau entendre et le soleil s'autorisa des apparitions rayonnantes.

— Je ne regrette pas les marais, s'émerveilla Abigaïl.

— Il faudrait être fou pour les regretter ! sourit Azénor.

Gregor se gratta la tête.

— L'ours dans la forêt, il est mort ? demanda-t-il.

— Oui, je suppose, soupira Abigaïl.

— Mais pourquoi les saledures ont fait ça ?

Bella semblait exaspérée. Avant qu'elle n'intervienne, Abigaïl hasarda une réponse :

— Peut être par instinct de prédation. Ils doivent se nourrir d'une façon qui nous échappe.

— L'ours a aussi pu pénétrer sur leurs territoires, avança Thycéron. Le respect des espaces de chasse est une chose importante pour certains animaux.

— Ou ce sont juste des créatures sanguinaires qui aiment tuer, renchérit Azénor. Les raisons peuvent être multiples et complexe.

Thycéron cracha par terre.

— Quoiqu'il en soit, maugréa-t-il, j'espère que ces monstres ne se reproduiront pas.

— Ils vivent dans une forêt entourée de marais et ils craignent l'eau, remarqua Abigaïl. Cela devrait les retenir.

— Comment sont-ils arrivés dans la forêt alors ? demanda Gregor.

Cette fois-ci, personne ne pipa mot. La raison de ce silence était simple : aucun d'eux n'avait le début d'une explication. Le mystère de l'apparition des saledures restait entier.

Le soleil fit une nouvelle percée dans les nuages et illumina ainsi les compagnons de sa douce chaleur. Comme prévu, ils arrivèrent peu avant que l'astre n'atteigne son point culminant. Quimpars se montra tout aussi petit que Jabord, mais il y faisait bon vivre. Des enfants jouaient dans les rues sous l'œil attentif de leurs parents alors que des oies, des poules, des cochons et des chiens se promenaient librement. Les compagnons passèrent devant une forge où l'on entendait le maitre à l'œuvre. Le bruit du marteau percutant l'enclume rythma leur pas durant un instant. Puis l'agréable odeur de la Talemelerie embauma l'air.

— J'ai faim, prévint Gregor en fixant les pains que vendait le marchand.

— D'abord, renseignons-nous, proposa Thycéron.

Bella attrapa un enfant par le bras.

— Où habite...

La voleuse regarda le prince.

— Palemeta, compléta-t-il.

Le garçonnet d'une dizaine d'années secoua la tête.

— Je sais pas.

— C'est la vieille dame qui fait des gâteaux secs avec des fraises et du chocolat, tenta Azénor.

L'enfant pointa du doigt la maison d'en face.

— Merci, dit Bella en le laissant partir.

Les compagnons se tassèrent devant la porte. Azénor prit une grande inspiration puis frappa le panneau. La porte s'ouvrit et dévoila une femme mature et raffinée. Elle dévisagea Azénor puis le serra dans ses bras.

— Messire Azénor, que faites-vous ici ?

— Nous avons besoin de ton aide.
— Notre majesté vous cherche. Rendez-vous et expliquez-lui. Je suis sûr qu'elle comprendra.
Azénor désigna ses amis.
— Pouvons-nous entrer ?
Palemeta dévisagea les compagnons un à un. Lorsqu'elle détailla Gregor, elle posa sa main sur sa poitrine et des larmes lui montèrent aux yeux.
— Gregor, c'est bien toi ?
L'intéressé ouvrit ses bras et déglutit avec difficulté.
— Maman !

40
Le lion rouge

— Ne restons pas ici, dit Azénor en scrutant les badauds.
Palemeta s'écarta et les laissa entrer. C'était une femme élégante, fine et élancée. Ses cheveux bruns parfaitement taillés passaient au-dessus de son épaule gauche et retombaient sur sa poitrine. Une robe noire au dos échancré mettait ses formes en valeur. Sur son visage, nul maquillage, de légers cernes entouraient ses yeux gris et des rides superficielles parcouraient son front. Elle arborait des sourcils marqués qui lui donnaient un air strict, mais qui ne se défaisait pas d'une certaine délicatesse. Sa bouche aux lèvres pincées accentuait la sévérité qui se dégageait d'elle. Abigaïl trouva leur hôtesse digne de déambuler dans les couloirs du palais royal. Cela renforçait l'impression que Palemeta n'avait pas sa place dans une maisonnette de village. La pièce principale, simple et étriquée, au bois omniprésent, ne laissait voir aucun grain de poussière. Les murs, le sol, le mobilier et le plafond semblaient provenir du même arbre. Deux petites fenêtres parvenaient tout juste à éclairer la salle. Sur la droite, à côté d'une modeste table, un espace détonnait du reste. Il était en partie comblé par une imposante coiffeuse dorée sur laquelle se mélangeaient parfums, bustes sculptés et livres de toutes sortes. Au-dessus du miroir, un grand portrait de la reine Maela les regardait.
Palemeta fit signe aux compagnons de s'asseoir. Depuis leur arrivée, elle n'avait pas quitté Gregor des yeux. Elle se positionna derrière lui et posa ses mains sur ses épaules.
— Te souviens-tu de moi ? demanda-t-elle avec émotion.
— Maman, c'est flou, avoua Gregor.
Palemeta contourna la table et s'assit en face de lui. Elle tendit ses bras pour prendre les mains de Gregor dans les siennes.
— Ta mère est morte il y a longtemps, révéla-t-elle avec gravité.
Gregor secoua la tête.
— Non, fit-il avec calme. Je me souviens de ton visage penché sur moi.

Bella soupira avec force.
— Cet imbécile va recommencer ses pitreries ! s'exaspéra-t-elle.
Palemeta tapa du poing sur la table. Surpris, les compagnons sursautèrent à l'unisson. Leur hôte dévisagea Bella d'un regard impérieux.
— En voilà des manières ! tonna-t-elle.
Azénor ne put réprimer un large sourire et la voleuse montra une grimace déchirée entre la honte et l'indignation. Palemeta remarqua l'amusement d'Azénor.
— Messire, cessez donc de sourire bêtement, cela vous donne un air si... pittoresque
Le prince ne prit pas ombrage de l'attaque de sa préceptrice et semblait même s'en réjouir.
— Tu n'as pas changé Palemeta !
Thycéron se racla la gorge. Manifestement sensible au charme de leur hôtesse, il la dévorait des yeux.
— Madame, pouvez-vous nous expliquer ce qui vous unit à Gregor ?
Palemeta opina du chef.
— Sa mère est morte un an après la naissance de Gregor. C'était une femme de chambre et je n'ai vu le père qu'une seule fois : il s'est enfui dès qu'il en a eu l'occasion. J'ai pris la décision d'élever Gregor comme mon propre fils.
Azénor ne cacha pas sa surprise.
— Mais je ne me souviens pas de lui !
— Et pour cause, j'ai toujours fait le nécessaire pour que jamais vous ne vous rencontriez. Je lui ai trouvé une chambre isolée, un débarras où personne n'allait. Qu'aurait donc dit votre mère, notre inestimable majesté, si elle avait su que je laissais son fils jouer avec la progéniture d'un flagorneur !
— Cacher un enfant au nez et à la barbe de la cour pendant des années, relança Azénor. Je n'aurais jamais cru que tu en serais capable, surtout envers ma mère. Tu étais tellement attachée à la loyauté et au respect pour elle !
Palemeta rougit comme une tomate et jeta un rapide regard au portrait Maela. Azénor avait fait mouche.

— Messire, vous savez que j'estime beaucoup notre rcinc, assura-t-elle avec gêne. J'avais donné ma parole à la mère de Gregor que je m'occuperais de lui s'il arrivait malheur. Elle était si jeune que je ne pensais pas devoir honorer un jour ma promesse. Cela me pèse d'avoir abusé de l'hospitalité de votre famille. J'espère que vous me pardonnerez cette incartade.

Azénor fit un geste de la main pour dire que ce n'était rien, un sourire malicieux toujours accroché aux lèvres.

— Je te taquinais, rassura-t-il. Jongler entre la grandeur et l'oisiveté n'a pas dû être chose aisée.

Gregor, le regard perdu dans le vide, n'avait pas saisi être la cible des quolibets du prince. Ce ne fut pas le cas de Palemeta qui retrouva bien vite son assurance.

— Je vois que vous ne vous êtes pas défait de votre humour si particulier, remarqua-t-elle. Lorsque vous étiez enfant, j'ai peut-être un peu trop délaissé votre éducation au profit de celui de Gregor. De plus, j'aurais dû ajouter l'humilité à vos leçons. Même si dans votre cas, c'était peine perdue.

Abigaïl eut un sourire en coin. Plus elle entendait Palemeta parler, plus elle l'aimait.

— Gregor était un petit garçon très intelligent, assura celle-ci.

— Que s'est-il donc passé ? ricana Bella.

Palemeta serra les dents devant cette nouvelle charge de la voleuse.

— Messire, si vous et vos amis êtes venus ici pour déverser irrespect et impertinences, je vais devoir aller chercher mon ustensile de cuisine préféré.

Azénor se tourna vers Bella.

— Elle nous assommera tous avec sa poêle avant que tu ne dégaines, expliqua-t-il. Crois-moi, nous avons atteint la limite.

— Voilà la raison, Gregor a surement pris trop de coups de…

— Bella, ça suffit ! s'égosilla Thycéron. Je comprends que tu en veuilles encore à Gregor, mais s'acharner sur lui de la sorte devant notre hôte c'est faire preuve de méchanceté et de couardise. Laisse donc cela à Azénor. Pardonne tout comme je t'ai pardonné de m'avoir menti pendant des années.

Bella croisa les bras avec mécontentement, mais ne protesta pas outre mesure. Thycéron reprit peu à peu son calme.

— Excusez-nous si nous vous avons froissé, apaisa-t-il. Nous avons eu des jours difficiles dernièrement.

Azénor se racla la gorge.

— C'est vrai, avoua-t-il, nous avons été trop loin.

Palemeta se reconcentra sur Gregor qui semblait toujours hagard. Elle lui caressa la joue pour attirer son attention.

— Lors de ta première disparition, expliqua-t-elle, tu n'avais que six ans. Durant deux jours, je t'ai cherché dans tous le château. J'ai cru t'avoir perdu à jamais puis comme par miracle tu es réapparu, mais tu étais différent. Tu parlais beaucoup moins et tu ressentais les choses avant qu'elles n'arrivent. C'était très troublant. Tu avais beaucoup de mal à dormir, car tu faisais souvent des cauchemars à propos d'un monstre rouge.

Gregor releva la tête.

— Le lion rouge ! Il était là !

Il se prit la tête dans les mains et commença à se tirer les cheveux.

— Ils étaient nombreux. C'était dans une grotte et ils m'ont attaché sur un piédestal.

Azénor se leva avec énergie.

— Désolé, mais nous ne sommes pas venus ici pour l'écouter délirer ! Nous avons quelque chose à te demander.

Abigaïl se décida enfin à intervenir.

— Laisse-le parler !

— On n'a pas le temps de palabrer sur des cauchemars d'enfance, se justifia Azénor. Laissons le passé au passé.

Il se montra exagérément nerveux et fit les cent pas.

— Palemeta, aurais-tu un seau d'eau quelque part ?

Son ancienne préceptrice désigna la porte derrière lui.

— Attendez-moi, dit-il. J'ai juste besoin de me rafraîchir un peu.

Il ouvrit la porte puis la referma derrière lui.

— Mais qu'est-ce qui lui prend ? s'inquiéta Bella.

— La jalousie, dirent en chœur Palemeta et Abigaïl.

Leur hôte acquiesça.

— En écoutant nos échanges verbeux, cela peut sembler inepte, mais nous nous aimons beaucoup. Je l'ai élevé durant quinze années et je l'aime comme un fils. Ne vous arrêtez pas à son air hautain et méprisant. Dans sa poitrine c'est un cœur en or qui bat et il est beaucoup plus atteint par ce qui se passe autour de lui que ce qu'il laisse paraître.

— Il est aussi compliqué qu'une bonne femme, résuma Thycéron.
Tous les regards se braquèrent sur lui.

— Pardon, ça m'a échappé.

— Sa position a été bien plus difficile que le faste auquel peut faire penser le titre de prince, expliqua Palemeta. L'absence de son père l'a marqué à jamais et ces élans de mépris sont une façon pour lui de se protéger des autres.

Abigaïl repensa à ce qu'elle lui avait dit à Anthème, avant que leur aventure ne commence. Elle avait vu juste. Azénor revint vers eux, les yeux baissés, faiblesse dont il n'avait pas l'habitude. Abigaïl trouvait les réactions de ses compagnons disproportionnées depuis qu'ils étaient entrés dans cette maison.

— Thycéron a raison, le séjour que nous avons passé dans les marais a mis nos nerfs à rude épreuve, dit-elle. Mais maintenant, tout va bien.

Azénor se rassit.

— Palemeta, nous vous écoutons, s'exclama Thycéron.

— Six ans plus tard, le jour de la mort de notre roi et de son conseiller, Gregor a de nouveaux disparus et je ne l'avais pas revu jusqu'à aujourd'hui.

— C'est le jour où mon père est entré en lui, dit Abigaïl.

Palemeta fronça des sourcils.

— La suite nous la connaissons, pressa Azénor. Il a airé dans la nature en s'enfonçant de plus en plus dans la folie jusqu'à ce qu'il trouve Abigaïl à Anthème.

Il se pencha pour attirer l'attention de Palemeta.

— Bien que cela me fasse plaisir, je ne suis pas venu pour te rendre ton fils.

— Même si nous serions heureux que vous le gardiez, ajouta Bella avec calme.

Gregor se tourna vers Abigaïl.

— C'est vrai ? Tu veux que je reste ici ?

La magicienne appréhendait leur séparation, mais il serait bien plus en sécurité avec sa mère d'adoption. Après tout, s'il continuait de les suivre dans leur mission suicide, c'était uniquement pour elle. La gorge serrée, Abigaïl ne put parler.

— Cette décision t'appartient, Gregor, intervint Palemeta. Cependant, considère cette maison comme la tienne et sache que j'aimerais que tu vives avec moi.

Gregor resta pantois. Azénor toussa pour attirer l'attention.

— Mes amis et moi devons nous introduire dans la chambre royale, lâcha-t-il enfin.

Palemeta secoua la tête.

— Que se passe-t-il mon prince ? Je ne les ai pas crus lorsqu'ils ont dit que vous nous aviez trahis en invoquant une horde de démons. Je suis certaine que vous avez une bonne explication à tout cela, je vous écoute.

— Maela doit être destituée, madame, trancha Thycéron. L'avenir du pays en dépend.

— Vous êtes fou ! Sans la reine, Penderoc sera en proie aux chaos et à la souffrance. Puis ce n'est pas à vous que je me suis adressé.

Elle plongea son regard dans celui d'Azénor.

— Convainquez-moi, mon prince.

Soudain le sol se mit à trembler. Le miroir de la coiffeuse vola en éclat et les bustes se fracassèrent sur le sol. Les fenêtres se fissurèrent.

— Vite, sous la table ! s'écria Thycéron.

— Il vient pour moi ! paniqua Gregor. Il vient pour moi !

Palemeta le prit dans ses bras. Les secousses ne durèrent qu'un court instant. Les compagnons se regroupèrent. Palemeta passa devant eux et ouvrit la porte d'entrée.

— Restez ici, ordonna-t-elle.

Elle sortit dehors et Abigaïl l'entendit discuter avec son voisin.

— Cela fait bien huit décennies qu'il n'y a pas eu de tremblement de terre à Quimpars, dit celui-ci.

— Heureusement, il n'a pas duré, mais je l'ai tout de même trouvée bien étrange.

Soudain le sol vibra de nouveau, en de courtes secousses, de plus en plus intenses. Des cris se répercutèrent dans la rue.

— Mon Dieu ! s'écria Palemeta.

— Ce n'est rien, de simples répliques.

— Non, là, derrière vous !

— Fuyez !

Palemeta entra en trombe dans la maison et claqua la porte derrière elle. Son visage devint tout pâle et Abigaïl lut de la détresse dans ses yeux.

— Qu'est-ce qui se passe ? demanda Thycéron.

— Il vient pour moi, répéta Gregor.

Palemeta, sous le choc, leur fit signe de reculer.

— Allons au fond, balbutia-t-elle. Le plus loin possible de la rue.

Les compagnons l'écoutèrent.

— La reine est ici ? demanda Bella.

Soudain une gigantesque masse éventra la maison dans un mugissement assourdissant. Des morceaux de bois furent projetés dans tous les sens. Des griffes démesurées raclèrent le sol. Un râle profond et omniprésent envahit la maison.

— Cerberus, repos ! tonna une voix.

La sciure et la poussière qui dissimulait les intrus s'estompèrent. Une créature qui ressemblait à s'y méprendre à un immense lion roux s'allongea devant les compagnons. Il bâilla, montrant ainsi une gueule emplie d'une centaine de petites dents pointues et acérées. Sa crinière rousse, imposante et touffue, encadrait une tête difforme au museau aplati et aux yeux globuleux. Son dos était recouvert d'écailles rouges triangulaires qui couraient jusqu'à sa queue fine et tranchante. Aux côtés de cette créature se dressait un homme. Abigaïl eut une boule au ventre lorsqu'elle le reconnut. Un sourire carnassier traversait son visage aux joues creusées. Avec ses fins cheveux bruns, son nez proéminent et son allure gracile, il s'approcha. À chacun de ses pas, Abigaïl sentait la peur s'accroitre.

— Wangriff, chuchota-t-elle avec effroi.

41
Le portail

Une horde de démons déferlait sur la ville. Abigaïl le comprit en entendant des grognements inhumains se mêler aux cris des paysans. La forte odeur de soufre qui flottait dans l'air était rehaussée par l'âcreté de la fumée des maisons incendiées. Abigaïl savait qu'il ne resterait rien de Quimpars, de ses fondations, de ses habitants. C'était une extermination, l'anéantissement de la ville. Wangriff huma l'air avec excitation. Abigaïl savait ce qu'il faisait grâce au manuscrit de Lavonish. Il se délectait des atrocités commises autour de lui. Il se nourrissait de la souffrance et de la peur environnante, savourant chaque cri comme autant de friandises. Il resta ainsi une poignée de secondes, jusqu'à ce qu'il soit suffisamment rassasié. Wangriff focalisa alors son attention sur les compagnons pris au piège devant lui, au fond de la maison éventrée. Comme s'il les accueillait chez lui, il ouvrit les bras avec largesse. L'étrange lion tourna sur lui-même puis se laissa lourdement tomber au sol. Il bâilla puis posa sa tête sur l'une de ses pattes. Thycéron et Bella rencontraient un démon pour la première fois. Ils tirèrent leurs armes avec gravité et surveillèrent le monstre couché sur le sol sans se douter que le vieil homme représentait la plus grande menace. Wangriff se racla la gorge.

— Voici Cerberus ! dit-il fièrement en désignant la créature à côté de lui. Il prend la forme la plus terrifiante pour sa proie. Il la tétanise avant de la tuer. Mon animal de compagnie.

Le démon marqua une pause.

— Je constate que vous peinez à voir au-delà des apparences, reprit-il.

Gregor se recroquevilla sur le sol. La tête entre les genoux, il marmonnait d'incompréhensibles paroles. À ses côtés, et malgré sa propre terreur, Palemeta tentait de l'apaiser. Abigaïl s'avança et fixa le démon tout en attrapant la bourse attachée à sa ceinture. Sur sa gauche, Bella dégaina un couteau et lança un regard dubitatif à Thycéron. Celui-ci brandissait Suzie et, en l'espace d'un soupir, sa lame devint invisible. Wangriff les dévisagea un à un avec satisfaction.

— Vos pensées m'appartiennent et votre résistance est vaine. Derrière vos regards terrifiés, je perçois l'agitation des esprits faibles.

— Que veux-tu, démon ? brava Thycéron.

Wangriff montra ses dents acérées dans un sourire qui lui déchira le visage.

— Suzialgoïr del almouïn. Tu es indigne de la porter. Incapable de la comprendre. Comment un misérable guerrier déshonoré le pourrait-il ?

Soudain son regard se braqua sur Abigaïl. Elle serrait les anneaux dans le creux de sa main.

— Je ne suis pas ici pour eux, ni même pour toi. La larme est incomplète, tu ne peux m'atteindre.

Abigaïl savait qu'il disait vrai. Lavonish avait expérimenté chaque anneau sur des démons et ses conclusions demeuraient sans appel : Crépuscula n'avait aucun effet sur eux.

Wangriff secoua la tête, faussement désolé.

— Des enfants apeurés qui jouent avec des armes qui les dépassent, résuma-t-il.

Il désigna Gregor tout en dévisageant Abigaïl. Ses yeux sans iris la fixaient intensément. La magicienne se sentait entièrement nue, incapable de se soustraire à son regard froid et pénétrant.

— Je viens pour lui arracher la vie, déclara-t-il. Mais si tes amis tentent de m'en empêcher, ils mourront.

— Pourquoi ? s'écria Palemeta en serrant Gregor contre elle.

— C'est la volonté de notre maitre.

Wangriff tourna la tête vers Bella et prit une grande inspiration.

— Oui, nous y voilà, dit-il avec satisfaction. Tes pensées sont celles d'une sage, celle d'une survivante. Tu refuses de périr pour cet homme qui t'a trahi. Laisse-moi faire ce que tu n'as pas le courage d'accomplir.

Thycéron cracha sur le sol.

— Bella, ne l'écoute pas. Il veut nous diviser. S'il ne nous craignait pas, nous serions déjà morts.

Abigaïl secoua la tête. "Il se joue de nous. Aussi surement qu'un chat s'amuse avec une souris avant de la démembrer", pensa-t-elle.

"Enfin une réflexion juste et rationnelle", chuchota la voix de Wangriff à ses oreilles alors qu'il se tenait devant elle, la bouche fermée.

— Sors de ma tête ! clama Thycéron.

— Il est si facile d'entrer dans vos esprits, s'amusa le démon.

Il frotta son pouce avec son majeur. Une flamme apparut et il joua avec elle, la faisant passer d'un doigt à l'autre.

— Mais tu as raison, guerrier déchu. Finis de palabrer. Vous avez tous pris votre décision. La mauvaise !

Wangriff enflamma le plancher et Abigaïl enfila Chrysalida pour disparaitre. Au même instant, Cerberus se cabra et bondit vers Gregor. Thycéron s'interposa et l'accueillit en brandissant Suzie, mais elle glissa sur les écailles du monstre et parvint tout juste à le dévier de sa trajectoire. Bella avait déjà lancé son couteau vers Wangriff, mais d'un sourire amusé, il le fit disparaitre dans une volute de brume noire. La lame réapparut derrière la voleuse et se ficha avec force dans son épaule. Le choc la fit tomber en avant. Abigaïl se concentra sur Cerberus qui se débattait avec Thycéron. Elle prit une profonde inspiration, banda son esprit et s'écria :

— Bougmé instantatum !

Son sort le percuta au niveau du flanc et le fit basculer sur le côté. Le monstre se redressa sans attendre et attaqua de nouveau. Abigaïl se sentait inutile. Les flammes prenaient de l'ampleur et la fumée lui piquait les yeux. Elle dégaina sa dague et pensa à utiliser Crépuscula. Cerberus serait peut-être affecté, mais Suzie et Azénor également. Un souvenir lui revint alors en tête. Un sort griffonné dans un coin du manuscrit de Lavonish. Elle en ignorait les effets, mais hésiter davantage était un luxe qu'elle ne pouvait s'octroyer.

— Fideles egosia ! fit-elle en tendant maladroitement le bras vers le monstre.

Un filament incandescent sortit de ses doigts et claqua au-dessus de la tête de Cerberus tel un fouet. Le lion recula, mais le fil magique s'enroula autour de son cou et disparut dans sa crinière. Elle

se mit à noircir. Ses poils se raidirent et s'assemblèrent en piques qui ondulèrent malgré l'absence de vent. Une centaine de fins serpents qui se contorsionnaient dans tous les sens remplacèrent ses poils. Abigaïl regretta son sort, pensant avoir amélioré une bête déjà féroce. Mais à l'unisson, les reptiles attaquèrent le monstre, le mordant de toute part. Avec l'une de ses pattes, il essaya vainement de les arrêter. Wangriff désigna Thycéron et s'écria :
— C'est ta nouvelle proie !
Cerberus se mit en boule. Il s'affina et la teinte de sa peau s'adoucit. Les serpents disparurent en même temps que sa fourrure. Des quatre pattes du monstre, il ne restait que deux jambes. Cerberus se redressa, ce n'était plus un hideux lion roux, mais une femme aux longs cheveux blonds. Ses yeux étaient entourés de noir et ses lèvres rouges ressortaient de son visage pâle comme une pomme bien mure dans un champ de coton. Elle portait une robe blanche, déchirée à de nombreux endroits, qui flottait derrière elle. Elle pleurait et marchait péniblement vers Thycéron en tendant les bras. Les flammes du plancher s'approchaient dangereusement d'elle. Abigaïl vit le guerrier tomber des nues. Un murmure se répercuta dans toute la maison :
— Que le poison qui ronge ton âme se réveille, que le souvenir qui hante tes nuits redevienne réel.
Thycéron ferma les yeux et baissa son arme. Lorsqu'il les rouvrit, ils étaient recouverts d'un voile laiteux. La femme s'approcha de lui et soudain elle se pencha en avant. Une tache rouge apparut au niveau de son ventre et se répandit sur sa robe blanche.
— Non ! hurla le guerrier dans un état second.
— Thycéron, elle n'est pas réelle ! s'écria Abigaïl. Écarte-toi !
Rien n'y faisait, il jeta son arme sur le sol et se précipita vers la blessée pour la prendre dans ses bras.
— Henrietta, reste avec moi ! Je ne t'abandonnerai pas cette fois.
La femme posa son menton sur l'épaule du guerrier. "Tout est de ta faute", lui dit-elle. Elle ouvrit grand la bouche. Sa langue et ses dents noircirent. Thycéron en larmes serrait Henrietta dans ses bras.
— Pardonne-moi, implora-t-il. C'est trop dur de vivre sans ta pré-

sence, emmène-moi.

Les flammes l'entouraient et s'il restait ainsi il ne tarderait pas à prendre feu. Abigaïl voulut lancer un sortilège contre Cerberus, mais il était trop près de Thycéron. Elle ne voulait pas le blesser.

— Bella ! cria la magicienne.

Celle-ci se redressa et découvrit le spectacle qui se déroulait devant elle. Elle empoigna le couteau planté dans son épaule et elle l'enleva en grimaçant. Cerberus, toujours sous la forme d'Henrietta, ouvrit grand la gueule et approcha ses crocs du cou de Thycéron. Abigaïl s'apprêter à agir lorsqu'elle vit Bella attraper Suzie et s'élancer vers le guerrier. Elle arriva sur le côté et d'un geste rapide trancha la tête d'Henrietta.

— Non ! hurla Thycéron avec force.

Il laissa tomber le corps inerte de Cerberus. Bella attrapa le guerrier par les épaules et le poussa dehors. Il tendit sa main vers le corps d'Henrietta et son regard s'assombrit lorsqu'il vit les flammes l'emporter. Il dévisagea Bella avec haine, l'empoigna puis la frappa au visage.

— Tu l'as tuée ! s'égosilla-t-il en frappant de nouveau. Je pouvais enfin la rejoindre.

Abigaïl toussa. Elle devait sortir de la maison au plus vite et aider Bella. Elle vit alors, avec horreur, Wangriff penché sur Gregor. Palemeta était à côté d'eux, empalée sur une poutre brisée. Le réfractaire, assis sur le sol, enlaçait ses genoux, dos au mur. Le bras de Wangriff s'allongea en une longue lame. Avant qu'Abigaïl ne puisse réagir, le démon planta son bras dans la poitrine de Gregor. La magicienne lança :

— Fideles egosia !

Le sort frappa l'épaule du démon. Celle-ci se décomposa puis retrouva sa forme initiale l'instant d'après. Abigaïl se précipita vers son ami. Wangriff enleva sa lame, puis la planta de nouveau. Cette fois, du sang sortit de la bouche de Gregor. Sa tête bascula sur le côté, les yeux grands ouverts.

— Non ! hurla Abigaïl.

Wangriff se tourna vers elle en souriant. Abigaïl sentit le sol se dérober sous ses pieds. Elle tomba à genoux, brisée par la vue d'un Gregor sans vie. La fumée et la tristesse la faisaient haleter. Elle eut la nausée, mais la colère prit le dessus. Des flammes s'approchaient d'elle, mais c'était le cadet de ses soucis.

— Pleure, petite magicienne, chantonna le démon. Ta peine et ta douleur empestent tout autant que les péchés de tes amis.

Wangriff se mit à rire. Il claqua des doigts et le feu qui consumait la maison s'éteignit de lui-même. Les flammes disparurent et la fumée se volatilisa.

— Vous êtes vos propres ennemis, ajouta-t-il en regardant Thycéron et Bella se battre.

Abigaïl sentit son poing se serrer. Sa rage viscérale se mêla à l'anneau. Le visage fermé, elle se releva.

— Sarostiguen elminato Wangriff, s'écria-t-elle.

Les mots qui avaient franchi sa bouche, elle ne les connaissait pas, ils n'étaient que la traduction de sa haine en sortilège, l'œuvre de Crépuscula. Une flèche blanche apparut et fila vers le démon. Elle le percuta à la gorge. Il tenta de l'enlever, mais elle consuma sa main, réduit ses doigts en cendre. Le sourire de Wangriff s'envola.

— Sarostiguen elminato Wangriff, répéta Abigaïl.

Une autre flèche se forma. Le démon ne parvenait plus à parler. Soudain, un trou béant se dessina sous lui. Il y tomba et disparut, le second projectile sifflant au-dessus de lui. La magicienne se précipita vers Gregor. Il était trop tard. Dans ses yeux elle ne vit que la mort. Abigaïl tourna la tête. Thycéron pressait ses mains autour du cou de Bella. Le voile qui recouvrait ses yeux se leva. Il tomba à genoux devant la voleuse. Elle avait un œil poché et des écorchures sur le visage.

— Pardonne-moi, implora-t-il.

Bella détourna le regard et aperçut Palemeta et Gregor. Elle déglutit avec difficulté.

— Ty, on a un problème.

Le guerrier se releva péniblement.

— Bon sang, jura-t-il en voyant les deux corps.

— Abigaïl ! appela Bella. Azénor !

La magicienne chercha le prince du regard, mais elle ne le trouva pas. Il avait disparu durant la bataille. Abigaïl se leva et garda le silence pour ne pas trahir sa présence, Chrysalida au doigt et la rage au ventre. Elle n'avait qu'une envie : traquer Wangriff. Elle devait démasquer celui qui donnait les ordres. Venger Gregor, tuer les responsables, seul cela comptait. Abigaïl s'avança jusqu'au trou noir laissé par le démon. Circulaire et implanté dans le plancher, il ressemblait à de la mélasse tournoyant dans un chaudron. Abigaïl comprit son utilité : un portail. Il pouvait disparaitre à tout moment et avec lui le moyen de poursuivre Wangriff. Elle releva la tête et dévisagea une dernière fois Bella et le guerrier accroupis devant Gregor. Thycéron tendit son bras et lui ferma les yeux.

— Nous devons retrouver Abigaïl et Azénor, clama-t-il en se redressant.

La magicienne prit une grande inspiration.

— Ne me cherchez pas. Rentrez chez vous.

D'un pas, elle se laissa tomber dans le portail.

42
Le fantôme

Abigaïl resta à genoux, les mains plaquées au sol. Le voyage n'avait duré qu'un instant, mais ce fut suffisant pour qu'elle ingurgite une substance amère et pâteuse. Elle toussa et se força à la recracher. Du revers de la main elle s'essuya la bouche. Ses doigts tremblaient. De rage, de peur, d'épuisement. Abigaïl ferma les yeux, serra les poings et reprit son souffle. Lorsque le calme retrouva le chemin de son esprit, elle examina les alentours. Un épais et petit mur crénelé l'encerclait. Au sol, fait de fines lattes de bois, Abigaïl aperçut une trappe, seul moyen de sortir. Au-dessus d'elle, un ciel noir et menaçant faisait pleuvoir de la cendre. Le portail restait ouvert, à deux pas : un puits sombre et sans fond dont les crépitements perdaient en intensité. Le vent sifflait de sinistres complaintes en s'engouffrant dans les meurtrières. En tendant l'oreille, Abigaïl perçue des épées s'entrechoquer, des cris, des détonations et des hurlements. Elle comprit que le portail l'avait amené en haut d'une tour de guet et qu'une bataille se déroulait non loin. Elle reconnut l'odeur de la mort et le poids de la peur dans l'air. La jeune femme prit une grande inspiration et se leva pour regarder par-dessus le rempart. Elle surplombait la capitale et elle resta bouche bée devant le spectacle qui s'y jouait. Oflang se noyait dans le feu et le sang. Des cadavres jonchaient le sol de la muraille principale jusqu'au deuxième mur d'enceinte. La ville était en proie au chaos. Dans ses rues se battaient soldats, habitants, résistants, mages et démons dans une confusion des plus totales. Les camps s'affrontaient dans des mêlées violentes et désordonnées où les flèches et les sorts mortels se croisaient sans arrêt. Une multitude d'incendies dévoraient les maisons et recouvraient les allées de fumée toxique. Les démons étaient nombreux, une bonne centaine. Les plus faibles se battaient avec leurs griffes, leurs crocs, leurs serres ou leurs dards tels des animaux enragés. Ils s'attaquaient à tous hommes, fondant sur eux depuis les toits, les coins sombres et le sol. Les démons puissants préfé-

raient des formes plus subtiles et utilisaient leurs pouvoirs pour terrasser ou contrôler leurs adversaires. Les soldats et les résistants, quant à eux, se battaient dans des mêlées brutales et mortelles. Soudain une grosse masse passa au-dessus d'Abigaïl. La magicienne se baissa et n'en crut pas ses yeux. Un dragon fendit l'air et s'abattit sur la ville en mugissant. Elle ignorait si c'était un véritable dragon ou un démon en excès de zèle, mais à lui seul il enflamma une rangée de soldats. À l'odeur du soufre et de la chair brûlée se mêlait celle de la magie. Abigaïl pouvait la sentir d'ici. Les magistors, les réfractaires et les démons inondaient les rues d'explosions, de particules et de distorsions en tout genre. Et pourtant la jeune femme perçut quelque chose d'autre, de plus sombre, tapi en attendant son heure. C'était une présence indéfinissable et oppressante qui s'épaississait petit à petit. Abigaïl comprit qu'une page se tournait. Une fissure dans l'humanité. Le vent soufflait en rafale. La magicienne tourna la tête et vit avec effroi deux immenses tornades se former à l'extérieur de la ville. Elles gagnaient en puissance à chaque instant. Telles des colonnes noires elles joignaient la terre et le ciel. Dans leur danse macabre, elles emportaient tout ce qui se trouvait sur leurs chemins. Si elles atteignaient la capitale, les ravages qu'elles causeraient seraient sans précédent.
— Il n'y aura pas de vainqueurs, lança une voix serrée.
Abigaïl se retourna avec vivacité. Thycéron et Bella regardaient le chaos, le visage figé. Derrière eux le portail se referma. Abigaïl enleva Chrysalida de son doigt. Ses compagnons ne furent pas surpris de la voir apparaitre.
— Azénor ? demanda-t-elle, la gorge nouée.
Bella secoua la tête.
— Introuvable.
C'était un coup dur. Jamais Abigaïl n'aurait cru le prince capable de les abandonner ainsi. S'il était resté, Gregor serait peut-être encore en vie.
— Il le regrettera, lâcha-t-elle avec difficulté.
Thycéron grommela pour capter son attention.
— Belle et moi, nous ne te laisserons pas tomber, assura-t-il.

Même si ce jour doit être le dernier de notre existence.

Abigaïl tenta de les remercier, mais aucun son ne sortit de sa bouche. Leur groupe avait subi assez de perte pour aujourd'hui.

— Que veux-tu faire ? demanda Bella.

La mâchoire de la magicienne se crispa. Elle désigna la tour principale du palais où le dragon venait de se poser.

— La larme divine, Wangriff, la reine. Dans cet ordre. Gregor ne sera pas mort en vain.

Abigaïl regarda les anneaux toujours dans sa main.

— Je le ferais. L'étendard de la Résistance flotte sur le champ de bataille. Retrouvez Dotan et repliez-vous. Laissez les démons et les soldats de la reine s'entretuer.

La magicienne serra le poing avec force.

— Si je parviens à reconstituer la larme divine, ils paieront tous, j'en fais le serment.

Thycéron posa sa main sur l'épaule d'Abigaïl.

— Nous t'ouvrirons un passage jusqu'aux portes du château.

Bella, qui scrutait les rues de la capitale, tendit son doigt vers un groupe d'hommes.

— Je reconnais leurs frusques. Ce sont ceux des prisonniers de l'île de Rostanor.

Elle esquissa un sourire.

— Il a réussi à les libérer.

Abigaïl ne comprenait pas son soulagement, la situation semblait si désespérée.

— Rejoignez-les, ordonna-t-elle avec détermination.

— Attends ! clama Thycéron. N'y va pas seule.

Abigaïl fit la sourde oreille, mit Crépuscula dans sa poche et enfila Chrysalida. Elle se rua sur la trappe, mais avant qu'elle ne l'ouvre, le guerrier posa son pied dessus.

— Être invisible ne te rend pas immortelle. Si une flèche perdue t'atteint ou si un démon ressent ta présence, tu te feras tuer.

Abigaïl prit une grande inspiration.

— Gregor est mort. Azénor s'est enfui. Quelque chose consume notre monde. La Résistance mène son ultime combat et des démons nous attaquent. L'armée asimerienne est en marche, pillant,

et rasant les villages qu'elle rencontre. M'entourer d'hommes et de femmes ne ferait qu'attirer l'attention. Je dois me faufiler à travers la ville et atteindre le palais.
Thycéron hésita.
— Tu dois me faire confiance, ajouta Abigaïl. Je suis prête. Il n'y a que la larme divine qui puisse nous sortir de là.
Lentement le guerrier enleva son pied de la trappe.
— Toi aussi tu dois nous accorder ta confiance, clama Bella. Nous nous battrons et nous repousserons l'ennemi. Nous ne fuirons pas pour laisser à d'autres le soin de décider de notre futur. La reine tombera et les démons retourneront d'où ils viennent, ce jour est celui de la Résistance.
Abigaïl était surprise par tant d'assurance, mais Thycéron, lui, se montra bien plus préoccupé.
— N'intervient pas, conseilla-t-il. Ne prends pas part aux combats, même si cela te semble insupportable. Dévoiler ta présence pour sauver quelques âmes, c'est en risquer des milliers d'autres.
— Qu'il en soit ainsi, souffla Abigaïl en ouvrant la trappe. Je serais un fantôme.
Abigaïl descendit les marches et sortit de la tour. En bas, le vent diminua et les bruits de batailles ne parvenaient plus jusqu'à elle. Les cadavres étaient nombreux. Des gardes et des résidents pour la plupart. Les premiers à être surpris par l'attaque des démons. Les résistants avaient surement infiltré la ville avant que le massacre ne commence. Quel qu'eût été leur plan, les démons l'avaient probablement chamboulé. La jeune femme entendit des bruits de pas. Une mère et deux enfants couraient vers elle. Abigaïl se décala au dernier moment, oubliant qu'elle était invisible à leurs yeux. Elle remonta la rue jusqu'au second rempart, le silence brisé ici et là par des fuyards. En passant les gravats des murs d'enceinte, les bruits de combats commencèrent à poindre. Rapidement, ils devinrent omniprésents. La magicienne finit par voir ce qu'elle entendait. Deux soldats affrontaient un résistant et tentaient de l'encercler. Abigaïl savait qu'elle ne devait pas intervenir. Elle longea la rue. Un grognement tonna. Un loup surgit d'un toit et réduisit le rebelle en charpie. Les deux gardes se

ruèrent sur le monstre. Le démon sauta à la gorge du premier. Le second lui planta sa lame dans la cuisse. Abigaïl fit son maximum pour détourner le regard puis elle se boucha les oreilles lorsqu'elle entendit le garde appeler à l'aide. La magicienne accéléra l'allure. Elle atteint une petite place marchande où la fontaine centrale avait été arrachée de ses fondations puis jetée contre un étal. Au moins deux corps broyés reposaient en dessous. Abigaïl aperçut un soldat et un résistant se battre ensemble contre un démon muni de cornes de taureau et de longues dents pointues. Il surplombait ses adversaires d'un bon mètre et utilisait ses bras recouverts d'écailles pour parer les coups. Les deux hommes étaient en difficulté lorsqu'un mage arriva de nulle part et lança un sortilège qui transperça la poitrine du démon de part en part. Celui-ci s'écroula, mort. Le garde et le résistant se toisèrent un instant. Le soldat laissa son épée tomber sur le sol et prit la fuite.

— Je m'en occupe ? demanda le réfractaire.

Le rebelle secoua la tête. Du menton il désigna le cadavre du monstre.

— Pourquoi est-il encore là ? Les démons ne partent-ils pas en poussières d'habitude ?

Le réfractaire acquiesça.

— Et en temps normal, mon sortilège l'aurait à peine affaibli. Il se passe quelque chose avec ces démons. Ils sont différents, comme si le lien qui les unissait à leur monde disparaissait.

— C'est une bonne nouvelle si nous pouvons les vaincre avec plus de facilité.

— Mais serait-ce encore le cas lorsque le lien sera entièrement rompu ? s'interrogea le mage. Dans leur monde, les démons sont immortel, prions pour qu'ils ne le soient jamais ici-bas.

— Rejoignons nos camarades.

Abigaïl resta silencieuse. Elle regarda les résistants s'éloigner. La magicienne ignorait ce qui arrivait aux démons et elle ne pouvait de toute façon régler cela sans la larme divine. Elle emprunta une ruelle et s'enfonça un peu plus vers le centre de la ville. Le palais était proche. La jeune femme croisa plusieurs groupes de combattants. Ils se montraient de plus en plus nerveux comme s'ils ap-

prochaient du cœur de la bataille. Abigaïl vit un capitaine ordonner à huit de ses hommes de le suivre pour renforcer les défenses du palais. Elle décida de se faufiler parmi eux. Soudain, alors qu'ils passaient le coin d'une rue, un rire aigu se fit entendre. Des parois translucides les encerclèrent, tels des murs en cristal.
— Qu'est-ce que c'est que ça ?
Abigaïl mit Crépuscula, mais l'anneau n'eut aucun effet. Elle leva la tête et aperçut un démon à l'allure étrange. Une redingote et un monocle cachaient partiellement sa peau couverte de pus et de croûtes. Il arborait des dents noirâtres, se tenait bien droit et positionnait sa main gauche à l'intérieur de son vêtement. Un mélange des genres particuliers qu'Abigaïl retrouva sans mal. C'était l'un des généraux de Wangriff, Juino. Elle l'avait croisé dans les escaliers à Anthème.
— Mais qu'avons-nous là ? dit-il avec entrain.
Un soldat banda son arbalète et décocha sa flèche. Elle se stoppa net un peu plus haut et resta suspendue dans les airs.
— Jouons, voulez-vous ? lança Juino avec lassitude. J'avais oublié à quel point les massacres pouvaient devenir monotones.
Il huma l'air.
— Une souris se serait-elle glissée parmi vous ? demanda-t-il, étonné.
Le capitaine dévisagea ses hommes sans comprendre. Abigaïl se plaqua contre la paroi.
Le démon recommença son inspection et afficha un sourire triomphant.
— Il semblerait que tu puisses tromper mes yeux, mais ton odeur, elle te trahit.
Juino haussa des épaules.
— Neuf âmes sont tombées dans mon piège, informa-t-il. Je lèverais le sortilège lorsqu'il n'en restera que cinq.
Les soldats se regardèrent. Certains commençaient déjà à paniquer. Abigaïl fit son maximum pour contrôler sa respiration. Elle devait rester la plus discrète possible.
— Tssstsss, fit le démon. C'est trop long.
Il claqua des doigts et soudain de l'eau apparut et monta lente-

ment. Ils étaient enfermés dans une boite et s'ils n'agissaient pas, ils s'y noieraient.

— Brisez-moi ça ! ordonna le capitaine.

Ses hommes utilisèrent leurs armes contre la paroi, mais rien n'y fait. Elles rebondissaient sans y faire la moindre égratignure.

Juino secoua la tête.

— Vous êtes tous les mêmes, soupira-t-il.

— Cinq âmes et les parois disparaitront, répéta un archer.

Les soldats se toisèrent. L'eau atteignait déjà leur ventre. L'un d'eux attrapa sa dague.

— Désolé ! dit-il en poignardant son voisin en plein cœur.

Immédiatement le capitaine s'interposa et immergea la tête de l'assassin. Abigaïl se tassa dans le coin de la boite et regarda avec horreur le soldat se noyer. Le sang du poignardé se répandit dans l'eau, la teintant de rouge.

— Plus que deux, lança le démon dans un rire.

Le capitaine dévisagea ses hommes. Ils étaient terrifiés et armés, prêts à s'entretuer au moindre geste suspect. L'eau arriva à leur poitrine.

— Mais nous ne sommes que six ! s'écria-t-il.

— En êtes-vous sûr ?

Les soldats regardèrent autour d'eux.

— Là ! hurla l'un d'eux en désignant Abigaïl.

La jeune femme baissa les yeux. Son corps invisible laissait paraître un trou dans l'eau rougie.

Le capitaine se rua sur elle.

— Lâchez-moi ! protesta la magicienne.

— Désolé, mais je dois protéger mes hommes.

Le soldat leva sa lame.

— Je peux détruire les parois !

Le gradé se stoppa.

— Fait vite !

Abigaïl tendit son bras.

— Mortador inflamerto !

L'éclair enflammé percuta la paroi, rebondit et traversa la tête du capitaine.

— Non, non ! s'écria Abigaïl.
L'homme s'écroula dans l'eau rouge.
— Haha, hilarant ! s'extasia Juino. Plus qu'une âme !
Le niveau monta encore et souleva les morts comme les vivants. Bientôt ils se retrouvèrent collés à la paroi supérieure. Les quatre soldats se toisèrent. Il n'y avait plus d'animosité, juste de la tristesse.
— Le premier qui se noie sauvera les autres…
Abigaïl prit une grande inspiration. Ils se retrouvèrent la tête sous l'eau, sans échappatoire. Elle tendit la main vers un soldat. Elle n'avait pas le choix, trop de vie dépendait de la sienne. Avant qu'elle ne lance son sortilège, une énorme masse éventra leur prison de cristal. L'eau se répandit dans la ruelle. Abigaïl, entièrement trempée, regarda son sauveur. Le dragon la toisait de toute sa hauteur.
Il avait de magnifiques écailles vertes et noires, de grands yeux marron et des naseaux saillants. Abigaïl remarqua une blessure au niveau de son cou. Son regard s'assombrit.
— Wangriff, dit-elle en serrant les dents.
— Pourquoi as-tu fait ça ? s'agaça le démon-gentlemen. Laisse-moi la tuer.
Wangriff grogna. Il se retourna et fondit sur le démon.
— Juino, je t'avais prévenu.
L'homme-démon fit un geste brusque, mais il fut stoppé par le dragon qui le prit entre ses mâchoires et dans un funeste craquement l'engloutit tout entier. Wangriff fut entouré d'un doux halo rouge et sous les yeux d'Abigaïl le trou qui déformait sa gorge se résorba.
— Sarostiguen elminato Wangriff !
Le dragon se cabra et d'un coup d'aile dévia le sortilège.
— Tu ne croyais tout de même pas que cela fonctionnerait de nouveau !
Un sourire déchira sa gueule de monstre.
— Ta fin est si proche que je sens déjà ton aura s'étioler. J'ai l'ordre de te maintenir en vie, mais bientôt l'inverse me sera demandé. D'ici là, je vais chasser et tuer tes amis. Le guerrier et la

voleuse périront dans le désespoir et la doulcur. Enora ne sera pas oubliée.
Abigaïl secoua la tête.
— Pas si je te tue avant.

43
L'accord

Des corps recouvraient les marches blanches du parvis. Soldats, magistors, gardes, personne ne fut épargné. Leurs yeux éclatés ne laissaient que deux traînées de sang noir qui se rejoignaient sous leur menton. Leurs visages blafards et leurs bouches étaient figés dans la mort. Les deux immenses colonnes qui encadraient l'entrée du palais portaient aussi les stigmates de violences. Des trous reliés par des fissures courraient de leurs bases jusqu'à leurs coiffes. Ce n'était qu'une question de temps avant qu'elles ne s'écroulent. L'imposante double porte renforcée était percée en son centre, une ouverture circulaire de la taille d'un homme. Abigaïl vit d'étranges traces noires, les résidus de ce qui avait fait pourrir le bois de l'intérieur et dissout le métal. La magicienne pensait que le cœur de la bataille aurait lieu au pied du palais. Elle s'attendait à se retrouver face à un mur de magistors déchaînés, mais quelque chose l'avait devancé. Tout semblait si calme. Soudain, le doute l'envahit. Et si la reine avait fui en emportant Pierritas avec elle ? Abigaïl grimpa les marches une à une et enjamba les corps en imaginant qu'ils n'étaient que des racines sur un chemin forestier. Tout était bon pour ne pas se laisser tétaniser. À chaque pas, elle trouvait une dizaine de raisons pour que sa quête ne puisse qu'échouer, mais elle continuait d'avancer. Arrivée en haut des marches, elle s'engouffra dans l'ouverture et découvrit avec surprise un hall intact. Tout semblait à sa place. À ceci près que personne ne l'accueillit. Des chandeliers sur pied, dorés, se tenaient à intervalle régulier. Leurs lumières se reflétaient dans les miroirs accrochés aux murs et éclairaient le moindre recoin de la pièce. Le plafond, d'une hauteur démesurée, finissait sa course sur des fresques chatoyantes. Sur le sol, de grands carreaux de marbres zébrés faisaient résonner les pas de la magicienne. Abigaïl baissa les yeux et prit le temps d'enlever ses chausses. Elle ignorait si la chose responsable du massacre rôdait à l'intérieur du palais et cela lui donnait, de toute façon, une raison supplémen-

taire pour rester le plus discret possible. Elle posa les chaussures sur le présentoir à sa gauche : le poste du majordome, certainement loin d'ici. Abigaïl tourna sur elle-même et compta pas moins de six portes, dont deux entrouvertes. Elle choisit celle qui lui faisait face et passa lentement la tête dans son entrebâillement. La salle du trône. La magicienne retint son souffle. La reine patientait, assise, les mains croisées et le regard braqué sur elle. Abigaïl se sentit vaciller. Elle recula et se mit à trembler. La panique émergea. Le temps resta comme suspendu, la jeune femme immobile attendit une réaction de la reine qui ne vint pas. L'avait-elle vue ? Entendue ? Abigaïl n'avait pas vu de diadème sur la tête de Maela. Elle devait trouver Pierritas, mais le palais semblait immense. De plus, selon Azénor, les appartements de la reine n'apparaissaient qu'à ceux mis dans la confidence. Abigaïl eut envie de faire les cent pas, mais elle se retint. La solution qui lui vint en tête lui paraissait tellement surréaliste qu'elle prit tout de même le temps de bien y réfléchir. "Crépuscula la rendra inoffensive. Sans ses pouvoirs, ce n'est qu'une femme", se répéta Abigaïl. Elle baissa les yeux vers la dague ceinte autour de sa taille. Si la reine refusait d'entendre raison, Abigaïl utiliserait la force. Soudain, un bruit retentit derrière elle. La magicienne se retourna et vit un homme s'extirper de la porte. D'âge mûr, il portait une armure de plate épaisse et cabossée. Sur son visage, écorchures et sang épousaient son air dur et invincible. Il serrait dans sa main gauche une épée deux fois plus longue que le bras d'Abigaïl. Sur son cou, une cocarde rouge avait été tatouée. Abigaïl n'avait jamais vu cet homme, mais elle devina son identité. Plus d'un réfractaire devait se sentir défaillir à son arrivée : Kaneek, le chef des magistors. Il passa devant la magicienne sans la voir, mais subitement il se stoppa. Il regarda derrière lui, au niveau du comptoir où Abigaïl avait laissé ses chausses. Les sourcils froncés, il entra dans la salle du trône, l'arme au poing.
— Mon altesse.
Abigaïl s'approcha doucement de l'entrebâillement.
Kaneek se releva d'une révérence.
— Qu'est-il arrivé à l'escorte positionnée devant la porte ?

— Je l'ignore, expliqua la reine, la gorge serrée. Les nouvelles ?
— L'issue reste incertaine et les éléments se déchainent. Comme vous l'aviez ordonné, nos mages concentrent leurs forces sur les démons, mais les réfractaires nous rendent la tâche difficile.
La reine se montra dépitée, sa voix devint plus faible. Abigaïl dut se pencher pour entendre ce qu'elle disait.
— Le temps des faux semblants est révolu et pourtant, comme toujours, ils se trompent de cible.
— J'ai essayé d'invoquer Marabet, un démon loyal envers moi, mais le rituel a échoué. De plus, certains d'entre eux agissent bizarrement. Si vous apparaissez, je suis persuadé que…
Maela leva la main pour le faire taire.
— Si je quitte le palais maintenant, le monde des hommes sera perdu à jamais. J'ai enfin compris.
Abigaïl s'approcha encore, son épaule toucha la porte. Avec la vivacité de l'éclair, Kaneek se retourna.
— Nous ne sommes pas seuls.
— Évidemment. Elle porte Crépuscula et Chrysalida à son doigt. J'ai besoin d'elle. Ne la tue pas, mais ramène-la-moi.
Abigaïl sentit son sang se glacer. Kaneek se dirigeait droit sur elle, tous les sens aux aguets.
Elle recula et regarda les portes une à une. Le magistor s'immobilisa.
— Montre-toi gamine et tu ne seras pas blessée.
Il s'approcha et Abigaïl se retrouva acculée près du présentoir.
— J'entends ta respiration et bientôt je sentirais ton odeur.
Kaneek tendit son bras. La magicienne attrapa sa dague. Soudain, elle eut une idée. Elle dirigea sa main vers une porte close et elle se concentra au maximum. "Bougmé instantatum !" s'écria-t-elle dans sa tête. Le battant pivota brusquement. Kaneek se rua vers l'ouverture.
— Je te tiens !
Abigaïl savait qu'il ne s'écoulerait que peu de temps avant qu'il ne comprenne le subterfuge. Elle se dépêcha de passer la deuxième porte. Sa seule envie du moment : mettre le maximum de distance entre elle et Kaneek. Abigaïl traversa un couloir, tout

juste éclairé par des torches en fin de vie. Les murs décrépis n'étaient décorés que par des tableaux au goût incertain. Instinctivement elle comprit qu'elle se trouvait dans une aile réservée au personnel. Elle se dirigeait probablement vers les cuisines ou les dortoirs. Soudain, elle entendit des voix. Abigaïl ralentit son allure et reprit son souffle. Elle s'approcha, sur la pointe de pied. En passant l'angle du couloir, elle aperçut deux hommes. Abigaïl n'en revenait pas. Azénor et le duc Winchester avançaient l'un à côté de l'autre. Le prince avait triste mine. Il croisait les bras avec nervosité. Archibald Winchester montrait au contraire une étrange gaieté. Il marchait le dos bien droit et se déplaçait avec entrain. Il portait une tenue de combat aux nombreuses bosses et éraflure.

— Nous touchons au but ! dit-il avec enthousiasme.

Azénor se racla la gorge :

— Dans ce cas, il serait peut-être temps que vous respectiez votre part de notre accord.

Le duc posa sa main sur l'épaule du prince et le stoppa. Il prit une grande inspiration et regarda tout autour de lui avec méfiance. Abigaïl retint son souffle. Son cœur battait à tout rompre, partagé entre la joie de voir Azénor en vie et le dégoût que lui inspirait sa disparition au pire des moments.

— Annabella ! scanda Archibald en ouvrant les bras. Où te caches-tu ?

La magicienne était tout aussi surprise qu'Azénor. Elle enleva Chrysalida et apparut devant eux.

Avant toute question, elle s'approcha du prince et le gifla de toutes ses forces.

— Ho ho ! s'amusa le duc.

Azénor la regardait sans comprendre.

— Gregor est mort et tu as fui comme un lâche. J'avais besoin de toi.

Le visage du prince se décomposa.

— Je suis désolé.

— Navré d'interrompre vos retrouvailles, mais je dois vous avouer qu'Azénor n'est pas le coupable que vous cherchez.

Abigaïl croisa les bras.

— Que voulez-vous dire ?

— Tout est de ma faute, révéla le duc, la mine grave. J'ai utilisé un artefact de valeur qui permet, une fois seulement, d'attirer à soi une personne en danger. C'est à dire, lorsque son cœur s'emballe et que sa volonté se noie dans la peur. J'ai décidé de sauver le prince de Penderoc.

— J'aurais dû porter Crépuscula, regretta Abigaïl en serrant les dents.

— Je voulais aider et je déplore la mort de Gregor, assura Azénor. Thycéron et Bella, comment vont-ils ?

— Ils se battent.

En un instant le duc passa de la légèreté au dégoût.

— Il est si proche, murmura-t-il.

— Votre obsession pour Thycéron est injustifiée, souligna Abigaïl.

La mâchoire d'Archibald se crispa.

— Thycéron baigne dans son propre mensonge depuis des années. Je suis persuadé qu'il a fini par se croire victime et non complice.

Abigaïl secoua la tête, peu convaincue.

— Écoute-le, poussa Azénor.

— Kaneek et Maela pourraient nous surprendre, informa-t-elle.

Le duc croisa ses bras.

— La reine ne bougera pas et je ne vais pas vous laisser croire que mon frère a souffert par ma faute. S'il s'est enfui, c'est par ce qu'il est responsable de la mort de ma tendre Henrietta.

Abigaïl se souvint du guerrier en pleurs, devant Cerberus qui avait pris l'apparence d'une femme.

— Il aimait la duchesse, comprit-elle.

Winchester acquiesça.

— C'est exact, un amour non réciproque. Malheureusement, cela ne l'a pas empêché de la harceler. Il a courtisé ma femme durant des années. Elle ne m'en avait jamais parlé, car elle ne voulait pas briser notre famille. Elle a finalement accepté l'une des invitations de Thycéron, dans le but de lui dire une fois pour toutes que ses tentatives étaient vaines.

Winchester serra le poing.

— Elle a ordonné à ses gardes de la laisser seule sur le lieu du rendez-vous. Elle y a trouvé la mort. Mon frère, ce menteur, a dissimulé sa faute. Il m'a fallu des années pour apprendre la vérité et c'est à ce moment-là que je me suis servi de lui pour approcher la Résistance. Cet ignoble bâtard n'a pas hésité à me trahir une seconde fois, plongeant dans mon piège, mais il est parvenu à s'enfuir.

Abigaïl se renfrogna.

— Je vous demanderai donc d'éviter de prononcer son nom en ma présence, ajouta le duc.

Azénor se gratta la gorge.

— Nous te cherchions Abigaïl. Nous savons comment procéder.

La magicienne ne cacha pas sa surprise.

— Comment ça ?

— Le prince et moi-même avons eu l'occasion de discuter et nous sommes parvenus à un accord, expliqua Winchester.

Azénor acquiesça.

— Aujourd'hui, nous allons détrôner ma génitrice, mais je ne prendrais pas sa succession. Le duc Winchester deviendra le nouveau roi de Penderoc.

— Je suis le mieux placé, soutint Archibald. La noblesse me fait confiance et la Résistance me respecte. Je saurais rallier les deux camps et je mettrais un terme à la guerre. Azénor m'a convaincu de laisser mon frère partir et de donner à vos compagnons un rôle de choix dans les négociations qui s'ouvriront.

Abigaïl secoua la tête avec dégoût.

— Vous êtes incroyable. La reine et son bras droit sont à quelques mètres de nous, des tornades ravagent les alentours, des démons rôdent dans les rues alors qu'une force mystérieuse et destructrice prend notre monde pour cible. Et vous, vous me parlez de vos ambitions.

Le duc Winchester s'approcha d'Abigaïl et la toisa de toute sa grandeur. Il se dégageait de lui une prestance envahissante.

— Je sais mieux que vous ce qui se passe ! tonna-t-il, sur la défensive. Ne me prenez pas pour un homme incapable de voir l'ensemble des tenants et des aboutissants.

— Je t'en prie, Abigaïl, écoute-le, supplia Azénor.
— Pourquoi les démons agissent-ils si bizarrement ? Pourquoi déferlent sur Penderoc des phénomènes mystérieux depuis plusieurs semaines ? Qui se cache derrière tout ça ?
Archibald se pencha vers elle.
— J'ai les réponses.
Abigaïl se montra infiniment plus attentive.
— Je vous écoute.
Winchester sourit.
— Je ne vais pas abattre mes cartes sans obtenir de garanties. J'ai passé un accord avec le prince Azénor, mais rien ne sera possible sans vous, Annabella.
— C'était votre objectif depuis le début n'est-ce pas ? demanda-t-elle.
— Pardon ?
— Maintenir en vie la Résistance, soutenir la reine, me laisser le manuscrit de Lavonish. Tout ça n'avait qu'une seule finalité pour vous : le trône.
— Là n'est pas la question, s'exaspéra Azénor.
Abigaïl le dévisagea. Elle n'arrivait pas à le comprendre. Pourquoi voulait-il tout donner à Archibald Winchester ?
— Vous préféreriez voir sur le trône un homme stupide et incapable de nager dans les eaux troubles de la politique penderoquienne ? demanda le duc.
Abigaïl ne répondit pas.
— Je serais un bon roi et je tiendrais mes engagements, assura-t-il.
— Vous voulez les anneaux, n'est-ce pas ?
Azénor se tortilla.
— La larme divine est primordiale, sans elle ma mère nous écrasera.
— Sans elle, impossible de stopper les démons, ajouta Archibald.
Abigaïl secoua la tête.
— Mais je n'ai pas…
— Pierritas, compléta Winchester.
Il écarta sa cape et dévoila ainsi le plastron qui protégeait sa poi-

trine. Il plongea sa main dans une petite poche et en sortit un anneau d'or surplombé d'un saphir circulaire. Le cœur d'Abigaïl s'accélérera. Pierritas, la dernière pièce manquante.

— Alors que vous combattiez Wangriff, nous avons fait bien plus que parler, apprit le duc.

Il tendit sa main vers Abigaïl, lui montrant ainsi Pierritas.

— Je croyais qu'il était lié à un diadème, souffla-t-elle le cœur battant.

— Lorsque nous l'avons séparé de son support, un anneau d'or s'est formé par lui-même, informa Azénor.

Abigaïl s'apprêtait à prendre Pierritas lorsque le duc referma sa main.

— Je détrônerais Maela. Si quelqu'un d'autre s'en charge, il deviendra légalement le nouveau souverain de Penderoc. Et si cette personne est rejetée par la noblesse ou la Résistance, le chaos se renforcera. Avec la larme divine, je briserais la volonté de Maela et je ferais en sorte qu'elle me cède le trône de la meilleure façon qui soit. Croyez-moi, avec ce que je sais, j'y parviendrais et je respecterais notre accord.

Azénor, toujours tendu, ajouta :

— Il y a un détail que tu ignores : seul un descendant de Lavonish peut reformer la larme.

Abigaïl fit signe qu'elle comprenait. Les pièces du puzzle commençaient à se mettre en place.

— C'est pour ça que la reine, Wangriff et le monstre derrière tout ça m'ont gardé en vie. Sans moi, la larme divine ne se reformera pas. Et ils ont tous besoin d'elle pour s'assurer la victoire.

Winchester acquiesça.

— Le moment est venu, Annabella. Mettons fin à ce qu'Azénor et vous avez enclenché.

Abigaïl plongea son regard dans celui d'Archibald. Si elle lui donnait la larme divine, cet homme deviendrait tout puissant. Rien ne pourra l'arrêter. Abigaïl possédait depuis toujours un certain don pour jauger les gens qu'elle rencontrait, mais elle n'y parvenait pas avec le duc Winchester. Elle ignorait si c'était un homme bon, le monstre que Thycéron prétendait ou s'il naviguait

quelque part entre les deux. Mais la guerre, les démons, le conflit avec la Résistance et la répression des mages devaient cesser.
Azénor attira son attention.
— J'espère qu'après tout ce que nous avons traversé, tu me fais confiance. Si c'est le cas, alors tu peux me croire, c'est la meilleure solution que nous ayons. Il te suffit de déposer les anneaux et ta main sur la sienne. La larme divine se reforma et nous partirons retrouver Bella et Thycéron.
— Une fois nos ennemis stoppés, nous nous assiérons autour d'une table de négociation, assura le duc. Il n'y aura plus de sang versé inutilement.
Abigaïl baissa sa garde. Azénor comptait encore pour elle et même si l'amour inconditionnel du début de leur aventure s'était envolé, elle le considérait au moins comme un ami. Elle devait agir avec prudence, mais elle décida de les suivre.
— Crépuscula, chuchota-t-elle.
Abigaïl regarda les anneaux dans le creux de sa main, puis celle du duc avec Pierritas. Elle allongea le bras pour les lui donner. Ses yeux se posèrent alors sur la broche qui maintenait les deux extrémités de la cape de Winchester. Abigaïl sentit son univers s'écrouler. Elle recula. Le sourire d'Archibald se crispa. La broche en or, abîmée, représentait un lion rouge. Une bosse déformait le métal à l'endroit où se trouvait la truffe de l'animal. Abigaïl le reconnut sans peine.
— Le monstre qui terrorisait Gregor.
La magicienne recula de nouveau d'un pas.
— C'est vous !
— Abigaïl, non, supplia Azénor.
Le visage du duc se déforma par la colère.
— Assez !
Abigaïl enfila les anneaux.

44
L'instinct

— Revelatio argentia ! s'écria Archibald.
Un jet argenté sortit de sa main tendue et fila vers Abigaïl. Surprise par l'attaque, elle n'eut pas le temps de réagir. Elle ferma les yeux, prête à l'éventualité la plus sombre. Juste avant de la percuter, le projectile se divisa puis implosa en un nuage de particules. Telle une vague il enveloppa Abigaïl et tourbillonna autour d'elle. La magicienne se retrouva emprisonnée dans un linceul bleuté. Elle sentait des milliers de picotements sur sa peau. Ses pieds décollèrent du sol et ses cheveux s'élevèrent dans les airs. Abigaïl n'était plus qu'un corps sans défense. Elle pivota, tournoyant comme une danseuse en porcelaine piégée dans une boite musicale. Le sortilège finit par lâcher prise. Abigaïl tomba à genoux. Elle eut l'impression d'être enveloppée dans une couverture d'épines. Elle prit une grande inspiration et rouvrit enfin les yeux. Son premier réflexe fut de regarder ses bras engourdis et parsemés de minuscules points bleus. Passer le choc de la nouvelle pigmentation de sa peau, elle releva la tête. Le duc la dévisageait. D'un sortilège, Winchester, pourtant connu comme non-mage, avait déjoué Crépuscula et Chrysalida. Abigaïl n'était plus invisible. Jamais elle n'aurait pensé cela possible. Ce tour de force ne fit que conforter les doutes d'Abigaïl. Elle plongea son regard dans celui du duc. Elle y vit de l'épuisement et une goutte de sang couler de son nez. Tout se payait. Sur son poitrail, les flammes des bougies se reflétaient dans le lion rouge. Abigaïl allait lui confier la larme divine avant qu'elle ne remarque cette créature à la gueule enfoncée, le fléau qui avait terrorisé Gregor. Elle se tourna vers Azénor. Contrairement au duc, il peinait à cacher ses émotions. L'incertitude et la peur se lisaient sur son visage. Abigaïl se redressa. Il lui fallait des réponses.
— Pourquoi Gregor était-il traumatisé par le lion de votre armure ? D'où vient votre magie ?
Elle s'adressait au duc, mais Azénor devait entendre ces paroles.

Il fallait qu'il comprenne.

Winchester croisa ses bras.

— Ce n'est pas ce que tu penses, intervint le prince.

Abigaïl n'en croyait pas ses oreilles. Il prenait encore sa défense. Elle ne voyait qu'une seule raison pour qu'il se montre si aveugle.

— C'est ton père ? demanda-t-elle avec sérieux.

Winchester sourit avec amusement. Azénor, lui, ne se départit pas de son air grave. Il secoua la tête.

— Bien sûr que non, assura-t-il. Il détient Pierritas et c'est l'homme de la situation.

— Nous avons perdu suffisamment de temps en palabres, trancha Winchester. Tu me sais à la hauteur de la tâche qui m'attend. Reforme la larme divine et laisse-moi en finir avec les ennemis de Penderoc.

Le duc tendit sa main vers elle. Abigaïl se renfrogna et fronça des sourcils. Azénor ne connaissait que trop bien cet air.

— Renonce, supplia-t-il.

Winchester amorça un pas vers elle, mais la magicienne recula. Soudain, elle se retourna et prit la fuite.

— Moi seul peux les arrêter ! avertit le duc.

Abigaïl courut dans le couloir. Une boule noire et vaporeuse passa largement au-dessus de sa tête. Elle atteignit le mur et s'y étala. La pierre se désagrégea en une pâte noire et visqueuse.

— Sans moi, tu ne serais jamais arrivé jusqu'ici ! ajouta Winchester.

— Abi, tu n'auras pas le courage. Lui le peut !

La magicienne ne s'arrêta pas. Azénor sous-estimait son état d'esprit. Elle voyait encore le visage de Gregor, sans vie. Elle obtiendrait vengeance. Abigaïl se retrouva dans le hall d'entrée. Le duc et le prince la poursuivaient. Elle hésita un instant puis elle se précipita vers une porte choisie au hasard. Soudain elle sentit un bras la stopper et la plaquer contre un mur. Kaneek la dévisagea avec incompréhension.

— Qu'est-ce qui se passe ? demanda-t-il en serrant les dents.

Son regard s'attarda sur le trou qui se formait dans le mur. Il continuait de pourrir.

— C'est le duc, souffla Abigaïl. Il a exterminé vos hommes et il projette de tuer la reine.

Winchester arriva en trombe. Il dévisagea le magistor puis Abigaïl.

— Monsieur, s'inclina Kaneek. J'ignorais votre présence.

Archibald essaya de faire bonne figure et se mit à sourire.

— Vous l'avez stoppée ! Curanglais soit loué !

Abigaïl n'avait entendu cette expression qu'une seule fois. Elle n'eut cependant pas le temps de se souvenir où.

— Kaneek ? appela Maela de la pièce d'à côté. Que se passe-t-il ?

— Majesté, le duc Winchester nous honore de sa présence.

La reine resta muette. Azénor arriva dans le hall.

— Vous ! s'écria le magistor en reculant.

Il posa la main sur le pommeau de son épée. Le duc brandit ses doigts vers lui.

— Expedimiente militaris ! hurla Kaneek avec une étonnante rapidité, prenant ainsi Winchester de vitesse.

Le sortilège n'eut aucun effet. Winchester ne cacha pas sa satisfaction.

— Merci, Abigaïl. Grâce à toi et à Crépuscula, le grand magistor est sans pouvoir...

Le duc referma ses doigts. Comme si un étau l'étranglait, Kaneek commença à étouffer et porta ses mains à son cou. Comprenant l'inutilité de son geste, il passa sa main dans son dos. Un mouvement souple, un reflet lumineux. La lame se planta dans l'épaule de Winchester. La mâchoire du duc se crispa. Il resserra un peu plus son emprise, des veines bleues palpitaient sur son cou. Abigaïl hésita. Elle pouvait redonner ses pouvoirs au magistor. Kaneek, à l'agonie, fixa la porte de la salle du trône. La magicienne comprit. Elle se décala et l'ouvrit en grand. La reine ne bougea pas, mais s'empressa de crier :

— Annabella, Azénor, vite ! Entrez et enlève Crépuscula !

Winchester tourna sa main d'un geste brusque. Le cou de Kaneek se brisa. Abigaïl vit de la satisfaction et de la jubilation dans le regard meurtrier du duc. Elle découvrit enfin son vrai visage, le perçant à jour. Abigaïl se hâta d'entrer dans la salle du trône.

— Crépuscula, chuchota-t-elle.
Le corps de Kaneek tomba lourdement sur le sol. Au même moment un dôme argenté apparut et enveloppa toute la salle. Maela se leva enfin de son trône. Elle s'approcha de son fils.
— Azénor, tonna-t-elle en le toisant. Va-t'en ! Ne reste pas ici.
Le prince ne bougea pas d'un pouce. Sa mâchoire se crispa.
— Abigaïl, appela-t-il en défiant la reine du regard, ma mère est folle. Remets l'anneau et laisse-nous entrer.
Le duc se baissa et ramassa l'épée de Kaneek.
— Intéressant, dit-il en l'examinant. Une épée-sceptre.
Winchester posa la pointe de la lame contre le dôme. Il ferma les yeux et se mit à psalmodier d'indicibles paroles. La lame en fer scintilla et transperça la surface du bouclier magique. Des fissures se formèrent. La reine Maela fit un geste, l'épée se brisa et le dôme se régénéra. Le duc acta son échec.
— Impressionnant !
Il effleura la protection avec ses doigts.
— Il puise son énergie directement de la source, comprit-il. Il mêle les deux magies. Instable, mais brillant.
— L'aspiration du nouvel ordre, lança la reine.
De nouveau le duc laissa la surprise étirer ses traits.
— Quand l'avez-vous découvert ?
Maela ignora sa question et s'approcha d'Abigaïl.
— Reculez ! s'écria celle-ci, les anneaux en main.
La reine s'immobilisa.
— Tu n'as rien à craindre de moi.
— Abigaïl ! appela Azénor. Ne te fie pas à elle. Le duc a assimilé le pouvoir d'un démon. C'est pour cela que les anneaux demeurent sans effet sur ses sorts. Il est de notre côté. Laisse-nous entrer.
Maela braqua son regard sur le prince.
— Mon fils. Cet homme te manipule. Fui !
— Fils, cracha Azénor. C'est bien la première fois que je vous entends employer ce mot. Toute votre vie vous ne m'avez gratifié que de votre indifférence et de vos mensonges. Mais c'est terminé, vous ne nuirez plus à personne.

Une larme de rage coula sur sa joue. Le visage de la reine Maela se décomposa. Elle semblait profondément affectée par ce que son fils venait de dire.

— Je n'ai fait que te protéger, se justifia-t-elle.

Azénor secoua la tête et tenta de se calmer.

— Abigaïl, cette femme est un monstre. Il n'y a jamais eu d'amour ou de sincérité en elle. Elle a tué tes parents et détruit la vie de milliers d'innocents. Depuis notre fuite d'Anthème, nous rêvons de cet instant. Laisse-nous entrer !

La reine se tourna vers Abigaïl.

— Annabella, mon fils perd la tête et nous n'avons pas le temps de parler du passé.

— Au moindre geste brusque, je détruis votre bouclier, prévint Abigaïl.

— Tu n'as aucune idée de ce qui est en train de se jouer ici.

La magicienne en avait assez.

— Expliquez-moi ! s'écria-t-elle.

Winchester tapa dans ses mains.

— Soit, perdons ce temps précieux ! Le prince dit vrai. J'ai consumé l'âme d'un démon. Grâce à cela, j'en ai tiré pouvoir et savoir. Depuis plusieurs semaines, ils font sauter les puits de magie naturels. Cela provoque des phénomènes étranges et dangereux.

— La plante que tu as vue avec Thycéron, les saledures, le lac asséché, les tornades, énuméra Azénor.

— Les démons détruisent les puits pour amincir la frontière entre leur monde et le nôtre. Le dernier verrou repose ici, enfoui sous nos pieds. S'ils parviennent à l'atteindre, la magie démonique envahira notre monde.

— Je n'ai pas bougé de mon trône depuis que je l'ai compris, expliqua la reine.

Elle pointa Winchester du doigt.

— Personne ne peut assimiler les pouvoirs et la mémoire d'un démon. Cet homme ment.

Abigaïl s'approcha du dôme et d'Azénor tout en faisait bien attention de garder Maela dans son champ de vision.

— Palemeta est morte, dévoila-t-elle.
Azénor prit la nouvelle de plein fouet. Sa tristesse s'intensifia et son visage devint pâle. C'était l'effet qu'Abigaïl voulait obtenir. Elle aurait aimé le lui dire dans de meilleures conditions, mais la situation ne s'y prêtait guère.
— Wangriff a dit qu'il obéissait à un maitre et on sait que le duc Winchester est le lion rouge, ajouta-t-elle.
Azénor regarda le duc du coin de l'œil.
— Est-ce vrai ? demanda-t-il en déglutissant avec difficulté.
— Ce sont des foutaises ! soutint Winchester. Wangriff ment aussi bien que notre reine et il ne dévoile rien par inadvertance. Il vous manipule. Je ne suis pas votre ennemi.
Soudain la salle trembla. Il y eut des grincements stridents. Le plafond se morcela. Des griffes gigantesques éventrèrent la pierre, les ornements et les poutres. Des débris s'écrasèrent sur le dôme et forcèrent le duc et Azénor à reculer. Dans un vacarme Wangriff détruisit le plafond et se posa sur le sommet du dôme. Le dragon regarda la reine et Abigaïl en contrebas.
— Il est temps de mourir ! s'amusa-t-il.
Le prince attira l'attention d'Abigaïl.
— Vite, pressa-t-il. Les anneaux !
Wangriff attaqua le bouclier avec ses griffes. Chaque coup de patte provoquait une gerbe d'étincelle multicolore et ternissait l'éclat de la surface du dôme.
La reine fit de larges gestes avec ses mains et tenta de réparer sa protection au fur et à mesure.
— S'il le perce, l'énergie du dôme se libérera et fera imploser le puits, expliqua-t-elle. J'ai besoin de la larme divine sinon nous allons tous mourir à cause de lui.
— C'est elle ! mugit le duc.
Il désigna Maela avec conviction.
— Elle contrôle Wangriff depuis le début. L'attaque sur Anthème n'était que de la poudre aux yeux ! Pourquoi le démon ne l'a-t-il pas tué à ce moment-là ?
— Parce que je sais me défendre, tonna la reine en continuant de soutenir le dôme.

— Vous voulez la larme divine depuis le début et vous avez chargé Wangriff de manipuler Annabella ! Tout ça est de votre faute !
— Non ! s'écria Maela. Annabella, c'est un menteur.
Abigaïl voyait bien qu'elle commençait à faiblir. Wangriff continuait d'attaquer le bouclier. La magicienne ne savait plus qui croire. Il y avait tant de mensonges, depuis toujours.
— Annabella ! adjura la reine alors qu'une fissure se formait sur le dôme.
Elle tendit sa main vers Abigaïl.
— Avec la larme divine, je peux les stopper.
— Ne l'écoute pas ! supplia Azénor. Ensemble, nous pouvons les vaincre. Notre but depuis le début.
L'intensité du dôme faiblit encore. La tension monta d'un cran. Lorsque la protection de la reine s'effondrera, le chaos régnera, Abigaïl le savait. Le duc, Maela et Azénor continuaient d'essayer d'attirer son attention. Tous ne voulaient qu'une chose : la larme divine. Elle se tourna vers la reine.
— Ils détiennent Pierritas, trancha-t-elle.
Abigaïl s'approcha du dôme.
— Détrompe-toi, assura Maela.
Un anneau en or sortit de sa robe et s'éleva dans les airs.
— Je n'aurais jamais laissé la dernière pièce de la larme divine dans mes appartements. Ils se sont fait leurrer.
Maela continuait de faiblir et Wangriff prit de l'avance. Le duc fixa l'anneau qu'il gardait dans sa main.
— Maleficios deverenta, murmura-t-il avec espoir.
Le bijou se désagrégea. Winchester fut face à la supercherie et hurla de rage. Au même moment une détonation retentit. Une large fissure déchira le dôme.
— S'il explose, le puits va s'assécher et tout sera perdu ! prévint la reine.
Abigaïl se hâta d'enfiler Crépuscula, annihilant la magie du dôme. Wangriff fondit sur la reine. L'une de ses ailes percuta Abigaïl et la projeta contre un mur. Le dragon cloua une de ses griffes dans l'épaule de Maela. Azénor resta immobile.
— Crépuscula, chuchota Abigaïl.

Elle était parvenue à dissiper l'énergie du dôme et à sauver le puits, mais elle ne laisserait pas Maela sans défense face à Wangriff. Le duc Winchester entra dans la salle et se pencha pour ramasser Pierritas. La reine posa ses mains sur la griffe du dragon. Le sang qui s'écoulait de son épaule se figea, puis il remonta lentement ses vêtements puis la patte du monstre. Le liquide jaunit. Wangriff grimaça. Son assurance s'envola. Il lâcha la reine et recula.

— Qu'est-ce que c'est ? demanda-t-il d'une voix rauque.

Ses membres furent victimes de tremblement sporadique. Le dragon se cabra, empli de souffrance. Wangriff se mit en boule et changea son apparence à de multiples reprises. Il finit par retrouver le corps de l'homme qu'Abigaïl avait vu lors de son invocation. Sa peau devint anormalement jaune et ses veines ressortaient comme des rides putrides. Maela posa sa main sur sa propre blessure et s'affairait à la soigner malgré son épuisement. Winchester profita du chaos pour rejoindre Abigaïl.

— J'ai Pierritas. Vite, avant qu'ils ne reprennent des forces.

— Où est mon père ? hurla Azénor en regardant sa mère.

— Ce n'est pas le moment ! adjura le duc.

— Il est mort il y a des années, lança Maela.

Azénor secoua la tête.

— Je ne te crois pas. Winchester va le libérer.

Wangriff posa les mains sur le sol. Soudain, il prit une grande inspiration, tourna sa tête vers le plafond et dans un cri évacua une brume verte de son corps. Elle sortait de sa bouche, de ses narines et de ses oreilles.

— Satané poison, toussa-t-il.

Sa peau retrouva des couleurs plus douces. Le démon se redressa et jeta un regard en biais à la reine en difficulté. Elle continuait de soigner la large blessure ouverte à son épaule, mais elle restait parfaitement consciente et le suivait du regard. Wangriff désigna Abigaïl et le duc.

— À votre tour, misérables humains. Votre monde est mien.

Il s'avança vers eux en reprenant des forces à chaque pas. Winchester claqua des doigts pour attirer l'attention d'Abigaïl.

— Encore une fois il épargne sa maitresse. Ne les laisse pas gagner.

Wangriff se dirigeait droit sur elle, un sourire carnassier accroché aux lèvres. Abigaïl se sentit acculée.

— Chrysalida, chuchota-t-elle.

Le second artefact, inefficace depuis le sortilège du duc, alla rejoindre Crépuscula dans sa main. Le duc y déposa le troisième anneau et les recouvrit de sa propre main. Les trois joyaux s'unirent. Abigaïl laissa une douce chaleur s'étendre dans sa paume. Sa main se referma avec force et ses yeux se voilèrent. Elle sentit la larme battre dans son poing. Une question envahit son esprit. Même si elle n'était pas exprimée par des mots, elle la comprit sans difficulté. "Le souhaites-tu vraiment ?"

— Oui, s'écria Abigaïl avec sincérité.

Les battements de la larme s'intensifièrent et un frisson parcourut son bras. Elle la sentait entrer en elle. Tout à coup, la réaction ralentit puis se stoppa. Une douleur aiguë transperça ses veines. Elle rouvrit les yeux. Le duc tenait un poignard entre les mains et entaillait profondément la chair d'Abigaïl. Il murmura d'incompréhensibles paroles en la maintenant immobile. Abigaïl voulut se défendre, mais son corps s'engourdit et ses lèvres ne lui obéissaient plus. La douleur devint atroce. Un souvenir envahit son esprit. La torture du magistor. Mais cette fois-ci, Gregor ne pouvait la sauver.

— Bats-toi ! cria la reine.

Elle lança un sortilège à Wangriff. Le démon l'évita de justesse puis sauta sur elle. Abigaïl tenta de lutter, mais ses forces furent balayées. Winchester termina son maléfice et se releva. Il tenait entre ses doigts un diamant blanc de la forme d'une larme.

— Te revoilà enfin.

La vue d'Abigaïl se brouilla un instant. Son bras droit n'était plus qu'une masse ensanglantée et inerte. Dans un moment de lucidité, elle aperçut Wangriff approcher le duc par-derrière.

— Dans votre dos ! tenta de prévenir Abigaïl.

Mais Wangriff n'attaqua pas.

— Maitre, la reine a perdu connaissance, informa-t-il. Puis-je les tuer ?

Un énorme sourire déchira les lèvres d'Archibald alors qu'il admirait la larme divine entre ses doigts.

— Bien sûr mon ami. Libère-les de leurs futiles émotions. Avec l'énergie de la larme, la fusion des mondes aura lieu.

— Non ! hurla Azénor.

Le prince, resté en retrait jusqu'ici, percuta le duc de tout son poids. Winchester bascula et la larme divine s'échappa de ses mains. Elle rebondit sur le sol. Dans un ultime effort, Abigaïl tendit son bras valide et l'attrapa.

45
Libre de s'enchainer

Une seconde. C'est le temps que mit la larme divine pour investir le corps d'Abigaïl. Une de plus et les plaies de la jeune femme se refermèrent. La douleur se volatilisa, emportant les taches de sang et la peur avec elle. Abigaïl se redressa et surprit Wangriff tenter de fuir, en vain. Elle s'en assura. Ses pensées prirent forme et les pieds du démon fusionnèrent avec le sol. Il tomba et ses bras se prirent aussi dans le piège. De force, il fut traîné devant Abigaïl. Un léger sourire déforma la bouche de la magicienne : Wangriff passait de l'autre côté de la peur, il se sentait inférieur pour la première fois. Le duc Winchester s'approcha d'Abigaïl en levant les mains.
— Lis mon esprit, proposa-t-il. Tu me comprendras, nous sommes liés.
Abigaïl fit un geste dans sa direction et il perdit l'usage de sa voix. Il remua les lèvres inutilement avant de s'en rendre compte.
— Assis.
Winchester obéit. Un autre geste et Maela reprit connaissance. Son épaule retrouva sa forme initiale. Abigaïl donna ses ordres. La reine, Azénor, le duc et Wangriff se rassemblèrent au centre de la pièce. Ils se montraient dociles devant la larme divine.
— Le moment de vérité arrive enfin, parla Abigaïl.
— Fais vite ta petite enquête si cela est nécessaire, intervint la reine Maela, mais n'oublie pas le puits magique. Il ne doit pas exploser, sinon même la larme divine ne pourra sauver Penderoc.
Wangriff, immobilisé à côté d'elle, cracha par terre.
— Nous voulons sauver le monde de la folie humaine et non...
— Silence ! tonna Abigaïl. Je n'ai aucune confiance en vos langues trop souvent menteuses.
La magicienne savait comment procéder. Grâce à la larme divine, elle parlerait directement à leur inconscient, elle obtiendrait la vérité dans sa forme la plus pure. Elle transcenderait les âmes et passerait outre les volontés.

— Tu vas violer nos esprits et arracher les informations qui t'intéressent, comprit Azénor.

Abigaïl tenta de croiser son regard, mais le prince baissa la tête avec honte.

— Je ne suis plus qu'un bourreau à tes yeux, souffla-t-elle.

Elle voulait lui dire de se lever et de la rejoindre, mais elle savait qu'il possédait lui aussi des secrets à révéler. Abigaïl commencerait par lui.

— Tu n'y survivras pas, prédit Wangriff. La vérité t'anéantira de l'intérieur. Le désespoir consumera ton âme. C'est la plus grande faiblesse de l'homme. Et si par miracle tu surmontes cette épreuve, ta colère te rendra plus dévastatrice qu'une déesse !

— Ferme-la !

Abigaïl sentit immédiatement sa haine reprendre le dessus. L'assassin de Gregor devait mourir. D'un claquement de doigts, elle pouvait le changer en poussière, mais ce serait alors se priver d'une source d'informations capitales. Cependant, les paroles de Wangriff avaient atteint leur cible. Abigaïl prit soin d'y réfléchir. Pouvait-elle affronter la vérité ? La peur, la haine et le dégoût la transformeraient-ils en monstre ? Ses yeux cherchèrent machinalement l'appui d'une personne de confiance, mais ils ne trouvèrent rien. Azénor continuait d'éviter son regard. Abigaïl comprit que Wangriff avait raison, elle ne parviendrait pas à leur arracher la vérité sans brider ses émotions. Elle ne pouvait se permettre d'agir de manière impulsive. La larme pouvait isoler ses émotions. Sans plus attendre Abigaïl enferma ses sentiments dans une gangue magique. Le processus ne dura qu'un instant et la priva de la colère, du dégoût et de la tristesse. C'était mieux ainsi, elle devait comprendre, elle ne reculerait pas. Une fois les secrets brisés, ses émotions reprendront leur place.

— Durant mes recherches, rien ne pourra me blesser, prévint-elle. Je vais converser avec votre inconscient, paralyser vos pensées et votre capacité à mentir.

Abigaïl se positionna devant Azénor. Celui-ci leva la tête. Il avait les yeux rougis et le teint pâle, mais aucun sentiment de pitié ne perturba la magicienne.

Mais avant de commencer, elle voulait s'assurer d'une chose. Abigaïl se concentra. Elle sentit la présence de Bella et de Thycéron, à plusieurs centaines de mètres du palais. Ils continuaient de se battre. Rien ne leur arrivera. Elle y veillerait. Abigaïl savait que des hommes et des femmes se sacrifiaient dehors. Mais avant de prendre une décision et d'agir sur le présent pour modeler l'avenir, elle voulait comprendre le passé. Tant de mensonges. Son visage se figea et ses yeux se braquèrent sur Azénor. Elle pénétra son esprit et le mit entre parenthèses. Le prince ouvrit la bouche en grand, le regard absent.
— Qui suis-je pour toi ? demanda Abigaïl.
— Une mission. Le duc Winchester m'a demandé, il y a huit ans, de confectionner un philtre d'amour pour que je te garde sous mon emprise. En échange de ma coopération, il m'a promis de m'aider à retrouver mon père.
Abigaïl perçut l'image fixe d'un souvenir d'Azénor, tel un tableau au contour flou et aux couleurs délavées. Il se trouvait à Anthème, dans sa chambre privative. Penché sur une petite marmite, il avait les yeux rivés sur une formule de "Philtre d'amour". Il tenait les deux derniers ingrédients dans la main : un œil de perdrix et une mèche de cheveux. Ceux d'Abigaïl. La scène se volatilisa.
— Continue.
— Je ne t'aimais pas, mais il m'a dit que je pouvais t'ignorer si je le désirais. Tu devais juste m'obéir le moment opportun. D'après lui tu étais la clé pour retrouver mon père.
Abigaïl commençait à comprendre. Depuis le premier jour, l'amour qu'elle éprouvait pour lui n'était qu'une supercherie, le début de longues années de manipulations. Pourtant elle avait la conviction qu'Azénor n'était lui aussi qu'un pantin. L'âne de Winchester dont la carotte se résumait en l'espoir de revoir un jour son père. Un outil efficace puisque, le moment venu, le prince avait mis sur le chemin d'Abigaïl le manuscrit interdit et le livre des anneaux. Le piège s'était refermé sur elle.
La magicienne acta cette trahison, mais, même privée de ses émotions, une question lui brûlait les lèvres :
— Lorsque tu as tenté de m'embrasser, dans la forêt de Cangles,

était-ce sincère ?

— Non. Un imprévu avait brouillé nos plans : l'effet du philtre d'amour a été perturbé par les soins de Phillippa. Au fil des jours mon emprise a disparu et tes sentiments ont mutés. Le duc Winchester voulait que tu acceptes de reformer la larme divine pour nous et il m'a ordonné de reprendre la main sur toi, de récupérer ton amour, mais c'était trop tard.

— Comment le duc te faisait-il parvenir ses ordres ? demanda Abigaïl.

Azénor mit la main dans l'une de ses poches et en sortit une petite sphère. Il la posa sur le sol. L'engin se fissura et laissa des rayons multicolores danser sur les murs.

— Grâce à ceci. Le transparole coloridal.

Abigaïl avait vu les signes. Des reflets sur les arbres sur la route de Felengorn, le piédestal vide dans la salle de Winchester puis les étranges lueurs dans la forêt de Cangles. Depuis tout ce temps Azénor informait Winchester de leur avancée : leur départ pour la Résistance, l'arrivée d'Abigaïl à la fête du Kadok. Pire, il avait prévenu le duc que Gregor recouvrait la mémoire ce qui avait probablement provoqué la subite attaque de Wangriff.

— J'ai mes réponses, souffla Abigaïl. Honte à toi, Azénor. Tu t'es servi de moi depuis des années. Gregor est mort par ta faute. Tu as trahi tes amis.

Abigaïl libéra l'esprit du prince, lui permettant de retrouver son libre arbitre et ses pensées. Il tomba en larme.

— Je suis désolé Abi. Mon père…

La jeune femme leva la main.

— Patience.

Elle se tourna vers la reine Maela et figea les autres pour ne pas être dérangée. Contrairement à Azénor, elle ressentit une résistance dans son esprit, une protestation.

— L'heure n'est pas à la pudeur, soupira Abigaïl. Je peux forcer.

La reine acquiesça.

— Soit, mais sache que certains de mes souvenirs sont gravés à jamais dans ma mémoire et que rien ne peut les altérer.

Elle laissa Abigaïl entrer. La jeune femme y trouva le même sentiment de honte et de regret qui imprégnait Azénor en ce moment même. Du sang sur les mains. De mauvais choix pour de bonnes raisons. Abigaïl alla plus loin et comprit que la reine disait vrai : son esprit était parfaitement rangé et certain de ses souvenirs rendus immuables par la magie. Abigaïl se focalisa sur l'un d'eux pour l'investir.

Elle se retrouva dans une chambre richement décorée. Maela était assise sur son lit, les mains crispées. Une larme s'écoulait lentement de sa joue. Abigaïl se concentra pour lire ses pensées, comprendre les raisons de ce chagrin. Les explications ne se firent pas attendre. Penser à Inatock s'avérait douloureux pour la princesse Maela. Même s'il lui avait brisé le cœur, elle continuait de l'aimer. Maela savait que son mari dirigeait le Céraste pourpre. Suite aux révélations de sa mère, Inatock ne pouvait plus régner sur Penderoc par le mariage, mais ses envies de pouvoirs ne s'étaient pas brisées en même temps que son image. Il projetait de prendre Penderoc par la force. Le Céraste pourpre devait déstabiliser le pays pour permettre à Asimer de l'envahir. Inatock et son demi-frère avaient préparé leur montée au pouvoir, jusqu'à planifier l'assassinat de leur père, le roi Palmin. Maela venait de tout découvrir, elle pouvait arrêter son plan de folie, mais le cran lui manquait pour dénoncer l'homme qu'elle aimait. Léonard aurait capturé et exécuté Inatock pour haute trahison. Impensable pour la princesse Maela qui préféra ordonner à Wangriff d'éloigner Inatock du palais pour réduire son influence et le protéger. Elle attendait le retour du démon, la mort dans l'âme.

Un petit bruit sec fit sursauter Maela et Abigaïl. Elles se tournèrent vers la porte.

— Entrez, parvint à articuler la princesse.

Un petit garçon qui ne devait pas avoir plus de trois ans se montra. Il avait de petits bras potelés, de grands yeux noirs et une démarche incertaine.

— Maman !

Il se jeta dans les bras de sa mère. Maela le serra avec tendresse.

— Mon Azénor d'amour.

L'enfant essuya la larme sur la joue de la princesse. Une femme se montra dans l'entrebâillement de la porte.

— Excusez-moi, princesse Maela, il a échappé à ma surveillance un instant.

— Ce n'est rien Palemeta, je vais le garder avec moi.

La nourrice s'éclipsa.

Abigaïl quitta ce souvenir et en choisit un autre, comme si elle jetait son dévolu sur un énième livre dans une bibliothèque.

Cette fois-ci elle se retrouva dans la salle du trône. La princesse Maela faisait les cent pas avec nervosité. Un raclement brisa le silence. Son père, le roi Irlof, entra. Le vieil homme s'installa sur son trône, le regard presque éteint : il n'était pas dans un bon jour. Son conseiller, Léonard Mirade, le suivait de près.

— Je n'apprécie pas votre refus concernant la présence de la garde royale, prévint celui-ci avec calme. Qu'avez-vous à nous dire de si important ?

La princesse Maela déglutit avec difficulté.

— Je ne suis pas votre ennemi.

— S'il suffisait de le dire pour en faire une vérité…

— Inatock est le dirigeant du Ceraste Pourpre, dévoila Maela. Son frère projette de prendre le trône d'Asimer par la force puis d'attaquer Penderoc. Avec l'aide du Ceraste pourpre, le pays tombera rapidement et Inatock pourra alors monter sur le trône. Les deux frères régneront sur le monde.

Elle regarda son père, mais le roi resta inexpressif, comme s'il n'avait rien entendu. Elle se tourna alors vers Léonard.

— Pratique de rejeter tout cela sur lui puisqu'il a disparu depuis des jours, fit celui-ci en croisant ses bras.

— Dorénavant, il est hors de votre portée. Vous ne lui ferrez aucun mal.

Maela était déterminée à protéger son mari. Mirade fit un pas vers elle.

— Je n'ai jamais douté de votre amour pour Inatock. Si vous dites vrai et que le Ceraste pourpre n'a plus de tête, alors nous pouvons le terrasser.

La princesse acquiesça.

— Mes espions ont eu plus de chance que les vôtres. J'ai les noms. Travaillons ensemble et redonnons à Penderoc sa gloire d'antan. Il est temps pour nous d'enterrer la hache de guerre et de purger le pays de ses traîtres. Si nous nous réunissons, même Asimer ne saurait nous vaincre.

La princesse Maela tendit sa main vers Léonard. Abigaïl s'approcha avec attention de ce moment solennel.

Soudain une détonation retentit. La porte principale se fracassa en milliers de morceaux. Une créature difforme fonça sur eux puis explosa avant qu'ils ne puisse réagir. La déflagration pulvérisa le trône et son occupant. Léonard fut projeté contre une statue où ses os se brisèrent. La princesse Maela gisait sur le sol, à peine consciente. Abigaïl ne put que constater les dégâts, impuissante.

Des gardes arrivèrent en trombe.

— Que s'est-il passé ? cria l'un d'eux.

— Le roi et son conseiller sont morts ! constata un autre.

— La princesse est vivante.

Le souvenir prit fin. Même séparer de ses émotions, Abigaïl comprit qu'elle ne devait plus voir d'images telles que le corps disloqué de son père. Elle devait se contenter de récupérer les informations sans les vivres.

— La suite, réclama-t-elle en infligeant le même traitement à l'esprit de la reine que celui qu'avait subit Azénor.

— De la créature responsable de l'assassinat, il ne restait rien, expliqua Maela d'une voix placide. Des mois plus tard, une fois le choc passé, j'ai décidé de mentir, de faire de Léonard un traître et de la Résistance, devenue le foyer d'acte barbare, une cible.

— Pourquoi ?

— Par simplicité. La Résistance devait disparaitre, elle tuait les nobles sans faire de distinction, elle terrorisait la cour. Si je faisais de Léonard un héros, ses rangs auraient grossi de façon exponentielle.

— Qu'as-tu fait ensuite ?

— Privé de son chef, j'ai fait tomber le Céraste pourpre. C'était une période sombre et douloureuse où les têtes chutaient, nombreuses, parfois innocentes. Un mal nécessaire qui endurcit ma volonté et mon cœur de nouvelle reine. Seuls Azénor, Inatock et

Penderoc comptaient vraiment pour moi.

— Inatock ?

— Une fois le calme revenu, je l'ai cherché, mais le lien qui m'unissait à Wangriff a été brisé d'une façon que je ne peux expliquer. Mes efforts ont tout de même payé et j'ai retrouvé mon mari. Inatock a péri, pulvérisé par une force obscure venue d'un autre monde.

— Qui a fait ça ?

— Une chose qui rôdait parfois autour de moi. Une aura magique malfaisante qui cherchait à m'atteindre sans que je ne puisse la repousser. J'ai compris que cet être aux pouvoirs inhabituel était un danger pour tous ceux que j'approchai et que j'aimais. J'ai alors pris la plus douloureuse des décisions. Je me suis éloigné de mon Azénor d'amour, pour le protéger, pour qu'il ne devienne pas une cible.

— Parle-moi de la guerre, exigea Abigaïl.

— Les années sont passées, fastes pour Penderoc, éprouvantes pour moi. Le roi Palmin fut assassiné par son propre fils qui rejeta l'attentat sur mes espions. Même sans Inatock, il voulait mettre leur plan en exécution. La guerre était devenue inévitable et les incidents de mages imprudents se multipliaient. J'ai pris les décisions qui s'imposaient pour gagner la guerre et empêcher les mages de devenir un fléau pour Penderoc. Réquisitions, manipulations, mensonges, répression. Si j'avais plié, mon royaume serait tombé avec moi. Et il y avait toujours cet ennemi indéfinissable qui m'attendait dans l'ombre…

— Cette vérité est la vôtre, comprit Abigaïl. La vérité absolue je ne peux l'obtenir, mais au moins je sais que vous êtes en partie responsable de ce qui arrive aujourd'hui. Vous avez repoussé votre fils jusqu'à ce qu'il vous haïsse et complote contre vous. Vous avez jeté de l'huile sur le feu de la Résistance en sacrifiant vos sujets et en réprimant les mages de Penderoc. Vous avez épargné votre mari et plongé ainsi Penderoc dans la guerre et le chaos.

Abigaïl libéra la reine et les autres. Azénor s'écroula. Il avait tout vu, tout entendu. Des larmes de haine coulèrent sur ses joues. Il tenta de se jeter sur Winchester, mais Abigaïl le stoppa. Contraint, il reprit sa place.

— Je vais te tuer, duc, prévint-il en serrant les dents. Tu paieras.

— Je n'ai pas fini, soupira Abigaïl.

Cette fois elle fixa le duc Archibald Winchester. Il ouvrit son esprit avec joie.

— Qui es-tu ? demanda-t-elle.

Abigaïl redonna la parole au duc et en priva les autres.

— Avant de me répondre, sache que je vais m'y prendre différemment avec toi. Le moindre mensonge dissoudra tes organes. Ho, tu n'en mourras pas, mais pour une fois je serais heureuse de t'entendre mentir.

Elle fit un geste et une rune se grava sur le front du duc Winchester. Celui-ci serra les dents pour ne pas hurler face à la douleur que cela lui provoqua. Une douleur identique à celle qu'il avait infligée à Abigaïl en lui entaillant le bras. La rune se compléta et la magicienne invita Winchester à répondre.

— Je suis le duc Archibald Winchester, mais sans vraiment l'être. Je suis l'unique représentant de mon espèce, car personne avant moi n'a eu le courage et le pouvoir nécessaire pour devenir l'un de mes semblables.

— Comment es-tu né ?

— Winchester était anéanti par la mort de sa femme. Il s'était enfermé dans l'obsession de retrouver la larme divine. Wangriff l'a mis en relation avec Inatock. Duc et prince ont scellé un pacte : ensemble ils voulaient reformer l'artefact, accomplir l'impossible. Pour y parvenir, ils engagèrent des adeptes de l'ancienne magie pour mettre au point un rituel.

— Je sais que Lavonish à rejoint le plan démonique il y a plus d'un millénaire, lança Abigaïl.

— En effet, je l'ai fait.

La jeune femme croisa ses bras.

— Tu es Winston Lavonish, mon ancêtre.

— Dans le corps de Winchester, avec sa mémoire et ses regrets, compléta le duc.

— Pourquoi cette invocation ?

— Ils voulaient m'arracher tout ce que je savais à propos de la

larme divine. Comment retrouver les anneaux ? Comment la reformer ? Mais m'appeler de l'autre monde nécessitait un corps pour m'héberger. D'après leurs experts, l'hôte devait subir des modifications génétiques et magiques. Le duc avait choisi l'enfant d'une servante caché dans une pièce du palais. Il lui rendait visite la nuit et le forçait à avaler décoctions et potions pour le préparer à ma possession. Cet enfant, c'était Gregor. Winchester savait que les mixtures ramollissaient le cerveau, mais peu lui importait. Il voulait la larme, l'artefact ultime. Sa raison de vivre.
— Mais tu n'as pas investi Gregor.
— Non. Ils ont fait une erreur. Je n'avais pas besoin d'un corps préparé, mais d'un esprit suffisamment torturé pour s'effacer et me laisser la place. Archibald était la cible idéale. Son âme a disparu pour que je renaisse. Avec mes pouvoirs démoniques, j'ai pulvérisé Inatock et les mages présents. J'ai juste épargné l'enfant.

Abigaïl comprit que le rituel et le massacre avaient traumatisé Gregor. Que le duc portait certainement son armure cabossée et que le petit Gregor avait gardé l'image du lion rouge comme symbole de cette épreuve.

— Qu'as-tu fait de cette nouvelle identité ?
— J'ai pris part à la purge et noué des liens avec la Résistance. Je devais maintenir le chaos et l'incertitude dans le monde. Tant que la reine Maela et les magistors restaient occupés, je pouvais mettre mon plan en place.
— La fusion des mondes ?
— La douleur et la peine que le duc gardait en mémoire ne faisaient que renforcer ma détermination, expliqua Lavonish. Au-delà du voile, chez les démons, il n'y a ni émotions ni souffrance, juste le calme et l'harmonie. Les formes n'existent pas, tout se mélange. Le monde démonique est la terre de repos qui attendent les âmes des morts. Je désire en finir avec l'humanité et ses problèmes, tirer un trait sur la douleur. Les deux mondes et leurs magies respectives doivent fusionner. Un nouvel air en naitra, une nouvelle forme de vie. Mais pour atteindre cet objectif, une armée était nécessaire.

— Des démons, Wangriff, souffla Abigaïl.

Lavonish acquiesça.

— Des démons sans chaines prêts à faire sauter les verrous un à un, mais surtout à ouvrir la porte enfouie sous le trône. Cependant, l'énergie indispensable à la fusion est colossale.

— Vous aviez besoin de la larme divine.

— Et donc des anneaux et de l'un de mes descendants. Seul quelqu'un de mon sang pouvait reconstruire l'artefact et se servir du manuscrit. Je devais aussi obtenir sa volonté, car la larme divine ne peut se reformer que si son porteur le souhaite sincèrement.

— Si je suis l'une de vos descendantes, mes parents…

— J'ai découvert trop tard que Léonard Mirade était l'homme que je cherchais, coupa Lavonish. La créature que j'avais tirée des profondeurs du plan démonique l'avait déjà tué.

Abigaïl acquiesça lentement. "C'est à ce moment que l'esprit de mon père a pu se lier à celui de Gregor, qui dormait non loin de la salle de trône. Les potions du duc ont permis cela.", pensa-t-elle.

— Mon plan était au point mort, reprit Lavonish. Je ne pouvais invoquer mon fidèle compagnon Wangriff sans attirer l'attention de la reine. Mais c'est alors que j'ai été contacté.

Il fit un clin d'œil à Azénor qui, écarlate, hurlait sans qu'aucun son ne sorte de sa bouche.

— Il m'a demandé si l'un de mes artefacts pouvait retrouver son père. J'ai saisi l'occasion, Azénor est devenu un allié, ou plutôt, un nouveau pion. Mes espions chargés d'enquêter sur la Résistance ont alors trouvé de troublantes informations concernant le directeur Huford. Grâce à lui, nous avons découvert la réelle identité d'Abigaïl Cridor.

— Vous avez poussé Azénor à invoquer Wangriff en lui disant qu'il savait où était son père, comprit Abigaïl. Et vous saviez pertinemment que le livre interdit que vous lui aviez indiqué pour le rituel laisserait Wangriff libre. Il a pu ainsi libérer une armée et s'attaquer aux verrous sans que la reine ne puisse le renvoyer sans tuer son propre fils.

— Et le philtre d'amour m'assurait qu'Annabella Mirade suivrait le prince dans sa fuite. Sans même vous en rendre compte, vous

deveniez tous deux mes meilleurs atouts.
Abigaïl prit le temps de rassembler toutes les pièces du puzzle. Tout s'assemblait enfin.
— Bella disait vrai. Vous avez mis les anneaux sur ma route.
Lavonish acquiesça.
— Le directeur Théodore n'était qu'un pion de plus.
Abigaïl regarda ceux qui lui faisaient face.
— Tous coupables, lança-t-elle en leur redonnant la parole.
— Comment peux-tu me juger ? s'insurgea la reine. Tu n'as pas vécu le dixième de ce que j'ai dû traverser. Même la larme divine ne peut changer cela.
Abigaïl reste de marbre.
— En épargnant ton mari et en rejetant ton fils, tu as permis à tout cela d'arriver.
Wangriff se mit à sourire.
— Sans tes sentiments, tu vois avec clarté, tu comprends sans filtre.
Abigaïl acquiesça.
— Tue le duc ! hurla Azénor. Cette ordure a tué nos pères !
— Reprends tes émotions, supplia Maela. Ils définissent les êtres humains.
— La trahison de ton fils la tuerait, s'amusa Lavonish.
— Azénor, ce sont tes émotions qui t'ont poussé à manipuler tes amis et à haïr ta mère, la seule personne qui t'aime vraiment. Pourquoi devrais-je retrouver les miennes et laisser le chagrin, la colère et le dégoût envahir mon cœur ?
— Tu es devenue folle et irrationnelle. Wangriff a assassiné Gregor devant toi et Lavonish a fait de toi une orpheline. Ce sont eux les cibles à abattre !
— Je ne regrette rien ! lança Maela. Je protégeais mon mari et mon enfant. Même si cela n'a pas suffi, je pensais agir au mieux sur l'instant. Je ne peux me blâmer pour ça. Libère tes émotions et tu me comprendras.
Azénor croisa furtivement le regard de sa mère. Il se calma un peu.
— Un monde sans douleur, sans peine, scanda Wangriff. Regarde-

les nous haïr avec aisance alors qu'ils sont incapables de s'aimer et de se comprendre. Le rêve de Lavonish, ton ancêtre, est de leur enlever ce fardeau. Ce rêve peut devenir le tien, tu peux le réaliser. Laisse la larme sombrer dans la porte enfouie sous nos pieds.
Lavonish acquiesça avec énergie.
— Enlève-leur le chagrin et la colère.
— Non, commença Maela. Tu ne…
— Silence ! tonna Abigaïl. Vous tentez encore de me manipuler, mais je ne suis plus votre jouet.
Elle leur tourna le dos. Elle hésitait. Un nouveau monde signifierait l'extermination de l'ancien, mais la génération future sera libérée du fardeau des émotions. Abigaïl pouvait aussi choisir de le sauver, de renvoyer les démons d'où ils venaient et de sceller la porte à jamais. Mais dans ce cas, devait-elle laisser Asimer envahir Penderoc ? Permettre à la Résistance de prendre le pouvoir ? Se proclamer reine ? Les choix étaient tentaculaires, mais avait-elle seulement le droit de prendre une décision pour tout Penderoc ? Devait-elle libérer ses émotions et risquer que le chagrin l'anéantisse ? Les questions se bousculaient, les possibilités s'affolaient. Abigaïl se sentait perdue.
— Mes sentiments m'aideront peut-être, murmura-t-elle.
— Non, s'écria Wangriff. Ils te tueront.
Abigaïl le toisa. Toujours accroupi sur le sol, les mains et les jambes emprisonnés, le démon continuait de cracher son venin volubile.
— Je n'ai finalement pas besoin de toi et tu as tué Gregor. Si je libère mes émotions, ta mort suffira peut-être à me calmer.
Wangriff secoua sa tête de vieil homme.
— Je ne suis rien, laisse moi vivre.
— En effet, tu n'es rien.
Abigaïl tendit son bras vers le démon. Lavonish se tortilla.
— Ne fais pas ça.
— Vas-y ! encouragea Azénor.
Les doigts de la magicienne se contractèrent, le sort commença. Le visage de Wangriff se morcela et tomba en poussière. Le reste de son corps subit le même traitement. En une poignée de se-

conde, dans un silence complet, le démon disparut, ne laissant derrière lui qu'une poignée de cendre qui se fit balayer par le vent.
Abigaïl se décala devant Lavonish et leva son bras.
— Non, ne fais pas ça, souffla la reine Maela.
La jeune femme se stoppa.
— Je ne comprends pas. Il a tué ton époux, retourné ton Azénor contre toi et plongé ton monde dans le chaos. Pourtant tu souhaites que je l'épargne… pour le tuer à ma place peut-être ?
— Cela serait une grande joie, mais ce n'est pas la raison de mon intervention. Tu dois retrouver tes émotions, assumer tes actes. Redeviens Annabella Mirade ou Abigaïl Cridor, mais ne tue pas en étant privée d'une partie de toi, car c'est cela qui construit les monstres.
— Qui sait quand s'arrêtera ta folie meurtrière si tu continues ainsi, plaida Lavonish.
Azénor serra les dents.
— Voilà un étonnant revirement d'opinion, duc, maugréa-t-il.
Abigaïl baissa son bras. Les paroles de la reine Maela semblaient sages et difficiles à prononcer pour elle. Abigaïl prit sa décision, elle devait retrouver ses émotions. Cependant, elle savait que cela pouvait avoir de funeste conséquence pour elle, la mise en garde de Wangriff résonnait encore dans sa tête. Elle prit un instant de réflexion.
— Si j'échoue, je veux que le monde sache, expliqua-t-elle. La vérité doit être apportée à tous, devenir un droit fondamental.
Abigaïl regarda autour d'elle. Elle vit un parchemin posé sur une table à côté du trône. Elle tendit la main vers lui et il se déplaça pour la rejoindre. Abigaïl se concentra, le parchemin se multiplia et il forma un livre. Les mots se succédèrent. Ils racontaient son aventure. "L'héritage perdu" se grava sur la couverture. Le manuscrit continuera de s'écrire de lui-même. Abigaïl fit un geste, il s'envola dans les airs et passa à travers le plafond effondré.
— Tous sauront.
Sans plus attendre, elle brisa la gangue. Elle revit tout. La peur, la haine, la douleur et le désespoir se mélangèrent. Abigaïl tomba à

genoux. La trahison d'Azénor la poignarda en plein cœur. Toute sa vie elle n'a été qu'un pion, une pièce dans la bataille que livrait Lavonish au reste du monde. Abigaïl entendit bouger autour d'elle, le passé se mélangeait au présent. Elle était perdue quelque part entre les deux. Son esprit cherchait tellement de réponses, les détails, tout ce qu'il pouvait trouver. Elle fouillait les moindres recoins des esprits de Lavonish, de la reine Maela et d'Azénor en même temps. C'était trop. La larme le pouvait, pas Abigaïl. Son corps allait lâcher. Elle ne pouvait contrôler le torrent d'émotions et cette envie irrépressible de tout savoir. Bien sûr il y avait le positif, le garçon d'écurie qui ne l'avait pas dénoncé aux gardes. Le marin qui l'avait sauvé de la noyade. Les histoires de Thycéron, la gauche amitié de Bella, l'amour de Gregor, la danse avec le prince Azénor. Enora. Abigaïl tenta de se focaliser sur les émotions heureuses, d'empêcher ses pensées de s'interroger sans cesse et d'aller chercher immédiatement les réponses. Sa vue se brouilla. Soudain, un détail émergea : un esprit microscopique, en léthargie. Abigaïl tenta de le percer, en vain. Sa curiosité prit le dessus, elle se focalisa sur cet esprit retors. Rien. Juste une infime lueur de vie. Abigaïl s'accrocha à cette résistance. Elle parvint à se calmer et à revenir à l'instant présent.

Abigaïl prit une grande inspiration et se releva avec difficulté. Azénor et les autres la dévisageaient. Eux aussi étaient épuisés. Abigaïl les avait investies en même temps, forçant leurs esprits et les saccageant dans tous les sens. Jamais elle n'aurait pensé que ses émotions l'auraient poussé à agir ainsi. Puis il y avait eu cette présence, presque insignifiante. Abigaïl la ressentait encore à cet instant précis. Elle émanait de sa poche. La magicienne sortit la pierre d'ambre. C'était l'esprit du papillon qu'elle avait effleuré. Il vivait, la pierre était une prison et non un cercueil. Abigaïl se souvint des mots de Dotan : "Votre mère disait que l'ambre protégeait le papillon de nous tout autant qu'il nous protégeait de lui". Et si le monde vivait protégé de la larme divine, de la reine, des démons et de la Résistance ? Puis ce serait un tel soulagement pour Abigaïl d'être plongé dans un repos sans rêve. Ne plus pouvoir penser aux trahisons, aux déceptions… C'était la solution qu'Abigaïl cherchait, sa mère la lui donna des années après sa mort.

— Nous sommes une minorité néfaste pour le reste du monde, clama la jeune femme. Laissons-le tracer sa destinée sans nous.

Abigaïl lança l'ambre bien au-dessus de sa tête. Elle ferma les yeux et se concentra sur la pierre. Elle s'élargit, sa masse se décupla, encore et encore. La salle du trône fut envahie. En une fraction de seconde, Maela, le prince Azénor et Lavonish se figèrent, puis ce fut tout le château. Telle une vague, l'ambre se déversa dans les rues, elle emprisonna les gardes, les démons et les résistants. Elle engloutit la moitié de Granar, formant un gigantesque amas translucide et impénétrable. Toutes les personnes piégées eurent leurs esprits mis entre parenthèses, en dehors du temps et de la conscience.

— Qu'il en soit ainsi, chuchota Abigaïl. Qu'une âme pure nous libère si c'est ce qu'elle souhaite.

Elle aussi se laissa submerger.

Épilogue

— C'est fini ? demanda la petite Candice.
Son père referma le livre. Il laissa ses doigts caresser la couverture et les lettres dorées qui formaient le titre : "L'héritage perdu".
— Oui.
Il déposa un baiser sur le front de son enfant puis il se leva.
— Papa, c'est vrai tout ça ?
Rick s'approcha de la fenêtre de la chambre. Même en pleine nuit il pouvait l'apercevoir. La lune se reflétait sur le dôme ambré.
— Oui, Candice. Abigaïl a pris cette décision il y a longtemps et aujourd'hui nous en payons tous le prix.
— Mais elle savait pas !
Rick soupira.
— Tu as raison. Elle ne pouvait pas savoir.
Il s'approcha de la porte.
— Souviens-toi du plus important : tu ne dois jamais parler de ce livre. Jamais.
Candice acquiesça. Rick sourit. Il voulait se montrer rassurant. Elle n'avait que huit hivers après tout. Il lui restait encore deux ans.
— Dors bien, mon enfant. Nous nous reverrons demain soir.
Rick ferma la porte derrière lui.

Printed in Great Britain
by Amazon

40713c36-ffda-4934-8a81-c11028dd21bdR02